中国

一个公民的
成长笔记

曾维浩 著

中国言实出版社

图书在版编目（CIP）数据

一个公民的成长笔记/曾维浩著．--北京：中国
言实出版社，2020.12
ISBN 978-7-5171-3680-4

Ⅰ．①一… Ⅱ．①曾… Ⅲ．①纪实文学－中国－当代
Ⅳ．① I25

中国版本图书馆 CIP 数据核字（2021）第 081346 号

出 版 人　王昕朋
责任编辑　张　朕
责任校对　赵　歌

出版发行　中国言实出版社
　　地　　址：北京市朝阳区北苑路 180 号加利大厦 5 号楼 105 室
　　邮　　编：100101
　　编辑部：北京市海淀区花园路 6 号院 B 座 6 层
　　邮　　编：100088
　　电　　话：64924853（总编室）　64924716（发行部）
　　网　　址：www.zgyscbs.cn
　　E-mail：zgyscbs@263.net
经　　销　新华书店
印　　刷　北京温林源印刷有限公司
版　　次　2021 年 7 月第 1 版　　2021 年 7 月第 1 次印刷
规　　格　710 毫米 × 1000 毫米　1/16　33.75 印张
字　　数　493 千字
定　　价　69.00 元　　ISBN 978-7-5171-3680-4

序

一个中国人在中国，他不在北京，不在上海，也不在广州。

——他在湖南。

一个中国人在湖南，他不在长沙，不在株洲，也不在湘潭。

——他在邵阳。

一个中国人在邵阳，他不在大祥，不在双清，也不在北塔。

——他在武冈。

一个中国人在武冈，他不在县城关镇，不在219省道上。他在……他在……岩头江……岩——头——江：任何地图上都找不见的岩头江！

信号越来越弱……越来越弱……越来越弱……

踪迹越来越难以寻觅。

地图上会有武冈，标示的地理坐标为：资水上游、雪峰山麓……东经110° 25′ 35″~111° 01′ 58″，北纬26° 32′ 42″~27° 02′ 09″。

从5岁半上学那年开始，我就一直在地图上寻找自己的村子。不只是我，村小学里的绝大多数同学都在找，以便判断自己在世界的位置，或者，希望在文字和图形里找到自己村子存在的依据。我相信北京、上海、纽约、伦敦、东京、罗马、莫斯科、法兰克福、维也纳、悉尼的孩子，也一样在地图上寻找过。成年后许多人忘记了这个事，因为他们很快就找到自己的城市，弄清楚自己在世界的位置。城市和个人的存在，是有可靠依据的。可是我找了五十多年，一直也找不到自己村子的名字。

我在雪峰山东南麓与南岭山脉北缘、湘西南丘陵区向云贵高原隆起的过渡地带寻找……

我打开电脑，在百度地图上寻找，把比例尺一次次放大：市、县、镇、村、街……我找到湖南219省道，甚至找到了岩头江的具体位置，但是仍然没有岩头江的名字，地图上标的是"双岭村"。双岭村是个行政村的名字，这个行政村由独石、岩头江、娄山下三个自然村组成。四十年前，即便是行政村，它也不叫双岭村，而是叫双江大队。大抵在大队改村时，县民政部门发现双江中的龙江不专属这个行政村，而岩头江算不得江，只是一条小溪，就改成双岭村，其主要依据是村域内有麻子岭和椅子岭。其实它还有癞子岭、铁柱岭、凤阳岭、大响岭，叫六岭村或多岭村也许更为合适，但被命名的人忽视了。这种命名是县上的事情，没有人来征求村里人的意见。村里也从来没有人去主张这个权利。

美国外交家基辛格博士1971年秘密访问中国时，对周恩来总理说："中国真是一个神秘的国度。"周恩来说："中国并不神秘，只是你了解得少，如果你多和中国人接触就会去掉这种感觉。"基辛格博士当然不知道，直至四十多年后的今天，中国的湘西仍然神秘，赶尸、放蛊的少了，巫术、傩戏、再生人仍然令世界困惑、迷恋、向往……五十八年前的湘西则更加神秘。

我出生在1962年的湘西，严格地说，是湘西南。

一个中国人在中国，从岩头江到邵阳，到武冈县城，到北京，最后落户南海之滨、珠江口西岸，五十多年，数万里行程。有一天，当我读到陶渊明的"暧暧远人村，依依墟里烟"时，忍不住通过百度搜索，去查找古代中国人的生活。我悲喜交加地发现：我山村童年的生活，与两千多年前人们的生活基本上没有什么区别，而当下的工作、生活，与欧美国家一个上班族的工作、生活似乎也没有太大差别。这个发现让我大吃一惊！一个普通中国人，从1962年的湘西南小山村，到21世纪的南部沿海开放城市，几乎真实地跨越两千多年的生活！古老、悠长、遥远、沧桑、豪迈、向往、辛酸、感叹、忧伤、兴奋、沮丧、痛苦、幸福……无数的生存细节、情感体验汹涌而来……

我想告诉这个世界，一个人如何体验和跨越了两千年生活。

目录

第一章

1 七只鸭子和一个月子

1962年农历五月十七日，凌晨，我出生在岩头江村。

邻村娄山下的接生婆接生。她有一个篮子，装着剪脐带用的剪刀。"有没有手套和消毒碘酊？"五十多年后，我坐在一块礁石上，问母亲。母亲看着海说："不记得她有没有了。"

我在一个直径三尺的宽木盆里洗干净羊水，并在这个木盆里试着啼哭。这个木盆的盆沿20厘米深，平常用来盛水洗澡洗脚、剁猪草、洗衣服，过年杀猪时，用来盛猪下水。木盆底部满是剁猪草的刀痕，像一张细密的网。在此后的十四年里，它陆续为我的两个妹妹和一个弟弟洗干净羊水。

我啼哭后，雄鸡叫了起来。

北纬27° 02′ 09″，中国，湘西南，仲夏夜，端午刚过，挂在铁门扣上的水菖蒲仍透着清香。

玛丽莲·梦露曾经主演过一部电影叫《七年之痒》，说是一般婚姻到七年有个坎，容易发生情感危机。邻村娄山下黄菊垣先生家最小的闺女黄妹淑1956年与岩头江曾令烌先生家最小的儿子曾德俭结婚。这一年，母亲嫁来曾家有七个年头了。母亲24岁，父亲29岁。

母亲有三个哥哥、四个姐姐。外婆善于生育是无疑的。

父亲有四个哥哥。在生育能力上，奶奶也底气十足。

母亲的"七年之痒"集中在生孩子上。我出生前，母亲为此顶着极大的压力。母亲的几个嫂子，都比赛似的给曾家生儿生女。大伯母

18 岁生孩子。我出生前，她已为曾家生下了七个儿子。二伯母生下三儿两女。三伯母生下两女一儿。四伯母生下三女一儿。她们生育的热情和势头从未减退。

1962 年，百来户人家的岩头江诞生了十个孩子。这是一个生育的丰年。

母亲终于扬起眉来。外婆满面笑容对奶奶说："好了好了，这下我就放心了。媳妇多一般都会有个差的。你这里就一个都不差了。"外婆特别怕自家女儿到曾家不争气。母亲出生时，外婆觉得人口够多的了，准备一脚踩死扔掉。教私塾的外公阻止，理由是：毕竟是条命。等自己死了，多个女儿从某个方向哭过来也多一份热闹。

这一年，蒋介石在台湾发表元旦文告，计划反攻大陆，并派有小股军人到沿海试探。在西部，中国跟相邻的国家印度打了一仗。远隔太平洋的美国在西雅图举办了一次成功的世界博览会，其最令人惊叹的是波音公司的模拟太空旅行。美国军队在越南丛林里越陷越深了。苏联决定从中国撤走技术人员。

冷战愈演愈烈，世界一塌糊涂。

岩头江的人们对外面的世界所知甚少。不用吃观音土填肚子，相比过去的年景，岩头江的人们觉得这一年好多了。

山谷里，婴儿的啼哭声此起彼伏，给岩头江增添无穷的欢乐和希望。

岩头江村得名于穿村而过的小溪。这条小溪的底部和两岸布满岩石，宽处 20 米，窄处 3 米。石灰岩的溶洞缝隙里不断有地下水汇入小溪，使得小溪里的水冬暖夏凉。妇女们都到小溪边的简易码头涤洗衣服和婴儿的尿片，彼此交流奶孩子的心得。

法国超现实主义画家达利先生曾经认真地描绘过自己在母亲子宫里的情境。而我对两岁前的事情毫无印象。贫穷和饥饿是肯定的。但其时父亲已是武冈县邓家铺区文教支部书记，每月可以领到 37 元的工资。相对村里的其他人家，我家经济上要宽裕得多。母亲反复强调坐第一个月子的时候，只吃了半斤猪油、半个兔子，还有没完没了地吃素面。我一直认为那时真穷。五十二年后的 2014 年，她告诉我："你出生前，家里有只鸭子掉到岩洞里去了。"在中国，所有有出息的人物出生时，都有异象，有母亲梦白龙入怀的，有在宅基地挖出红蛇的。我是个普通村民。在怀孕期间，一只鸭子掉到岩洞里去了，这是母亲唯一想得起来的事情。如果算作我出生的征兆，令人无比沮丧。

现在，岩洞仍然在那里，像大地上一道小小的伤口。

这是喀斯特地貌的常态。青灰色石灰岩生长在褐色的土壤里，风雨和时间将它们雕刻成各种形貌。地底下是溶洞，是地下河，是万千世界。钟乳石是神在地底的艺术实验。地面上到处都有敞开的口子，小的只能钻进一条蛇、一只野兔，大的堪称天坑。这里地处桂林与张家界之间。石头的根与桂林、张家界相连。岩洞离我家 200 米，在村西大路的下方，稻田的最里边，紧靠着土壁。土壁上长着茅草、细竹和野紫薇。洞径 2 米。洞口用石头和泥巴砌了浅堤，以免稻田的水土流失。稻谷收割后，浅堤会裂隙。秋后的稻田缓缓地干，久了会长牛毛针。小时候，我曾向岩洞里扔石头，探索洞里的反应。我被大人们反复告诫：千万别掉到那个洞里，掉下去就出不来了。传说，洞里藏了一头犀牛。下毛毛雨的时候，犀牛有时会从洞里出来现身。我好几次在细雨里到田塍上去看，从没看到过犀牛。人们又说，等犀牛现身时，就预示着洪灾要来了。岩头江人认为犀牛就是仙牛。

五十而知天命，我已经不再关心出生的征兆，但是依然关心那时到底养了多少只鸭。母亲说，喂养 8 只鸭子，都长到 4 斤多，一只掉到岩洞里，还有 7 只。那时已经成立了生产队，所有成年村民参加生产队的集体劳动，由生产队记工分，然后根据所得工分在生产队里分得粮食。村前村后的小块土地，分给了各家各户作自留地。人们在自留地里种瓜果蔬菜。参加集体劳动之余，各户都养了猪、鸡、鸭，或者还有鹅、兔子。

当母亲告诉我当年还养了那么多鸭子时，我马上问："那你坐月子为什么没东西吃？不是可以吃鸭子吗？"

母亲淡定地笑笑："哪有鸭子吃？你一出生，剩下的 7 只鸭和一点腊肉、坛子里的油煎豆腐，都请村子里客了。"

我半天说不出话来！7 只鸭子过一个月子，平均 4 天半就可以吃一只，一天至少有 1 斤鸭肉，肉食品是很充足的。这个月子本不该过得那么贫困那么缺乏营养。如果不想总是吃鸭，还可以用鸭换鸡蛋换鸡换鱼……

中国人好面子，两千多年来，莫不如此。从繁华都市到贫困乡村，中国人都相信：人活一张脸，树活一张皮。中国人有句很恶毒的骂人话：真不要脸！一个新生命诞生，村子里的人们为了庆贺，将这个家庭里的肉食吃个精光。这就是面子。

没有人关心初为人母的女人有没有足够的营养，这个新的生命有没有充足的奶水喝。

我一直以为是 1960 年的大饥荒顺延，造成母亲坐月子的食物匮乏。结果不是！

也许，结婚七年终于生下儿子的母亲太需要一场乡村盛宴来扬眉吐气了。

这一场盛宴几乎不计后果。

2 姓氏与姓名

父亲给我取名字，只需要找到一个字。

"曾"是我的姓，固定不可更改，"维"则是我的辈分，也是固定下来的。

中国很早就有百家姓，罗列了若干个姓氏。最新的统计，中国其实有 11969 个姓氏。以人口计，曾姓在早期的《百家姓》里排在第三十八位，现在排第三十二位，人口 680 万，分布在湖南省内的最多。

我个人以为，中国最辉煌的姓氏应该是刘、李、孔、赵四姓。刘姓的祖先刘邦纵横疆场，击败所有对手，创建了大汉王朝。刘邦被称为汉高祖，汉族、汉语均源于这个朝代。这个王朝从公元前206年到公元220年，除王莽干了十五年皇帝，刘姓以世袭方式统治411年，国土面积达到630万平方公里。李姓的先人李渊（和其子李世民）则建立了中国历史上鼎盛的唐朝，其国土面积达到1251万平方公里。从公元618年到907年，李姓统治了中国289年。这个朝代在政治、经济、文化、外交上所取得的成就至今仍令中国人津津乐道，被称为大唐盛世。刘、李二姓至今仍然是人口排前四位的大姓，有影响的人物众多。孔子则创立了"儒家"学说。两千多年来，中国人以宗教的虔诚，将该学说用于"修身齐家治国平天下"。赵匡胤建立的宋朝，国土面积最大时只有280万平方公里，尽管战乱不已，赵姓还是自公元960至1279年统治中国319年，其经济、文化、科技、艺术的繁荣程度达到一个高峰。朱元璋创建了强盛的明朝，其国土面积达到1100万平方公里，但朱姓人口不如刘、李、赵多。《百家姓》是在宋朝编纂的，所以赵也顺理成章地排在《百家姓》的第一位。现在赵姓人口排名第七，朱姓人口排名第十四。王姓和张姓人口众多，与刘、李都在前四名里，优秀的人物非常多，几乎每个朝代各行各业都有，但没有建立过厉害的王朝（王莽的新朝过短）。元朝是蒙古族人建立的，国土面积甚大，达1400万平方公里，其皇帝的姓氏译成汉语不好记。清朝是满族建立的，皇帝姓爱新觉罗，是汉文将满文翻译的。尽管这两个朝代都是中国最重要的朝代，但皇帝姓氏的影响力因绝对人口数量少，做出突出贡献的人物不太多，也排不到前面去。

当然，这也许是一个岩头江人的庸见。

曾姓是一个古老的姓氏，起源于姒姓，真正黄帝的后裔。它的历史与中国文明史一样长，历朝历代都有祖先的名字熠熠发光。但比起排名靠前的几个姓来，光芒要弱得多。

可查的记载是：发明甑（蒸食物的陶器）的曾人部落是黄帝后裔。夏王封次子曲烈为甑子爵，在甑（今山东临沂市兰陵县向城镇）建立鄫国。以封地为姓，曲烈便从此姓鄫。鄫国历经夏、商、周，到春秋，在公元前567年被莒国所灭。太子巫逃亡到邻近的鲁国，后代仍以"鄫"为姓氏，除去邑旁（阝），表示离开故城，不忘先祖，称为"曾"。

这样推算，曾姓真正开始启用，大约是二千五百年前的事情。在这个时间节点上，佛祖释迦牟尼和他的弟子正在创立佛教，古希腊的毕达哥拉斯正在证明勾股定理。一个西方人把这段时间称为"轴心时代"。

现在，没有谁去提起或者考证这个姓其实是表达流亡的无奈。也许这样的种族记忆深埋入曾姓的骨髓，以至于在后来的二千五百多年里，这个姓氏再没有出现过帝王。唯一有可能争夺皇帝权力的是清朝中兴大臣曾国藩，传说在平定太平天国后，他的声望如日中天，而大清帝国则江河日下，所领湘军将领多人劝他黄袍加身。曾国藩理性地拒绝了这一提议。他甘愿作大清帝国忠心的臣子。

曾姓丧失一个弱不禁风的小小封国，融入越来越大的国家。事实证明，这是个不错的选择。公元前505年，曾姓的第一个伟大人物诞生了，他叫曾参，称曾子，字子舆，春秋末鲁国南武城人，16岁拜孔子为师，特别注重诠释和发扬孔子倡导的孝，认为"忠恕"是孔子的重要思想，主张"慎终（慎重地办理父母的丧事），追远（虔诚地追念先祖）""民德归厚，犯而不校（计较）"。影响深远的"曾子曰：吾日三省吾身：为人谋而不忠乎？与朋友交而不信乎？传不习乎？"被记录在儒学至高经典《论语》里。因此，曾氏宅常有"三省堂"的雅称。相传《大学》是曾子写的。他的老师孔子是中国古代最伟大的思想家、教育家，在世界思想和文化史上，其影响与释迦牟尼、耶稣、苏格拉底齐名，所创儒家思想为中国历代君王所用，被称为圣人。孔子的孙子孔伋（子思子）拜曾子为老师，又将学到的东西传授给孟子。因此，后世认为曾子上承孔子之道，下启"思孟学派"，对儒家思想（孔孟之道）贡献良多，被尊为"宗圣"。同样因为对儒家思想贡献多，孟子被称为"亚圣"，颜回被称为"复圣"。如果将孔子比作儒教的耶稣，曾子或相当于儒教里的门徒约翰。

宗圣曾参是武城曾氏的开派祖先，我继承的《武城曾氏六修族谱》上是这么写的。祖屋神龛上也都写"武城曾氏历代考妣之神位"。据说曾姓一直因"孝"而家族昌盛，出鲁国（山东）后，播迁中华大地，在一千二百多年前已遍布大唐帝国。

我是宗圣的后裔，有谱可考的第八十代孙。岩头江村的曾姓，到我这一辈，已是第十代。以二十年为一代计算，祖先大约在公元1760年前迁居岩头江。这位开山祖先是"传"字辈，族谱上称"传贵公"，生有三子，属"纪"字辈：纪珠、纪琰、纪瑞。《族谱》载纪琰为七十一派远祖，太学生。接下来是"广、昭、宪、庆、繁、祥、令、德、维"。祖父是"令"字辈。父亲是"德"字辈。我是纪琰公后代，"维"字辈。姓氏和辈分的脉络非常清晰。《族谱》载曾姓辈分共有五十个字，是一首十行的五言诗，用完后再重复。曾姓辈分的用字和顺序还与"孔、孟、颜"三姓保持了高度一致。

祖父为父亲找到一个字：俭。"德俭"这样的名字可能源于三国蜀丞相诸葛亮的《诫子书》"夫君子之行，静以修身，俭以养德"。一代名相在晚年认真地告诉儿子："节俭有助于养成美德。"一个看上去很普通的名字，很可能源于中国经典，有丰富的蕴涵。

父亲用不长的时间为我找到了一个字：学。

这个字很符合他教育从业者的身份。

我最早叫曾维学。学而时习之，这句话来自《论语》，应该是一个初为人父者对儿子的教导与殷殷期望。在岩头江的发音里，"维学"除了与"为学""唯学"一样，它还与"瓢勺"的发音一样。因此这个名字会被同村孩子取笑。

真正改变这个字的是"八字"。在中国古代历法中，"甲、乙、丙、丁、戊、己、庚、辛、壬、癸"被称为"十天干"，"子、丑、寅、卯、辰、巳、午、未、申、酉、戌、亥"叫作"十二地支"。两者按固定的顺序互相配合，组成了干支纪法，甲子、乙丑……往复配对达六十个，用于纪年、月、日、时。算一个人的命要用四对，八个字，所以算命又有算八字之说。对应阐释推算天文、气候、命运、风水的古老智慧还有"金、木、水、火、土"五行。与十二地支相配有十二种动物：鼠、牛、虎、兔、龙、蛇、马、羊、猴、鸡、狗、猪，又叫十二属相或十二生肖。1962年是壬寅年，寅年生肖属虎。所有这些，都可用来算命，主要用的还是生辰八字。

为了便于养育，出生后一定要去算命先生那里算命。

算命先生掐指一算，我命里缺水。

最常用的化解手段就是往名字里灌水。

在算过命以后，父亲改用"浩"，这个字组成的"浩瀚、浩荡、浩渺"等词，都有很多很多水的意思。后来在中学，我遇到一个姓李的同学，命里缺木。他的父亲就给他取名"李森林"，这个名字里有无数的木。

3 来自"谜头"的祖先

岩头江曾姓一直尊奉"曾公元帅"。人们为他雕了像，将他请上神龛，在他的雕像下磕头焚香烧纸。"文革"期间，怕"破四旧"砸烂雕像，大伯父把它藏在祖母的谷桶里。每逢重要节日，祖母或大伯父都要偷偷到楼上请出"曾公元帅"接受跪拜和香火。祖母说每到天气变化，就会听得谷桶盖"砰"的一声响，似乎是元帅大人跳出来管理风雨雷电。

公元2000年后，岩头江村的人们重新把它捧出来，在村子后的山坡上修建了一座"曾公元帅殿"。2010年春节，我去过这个简易的"元帅殿"。殿里烟雾弥漫。我上了香，并点放一圈长长的鞭炮，以表达对曾公元帅的敬意。老人们都在殿里烧香祈祷，十分虔诚的样子。岩头江的人们相信：这是自己的神，能庇佑一方，大到管理风调雨顺，小到为个人除病祛灾。这里同时也成为岩头江老人们聚会交流的重要场所。据说有一册关于"曾公元帅"的手抄本流传，记载了他的故事。

　　我一直纳闷：曾氏的大人物，要么是曾子，要么是曾国藩，为什么岩头江的曾姓不供奉这两个大人物而是供奉"曾公元帅"？为此我问过大伯父和父亲。他们听老辈人说元帅是个教书先生，带两个厉害的学生拉起队伍，为官府解了围，后来又为皇帝打过一些仗。至于哪朝哪代的事，皆语焉不详。直到武冈县整理相关历史，我才读到："曾华（？—1368），字尊叟，元末武冈路（今湖南省武冈市邓家铺）人，通晓《孙子兵法》，精悍有胆识。时值张士诚起义反元。他捐家产招兵买马，建立溪峒军，在江浙与张士诚作战，积战功，官至明威将军、广东道宣慰史、金都元师府事兼江浙行省都镇抚。"这一段文字据说源于《新元史》。明初著名政治家、文学家宋濂撰写过《宣慰曾侯嘉政记》，记录曾华的功德。这篇古文现在为部分高级中学"课外文言文"所选，用于出古文考试题。曾侯的后裔，却甚少知道。记载曾华"守御惠政"的"功德碑"，于2011年3月19日在浙江海盐县武原街道海滨公园古城门景点建设工地被发现。海盐人张士诚，率盐工反元，曾经攻下高邮称王。

　　西汉，曾姓已播迁至湖南。曾华是六百多年前的官员。毫无疑问，岩头江供奉的"曾公元帅"就是曾华。他死后仍葬回邓家铺。二舅舅去那个豪华的墓穴里探过险，说是前有可容数人的石头房子，因隐蔽在土里，常有人相约了在里面赌博、打麻将。

　　岩头江开山祖先是曾华后人，应属历史真相。

　　《武城曾氏六修族谱》载"传贵公从武冈州谜头迁居岩头江"。

　　"谜头"在哪儿？我在卫星地图上找不到。"谜头"也是个谜！

　　祖上也曾阔过。中国的绝大多数姓氏，都能在历史上找到几个大人物。这些姓氏的荣辱兴衰起起伏伏构成了波澜壮阔的中华文明史。

　　祖上因何迁居岩头江？是租地还是得到政府允许开垦了土地？不得而知。在产权方面，古代中国相信"普天之下，莫非王土"。若无沉重的税负和频繁的匪祸，选择在岩头江几乎可以"诗意地栖居"。《武城曾氏六修族谱》用黄纸黑字记载了这份诗意：

　　因地势磅礴，山川毓秀，左有独石三寨巍巍，右有长滩江水滔滔，前对椅岭莺歌燕舞，后依铁柱龙盘虎踞。我祖睹风景而定居矣。

　　这只是一个小迁徙，距离很短，既不像亚伯拉罕携家族向迦南迁徙那么雄浑，也不像摩西率众出埃及那样壮烈，更没有"湖广填四川"的无奈。

　　一条小溪发自西面的一条小水沟，自西向东沿途有涓涓细流汇入，在离源头 1000 米处，遇一岩洞，洞径 3 米余，洞中新增出水流量约每秒 1 立方米。祖上选择在这个岩洞的上方修建房子，再筑石阶、小码头。溪边用水极其方便。小溪再流 300 余米，就与一条叫龙江的小河汇合。龙江总长 70 里，穿山谷、小盆地而过（最后汇入资江），在滔溪冲里将约 500 亩稻田一分为二。四面青山，盆地土壤肥沃，阳光和水量充足。山坡上种菜和小麦。风景当不得饭吃。揣测"我祖睹风景而定居矣"，应是修谱者的浪漫想象，择沃土而定居比较符合迁徙的初衷。早期人口少，土地相对多且肥沃，生存也许并不艰难。"开荒南野际，守拙归园田。方宅十余亩，草屋八九间。"东晋末年最著名的田园诗人陶渊明归隐后写的诗，也一样可用以描绘大清帝国时期岩头江曾氏祖先的生活。

　　公元 1776 年，美国 13 个州一致通过《独立宣言》："我们认为下述真理是不言而喻的：人人生而平等，造物主赋予他们若干不可让与的权利，其中包括生存权、自由权和追求幸福的权利。"世界正发生深刻变化，欧洲大陆的异教徒和他们的后代在北美夺得大量土地，正迫不及待地摆脱大英帝国的束缚。"联邦党人"正在架构一种新的国家机器，并不遗余力地推动各州通过《联邦宪法》，一个称霸世界的新式国家将崛起。

　　这一年，中国历史上最风流的皇帝乾隆平定四川叛乱。最有名的贪官和珅在乾隆皇帝的眼皮底下，一边大唱赞歌一边巧取豪夺掏空国库。

大清帝国在表面的风光下，因吏治的腐败，已经开始走下坡路。

这一年，曾姓"传"字辈祖先享受着表面风光的乾隆盛世，带着他的三个儿子在岩头江的两岸努力开垦。他们用辛勤的耕耘、用春种秋收的劳动来确认"生存权、自由权和追求幸福的权利"。没有人相信"人人生而平等"。事实上人人生而不平等。"五月花号"幸存者的后裔们只不过以此自我勉励。中国人早就追问过"王侯将相宁有种乎？"美利坚开始建立国家时，中国已经存在两千多年了。岩头江人像所有中国人一样相信皇权天授，皇帝是上天之子。皇赐民权。"普天之下，莫非王土"界定了土地的权属，"率土之滨，莫非王臣"确定了耕耘者的身份。但是"山高皇帝远"的民间表述则指出了管理土地和臣民的困难。耕耘者或具有相对的自由处置土地。《大清律例》是最高的法律，但最高准则是"圣旨"——皇帝的指示。

1811 年，距岩头江 400 里的湘乡诞生曾姓另一伟大人物：曾国藩。19 世纪中叶，受命于大清国皇帝，曾国藩在湖南办团练、组湘军，打败已占据帝国半壁江山的太平天国。距岩头江 150 里处出生的魏源在南京编撰《海国图志》，为曾国藩提出"师夷长技以制夷"的主张。这个世纪，湖南曾姓的事业轰轰烈烈。但在岩头江看不到丝毫影响的痕迹。

岩头江在历史的盲肠里，既感受不到时代之肺的呼吸，也感受不到历史之胃的蠕动。

到"祥"字辈，也就是曾祖父辈，岩头江已经发展成一座像样的村子。上游是曾姓的独石村。下游是娄山下，这个村号称"七姓八户"，全村三十多户人家，有王、黄、夏、李、廖、唐、肖姓。据说，李姓得益于曾姓祖先的抚养，故李姓的神龛上会供"曾李二姓"。下游的东南面，龙江对岸，是钟桥村，黄姓。所有村子依山筑屋，鸡犬之声相闻。

1881（光绪辛巳）年农历七月十八日，申时（下午 3-5 点），岩头江的山坡上突然传来急促的呼叫："救命啊！快去救人啊！老虫咬人了！老虫咬人了！"呼声惊恐而悲哀。老虫即老虎。岩头江的猎人赶紧去门后找铳。机智的人找到红白喜事时用的铜锣，敲打着往山坡上赶。只有锣鼓声能壮岩头江人的胆，能吓走老虎。全村的人都加入呐喊的队伍。但一切为时已晚。曾祖父的二哥正在山坡上挖土，一只饥饿的华南虎扑倒他，并在人们的呐喊声中叼着他往深山跑去。等敲锣打鼓的人们吓走老虎找到他时，其大腿和屁股上的肉已经被老虎啃光，露出白森森的骨头。我在《武城曾氏六修族谱》里确认这位先人遇难的日子和时辰。他的坟墓在祖父和祖母坟墓的下方。现在，我去给祖父祖母扫墓时，都要给这个被老虎咬死的先人点燃一沓纸钱，烧三炷香。墓葬处叫私公塘，又称回龙庵。小山曾怀抱着一座庵堂，面对龙江。河中有一个小沙洲。

一个月后，1881年公历9月，浙江绍兴会稽县周家诞生一个孩子，37岁取笔名"鲁迅"。我当然不敢牵强附会，说被老虎吃掉的祖上转世浙江绍兴。鲁迅先生的第一篇白话文短篇小说《狂人日记》，就写"吃人"。每次给这位先人扫墓，想起"吃人"，我居然会抑制不住想起鲁迅，想起《狂人日记》。

这一年，俄国沙皇亚历山大二世遭到激进分子的袭击，受致命重伤，被送到冬宫，几小时后死亡。他的儿子沙皇亚历山大三世下令在事件原址上修建一座最好的教堂来祭奠父亲。这就是圣彼得堡著名的滴血教堂。

我去观看过那个滴血教堂。

让一个岩头江人理解"人人生而平等"是十分困难的。先祖的生命被山野的老虎剥夺与被都市的革命者剥夺肯定不一样。荒冢与教堂就是不平等的象征物。

祖上的田园生活，看来并不诗意。苛捐杂税、旱涝天灾、匪祸三重压力之外，还得与老虎、豹子等作斗争。孔子曰："苛政猛于虎也。"中国唐代文学家柳宗元，在他的不朽著作《捕蛇者说》中，曾尖锐批评苛政亦恶于蛇毒。祖上有没有这种体验？不得而知。《捕蛇者说》里的"异蛇村"，距岩头江400里，两小时车程。

这一年，执掌中国最高权力的女人慈禧太后坐上了火车。

4 家史

祖父曾令炑，字海棠，人称海棠先生。炑，火炽的意思。他的命里可能缺火。那会儿全中国文盲比例很高，但岩头江男性似乎都识些字，姓名里多有名有字。中国为什么叫"礼仪之邦"？这里就有讲究：名是由长辈喊的，字是让平辈和晚辈叫的。所以岩头江村以外的老人见到我会说："哦，原来是海棠先生的孙。"只有本村辈分高的人才说我是"令炑的孙"。

曾祖父的房子筑在岩头江边，在那个出水量最大的岩洞下游 50 米处，常年能听到高低落差瀑布的声音。房子是吊脚楼。最靠近溪水的是厨房，石碓、碾子都在这里。除正屋外，还有仓库、偏厢、牛栏、猪栏等。曾祖父送祖父到 5 里外的崇斋相公处读过书。崇斋相公是方圆 10 里唯一在科举时代中过秀才的读书人，修身齐家是楷模。农耕文化让中国绝大多数姓氏笃信"耕读"，曾姓也不例外。神龛两边最常出现的对联是"祭祖宗一炷清香亦诚亦敬，教儿孙两行正业曰耕曰读"。祖父读了几年书，但学问不足以"治国平天下"，只好止于"修身齐家"。他曾在村子里教私塾，附近村子多人曾经是他的学生。学生们多以谷物或腊肉、黄豆等实物为学费，与两千多年前的孔子收学费没什么区别。除了教私塾，他还耕田、蒸酒、打豆腐卖。厨房紧靠溪水，就是为蒸酒打豆腐方便。

祖父曾一度出任岩头江村的甲长。资料显示：蒋介石以军事委员会委员长身份督师江西，认为"剿"共不力的原因之一是民众不支持政府。1931 年 6 月，蒋介石划定江西修水等四十三县编组保甲，将原有闾邻等自治组织一律撤销。次年，以蒋介石兼总司令的鄂豫皖三省"剿匪"总司令部颁布《剿匪区年各县编查保甲户口条例》，规定十户为甲，十甲为保，联保连坐。保甲制度在 1934 年推至全中国。

这个制度最早起于秦朝，由北宋悲情改革家王安石改定，明清两朝均用这个基层制度管理中国社会。中华民国改来改去，最后发现也还是这个制度管用。

当甲长在税负和兵役方面是有好处的。但是祖父似乎没得到这些好处。在"三丁抽二，五丁抽三"时期，家有五丁的曾令炍无疑十分打眼。祖父特别不愿意让已经能犁田耙田掌握全套农活技术的大伯父去当兵。"好男不当兵，好铁不打钉"是中国古训，据说源于宋朝，与"天下兴亡，匹夫有责"的士子情怀针锋相对。在常年兵荒马乱、兵源严重不足、征兵无果的情况下，官府为扩充军队采取了最激烈的办法：抓壮丁。

老百姓对付抓壮丁的办法是：逃。

大伯父逃壮丁的故事，知道的人越来越少了。小学三年级的时候，老师鼓动我们"痛说革命家史"。我采访了大伯父。大伯父告诉我："年轻的时候，为了躲兵役，许多日子一直夜宿山林里，睡个草窝。山林里待得久了，想回家舒舒服服洗个澡吃一顿饭睡一觉。"他回到家的消息很快被乡政府的眼线知道。半夜里，大伯父正酣睡，屋外就有动静。急促的敲门声响起，抓壮丁的来了。为了让大伯父逃走，祖父一边在屋里应声，称大伯父不在，一边同意开门让乡团抓壮丁的人验看。但所有的动作放得很慢。大伯父惊醒后，急忙上楼翻上屋檐，将身子侧卧在正屋和偏厢交接处的瓦槽里。被压碎或滑动的瓦片发出响声。乡团的人马上注意到了，手电光射到瓦槽上，四面大喊："在屋顶上，捉起！捉起！"大伯父无处可藏，只好沿着瓦槽跑向屋后，急切得竟从自家屋顶飞身跃到另一座的屋顶，在瓦片上狂奔，翻过屋脊，从别人家另一面的屋檐跳上一棵树，顺着树又跳上一个土堆逃走。抓壮丁的人跟着身影跑过来，却一下抱着一个正在蒸米酒尝酒的老汉。大伯父则从岩头江上游逃到对面的尖龙山。在山梁上，他跳着脚向那片手电光骂娘。因为一转身跑进山林，就没人能抓到他了。同一夜，在村子的另一处，一个本来被乡团的人堵着的壮丁问："你怕不怕死？自己估估力气，能打得过我么？你要么放我走，要么拦着，让我打死。"说罢用力拨开抓壮丁的人逃走了。

这几乎是动作大片的经典桥段。大伯父诞生于1917年。这样的故事可能发生在 1936 年左右。毛主席带着红军长征已抵达陕北。

后来乡公所向县上汇报，说岩头江村的兵太难捉，一个像猫一般轻灵，可以在屋顶行走如飞，另一个像牛一样有力而且像豹子一样有胆。

没有听说逃壮丁有什么更严重的恶果，似乎基层政府与老百姓达成默契：逃得了你就逃，逃不了你就跟我走。还有人被抓登记入伍后，行军到半途又逃了回来。

二伯父被抓壮丁，半途生病，满身疥疮，部队就把他扔下不管，最后乞讨着回了岩头江。

在中国大地，中国军队正与入侵的日本军队作战。当逃兵也许是可耻的。但在底层，民国政府缺乏最基本的政治动员能力。岩头江人不太知道去的是什么样的部队，为谁作战？与谁作战？用"吃粮"二字代替"当兵"，对岩头江来说，再准确不过。凡愿去当兵的，多是因为家中粮食不够吃，也没什么田可种，当兵为的是混口饭吃。而曾令炊家虽不宽裕，但远不至于要让儿子出去"吃粮"，相反，家中更需要劳动力。林语堂先生写于 1935 年的《中国人》①这样描述："中国的国内战争也并非真正意义上的战争。迄今为止所有的内战皆无值得夸耀之处。没人知道征兵的事情，当兵的只是些没有办法糊口的穷人，他们并不想打仗……他们永远厌恶战争。"

1942 年，上屋场的曾令绍（同学曾德林的伯父）未及逃脱，被抓去当兵。队伍驻扎高沙镇时，堂曾祖父（曾德林的堂祖父）还步行 30 里去看过。家里收到一封请人代写的信（多年后，曾德林看到过这封信）。两个月后，家人再去看时，队伍已不知所踪。此后，再也没有音信。他的母亲七婆婆一直哭，直到哭瞎了双眼。我小时候见到的七婆婆就是双目失明的老人。"吃粮"是可怕的，村子里陆续有五个壮丁一去不返，杳无音信。人们相信是死在战场上了。民国政府对岩头江村没有任何交代。

---

① 学林出版社 1994 年 12 月版第 72 页。

说到底，"逃壮丁"是为了活着。

外公黄长六，字菊垣，在兄弟中排行第六，是最小的一位，居娄山下。他的父亲让他跟着崇斋相公，从 10 岁到 21 岁，不问农耕，专事读书。他像中国历代寒门学子一样，十一年寒窗，准备参加科举考试，争取功名。可读着读着，还没参加考试，远在北京的皇帝忽然被推翻，科举被废除了。他变成上一个时代的遗少，处境十分尴尬，进不能入仕，退不能耕田，也没有遇到什么仁人志士动员他去革命。黄菊垣先生就穿一袭长袍，在方圆 20 里内的私塾里辗转教书。哪里办学待遇高，他就去哪里谋职，教"子曰""诗云"。外婆王雪姣为黄家生了 3 个儿子 5 个女儿。

黄家不算很富足，但有些田产，甚至还请过长工。

黄菊垣先生将自己的大女儿嫁了个猎人，即我的大姨父。我从未见过这位猎人。母亲童年的记忆里，有那个猎人姐夫送野猪肉的情景。狩猎是能改善生活的。岩头江和娄山下给野味的排名是獐、麂、兔、鹿。父亲说："白毛獐的肉最好吃。"

也许总是出门教书，疏于管教，黄菊垣先生的大儿子（即我的大舅舅）染上赌博恶习。为让大舅舅不去服兵役，黄菊垣先生第一次花 120 担谷买了别人去替他服兵役，过两年，又花 80 担谷买另外的人去替他服兵役。这是两笔巨大的花销。一担谷是 100 斤。那个年代谷物亩产只有 200 多斤。80 担谷差不多是 10 亩稻田四年的收成。好在外祖父多个学生就可能多收些谷物。卖兵役的通常家境特别不好，用抵命的方式为家里去挣那几十担谷。也有邪门的，专卖自己，半路乘夜行军躲入丛林或田坝口下的水帘，逃回来；过些日子，又将自己卖出去。未去服兵役的大舅舅游手好闲、沉迷赌局。很有意思的是，他把赢得的钱藏到老婆娘家，当私房钱，输了的让黄菊垣先生去还或者干脆赊账。他把家里的田契偷出来，拿去当铺里换钱赌博。二舅舅现在仍然清晰地记得：有一回大舅舅与湘西名匪张云卿部下赌，一次输掉 120 担谷。土匪有枪，讨赌债手段毒辣，急慢不得。请人去求情，最后谈到80担谷，但要立即兑现。黄菊垣先生卖掉一头大水牛和一亩二分田，才还掉这个赌债。母亲记得大舅舅的劣迹是：他将两丘田赌输抵押给赢家。赢家把田卖给地主黄书安，怕被外公发现，为掩盖事实，大舅舅又租回那两丘田来耕作。直到黄书安来收租，黄菊垣先生才知道田已归他人。

为大舅舅躲兵役，外婆总是被抓到邓家铺乡公所坐"班房"，大抵相当于行政拘留。坐得多了，外婆就很熟悉这个套路，也很坦然。我小时候见到的外婆总是佝偻着背，不知道跟多次坐乡公所的班房有没有关系！

大舅舅滥赌败掉大半家产。黄菊垣先生看到田地越来越少，决定铤而走险，利用教书先生的身份，与他的四哥合伙买卖鸦片，否则，养不活一家人。民国时期，湖南军阀为解决棘手的军饷问题，在激烈的权力竞争中增强自身势力，除了增加田赋、滥发纸币外，更从征收鸦片特税中获取重要财源。所以鸦片种植和买卖，名义上禁止，实际上开放。当黄菊垣先生花费不少钱囤积鸦片在家时，他的二哥得罪了土匪。土匪平常抢劫，一般人都忍了。可那天黄菊垣先生的二哥奋起反抗，将泡菜坛子里的酸水泼向土匪。土匪闻到酸臭味，认定被泼的是尿。第二天傍晚，土匪纠集更多的人，将黄菊垣先生的二哥围在屋子里，举起火把点燃围着木屋的柴草，看着大火烧开木板的墙壁。他们要把泼酸水的人连同屋子一起烧掉。勇敢的外婆头顶着一个竹篾的灰筛，冲进熊熊大火中，将吓得瑟缩成一团的二哥脸上抹满锅墨，拖出屋来。土匪大声喊杀。外婆护住黄菊垣先生的二哥，直称是黄菊垣先生本人。土匪们到底迟疑了一下，不敢随意杀一个教书先生。黄菊垣先生的二哥因此逃脱。黄菊垣先生囤积的鸦片和一应财物，却与那座砖木结构的屋子一同被付之一炬。

黄菊垣先生连翻身的机会都失去了。

这是一个特殊的时间节点，一切都仿佛是上天安排好的。1949年，中国共产党建立中华人民共和国。1950年土地改革，18岁的二舅舅被列入工作队。有人提出黄菊垣先生家应划地主或富农，因为他本人从未下田劳动，还请过长工。土改工作队丈量实际土地时，发现黄菊垣先生大半家业已归于他人名下。因祸得福，一家人收获一个弥足珍贵的阶级成分：贫农。而那个买大舅舅所输田产的黄书安，因为害怕，还没等到土地改革，就自己上吊死了。

名满天下的长篇小说《活着》，写的就是主人公福贵赌博输成贫农的故事。我书架上有这本书，柜里有这部电影的影碟。电影由巩俐和葛优演出。作者余华是我鲁迅文学院的同学，也是同龄写作者中具有国际影响的作家。我读过这部小说，现在偶尔还会翻翻。我原来一直以为只是余华那个浙江海盐县的故事（2019 年 4 月在珠海，余华签送了本《活着》给我，说他的爷爷把 200 亩田产玩成个中农）。直到 2016 年 3 月 20 日早晨，我送 84 岁的二舅舅和 81 岁的小舅舅由珠海回湖南，在珠海上冲长途汽车站候车，才从两个舅舅的叙述中知道:《活着》里那个福贵几乎就是我的大舅舅。我惊讶不已！不过，大舅舅没有像福贵那样一直活着，因"打摆子"（疟疾），他死在洪绥（湖南洪江至绥宁）铁路工地上。大舅妈改嫁，两个表哥跟着外婆过。这段铁路原是想把绥宁的木材运到洪江再通过河运送往下游城市，1959 年动工，1960 年停工。

5 放心走路

解放区的天是明朗的天，解放区的人民好喜欢，民主政府爱人民呀……

那一年母亲 11 岁，父亲 16 岁。在湘西南农村，没有人组织他们欢迎解放军的队伍。解放军也没有队伍经过岩头江和娄山下。人们只是不断地听到一些传闻。

1949 年 8 月，程潜、陈明仁将军通电全国，宣布湖南脱离南京政府，接受中共中央提出的"国内和平协定八条"，和平起义。中国人民解放军顺利开进长沙，受到热烈欢迎。出于对时局的误判和既得利益的维护，国民党军队整师整团地脱离程潜、陈明仁将军，倒向桂系的白崇禧。这些队伍奉白崇禧之命撤向衡阳和宝庆（今邵阳），企图组成"衡宝防线"阻挡解放军。隆回和武冈均隶属宝庆。解放军南下，在这两县都受到国民党部队抵抗。两个县城一北一南，北边的隆回六都寨距岩头江90里，南边的武冈城距岩头江120里。人们不会听到枪声，只看到在这两个地方读书或做生意、当差的人惊慌失措地跑回来躲避。

岩头江人曾石球在隆回县当国民党县党部书记长，一年前刚上任时，全村人兴奋：岩头江终于出县太爷了！县太爷一定很有钱。于是邻居和亲戚就纷纷找他借钱。曾石球是个非常老实厚道的人，手里没钱，又抹不开面子，只好跟他父亲商量卖了自家的牛，把钱分给亲戚和邻居。曾石球自己心里清楚，有背景有钱的县官们都买通关系调到南京或跑到广州去了，空出来的县党部书记长让他这个老实人顶上，其实国民党政府已经失去执政信心。解放军打到隆回时，曾石球参与了相关和谈，说好守城军队与旧政府要像长沙一样欢迎解放军进城。半夜里，守县城的部队反悔了，不肯起义，又与解放军打起来。曾石球管不了军队的事，就慌忙逃回岩头江。

村里关注时事的人问曾石球："不是说和平解放么？六都寨怎么打起来了？"

曾石球说："说得好好的是和平解放。我也不知怎么就打起来了。我要再到武冈城里去看看。"多年后，曾石球告诉我，他想去找到原来谈判的解放军代表，说清楚隆回县城守城部队的"反水"与自己无关，自己是欢迎解放军进城的，可是控制不了白崇禧的队伍。

岩头江和娄山下人见过唯一从村子里开过的军队，不是自己国家的，是日本人的军队。1945年中日最后一战——雪峰山会战，一股日本军队经过村子西行往高沙。人们带着粮食躲到山窝里和石灰岩的溶洞里，隔天派几个壮汉回村子里取米做饭。村里人称"走日本"。父亲每说起躲日本军队的经历，总是不记得躲了多久，只记得冬瓜藤长了两尺。母亲则总提起一位未及逃离的妇女被抓住带路时的哭喊声"何得了啊——"。

曾石球步行120里路赶到武冈县城时，在所向披靡的解放军面前，驻守武冈的白崇禧队伍顽固抵抗，也不堪一击，武冈解放了。可是，那个能证明曾石球投诚的解放军军官在攻城战斗中牺牲了。

母亲和父亲看到的真实场景是：土改工作队来了，带着枪组织大家开会。

粗通文墨的二舅舅被选中，参与新的乡政府的组建工作。工作队带着枪将许多嫌疑人围起来，让当甲长的大舅舅去辨认。土匪麻老黑就在被围的人群中。大舅舅却对工作队摇头说，里面没有一个土匪。工作队就把人全放了。

二舅舅问："麻老黑分明在里面，你怎么不说？"

大舅舅说："你傻呀！这个哪能说？我说了，都是村子里几个人。工作队当场没把他枪毙。他要是报复还不把我们全家杀了？"

麻老黑最终在娄山下村后山坡的井边上被抓，和他的兄弟被枪毙了！

那些火烧黄菊垣家房子的人死有余辜！

中华人民共和国给岩头江和娄山下最强烈的感受是：土匪被剿灭了！人们获得了难以置信的安全感！

百年匪患给湘西人家带来的痛苦，是外人无法感受的。此前的数年里，父亲、母亲与他们的兄弟姐妹、同村人，每天晚上都要与村里人结伴把牛牵到石山窝里去藏起来，怕土匪抢。村村有土匪，都知道谁是土匪，可是敢怒而不敢言。土匪抢不到耕牛，仍然不断光顾，劫走柴灶上方挂着的腊肉、坛子里的油炸豆腐、谷仓里的粮食。母亲说，打霜的天气，躲在山上，头发和眉毛都会结霜，人冻得发抖。父亲说，岩头江的祖屋，建造时考虑到了匪盗，牛栏做得特别结实，一般情况牵不出牛来，而谷仓建在正屋与偏厢的夹层里，仓门在偏厢，用一个木柜遮挡住，外人很难发现。岩头江有人剩一截腊猪肠过年，怕土匪劫去，晚上只得塞进吹火筒里。

好些年里，民国政府所做的事情似乎只有两件：征粮和征兵。在其他公共事务上，都处于无政府主义状态。美国人在建联邦政府之初就明白"在一个混乱的社会中，一个软弱无力的政府会带来可怕的情景"。[①]自打倒皇帝后，连年军阀混战，并未形成稳固的政权，日本军队又打进来。地方行政体系长时期涣散无力。对待土匪，地方政府经常仿照中央政府，采取谈判的方式，招纳有一定规模的土匪队伍当地方武装。中国古代叫"招安"。武冈悍匪张云卿就曾反复被招安。而匪性难改的队伍，常常在刚招安的前几个月里把一年的粮饷领完，觉得当政府军太不自由，见了好东西不能随便抢，见了美女不能随便睡，领完粮饷便回归山林。

一队土匪曾经大喊大叫着经过岩头江和娄山下，却只捉了几只鸡、提走几块腊肉。此举让两村的人充满感激。人们知道，这队土匪里有亲戚，听到其他土匪洗劫的计划才先下手，让别的土匪断了来洗劫的念头。这是"保护性抢劫"！办法类似于在森林里遇到火灾，得把自己所处的一片林草先放火烧了。

大伯曾给我讲过名匪张云卿的故事：他隔三天就要去桃花坪卖一担柴，但每次卖柴回来就会被一个土匪打劫。土匪有时给他留点钱，有时全劫走。十三岁时，他有次从桃花坪卖柴回去，路过时，土匪没有跳出来抢劫。他仔细看，土匪竟抱着枪睡在树下打呼噜。他小心走近，奋力用柴刀砍死土匪。过些天，他自己抱着枪当上土匪，过些年，他拉起自己的队伍。1950年剿匪，他钻进了石灰岩的山洞。乡亲们捐出干辣椒在洞口焚烧，并用风车将辣椒烟灌入岩洞。他受不了辣椒烟，终于开枪自杀。

共产党用霹雳手段，显菩萨心肠：清剿土匪，禁绝押牌赌博，禁绝鸦片买卖，禁绝卖淫嫖娼。这个信奉无神论的政党用非凡的勇气，誓言荡涤一切污泥浊水，给底层普通人以公平、正义、自由、平等、民主、

---

① 《联邦党人文集》，中国社会科学出版社2009年12月第1版第5页。

幸福……比底层普通人奢想的还要多得多。

人们用一个古老的成语来形容面貌一新的国家：河清海晏。

岩头江人感受到：风清气正。

中国人相信一种好的政治社会治理方式，是会让空气都变得清新可人的。

现在的人们难以体会：在山上放心放牛是幸福的，晚上可安心睡觉是幸福的，在路上可以放心行走是幸福的！

1951 年，十三岁的母亲可以放心地挑着 30 斤大米，与她的哥哥一起到 30 里外的桃花坪镇上去卖。沿途有微笑有问好，不会在一个山路拐弯处突然冒出蒙面（或脸上涂着锅墨）的土匪了。在卖米的路上，她第一次近距离见到一名年轻的解放军军官。他回家探亲，抽时间陪自己的父亲去桃花坪镇上的诊所看病。他看到小女孩挑着米有些累，主动帮助她把米挑在肩上，一直挑到桃花坪。

六十多年后，母亲说起这件事，脸上仍然洋溢着幸福与感激："我要是碰到他，一定请他吃顿饭！"

6 我的父亲母亲

有个专事教书的父亲，又走进新社会，母亲仍然未能获得读书的机会。不只是母亲，舅舅和姨妈们也没上过什么学。一方面由于家业衰败，另一方面也没有更多的新式学校来接纳他们。外祖父所教"子曰""诗云"，被认为是"旧学"，受到排挤，被赶回娄山下劳动。母亲为没读过书而抱憾终生。新中国除了带来安全感，还鼓动妇女读夜校扫盲班，让女性也能认识和写自己的名字。母亲积极参加夜校识字班。但其他的生存方式，日出而作、日落而息、春种秋收的日子，没有改变。岩头江和娄山下的人们依旧耕地、纳粮，只是他们被告知已是土地的主人，剥削、压迫、欺凌他们的人已经被消灭了！

五十年后，母亲有时会对着电视字幕突然说："这几个字我认得。"

只有一个湘西母亲的儿子知道，听到这句话是什么样的滋味。

获得机遇的是父亲。

新中国鼓励穷人上学。1951 年，同村的曾祥正（他的家庭被划为富农）劝父亲去考中学。父亲早期跟着祖父读过几年私塾，有些中国古文的基础，但真正上新学校，只读了二年级一学期、三年级二学期、四年级二学期。六年的小学，父亲只读了一年半，三个学期。曾祥正满腔热情的鼓动，让祖父勉为其难地答应父亲去考中学。父亲满心喜悦地穿着草鞋，走 120 里山路，跑到武冈县城。他并不抱考上中学的希望，只是听说武冈县城是何等的热闹繁华。他是要去看武冈县城的繁华。老辈人还称它"州里"（武冈州府）。

父亲几乎是个学霸。他考上了！六十五年后，力邀他考中学的曾祥正对我解释："一是当时的中学要求确实并不高，二是他虽然只读了三个学期的小学，但在你爷爷那里读的古文比我们小学毕业学的还要多。"

父亲考上县城的洞庭中学。这所学校系促成湖南和平解放的李明灏将军与教育家刘侃元先生 1939 年创办。武汉沦陷时期，黄埔军校第二分校曾迁址于此。办这所学校的初衷，是为解决黄埔军校第二分校教职工子女的就学问题。这里曾经在抗日救亡的旗帜下，聚集了一批热血青年。门口的溶洞石壁上写着血红的大字：好男儿杀敌去！

国家生机勃勃，祖父却已沉疴在身。父亲去上中学肯定要增加家庭的负担。祖父担心自己撑不了多久会离开人世，在父亲去上中学前，让还没有分家过日子的三伯父和四伯父答应暂不分家，等父亲上完中学再分，以便在自己去世后，仍有人支持父亲上完初级中学。

祖父的安排是有预见的。他在第二年去世了。

1954 年，父亲初中毕业前夕，被送去参加航空学校招募飞行学员的体检。在县城里，他通过了初检。这让他有机会见识一个更大的城市：邵阳。他惴惴不安地希望获得一个报国的机会。在邵阳体检到最后一关，他被刷下来。从邵阳回武冈，半路上他想在隆回桃花坪下车，回岩头江家里拿钱交学费。快毕业了，还欠学校 38000 元（旧币，合

3.8 元），折成谷子（每担 36000 元）要 100 多斤。带队的县团委书记说明天就要考试，来不及了。父亲回到洞庭中学。班主任老师说："算了，明天就要参加升学考试。你这参加招飞体检也是响应国家号召。我跟学校说说，免收这钱算了。"学费真的就免了。六十多年后父亲提起这件事，仍然感谢母校洞庭中学当年的慷慨。

祖父去世了，父亲不可能再上普通高中，想考个中等专业学校，最好是不收学费还管吃住的那种。考后不久，他接到长沙有色冶金学校的入学通知书。我在他的书柜里看到过这个学校的"录取通知书"，但现在已查不到这所学校 1954 年的状况。

父亲揣着通知书回到岩头江。三伯父和四伯父都有了自己的孩子，他们要分家过自己的日子。祖父的遗嘱也只让父亲读完初级中学。父亲自知已没有可能走进省会长沙求学——尽管他非常想去。那张长沙有色冶金学校的入学通知书，成了他书柜里的收藏品。他每天下地干活，顺便砍一捆柴火回家，在路上眺望东方。那是日出的方向，也是长沙的方向。

新建立的人民共和国百废待兴。这一年，第一届全国人民代表大会召开，包括毛泽东、刘少奇、周恩来在内的 1226 名代表认真审议并通过《中华人民共和国宪法》。这部《宪法》第一条规定："中华人民共和国是工人阶级领导的、以工农联盟为基础的人民民主国家。"从"普天之下，莫非王土。率土之滨，莫非王臣"到"中华人民共和国的一切权力属于人民"（第二条）"一切国家机关工作人员必须效忠人民民主制度，服从宪法和法律，努力为人民服务"（第十八条）"中华人民共和国公民在法律上一律平等"（第八十五条）的庄重表述，只隔了四十三年。

四十三年前的两千多年里，中国人相信一切权力属于君王。只有极少数的人发问：王侯将相宁有种乎？

中华人民共和国建立之初，各界达成《共同纲领》并以此治理国家。此前的三十八年间，也曾有《中华民国约法》《中华民国宪法》，但似乎都只是远方都市政治从业者的游戏文件，从未有任何词句真正抵达岩头江。岩头江的治理一直依靠乡规民约。三十八年间的法规若能有十分之一的执行，湘西也不会有那么恐怖的匪患。

在古代中国，《宪法》如此庄严的文字，会被铸在鼎上。

自由、民主、平等、权利、义务、福利……都是岩头江人从未学习过的词。没有人假设，如果将这些词播进岩头江的土地里，种地的会得到什么。自由会不会像一颗南瓜子，种进土地里，浇上足够的大粪，过七天会长出秧子来，到夏天会结出磨盘大的自由之瓜来？

父亲并不面对自由、民主。他面对的是一张入学通知书。

这年颁布的《宪法》第九十四条规定："中华人民共和国公民有受教育的权利。国家设立并且逐步扩大各种学校和其他文化教育机关，以保证公民享受这种权利。"

这个规定并不解决父亲入学的困难。父亲有"权利"而没有"条件"进一步"受教育"。但是一个星期后，他被通知到县文教科听从分配。县文教科一纸派遣单，让他成为众乐亭小学的一名教师。众乐亭是距岩头江20里的一个村子。父亲仍然因新颁的《宪法》获益。失去读书机会的同时，他得到一份教书的工作，担当《宪法》规定的另一任务，"扩大各种学校"让更多的人享受到最基础的受教育权利。人民共和国刚建立时，设计的是一个新民主主义国家制度，但一切进展似乎超预期顺利。在工商业方面开始推进公私合营，在农业方面，推动农民成立合作社。在农村基层，举办学校推动基础教育，让更多的人识字学文化是当务之急。国家很需要父亲这样上过中学的年轻人参加建设。

1957年反右派斗争扩大化，在乡村，教师是冲击对象。父亲刚当上小学校长不久，工资从22元涨到37元，许多比他年长的老师也才33元。作为新政权的受益者，他对共产党和人民政府充满感激，让他写大字报批评领导抨击时政，他没意见，不知道该写什么。摊开白纸，报纸上一首歌词映入他的眼帘：

乡里妹子进城来，打双赤脚有穿鞋。

何不嫁到我城里去？上穿旗袍下穿鞋。

城里伢子莫笑我，我在乡里好得多。

上山能挑百斤担，下田能摸水田螺。

父亲随手将歌词抄写好，贴在大鸣大放的民主墙上。这是一首源自湖南邵东的民歌，曲调清新，歌词质朴，传唱甚广，至今不衰。它与那些批评领导针砭时政的文章放在一起，显得十分唐突、乖张、滑稽。这是底层的政治选择。父亲的选择其实是无选择的选择。回头看，这样的态度和文字仍然是一次重大的冒险。如果在城市或在乡村的另一个地方，可能被恶意解读、引申。但在武冈，没有人对父亲这么做，因为右派的指标很快被填满。他涉险过关——他从不觉得那样做会有什么危险。

我出生时，父亲已经过多轮的培训，升任为武冈县邓家铺区的文教支部书记。区不是一级行政机关，属于县的派出机构，高于人民公社而低于县。

父亲成了国家基层管理机关的一员，甚至很有点像山村里的一颗政治明星。他满腔热情地宣传政策，推动乡村办学。

在某些场合，母亲被称为"书记娘子"。这是一个混搭的称谓。"书记"原指负责文件记录或负责缮写的人员，是法院最低的职务。共产党的"书记"职务源于马克思建立巴黎公社时谦虚的选择。"娘子"是中国古代对中青年妇女的尊称。但在中国乡村，没有人会觉得这种称呼怪异。母亲并不排斥这个称呼。岩头江和娄山下的妇女极少离开村子，顶多走走亲戚。年长者裹着小脚，走不了多远，普遍地被称为"梁氏""张氏""刘氏""王氏"。母亲有机会到武冈县城去开会、学习，她不能再被人简称为"黄氏"，称"黄妹淑同志"又不够格（称呼她的人也未必在同志之列），她需要一个合适的称呼。"书记娘子"未必是合适的，但这么叫着，比叫"黄氏"要好，能将她与其他妇女区别开来。

农业合作化，是中国共产党对中国乡村进行最彻底的政治动员，以娴熟的组织技巧进行全方位改造的大胆尝试。农业文明给中国农民养成最突出的特点就是自由散漫。农民直接面对土地，用两千多年前就发明的农具耕作，经验代代积累并传递。劳作的节奏由季节、气候来决定，年复一年，一成不变。人们自给自足，因循守旧。这种情况让他们没有什么公共事务需要处理或关注。乡村底层实际上一盘散沙。人民公社将农民组织起来。县以下是区，区以下是人民公社，人民公社以下是生产大队，生产大队以下是生产队。所有的劳动者都是人民公社社员，在最基层的单位生产队，则是生产队队员。有外国研究者认为："新政权建立较大型组织的冲动，出自想创建一种更为有效的基础结构，首先是促进水利设施发展的考虑。"在这个时期的文学作品中，我们看到，这种组织最早起始于分到土地的农民在劳动中互助，不只是水利，还有大型农具的使用。如果一户农民家中的主要劳动者生病，他所分到的土地不能荒芜，就只有依靠其他人的帮助。新政权及时发现互助中的积极因素，总结并推动了进一步的合作化。

中国乡村因此被重塑。

公社设有书记（一般兼革命委员会主任）、副书记、委员及管农业、经济、青年、妇女、民政、民兵等一系列干部。管民政工作的叫民政干事，管民兵工作的叫武装部长，管青年工作的叫团委书记，管妇女工作的叫妇女主任……至这一级别，他们的工资由政府发给，米、油、肉、豆腐一应物品均由政府组织供给，称"国家干部"，吃"国家粮"。

公社以下设生产大队，大队干部有书记、大队长、会计、民兵营长、妇女主任，管理1000余人口。在生产队，设有生产队长、会计、保管员、妇女队长、民兵排长、计工员等。岩头江与西边的独石、东边的娄山下3个自然村一起被组织为双江生产大队，下辖9个生产队。岩头江村被细分为5个生产队，序列是从三到七。这种高度严密的组织结构有利于精细有效的管理，连农民下地的时间都严格地以队长的哨音为准。农民不再以独立个体耕作土地，而是以集体的一分子被拴在土地上。如果不能出工，他得有足够的理由向队长请假。

1975年新修改的《中华人民共和国宪法》第七条规定："农村人民公社是政社合一的组织。现阶段农村人民公社的集体所有制经济，一般实行三级所有、队为基础，即以生产队为基本核算单位的公社、生产大队和生产队三级所有。"以法律的形式追认了这样的农村基础结构。

母亲仅上过短暂的夜校识字班，识字甚少。但整个生产大队的妇女，仅有不到10个人识字。父亲进步的同时，母亲也在进步，她被选为生产大队的妇女主任。

这个险些被外祖母踩死扔掉的孩子，成年后继承了外祖母的一切优秀品质：聪明、勤劳、办事干练、通情达理。世事洞明皆学问，人情练达即文章，用在母亲身上非常合适。在生产大队，妇女主任主要是处理家庭矛盾、调解婆媳关系。过去，家庭有矛盾可能向宗族的族长申诉。新政权引导妇女在遇到问题时依靠组织解决。这是将家庭成员的权利与义务、家庭冲突、暴力纳入公共事务管理的有效探索。一年里总不断有女人来找母亲申诉，要么是儿子儿媳不赡养母亲，要么是遭自己男人掌掴了一顿。母亲其实没有任何权力，但她得止住申诉者伤心的啼哭，得给年长的女人擦干眼泪。她得说道理，从小道理到大道理。在不断说道理的过程中，她会被反驳，不得不搜肠刮肚找词找道理。说着说着，她就似乎比别人懂的道理更多些了。她劝男人不要掌掴自己的女人："你看人家是外姓？你有儿有女那是谁给你生的？人家嫁过来不是来挨打的，是来给你传宗接代的。你自己看不起自己的婆娘，哪能让别人看得起？她以后是做祖婆要上你家神龛的！"多人就这样被劝住了。也有劝不住的，母亲只好无奈地给一句："人民政府哪里会允许打人？"

一位年迈的女性长者，每年青黄不接的时候，总要哭叫着从岩头江对岸过来，向母亲投诉儿子的不孝。母亲除了说些安慰的话，还请她吃顿饭，饭里放个鸡蛋，走时给她1块钱，从米桶里舀半升（约1斤）米给她。如果篮子里有蔬菜，也会送几根。

大队干部不领国家工资，一律记工分。工分由生产队评定。

1954 年的《宪法》第九十六条规定"中华人民共和国妇女在政治的、经济的、文化的、社会的和家庭的生活各方面享有同男子平等的权利"。但在生产队,一个壮年男性出工一天记 10 分,一个成年女性出工一天只记 6 分。男人被称为全劳动力,妇女被称为半劳动力。母亲得挣工分,处理那些女人的申诉只能用工余时间。为了提高工作能力,人民政府让她自己背着被子到武冈县城的地方干部学校参加学习。她被作为基层妇女干部培养。虽然走 120 里山路参加三天的学习很辛苦,但她很高兴,在获得某种优越感的同时,也获得了实惠:开会与来回走路的时间,一样记工分——虽然只记 6 分。会上的伙食比家里要好。在岩头江,人们每天只吃两顿,而在县城的学习班上,一天吃三顿,每顿有肉有白米饭吃。岩头江还用自家制作的碓子碓米,碓出来的是未去真皮的糙米。母亲在县城里的会议餐上假想:如果每一顿饭都能吃上这样的白米饭就好了!她并不指望每顿都有肉吃。

母亲曾经说:"我要是读过书,我能当县委书记。"

母亲每天听着生产队的哨音出工,带孩子的任务当然交给祖母。在中国,祖父祖母(或外祖父外祖母)照看孙辈,时值青壮年的父母需要努力工作,这个模式延续至今。

祖母裹了脚,像所有她那个时代的女性一样。裹脚是一门技术,据说源自南唐的时尚。裹脚布是自家种棉花纺纱织的,很长,洁白,一圈又一圈地在脚上缠绕,需要时间和耐心。祖父去世后,四个伯父都分了家,父亲与祖母过。父亲结婚后,又分了家。祖母年届古稀,独自过,由 5 个儿子赡养。因为裹过脚,她很难参加田间劳动,主要任务就变成带孙子。自 1938 年起至 1976 年止,她的五个儿媳妇总计给她生了 20 个孙子 13 个孙女。三十八年里,几乎每年都有孙子或孙女出生。三十多年的时间,这个家变得枝繁叶茂。

我两岁的时候,祖母死过一次。她寿终正寝,穿着黑色衣服,躺在床上。家里开始为她准备丧事。她的棺材已被擦去了灰尘。母亲在炒辣椒的时候,听到里间有轻微的咳嗽声。里间没别人,只躺着祖母。母亲不敢一个人去看，拉了三伯母去，发现祖母有轻微的呻吟。祖母死过一次后又活了过来。父亲请一个以治牛出名的张老师给她开了中药，一点一点地把她的病治好了。张老师是公社中学的教师，没有行医资格，但他的处方广受欢迎。他诊断祖母属于风湿性心脏病造成的假死。祖母不懂自己的病，只说了自己真切的死亡体验，她说像是在做梦，梦见自己一会儿躺在一块门板上晒太阳，一会儿又在纺纱。她梦见自己走到一处窄路上，前边有一座桥，还没上桥就遇见祖父。祖父见到她，很诧异，张开双臂拦住说：“你这么早到这里来干什么？我早走了不管事。你得回去带孙子！”说着就把祖母推一把，祖母醒了过来。

这是一个关于复活的传奇。

岩头江的人们判断：毫无疑问，那座桥就是通往冥界的奈何桥。

祖母的梦被我们验证。1978 年，当我的弟弟——她最小的孙子1 岁半的时候，她安详地去世了。弟弟已经能叫奶奶，能独立行走。

祖母 86 岁高龄去世。她确实是从黄泉路上回来带孙子的。

7 银环蛇·醉牛·井

因为孙子孙女众多，祖母经常顾此失彼。

我和堂兄弟堂姐妹们藏猫猫的时候，祖母总是找到这个不见了那个。除了照看孙子孙女，她还接受儿媳们交代的一些绩麻纺纱的任务。

为了减轻祖母的工作负担，母亲常常用竹篓背着我出工。

中国正开展“四清运动”，在乡村，“清工分”是件重要工作。我隐约还记得村子里有人唱着歌：“四不清，四不清，它的害处多得很……”母亲的工分必须是货真价实的。背着我出工显然会耽误劳动。她用一个内带座板的竹编背篓把我背到地里，然后安放在她视野内的枯树叶上或草坪里。如果是挖土，她要让人们看到她挖开的土比别人多。她是妇女主任，不能因为带着孩子出工而落后于人。

农历八月的某一天，母亲把我安放在椅子岭的一棵油桐树下。收工时，母亲重新背起载着我的背篓，发现背篓下蜷曲着一条近3尺长的银环蛇吐着信子，不高兴地抬起头来。它钻在背篓下乘凉。母亲移开背篓惊动了它。母亲大气都不敢出，也不敢乱跑，直盯着银环蛇缓缓溜向草丛，才背了我转身猛跑。此后，她不再敢把背篓安放在枯叶或草坪上了。那银环蛇要是将头钻进篓子里，很容易就能咬到我的腿，吸我的血，我必死无疑。这一场景曾让母亲多次做噩梦，梦见银环蛇钻进背篓里将我咬死。母亲因此会在半夜里哭醒。

多年以后，一个长沙女孩认领了这条银环蛇："那就是我。我看你来了。"她是我的妻子，属蛇。她像鸟儿珍惜羽毛一样珍惜自己的属相。

蛇不只是出现在山上，也出现在屋前屋后，甚至是屋内的柴塘里、床上。

祖父在1946年新建了一座房子，用以安顿他几个不断长大娶妻生子的儿子。这一年大伯父30岁，已经是3个孩子的父亲。这座房子在老房子对岸山腰上。宅基地是用自家一丘水田与别人家换来的。房子后面有一股泉水。修房子看中的就是这股泉水。垒几块石头就砌成了一口井。此后，岩头江不断有人到对岸修房子。岩头江就形成了两部分，南岸的叫大院子，北岸的叫对门。靠近泉水的几座房子所处地段，又叫红叶树下或晒谷坪。

土地是岩头江人自己开垦出来的，人们从不怀疑自己有命名的权力。

我出生时，晒谷坪已有了四座房子。祖母、大伯与我家共一座，三伯父家一座，另两座在我家房子的右上方，住着我的三位堂爷爷。我家的房子背靠着水井。举头往窗户上方（或者睡在床上）就可以看到打水的人。水井地势高，差不多与屋檐齐平。井后是年代不详的坟墓和杂生的灌木，还有一些零星开垦的土地，种麻、大蒜、棉花或者荞麦。再往上，在耕地与树林之间，是一棵孤立的油桐树，远看如一朵巨大的绿色蘑菇。

如果丰衣足食，简陋的农舍满是栖居的诗意。

上方人家与我家房子夹角，是一口小小的池塘，较浅，承接井里多出的水。生产队有时在池塘里种上芋头。最靠后的房子后面是竹山，长有三种竹子：绵竹、琴丝竹与毛竹。我家与大伯家门前各有一个葡萄架，每年都结满了一嘟噜一嘟噜的葡萄。到秋天，葡萄尚未变紫，就会被摘掉许多。这些葡萄从未卖过，即便熟了，也是摘下送四邻品尝，多余的再送给村外的亲戚品尝。三伯父的房前右边是一棵桃树，接着是五棵李树依次向左排开，左侧隆起的小土石堆种了竹子和松柏。每到春天，桃红李白，煞是好看。桃李树下的土地种过棉花、大蒜、生姜、烟叶，后来又改成稻田。

岩头江的土地上，出现得最多的是乌梢蛇。我们一直以为它是剧毒的，如今在网上搜索才知道：乌梢蛇为游蛇科，属体形较大的无毒蛇，广泛分布于中国，生活在丘陵地带，狭食性蛇类，主要以蛙类、蜥蜴、鱼类、鼠类等为食。乌梢蛇皮还是京胡与二胡的专属用皮，具有黑如缎白如线的美感。父亲年轻时曾经被这种蛇咬伤过小腿，在未服蛇药的情况下，没有中毒——看来它确实是无毒的。乌梢蛇能在屋前屋后捕食到青蛙、老鼠、蜥蜴，此外，它还有机会捕食小鸡雏、偷食鸡蛋。在食物链中，它处于相对的高端。岩头江的环境对蛇是有利的。

当房间里出现蛇的时候，母亲不会害怕。她相信是祖先显灵，借了蛇形来探看晚辈们。祖先借什么样的身形都不如借蛇的身形好，安静、轻灵，不需要多大的门，仅洞穴就可以通过。母亲会轻声地对蛇说着话，双手合掌作揖祷告，直到蛇缓缓离开。

我家老宅子室内二楼的土砖墙上，至今仍挂着透明的蛇蜕。

当我不再需要坐在背篓里的时候，母亲一样会把我带到做工的地方。或有三两个同龄的孩子一起。母亲们把我们放在她们的视野内，并反复叮嘱我们不许走开。

危险仍然会随时出现。制造危险的不只是野生动物，还有耕牛。耕牛只要有足够的草料，在绝大多数时候，它温驯且不辞劳苦。但当被激怒或高度亢奋时，它会有"牛脾气"。它会一路狂奔，用角去攻击任何它认为应当攻击的敌人。我在开着野蔷薇的小路上好奇地张望草丛中的蜥蜴。一头因吃发酵草料醉了的黄牛，背着一副装有 13 根大铁齿的耙，向我狂奔过来。跟在它后面的耙田人已拉不住它，放弃了手中的缰绳。岩头江人把牛的这种行为叫"发蹦子"。牛蹄急促敲打路面的声音，山谷里到处都能听见。它背后的铁耙一直未能脱落。耙齿扎向地面，发出铿锵声的同时，还冒出火花。母亲在岩头江的南岸插秧，我在北岸，距离不远。但走过来抱开我需要从田里出来，再跳过四个石墩越过岩头江，约需两分钟。狂奔的醉牛与我相遇，只差 20 秒或者更短。一切都来不及了！农田里的大人们放下手里的活计，一起大声呼喊。他们希望牛停下来，希望铁耙脱落下来，希望我逃跑。

醉牛带着铁耙冲着我狂奔而来。

我从小路上消失了……

农田、山谷里一片惊呼。

母亲撕心裂肺地大叫着我的名字，拔出泥腿踏过满是沙砾的田塍跳过石墩……

我没死。醉牛的蹄没踏着我。它背着的铁耙也没扎着我。我在醉牛接近的那一瞬间，就势滚到了路边的沟里。沟里平时过水，这会儿正好是干的。沟的深度正好帮我挡住醉牛的四蹄和它背着的铁耙。野蔷薇的花瓣被撞落。

如果有一个幼儿园，哪怕极其简陋，对我的安全也是有益的。听说此前的 1958 年大跃进，生产大队办过幼儿园（当然先办食堂）。不久，食堂解散，幼儿园也解散了。

祖母倒是很像办了幼儿园，一大群的孙儿孙女。当母亲意识到带着我出工也会遇到很多危险时，又把我放回到祖母的"幼儿园"。

当我玩耍得犯困的时候，我跟祖母打了个招呼，自己走进她老人家的房间，爬上她的床睡觉了。母亲出工回来，不见了我，问祖母我在哪儿。

祖母完全忘记我跟她打过招呼，茫然说："刚才好像还在跟他们玩，怎么不见人了呢？"

母亲仔细地问祖母："你看到他在这里玩是多久的事？"

祖母十分肯定地说："就是刚才啊！他能去哪里呢？"

母亲感觉不对，怕是出事儿了。小河、小溪、池塘和井里都会淹死人。附近的村庄，几乎每年都会传出淹死人的消息。事实上，在我所经历的岩头江岁月里，村里就淹死过两个人，都是孩子，一个不到 15 岁在龙江里淹死了，另一个死在岩头江的洪水里，可能只有 12 岁。不见了人影，母亲首先到处喊我的名字。狭长的山谷里，人声传得很远，但不见我的回音。母亲心越来越往下沉：不行，得赶快看看井里。井其实不大，两米见方，深不到 1.2 米。就是丢个萝卜在水底，也是看得见的。母亲与大伯一起用竹竿在井里搅了几遍，没发现什么，又到秋雨屹的池塘里寻找。按照祖母"刚才还在"的说法，我不会走远。回过头来，母亲没有办法了，哭喊着要把屋后井里的水舀干。她一边哭一边与大伯舀井里的水。她的哭声惊动了村子里的人，不断地有人走到井边来。

母亲的哭喊声和人们的喧闹吵醒了我。我睁开眼，透过窗棂，看到井边人影绰绰，听到母亲在叫我的名字。我大喊三声："我在这里！我在这里！我在这里！"母亲听到声音，静一刻，再唤一声我的名字。我清晰地回答。母亲哭叫着跑到祖母的房间抱起我。

祖母茫然："你什么时候会自己上床去睡觉了呢？唉，我真是一点都不记得了！"

躺在祖母床上看到屋后井边人影的一幕，我至今记得。但在我的记忆里，醉牛呼啸而过的场景仅限于母亲和其他长者的描述。牛、铁耙、水沟，我都有所记忆，而事件本身，我需要根据长者的描述用想象来还原。

《宪法》第九十六条规定"婚姻、家庭、母亲和儿童受国家的保护。"当然，《宪法》无法规定蛇什么时候出洞，醉牛不能狂奔……

五十多年后，我坐在伶仃洋西岸的礁石上，静静地回望岩头江：那里的每一个生命都必须野蛮生长。每一个生命都是奇迹。

8 劳动：从扯虾公草开始

我的劳动从扯虾公草开始。

母亲说："你5岁了，要开始做事。"

我说："好。"

母亲从15里外的黄桥铺给我买回来一只与我身高差不多相配的竹篾背筛，让我试试。背筛高了些，背着有些拖地。没关系，我在一天一天长高。新鲜的竹篾散发出清香。我十分高兴。这是母亲送给我5岁的礼物。我在成长！

这是1967年夏天的一个上午，偶尔有云，太阳不算特别厉害。母亲把我带到椅子岭。

走过山塘的堤坝，上一个坡，是四块正方形的红薯地。红薯藤还只有两尺来长。母亲和几个生产队员的责任是锄草。她们需要挥动锄头把地里的草刨掉，免得杂草抢走土地的肥力。上午有两块土地的任务。

母亲指着那些吐着红须儿的小草说："认清楚了，这是虾公草。你把这些草扯下来，放到筛子里去。你不扯，我们也要锄掉。"母亲说完，蹲下身子来手把手地教我如何抓住小草离土最近的部分把它连根拔起。

这是全新的童年体验：劳动是愉快的。我可以帮着母亲做点事情了。

不远处的山林里有蝉鸣和鸟叫。

中间有一会儿休息，母亲与其他人到山塘里边的土壁上找到泉水喝，又用桐子树叶给我兜了点水来喝。我有时会放下虾公草去追跳跃的蚱蜢。母亲并不批评。

第一个小时是新鲜的，第二个小时，劳动就变得单调。我的手指被砂石轻轻划伤，不出血，但会疼痛，可看到细细的划痕。

我累了，第二天就不想去了。

然而，我不去不行了。

我以为背着新的背筛去扯虾公草只是好玩，其实是母亲劳动安排的一个重要部分。她计划得十分周详：我跟着大孩子们去扯猪草，首先就不再需要祖母看管了，其次是不管怎样，扯点猪草，总能解决猪饲料的短缺。岩头江一般人家每年要喂养两头猪，一头按统一征购价卖给政府，一头杀了供自家过年吃和熏腊肉。养猪的农民没有肉票，买不到食品站的肉，只能吃自家熏的腊肉。

过了些天，母亲不再带着我跟她出工，而是把我交给我的堂姐姐、堂姑姑们。她们比我大 5 岁以上，小学毕业的已不再上学，主要给家里砍柴扯猪草。

从 5 岁开始，我有了一份正式的工作：扯猪草。

或者换一种说法：5 岁时，我开始为养一头猪努力工作。

我参加的是家庭内部的劳动，由家长安排。这类儿童劳动自古就有。我扯猪草喂养的猪，在长到 120 斤重的时候，会送去卖给政府设立的食品站。不到 120 斤的不达标，食品站不要。岩头江差不多每户每年都有政府布置的一头"征购猪"的任务，不养一头达标的猪卖给政府是不行的。这也是养猪卖钱的唯一渠道。食品站以每斤 4 角 5 分钱的价格结算，将钱付给我们。120 斤的生猪可卖 54 元，除去几个月前买小猪仔 14 元的成本，可挣 40 元毛利。如果一个成年男性劳动者每个劳动日只值 2 角钱，卖这头猪的收入则相当于他辛勤劳动 200 天，这是个惊人的对比。一个家庭可以只养猪卖猪，不参加生产队的其他劳动吗？不可以！一个家庭既不能多养多卖猪，也不能少卖猪。食品站杀猪后以每斤 8 角钱向有肉票的购买者卖出猪肉。

很短时间内，母亲就把这项工作具体、量化了。我每天扯的猪草，要足够让栏里的猪吃饱。冬天里还有些红薯可以填补。夏天里要纯靠扯猪草喂饱一头猪，对于 5 岁的我来说，是很繁重的劳动。堂姐姐、堂姑姑们有时能给我一点帮助，把我带到猪草丰富的地方，她们不扯，让我多扯上几把。

扯够猪草，堂姐姐、堂姑姑们下棋，取小石子为棋子，在地上或石头上划格子为棋盘。不下棋时，她们会结队走进山林里去采野果吃。她们嫌我小，个子不高，怕我走进野刺蓬、灌木丛里找不见人，不让我跟着她们去采野果。她们把装满猪草的背筛拢到一起，让我看管，告诉我："看管背筛的任务很重要，千万别让人抢走了。要是有人抢，你就大声呼叫。"她们说好了，采到的刺莓和其他山果都会分给我一份。我守背筛的地方叫椅子岭，再往西走两百米的地方叫"锅西洼"。我眼睁睁看着她们的身影一个一个消失在林子里。

太阳热辣辣的，除了蝉鸣，还有偶尔的几声鹌鹑叫。鹌鹑常躲在田边地边的草蓬或荆棘里，叫声很沉重，像一个遇到伤心事的男人捏着鼻子捂着嘴压抑着恸哭。在旷野，一个孤独的成年人听起来都会感到毛骨悚然。在我听来，鸟的叫声中鹌鹑的最恐怖，其次是猫头鹰，第三才是乌鸦。

当旷野里四下无人时，我感到自己的身子越来越小越来越小。往树林里张望，开始还能看得见采野山果的堂姐姐、堂姑姑们拨动枝叶，后来她们就似乎被吞噬了。我呼喊，开始还有人应声，再喊，她们都懒得应声了。当鹌鹑再次鸣叫，一批乌鸦在我的头顶盘旋聒噪并久久挥之不去时，我哭了。

我告诉后来分给我山果的所有人："我害怕！"

若干年后我才知道：这一年，令人害怕的不是椅子岭的空旷，不是乌鸦的聒噪。在世界上许多人群聚集的地方，许多许多的人比我更害怕。

1967 年 4 月，椅子岭的红薯藤插进湿润土地不久，在美国的一所高中里，教师 Ron Jones 大胆地进行了一场实验：他要重建一个微型的纳粹德国，就在他的教室里。他想让他的学生们亲身体会法西斯主义，不仅体会其恐怖，也体会其魅力。他向他的班级灌输纪律性和集体精神，鼓励为了集体利益互相告密。结果只用五天，他就将学生"培养成了优秀的纳粹"。

这一年，离第三帝国的灭亡已经二十二年，隔了整整一代人。

这年 7 月 23 日，美国第五大城市底特律的警察在凌晨闯进黑人区一家小酒店，逮捕数十名黑人。数百名黑人闻讯赶来，向警察愤怒地投掷石块和砖头。第二天晚上，数千名黑人冲破13000多名武装军警的重重包围，把抗暴由西向东扩展到整个市区。美国三家最大的汽车工厂的装配线完全停顿，市内商店、银行、饭店全部关闭，学校全部停课。28日暴动平息。40余人死亡350人受伤，3800人被捕。

这一年，《独立宣言》已发布一百九十一年。

这一年，中华人民共和国成立十八年，是举行成人礼的年份。

这一年的夏天，我不在底特律的大街上，也不在中国的任何城市，我在岩头江的椅子岭上，害怕乌鸦，分享山果。

世界那么乱，椅子岭安全、静谧。

有乌鸦的地方不一定有厄运。没乌鸦的地方不一定很安全。

9 读红宝书

1968年春天，我上学了。

以前是秋季上学，我不知道是哪一年改成春季的。

学校在岩头江东南面的一座小山岗上。岩头江原来没有学校，读书要去龙江对岸的钟桥村。那里有一座黄姓祠堂，雕梁画栋、飞檐翘角、戏台、天井、石狮子……应有尽有，是我16岁前见过的最气势恢宏的建筑。早年黄姓人家在那里举行祭祀、执行族规、处理公共事务。新政府将它改造成学校，里面还设有卖火柴、煤油、盐等生活必需品的代销店。由岩头江去钟桥村，要过一座小木桥，横跨龙江。小木桥由村里人用几根树木排开钉在一起，架在桥墩上。桥墩是几个深深扎入河床的树桩。春天发洪水的时候，桥板就会被冲走，只剩桥墩。待洪水消退后，生产大队又组织各生产队凑几根树，钉一座新桥。上学的孩子多了，钟桥的学校装不下，岩头江和娄山下的人们怕孩子掉龙江里淹死，便在收缴地主曾顺生的横屋里办起学校来。这座横屋处岩头江边，在我家祖屋的下游30米处。

人民政府强力扫盲，严格要求所有适龄儿童入学。生产队不给12岁以下的儿童评定工分、分配劳动任务。儿童除了参与家庭劳动，如果不去上学，也挣不到工分。上学是完成政府布置的一项任务。

国家动员：一个都不能少！

横屋里的两间房很快就不够了。生产大队于是在山梁上建起一座学校。土砖的墙，枞树的椽条，青灰色的瓦，木格子的窗。四个教室加一个礼堂。每两个教室共一幢房子，每幢房子正中间隔出两间小房子作为老师的宿舍。依山岗地势，东西两幢相对，中间是天井，多数时间，也权充小操场。小学教育已被缩短，改成五年制。全生产大队五个年级五个班，四个放在正常教室，礼堂里平时也放一个班。生产大队开会时，要么是星期天要么得全校放假，完全不影响礼堂里的班级。

学校里只有三个公办教师加两个民办教师。公办教师的工资由人民政府供给，属国家工作人员，有粮票、肉票、豆腐票。民办教师由生产大队计工分，再加每月5块钱补贴。我的大嫂是民办教师之一。刚上学时，我由她领着。她与我家在同一座房子，住堂屋后堂里，与我家只隔了一层木板墙壁。大哥曾维锦（大伯的儿子）1963年武汉大学毕业后，被分配到北京四机部的761厂工作。这个工厂又叫北京广播器材厂，除了研制广播（电子信号发射与接收）器材，还研制军用雷达。三十年后，我才知道大哥参与过"331工程"（中国卫星通信地面站研制），担任过北京地面站（4111厂承制）技术总负责人。他一生可以引以为自豪的是，在1983年单独向时任电子工业部部长的江泽民同志汇报过工作。他说那是电子工业部抓的重点工程，重要工作都得向江泽民同志汇报。在一个小时里，江泽民同志问得很仔细听得很认真，还抽了烟。他因此成为岩头江曾氏家族中唯一与国家最高领导人交谈过的人。他获过电子工业部科技进步一等奖。大嫂可能上过初中，是乡村极少有的文化女性。

父亲为我准备了一个紫灰色的胶皮书包，一双灰黑色的小雨靴，看上去很高档。绝大多数同学使用家织布的书包。它们由家长手工缝制，显得不规则，常常与小米袋没多少区别，在里面放什么东西，它就是什么形状。有些同学甚至连家织布的书包都没有，自己用棉花树皮搓绳编织起一个大网格的书包，能网住书，却网不住笔。有没有从供销社购买的书包，是干部（岩头江把所有国家工作人员能领国家工资的人统称为干部）家庭与普通农民家庭的重要区别。

红黑相衬的书皮散发出油墨香味。这些油墨带着知识从城市来。我们一打开新书，就对着书皮儿猛吸，似乎要从油墨香味里闻出城市的味道来。

第一课：毛主席万岁！

第二课：中国共产党万岁！

第三课：中华人民共和国万岁！

第四课：总路线万岁！大跃进万岁！人民公社万岁！三面红旗万岁！万岁！万岁！万万岁！

……

五十多年了，我从来没有忘记这些课文。

1968 年，可能更早，湖南省小学一年级教材就是这么编的。我不知道别的省是不是也这么编，当然更不知道世界上其他地方的启蒙课本是怎么编的。无论老师还是父母，没有任何人告诉我，"万岁"是古代用来称呼或祝福皇帝的。岩头江没有人见过皇帝。也许岩头江过去的人们也从未喊过"万岁"。不是不愿意，而是根本没有喊"万岁"的机会。就教材本身而言，"毛主席万岁"这一行字似乎特别适合开蒙学字，它每一个字笔画都不多，却含有汉字"点、横、竖、撇、竖折、竖弯钩、横折钩"等基本构字要素，意义也不复杂，就是对领袖的祝福，朗朗上口。

这些课文也被用石灰水刷在墙上，随处可见。

四课口号之后，才是与岩头江人密切相关的事物：日月水火山石田土，人口手头眼耳，猪牛狗马羊鸡鸭鹅兔……

父亲的启蒙教材是中国用了若干年的《三字经》，开篇是"人之初，性本善"。这本薄薄的蒙学教材用最简洁的语言讲人生道理，广涉历史、天文、地理、伦理和道德及民间传说等方方面面。而在我开蒙读书时，中国正在批判"人之初，性本善"。人们相信，善与恶是一个相对观念，由个人的阶级立场决定。

我对政治或历史一无所知。识字是快乐的！

老师有粉笔。岩头江的小伙伴们没有粉笔，大家到山里采"画石"。我至今不知道它的学名是什么，应归属于什么样的矿。它几乎跟彩色的粉笔一模一样，只不过它是块状而不是条状的，要细心去掉坚硬的部分。"画石"写在黑板上与彩色粉笔没什么差别，色彩甚至比粉笔还丰富。赤橙黄绿青蓝紫，"画石"只缺绿色，其他的颜色都有。最易采得的是砖红色和粉色。椅子岭的山麓曾经有丰富的画石矿。

每一个小朋友必须准备三寸长的细高粱秆儿，10根一把，用于学习计数。

当我和我的小伙伴们将高粱秆儿放课桌上摊开，跟着老师数一二三四时，中国就在进步。这是中华人民共和国步伐里最真切最微观的部分。

校长房间里有一把凤凰琴。我与刘醒龙见面不多，却一直觉得他亲切，就是因为他写过一篇小说叫《凤凰琴》。

老师教唱的第一首歌是《东方红》。

国家在前进！所有年满7岁的适龄儿童都必须上学，在岩头江、娄山下、独石、钟桥，这都是前所未有的。此前的科举时代，方圆10里内，只有 个秀才崇斋相公。民国时期，只有屈指可数的几个中学生。而新的共和国成立十八年后，仅岩头江就有毕业于中南矿冶学院（中南大学前身）的曾祥球、毕业于武汉大学的曾维锦、毕业于武昌建筑工程学校（武汉理工大学前身）的曾祥正、毕业于湖南林学院（湖南林大前身）的曾令爽。

我的大伯母一生不识字，她养育了 7 个儿子 1 个女儿。大伯母忙着剁猪草煮猪潲的时候，她的大儿子曾维锦在研究人造卫星信号的地面发收。

岩头江的李氏张氏黄氏肖氏都不识字，写不出自己的名字，但她们的儿女都一律上学。

人们偶尔会类比：大学生是不是相当于科举时代的进士？中专生是不是相当于科举时代的举人？如果是，中华人民共和国成立的十八年间，不足 500 人口的岩头江出了 3 个进士 1 个举人。放在过去，岩头江该修建进士第立牌坊了。

岩头江、娄山下、独石三个自然村组成的双江生产大队有了自己的学校，所有的孩子都能上学。无论世界多么乱，对我们的村子，这是一个了不起的开始！这是中国乡村变革的细部。由人民政府主导，书、笔、纸、文字、书写、计算……一切的一切坚定且快速地走进每一个家庭。城市的高等学校停课停招，大学问家被打倒了，高端学问遭到极大破坏。连武冈县城的中学都在"停课闹革命"，"红卫兵"各个造反司令部忙着在街头刷标语和大字报的时候，乡村基础教育在大踏步前进！波澜壮阔，势不可当。

据新中国五十年统计资料汇编数据显示：新中国成立后小学入学率由民国时期的 23%，升至 1952 年的 49.2%，1963 年为 57%，1976 年大幅提升至 96%，是一个令人惊叹的比例。共和国大增基础教育，此期间取消职业中学，却大幅度提升初中及高中普通中学学额，普通初中招生人数从 1963 年的 263.5 万大升至 1976 年 2344.3 万，普通高中招生人数从 1963 年的 43.3 万大升至 1976 年的 861.1 万。

无论是从数高粱秆开始的算术，还是从"毛主席万岁""日月水火山石田土"开始的识字，都将彻底改变我们的村子并深刻影响中国的未来。

站在岩头江的大部分土地上，都能看到山岗上的学校，听到山岗上传出来的口号声和琅琅读书声。

岩头江的人们相信，那是一座希望的山岗。

世界许多地方在纠结。岩头江在进步！

10 四季中的一天

校长将废弃的铁锄挂在西侧教室走廊上，用小铁锤敲击悬挂着的铁锄。一下一下地响，是上课预备钟声，两下两下地响，是上课钟声，三下三下地响，是下课钟声。

学校外，是梯田。全生产大队，只学校里有一口闹钟，由校长掌握，以便确定每节课的时间。因为没有标识阿拉伯数字，岩头江绝大多数人不知道怎样辨识钟面上的时间刻度。在很长的时间里，我和小伙伴们一直认为，标有阿拉伯数字的钟表要比仅标简单刻度的钟表高级。在梯田耕种的人们，如果没有太阳，也会靠学校的钟声来判断收工时间。当然，绝大多数时候，他们看太阳影子确定出工和收工的时间。

岩头江人只吃两顿饭，出三个时段的工：早晨、上午、下午。成年人干生产队安排的活计，分三个时段计算工分。年岁稍长，我的工作就不只是扯猪草。我每天的三段时间：早晨，上山扯猪草（春夏之交采蘑菇），看太阳影子估摸着时间回家吃早餐；吃完早餐上学，五个课时；放学后回家吃午餐，午餐后砍柴。

起床未洗脸就上山扯猪草。山上的草带着露水，看上去翠绿鲜嫩。

早饭通常由老人们在家做好。我家的先淘好米，让祖母帮着烧几把柴火。等母亲收工回来再炒菜。每顿一菜，极其简单。春天是四季豆。夏天是冬瓜、丝瓜、南瓜。南瓜是好东西。我们吃这种植物的每一部分，春天吃花，夏天吃瓜，秋天吃南瓜藤。从植物激素到淀粉再到纤维，南瓜全方位提供。冬天是红薯就萝卜、白菜。在重要的节日，或者客人到来，才会从谷桶里拎出腊肉来待客，自己跟着吃两片。

只有早饭后上学五课时是有准确计时的，每节课50分钟，课间休息10分钟。如果校长忘了拧紧闹钟的发条，整个岩头江就会跟着慢下来。

放学后午饭。这顿饭在下午两点半左右，跟着季节调整。这是一顿至关重要的饭。因为不会再有晚饭，这顿饭要管到第二天早上 8 点半。

午饭后，干下午活，砍柴。真正生长着乔木灌木的山，被生产队立约封了不许砍柴。只有秋天（或初冬），由生产队统一安排，才能"放山"——分片砍几担柴，像分配粮食一样过秤分到各家各户，以应过冬之需。平时砍柴，只是去割田塍上土坎上的杂草、荆棘。

砍柴回来，傍晚，煮猪潲，喂猪。猪无午餐但有晚餐。

喂猪完毕，做作业，语文识字造句，算术加减乘除。我比别的同学要多做一件事：练毛笔字。父亲画了个九宫格的纸板，让我用薄黄纸蒙在上面练字。父亲说一定要写好字，那是读书人的门面。可见尽管那时高等学校已停止招生，父亲对我的读书还是寄予希望。

春天，寒意未退的时候，我们就开始脱鞋，赤脚上山。刚脱鞋时很冷。石子硌脚，很疼，但我们从不会叫疼。穿着鞋在任何时候都是有碍劳动的。能不穿我们就会尽量不穿。脚硌上三五天，就会适应，硌上半个月，走砂石路如履平地。如果下了雨，脚能踩进泥土里去。泥土里暖和，有时舍不得拔足。农历三月，春笋开始生长了。除了扯猪草，早上顺便扯一把小竹笋回来，用以弥补菜肴的不足。村西的秋雨坨十几亩的土地上，满是石灰岩，其中心是一个深不可测的天坑。石灰岩的缝隙里有少量的土，夹缝里长满细小的竹子，鲜嫩的竹笋会不断地从细竹丛里生长出来。笋每天都会冒出新的来。我们很喜欢去秋雨坨寻笋，那些石缝岩洞总是那么神奇。寻笋不止是一种劳动，还有探险寻宝的乐趣。

春天里万物生长，扯猪草相对容易些。但春天里荆棘和茅草还没有长好，砍柴相对困难。三天未去的石窝里，就有鲜嫩的小草长出来。多年后，我养成了分辨猪草的条件反射。每当我看到嫩草时，第一反应是分辨出哪些能喂猪哪些不能喂猪。无论是住在海滨新城看到小区绿地上的杂草，还是远足美国看到新泽西州公园里的草，游荷兰看到奶牛在田野里吃草，我都在第一时间里想到猪。直至现在，已近耳顺之年的我，看到成片嫩草，有时会伤心地想：现在的猪草这么多，为什么我那时寻点猪草那么辛苦？

夏天天气变热，天亮得更早了。我爬上山梁劳动一会儿后，太阳才会从东方的山峦上冒出来。田野的稻穗眼看着一天天变得饱满，谷子黄了的时候，就低下头去。

"双抢"是夏季的重头戏。在20世纪70年代的湖南农村，"双抢"指的是"抢收早稻、抢插晚稻"，与季节和时间、水稻收成紧密相关，与暴力无关。政府在60年代末推广双季稻，至70年代初期获得成功并被农民普遍接受。根据当地气候，县上提出"早稻不过五一，晚稻不过八一"的确切要求。这个要求指的是早稻要在公历5月1日前把秧插下去，晚稻要在公历8月1日前插下去。打稻时还要避开下雨，否则没太阳晒，谷子就会被沤坏。这样，时间就特别紧。生产队与生产队之间，无论有没有大队和人民公社的要求，都会自觉不自觉地进行劳动竞赛。为了充分调动队员的劳动积极性，插秧通常不按劳动日计分，而改成包干制，60工分一亩。包干制体现了"男女同工同酬"。这个时候，母亲非常兴奋。因为在平时，她劳动再卖力，每天才计6分。只有在这个时候，她可以大显身手，表现出想超过男子汉的勇气。她是劳动能手，当她领取任务时，生产队通常不怀疑她的能力。只有人会善意地提醒："你男人是国家干部，一个月好几十块钱。你干吗要那么辛苦？"母亲只是笑笑。她就是靠这种努力，每年拿到3000多的工分。多的年成，她能挣到近4000分。

这样的夏天，母亲常常一直在劳动，需要送饭到田头去。早期，我送饭。年岁稍长，我与母亲一起插秧，妹妹送饭到田头。长期勾着腰，直起来腰疼得不得了。每当我喊腰痛的时候，母亲说："麻蝈没颈，崽伢子没腰。你哪有什么腰痛啊？！"

我的整个暑假会被"双抢"掠去。对我而言，暑假从来不是一个假期，而是一段令人恐惧的劳役。抢收的时候，我和同龄人曾德林负责抱割下的禾送达打稻机前。禾叶会直接割伤我们的皮肤。插秧时，一大清早我们可能会带饭到田头去。插一会儿秧之后吃饭。饭后将饭碗搁在田塍上继续劳动。许多时候，我连蚂蟥叮在腿上都没时间管，直到它吸足血，鼓胀着自己从腿上脱落。正午里，戴着竹篾与棕丝织的斗笠，穿着棉纱背心，面对水田，背向着太阳。热辣辣的阳光让我感到它是有真实重量有真实针刺的。这些针刺扎透我的背心，直接往皮肤上锥，往肉里扎。没体验过的人，不会懂得，这样的时候我是多么盼望云朵。到傍晚，水田里就飞出成群的蚊子，叮满我身体裸露的部分。我宁愿下雨。雨天里插秧，一身湿透就那么让雨浇着，凉快！

每到夏天，岩头江的人们都会换一层皮。因为劳动的需要，我的肌肤不得不曝晒在烈日下，第一天会火辣辣地疼，第二天开始起泡，先是手臂上再是肩上背上。我带着这些水泡劳动依旧。除了田间的水能浸润，没人会想到要用什么药物来抵挡太阳的灼伤。直到身体上的水泡脱水变白，一层皮一点一点地脱落（快脱的最佳方式就是沾上泥等它干了，直接被干泥粘连撕落），之后，全身的皮肤变成腊肉的颜色。这层腊肉色的皮就不再怕晒太阳了。这是我过夏季的皮肤，就像现在的城里人换上夏季的衣服一样。

夏天里唯一的享受是一天的高强度劳动之后，去岩头江里洗澡。平时不让我下河游泳的母亲，像特赦一样准许我与其他年轻人一起到岩头江里洗澡。一身臭汗，干了湿，湿了干，每天都是一层的汗垢。人累，懒得在家烧水洗澡了。从我家的晒谷坪往南，下坡，走过田塍，不足百米处，下3米的岸，是一个个天然水潭。我们选择洗澡的叫"深岩凼"。这个水潭呈圆形，直径5米的样子，水深1.2米，上游的水全部流经这里，是个天然的浴池。因为活水流经，尽管水有些浊，它仍然很容易濯洗干净我们的身子。

秋天，从农历九月开始，我们的早餐变得特别简单，就是几个蒸熟的红薯。自留地里的红薯可以弥补谷物的不足。岩头江人的食物分配是"红薯半年粮"。霜后，我们常常在头天晚上蒸好了红薯，保留柴灶里的炭火，用薄薄的一层柴火灰盖着。这种方法不但保留了火种，还煨着已熟的红薯。早上起来，铁鼎底部的红薯会糖化，变甜。早餐不用做饭菜，上山干活的时间可以相对长一些。干完活回来，揣着两个红薯就上学去。上学回到家，再揣两个红薯砍柴去。砍柴回来，烧火煮猪潲喂猪，然后做作业，睡觉。

红薯吃久了会腻。多年后，中国兴起养生与健康讲座，不断地有专家在电视和网络上讲解：红薯含有丰富的淀粉、维生素、纤维素等人体必需的营养成分，还含有丰富的镁、磷、钙等矿物元素和亚油酸等，不仅是健康食品，还是祛病的良药。科学家发现红薯中含有一种化学物质叫氢表雄酮，可以用于预防结肠癌和乳腺癌。红薯有助于预防心血管疾病、肺气肿、控制血糖……每听到这些，我就会哑然失笑：当年岩头江的人们原来每年都用半年来养生保健啊！我至今对好处如此多的红薯不感兴趣。我吃伤了！2008年我到台湾，同龄的邵姓导游竟与我对红薯的感受完全一致，令我吃惊！

冬天里白天太短，万物凋零，猪草也没什么好扯的了。干红薯藤和自留地里的萝卜叶子通常成为猪的主要粮食。为了让猪长膘，猪食里还得掺上红薯和谷糠。我们盼望下雪。下雪了就有足够的理由不上山下地。这就是农闲季节。山梁上的梯土里是青绿色的冬小麦。田野里种上了来年作绿肥的红花草籽。枫树、泡桐、油桐、栎树、香樟树都落光了叶子。马尾松、侧柏、竹依然绿着。

我渴望下雪。下雪就不用扯猪草砍柴了。

下雪前有时先下霰，又叫沙雪。凡下雨下雪，我们就不穿千层底的布鞋了。早期小伙伴中有人穿桐油浸麻布制作的钉鞋。大多数人下雨时赤脚走，一下雪，干脆踩着高跷上学。到了学校，大家把高跷放到教室门后。我穿一双深灰色的雨靴，同学们很是羡慕。踩着高跷的同学走在路上，高我一头。我跟他们说话，得仰望他们。也许是由于需要保持平衡，他们总是抬头向着前方，从不低头看我一眼。我也有自己的高跷。不是因为需要，而是因为乡村时尚。大家都有，我也得有一副。小学三年级的时候，母亲给我找来两根五厘米直径的小杉木。我自己借来一把

47

凿，加把柴刀，做了一副高跷。我有时也会踩高跷上学。每到下雪，上学路上的高跷是一道风景。天太冷时，我们需要提个小火箱上学。小火箱是带柄的小木箱内放一个瓦钵。瓦钵内放炭火。踩高跷很不方便提火箱。

大约在我小学五年级的时候，绿帆布面橡胶底的解放鞋走进了岩头江。这是我们的脚与工业文明建立的最早联系。

11 两千年的日常

村子里两个少年讨论令人向往的美好生活。

甲若有所思地问："你说皇帝吃什么？"

乙想了半天，说："皇帝？我觉得豆豉辣椒肯定天天有的吃。"

这样的对话真实地发生在岩头江。我听了刻骨铭心。

食物匮乏不只是让人缺乏营养，还极大地局限了想象力。离开岩头江二十年后，我到长沙参观湖南省博物馆，看到马王堆出土的丝织品那么高级，帛书、帛画那么美，漆器、陶器那么精致，漆器里还有赌具，立马就想到岩头江少年关于皇帝天天有豆豉辣椒吃的对话，不禁长抽一口冷气：为什么我们在20世纪还穿着自己种棉纺纱织成的粗劣家织布，而两千多年前的王公贵族已穿得那么精致过得那么奢侈？两千年前的君主和贵族，所享受的生活远远超出两千年后山村平民的想象——对的，是想象，而不是生活本身。

这是一个无产者的可笑感叹！

一个岩头江人是很容易理解革命和改革的！

鲁迅在《随感录·五十四》里概括："中国社会的状况，简直是将几十世纪缩在一时：自松油片以至电灯，自独轮车以至飞机，自镖枪以至机关炮都摩肩挨背的存在。"

松油片在岩头江……电灯、飞机、机关炮在别处。

别处是别处的生活。岩头江连独轮车都没有，与别处隔着一层一层又一层的山峦，甚至摩不着肩也挨不到背。

我们一生下来，岩头江就是这样。

我们以为生活的本来面目，无论是过去、现在还是将来，都会是这样，而且只能是这样。

别处肯定有更好的生活，有糖吃，有肉吃，还能坐车……别处的人下雨淋不到衣服，出太阳晒不到身子。但岩头江不是别处。

"中华人民共和国的人民民主制度，也就是新民主主义制度，保证我国能够通过和平的道路消灭剥削和贫困，建成繁荣幸福的社会主义社会。"这是 1954 年制定的《中华人民共和国宪法》序言中的郑重表述。

20 世纪 70 年代的岩头江人，没有人早上起来刷牙。人们认为那是干部和城里人的生活。岩头江人烧柴禾做饭，自己用黏土打灶，用石磨磨豆腐，用石碓来舂米糠，将竹篾箍的大木桶置于屋侧当茅厕桶，架个小木梯登上木桶如厕，用高粱秆、小竹片或小柴棍剖开做刨屎棍，供大便后刮屁股。岩头江人管火柴叫洋火。大伯和年长的男人仍然将火镰（三指宽的带钢口小铁片）挂在腰上，随地捡起火石，靠火镰敲击火石，点燃媒纸来点烟。岩头江人用松节或麻秆点火走夜路，用茶枯（茶籽榨油后的渣饼）到小溪里去"药鱼"，自己发麦芽煨红薯熬糖，自己做曲药酿酒……用水车作灌溉工具。水车相传在汉灵帝时已造出雏形，经三国时诸葛亮改造完善后在蜀国推广使用，隋唐时已广泛用于农业灌溉。

岩头江离工业文明真是太遥远了！

即便是用农业文明的标尺来衡量，岩头江也只能勉强处在遥远的年代。

与我们的生活最相关的是木，房子是木的。这种砖木结构的房子，先把中间两排木架子竖起来，再搭上正梁，砌上三面土砖，前壁与堂屋的两壁、神龛、土地菩萨龛，都是木枋、木板。木枋与木柱之间用榫卯连接。木板镶嵌在木枋的卡槽上。楼板是木的，柜子是木的，床是木的，桌椅板凳是木的，楼梯是木的。这些木是那么地纯粹，它们以榫卯相连，没有一根铁钉的参与。我想这断然与建筑美学没有什么关系，只是自鲁班以来，木匠们足够强大。历代木匠都在证明自己在没有铁匠的情况下就可以建造很好的房子。这并不是什么绝技，只是一种普通而又普遍的技术。2001年，我去了山西，参观晋祠，那是中国古代木匠的杰作，一座庞大复杂的建筑，整个结构里没有用一根铁钉。1987年和2013年，我两次去过清代帝王的行宫——河北承德避暑山庄，那里美轮美奂的建筑物，也没用一根铁钉。我想木匠们也许不是炫技，而是没有合适的铁匠来为他们制造像样的铁钉。或者他们用古老的中国智慧思考过，铁会生锈，铁从来不比木更恒久。

我家和大伯家共享的堂屋里，放着一个碾子（用竹篾织圈固定了黏土，再将栎树片镶嵌在黏土上，上下成齿状，由人推着转时对磨碾米）。湘西没有那么宽敞的平地放石碾子，供毛驴推。与碾子相邻的，是一架木制的织布机。据说织布机是南宋时期的聪明女人黄道婆改造成的。经线被成匹卷起来，成筒状挂在织布机前头。纬线在光滑的梭子里。织布人的头上方挂着一根吊绳，脚下有踏板。黄三畅考证，这种"缆机"可能比黄道婆改造得更进步的"打机"技术含量还要低。岩头江的女人都会纺纱、织布、绩麻线。大伯母儿子多，常常要靠自己织布织蚊帐，来弥补布票的不足。各家都有纺车，用于纺纱，不用时存放在楼上。

耕地用牛，点灯用油——自己捡油桐树果子榨的桐油。

铁在岩头江的生活里担当另外的角色。铁是不可缺少的。一口炒菜的锅，一只煮米饭用的小型号鼎，一只烧水、蒸红薯用的中型号的鼎，一只煮猪潲用的大型号的鼎。还有锄头、犁、钉耙、菜刀、柴刀、镰刀、火钳……而这一切，岩头江的铁匠曾令忠就能解决。如果他那里还不够，只需向西，到15里外的黄桥铺，就能解决全部生产工具。这一切仍然是农耕文明的，与工业文明没任何关系。

我所居住的房子修建于1946年。那时木料是自己的，可以到自己的山上去采伐树木，也可以买邻居的树或者换邻居的树。作柱子的树，要足够地粗。一般四排三间的房子，得要四根廊柱，六根壁柱，两根最长最粗的顶梁柱。这样的木料要么是攒了好些年才攒齐，要么就是买，或者与人家换。自家树还没长粗时，可与不急于建房但未来一定会建房的人家商量着换。自山林划归为集体所有后，砍树就没那么方便了。

我不知道大伯父家是怎么集齐了四根柱子的。在我上二年级的时候，门前的两个葡萄架被推倒。大伯家建起一座新房子，四排三间，但已没有足够的木材做两排木架子，四排都是土砖。为这件事母亲纠结了许多年。因为我们的屋前是我家的宅基地。但大哥已婚，大嫂只住着堂屋。（我听说二哥在一个榨油坊里自杀了）。眼看着参军复员回来的三哥也要结婚。大伯父家建房娶儿媳是燃眉之急。我还没长大。宅基地只能是先让大伯父家建。待我长大，或可又到新屋外平整土地建房。

有一天大队小学的夏培德校长提了一桶石灰水，在新屋子朝东的一面认认真真写上几个大字："备战备荒为人民！"横细竖粗，这几个字写得真好看。我就是从这几个字上知道什么叫宋体的。

新房挡住了前面的南风，也遮住阳光。它最大的好处是，阳光照进新屋后檐与老屋前檐间的空隙，在墙上和走廊上形成极规律的一长条光影，边缘随瓦槽呈波浪线。我们根据不同季节里光影的规律，判断做饭和出工、上学的时间。这是一个属于大伯家和我们家的私家日晷：太阳影子下屋檐、上墙、下沟、上走廊、沿上屋柱了，都代表不同的时间刻度。我看着太阳影子有时会想：没建这幢新房子时我们是怎么判断时间的？居然就想不起来了。

岩头江人以极简方式生存。16 岁前，我没见过工厂，没见过机器，没见过银行，没见过警察，没见过法官。我一直以为武装部长是执法者，因为他有枪！ 16 岁前，我没到过城市——哪怕是县城。岩头江人完全不明白一个有效的国家机器是怎么运转的。

如果考察过岩头江，比对过马王堆，哈耶克也许就不会得出"正是由于过去的不平等，今天最穷的人也能拥有他们自己的一些物质财富"[1]的结论。

---

① 《自由宪章》，中国社会科学出版社 2012 年 5 月版第 71 页。

两千多年的不平等，并不能自然地让岩头江人拥有自己的物质财富。

12 一块钱的奢望

人们除了购置农具、买盐，很少花钱。当然，人们很难挣到钱。单靠挣工分，除去口粮工分，如果这一年的劳动值是 1 角 2 分钱，意味着即便全家剩下 500 分，也只有 50 个劳动值，即 6 块钱。这些钱够买 20 斤盐和一些煤油。因此，少量的鸡和鸡蛋流通，才能让农民手里有一点买其他生活必需品的钱。因为父亲每月有固定工资，母亲手里就比别家宽裕。但母亲从未乱花半分钱，常常会借给急用钱的人。每一张钱币上印着"中国人民银行"，但岩头江的人民看不到银行。银行在城市，在乡村只是一个传说。绝大多数家庭保持了一点买盐、煤油的钱。小物品贸易由"凉席客"来完成。"凉席客"是岩头江人对货郎的称呼，因为他们在夏天里先是挑着凉席来卖。在其他时间，他们的货郎担上挑着头绳、剪刀、火柴等日用品，也还带着辣椒糖、菱角糖，同时兼收鸡毛、鸭毛、半夏子、鸡内胗。

我从未获得零用钱，但我一直希望攒够 1 块钱。这 1 块钱有很大的用处，可以用 7 角 6 分钱买一副无胶皮的乒乓球拍，再花 1 角 6 分钱买一个属于自己的乒乓球，然后……还能剩下 8 分钱。购自供销社的乒乓球拍，尽管没有胶皮，只是胶合板的，但它比我自己用木板削制的要匀称漂亮得多。

生产大队一直想给学校的教室安装上玻璃窗，但始终没有钱。人们觉得学校总得不断进步，于是将山上几棵千年古树砍了。砍树时怕梅山神怪罪，请了师公作法事。人们锯开树来制作了两张乒乓球台，那是双江大队最早的公共体育设施。到五年级时，我可以打乒乓球了。学校有一副胶皮球拍，要上体育课时才能拿到。

我们排队体验胶皮乒乓球拍打球的奢华！

　　我的零钱来自野蓖麻和半夏子。在远处扯猪草或砍柴时，我会与野蓖麻或半夏子不期而遇，然后摘取蓖麻籽或挖出半夏子，到代销店去卖钱。凡在村边的蓖麻，都有主家。靠野蓖麻和半夏子存1块钱实在太难了，以致我读完小学，也没能存够1块钱。上高一时，我终于存到3块5角钱，我对买乒乓球拍已没有兴趣，特别想到30里外的隆回县城桃花坪（桃洪镇）去看看。寒假中的某一天，我正努力将发酵过的垃圾淤泥挑到自留地里去。母亲发现我的努力有些异常，问我为什么。我说要将两天的工夫一天完成，以便第二天去看隆回县城。母亲问我哪来的钱？我说我存了3块5角钱。母亲没收了我的零钱，并禁止去隆回县城。我哭了一场。第二天，她没有忘记安排我新的劳动任务。

　　岩头江的人们谈论生活阅历和八卦，多牵涉隆回县城。因为大多数人最远只到过30里外的隆回县城桃花坪（1949年10月在此设立隆回县人民政府）。资江从桃花坪穿过，这一段叫紫阳河。人们凡去一次桃花坪，就要回来说些见闻。那里有汽车站，有百货商店，还有卖饺子包子的，卖冰棍的，卖衣服鞋帽的……说来说去，凡在桃花坪干活的，按着时钟有规律工作，雨天里都在干地方，晴天里都在阴凉处，仅凭这点，就让岩头江人羡慕不已。岩头江人无法形容桃花坪的好，便不断地总结拔高，最后称：小上海。我后来与同学、朋友聊起"小上海"这个滑稽的称谓，得知在那个年代，全中国许多地方把自以为繁华的小城镇都叫作"小上海"。可见即便是那个时候，很多人一样怀有都市梦想。其实岩头江只有曾祥正一个人真正知道上海，因为他1956年从武昌建筑工程学校毕业后，分配在上海工作。

　　这是一种彻底固化了的生活形态。对绝大多数的岩头江人来说，北京城里住着的不管是谁，似乎没有什么差别。人们一样日出而作，日落而息，从土地里收获，纳税后才是自己的。当然，我的父亲吃"国家粮"。倘若国家不是这样一个组织形式，父亲可能不会干这样的工作。他已不专属于岩头江。

　　被抓过壮丁的人走得远。有几个人先是被抓壮丁去了国民党的部队，战争中又随着指挥官投诚共产党的军队，接着，他们以志愿军的身份开赴朝鲜前线，因而走过很多的地方。我从未听他们谈起过自己的经历，不知道他们是否对自己的孩子、亲友们说起过。有人参加过抗日战争，肉搏时，被日本兵捅了七刀。最后日本兵挥刀砍向他的头时，他的班长从后面用刺刀把日本兵捅死，他得救了。战争结束，他回到岩头江，教了两年书，在家被自家的猫咬一口，患狂犬病死了。大伯父走得远，与人去广西挑过盐。兵荒马乱时，到处买不到盐。几个村子的人就约一队人去广西挑盐。这是极具风险的工作，路上随时可能遇到土匪。挑回来就按原来出钱的比例分盐。

人们极少谈到关于他们自己的传奇。除了桃花坪的八卦新闻，人们更愿意讨论季节和收成。夜里在屋檐下乘凉，人们干脆谈论鬼魂与神灵。

当将鬼神与疾病一起谈论时，岩头江的人们说："张南成医生打过仗，参加过抗美援朝，杀气足，镇得住鬼。"

张南成医生与两千多年前悬壶济世的郎中，似乎也没有太大的区别。

13 荆棘·蒺藜与疼痛

我身体上细小的伤口，在阳春三月就开始有了。

无论是秋雨后嫩笋的笋尖，还是月季上的刺，细竹叶上的锯齿，都足以刺破或划伤肌肤。流血的情况不太多，当然，这是相对我自己身体上不流血的受伤情况。我受伤的手和脚，如果没有化脓感染，从来不用药。我和我的小伙伴们用自己的身体，证明人类的皮肤和肌肉有很强的自愈功能。

岩头江的人们从未体检。从出生到老去，主要感受到的疾病和伤痛是身上长疮、头痛脑热、拉肚子，还有劳动中受的伤。曾佩元学过中医，是个郎中。一般情形，岩头江人不去找佩元。头痛脑热，人们常常用刮痧、拔火罐的办法自己解决。如果是肚子痛，也可以用自己寻的草药、生姜、葱白炒剩饭热敷肚脐，一敷就管用。这个方子也经常用在头痛时，将饭团用棉布包了敷在额头上，一样管用。实在不行时，才会去找佩元。后来似乎因为阶级成分不好，佩元失去了从医资格，看病由办在钟桥村的一座小型诊所解决。诊所里三个医生，都吃"国家粮"。一个王文峰医生，擅长中医，坐在诊所给人把脉开药方。另一个刘医生似乎在当学徒，按王医生开的方子抓药。还有个巡诊的张南成。

张南成医生算全科医生，最为岩头江的人们熟悉，因为他不在小诊所里坐诊，而是每天背着个药箱在双江、滔溪、钟桥三个大队巡诊。张医生高大英俊，据说参加过抗美援朝，骑过马，负过伤，是个颇传奇的人物。他一路行走，每到一个生产队，都选个地方坐下。有病的过去，他就伸出听诊器，或者把把脉，给药。遇到高烧不退，需要打针的，他不急不缓，用酒精灯煮过针头后，给高烧者打退烧药。他在哪家吃饭，由生产队派。管饭者要么杀鸡，要么炒腊肉，再不济也会炒两个鸡蛋，伙食不错。有时人家客气留他吃饭，他会用工作的理由谢绝："不行。独石某某说是在床上躺两天了。我得先去看看他。"

我的疼痛主要来自荆棘和蒺藜。

自有了砍柴的任务后，每年，从暮春到初冬，我的腿上、手上，都会有疮，都会化脓。早先的两年里，母亲和我都以为是长疖子。后来我自己观察发现，根本不是长疖子，是受伤。砍柴，能寻找的只有田塍畲塍上的茅草、荆棘和蒺藜，在有些石头堆上会长出一蓬一蓬的月季。我将它们砍回家晒干，便成柴火。荆棘和蒺藜上的细刺、茅草叶片上的锯齿，随时都会把我的皮肤刺破、割开小小的口子。柴刀也会偶尔砍伤手。这些小伤口我不可能用什么药来消毒防感染。我会带着这些伤继续扯猪草、砍柴。许多小伙伴没事，皮肤和肌肉自愈功能比我强。我的伤口那几年很容易感染，先是一点小脓包。我把它挤掉，用水洗洗，照常干活。它会结点小痂，小痂下却进一步地化脓。当溃面达到半平方厘米的时候，疼痛开始了。它的周边红肿，溃面会快速扩张，多的时候，手上脚上有六七处。现在想，那可能处于一个免疫力相对低下的时期。现在我偶有小伤口，几乎洗洗自来水就能好。

最严重的一次，我的肌肤不是被荆棘与蒺藜弄伤，而是被嶙峋的石灰岩刮伤。我在石灰岩的山窝里，好不容易找到一蓬茂盛的柴。我攀岩爬上去，正兴奋地砍着，突然觉得哪儿不对，细看，一条蛇盘在柴蔸处，吐着信子，似乎听得见它呼吸的声音。我惨叫一声，松开手里的柴，从岩石上滑了下去。我怕蛇来追我，捡起柴刀，连滚带爬离开石窝。我告诉一同砍柴的小伙伴曾德林：我遇到蛇了。曾德林陪着我麻着胆子回到原地看。如果再多一个小伙伴，如果我们有高地的优势，一定会捡起石头把蛇砸死。我们一直信奉：见蛇不打七分罪！但是这一回，我俩只能仰望着，看着那条三尺来长的蛇从容地展开自己，钻到洞里去了。等蛇进了洞，我才觉得右胸火辣辣地痛。我的衣服上渗出殷红的血。掀开衣服，我右胸已被石头大面积搓伤，所幸只是划破，刺得不深。那一个下午再不敢往石窝里去，只砍了小小的一把柴。

因为砍柴少，我怕母亲骂。晚上，我不敢洗澡。

母亲看我老用手臂弯曲护着右胸，觉得不对头，以为我腋下藏着什么东西。这样的事情并非不会发生，我和小伙伴们有时会因为找到一条野葛根，需要用很长的时间把它挖出来。不挖，怕别人挖走。挖则会耽误砍柴的时间。挖到的葛根一人分一段，藏在腋下，偷偷躲到屋角落里去啃。母亲让我挪开手，很容易就看到血迹。当她一边问询一边慢慢掀开我的衣服，看到整片的血时，低沉地叫了一声"崽哎——"。母亲向来严厉，打骂孩子是经常的事。她的教育理念是"不打不骂不成人，棍棍棒棒出好人"。只有自己当了父亲后，我才知道，母亲那一瞬心里有多痛。但那时，我舒了口气：她不会骂我了！

中学里的一天，当读到"遍体鳞伤"这个词时，我就把左手伸进衣服里，抚摸右肋上的疤痕，忍不住反复抄写。我完全相信，没有任何同学比我对这个词体会得更深理解得更透彻。

七蜂八蛇，农历七月的黄蜂狠，八月的毒蛇毒，都是我们扯猪草和砍柴的克星。有一回割茅草时，看到一道白线翻落红薯地里，细看是一条尺把长的小蛇。放开手中的茅草，蛇头就在茅草里。我看了看那头，是无毒的草树蛇，并不惧怕。

秋天，成熟的荆棘与蒺藜的刺更有力，所有的石头都更加坚硬，连干硬的土块都能划破肌肤。

有好几年的秋天，我大多数时间都会盼着张医生到来。

张南成医生到来，会给我涂点碘酊，将痂揭开，用酒精清理溃面，然后上点磺胺粉，再涂上硫黄软膏，贴上纱布。因为多次看病，我对这一流程十分熟悉。每一敷我要保持三天以上。张医生不可能第二天再过来给我换药。我的此类疮和伤通常敷两次药就好。

张医生到岩头江来，要过龙江，经娄山下。小木桥在的时候，他过小木桥。小木桥被山洪冲掉了，他要么就绕上游的滔溪桥——一座湘西典型特征的风雨桥。要么，他走下游的水坝。枯水的季节，水坝中间的几个石墩子也搭上桥板。涨水时这桥板更容易被冲走。水稍退，胆子大的人就从坝正中的一个个石墩子上跳过去。那一天张南成医生给我换了药，顺便在村子里买了两斤新摘的辣椒，用小竹篮装着，先放我家。张南成医生要到独石村去巡诊，回钟桥还得从岩头江过。我母亲要出工，就把它挂在门外的走廊上，让张医生回头自己取走。

傍晚，消息从娄山下传来：张南成医生落水淹死了。

他自己从我家的走廊上取走辣椒。

据说，经过娄山下时，他遇见 90 多岁的王二老老。平时有点毒舌爱开玩笑的张南成对老人说："哎呀二老老，你还没死呀？"

老人笑眯眯地回应："嘿，我要看到你死了才会死哩！"

王二老老是不是叫这么个名字，我一直没弄清。我去舅舅家拜年时，必去给王二老老拜年。他拄着拐杖，满脸皱纹，每见到我，整张脸就会像一朵盛开的菊花，满是喜悦也满是喜感。王二老老自己就是个喜欢开玩笑的人。张南成医生与他之间的毒舌对话，远不止一次。可这次一语成谶。王二老老的房子离水坝仅 200 米。王二老老拄着拐杖到屋角目送张南成大踏步走向水坝，仅三分钟，王二老老就看到张南成医生身子一斜，从石墩子上消失了。王二老老并不认为张南成医生会被淹死。他看到两边田垄里有人惊呼，但张南成会游泳。

张南成医生很可能死于那两斤辣椒。因为要提着小竹篮跳石墩子，势必影响身体的平衡。他失去平衡掉下去时，头磕到了石墩子上。

所有的辣椒都漂在水上，而张南成医生沉入水底。

张南成医生让岩头江和娄山下的人们惋惜很久。王二老老的谶语也让人们琢磨很久：如果与王二老老没有那两句毒舌对话，张南成医生会不会死？唯物主义者认为一样会死。张南成医生其实是死于那两斤辣椒。如果手里没有那两斤辣椒，他的身体一定能保持更好的平衡，他就不会从石墩子上掉下去。唯心主义者认为，他一样会死，因为他不该跟一个90多岁近乎人瑞的人玩毒舌。王二老老的话不只是谶语，更是咒语。

这么多年过去了，我蓦然回首：张南成其实是一个英雄！是一个烈士！是我童年接触过的真正的英雄！一个参加过抗美援朝的志愿军战士，没有在枪林弹雨中牺牲，却牺牲在乡村巡诊的路上。因为下过雨，没有人规定他必须过河巡诊，他不一定抱有悬壶济世的理想，不一定急乡村病人之所急想乡村病人之所想，但他喜欢走村串户给人们看病。现在想来，他的事迹不比书本上的任何烈士逊色。

在一个歌颂英雄的时代，因所处的地方太偏僻，英雄的事迹被遮蔽了。除了生产队员，没人知道他的事迹。

时光，连我肌肤上的疤痕都抹去了，但却没有抹去我对张南成医生的记忆。

14 赤脚医生

张南成医生去世后，再没有医生像他那样有规律地到岩头江巡诊了。

生产大队让娄山下的王汝汰接班。王汝汰 30 多岁，算得上一个中年。他属赤脚医生，不领国家工资，在第八生产队记工分。王汝汰也巡诊，但不像张南成医生那样有规律。他只管全生产大队 1000 多人的健康。这些人不会老是生病，即便生病，刮痧拔火罐也会处理掉绝大部分。母亲的感冒或中暑都是刮痧拔火罐解决的。

如果王汝汰像张南成一样巡诊，就有点游手好闲的样子。生产大队选一个优秀的生产队员来当赤脚医生，是不允许游手好闲的。

多数时间里，王汝汰在生产队照常出工。哪个生产队里有人病了，会传话到娄山下去，或者直接到娄山下叫王医生。这是生产大队自己的医生，随叫随到。

王汝汰也有一个标着红十字的医药箱，但看上去不如张南成医生的高级。王汝汰到底受过多长时间的专业培训，我不知道。但与张南成的医术可能没多大差距。王汝汰给我的疮清洗完敷上药后，告诉母亲，这上药不是个多难的技术活，自己就能干。说完给了点磺胺粉，一支用得差不多了的硫黄软膏。

在这个赤脚医生手里，我的疮彻底好了。其实很简单，王汝汰告诉我被割伤手脚，要及时清理伤口，防止感染。我的疮被消灭在萌芽状态，秋天不再为此纠结。

据说，"赤脚医生"的称呼源于上海的报道。1968 年夏天，《文汇报》记者到上海川沙县江镇公社采访，撰写了《关于上海郊县赤脚医生发展状况的调查报告》，形象地把江镇公社不拿工资、帮助种地、亦工亦农、赤脚行医的农村卫生员称作赤脚医生。同年 9 月 10 日，经毛泽东批示，《红旗》杂志发表这个调查报告并将题目改为《从赤脚医生的成长看医学教育革命的方向》。9 月 14 日的《人民日报》全文转载了这个报告。从此"赤脚医生"的称呼不胫而走，传遍大江南北。

在某些偏僻乡村的墙上，至今仍然会看到"把医疗卫生工作的重点放到农村去"的大字。这一句话太长了，常常会写在好几面墙上，要在远处才能把句子连贯起来。三十多年后的一个黄昏，在珠海，我送一位年逾八旬德高望重的老医生回家。在车上，老人告诉我，这句话叫作"六二六指示"。

我在网上找到了相关的背景资料：1965年6月26日，毛泽东批评卫生部："告诉卫生部。卫生部的工作只给全国人口的15%服务。而且这15%中主要还是老爷。广大的农民得不到医疗，一无医二无药。卫生部不是人民的卫生部，改成城市卫生部或老爷卫生部或城市老爷卫生部好了。现在医院那套检查治疗方法根本不适合农村。培养医生的方法也只是为了城市。可是中国有五亿多人是农民。把医疗卫生的重点放到农村去嘛！"

1968年12月5日，《人民日报》介绍湖北省长阳县乐园公社的贫下中农创造了一种新型的合作医疗制度，成功地解决了贫下中农看病吃药、确保健康的问题。具体做法是：根据社员历年来的医疗情况、用药水平，确定每人每年交1元钱的合作医疗费，每个生产队按照参加人数，由公益金中再交1角钱。除个别老瘤疾病需要常年吃药的以外，社员每次看病只交5分钱的挂号费，吃药就不要钱了。

1974年10月，邓小平在接见民主也门卫生代表团时，以其一贯的风趣幽默介绍赤脚医生："赤脚医生是我们正在试验的制度。赤脚医生总比没有医生好哇。赤脚医生刚开始知识少，只能医疗一些常见病，过几年就穿起草鞋了，就是知识增多了，再过几年就穿起布鞋了。"

赤脚医生上岗前要经过1~2月的短期速成培训。为了减轻群众和集体的负担，各地赤脚医生大都半农半医，采用工分制而非工资制的计酬办法。在人员分布上，大约每500农村人口配备一名赤脚医生。联合国妇女儿童基金会在1980~1981年年报中曾高度评价中国的赤脚医生制度，认为它为中国落后的农村地区提供了初级医疗护理，为不发达国家提高医疗卫生水平提供了样板。20世纪70年代，是中国农村合作医疗广泛普及和鼎盛的时期。1976年，全国农村实行合作医疗生产大队的比重从1968年的20%上升到90%，由合作医疗担负的卫生保健服务覆盖全国85%的农村人口。

显然，岩头江人受惠于这样的政策，我本人受惠于这样的政策。人们有病就请王汝汰，没有人为省钱而有病不去就医。请王汝汰基本免费。

祖父曾令烑、外祖父黄菊垣都在 20 世纪 50 年代初期去世。我一直想知道他们是患什么病去世的，没人能告诉我。也许是一场重感冒，也许是一场急性肠胃炎。而我的祖母和外祖母都在 20 世纪 70 年代以超过 80 岁的高龄去世。我感觉，一个中国人在中国，只要熬过 20 世纪 50 年代，后面的乡村基础医疗一步步就好起来了，人就没那么容易死。

到我这一代，所有的孩子都必须种牛痘，这是中国乡村向疾病宣战的标志性行动。此前，岩头江的父母们对天花有巨大的恐惧，总是怕孩子顶不住天花的攻击而早夭，但他们没有更多的办法。20 世纪 60 年代开始，人民政府逐级发放疫苗，免费为所有孩子种牛痘。岩头江的人们从来不知道什么叫作国家福利，也从来没有享受过国家福利。这时，国家福利以疫苗的方式，随着医生的针刀划进每个孩子手臂，并留下疤痕。

仍然有难治的疾病。岩头江的办法是抬着人送到黄桥铺医院去。黄桥铺属洞口县，却是离岩头江最近的小城镇。黄桥铺有西药，可以吊生理盐水，还有医生能主刀动手术。对岩头江而言，有着 200 米横竖丁字形街道的黄桥铺是大地方。

四伯母生病的时候，父亲专门买一张竹躺椅，将这张椅子绑在竹杠子上，就是重庆人说的那种滑竿。病人可以躺在竹躺椅上，被抬到医院去。

至 20 世纪 70 年代中期，每个人民公社都有了自己的卫生院。卫生院都能做一些简单的手术，也有可供住院的病床。邓家铺区人民医院已经算得上有一定规模的医院。区、社两级医院解决了大多数的乡村疾患。

竹躺椅不用的时候，母亲把它放在祖母的房间里，让她老人家平时可以躺一躺，也算是一份孝心。夏天躺在竹躺椅里十分凉快。

这张竹躺椅一年中总是要借出去那么几次。要么去黄桥铺，要么去龙从公社医院，最远的去了隆回县人民医院。

但是岩头江的基本健康被赤脚医生保障下来。这是20世纪70年代人民共和国给予岩头江人最现实的福利！

15 油桐树上的眺望（童年的权利觉醒）

"我们的教育方针，应该使受教育者，在德育、智育、体育几方面都得到发展，成为有社会主义觉悟的有文化的劳动者"。经典教育家通常认为教育功能是增长知识、培养技能、完善人格。马克思认为教育应该促进人的全面发展。这个"方针"大抵吸取了这些内容，然后定位为培养"劳动者"。

这样的明确要求，用深红色的油漆写在教室后面的石灰块上。照常规，教室所有的墙都应粉刷上石灰，但双江小学初建，生产大队没有财力，土砖墙裸着，为了写上领袖语录，才专门糊上一块石灰，有些灰塑的效果。在中国的这个时期，各个领域提倡"思想领先，政治挂帅"。小学三年级的时候，我们上学和上课变得高度仪式化。每天早上，各生产队的学生都得提前在公屋前的晒谷坪里排好队，第一个人举着毛泽东画像，第二个人举着一面红旗，第三个人领喊老师教给的口号，从各个方向走向学校。

我被老师选定为领喊口号的人，走在举红旗的人后面。

我领喊的口号有：

农业学大寨！

工业学大庆！

千万不要忘记阶级斗争！

要斗私批修！

大干社会主义！

大批资本主义！

打倒美帝国主义！

打倒苏联修正主义！

大干七零年，粮食跨《纲要》！

……

　　但这样的仪式一度让我们十分兴奋、激动。我们队与队之间变着花样比赛，看谁的毛主席像贴得更好，看哪个队的旗杆最直，看哪个队的口号喊得最响亮。对不到 10 岁的我而言，这些活动是娱乐、松弛、充满游戏色彩的。

　　有一次批判一个姓刘的人，老师写好稿子，让我走到小操场前面去面对全校同学念。我就用小心思琢磨开了：这个刘某某是谁？以前从来没听要打倒这么个人？心中疑惑，但从未敢问老师。十三年后，1985年，我被调到武冈县委宣传部上班，从县委机关年长的同事那里知道，这人是当时县公安局的一个股长。

　　为什么让岩头江的一个小学生去批判一个县公安局股长？我一直困惑不解。在县委大院里，我试图弄清楚真相。

　　大队小学夏校长可能有任务，每天早上起床，他都站在校门外的土坎上，用一个绿色的铁皮喇叭对着村庄和山野大喊，宣传新的政策，传递新的口号。好多最新指示，都是夏校长从那个涂有绿漆的铁皮喇叭里喊出来的。二十多年后，我把这个绿漆的铁皮喇叭写进了长篇小说《弑父》里。

　　我还未上学，在父亲供职的邓家铺，曾看到红卫兵赶着人游街。红卫兵给被批斗的人戴上"牛鬼蛇神"的纸帽子。"牛"是一个带弯角的牛头。"鬼"是一张狰狞的脸。"蛇"是一个会吐信子的蛇头。我完全不知道什么是害怕，只想这个糊纸帽子的手艺真是好，真是新奇，令我佩服得不得了，心底里一直有戴一戴那个纸帽子的冲动，也很想有机会看看那些红卫兵是怎么糊纸帽子的。但是我一直没得到这样的机会。

父亲曾被当作"走资本主义道路的当权派"拉上台去批斗了两回。大抵是因为阶级成分好，人缘也好，批斗时还给条板凳坐。区委机关的哑巴厨师，曾让我坐在他的肩头上，隔着大会堂的木窗格，看父亲接受批判的样子。会场内的场景并不让我害怕，因为我完全听不懂批斗的内容。

读到三年级，全班只有 8 个同学，教室漏雨，学校决定让我们全体留一级，重读一次二年级。因为 8 个人一个班，老师不够，教室也不够，我们编成一个可怜的小组并入二年级。毕业赶上恢复秋季招生，又多读一个学期，所以五年制的小学我实际上读了六年半。

1971 年下学期，有一天突然放假，生产大队开大会。会议要求，超过 12 岁的小学生可以参加，12 岁以下的不能参加。那年我 9 岁。三伯父的儿子维石哥比我正好大 3 岁，他兴奋地参加了。

我一上午都纳闷：这什么鬼规矩？为什么不让我参加？我没有心思砍柴，提着柴刀，爬上屋后山坡上那棵油桐树，远远地眺望 500 米外的另一山岗。学校里红旗招展，操场里传出的声音听不清楚，但看得见那些人在举手喊口号。与我同龄同班住我家上方屋场的曾德林也没有去开会，但是他放牛去了。我孤零零地坐在油桐树的大枝丫上，一直看着学校。

我第一次有了被遗弃的感觉！

我一直觉得我那双 9 岁的眼睛挂在油桐树的枝上眺望。

维石哥回来后，也没开口告诉我点什么，我也没问。晚上，我俩陪祖母睡。维石哥终于忍不住，咬着我的耳朵悄声说："林彪死了。"维石哥其实早想告诉我，已经憋大半天了。

我很吃惊，但没有表现出来。在内心里，林彪叛逃事件触发了我 9 岁的政治醒点。生产大队的干部，那些能召集会议的成人，为什么不让我去开会？

我想，如果是我去开会维石哥没去，我会不会把会议的秘密告诉他？

我一定会告诉他，这是毫无疑问的，但我可以比他憋得更久些。

不用去"百度"，我现在仍然能清晰地记得：1971 年 9 月 13 日，林彪摔死在蒙古温都尔汗。

16 男子汉会议（最底层的民主）

母亲鼓励我参加会议，不是批斗会，而是生产队的男子汉会议。

有很多的回忆认为，生产队长也属于农村最基层的干部，一样有权力且会利用这个权力谋私。有些地方也许是这样，岩头江则不。我感受到的岩头江，所有农事由生产队的男子汉会议来决定。选生产队长时，人们并不特别考虑阶级成分，考虑的是能周全、公正地安排农活，并能为集体做出相应牺牲的人。岩头江没人争当生产队长，而是心平气和地轮着来干。我完全相信，在最底层，不只是岩头江如此，中国许多地方都如此。长篇小说名著《平凡的世界》里，也提到在陕北农村，男子汉轮流当生产队长。农民的质朴和他们面对的现实，让他们别无选择。人们必须选出能带领大家付出艰辛劳动让粮食增产的人。吃饱穿暖是最基础的诉求。

我不到 12 岁就参加了生产队的男子汉会议。

夏秋两季，无论是人民公社还是生产大队，都不怎么开会，因为抓生产的任务很紧，谁都知道，开会开不出"粮食亩产跨纲要"来。生产队当然更不开会，有事商量，也只在工前或工后，站在某处合计一下。

母亲有自己对四季农事的看法，但岩头江的妇女并不参与农事安排，即便母亲是大队的妇女主任，她的责任也仅限于处理夫妻失和婆媳不睦，对农事没有发言权。母亲让我参加男子汉会议，一举三得：一是可以让我转达她对四季农事的看法，二是我可以将男子汉会议讨论农事的情况带回来给她，三是可以让我尽快熟悉农事，加速成长。

生产队的男子汉会议也愿意让我参加，主要原因是其他家庭一般都有一个男子汉参加。而我家是"四属户"，有个小男子汉参会，能表达一点"四属户"的意见。"四属户"指干部、职工、教师、军人这四种人员在农村（生产队）的家属，俗称"半边户"，意思是家庭主要成员一半在国家相关单位就职，一半在农村务农。这是个时代色彩鲜明的称谓。由于家里有人吃国家粮，拿工资，一般条件比全家都务农的条件好些。但因为家里没有壮劳力，工分少，在生产队靠工分分粮的年头，须向队上如数交"口粮钱"，家里要拿出一些现钱才能领到口粮。在日常生活里，"四属户"的另一半有时会给家里带来一点工业品。在岩头江，突出的特点是所有"四属户"一律让自己的孩子叫"爸爸""妈妈"，而岩头江非"四属户"的家庭都叫"爹爹""姆妈"。另一个原因是我看过《西游记》《三国演义》，会前会后可以给他们讲故事，讲孙悟空三打白骨精或者桃园三结义、草船借箭、空城计，他们都喜欢听。生产队里凡能通畅阅读《西游记》《三国演义》的，都离开岩头江，到国家单位去了。

1974年的冬天，生产队一头水牛失前蹄跌倒在一个地窖口，身子卡在那里。当人们七手八脚把它抬出地窖口时，牛的两条前腿折断，再也站不起来了。年长的男子汉看了看牛的牙口，掐指算算这头牛服役的年龄，就知道，牛老了，再也不能耕地了，它不是摔跤，而是因为衰老跌倒在地窖口的，它一定会在这个冬天里死去。放牛的人家表现出极大的悲伤，但却无能为力。牛站都站不起来了，喂草也只是艰难地咀嚼，牛眼里不断地会流泪出来。放牛人家终于对生产队干部说："看着它伤心，不如早点把它杀了吧，让它不受这个折磨。"生产队的男子汉一合计，同意杀牛。

牛是农家宝。牛一辈子给人耕田，到最后还要被宰杀，人们心里总是过意不去，认为杀牛是有罪的——比杀猪杀鸡的罪过更大。所以杀牛一般由德顺来干。德顺是我的堂叔，终生未娶，没有后代，多大的罪过都由他一个人担着。人们捆着牛放倒。杀牛时，早有几个喜欢扳鱼的人把新织的罾准备好了。那是用来浸牛血的。浸过牛血的罾会耐用些，鱼儿闻到牛血的腥味会主动跑到罾里来。

宰牛后，人们很快就变得喜气洋洋了。因为生产队并不会把牛肉卖掉。人民政府从来没给岩头江布置过卖牛的任务。这头牛的肉将被切分到每家每户。一头牛有好几百斤的肉。首先分的是正牛肉，选择按人口分，每人该多少斤。生产队会计算计好后，每户拣一阄，以确定分牛肉的先后，也杜绝了营私者挑挑拣拣的可能。这种源于人类古代的"拣阄民主"，应用在生产队的每一次分配：分红薯、分柴火、分稻谷（口粮）、分黄豆、分麦子、分花生……岩头江不讲究牛排牛腱牛仔骨，但剔牛肉仍然是个技术活。接着分牛腩和剔骨肉时，就按工分来分了。

剩下的牛骨头，要用大锅炖。男子汉在生产队养猪场里面，将煮猪潲的大锅洗干净，放入牛骨，用斧头劈开干枞树蔸，把灶膛烧得通红。

有人打米酒去了。

男子汉会议就此开始。

母亲并没有让我参加这次男子汉会议。我自己悄悄溜到养猪场。我知道男子汉们会炖牛骨头。我是来蹭牛骨汤喝的。我认真在一旁递柴，生怕他们要赶我走。男子汉们一边看灶膛里的火，一边讨论。有人提是不是把椅子岭的两块畲改成田，这样可以增加稻谷产量。马上就有人反对，说那里本来就没水源，下面那口池塘是第九生产队的，要是天干了，人家也不会让我们车水抗旱。接着又讨论冬季里坛主山池塘的整修。这个提议可能在男子汉圈子里酝酿过很久了，马上得到附和赞同。男子汉们认真讨论坛主山池塘扩大容量的事情，只有把原来的淤泥清理出来，将池塘加宽加深，才能储蓄更多的水，这样，池塘下坛主山那些梯田，至少有一半可以插晚稻，远比在椅子岭开两丘薄田收成好。而且要在坛主山的池塘里养鱼，那里没有石洞，不会藏有毫獭偷鱼……说着说着，打酒的人回来了。炖牛骨的锅里冒着白色的水汽。有人打开锅盖，一股浓浓的牛肉香味顿时弥漫开来。

男子汉每人倒了一碗酒。他们知道晚上有酒喝，自己带来了碗和筷子。我没有带碗。"喝口烧酒么？"有人会将碗递给我。我浅尝半口。成人知道我是来蹭口骨头汤喝的，也没认真让我喝酒。一年里他们难得在一起喝酒，还有不错的下酒菜，互相吆喝起来。喝了几口酒后，就有人用筷子去戳那牛骨头上的肉。等牛骨头上的肉和筋都炖烂了，主事的人就把骨头捞到一块门板上，一边剔肉，一边递些给喝酒的吃。男子汉们并不要把剔骨肉吃完。稍大些的肉块或筋，主事的会拢到一处，再次分配。这次是只分给成年男子汉。酒后，他们会把分到的剔骨肉带回去给老婆孩子吃，我没资格分。主事的偶尔也会递给我一小块剔骨肉或牛蹄筋，我已经心满意足，对没有赶我走的男子汉们充满感激。

生产队的男子汉会议从来不务虚，只务实，也有认真且想要表现自己的男子汉，在发言前先念一句与表述内容相关的"毛主席语录"。中国人自古喜欢用"语录""教化"人，《论语》就是孔子及其弟子的"语录"。人们相信智者的思考与直觉判断。而"语录"通常以最简洁的方式直指人心、阐述真理、表达核心价值观，通俗易懂。自《诗经》以来，中国两千多年的思想史，其实就是"诗"和"语录"的历史。中国人的思考不擅逻辑而擅直觉。有直觉并把它说出来，被记录，便是"语录"。即便是佛教经典，中国人最乐意接受的，也是那些"如是我闻"的"语录"。《金刚经》就是佛陀的"语录"，而且是极简的问答体。

曾严凯倡议修池塘，说："毛主席教导我们说'水利是农业的命脉'。我觉得坛主山的塘还是应该修，修好了下面的田可以种双季稻。"

这一句应用得恰到好处。很有意思的是，要么全不用，一旦有人用了，接下来发言的人也会搜肠刮肚地背一条"语录"出来。

曾祥祝说："毛主席说'下定决心，不怕牺牲，排除万难，去争取胜利'。我觉得要修就要修好。这个冬天开工，大干快上，到明年春天就能装水了。"

这是一个很聪明的选择，表达一定要修好池塘的决心。男子汉们学到的"语录"极其有限，到后来有发言者就说："毛主席说'美帝国主义和一切反动派都是纸老虎'。我觉得池塘修起来后，草鱼和鲢鱼还是一起养。坛主山土肥，塘底放些泥鳅秧子，到过年干塘时一定会发不少泥鳅。"这"语录"听来风马牛不相及。男子汉们会庄严地听着，并不发笑。

喝喝酒，吆喝吆喝，闹一闹。男子汉们很快会讨论具体的操作：夯塘基一定要用石碨。石碨现在在哪儿？挑土要不要按重量搞定额工分制，以免有人偷懒……

酒酣人散，没有任何会议的文字记录，可是三天或一周后，坛主山就会出现热闹的劳动场面，一面红旗插在工地上，抬石碨的号子响起：

哎喃叫咧么——哎叫咧——

哎——叫咧——赫叫咧——

抓革命呀么——哎叫咧——

促生产呀么——赫叫咧——

领喊号子的男子有时使坏，叫一声某女人的名字，其他男子汉也还喊"哎叫咧——"，充满力量的情色感。等反应过来，大家忘了劳动的辛苦，放声大笑。笑声爽朗响亮，穿透了整个工地。

17 对一只鸡的临终祝福（乡村宗教）

岩头江人相信伤害生命有罪。如果没有王法来定罪，冥冥中也会有一个主宰来定罪。

我不知道英国人德国人美国人法国人俄罗斯人日本人……自己杀不杀鸡。如果杀，他们采用什么样的方式。

杀一只鸡前要不要为它祈祷？怎样祈祷？

现在，你在市场买一只鸡，让卖鸡的帮你宰杀。只要你看中，卖鸡的将鸡一把从笼子里抓出来，在鸡脖子上一刀，放完血将鸡的尸体往脱毛桶里一扔……

我们不知道这只鸡魂归何处。

岩头江人杀猪杀鸡是经常要做的事。杀猪是大事，首先得把政府的征购任务完成了，然后才能自己杀猪。杀猪前，仍然要去大队会计那里缴税。杀一头猪要缴 3 块 5 角钱的税，猪肉是 8 角钱 1 斤。也就是说杀一头猪要先缴上 4 斤半的猪肉钱，人们认为这是天经地义的，没人反对。杀猪动刀子前，要给这个牲口烧上几张纸钱，就是平常敬先人拜菩萨烧的那种纸钱，并为这头猪祈祷一番。母亲说，这是一个生命，它此生为猪，来生就不见得是猪了。烧纸钱的意义也许是给这个魂灵去投胎的路上送点盘缠。岩头江人对待死前的动物，充分体现众生平等。

岩头江人仍然尊重每一个生命。这种尊重体现在每一件事情的每一个细节上。杀一只鸡，同样要烧几张纸钱，这个仪式常常放在堂屋里的土地龛前。母亲杀鸡时，一边拔去鸡脖子上的毛，以便下刀，一边念念有词："你现在到另一个世界去，换了毛衣穿布衣，换了布衣穿缎衣，吃好的穿好的……"我在旁边等着鸡拔毛。

在我出生的时候，大多数庙宇被拆除了。佛教徒和尚与道教徒师公都收起行头，不再从事相应的宗教活动。但即便是在"破除迷信""破四旧""扫除一切牛鬼蛇神"时期，岩头江所有的人都会祭祖宗敬菩萨，甚至不用偷偷地。每逢节日，大伯、母亲都要在堂屋的神龛下奉上最好的东西。神龛上早年写上"天地国亲师"。

这是中国最底层的乡村政治，也是中国最底层的乡村宗教。人们信所有的神而不是唯一的神。那些渎神者可以去拆毁庙宇，但绝不会有人敢捣毁神龛。神可能没有信徒，但祖先都有后人。将一个无神论者的巨幅画像贴在神龛上，像下面是敬神的蜡烛、香、点灯草的香油灯。在像前烧纸钱、祭祀与祷告，"凡我宗亲，一同供奉"，岩头江人一点也不觉得别扭。

神龛两边的对联，有一年过年时是"金猴奋起千钧棒，玉宇澄清万里埃"，另一年是"四海翻腾云水怒，五洲震荡风雷激"。这样的对联往往是人民公社派发的。因为三哥、五哥都参军，大伯家是军属，门楣上挂有"军属光荣"的红底黄字牌子。每到春节，生产大队慰问时会发印刷好的对联。这种对联常常用草体字，绝大多数岩头江人看不懂。但所有这些，都不对我们敬祖宗敬神明形成障碍。祖宗要回来过年、过生日、过所有的节日，与我们一起尝新（尝吃新熟的稻谷）。

每到农历七月半，我们相信祖先们一定会回来。从十一到十四日，我们每天都要装好饭菜，备好碗筷摆放在堂屋的神龛下，请祖宗们进餐。十四日晚，祖宗们要走了。我真会感觉到冥冥中有祖宗与我们相处了一段时间，我甚至很有点舍不得他们离开。这天傍晚，我们会打一些斋粑敬上，让祖先们在回去的路上吃。对于这种场景，林语堂先生在《中国人》①里这样论述："这些祖宗英灵并非神祇，不过是一些去世的人物，他们想继续像生者那样对自己的子孙表示关心。如果他们真是了不起的灵魂，他们也许可以保护他们自己的后裔，但他们自己却需要子孙们的保护，并靠这些孩子援助一些食物赖以充饥，一些化为灰烬的纸钱以供地狱中的各类消费之用。总之，他们需要别人关心照顾，正如他们在老年时要孩子们关心照顾一样。"林语堂先生的话语或许激烈了些（至少我从不认为烧的纸钱是供祖宗们"地狱中的各类消费之用"，他们或许在天堂，或许在另一个世界，或许已转世为人），但阐述清楚了死去的先人与活着的后人的基本关系。

如果祖先们已投胎转世，他们真的在哪里呢？

在湘西的有些地方，直至现在，人们仍然相信有再生人。一个人去世后，很可能就转世在附近不远的地方。他对前世的事情一清二楚。稍大，他甚至可以去指认或清点自己前世的遗物。无论外祖母还是祖母去世，我都希望她就转世到附近的村子里，可惜没有。

在岩头江，从未有基督教和伊斯兰教涉足，没有人提到过上帝，也没有人谈起过真主。甚至佛教，也从未见过正宗的衣钵传人。但儒释道深刻地影响了岩头江的生活。"三纲五常"的道德规范、伦理诉求仍体现在社会生活家庭生活的方方面面时时刻刻。祖母和与她同龄的女人都不识字，但她们有个极好的禁忌：不烧有字的纸。她们严肃地告诉我：烧有字的纸会瞎眼睛。五十多年来，我再没在别的地方见过如此尊重文

---

① 学林出版社 1994 年 12 月第 1 版第 114 页。

字敬畏文字的禁忌。即便从来没有一个人能说清楚玉皇大帝与如来佛的关系、如来佛与观音菩萨的关系、观音菩萨与土地菩萨的关系，一点也不影响岩头江的人们对所有菩萨的供奉。没人能弄清道教的祖师爷是谁，道教有没有什么经典，却一点也不影响人们请道教背景的地仙看风水，请师公驱鬼。人们从来不靠学校教育或宗教活动来获得这些影响，而是传承，从日常生活里传承，从老一辈人的生活经验里传承。

岩头江人尊重生命、敬畏神仙，却不信奉任何宗教，没有任何信徒，也从不见有人斋戒。除了来源于佛教经典的阿弥陀佛、观世音菩萨，其他神仙均来自中国文学经典《封神榜》《三国演义》《说唐》《搜神记》，等等。有意思的是，在中国，多位有战功的传奇将军成为神，比如三国时期的关云长，帮李氏创立唐朝的秦叔宝、尉迟恭，而对中国历史文化影响最大的儒家，贡献了"四书五经"，但自孔子、孟子至后世注经的程颢、程颐、朱熹，没有一个人成为神仙，人们称他们为"圣人"。他们用现世的语言，比如"克己复礼""温故而知新""仁者爱人""君为臣纲，父为子纲，夫为妻纲""存天理，灭人欲"等，对世界对事物判断分析，提出个人应该怎么样，国家应该怎么样，怎么处理人与人之间的关系、人与国家的关系等，靠这些简单而深刻的道理影响了中国两千五百多年。人们供奉他们的牌位而不是偶像。他们本身并没有成为真正的政治家，却成功地成为后世政治家的导师。

耶稣、穆罕默德能成为神，而毕达哥拉斯、苏格拉底、柏拉图、亚里士多德不能成为神。世界上的道理可能都是这样。终极追问与现世解答是两码事。

18 提马灯的人（乡村爱情与婚姻）

提马灯的男人来了，带走我的堂姐，成了我的姐夫。

提马灯的男人去了，那是我已长大的堂哥，从外村带回了我的堂嫂。

我家有一盏马灯。我不知道是什么时候添置的。那时岩头江没有手电筒，多数情况靠点着松树节或麻秆走夜路。平时也没有什么走夜路的必要，麻秆和松树节都用得极少。后来就用马灯了。马灯用煤油，玻璃灯罩被上下固定，上面有提手，很方便。我经常把马灯挂在床架上蚊帐里面，看《西游记》《三国演义》《说唐》。

隔一段时间，就有人取走我家的马灯。

娶老婆是必须走夜路的。新郎得提着马灯。接亲的人抬着半边猪肉，披星戴月，子夜早早地去，趁着天还没亮，把媳妇从娘家接出来，然后越走越天亮，往光明里走。

我从未听岩头江的人说起"爱情"这样的字眼。

我爱你——也许是这样，一辈子，举案齐眉，白头到老，执子之手，从一而终，但我不说。岩头江的夫妻一直是这样。

在我经历的岩头江岁月里，岩头江从未有离婚的个案。

我有 12 个堂哥，9 个堂姐，堂哥们要娶老婆，堂姐们要嫁人。

林语堂先生在《中国人》[①]中这样描述"恋爱与求婚"："即使是在自己的深闺中，姑娘们通常也清楚镇上同一阶层所有未婚青年的状况，并暗中表达了自己的赞许或反对的感情。如果由于偶然的机会，她遇到了她曾经欣赏过的年轻人之一，尽管只是交换了一下眼色，她的心就再也不能平静了，以前那种自豪感消失了。接着是秘密的偷情阶段。尽管暴露自己可能意味着羞耻，有时还有可能导致自杀；尽管自己完全意识到这样做是在藐视所有道德行为的规范，藐视社会的非难，她自己还是要与她的男青年相见。爱情总是能找到自己的路。"这样的叙述，显然是受了古代诗歌和戏曲的影响，当然可能有林语堂先生自己的影子。的确，中国男女从来就不是不敢表白爱情的。中国文学的至高经典《诗经》，就以"关关雎鸠，在河之洲。窈窕淑女，君子好逑"开篇。早期诗歌汉乐府有《上邪》："上邪！我欲与君相知，长命无绝衰。山无陵，

---

① 学林出版社 1994 年 12 月第 1 版第 162 页。

江水为竭，冬雷震震，夏雨雪，天地合，乃敢与君绝。"直接大胆，堪称中国（或者全世界）爱情表白的极品。两千多年了，好像再没有爱情的表白超过这首诗。戏曲里则有不少这种故事。

但所有这些都过于诗意过于文学化，与岩头江的生活真面貌相去太远。岩头江的青年男女都是同一姓，且都是传贵公的后裔，同姓同源同宗同祖。在岩头江村的内部，500余人都按辈分称呼。乡村宗族伦理高于一切，不可能发生爱情一类的事情。相对而言，七姓八户的娄山下要好些，错开的姓氏为青年男女避开伦理的障碍。以生产队为单位的生产组织形式，更让青年男女没多少跨队接触的机会。小伙子要娶老婆，姑娘要嫁人，还都得靠媒人介绍。高度集体化也有好处，一个小伙子是不是诚实，能不能干活，一个姑娘是不是爱干净，会不会做家务，向他（她）所在的生产队打听一下就清楚了。

成就婚姻，先是说媒，全由熟悉情况的人摸了男女双方的底细，这个过程里，大多有亲戚参与，比如姑姑村里的某小伙与舅舅村子里的某姑娘。此前说媒者先将两人的各方面条件对比过，再向各方父母征求意见。虽说中华人民共和国颁布了新的《婚姻法》，人民政府提倡婚姻自由，但在保持着两千年基本不变的日常生活的岩头江，"媒妁之言，父母之命"仍然是男女婚姻的关键因素。父母都要出生产队的工，也没时间去看看小伙子或姑娘，多是听媒人说，差不多就行。中国古代的皇室和贵族，联姻多有政治或利益目的。直至当时的干部家庭，联姻也会考虑利害关系。路遥在《平凡的世界》里细致描述了这种基于现实利益的联姻诉求。但岩头江的联姻简单得多，只是传宗接代生儿育女过日子。人与人比，都挣生产队工分，没有太大差别。

接下来就是见面，这是真正的相亲，岩头江叫"筛茶"（不是筛查却很有点像筛查）。小伙子挑一应礼物，怀揣着一个红纸包，纸包里是定亲的钱，少的30元，家境好的是60元或80元。超过100元就是富裕人家了！姑娘先是躲在后房里，偷窥着小伙子，若是愿意了，就出来与小伙子见面，给小伙子倒上一杯加糖的茶。小伙子接了茶，就把红纸包递给姑娘。这钱也就叫"茶钱"。若姑娘在偷窥里不喜欢小伙子，就死活不肯出来倒茶，那就是相亲不成功。这种情况在岩头江似乎没发生过。岩头江青年男女完全没有"秘密的偷情阶段"。如果"筛茶"成功，就光明磊落地交往。小伙子就不断地到姑娘家送节。端午、中秋、春节都是非常重要的节日，小伙子为表达娶姑娘的诚意，都得挑着好东西往姑娘家送。端午一只鸭，中秋一只鸡。

每娶进来一个嫂子，都是母亲去举行铺床仪式。母亲一边把糖果和花生往床上、蚊帐上抛，一边口里念念有词："撒把糖果撒上壁，贺喜某某早当爹。撒把花生撒上床，贺喜某某早当娘……"村子里的孩子就扑上床去抢花生和糖果。这时是不怕脏了婚床被单的。孩子越多越好，越热闹越好。这是岩头江闹洞房的简单形式。婚姻目的非常明确，是为了生育，而不是为了爱情。如果一个人说他结婚不是为了生育而是为了爱情，岩头江人会一头雾水：爱情？那是个什么东西？

但爱情还是偷袭了岩头江。

三伯父的二女儿是岩头江唯一的女中学生。这是位有文化的堂姐。其时正好人民公社办茶场。办茶场的目的是要壮大集体经济。人民公社到各大队抽有文化的年轻人去。大队又将抽人的指标分解到各生产队。这位堂姐成了岩头江的不二之选。茶场在公社办公地附近的茶山下，离岩头江 12 里的地方。年轻人在那里学习种茶树采茶叶并加工茶叶。那里聚集了全公社各个地方来的几十个年轻人。青春飞扬，激情澎湃，爱情无可避免地发生了。没有长者的严厉管束，没有了姓氏的伦理约束，年轻人同吃同住同劳动同学习，少不了打情骂俏，进一步约会，畅谈理想……

上过中学的堂姐自己从茶场里带回来了一个小伙子。村子里的人惊奇不已：茶场还真不是个好地方啊！尽管后来小伙子补办了"筛茶"和送节的仪式，但他仍然未能通过岩头江的长辈们这一关。

也许包括我母亲在内的长辈们太爱这个侄女，他们一致认为堂姐自己选的小伙子配不上她。由平时很有主见的母亲动议，三伯父邀大伯父、二伯父、四伯父召开了男子汉会议，劝说堂姐放弃这个小伙子。跳出茶场，一定有更适合她更配得上她的人。自称没资格参加这次会议的母亲为这个会议定调并主导了这次会议。我第一次也是唯一一次见识了母亲近乎演讲的才华。母亲当着几个伯父和堂姐的面，别人坐着，她站着说："婚姻是个终生大事。这事本来该由你爹来作主、大伯二伯来作主，轮不到我一个妇道人家说话。但我去过小伙子那个大队，情况比较熟悉，也就说两句。俗话说，会选的选儿郎，不会选的选田庄。儿郎，大家都看到了，个子不高，力气不大，以后干活能干多重的活？说话还老是眨巴眼。你别指望他能改过来。他爸我见过，也是眨巴眼，祖传的，改不了。田庄，他们那里缺水，靠天吃饭。哪年雨水不好，禾苗就会干死。到天干的年份，喝的水都要到岩洞里去挑，那岩洞走下去都脚巴子发抖，怕有几百级台阶。你选哪样好？你能选到哪样？"

这段偷袭岩头江的爱情被成功阻击。

事实证明，所谓的爱情真会蒙蔽青年人的眼睛。长者的经验和判断往往很管用。堂姐并不勇敢地"藐视社会的非难"，而是听长者的话，顺从了父母。不久，有人介绍一位 10 里外的民办教师，身材要高大得多，喜欢看书，能言善辩，更重要的，他还能干很重的体力活。他成功地成为那个提马灯的人，在一个结霜的凌晨接走了我的堂姐。邻村的表姐出嫁时，是要哭嫁一个晚上的。堂姐有没有哭嫁，我不清楚。一身花衣、一个衣柜、一个碗柜、一个洗脚盆、一个洗脸盆、一个火箱、两套被子是堂姐的嫁妆。所有的陪嫁家具都漆成土红色。她得带一把红色的油纸伞，以便进村时把头和脸遮住。

这位当民办教师的堂姐夫显然更配得上读过中学的堂姐。他是唯一一个在春节拜年时，与我谈古代对联的姐夫。他向我介绍"踏破磊桥三片石，踢开出路两重山"对得如何工整巧妙。又说古代曾经有个新娘子，嫁的不是自己意中人，进了洞房还没揭盖头，就想用出联的方式轰走试图揭盖头的新郎，说："黑屋又黑汉，黑沉沉，呸，滚出去。"新郎其实是个才子，哪里会被这样的上联难住？他稍做思索即吟出下联：

"红床又红娘,红艳艳,嘿,抱起来。"他对我进行了中国楹联知识的启蒙。若干年后,我仍然记得他讲述的这两副对联。他的好学,一直让他有转为公办教师吃上"国家粮"的希望。但是他放弃了,宁愿被开除出教师队伍,也要多生一个孩子。他执着地抵抗计划生育政策,直到堂姐第三胎生下个男孩。

像中国所有父亲一样,他在这个男孩身上寄托了自己的理想。事实上只有极少数的孩子能帮父亲实现理想。幸运的是,这个男孩走进极少数的行列。他是个学霸,从没为考学校着急过。据说上中学就有学校出钱抢着让他去。他一路升学,从洞口七中到武汉大学,直至读成法国图卢兹经济学院的博士。

2014年10月,让·梯若尔教授获诺贝尔经济学奖,时为中国人民大学经济学院讲师的李三希兴奋地接受了《中国青年报》的采访。报道说"李三希曾上过梯若尔的课,也曾就政府采购里面的契约设计问题与梯若尔探讨过。李三希称'他是非常绅士的一个人,非常礼貌,即使他可能不同意你的观点,也会很委婉地表达,不让对方觉得尴尬'"。我鬼鬼祟祟在新闻后抢了个沙发并留言:"热烈祝贺我外甥的导师荣获诺贝尔经济学奖。"瑞典那么遥远。岩头江人要与诺贝尔奖扯上点关系太不容易了。这个读书厉害的外甥在为李姓姐夫一家争得光荣时,岩头江曾姓庞大的家族也为他自豪。他超级学霸的成绩和自强自立的态度,一直被这个家族奉为楷模。2019年秋季,在中国人民大学经济学院的开学典礼上,青年长江学者李三希教授致新生:"进入最优秀的经济学院学习,我希望同学们做一个胸怀人民的人!"

嗯,没错,我也应该做一个胸怀人民的舅舅!

在过完年请春酒的时候,我去过这个姐夫家里两次,依稀记得门前有一条小河。

19 过年·拜年·请春酒（民俗与族群利益）

拜节和帮忙是用来维护男女双方家庭的紧密关系的。拜年和请春酒则用来维持整个家族的亲密关系。

春酒，就是春天里的酒，又好像不完全是。

在人民教育出版社出版的《语文》八年级下册里，有篇课文就叫《春酒》，是中国台湾女作家琦君写的，开篇就说"农村的新年，是非常长的"。我与这位生于1917年的前辈体验完全一致。新年漫长，我们还是唯恐其不够长。

在岩头江，没有比春节更重要的节日。全中国大抵一致。鲁迅先生作文章，开篇就是"旧历的年底到底最像年底"。春节的历史很悠久，据说，它起源于殷商时期年头岁尾的祭神祭祖活动。按照中国农历，正月初一叫春节。公历的一月一日称为元旦。这是20世纪上半叶改造过的叫法。此前，正月初一也曾被称作元旦。过年其实要跨过两个重要的日子，旧年的最后一天叫除夕，新年的第一天叫春节。

每到农历十二月，岩头江的人们就开始掐指算过年的日子。过年，意味着一段可以放开肚皮吃肉喝酒的日子快要到了。岩头江的农民忙了一年，就过那么几天好日子。平时许多东西舍不得吃，留着过年。对孩子们来说，意味着穿新衣服讨糖吃的日子快要到来。

过年要杀一头猪，否则就不像过年。但完成政府的征购猪任务后，也有家庭买不起"架子猪"（已长到二三十斤的小猪），只能买小猪仔，喂到过年不超过100斤，正长肉的时候，舍不得杀，就得买别人家的猪肉过年。过年用肉量大，自家吃，还要请客，远不是三五斤就能对付得了的。买50斤肉，得40块钱。这是一笔巨款，都可以用来娶老婆"筛茶"了。一般都只买20斤，花16块钱。我家一般都买"架子猪"，过年杀时，也能长到130斤左右。大约是1971年，我家没有分配到征购猪的任务，就把一头猪一直喂养着，过年时，长到237斤。那是那些年里岩头江杀过的最重的过年猪。杀猪时，很多人都来看热闹。

杀猪是个技术活，一般由大伯父执刀，还得要人帮忙扯腿扯尾巴。刀要磨锋利了，下刀时要看准猪的心口，刀尖一定要抵达猪的心脏。只有戳破了心脏，放血才会干净。如果下了刀的猪没死，还从地上爬起来走几步，是很不吉利的。有一年我喂的猪，不到110斤。大伯父杀猪时居然失手。猪没死，还从地上站起来走几步。人们扑倒它再补了一刀。母亲脸一沉，知道这是不祥的预兆。这一年，外祖母去世了。

杀猪时已经到了农闲季节，有些人来帮忙，有些人来看热闹。考古学者考证：在中国，早在母系氏族公社时期，就已开始饲养猪、狗等家畜。现在优酷上一搜，就有很多农村杀猪的视频，网友大呼"看农村杀猪，感到很厉害，也很好笑"。

杀死猪后，就是烫猪。将一大锅开水倒进专用大木桶里（这种椭圆形桶每个生产队只有一个）。再把猪提起来放进桶里。如果猪太大，桶里的开水浸不完全，就得用一个勺舀开水浇未浸的部分，以便除毛。"死猪不怕开水烫"的民谚，大抵从这个过程里得来。一边烫一边刮毛，差不多了，猪的躯体变硬。人们就帮着它肚皮悬空，四肢趴在桶沿上。大伯将猪后脚（苏北少年毕飞宇看到的是前爪，这大抵是苏北与湘西的差异）割开一点皮，再用一根梃杖（细长的铁棍）从猪脚皮开处挺向猪身各处，然后从猪脚开皮处鼓着腮吹气。直到把猪吹起来。我没看过吹牛皮，但看过很多次吹猪皮。把猪吹起来后，方便进一步除毛。除毛后倒挂在一架梯子上。剖开猪的肚皮，往下一扒拉，猪整个腹腔内的肠肝肚肺就顺着滑到一个木盆里。若是下雪天，能看见一木盆的猪下水冒着热气。

在岩头江，四邻都是亲人，理所当然地要分享这头猪。主家要煮一大锅的猪血加萝卜（切成片或丝），炒几斤新鲜猪肉。然后盛一大碗猪血萝卜，堆尖儿的，再盖上新炒的猪肉，看上去是一大碗猪肉的样子，给每家邻居送去。肉香，猪血萝卜有甜味，真是太好吃了。这碗鲜肉加猪血萝卜，也体现相互间的亲疏程度。

多数人家在农历十二月上旬或中旬杀猪，以便将猪肉一块一块地挂在柴灶上方熏腊肉。到过年时，猪肘子、猪肝、猪肠、猪心，都变得干硬。洗干净烟尘，猪皮呈一种古铜色，散发着诱人的香味。湘西人就是用这种方式保存猪肉的。

然后是打豆腐，如果这一年自留地加上生产队的黄豆丰收，一家每人一榨豆腐。两升黄豆一榨。打豆腐这一天一点也不比杀猪清闲，头天晚上要将黄豆浸泡好了，第二天清晨起床推石磨磨豆腐。然后用麻布袋滤豆浆，用大锅把豆浆煮开，再用石膏点豆腐。豆腐点好后，凡经过的，都可请吃一碗黄花豆腐（豆腐花）。豆腐成固体后，用木盒固定了榨成形。几榨豆腐下来，也得忙到天黑。傍晚，开始制作油炸豆腐。大锅的油烧开，一般用菜籽油，炸出的豆腐焦黄偏黑色，讲究的用茶油，将豆腐炸得鲜黄，凉下来，抹上盐，最后要把它放进坛子里去。除了过年，在未来的日子，过节、待客，都得靠着油炸豆腐炒腊肉来对付。

做一缸烧酒，自己蒸。1斗米能出20斤酒。有些家庭来客多，喝酒的多，不够就量了米跟别人家兑酒。总有喝不完的人家将酒兑出去一些。

做一缸糯米甜酒，草药曲，蜜一样甜。母亲做甜酒从未失过手，每道程序细致认真，饭煮得好，药曲和得匀，温度控制得合适，甜酒就能做好。

熬一锅红薯糖。早上先把红薯煮烂了，再用一块搅糖的专用小桨板将红薯搅得更烂，然后加入自己发的干麦芽粉，控制好温度。傍晚时分，糖就有了，也是用麻布袋过滤了红薯渣，再用文火慢慢烧慢慢熬。直熬到锅里全是巴酽的红薯糖。高潮部分到来，最后爆米花，爆开的米花筛掉谷壳后全倒进糖里，将米花和糖搅拌好了。稍凉，一片一片地切下来。这些就是用来过年的，来客了就拿出来吃。

岩头江过年，每一样准备都与工业文明没半点关系，相反，充分体现了远古的农业文明。甚至连基本的互助协作都不需要，自给自足，就可以过一个十分丰盛的年。许多人家连新衣都是自家织的布自家缝。

杀鸡，杀鸭，剖鱼。

所有的所有都放在过年的时候享用了。

是不是能过上一个丰盛而热闹的年，可以看出这一家主人能否妥帖安排家庭生活。

迄今，绝大多数地区上了些年纪的中国人，形容一顿好饭菜或一段好日子，仍然说："像过年一样！"

岩头江吃两顿隆重的年饭。大年二十九也算是过年，但没有什么仪式感。除夕算一顿。这一顿头天就炖好了腊肘子，分外香。除夕的早上，天还没亮，要早早地起来吃饭。岩头江人没有守岁这一说。春节的早上更甚，人们尽量早些吃饭，因为怕那些讨糖吃的孩子按捺不住，过早地来拜年。如果来拜年时正好主家在吃饭，便是"踩破"了年饭，于主家不利。我一直不明白为什么要吃得这么早。据说衡阳一带也有这个习俗。饭后，自家的孩子换上新衣，也得到几个糖果。岩头江从来没有"压岁钱"一说。孩子们穿着新衣等天亮，等拜年。

祖母在这一天端坐家中，享受一群一群儿孙的祝福。

初一崽，初二郎，初三初四拜团坊。团坊就是街坊的意思。拜年的意义远不止是祝福节日，还有商量家族事务，梳理一次亲疏关系，向外人秀一秀家族团结等多重内容、含义。家族里的人闹矛盾，可能有一段时间会互相不理睬。如果这个家族在地方上还有些影响力，个别自认为被这个家族侵害了利益的人，就乐于看到这个家族的分裂。拜年，就是弥合这种分裂的绝佳时机。如果本来是有血缘关系的亲戚，有矛盾后，互相都不拜年了，离恩断义绝也就不太远了。欧美人会利用圣诞或元旦节互相走动弥合家族或朋友间的裂痕吗？我不知道。如果有，那天下的过年居然这么相同？如果没有，他们还真可以学着点！

姐夫们会来拜年，多数会选在大年初二，远远地放着鞭炮挑着礼物来。因为父亲有五兄弟，后来发展到住在四座屋里，他们就得在每座屋的堂屋里放一挂鞭炮。他们得给每家长辈送一包礼物。这些礼物可能是一包饼干，也可能是一包红枣。一年间总会有些消息传来，关于生产队收成的，关于家庭关系的，关于个人表现的。细心的长辈会问长问短。

姐夫们要有所准备，要回答各种各样的问题，消除某些误会，澄清某个不实的传言。聪明的姐夫这时候总是乖巧顺从的。他必须知道：娘家人尽管不在身边，但一直关注着嫁出去的姑娘。这也说明，自己的女人受到娘家人的重视。

拜年要拜到青草发，才算一个拜年客。拜年的姐夫姐姐一家都会在岩头江住下来。他们必须每家吃一顿饭才能回家。每家都是鸡鸭鱼肉、烧酒、甜酒。我们当舅子的得出面陪酒陪饭陪打字牌。其隆重与热闹，足可加强亲情。有什么做得不妥帖的地方，也就趁着酒道个歉，一切都妥帖了。同样的道理，父母带着我和妹妹们到娄山下给外婆、舅舅拜年，也是每家都要吃顿饭。舅舅们也都备了一年中最好的东西款待。因娄山下近，且在同一生产大队，我们一般就回岩头江住，第二天再去吃饭。有时我们拜了年就派人匆匆忙忙回家接待拜年的姐夫。

过了年到了正月初七初八，拜年客都回去了。接下来轮到姐夫们请喝酒。有时候，人们认为这种酒才叫作春酒。我们也请舅舅们的春酒，离得近，好通知，请上来吃一顿饭，简单。可是我的姐夫多，似乎东西南北的都有，他们挑的日子又不能互相冲突，所以我感觉喝春酒的过程特别漫长，直到父亲去学校准备开学工作去了，春酒还没请完。父亲不在家，姐夫们就会把我请去当代表。我如果不去，有力气大的捉了我往背上一放，背着就走。

春酒的意义不在酒，在亲情、感情，与此同时，也是家族力量的宣示。我稍大些，不想走十里八里路去喝那杯春酒。母亲说："以前你不去可以，现在，正是你该去的时候了。"

为什么？因为我是个男子汉了！不仅是岩头江的男子汉，还是姐姐们身后的男子汉。

如果一个人不能请春酒，要么就是老婆娘家没人，要么就是娘家人不关爱自己的姑娘。如果请春酒能请到十几个男子汉，一张八仙桌都坐不下，说明女人娘家人丁兴旺。她在婆家乃至村子里，就没什么人敢欺侮她。真受了欺侮，娘家人是可以带着男子汉们去讨说法的。中国的文学经典《红楼梦》里，写到了类似的情况。两大美女，娘家有人的薛宝钗经过一番较量，终于成功嫁给贾府公子贾宝玉，而娘家无人的林黛玉只好悲戚地去葬花。

中国乡俗，在表面的烦琐与庸常下，有太丰富的内涵。

20 禾桶上的演出（乡村文化生活）

春节期间，除了喝春酒，还看戏。在晒谷坪里，看禾桶上演出的革命现代京剧样板戏《智取威虎山》。样板戏有八个，岩头江人只看一个。

岩头江过去没人会演戏，听的看的都是滔溪对岸演的阳戏。滔溪对岸的阳戏班子先前在黄家祠堂演出，那里有戏台、天井、回廊，很适合演出。1966年后，阳戏属"封建迷信"文化活动，停止演出。1977年后开始恢复演出时，黄家祠堂已被拆了，只能在钟桥学校旁扎了戏台。恢复后戏班子原班人马都上了年纪，没有传人，过几年就再没人演。大约在1980年，为了知道到底什么叫传说中的阳戏，我在钟桥学校旁看过一次。演员戴着面具，唱腔极高。观众们兴致颇高。戏曲研究者认为，阳戏源于傩戏，是傩戏系统中戏剧表演因素最趋完备的剧种，在中国西南农村常有演出，但似乎都不曾登大雅之堂。民间把傩戏分为"阴戏"和"阳戏"。以酬神和驱邪为主的叫"阴戏"，以娱人和纳吉为主的叫"阳戏"。阳戏借鉴了其他剧种的各种题材、唱腔。

1966年后，每个大队都被发动组织起毛泽东思想宣传队。年轻人参与文化活动，能给村民们带来娱乐，尽管他们挣了些看上去较轻松的工分，年长者并不反对。岩头江的毛泽东思想宣传队早先并不唱戏，只是制作红旗。他们在地主曾顺生的横屋楼下忙碌，别出心裁，制作三面大红旗，每一面红旗上有个毛主席的画像，画像下是三个大大的"忠"字，在第一面红旗的"忠"字上嵌满金黄色的谷粒，第二面红旗的"忠"字上嵌满金黄色的大豆，第三面红旗的"忠"字上嵌满金黄色的辣椒籽。我想他们选择这三种东西，主要是那时所有的旗帜都是红底黄字。贴辣椒籽是个很痛苦的活，先要把干红辣椒剪开，把辣椒籽倒出来，再拣那些金黄色的尽量不带红丝的辣椒籽。这个主意不知道是什么人想出来的。我到现场，很快就被辣椒呛得不行。正在捂着鼻子干活的成年人将我驱离了。那一年我 5 岁。听制作旗帜的人们说，要举了这三面红旗去参加人民公社的比赛。是制作红旗的比赛吗？我一直不知道这次比赛得到什么结果。

我不知道岩头江的人是如何学会演戏的。每到冬天，小学校还没放假，一套锣鼓，两把胡琴，十几个年轻人就热热闹闹在学校礼堂练开了。演杨子荣的曾令秋和演座山雕的曾德肆，都成为村子里的明星。全大队的人都喜欢他们的演出，都一致认为他们演得惟妙惟肖。大抵是演革命现代京剧样板戏有一定难度，我没看到他们演过《沙家浜》《红灯记》，每年都重复演出《智取威虎山》。京剧里故事情节和冲突，许多都在唱词和动作里。可既然有"打虎上山"的情节，岩头江和娄山下、独石的观众就都希望看到老虎，看到一个英雄是怎么把老虎打死的。最好像武松那样，先是哨棒后是拳头。宣传队也不含糊，不管原版戏里有没有，自己加了个老虎。每当该老虎出场时，就让个跑龙套的披着件翻转过来的毛大衣，从后台爬出来，吼几声。演杨子荣的曾令秋就去摇着根马鞭挥几下，掏出木制手枪，朝老虎一指。后台就要砸两声响炮子，表示枪击了老虎。现在想来真是太滑稽，那毛衣居然是羊皮的，但从来没人去指出这个错误。人们知道，即便指出来，也不可能去哪儿弄到一张虎皮。

我对老虎的出场总是满怀期待。

为了让所有人都能看到戏，宣传队不只在大队小学演，还到各生产队巡演。这样，能照顾到像我祖母那样的年纪，因为裹脚，连大队小学也走不到的人。每个生产队都有一座公屋，主要用来储藏生产队的粮食，除了几个木板隔成的大粮仓，还要放置大型农具，诸如水车、风车、犁、耙、打谷机、禾桶。公屋外都是晒谷坪，亦作生产队的开会场所。冬天里，正可以唱戏，可没有戏台。农民有办法，背靠公屋，扣翻两只大禾桶，拼在一起，两边再用竹竿支起两张竹篾的晒垫，一个小戏台就成了。在出现脚踏打谷机之前，岩头江用禾桶打谷脱粒，最原始的办法，握一把禾将谷穗部分向禾桶内壁抽打。禾桶一般不小，能装好几担谷。每只禾桶三平方多，拼在一起约七个平方的样子。人们吩咐演员们小心，两边派人护着，演出是没有问题的。如果希望场面大些，也可以找四只禾桶拼起来。

在中国广大农村，文化生活的贫困是难以想象的。没有音乐，没有歌，没有绘画，没有戏剧，缺少图书。岩头江不像湘西更深处的苗族、土家族，他们还有自己的山歌。当然年轻人也会从那些地方学到一些，比如"正月子飘飘是新年，妹把鞋子剪。剪双鞋子我郎去拜年"的抒情、"郎死没得棺材埋，把郎放妹心里埋。妹在胸口打个洞，郎得暖气活过来"的挚爱、"杉树尖尖虫蛀心，黄花妹子没良心"的色情。但绝大多数时候的绝大多数人，没有文化生活。整个村子里只有一套锣鼓，主要用于迎亲和送葬。父亲那一代除了看阳戏，还看过师公"唱土地"——实际上相当于傩戏中的"阴戏"。厉害的师公能依韵现编现唱，见什么唱什么。而我，则因生产大队有了宣传队才看到革命样板戏，此前，我对戏剧一无所知。

因为文化生活过于贫困，我和我的小伙伴每逢弹棉花的进村，就不想去扯猪草或者砍柴了。我们总是想方设法听弹棉花的声音。在我的童年印象里，弹花匠从来就是一位乐师，他不是进村弹棉花，是来演奏乐曲的。他背着一把比自己身子还要高的独弦琴，用一个木制的长棰拨弦演奏。当弦紧靠棉花的时候，音乐是沉郁而紧张的。当弦离开棉花时，音乐就轻扬起来，有一种自由飞翔的快感。这样的乐段交替出现，形成旋律。等棉花弹好了，弹花匠就要拨纱，让棉纱有规则地网在棉花上，纱绳转动，发出轻响，而棉纱则在两位弹花匠的手指头飞来飞去。当他们确认棉纱已很好地网住了棉花时，就要用一个两尺直径的杂树木盘揉。揉时先用手推按，再站到木盘上去，甩动手臂，靠扭动身子推动木盘在棉被上揉压。两位弹花匠相对而行，节奏准确，姿势优美，完全是舞蹈。如果时间允许，我会守着弹花匠看完制作一床棉被的全过程。

电影在 20 世纪 60 年代来到岩头江。岩头江没有电。放映员得带着汽油发电机（顺带着汽油）、放映机、拷贝、幕布来。第一次放的电影是《白毛女》。放映机和幕布放在一家有围墙的院子里。发电机则放在围墙外。岩头江人从未看过电影，也没人告诉什么是电影。结果我的两位伯母与另外数十人就守着发电机看了两个小时。发电机发出轰鸣声，上面还有个发光的灯泡。人们一边听轰鸣声，一边议论到底发电机本身就是电影呢还是只有那个发光的灯泡才算是电影。围墙内出来的人告诉他们有人影有歌。他们说也听到歌了，以为是跟轰鸣声一起发出来的。

自己公社的放映队隔许久不来，心里痒痒的我与小伙伴打听到洞口县杨林公社的放映队到了隔壁大队，就约去看电影。放的是《南征北战》。人们说这部电影里的国民党两个主要军官就是杨林公社人，已作为战犯释放了。生产队安排俩老头儿放牛。两人一边放牛一边聊天说："共产党还真有几下子，现在这个建设嘛搞得还真不错！"所以在杨林公社看《南征北战》更有意思。可看着看着，打仗的动作变慢，银幕模糊，声音也变呜哑了。原来杨林公社放映队用的是脚踏发电机。两个男子汉一边像踩自行车一样踩发电机踏板，一边看电影，看得投入了，脚下忘了踩，那银幕上的人影就先暗下来，人物动作变慢，声音就哑了。这时，观众就齐声喊："快点踩！快点踩！"两个脚踏发电机的男子汉记起自己的责任，用力一蹬，银幕马上明亮起来，声音也洪亮了。

人民政府无疑注意到了农村文化生活的极度匮乏，用各种形式丰富农民的文化生活。宣传队是公社培训的。电影是由人民公社组织放映的。全公社十五个生产大队轮着放，到 20 世纪 70 年代中期，岩头江每年能看上三至四场电影，内容从《红灯记》《沙家浜》《智取威虎山》《奇袭白虎团》到《三打白骨精》，经常重复。

除了主导文化生活，人民政府更注意主导农业生产。20 世纪 60 年代末到 70 年代初，工业文明的某些元素强力侵入岩头江。农田里开始使用农药、化肥。政府提出"农业八字宪法：水肥土种密保管工"。政府派农业技术员到生产队推广育种，辅导施肥、打农药。农民们很信任政府。因为政府推广的种子总是能增产。政府推荐用尿素、碳酸氢铵催长禾苗，用磷肥钾肥让谷粒饱满。1970 年，我们举着小手喊口号："大干七零年，粮食跨《纲要》。"《纲要》是一个文件里的具体指标，长江以南亩产稻谷为 800 斤。过了三年，说《纲要》已经过了，我们就喊"亩产跨千斤"。这个数据在某些地方可能有假，但完全不同于 1958 年的浮夸，岩头江最肥沃的部分稻田，每 1 斤稻谷都过秤。土地效益的提高、粮食增产令农民吃惊。当"杂交水稻之父"袁隆平先生的三系杂交水稻在岩头江推广时，没有任何阻力。农民渴望早日种上杂交水稻，就像如今的女孩子渴望早点穿上超短裙一样。

当然，在这个时期，不能降解的农药"六六六"也渗入岩头江的土地。

1972 年，岩头江的年轻人到公社受过培训后，用岩头江人从未见过的洛阳铲，按标注好的位置在地上铲出洞，再竖上带绕线瓷葫芦的树杆。我们欢欣鼓舞，以为岩头江会通电了，结果并没有电，拉过来的只是广播线。喇叭被装在一个由红黄两色隆重涂绘过的木盒子里，安放在生产队公屋的檐下，朝向晒谷坪，它居高临下，带有无可置疑的权威气质。

广播开播的那一天，全生产队的人都早早地洗了澡喂好猪，齐集在公屋前的晒谷场上。女人们照例纳鞋底。男子汉照例抽烟。孩子们不再吵闹。大家安静地翘首望着屋檐下的木盒子，等待它发出声音。当喇叭发出声音时，没有人鼓掌，也没有叫好声。有人憨笑，觉得这真是件不可思议的事情。更多的人在互相讨论喇叭里在说什么。岩头江人不说普通话，也不太能听懂普通话。但是所有人都明白，这是岩头江从未听到过的声音，从数千里外数百里外传来。它带有神的性质，只是宣谕和传播，而不是交流。只能由它来说，我们听着。

　　第二年，生产大队购置了一台三用机，放在学校里。它接上广播，生产大队用来通知开会，也播放由人民公社提供的"农业学大寨"的歌曲。年轻的民兵营长最喜欢在三用机里讲话。一个声音从电波里传出去，感觉太不一样了！

　　自从有了三用机和广播，大队小学的夏校长就不再在浓雾的早晨站在校门口用铁皮绿漆喇叭喊口号了。早上开播，是《东方红》乐曲。晚上最后播《国际歌》。一天里，用"东方红，太阳升"开头，以"英特纳雄耐尔就一定要实现"结尾，十分完整。

　　我一直觉得"英特纳雄耐尔"是个很厉害的东西，里面嵌入了"英雄"。

第二章

21 推荐上学与转学

12 岁出门远行，我要离开岩头江去读初中了，一去五个月，在离岩头江 60 里的荆竹。"远"是相对步行而言的。超出 20 里的地方，岩头江人就会说"太远了"。因为不方便一天打个回转。母亲让我向邻居长辈辞行，先告诉我台词："大伯（或爷爷），我要到外地去上学了。这一去就是一个学期。要到过年的时候才会回来看望您！"母亲的这一套，完全传承了中国的传统礼仪。中国古训是"父母在，不远游。游必有方。"

我按照母亲的吩咐一家一家去向长辈辞行，窘得要命。长辈们很淡定，他们用欣慰的眼光看着我："好，好，贺喜你去！要好好读书，读出出息来。步步高升，考上大学啊！当官发财！"长辈们的应答与母亲为我准备的台词在同一个话语体系里，而我不在。

我是被逼迫远行的。照理，我可以与小伙伴们一同去上龙江对岸的钟桥中学。但是生产大队的贫下中农协会没有推荐我。一个少年能否上中学，不由他的学习愿望和学习成绩来决定，得由贫下中农协会来决定。贫协主席认为我的祖父和外祖父都读过书，我的父亲也读过书，到我这一代，可以不读书了，让给三代没读过书的人去读显得更公平公正。这样的决定在贫下中农协会那里，完全是逻辑自洽的。

贫协主席在处理这件事情上，理所当然地认为我的父亲管那么多所学校，让自己的儿子读个中学并不是什么难事，何必要占用生产大队的指标？让岩头江别的孩子上中学不更好吗？这里有农民的狡黠，有对岩头江利益的维护。在利益的权衡上，他可能是对的。父亲确实在他管辖的范围内，打个招呼我就能上学，而且那个学校也不需要挤占别人指标，多添一套课桌，多订一套教材，教室挤一挤就可以了。问题是，我走了一个非正常的程序。在母亲的反复协调下，贫协主席与钟桥中学联手给我开具了一份转学证书，证明我是被推荐上的，但需要随父上学。这样，到荆竹公社中学去上学的手续有了，也不占钟桥中学的名额。

在父亲所"管辖"的荆竹区，我享受了特权。

1974 年初秋的一天，我与父亲早饭后启程，挑着简单行李，朝岩头江西南方向，穿过田间阡陌，翻山越岭，行走 40 里，在马坪中学教师食堂里吃过饭，等到了班车。尽管很累，第一次坐上红白相间的汽车，心里还是兴奋。在太阳下山前，我们来到荆竹区委办公地。

这是一处远离村落的独立建筑，石柱的大门，门前有两个小小的石狮子。进门发现，区委机关的主体部分是一座凹形的两层砖木结构房子，大门在凹字的底端，凹字上面对应着一个已然垮掉的礼堂，中间是天井，种有橘子树。区委机关的干部每人有一间房子，居住兼办公。食堂在凹字房的右侧，需要穿过一个有八根高大柱子却没有墙壁的场所。这里放了一张乒乓球台。几根柱子告诉人们，此处是有些来历的。

事实上，区委办公场所由过去的一座庵堂改造而成。

22 五圣宫："反潮流"时期的乡村异端

为了普及教育，每个人民公社至少办一所初级中学。

我上的是荆竹公社中学。这所中学由一座叫"五圣宫"的旧建筑改造而成。这个名称令人肃然起敬，以至于人们不说去荆竹公社中学读书，而是说去"五圣宫"读书。中国最有名的"五圣宫"在广西南宁，宫内供奉北帝、龙母、天后、三界、伏波五神。陕西宝鸡的"五圣宫"供奉的是马王、药王、山神、虫王、土地。儒学的五圣则是孔子、孟子、曾子（曾参）、颜子（颜回）、子思子。我一直不知道荆竹公社中学的"五圣宫"原先供奉的是哪五位圣人。因它改成学校，我选择相信

供奉的就是"儒学五圣"。我记得那些旧青砖上都有"五圣宫"的专用
标记。

从区委到五圣宫约两里路。我在这两座旧建筑间穿梭行走一年,完
成初中一年级的课程。班主任熊云姣是一位年轻漂亮的女老师,教英
语,从武冈师范毕业不久,对工作充满热情。在1974年的初中英语课
本上,我与"万岁书"重逢:

Lesson One: Long live Chairman Mao

Lesson Two: Long live Communist Party of China

Lesson Three: Long live The People's Republic of China

……

此前的1973年,一个叫张铁生的人,以考大学交白卷一夜扬名;
一个叫黄帅的中学生以"反潮流"红遍全国,她以对老师提意见而被广
泛宣传。张铁生出自东北的辽宁。黄帅出自首都北京。这两个地方离岩
头江或者荆竹都过于遥远。无论是岩头江还是荆竹,老师们有意无意地
屏蔽或淡化了这样的消息。因为绝大多数老师没有更多的政治诉求,而
是希望有稳定的工作和收入以养家糊口。也许他们读了报纸,知道有的
地方在鼓动学生造老师和学校的反,但他们小心翼翼地保护着自己,从
不向我们宣传和灌输"反潮流"的思想。我想在没有其他目的的情况
下,任何老师都不会鼓励学生反对自己。他们忠于职守,无论面对什么
样的教材,都会按照自己的方式努力去还原教育的本质,还原所教科目
的本质。也许是"五圣宫"这样的旧建筑本身有祛魅的能力。语文兼音
乐老师杨建国教我们时尚铿锵的歌:

> 举红旗,向前走。
>
> 毛主席率领我们反潮流。
>
> 反复辟,反倒退,
>
> 勇往直前不回头。
>
> 打倒反动派。

批判封资修。

迎着风浪去战斗，

勇往直前不回头！

　　杨老师一边教着这样的歌，一边仍然要我们背新词、背课文、默写新字，一切按语文教学的套路来，从来不鼓动我们造反，也从来不觉得他自己的教学里有什么"复辟倒退""封资修"。他倒是一直觉得自己只是中学毕业，学问不深，生怕教不好学生。教鲁迅先生的《从百草园到三味书屋》，他无法从自己已有的教学参考书里弄懂"厥土下上上错厥贡苞茅橘柚"是什么意思。而我觉得这几个字读起来费劲，预习时就盯上了，特别想弄懂，课堂上举手提问。结果杨老师尴尬地站在讲台上，红着脸道歉："我查了好久，教学参考书上没有，其他书上也没找到。我知道有些同学会问的。对不起，这是古汉语里的。我也不清楚这是什么意思。"其真诚而谦虚的态度令我终生难忘。若干年后，我用百度查到："厥土下上上错厥贡苞茅橘柚"摘自中国古代典籍文献中最艰涩难懂的《尚书》中的《禹贡》篇，原文不在一起，而是拼合而成。这真是难为杨建国老师了！

　　教英语的熊云姣老师认为英语就是要记字母、记单词、记国际音标、记句型。怎么记？抄写、听写、默写、背字母、背单词、背课文。背不了就留堂，毫不含糊。她甚至要几个成绩好的同学在期末时，将课文从书的最后面背起，即倒着背。人们形容对文章熟悉的程度不是说"倒背如流"吗？你们就给我"倒背"。我后来想，如果此后的岁月或求学过程里，每一任英语老师都能像熊云姣老师一样，也许我会学成个说一口流利英语的外交官，也许加盟"新东方"。但可笑的是，我的英语再也没超过初中一年级水平。

　　熊老师与大环境背道而驰。她的上级有教导主任、校长。校长的上级是公社文教专干。公社文教专干的上级是我父亲。父亲的上级是县文教局。我所知道的事实是：没有任何人干涉她的教学！她甚至受到表扬和鼓励。

23 三八大盖里的漂亮子弹

《中华人民共和国宪法》里没有县以下的区这一级。区是县的派出机构，可区委干部不是县委干部。

区委总共十几个干部：书记、副书记、区长、副区长、组织委员、宣传委员、妇女主任，武装部长、干事，文教书记、主任、会计。父亲的住房兼办公室楼下是荆竹区邮电所。邮电所里两个人，一个年近50岁的杨师傅负责背着绿色信件袋骑着自行车送信，一个近40岁的女话务员负责接转插总机和发电报。我每天都能听到她在楼下发电报的声音，她把"0"读成"洞"，把"1"读成"妖"，把"7"读成"拐"。不发电报时，她就忙着给四个花朵般的女儿做饭洗衣服织毛衣钉扣子。她的大女儿与我是同班同学，我当学习委员，她似乎当文娱委员。但我却从未与这个女同学一起上学。我们相信：男女同学一起上学是令人害羞的事情。绝大多数时间，我看不到几个区委干部在机关里。区委干部们极少在一起开会研究工作，各干各的，有事情向县里的主管部门汇报。也许这就是县派出机构的工作方式。区委干部吃食堂，但很少有人接连一个星期在食堂吃。干部们要么到县上开会去了，要么到公社、大队布置或检查工作去了。如果确定在食堂吃饭，得提前两小时把餐票挂在厨房木板墙壁的一排夹子上。厨师做饭前，先数挂在墙上的餐票。如果错过了在食堂挂餐票，干部就用一个简易的煤油炉自己煮挂面吃，面汤里尽是煤油味。

父亲和他的同事，每一个人都十分努力。多数时间他们在路上。比如父亲，他要么去县教育局开会，甚至去县五七干校学习三个月之久，要么就到各个中学小学去调研、协调、解决校舍危房改造、新校舍建设、大学生推荐、中学扩招、小学入学率、民办老师名额和待遇、教学质量、教师派性等属于教育战线的一系列问题。一个负责水利建设的干部就老是往贫困的天鹅山跑，那里是山区里的山区。十几个青年农民立志，要在坚硬的石灰岩上打一个山洞，引地下水灌溉，以期改变山高缺水的现实。人们相信"人定胜天"，把这个洞叫"壮志洞"。县上也不断来关心打洞的进程。

这是一段被放逐到乐园的日子。父亲常不在区委机关。我不再承担扯猪草喂猪、砍柴的劳动任务。除了上学读书，我什么都不用干。除了完成老师布置的作业，父亲让我每天练六张纸的毛笔字，字帖不再是正楷，而是练《赵文敏寿春堂记》，行书。赵文敏即赵孟頫，中国古代最有名的书法家之一。黑底白字的线装字帖，封面上标记着这本字帖由父亲和他的两个朋友共同拥有。星期天，我像一个"干部子弟"一样游手好闲。我的同学仍然要扯猪草、砍柴。我就去帮同学上山扯猪草、砍柴，也下池塘摸田螺、蚌壳。一个干部的儿子不计报酬去帮他们劳动，很容易获得好感。家长们会留我吃饭，问长问短。

区委机关没有人按时上班。干部们除了住房，没有另外的办公室。房子里极简朴，一张办公桌，一张床，一至两个文件柜，一个洗脸盆架，一张椅子，一张方凳，一个火桶（下可装瓦钵冬天盛木炭火的圆凳）。早上一起床，干部们都提着铁皮桶或木桶到厨房打水洗脸。一半的干部有手表，可以看自己腕上的表来确定什么时候去哪里干什么，另一半看太阳影子确定时间。父亲属看太阳影子的那一半。厨房有个小闹钟，厨师会按时做好饭，开饭时敲铃（似乎是挂在廊枋上的一口破锅）。干部们从宽大的灶台上端了大钵子的饭和小钵子的菜，蹲在屋檐下边吃边聊天。蹲着吃饭是基层工作人员的普遍进餐方式，教师食堂也一样。国家似乎还没有财力来解决基层工作人员的吃饭环境。

无论蹲着还是站着吃，我觉得生活已经变美好了。

食堂差不多每天都有猪肉吃，尽管不多，可能只有晚餐的菜里有一两或半两，但远比整个月吃不上一顿肉的岩头江要好。我在这里懂得吃"国家粮"比当个纯粹的农民要好。一两猪肉只需要8分钱。厨师的工资由政府发放。干部们吃得起肉。在政府的相关文件里叫"三大差别

（工农差别、城乡差别、脑力劳动和体力劳动的差别）"。

镇上没有旅社。公社干部或县里干部因工作到区机关谈得晚了，回不去。区机关就在一间空房子里铺张床，叫"公铺"，给他们睡。理论上这张床可以睡两个人。有时没拿到钥匙或不止一拨人留宿，干部就让客人睡自己房间里。自己去与同事挤一张床。这是毫无保留的信任。没有人知道"同性恋""隐私""私人空间"这样的词。也有摆乌龙的时候，先是一个公社妇联的干部睡了，门没上闩。管水利的干部也有回不了公社去，轻轻推门，发现公铺有人先睡了，就仄身在床另一头睡下。第二天早上一起床，彼此才发现是男女同床睡了一夜。

公铺的房间里有几本书：《西游记》《水浒传》《三国演义》《金光大道》《艳阳天》。前三部家里的书柜里就有，我上小学时看过了，就看《艳阳天》，看北方农民是怎么种庄稼的。荆竹镇上一个同学找来一本没有封皮的书，他说叫《九三年》，是一个叫雨果的人写的。我借读过，搞不懂。许多年以后，我仍然只有一个革命者在船上的印象。

干部们没有文化生活。区委书记有个小收音机，常随身带着，自己听。晚上，干部就打扑克。他们经常会凑不齐四个人，有时把我拉去。打两三个小时扑克，走出房间，除了两个 15 瓦的灯泡幽幽地挂在必经之路和楼梯处，整个区委机关仍然是寺庙的昏暗和寂静。上厕所要穿过那座八根柱子的建筑，到围墙外去。厕所附近有几座坟。晚上，成人也不敢去，就站在楼廊往下撒尿。若发现楼下邮电所的话务员家里还亮着灯，尿就顺着木柱子下，以至于不发出大的响声。干部们不在乎在自己的门前撒尿。下一场雨，一切都会被清洗干净。当然，干部们大可不必为此脸红。多年前，卢孚宫曾经"院子里，楼梯上，阳台上，门背后，人人可以随意方便——管宫的人员绝不来干涉，所以谁也不怕人看见。"[1] 如果有人非得在半夜里去上那个坟墓边的厕所，反而值得怀疑。话务员一家和妇女主任自己备有马桶。

---

[1] 罗伯特·路威著《文明与野蛮》，生活·读书·新知三联书店 1984 年 2 月版第 76 页。

有一天，好几个干部围在区委妇女主任门口，似乎在接受某种赠品。我在二楼，看到一会儿就有一个干部在走廊上吹起一个椭圆形的气球。门口一片欢呼。中国计划生育开始走向乡村！区妇女主任到县里领了许多避孕套，需要分发到人民公社去推广。区委干部从来没见过避孕套。他们天才地发现避孕套与气球一样，便试着吹起来，欢快地举起一个个黄色的气球，在区委机关里孩子般放声大笑，互相比赛，满院子放飞、追逐。那些润滑剂涂在他们的唇上。他们抿抿嘴，觉得味道不太好，就去把避孕套洗干净再吹。楼下邮电所话务员的女儿们也跟着去要了吹着玩。

"老张，你不去找段主任多要几个吗？"

"要它干什么？你还当真？我才三个孩子，我老婆还得生一个。"

"你当什么真？还真套下面？向段主任多讨几个，帮她完成发放的任务。留着，过年的时候，给孩子们当气球。不是蛮好的吗？"

"那倒是。"

他们也给了我两个。我收着，舍不得吹。过了两个星期，我用剪刀剪开试着取出来吹时，发现都被我剪破了，不可能吹起来。我为此郁闷了半个月。

区委武装部肖部长是我父亲的学生，管了若干的枪。他到人民公社搞民兵训练或征兵，总是挎着一支五四手枪。这是一个身份标志。他的副手武装部马干事就只有一支驳壳枪。在老百姓看来，挎枪的人比区委书记区长还厉害。因为"枪杆子里面出政权"。在崇拜枪的年纪赶上崇拜枪的年代，上小学时我自己已经用木料制作过好几把枪了。马干事有次偷偷让我看他的驳壳枪。枪是用一块红布包着放在枪套里的，打开后枪身上全是油，乌黑发亮。我摸一摸掂一掂，挺沉的。他说部长的手枪比他的手枪高级。我说想打枪。他说我向部长提要求肯定能成。在一次民兵实弹打靶比赛时，我跟武装部长说想跟着去打枪。他居然答应了，把我带到靶场，让人给我一支半自动步枪，上了五发子弹。训练员告诉我准星标尺要对着靶，人要趴好了，肩顶着枪托。我对着纸靶开了两枪后，训练员可能觉得我瞄得太糟，拨弄了一个机关，第三枪我一次把三颗子弹打出去。报靶员划了个零。基干民兵们在马尾松的树林里，一边练习立姿装子弹和卧姿装子弹，一边轮候着等实弹打靶。

这是冷战时代的中国农村，每个公社都有一批持枪民兵。生产队有民兵排，设排长。生产大队有民兵营，设营长。人民公社有武装部，设部长。他们在农闲时节训练，从队列、体能、射击到投掷手榴弹、拼刺刀。人们相信，这样的武装力量是有必要存在的。在国家内部，它可以制止阶级敌人的破坏活动。在有些地方，政府让民兵担当了警察的任务。如果再有外敌入侵，民兵则是"人民战争"的中坚力量。即便是原子弹核武器，最后来收拾战场评判结果的还得是人。

到处有"要大办民兵师""提高警惕，保卫祖国，要准备打仗！"的石灰标语。我不知道这些口号是什么时候在什么背景下提出的。上小学时就喊过这些口号，在教室走廊挂过关于躲避原子弹爆炸的宣传画，一溜数张。学校教给我们如何躲避原子弹冲击波的基础知识，如何抱着头趴进沟渠里、土坎下，如何躲避核辐射，如何寻找未被污染的水源。每想起可怕的原子弹，想到那腾空而起的蘑菇云，我总是心中暗自庆幸生长在山村，椅子岭、麻子岭、坛主山、桃子园……到处是沟沟坎坎，随时都可以躲过冲击波。

原子弹最先攻击的肯定是大城市。我向往城市，但一想起原子弹，我内心就充满怜悯：那些生活在城市里的人真是太危险了！

两年前毛泽东与尼克松握手，中美发表了《联合公报》。

"美帝国主义和一切反动派都是纸老虎""打倒美帝国主义"的标语仍随处可见。

即便是在荆竹这样偏僻的地方，人们仍然相信战争随时有可能发生。

民兵实弹训练后，训练场周边农村的孩子，都去靶场挖子弹，寻找子弹壳。我不用去找，绝大部分的子弹壳会被收集回来，一箱一箱装好，由武装部长和马干事保管。他们会偶尔抓一把子弹壳让我到小镇上的废旧物资收购店换钱，买糖果吃。三八大盖的子弹壳呈紫铜色，含铜量挺高，一把子弹壳常常能卖一两块钱，比我摘野蓖麻籽卖钱来得快多了。我卖完子弹壳，就会到供销社去买一角钱的糖，与镇上的同学分享。余下的钱，待赶场的时候消费，买甘蔗或别的什么吃。荆竹优越于岩头江太多，这里每月逢15日和30日赶场。农民们都会拿出自己可卖的东西到场上来卖钱，又买回自己的生活必需品，也就是定期集市的意思。除了给子弹壳，武装部长还教我推子弹上膛、开保险栓、射击，这些全在他家里进行。他的房子里有好几种枪，拿来教我的是三八大盖。他教我装子弹时，枪口要对着地下或对着天空，万一走火，不至于打到人。到了冬天，我去他那里围着烧木炭的火盆烤火。火不旺的时候，他玩起新名堂，把三八大盖的臭弹拿来。我们用钳子将子弹头取下来，将里面的火药洒一点到木炭上，火药爆燃，发出炫目的光焰。我很惊奇，他很得意。

离开荆竹时，武装部长送给我一颗从三八大盖里抠出来的臭弹。

母亲在我的文具盒里发现了这颗臭弹，大惊失色："你怎么会有这个东西？快去扔掉！"我舍不得扔掉。三八大盖的子弹修长饱满，弹壳是紫铜色的，远比那些半自动步枪的子弹好看。我偷偷留在岩头江的木箱子里。当我高一放假回到岩头江翻看箱子时，子弹不见了。母亲说，她把那颗子弹扔到河里去了。她说的河，不是岩头江，而是龙江。那里河床宽些。她希望那颗子弹永久沉入河底的泥沙里，不要再有人捡到。

这便是冷战时期，一个中国乡村妇女对待一颗子弹的态度。

全世界都在进行军备竞赛，核试验一次接着一次。就是在这个时期，全世界几个最有实力的国家制造出了足以毁灭地球上百次的核武器。

而一位湘西母亲，连一颗三八大盖的臭弹都不愿让它存留。

24 混沌龙伏寺

我从荆竹再一次回到岩头江时，三伯家屋前的五棵李子树和一棵桃树被砍掉了，只剩下三尺高的树桩子。怎么会这样？对我，这是一个巨大的伤害。每年，我们看桃红李白，看着春天的雨滴打在零落的花瓣上，这是季节的标志。上小学时，我每天都从树前经过，总是偷偷观察桃子李子的生长。有鸟儿将未成熟的李子啄落。我会去拣起来尝一口。知道它很酸，吃不得，但每年还都尝，像一个必需的仪式。到李子有成年人拇指头粗时，我们会悄悄从地上拣一颗石子，出其不意地向树枝击去，然后躲在树下，看三伯母和堂姐们没有发现，赶紧去地面上拣两三颗酸李子。维石哥有时自己也加入"偷"自家李子的队伍，他小声地说："说好了，只打两个石头啊！"

我问母亲为什么桃李树不见了。母亲说："现在屋前屋后的树都要砍掉。大院子、娄山下的都砍了。你三伯父家树最多。你去看看，大伯新屋前的桃子树才结三年桃子，也砍掉了。有人还为保屋前的树与大队干部打架。"

"那我们家呢？"

"屋后的香椿树还是苗，有棵桃子树，也是苗，没人管。以后长大了，还是会被砍掉。从明年起，家里只能养10只鸡了。大队说今年就算了，明年超过10只的，就当资本主义尾巴砍掉。10只就10只吧，反正这几年经常发鸡瘟，多了也不好养。"

好消息是父亲重新调回邓家铺，任武冈县第五中学党支部书记。这是个与区文教书记同级别的"官"。十年后，我才发现，这样的"官"在中国的行政体系里，实际上没有级别，因为县文教局的股长都是他们的上级，而股级是行政体系里最低的级别。

荆竹不是家，只是父亲供职的地方。在荆竹，我是外乡人。岩头江才是家。母亲所在的地方才是安家的地方。没有交通工具，60里太远了。父亲一个月还回不了一次岩头江。每走一次需7个多小时。我一个学期才能回一次岩头江。邓家铺离岩头江 30 里，三个多小时就能走到，这个距离，让周末回家成为可能。

父亲 42 岁，患过一次肺结核。这种病曾经是不治之症，到了 20 世纪 60 年代，医疗卫生条件显著变好，肺结核变得可防可治。父亲已有人到中年的倦意。他的仕途定格在 20 世纪 60 年代初期，此后再没有升迁。武冈县分为"湘武工联"和"武工联"两派，简称"湘派"和"工派"。1967 年，在父亲回家的时候，他的同事、区委宣传委员替他在支持"工派"的倡议书上签了名。从此，他成为"工派"的人。在武冈，非此即彼。即便父亲没有回家，他也得在那份倡议书上签名。"工派"执掌武冈县大权时，他的日子会好过些，"湘派"执掌权力，他会相应受到打压。

两个妹妹先后出生。母亲的阵痛都是在劳动之后。大妹妹的出生，我没什么印象。小妹妹出生时，我起床烧水，用于调温水为她洗羊水。我们已经是一个五口之家。扯猪草、砍柴、喂猪的工作落到大妹妹头上。父亲希望尽量多回家，我渴望一家人经常在一起。

娄山下与钟桥村都有人在武冈五中读高中，每个星期六我都与他们相约回家。第二天即星期天，我们再相约步行 30 里返校。同学们都要从家中带点菜，以便下饭。学校食堂的菜总是不怎么够。带得多的是豆豉辣椒、刀豆炒辣椒。我们溯龙江而上，走 8 里后开始上坡，总是会在中途的山坳上歇息，互相品尝带去学校的菜肴。母亲偶尔也给我炒点菜带上，多数时候我不带菜，我吃教师食堂，相对好些。

五中有初中，但没有初中二年级，我只好转学到邓家铺公社中学。到这所学校，我才真正知道"白卷英雄"给中国教育带来了什么样的杀伤力。这所中学由一座叫龙伏寺的寺院改造而成，旧建筑已拆得差不多了，负责人是父亲的挚友胡淮志。我练字临摹的那本《赵文敏寿春堂记》，封皮上就有他的名字。

班主任黄老师是个可怜的右派，教语文。划右派前，他是武冈师范学校附属小学的校长。初中二年级的我们仍然没有写大字报批判老师的能力。入冬的时候，班主任自己用大张的白纸从报纸上抄写"反潮流"的文章，贴在木窗格上，既是大字报，又起到冬天糊窗挡风的作用。我在这里才看到所谓的"大字报"。乡村孩子读不懂什么是"修正主义教育路线"。班主任把"要团结，不要分裂；要搞马列主义，不要搞修正主义；要光明正大，不要搞阴谋诡计"用遒劲的魏碑体写出来，贴在他自己的窗户上，像一块盾牌，更像一块"泰山石敢挡"的路碑，用以抵挡着什么。

全国的报纸、广播每天都在报道"反击右倾翻案风"。有着右派身份的黄老师如履薄冰，如临深渊，用满墙的标语口号和大字报，把自己紧紧地裹了起来。他一定是不得不这么做。他在标语和大字报的包裹里才会有相对的安全感。他脸上本来有像马克思那么浓密的络腮胡子，但从不留胡须，每天刮得干干净净。他声音低沉而略带沙哑，见人总是谦卑地微笑。他的微笑里却总有一丝不服输的倔强。与初生牛犊不怕虎的熊云姣老师比，他太不敢管学生了。熊老师没有历史负担，只有未来，只管奋勇向前。而他背着沉重的历史包袱，当了十八年右派了，也许在他的意识里，没有被彻底下放农村当农民，有个教职，有份薪水糊口，学生不去管他斗他，就已经烧高香了。

班主任几乎没批评过学生，也没让学生留过堂。

有一天，同班同学拿来一份英语试卷让我答题，我顺手做了。第二天我才知道，他们害怕期末考试，从垃圾堆边捡来老师油印过试题的蜡纸，把一面的油墨抹干净后，再放白纸上涂抹，试卷就被印出来。他们获得了试卷，可是不会做，连答题、单词在书的什么地方都找不到，只好找转学过来的我。英语老师知道这一舞弊行为后，另出了一份开卷考试题，结果全班绝大多数同学找不到书中的答案。没有任何同学提起这首打油诗："我是中国人，何必学外文。不学 ABC，照当接班人。接好革命班，埋葬帝修反。"但在这所学校或者这个班里，人人都抱这样的态度。

教室门口一株上了年头的栀子花，有一米多高，开花的时候香气四溢。教室里都是沁人的花香。班主任黄老师就住在这棵栀子花的旁边。

初中一年级教材改革，语文还得学字、词、句、作文，还有曹操的《观沧海／碣石篇》，数学还得学代数、几何、方程式，英语还得学字母、单词、句子、音标。到了初中二年级，当《物理学》改为《机械常识》、《化学》改为《土壤肥料》、《生物学》改成《农业基础知识》、《历史》改为《儒法斗争史话》时，一切都变得不可收拾不可救药。这种临时改编的教材不成体系。相信最早看到这些面目全非的教材的老师，一定目瞪口呆。编写者小心翼翼地把力的平衡、杠杆原理塞进《机械常识》里。可是如果不出现阿基米德，不出现"给我一个支点，我可以撬动地球"这样的牛人牛语，不出现"力是物体的相互作用"这样的准确定义，不把伟大的牛顿和万有引力端出来，我们什么也记不住，什么也理解不了。《土壤肥料》连起码的化学元素、化学反应方程式都不提，学起来就特别莫名其妙。我觉得还不如回到岩头江的生产队，跟大伯和其他男子汉学种田。我的这种想法，正是官方提倡的。北京电影制片厂拍了一个电影《决裂》，肯定了江西共产主义劳动大学的办学方式，把手上的老茧当作读大学的入学条件。

我在《农业基础知识》里学到唯一的知识：远缘杂交可以获得杂交优势。据说，远缘杂交同样可以优化人种。这样的教科书为袁隆平先生的杂交水稻推广普及了基础理论教育。

25 知道孔子

《儒法斗争史话》是这一年的重要课程。我是在《儒法斗争史话》里知道孔子的。那时我不知道他是我的老祖宗曾子（我也不知道我的老祖宗是曾子）的老师。为了丑化孔子，我们用一个更通俗的称呼：孔老二，因为孔子在兄弟中排行第二。儒家和法家是中国最早的学术"诸子百家"中的两家。儒家主张"仁政""德治"，法家主张"以法治国"。在过去的历史教科书里毫不含糊地有"夏商周秦汉（魏晋南北朝隋）唐宋元明清"的清晰脉络，有"大风起兮云飞扬"的豪迈、"风萧萧兮易水寒"的悲壮、"三十功名尘与土，八千里路云和月"的激越。在我的历史教科书里，朝代变迁消失了，帝王和将军们消失了，两千多年的诗意荡然无存，只有两个学术流派在交锋。教材旗帜鲜明地支持法家。中国历史变成了可笑的儒法斗争史，仿佛法家一直都是赢家。教材里把孔子写成一个特别可笑的人，嘲笑孔子到一个小国家宣传自己的治国理论，不受待见，被人赶走，"急急然如丧家之犬"。就像欧洲的异教徒嘲笑耶稣被钉上十字架一样。说孔子看不起农民和底层人民，称"劳心者治人，劳力者治于人"。约六十年前，激进的"五四"新文化运动曾提出"砸烂孔家店"的口号。这时，那些居心叵测的人说："对，继续干！"

这一年里，我的脑袋被垃圾填塞。

该教给我的一样也没人教。我不知道自己为什么开始变声了。我无可奈何地挤着脸上开始出现的青春痘。我孤立无援地守住自己梦遗的秘密。

有一天，到学校农场种花生回来，自由活动时间，同桌建议打扑克玩。可是没有扑克。同桌说我的左邻女同学口袋里有扑克。她是班主任老师的女儿，皮肤白皙，善良矜持。

我礼貌地向她借扑克。

她红着脸说："没有啊。我哪有扑克？你看错了吧？"

我的同桌隔着我伸着头看着她认真地说："别小气嘛。我都看到你把扑克塞裤子口袋里了。"

我乘她与同桌对话没注意，飞快地从她的长裤口袋里掏出个方形的纸盒来。这是我一生中第一次也是唯一的一次从女同学口袋里掏东西。不对呀，扑克牌是长方形的，到她这怎么变正方形了？

同桌也跟着我一起端详，小声地念着纸盒上的字讨论："月经带。月经带是什么东西？是干什么用的？"

我与同桌探讨的时候，坐后排的好几位年龄大些的女同学伏在课桌上笑抽了。班主任的女儿羞得满脸通红，很快要哭的样子，把小纸盒从我手中抢了回去。

我们从女同学的笑声里明白那是女孩子专用的东西。直到放学路上，我和同桌仍然在不断地猜想：月经带是干什么的呢？

父亲唯一告诉过我的生活技术是叠洗好的衣服。我从未跟父亲探讨过男人为什么长喉结为什么会勃起为什么会梦遗，更不敢问月经带是干什么的。父亲一边抽自己切的烟丝一边看报纸，他和他的同事不断分析《人民日报》的社论，揣摩北京为什么要提"批林批孔"，为什么毛泽东要说《水浒》这部书好就好在投降"，读到"批邓""反击右倾翻案风"时，他们才明白了运动的方向。父亲自己订了八开的《参考消息》，这是由中国最权威的通讯社新华社办的报纸，主要摘录世界消息，于 1931 年在江西瑞金创办。父亲从这张报纸上了解到：毛泽东会见了美国总统福特。美国人终于从越南战争的泥淖中走了出来。

我在父亲的《参考消息》上读到一个国家的名字：莫三鼻给。这样的国名真是太奇怪了。它与三个鼻子有什么关系吗？我兴奋莫名地跟讨论月经带的同学说有个国家叫"莫三鼻给"，他说不可能。我不得不把《参考消息》展开在他眼前。他惊呆了！"莫三鼻给"在非洲东南部，它脱离葡萄牙独立了。是真的。它一独立就跟中国建立外交关系。我真正关注中国以外的另一个国家，既不是美国也不是英国或者日本，而是"莫三鼻给"，因为这个国名太难念了。莫三鼻给莫三鼻给莫三鼻给莫三鼻给……我一直没能念好它，这让我对非洲兄弟多少怀有点歉意。若干年后，它被翻译成莫桑比克。

这样的一年完全摧毁了我上学的信念。

26 从《闪闪的红星》到《少女之心》（乡村阅读）

1975 年的夏天，除巴人先生的《文学论稿》外，我读尽了父亲书柜中的书。父亲的书柜本来不大，书不多。

小学三年级，父亲买了本《闪闪的红星》，作为回岩头江带的礼物，放在抽屉里。此前他给我带回过连环画《渔岛之子》《两个小八路》。我很喜欢，反复地看，并与村子里的孩子一起分享。阅读能让一个岩头江人抵达远方，真是一件妙不可言的事情！《闪闪的红星》这部中篇小说，不再依图说事。估计父亲是试探我能不能看纯文字的书籍。我小心地打开这本书，因为它是来自远方的印刷品。我迷上它，是那个叫潘冬子的孩子年龄跟我差不多，却比我可怜得多。他老是被富人欺侮，甚至在逃跑途中也被抓了回去，挨骂挨打。可是他最终找到他参加了红军的父亲，全家获得解放。这是一个底层受压迫者成功复仇的故事。

我与潘冬子相处了很长一段时间。我希望在另外的一本书里看到潘冬子参军以后的事情。可是没有。当我又一次打开父亲曾经放《闪闪的红星》的抽屉时，发现繁体竖排的《西游记》，这本书讲述的居然是成人口头上经常会提到的"孙悟空""猪八戒"。我入神地读了起来，直到深夜，跟着孙悟空一路打怪，舍不得放下。可是在同一个房间里，母亲和妹妹都要睡觉。后来，我在自己的床架上系上一个茶树枝做的钩子，挂上马灯。这样，灯光被蚊帐遮挡，就只照着我读书。我若困了，从床头吹熄马灯，动静也不是很大。

读完《西游记》第一部，发现父亲的书在楼上的书柜里，于是自己再在书柜里找到第二部第三部，接着是《三国演义》《东周列国志》。读这些书用去了我很多的时间，第二天早上我照例得早起床劳动。所以，很长时间里我一直头痛，尤其是油菜花开的时候，我头痛得厉害。父亲与母亲为我想了很多办法。听说鸡蛋蒸冰糖可以治头痛，他们就买了冰糖给我蒸鸡蛋吃。为补脑，还买了维磷补汁，那是一种带甜味的药。有一天父亲买了一个羊头，给我蒸天麻，不放盐也不放油。我仍然觉得很好吃，因为肉食太少了，没盐的羊肉味道也不错。

我跟父亲到荆竹读中学后，不再头痛了。父亲认为我其实是缺乏睡眠。

岩头江人极少有机会阅读。所有的成人都愿意听我跟他们分享阅读。许多人对儿时就听说过的孙悟空猪八戒出现在书上感到吃惊。他们希望与我一起劳动，听我讲故事。这样的情况不只是岩头江，我在荆竹读中学时，接兵部队的两位排长正在认真地读《西游记》。我告诉他们几年前我就读过了。他们觉得不可能，让我讲故事。我给他们随口讲述孙悟空钻进铁扇公主肚子里的故事，他们用惊愕的眼神看着我。

岩头江人似乎在阅读之外。多少年来，如果不是走出村子去读书，人们所知道的简单知识，均源于上一辈的传授。农活是手把手地教，道理是口耳相传。而文学，那些"可以兴可以怨"的东西，则靠在田间地头休息时，夏天在屋间巷弄里吃饭时，冬天在土灶前烤火时，听上辈人讲起。

但是岩头江绝大多数比我年纪稍长的男子上过小学，已经有阅读的需求。父亲给我买的小人书《赴宴斗鸠山》，被村子里的几个年轻男子汉反复传阅，直至丢失，不知所踪。村里人都知道我家有一个书柜，只有我源源不断地掏出书来看。他们也希望得到书。村子里没有红卫兵，没有人来过问这个书柜。

城里人看书的时候，岩头江人看着蒙蒙烟雨望着土地发呆。

城里人抄家焚书的时候，岩头江人对一个书柜充满向往。

我多次翻开《红楼梦》。这是父亲书柜里唯一的精装本，上下两册，人民文学出版社1957年出版。一个岩头江少年要看懂大观园里小姐丫鬟们的日常，是非常困难的。我总是快速地寻找空空道人和疯癫和尚，看他们干了些什么。可惜他俩在书中出现极少。我还仔细地看过一道菜是如何用鸡汤煨成的。那道菜制作过程特别复杂，我流着口水看了半天。

唯一能与我交流阅读心得的是维务哥。

听说在别的地方，有一些下乡知识青年，会带一些更新鲜的书。我渴望什么时候，岩头江也来几个远方的下乡知识青年，带来书籍，也带来一些城里人的气息。

可是没有，一直没有。

这年夏天，维石哥给我带来一个手抄本。这是一个竖着翻的纸簿。维石哥反复叮嘱我，看这个不能被别人知道。我就躲在木楼上，坐着楼梯，借着亮瓦（玻璃瓦）的光，面红耳热地看了两个中午。卷首有按语"这是上海女流氓曼娜写的，我们要用批判的眼光去看"。这是一个极短版本，写女生与自己的表哥第一次性爱的经历。书的开头便写自己"十六岁时胸脯已发育得很饱满，走路时颤颤的，怪不得有的男人面对面走来时故意与我相撞"。

这个手抄本将自己的性器官写得非常仔细。真是丑死人了！我一边认真地看，一边想。这是我看过的唯一性启蒙读本。

27 挑担井水上山岗（一个湘西少年的人生理想）

我初中毕业，毕业证书是一张印有红旗和五星图案的纸。

20世纪50年代的初中毕业生由人民政府分配工作。20世纪60年代前期，初中毕业生可以选择考高中或中等专业学校，也可以找工作。到了20世纪70年代，无论是城市还是农村，初中高中毕业的学生都一律到农村去。农村的叫"回乡知识青年"，城市的叫"下乡知识青年"。多数大学停课，教授们被打倒。伟大领袖说："学制要缩短，教育要革命，资产阶级知识分子统治我们学校的现象，再也不能继续下去了。"他给中学毕业生指出去处："知识青年下放到农村去，接受贫下中农的再教育，很有必要。""农村是一个广阔的天地，在那里是可以大有作为的。"

我出生产队的工，与同龄的曾德林一起，把妇女们割下的稻子接过来放在禾架上，再推过去给男子汉打谷脱粒。打谷机的磙子上布满A型的利齿，脚踏板带动齿轮，齿轮再带动磙子。磙子上的利齿就梳进禾把里，将谷粒梳下来。这种农具的改进大大加快了打谷的速度，也降低了劳动强度。岩头江渴望接受工业文明的洗礼，但工业文明的阳光似乎很难照到这个地方。我每天挣三分五厘的工分，这是年头生产队男子汉会议评定的。如果这一年的劳动值是 2 角钱，我每天的劳动能挣 7 分钱。7 分钱可以买三盒半火柴，加 1 分钱可以买到 1 两猪肉，加 3 分钱可以买到两个鸡蛋，加 1 角钱可以买 1 斤盐。两天的劳动可以买 1 斤大米。随着我们年龄的增长，工分会增长。

我 14 岁了，没有人告诉我一个共和国的少年应该有什么样的权利和义务，甚至没有人教我唱过"我们是共产主义接班人"。我所读过的学校既没成立过"红小兵"组织也没成立过"红卫兵"组织，更没有过"少先队"。小学五年级时一度听说要戴红领巾了，不知道是什么原因，最后不了了之。是不是没布票买不到红布？即便我读了高中，两年后我又该干什么？别人是工厂、商店、机关的接班人，我只能是生产队里的接班人。

整个暑假里，我都在认真考虑前途。

母亲有孕在身。计划生育政策已经在中国广泛实施。那些儿女颇多的家庭，男人被劝说去人民公社医院做了输精管结扎手术。他们会获得 2 斤鸡蛋的补贴，一周的休息（不干活，计工分）。母亲此前有过身孕，但胎死腹中，流产下来的是男婴。母亲很长时间暗夜里掩着被子哭泣。每次怀孕，母亲都一样得参加生产队的劳动，没有任何休息。我和我的妹妹们都是超强的胚胎，否则在子宫里着床后，一不小心就会被晃下去。母亲强烈地希望再生一个男孩。因为如果两个妹妹长大后嫁出去了，在岩头江我就会很孤独，不只是情感上的，更是安全和劳动协作上的。家中只有一个男子汉，跟别人打起架来没人帮忙。

而最现实的考虑，需要一个跟我抬猪的人。

家中每年要抬一头征购猪送到公社的食品站去。120 斤的猪，15 里路。如果有两兄弟，抬猪就不用请别人。母亲把自己的计划告诉我。我相信她的决定是对的。我希望有个弟弟，未来可以与我一起参加生产队的男子汉会议。我一边挣工分一边瞻望未来。可我不想一辈子挣工分——哪怕未来每天能挣 10 分。我向往远方。岩头江天地并不"广阔"，人均 0.45 亩田 0.4 亩土，在这里温饱都成问题，不可能

"大有作为"。

人均 0.45 亩田，即便亩产粮食跨过《纲要》，达到 800 斤，人均也只能收获 360 斤。缴公粮（按 15.5%）56 斤，还剩 304 斤。谷的出米率是 73%，则能获 222 斤大米。按一年 365 天算，每天只有 6 两米。只有曾经吃不饱饭的自耕农后裔，才会这么精细地计算。实际情况是，坛主山和秋雨屹、椅子岭上的田只能种一季，远远达不到 800 斤。

离开岩头江，去一个能吃饱饭的大地方，几乎是每个岩头江人的梦想。

想要离开岩头江，只有三条路可走：参军、招工招干、上大学。大伯的儿子，家族中的五哥曾维发读到初中，参军离开了岩头江，到 1976 年，他远走广东地界，已经是中国人民解放军的一位排长，跟《智取威虎山》男主角杨子荣一样的职务。回岩头江探亲时，我看到他的绿军装有四个口袋。军队早已取消了军衔制，人们用军装上的口袋多少来判断是否提干。穿上四个口袋的军装，意味着他服役期满后将转业到地方当干部，不会再回岩头江当农民了，他会吃"国家粮"，有一份安定的工作和固定的薪水，有粮票和肉票。三哥也是大伯的儿子，在云南边境服役三年，没能提干，服役期满又回到岩头江当农民。岩头江没有人被招工招干，离开岩头江太难了。曾经传说新疆建设兵团缺工人，有时会开大卡车到十几里外的马路上直接拉人。还真有人去马路上通宵等候，希望离开自己的村子，无论多远，当工人，换一种活法，都比一直待在岩头江好。但没有人成功过。上大学需要推荐。我连中学都没被推荐。自推荐上大学的制度实施以来，岩头江只有曾德炉被推荐上了湖南农学院，他本来就优秀，成绩好，爱劳动，加上三代没读过书的重要条件。

岩头江一个 14 岁的少年想来想去，没有别的办法，招工招干即便有指标，也还得有劳动表现。这个暑假里，我抱着可以告人的目的，开始在劳动上有所表现。积极干活是必须的。在坛主山的山岗上挖土，天气太热，中间有一次休息，生产队员们在池塘边的阔叶油桐树下乘凉。

男子汉们坐在树丫上抽烟。我不休息，主动走回村子里，到井里挑一担清冽的泉水供成人喝。成人们都说："嘿嘿，我们都没想到去挑水喝。这孩子长大了。"我心中需要的不是这一两句廉价的表扬。我会一直努力一直付出，一直表现得很好。我所期望的是三年五年后，他们在推荐年轻人上大学时说："这么些年来，这个年轻人干得真不错。这样的年轻人不上大学，还让什么人上？"这当然是一个奢望，不知道什么时候会有指标轮到岩头江，没有人能保证到时会那么说。但我知道，我必须努力去做。即便为了那概率极小的可能性，我也得去努力。这是上大学唯一的途径。

28 1976：龙年消息（历史转折中的乡土感受）

这一年是龙年。中国人祝福这个年份有许多现成的词：龙腾虎跃、龙马精神、龙精虎猛、藏龙卧虎……鲤鱼跳龙门。

曾德林家后面的毛竹开花了，这是一个异兆。本应翠绿的竹叶变成熟稻叶的黄色，带有一些麻斑。毛竹的顶部，开出一穗一穗的花来，像稻穗，但比稻穗要长。84岁的祖母说自打出生以来从未见过竹子开花。懂黄道的农民看着竹子花，眉头皱紧了。我和德林用长竹竿去打那些竹穗，看能不能打下一点竹米来，想知道竹米与稻谷是不是一样的。

现代化正一步步地向岩头江走来。有线广播牵到家里来了。只要肯付3块5角钱，就能在家里安装一个舌簧喇叭。舌簧喇叭由线圈、磁铁、舌簧片、纸盆、木盒子等组成。价钱相当于半个月的工分值，农民们嫌贵，安装的不多。不久，人民公社又推广压电陶瓷喇叭，只需5角钱一个，就一个墨水瓶盖那么大的压电陶瓷片粘在纸盆上，没有木盒子。更多的农民家里装上了这样的喇叭。因为父亲每月有工资，我家装了舌簧喇叭。

农民们除了听听千里百里外的声音，还指望听到一些好消息。七月底，我从家中木板壁上挂着的喇叭里，听到了唐山大地震的消息。以我的想象力，无法设想 24 万多人死亡是个什么样的场景。遥远的一个北方城市瞬间消失了。也许宣传太"正面"，也许我还不懂事，我没有感受到一个远方城市的伤痛。在钟桥中学当民办教师的堂哥曾维务听到这个消息，第二天中午在屋檐下乘凉时，领着我打开被撕去封面的《东周列国志》。这部书开篇不久，就有大地震、大河干涸都会死帝王的叙述。

人们被地震吓坏了，一直担心岩头江会不会有地震。生产大队指示，凡看到老鼠成队出来乱跑、青蛙成队出来乱跳、蚂蚁成队出来乱爬、鸡鸭成队出来乱叫，都有可能是地震到来前的预兆，要及时向大队汇报。有传说黑风黑雨会降临，直下七天七夜。岩头江的人们有时会讨论：我们会不会回到盘古开天地的初始状态？

惊慌中，暑假过去了。曾德林收到钟桥中学的高中入学通知书，我没有得到任何消息。有没有读高中的机会是一回事，去不去读是另一回事。母亲着急了，让我去问问父亲怎么回事。我说我不想去上高中了。不只是说说，我真的不想去上学！"三机一泵"（柴油机、拖拉机、电动机和水轮泵）、土壤肥料、农业基础知识，哪一样都可以跟生产队的男子汉们学习，何必再去学校里浪费两年？这两年在学校怎么表现，贫下中农看不到。识字极少的母亲一直认定"万般皆下品，唯有读书高"，这正是受批判的价值观。母亲不允许我不读高中。开学两天后，我在母亲的催促下，来到父亲任职的武冈五中（邓家铺区中学）。一进校门，原来初中的同学就隔着教室的窗向我招手。父亲吸取我上初中的教训，早就将我录取了，只是因开学工作忙，来不及回岩头江通知。

直到上了高中，我才开始真正打量这所学校。校门朝南，进门是一条笔直的路，左右各一口小池塘，塘边长满垂柳。走过池塘，是两排挺拔的白杨。不足百米的路显得很丰富。中心的教学楼有两层，红砖墙，木楼板，左右各突出一个小房间，供老师住。父亲住二楼东边的小房间。左边两排平房是教室，右边两排平房，前排教师宿舍，后排学生宿舍。

一周后，我在学校池塘的垂柳下，从白杨树上的高音喇叭里听到中共中央、全国人大常委会、国务院、中央军委《告全党全军全国各族人民书》：伟大领袖毛主席逝世了。

这是龙年最坏的消息！岩头江竹子开花、唐山大地震、龙年闰八月……

学校里的高音喇叭与生产队的喇叭家里的喇叭不同，铁灰色的喇叭造型，中间突出一个男根一样的东西，高高地挂在白杨树上，声音大得能让三里外的村子听见。没有人来举报噪音。平时这个喇叭用来开会、放广播体操的乐曲，只在课间和晚饭后至晚自习前的一段时间播放新闻和歌曲。但是这一天通知下午机关、学校都要收听。

在《告全党全军全国各族人民书》的背景音乐里，我第一次听到哀乐。

六百年前，邓家铺的曾氏祖先就曾组织过溪峒军，横刀立马，为这个姓氏挣得了功名。邓家铺相对岩头江，已经是个更大的地方，这里地处龙江的上游，四面环山，中间一块盆地，是区委机关所在地，每天有两班客车从武冈县城开来。客车的顶篷上是邮件袋。袋里装着远方的消息和问候。镇上有200米的街道，有个小面馆，供应包子、馒头、汤面；有个铁匠铺，供应锄头、镰刀、齿耙、犁；有个手工业联合社裁剪衣服。五中斜对面是区供销社。区医院、大会场、邮电所、粮站、食品站沿马路分布……邓家铺区管六个人民公社，是6万余人的政治、经济、文化中心，但它离北京太遥远了。在这样的时刻，北京少年肯定比我知道得更多想得更多。邓家铺的人们一直在为活下去，为吃得更饱一些穿得更暖一些而努力。诉求具体而简单。天安门事件后，喇叭里宣布解除邓小平职务时，我刚从学校澡堂洗澡出来走到池塘边。中国共产党没有开除邓小平的党籍，我第一次敏感地关心北京的一个重要政治人物：邓小平。

学校在礼堂布置了毛主席的灵堂。他的巨幅黑白遗像安放在主席台的正中央，四边是黑绸。主席台用翠柏的枝叶装饰。整个灵堂庄严、肃穆。我很佩服布置灵堂的学兄们。全体师生衣袖上统一戴着黑纱，跟着喇叭里北京的声音鞠躬。区委大会堂、供销社的喇叭同时响起，哀乐笼罩了邓家铺这块小盆地。

10月，某天一大早，刚出门去打水洗脸，我就看到挂在二楼走廊栏杆上的巨大横幅："热烈庆祝以英明领袖华主席为首的党中央一举粉碎王张江姚四人帮的伟大胜利"。仿佛哀乐声还没有停歇，高音喇叭里就响起了激越嘹亮的声音：以英明领袖华主席为首的党中央一举粉碎"四人帮"。

我用了半个上午时间才弄清"王张江姚"四个人是王洪文、张春桥、江青、姚文元。

横幅应该是我的班主任张明业老师带领几个善于写墙报的学生连夜赶制的。红底黄字，正对校门。张老师的文章写得最好，在县城的报纸上发表过，字也写得好。学校的墙报，多由他来布置、书写。张老师平时喜欢皱着川字眉，大抵在思考什么问题，严肃得很。在老师们蹲着吃饭时，他却是最活泼幽默的那一个，常出惊人之语。

我没弄清国家到底发生了什么。

当天，邓星亮老师领着我们举着红旗喊着口号绕邓家铺小盆地转了一圈。

邓老师是1966年的高中毕业生，出生在常年天旱的一个地方。奇怪的是这个地方却叫水浸坪，仿佛这里常年闹水灾。水浸坪是隶属于邓家铺区的一个公社，山高石头多，没有几处超过十亩的田垄。天资聪颖的邓星亮在没获得高考的机会后，不甘愿回到水浸坪靠挣工分度日，跑到县城当干部。他曾亲口对我说："那时我可是在县城里坐着小包车，整天跟县委书记在一起。"小包车就是北京吉普，当年县级领导的标配。后来他到武冈五中来，属于学校"老中青三结合"领导班子里的青年。

邓星亮老师经常到我家来抽烟，与父亲研读中共中央文件和《人民日报》。他对时局的分析得益于读报。不"紧跟形势"，那将是十分危险的。事实上，他行动的快捷为他赢得了未来。父亲总是乐于为他切烟丝。走时，还让他用一个装过洗衣粉的塑料袋装一袋烟丝带走。

弟弟出生了，未来谁与我抬猪的问题得到解决，母亲一脸喜气。

十八年后，他将与我抬着超过 120 斤的生猪送到政府食品站去。我希望他足够强壮！

29 世道要变了

世道要变了。

世道会怎么变呢？

人们敲锣打鼓迎接"英明领袖华主席"的标准像时，我回岩头江看望母亲和刚出生的弟弟，给他跑岩头江周边的代销店去买"六一糕"（带甜味的米粉，可以熬成米糊充当奶粉），没见着欢呼的场面。同学们描述，那是个非常热烈的场面，从区委大会堂到五中门口的路上，放了很多很多的鞭炮。我看到过砂石马路上鞭炮的纸屑。学校里教我们唱一首新歌：

> 交城的山来交城的水，
> 交城的山水实呀么实在美。
> 交城的大山里住着游击队，
> 游击队里有咱的华政委。
> 华政委最听毛主席的话。
> ……

新的领袖诞生了。他的标准像与毛泽东的像并列悬挂在教室黑板正上方，神态亲切、和蔼，疑似有些许腼腆。毛泽东遗嘱"你办事，我放心"足以确定新领袖的合法性。"继承伟大遗志"成为最正当的理由，符合权力移交的规则。我不清楚北京人有什么想法，我坚决拥护。一个岩头江人一生只思考粮食和蔬菜，不用思考政治。

喇叭里反复出现"英明领袖华主席，一举粉碎'四人帮'"的激越高音。某些地方出现一个大拳头砸烂四个人头的宣传画，人头真的被粉碎了似的。

湖南的报纸介绍华国锋为韶山灌区写过一首新民歌：

> 高山顶上修条河，
>
> 河水哗哗笑山坡。
>
> 昔日在你脚下走，
>
> 今日从你头上过。

不管新的领袖知不知情，是否愿意，人们兴致勃勃地寻找他的可歌可颂之处。湖南长沙有文艺理论家认真地论证这首新民歌的艺术特色，称作者有丰富的想象力，又娴熟地运用了拟人的手法，读来朴实真诚、亲切易懂。

我，一个山村高一学生，怀疑有学问的成人高估了这首新民歌的艺术成就。后来我获得一册湖南人民出版社出版的《湖南诗歌选（1949—1979）》（中国作家协会湖南分会编），才惊讶地发现，选本里至少有一半的诗歌作品比不上这首新民歌。也许，我不应该怀疑大城市里有学问的人的真诚。

国家的一切都开始改变。口号变成了"抓纲治国"。学校外的围墙上，用土红色的涂料突出地刷上一条新标语："一定要把国民经济搞上去。"新领袖描绘了新图景，要建设好几个钢铁基地、商品粮基地。政治课老师放弃教材，从报纸上抄下这些给我们上课，让我们背诵，并明确告诉我们将作为期末考试的考题。高音喇叭里开始提"工业现代化、农业现代化、国防现代化、科学技术现代化"，简称"四化"。说是毛泽东和周恩来早年就提出来的。我们要为实现"四化"而努力奋斗。我很长时间不明白为什么"科学技术"还要"现代化"，难道"科学技术"不就是"现代化"本身吗？

几乎只过了一个春节，陪姐夫们喝了几场春酒，再回学校时，学校里什么都变了。班上进行一场化学考试，题目中要求写出水的分子式，写出碳、氧、铁的元素符号，等等。我只得了 27 分。这是我一生中考试得分最低的一次！老师宣布：没有人及格。化学老师用这次考试废除了教材《土壤肥料》。在同学们的要求下，他翻出自己多年前的化学课本，刻了几张蜡纸，油印讲义发给学生。老师告诉我们："你们用不着羞愧。这次考的是你们没学过的东西。这（油印讲义）才是真正的化学。"

传说邓小平要复出。

传说邓小平提出要"尊重知识，尊重人才"。

传说邓小平说"毛主席也说过我'人才难得'"。

真正恢复邓小平职务是 1977 年 7 月，那已经是暑假期间了。此前，他已经开始发挥影响。这些消息都是暑假前听说的，应该是北京有意传出这些消息。都是"听说"，谁听谁说？在乡村中学，老师们很愿意传播这样的"小道消息"。因为他们被批为"臭老九"很长时间了。这个称谓源于中国元朝的行业排序：一官、二吏、三僧、四道、五医、六工、七猎、八娼、九儒、十丐。在这个排序里，知识分子（儒）的地位极为卑贱，比妓女还低一等，比猎人低两等，仅高于乞丐。在较长一段时间里，乡村教师被认为是政治上靠不住、生活上斤斤计较的群体，地位远不如供销社的售货员和食品站的屠夫。但他们是乡村里的知识分子，论识字明理知书达礼，无疑是最值得尊重的。他们是"知识"和"人才"的代表。有人说要尊重他们，要提高他们的地位，他们当然高兴，当然乐于传播。

这么提，会不会恢复高考呢？

30 背着鸟铳爬上树（历史转折中的少年蒙昧）

1977 年暑假的前半段，我被安排去看守学校农场。半个月，会给

3块钱的补助。我算了一下，这年我出生产队的工，每天的工分增加到了4分。如果按每个全劳动力值2角钱算，我一天在生产队出工只能挣得8分钱。去守学校农场，我每天可挣2角钱。这半个月我可挣得跟全劳动力一样的钱。既然有可能恢复高考，不再需要贫下中农协会推荐，我也就没必要像去年那样积极劳动。

唉，多么蒙昧而势利的少年心灵！

到农场我才发现这钱不好挣。我在这里体验到从未有过的孤独和恐惧。

农场是上年开的，在离学校8里外的山上。学校将一面占地10余亩的荒山坡开垦，用来种花生，以锻炼学生的劳动能力。此前我参加过开垦、种花生的劳动，从学校挑大粪，爬山，将大粪浇进种花生的坑里。守农场并没有繁重的体力劳动，只是守住快要收获的花生，不要被周边村子里的农民偷。一座土砖房子，分成三间。大的两间砌有长长的通铺，用来接待劳动锻炼的学生。小的一间供长期驻守的邓师傅住。他不到30岁，是从食堂厨师队伍里抽出来负责管理农场的。我与邓师傅住。

整个山里只有这座房子，想看到其他房子需要爬到土砖房子后面的小山顶上去。花生在房子正对面的山坡上，走过去要先下坡后上坡。山洼里有水，种了些蔬菜。邓师傅还喂养了六只鸭。晚上，土砖房子里没有电，只点两盏可怜的煤油灯。夜色索性要是纯粹的一团漆黑，倒还好些。可是它不，它是那种某处黑某处不够黑的混沌状态。那更黑的一团几团可能是树，此时它正挡着月光。当月亮绕过来后，它的叶子反射些许的光，反而变成更亮些的一团了。山里根本不寂静，总是有虫鸣有鸟叫，有各种可疑的声音。白天里我觉得山上的动静太少了，晚上忽然觉得山上的动静太多了。凡不熟悉的声音和黑影，都可能是魑魅魍魉。土砖房子里只有邓师傅和我两个人。

当天晚上，在幽幽的煤油灯下，邓师傅问："怕吗？"

我说："不是说还有个同学一起来守吗？"

邓师傅说:"他可能要过几天才来。"

我说:"万一晚上有人真来偷花生怎么办?"

邓师傅想了想说:"一般只要知道这房子里有人,别人不会来偷花生。"

我不放心:"这房子离那边山顶上还好远,真发现人家偷花生,我们追上去起码得十几分钟,哪里追得上?"

"不怕。我有办法。"邓师傅神秘地笑笑,从床底下摸出一杆鸟铳来,"要是太远了追不到,我们就用鸟铳打。"

好长的鸟铳!我以前只看到猎人扛着鸟铳,从未亲手摸过。这是步枪的祖先。这杆鸟铳需填火药、铁砂子,用响炮子作引信。它远比我在荆竹玩过的三八大盖和半自动步枪丑陋、粗糙。

我问:"能打那么远吗?"

邓师傅一边擦拭铳管一边说:"能。再说了,我们也只是吓唬吓唬偷花生的人。要真打死打伤了人,还很不好办呢!"

我们居然拥有武器。有武器还有什么可怕的呢?我问邓师傅铁砂子在哪里,响炮子在哪里。我说是不是先试试铳。许久没用过了,扳机还灵不灵?

邓师傅拒绝了我的要求:"不行。晚上,这铳响得很。附近山冲里四五个村子都能听得见响声。我已经跟这些村子的民兵营长说好了。只要我这里铳声一响,说明遇到了情况。他们会带着民兵赶过来增援我们。"邓师傅说这话时,像个将军。我对邓师傅肃然起敬,他还可以调动民兵,怪不得学校选他来看守农场。

第二天邓师傅杀了一只鸭,欢迎我的到来,并告诉我,白天里上午和下午,至少要踏着花生地的边缘各巡视一遍,一是看看有没有人偷花生,二是你背着鸟铳走两圈让别人看到,知道有人守着,也有一定的威慑力。其他时间,你可以在树荫下看书。

邓师傅与我守了两天后,把农场交代给我。他说本来要等另外一个同学来到时他才走的,可等了两天人还没到。他自己还有计划中的事情要回家处理，麻烦我一个人守两天。

邓师傅说完把铳交给我，走了。

下午，我照例巡了一遍花生地。

独守山中，我认真地去回忆看过的小说《闪闪的红星》和连环画《两个小八路》《鸡毛信》，想用比自己年龄更小的英雄人物来鼓励自己。趁太阳还没下山，我爬到屋后的小山顶上去看离得最近的村庄在哪个方向，该怎么走。我在寻找退路。一旦发生了什么，如果我逃跑，我得往哪个方向跑。我反复安慰自己：这不是胆小！这不是害怕！英雄们打仗时也会先把撤退的路线想好。

我关好鸭子，突然想，会不会有人来偷鸭子？不行，我得做好一切与坏人做斗争的准备！夜色降临，我一步一步退却，最后退缩到土砖房子里，闩上门，再用一条板凳将门顶住。我把鸟铳拿出来，想填上火药、铁砂子，在扳机上装好响炮子。这才发现，除了一杆空铳，我什么都没有。邓师傅把这些东西藏什么地方呢？他走时我怎么没问清楚？除了藏在这屋子里他还能藏到哪里去？我花了三个小时找这些东西，以便填装好，发现坏人随时开铳，直到我筋疲力尽，沉沉睡去，都没能找到火药、铁砂子和响炮子。

第二天上午，山下村子的生产队长来了。我热情地招呼他喝水。他说只是来看看，有什么要帮忙的可以招呼一声。他看到少了一只鸭子，问哪里去了。我说杀了吃了。他咽了咽口水说："有姜吗？炒鸭肉一定要有姜和秋辣子。"我连忙说："有，邓师傅是我们学校食堂抽上来的，很会做菜的。"我很想问他村子里有没有鸟铳用的火药和铁砂子，话到嘴边没敢说，怕暴露我的鸟铳没用的秘密。队长说："要邓师傅下回杀鸭子请上我。我从村子里打烧酒来，喝上几杯。"

漫长的两天过去了，邓师傅回到农场，我问："火药和铁砂子在哪里？我怎么把房子里翻了几遍也找不到？我一个人在农场。你应该走前把这些交给我。"

邓师傅笑笑说："哪有什么铁砂子、火药？我从来没跟你说过有铁砂子、火药呀！"

我说："你不是说紧急情况打一铳。听到铳响，民兵就会来增援吗？"

邓师傅笑得更厉害了："我哪有那么厉害？能调动村子里的民兵？我那不是看到另一个同学没来，怕你一个人守农场害怕嘛！"

真是高手在民间！我先是生气，接下来跟着邓师傅笑，直笑出眼泪来。

与我做伴的同学来了，邓师傅照例杀一只鸭子欢迎，也说是委屈我了给我压惊。这一回，邓师傅打了2斤米酒，把山下的生产队长叫来吃鸭喝酒。他说上次生产队长来走走，就是看有没有杀鸭子，邓师傅答应请他吃鸭子喝酒的。

此后，我背着鸟铳巡山时，邓师傅就与另一同学种菜。三个人住在土砖屋子里，人气足多了。只有一次山顶上确实发现情况，有人从山那边潜过来偷花生，我们喊叫起来，人影倏忽就不见了。我们奋力爬上去，看到十几蔸被拔出来的花生，没被拿走，零乱地撒在地边。

为了能望见山顶，我爬上一棵马尾松，在这棵马尾松上寻到一个非常舒适的枝丫，简直就是一张现成的座椅。坐在树丫上，树叶挡住了阳光，视野却非常开阔，下可俯瞰村庄和田垅，上可望见山顶，12亩花生一览无余。我甚至可以斜躺着。没有人偷花生，坐在树丫上就很无聊，很容易在蝉鸣里睡去。农场仅有的一本《三国演义》邓师傅在看，我早已看过了。在旧报纸下翻到一本《毛泽东选集》，我硬着头皮看了起来。尽管在老师的要求下，我已会背诵诸如"社会主义社会是一个相当长的历史阶段。在这个历史阶段中，还存在着阶级、阶级矛盾和阶级斗争，存在着资本主义复辟的危险性……"等，但我自己去读这样一本书，还是第一次，里面收录了毛泽东的多篇文章、讲话和多件批语。

我在《毛泽东选集》里发现，文章原来可以写得这么明白晓畅的。毛泽东喜欢作估计、提设问、下判断。

这本书能让我坐在树丫上一看一上午，居然不被蝉声催眠。

31 高考恢复了

北京在开会。

我在树上。

我在马尾松的枝丫上读《毛泽东选集》的时候，在北京，中共中央恢复了邓小平的一切职务。农场没有报纸，也没有广播，是一个信息死角。我那研究《人民日报》的父亲也没能研究出变化这么快。从农场回到岩头江，我仍然参加生产队的"双抢"，照例脱一身皮，把身子晒成腊肉的颜色。

北京，正在酝酿改变我命运的高考！

20 世纪 40 年代末到 20 世纪 60 年代初出生的中国人体会了这场等待，刻骨铭心。

三十八年后，我在电视剧《历史转折中的邓小平》中看到，中国的高干子弟和北京知青最早得到信息，他们的父亲不但能参加相关的会议，而且可以直接向邓小平建言，并将相关的进展告诉身边的人。

打开网页就能搜到：

1977 年 8 月 4 日，本来只是一次普通的科学和教育工作座谈会，但与会者发现邓小平几乎每场必到。会议开始时，大家发言都很谨慎，但谈了两天后，谈话口子越来越大，很快就变成对"推荐制"的批判……最后，时为武汉大学副教授的查全性提出在当年就恢复高考的建议。邓小平问："今年是不是来不及改了？"情绪激昂的专家们说："今年改还来得及，最多晚一点。"邓小平说："既然大家要求，那就改过来。"

8 月 8 日，邓小平在会上讲："今年就要下决心恢复从高中毕业生中直接招考学生，不要再搞群众推荐。从高中直接招生，我看可能是早出人才早出成果的一个好办法。"①

1977 年 8 月 13 日开始，教育部召开了第二次全国高等学校招生工作会议，会议开了 44 天，焦急不已的邓小平在 9 月提出招生标准："招生主要抓两条：第一是本人表现好，第二是择优录取。"马拉松会议最后在 10 月拟就《关于 1977 年高等学校招生工作的意见》。从此，封闭 11 年的高考闸门终于被打开。会议传达下来，允许老三届（即 1965、1966、1967 年的高中毕业生）参加高考。其实就是让 1965 年以来十二年的初高中毕业生都有机会参加当年的高等院校或中等专业学校招生考试，年龄放宽到三十多岁，阶级成分不限，重在个人政治表现。

幸福说来就来！

所有的人都在议论高考。所有的人都支持高考。

有人为此苦苦等待了十一年！

全社会卷起高考的风暴。是的，风暴！前所未有的风暴！

镇上的村子里的年轻人都在准备高考。

兴奋写在所有年轻人的脸上。兴奋得让人眩晕！

希望的火焰熊熊燃烧熊熊燃烧！

大学，那个神圣的地方，那个梦一般的地方，那个渺茫的地方，那个可望而不可即的地方，居然不再需要指标不再需要烦琐的推荐程序，居然不再需要回村等待，居然不再需要在堂屋的神龛下祈祷……直接面对了我。我只要把考卷做好，就有机会升入大学。所有的路都朝我的脚下伸展，所有的城市都在向我招手。

时值初冬，我却感觉到，阳光普照大地。

天气变冷了，人心里却暖和得很。11 月下旬的一天，我找到一张破损的《中国地图》册，摊开在父亲的书桌上，兴奋地查找一个个城市的名字：北京、上海、南京、昆明、西安、广州……直到这一天，中国，这个我别无选择投胎而来的国家，它的版图才真正向我展开。我小

---

① 《邓小平文选（一九七五——一九八二年）》，人民出版社 1983 年 7 月第 1 版第 52 页。

心翼翼地按地图上的比例尺计算着从邓家铺到各个城市的距离。

湖南的招生方案公布后，《湖南日报》设专版介绍了在湖南招生的学校。专版的油墨特别浓黑。父亲看着报纸研究老半天，郑重其事地跟我商量："你看，这文科学校太少了，理工科学校这么多。可能理工科还是好考一些。"父亲怕自己判断不够准确，又持了报纸带着我到正在复习的邓星亮老师处商量。一直与父亲研究《人民日报》的邓星亮很容易认同了父亲的意见。学校迅速分出文理科，我从文科的十八班转到了理科的十九班。

父亲和所有的老师都处在兴奋中，似乎教了这么多年书，真正检验他们教学成果的日子快要到了。他们满怀希望，自己教出的部分学生，将不再只是回乡知识青年，有人会成为大学生继续深造，做国家栋梁，"担负起天下的兴亡"。

32 翻越斜面（一个岩头江少年的高考）

1977 年 12 月，全中国 570 万人参加高考。

邓家铺区所有的公社中学放假，教室改成考室。招生规定"允许特别优秀的高一学生提前在今年参加高考"。学校充分利用政策，让我和另 9 个同学作为最优秀的高一学生（政策出台时已是高二）提前去见识考场，以便来年正式毕业的时候参加高考不怯场。

邓家铺镇上连一家照相馆也没有。班主任周宜课老师带着我们步行 30 里，到有照相馆的黄桥镇上照了准考证的照片。我衣领口的扣子掉了，临时剪衣服下摆的第五颗扣子钉在衣领口。回校时已是晚上，我们在月光下赶路，边走边唱歌。一天来回走了 60 里路，该是很累的了。但谁都知道，我们的心情无比愉快。未能去的同学在互相传递这个消息：他们去照相了！一共 10 个人。我们知道第二天所有羡慕的目光都会投向我们。

有人开始在教室外画石灰线了，传说还会有持枪的解放军战士前来监考。考大学真是件过于严肃的事情，舞弊者要拉出去枪毙吗？

各省自己出题，湖南迟至 12 月 11 日才考试，物理和化学并在一张试卷里，各占 50 分。

我被按准考证号分派到龙伏寺中学的考场参加高考。这一年湖南的作文题是《心中有话向党说》。我已经记不起写了些什么。但一道物理题让我刻骨铭心，这道题是：试分析一个斜面上有几个力，5 分。天哪！这是什么意思？怎么出这种题？整个物理考试，这个斜面就横亘在我面前，我无法逾越。因为我连什么是力也不知道。

我以及我的同学很快就明白：那不是我们的错。

许多人还来不及找到教科书，一场轰轰烈烈的考试过去了！

兴奋、慌张、紧张、失落……简短的两个月，仿佛经历了春夏秋冬。

我知道自己考不上，因为许多课程还没学过，我只是进场练习。"老三届"和往届毕业生没考上的心情十分复杂，国家已经给了一次机会，他们不知道还有没有机会。如果没有也说得过去，因为毕竟给过机会了。但平心而论，这不公平，许多人根本来不及复习。县广播电台播送了分数线。公社广播站播送了上分数线的名单。上了分数线的成为英雄。武冈五中 1977 届第十七班陈立武考上了，物理老师罗少甫的回乡干农活的儿子罗益民考上了，我们的化学老师邓星亮考上了……钟桥学校的民办老师黄三畅、黄铜塔、黄三从、黄费驷、曾木桂考上了……人们用捷报频传来形容。没考上的到处找书籍、课本，联系复习的地方，雄心勃勃地准备第二年的高考。

国家来不及印出那么多真正的数理化课本。我们的老师：那些此前湖南师范学院、邵阳师专毕业的"臭老九"们，那些 1966 年高中毕业没有赶上高考的才俊们，翻出他们的教材，那上面才有在高考将会考到的内容，才有真正的数学、物理学、化学基础理论。他们夜以继日刻蜡纸，然后把那些教材油印给我们。

高考后，人们仍然到处抢购教科书。新的教科书总也等不来。新华书店延伸至邓家铺的门市部，在区供销社左侧的一角，约 15 平方米。我们总是到那里去，期望发现一本可供复习的书。可是什么也没有！售货员无可奈何地说："看着你们，我也是很着急。我一直跟县新华书店说，有课本、复习资料也匀一点给我们邓家铺。他们也没办法。县城里都有人要去翻书店的仓库。"

我们很无奈：如果有书，也都被城里人抢光了，哪里还能轮到邓家铺乡下？

感谢敬业的老师们！他们将油印讲义一页一页地发给学生，实在累了，就找学生帮忙刻印。他们一边刻印一边等新书。老师向学生抱歉："一下子实在刻不过来，只能一页一页地刻。请大家保留好讲义，到期末装订一下，就是整套的教材。学习时也前后对照着学，都有系统。有些是定义，有些是定理。"语文老师周宜课也找旧教材，将《岳阳楼记》认真地抄写在一张大纸上，让大家背诵。

我们的口号是：学好数理化，走遍天下都不怕！

我就是在那些油印纸上，知道一个斜面上到底有几个力的。

还是在油印纸上，我知道了原子——分子论、元素、金属、非金属、盐。

《白杨礼赞》也是班主任周宜课老师刻蜡纸油印发给我们的。

乡里人给城里亲戚写信，请求买学习资料。随便在路边，看到两个年轻人交谈，一定在谈做题目、高考，他们甚至会争吵起来，发誓赌咒，很可能是为了一道物理题的答案。大量社会青年要求复习，哪怕是旁听。我们班的教室原来坐 50 多个同学，1978 年新年开学，挤了 73 人。教室后门被顶住，无法打开。

邓星亮接到了湖南邵阳师范专科学校的入学通知书。时间已过了1978 年元旦，他只能春节后入学。去上大学之前，他依然站在讲台上，脸上洋溢着掩不住的幸福。尽管他已在教书，但他没有正式的大学文凭，还没有吃到"国家粮"。这份工作并不那么稳固，也没什么上升的空间。他的政审需要区委盖章通过。父亲写好他的政审意见，说他及时反对"四人帮"，带我们高喊口号游行就是证据。怕开会形成不了统一意见，父亲一个一个地找区委委员签字，最后盖上区委的公章。邓星亮为此终生感谢父亲。父亲也认此为一生得意之举。当邓星亮忽闪着大眼睛在三尺讲台上，口若悬河地讲授《化学》时，人们会发现：他真正被耽误了。如果1966年有高考，他早就大学毕业。他是讲课甚至演讲的天才，只有高中文凭，却能镇定自信地打开一张《元素周期表》，用一节课的时间完全讲清楚金属、非金属、氧化物、酸、碱、盐、惰性元素。他介绍俄罗斯科学之父罗蒙诺索夫，好像昨晚刚与这位科学家下过棋或者刚才还在一起抽烟。他清晰地告诉我们：化学研究这个世界到底是什么组成的，科学家们将物质一直分割下去，最后发现分子、原子，再难分了。这就是化学的基础"原子——分子论"。科学家们将这些微小的看不见的组成物质的基本粒子叫作微粒。为了区分原子，把不同的原子称元素。好了，世界是如此简单，由105种元素组成。当然，可能还会发现新的元素。

邓星亮老师一脚踏在白杨树下的石墩子上抽烟。有人笑问："邓老师，上了大学，就可以考虑研究发现新元素了。"

我以为邓星亮老师会谦虚一下，结果他信心十足地说："要看条件，肯定有新元素。到时是可以试试的。"

我一直记得那个场景。

邓星亮老师后来成为湖南邵阳学院的教务处长。时代唤起人们对科学的满腔热忱。想要发现新元素的当然远不止邓星亮一个人。想当科学家的远比如今想当富豪的多得多。

物理老师罗绍甫搬出教学仪器，从"力是物体间的相互作用"开讲，用一个钱毛管向我们演示伟大的万有引力。他宽大的棉衣衣袖总是会擦到黑板上的粉笔字。当粉笔的粉尘飘落时，他总是会抿抿嘴唇。我们总是担心他吃过多的粉笔灰。他要在一个学期里讲完力学、运动学、电学、光学……

原来人类历史上有那么多闪闪发光的名字：毕达哥拉斯、布鲁诺、伽利略、哥白尼、拉瓦锡、罗蒙诺索夫、阿基米德、笛卡尔、韦伯、瓦特、伏特、居里夫人……

就在我们夜以继日地学习数理化基础理论，不断在习题中、在冥想中、在梦中拜见那些科学巨人时，中国作家徐迟写出报告文学《哥德巴赫猜想》，生动而艺术地介绍了中国科学院数学研究所的青年数学家陈景润。

人们正在呼唤科学英雄，英雄来了。

班主任周宜课老师用了两节语文课的时间向我们推介陈景润的故事。这是一个走进文学史的故事，也是一个走进科学史的故事。陈景润很快替代《智取威虎山》的主角杨子荣，成为那个时代的全民偶像。"哥德巴赫猜想"，多有趣啊！原来科学的巅峰可以是"猜想"。这个故事让我对科学和奉献充满向往。一个人可以不去打仗，不去流血牺牲，不去冒着生命危险送"鸡毛信"，只在一个6平方米的小房间里关着门算呀算呀，就解决了世界上从未有人解决的难题，为人类做出贡献，成为知识英雄。毛泽东主席早说过"中国应当对于人类有较大的贡献"，陈景润就是那种对人类有较大贡献的中国人。

书法比赛，我们饱蘸浓墨听写。张明业老师是这场书法比赛的监考官。他扬着眉，缓缓地给我们读叶剑英元帅的诗：

攻城不怕坚，

攻书莫畏难。

科学有险阻，

苦战能过关。

我获得了这次书法比赛的一等奖。

我们心怀忐忑，又豪情万丈，在一个学期的时间里，把老师刻印的油印纸学通了，再复习、模拟考试。期间，我做了成堆纸的作业、模拟考试题。父亲从不需要督促我学习，只需要监督我的休息。然后，面向我的真正的全国统一高考来临。这一回，作为应届生，我在自己的教室里参加高考。监考老师经过简短的监考纪律培训，严肃而慈祥。

当我知道什么是力的时候，那个横亘在我面前的斜面消失了。

33 广播里的名字（底层的渴望）

介绍大型文献纪录片《中国1978》的文字这样叙述："1978年的中国，是中华民族五千年历史上具有重要意义的一年。如果说1949年中国的变化是让中国人民站了起来，那么1978年的变化则是中华民族走向富裕道路的开始。这一年，有无数中国人的命运因中国的变化而改变……"

我是这无数中国人中的一个。

这一年3月，北京召开了中国第一次科学大会。会上，拥有权力的政治家肯定了科学家的贡献，确认科学技术是生产力。人们欢呼："科学的春天到了。"

这一年5月，北京的革命家、政治家们主导讨论了一个哲学命题：实践是检验真理的唯一标准。这一讨论至今被反复提起。

74岁的邓小平出访了七个国家。

政治家和理论家们在讨论思想解放运动。人们想要弄清楚：我们先前的十年里到底干了些什么？我们到底要建设一个什么样的中国？我们要否定什么坚持什么？

我是这场思想解放运动的受益者。

但这一年，16岁的我对这一切一无所知。我专注于学习那些过去未曾学过的数理化，专注于高考。我做了成堆的习题。在高考前夜，父亲为我讲述了几个阿凡提的故事让我放松。高考结束，父亲买了只小鸡，炖给我吃，大抵还加了党参、黄芪和红枣。我第一次吃这种带有甜味的鸡。父亲看着我吃，低声问："考试累吗？"

暑假里，我照例回家"双抢"，晒脱一层皮。我站在水田里，走在田间阡陌上，心中已经有了一个巨大的盼望。一个黄昏，我的名字在有线广播里响起时，我从田间归来，正舀了一勺井水，在洗腿脚上的泥巴，听得并不真切。

很多人听到了。

高考后，人们都估摸时间听广播。考生及家人自不待说，即便是一般听众，也希望从广播里听到一个自己熟悉的名字。

我没洗干净脚上的泥，赶忙站在喇叭下，生怕它不再念我的名字。

母亲坐在柴塘的木板上听。

广播里会重复，我一直站着，直到女播音员再次播出我的名字。

我的名字从未被一个声音念得这么字正腔圆。

许久，我仍然站着。

我不敢相信，两年前，我不准备去上高中，希望以积极劳动换取贫下中农协会的推荐；一年前，我还在农场里扛着鸟铳守望花生地，坐在马尾松的树桠上困惑地想望未来；现在，我考上大学了！我想象公社广播站那个女播音员一定是世界上最美的女人，如果未婚，她一定能找到一个如意郎君！我无比感谢并祝福送给我如此消息的人！堂兄曾维务来向我祝贺，有些失落。他在钟桥中学当民办老师，一样参加高考，但广播里没有念他的名字。他历来求上进，成绩不错。可是他出生于1956年，比我早毕业好几年，上的是人民公社的"五七"中学，教材根本就没有数理化基础理论，在岩头江、钟桥复习根本找不到教材和复习资料。我建议他找个好学校去复习。他点点头："你怎么不早提醒我呀！"

接着不断地有人来家中道喜。母亲忙着倒茶水。

中国文学经典《儒林外史》里，有个"范进中举"的故事，写一个叫范进的人，在中国参加科举考试若干次，直至人到中年，才考中举人。那报喜的场面比人民公社的广播要排场得多："只听得一片声的锣响，三匹马闯将来。那三个人下了马，把马拴在茅草棚上，一片声叫道：'快请范老爷出来，恭喜高中了！'母亲不知是甚事，吓得躲在屋里；听见了，方敢伸出头来，说道：'诸位请坐，小儿方才出去了。'那些报录人道：'原来是老太太。'大家簇拥着要喜钱。正在吵闹，又是几匹马，二报、三报到了，挤了一屋的人，茅草棚地下都坐满了。邻居都来了，挤着看。老太太没奈何，只得央及一个邻居去寻他儿子。"范进得到消息是直接晕倒："范进不看便罢，看了一遍，又念一遍，自己把两手拍了一下，笑了一声，道：'噫！好了！我中了！'说着，往后一跤跌倒，牙关咬紧，不省人事。"

范进看到的，是"录取通知书"。我只是听到广播，上了分数线，接下来还要体检，离接到录取通知书还有一段距离。能不能上大学，仍是悬念。我不能兴奋到晕倒！

第二天出工，有人要求母亲请客。母亲慷慨地掏钱让人到代销店里买了两斤菱角糖，让生产队里的社员分享"考上了"的快乐。

1978 年，只两个高中毕业班的武冈五中有 5 个应届毕业生上了大学分数线。这个乡村中学，此后升学比例再也没有超过这一年。不是老师不努力，而是区分重点中学后，初中毕业升高中的得由县一中和二中优先录取。我和同班的肖同学超过了重点大学的分数线。当年湖南的重点大学分数线是 340 分，而我考了 358.5 分，肖同学考得 346 分。当回到五中，知道具体分数线时，我心里踏实了，觉得无论怎么样，都会有一个大学给我读。

广播里念到的名字，离我最近的是钟桥中学的民办教师黄三畅。如果四年前能被贫下中农协会推荐，我就会去这所离家最近的中学读书。黄三畅会是我的班主任、语文老师。他戴着近视眼镜，据说已经在报纸上发表文章，是乡村的传奇人物。

我们被组织去县城体检。这是我第一次到县城。我记不清是不是整车都是去参加体检的人。穿过县城老南门城洞，右侧，县文化馆的外墙上，贴着占据了整面墙的红榜，按分数依次排序，我被排在理工科第二十八位。与那么多年长于我的人一起考试，获得这个成绩，我觉得不错。武冈县在地方干部学校（简称地干校，母亲第一次在这里吃到白米饭）设置了一个规模挺大的体检场所，从县各医院抽来医生。各个教室门口贴上"外科""内科""五官科"之类的标签。我从未体检过，任由医生赶着往各科室走。在一间空荡荡的教室里进行外科体检时，每次放进去12个人，一律脱得精光，裸着身，排着队，听口令做操。医生像体育老师那样让我们齐步走、立定、向左转、向右转、向后转、原地踏步。然后，当着所有人的面，戴着手套的医生一个个摸我们的睾丸，查看我们的生殖器。四十多年过去了，我对体检中的这个环节一直困惑不解：难道必须有长着正常生殖器的人才能上大学吗？此后我体检了若干次，直至现在每年体检，再没碰上这个特别奇葩的环节。

体检，政审，一个都不能少。所有程序都不是可有可无的。五个同班同学中，有两个因体检不合格而与大学无缘。他们参加了复课，第二年，一人上了师范，肖同学体检仍然未能过关。县医院的医生用手摸，理由是肖同学肝大二指。多年后我查询相关知识，导致肝大的原因很多，但大致可分两类，即生理代偿性肝大及病理性肝大，所以肝大并不一定就是有病。事实上，肖同学也没去治什么肝大二指，后来身体一直很好。但是这个体检结论彻底剥夺了他上大学的权利。

16岁的应届生连红卫兵都不曾当过，政审很容易通过。

我幸运地通过了体检。

在暑假快要结束时，我提前回到学校。因为大学录取通知书只会邮送到武冈五中。我在学校可以第一时间接到录取通知书。我不断地回想所填过的志愿：

第一志愿：湖南大学

第二志愿：湖南医学院

第三志愿：南京邮电学院

第四志愿：湖南师范学院

……

湖南大学据说分数线有点高，不作指望。选医学院是因为当年化学考得最好。

34 在邮电所窗口（底层的命运转折）

五中来了新老师。父亲将自己的房子让了出来，搬到区委大会堂的二楼。这个大会堂原本没有二楼，因区委机关人多了，没地方住，就沿两边墙加柱子架木板，钉出几间房子来。运动结束，群众大会少了，大会堂就改成电影院。因拷贝不多，电影院并不每天放电影。住在楼上，看电影不要钱。但你一定得忍受电影终场才能安静才能睡觉的痛苦。这个地方离区邮电所仅200米。我不再到学校去等录取通知书，而是直接去邮电所。

父亲没有手表，房间也没有闹钟。我依旧看着太阳影子估摸时间，走出大会堂，沿着马路走到邮电所，查看当天有没有我的信件。

没有人会给我写信。如果有一封武冈以外的来信，无论来自南京还是长沙，只要写着我的名字，那一定是一张大学录取通知书。

邮件没有专车，都放在客车的顶上。车站在离邮电所100米的地方。每当客车到来，邮电所工作人员就带梯子爬到车顶上，解开帆布盖，将邮件袋扔下来，再将要寄送的邮件装上去。这个时间也正好是客车候客的时间。

我先是到邮电所。当邮递员打开邮件袋时，我就守在窗口，直直地盯着他一封封地分拣。邮递员很愿意当那个把大学录取通知书送达我手上的信使。

第一天，没有。

第二天，没有。

第三天，没有。

……

我去得越来越早，有时是客车还没有来，有时是跟着客车跑两百来米，然后帮着邮递员取邮件袋。我几乎像他的小跟班一样。

不断有消息传来，别的大学录取通知书到了。

我的大学录取通知书没来。

直至本校一起参加高考的肖老师收到湖南师范学院的录取通知书，我仍没得到任何消息。肖老师考了 341 分，第一志愿填湖南师范学院生物系。五中开学了，没考上的同学已经回校复习。维务哥去武冈二中参加复习班。我失望了。这一年我不会再有升学的机会，我得像其他的往届同学一样复习，迎接第二年的高考。

同学们也很奇怪，这个考了高分的怎么没去上大学，又坐回教室里来了？原来的同桌王瑞伟返校复习，不时地来问询。他捧着正在复习的书，与我一起分享泡菜坛子里的酸辣椒，一边嚼着辣椒一边安慰我："通知书会来的。可是……会不会在中途寄丢了呢？"于是我们一起讨论可能寄丢的细节。王瑞伟不与我在一起时，父亲新买的《格林童话》成了我的好伙伴。那些童话与我的心境太相符了。我需要童话！

我自己坐得不安稳，隔一天半天还是忍不住往邮局跑，对录取通知书抱着最后的希望。

别的大学已经开学好久了，终于，我看到一个写有我名字的牛皮纸的信封，它既不来自南京，也不来自长沙，而来自邵阳。在印象里，我填的全是本科学校，而邵阳师范专科学校并非我的志愿，大概属于"服从分配"调剂的。我失望至极，甚至想撕碎这张录取通知书。我觉得自己分数够高，应该上更好的大学。老师的高兴也打了折扣，他们本意是要祝福的，现在变成安慰我：有个邵阳师专也行，先上着吧。

少年是很容易骄傲的。

父亲仍然带着我回岩头江报喜。母亲虽然不能将入学通知书的字认全，还是接过通知书端详半天。信封里有《入学须知》，还有一张贴行李的号码。母亲和父亲劝说了我许久。母亲说："怎么说这邵阳师专也是个大学，进了大学就是国家的人，就吃国家粮了。这个时势，你再复课一年，复课那么累，明年题目要是更难呢？要是你考上的还是邵阳师专呢？那你不是白耽误一年？"父亲说："放远点想，去年这个时候，是不是恢复高考还没定。要是没恢复高考，还兴推荐上大学？哪个来推荐你？你还得在生产队劳动好几年，要是能推荐上个邵阳师专就了不起了，哪里还轮到你挑挑拣拣？再说了，你这个属于'服从分配'。听说不服从分配的明年不准参加高考，文件很快会下来。真要来了文件，那就难办了！"

每一处都是命门，所点的都是死穴。

我别无选择，只能妥协。但是，这种别无选择，与两年前的别无选择不可同日而语。

事实上，母亲和父亲的人生经验足以判断取舍。去上邵阳师专，我妥妥地吃上国家粮，是国家的人了（仿佛日出而作日落而息辛勤耕耘纳粮纳税的农民从来不是国家的人，也许狭义，但岩头江人一直这么认为。在权利与义务的分配上也很真实），不再靠挣工分度日。据已入学的邓星亮介绍，邵阳师专毕业生将来每月也有40多元，相当于岩头江一个全劳动力半年多的工分值。复课，我得再辛苦一年，结果未必是所预期的。父母得跟着心悬一年。第二年，堂哥曾维务上了重点大学分数线，最后却只被湖南建筑材料学校（中专）录取，这一事实佐证了父亲和母亲的判断。

伟大的高考制度，让我凭"学校的录取证明"跨过了这一门槛。

跳出"农门"，无论如何是大喜事。杀鸡，从谷桶里翻出仅存的腊肉，打了米酒，请大队干部和亲友们喝。白天农事忙，喜庆宴放在傍晚，没吃多久天黑，就点了两盏油灯。堂屋里一片欢笑声。我小心地敬酒，听人们祝福的话语。

离开家前，母亲领我在神龛下烧香，告别祖先并祈他们保佑我一路平安。

第三章

35 一个叫李子园的地方（重构个人与国家的关系）

桃花坪（桃洪镇）——隆回县城，两年前我曾经靠自己卖野蓖麻籽和半夏子积攒了3块5角钱，准备与成人逛一逛这个离我最近的"小上海"，但被母亲收缴钱制止了，现在，它变成我上学的驿站，通向外界的必经之路。

我与钟桥村的黄三畅成为同学。他高中毕业于1966年，恢复高考的1977年上了分数线，被体检刷下，高中华业十二年后的1978年，31岁的他被邵阳师专中文科录取时，已是两个孩子的父亲。他的五个志愿全部填写邵阳师专。他的弟弟黄三丛同年考上，也填写邵阳师专。学校怕他们兄弟俩都上学，家庭负担过重，只录取了黄三畅。这是一个可叹可笑却听上去务实的理由。

因为姓黄，黄三畅与母亲同辈，我得叫他舅舅。他的母亲是岩头江地主曾顺生的女儿，按曾姓辈分，我得叫他表叔。他又是曾德林的中学班主任。曾德林是我的小学同班同学，按这个我得叫他黄老师。乡里人从来没有低看过老师。天地国亲师——老师是可以上自家神龛享受香火的。所以我就叫了他一辈子"黄老师"。钟桥村还有黄铜塔，与黄三畅同龄，按黄姓与我同辈，1977年考上即被邵阳师专中文科录取。他已于9月初按时上学。

母亲很高兴有一个年长我15岁的邻村同学，出发前就去找黄三畅约好上学时间。其时娄山下与钟桥村之间，已修筑了一座石拱桥，往来非常方便。我们得天亮前吃了饭赶路，先走10里路到三阁司，在三阁司坐车。20世纪70年代的农村客车，没有准时的，早一个小时或晚一个小时都属正常。三阁司属隆回县的一个公社机关所在地，一天两班车，晚去了坐不到车。坐上车，仅20里，很快到桃花坪车站。我已经不记得过紫阳河是不是要坐船。父亲和母亲一起送我到桃花坪，一根扁担，一头挑着红漆的白杨木箱子，一头挑着被子，这是出远门的标配。在候车期间，父亲去车站旁的商店买了盒鸡蛋糕，加上在家中为我煮熟的十几个鸡蛋，塞进我的行囊。我兜里有25块钱。车未启动，父亲和母亲攀着车窗叮嘱我到学校要听老师的话。我一边听着，一边东张西望打量这个在岩头江久负盛名的"小上海"。它实在太简陋了——我估计仅比邓家铺多几间包子店。真正显得有些派头的，是隆回县委县政府及其所有的机关都集中在这里。

车刚点火，母亲就流下泪来。每读到朱自清先生的《背影》，我脑子里总是出现在桃花坪车站的这一幕。从出生到上大学，我在她身边待了十六年之后，就远她而去。所幸是去读大学，不是流浪——我曾经设想过，如果老老实实在生产队劳动五年，还未能被推荐上大学，就离家去流浪。

邵阳是个不远的地方，却是母亲从未去过的地方。现在，我用百度搜索，从双岭村到邵阳学院李子园校区，全程145里；从隆回县城到邵阳学院李子园校区，仅120里。对岩头江而言，邵阳已经是个大地方，邵阳地区管9县，区域面积2万多平方公里。邵阳的干部从未曾踏足过岩头江。岩头江只有极少数人到过邵阳。

因为分数够高，我从未被这个"大地方"吓住。相反，我一下车就挑学校毛病。热心的师兄和老师帮我把行李搬到化学科接新生的车上。这是一辆湘江牌卡车，车斗里装着行李，也一样可以装人。我觉得接人起码得是个大客车。

邵阳比我想象的城市要脏，车站里满是垃圾：尘土、纸屑、果皮、痰、甘蔗渣……沟里的被沤黑了。居然比乡下还脏多了！若干年后，我去过很多这类城市时才知道，中国绝大多数中小型城市都是这样。甚至，这是发展中国家城市的基本面貌。它们可能与多年前的法国城市、德国城市一样，只差没有人在市政厅里拉尿——但是，在其他公共场所拉尿，都是有可能的。因为城市没有足够的公共厕所。

我坐在车头里，一直在想，我该不该来这座城市？这座城市怎么这么脏啊？忽然扬起一股红尘。车停了，到学校了。我低头看，天，这不更脏吗？一条斜斜的红土路向上延伸。100多米的路尽头就是学生宿舍。路的下方是学校食堂。

学校仅两栋学生宿舍。女生在南面的旧楼，坡顶，红砖青瓦木地板，4层。男生在北面的新楼，水泥预制板的楼面，四层平顶。我被安排在422宿舍。挑着行李上四楼。安顿下来，大学生活开始了。宿舍里4张上下铺的床，可睡8人，床与床之间还有点间隙可放箱子。宿舍里每人有一张带柜的小桌、一张凳子。这是典型的中国筒子楼，中间是长廊，两边是房间，门开在每间房的正中间。楼内没有厕所，上厕所要下到楼外左侧的公共厕所去。

我的舍友全来自邵阳地区：隆回县的刘欣、邵阳县的肖红星、新邵县的刘健、洞口县的谢泰山、邵东县的刘德文、涟源县（后划为娄底市）的刘洪涛。宿舍里先只安排7人。一个星期后，学校扩招，洞口县来的张华凤填满了最后那张床，宿舍8个满员。刘洪涛、刘欣和我是应届毕业生。肖红星属下乡知识青年，下过半年乡。刘德文、谢泰山、张华凤、刘健是回乡知识青年。年龄最大的谢泰山24岁，已经高中毕业好些年，是当地文艺宣传队的积极分子，热爱文体活动。刘健21岁，已当了三年民办老师。刘欣出生于1962年7月，比我小一个月。肖红星、刘欣父母都是老师，从小吃的是"国家粮"。刘健充当了老大哥的角色，领着我去食堂，告诉我还要添置白铁桶、餐具等，并把多购的一只白铁桶转让给我。

晚上，熄灯铃响后入睡。肖红星睡我下铺，刘欣睡我对床。睡刘欣下铺的刘健问起我和刘欣的年龄和高考分数。当听说我考了358.5分、刘欣考了351分时，刘健追问一句："你们年纪那么小，考这么高分数到师专来读书不会觉得遗憾吗？"我自己怎么回答的已经忘记了。刘欣长叹一声"有什么办法呢"却给我留下深刻印象。

那一刻刘欣内心跟我一样：羞怯、委屈而骄傲！

邵阳师专建于1958年，设置目的就是为邵阳地区培育中学教师。这个叫李子园的地方，看不到一棵李子树，围墙外是橘子园。"桃李"在中国可以是学生的代称。所以选择李子园作校园是十分合适的。没有校门，只有围墙东面的一个大豁口供人车进出。围墙内还有一个酱菜厂。一进豁口，就是酱菜的气味。有时小山坡上会摆出很多酱菜坛子来，十分壮观，比学生的队列还要整齐。这里是邵阳市南郊，四周是农村，南临邵水河。近处有邵阳市一中、邵阳市二中、邵阳市委党校、城南公园，感觉是规划里的教育片区。校园内的建筑屈指可数，两栋教学楼，两栋学生宿舍，一栋教师宿舍，一座食堂（不吃饭的时候，也作大会堂，听校长作报告）。学校围墙到处是破洞、豁口。农民浇地用的小水渠从围墙下蜿蜒穿过。未及平整的操场堆了许多煤渣，是用来建造跑道的。东面是建于1958年的老教学楼，红砖青瓦木地板的三层楼房，仿苏联建筑，掩映在绿树丛中，幽静而雅致，是读书的好地方。方正的四层新教学楼在校园正中间，建于20世纪70年代，隔着操场与酱菜厂相对。我们的教室在四楼，课间休息时可以到楼顶平台上玩。全校只中文科研究古诗词的副教授张玉玲属高级职称，绝大多数老师都没来得及评职称。到大二讲中共党史时，来了一位副研究员给我们讲课，还没讲完，就调走了。他是邵阳师专读书期间给我授课职称最高的教师。

我进邵阳师专时情绪低落，可能源于我对大学的无知。我从未走进过任何一所大学。家族中唯一上过大学的大哥曾维锦远在贵州都匀。我无法向他讨教大学生活。我天真地以为每个大学生会有一个独立的房间，可以自己学习，独立生活，随意装点。我以为大学里到处是戴着深度近视眼镜的教授，一个个气度非凡，在专业知识的领域里，无所不能。我不能生在剑桥或牛津那样的地方，哪怕能在长沙待过也好，起码可以去看正儿八经的大学，摸一摸"惟楚有材，于斯为盛"的楹联，走一走岳麓山下的小径。可是我来自岩头江，连介绍大学的任何文章都没读过。我希望的大学完全在我无所凭依的想象里。

例行的军训后，我们安顿下来。《无机化学》《物理学》《高等数学》《英语》课程迅速展开。在小组会的自我介绍中，建新同学父亲是南下干部，14 级，母亲是 18 级干部。我这才知道干部分很多级。据说，13 级以上就属高干了，14 级属于县处级干部里最有资历的，有些副厅也只有 14 级。在邵阳师专，父亲是 14 级干部的都极少。干部分 24 级。我从不知道父亲排在多少级。按工资推算，一定排在 20 级以后。

无论家庭条件多么好，读邵阳师专都不要钱，这得益于中华人民共和国着力培育师资的重要举措。读书不要钱，就有点进入共产主义的感觉，吃住、看病都不要钱，由政府负担。找到安排给我的 422 号宿舍，就有了住；找到与这个宿舍对应的餐桌，就有了吃。一个月后评助学金，甲等每月 5 元，乙等每月 4 元，丙等每月 3 元。甲等的都评给了老三届那些有老婆孩子的大龄同学。我评了乙等，每月 4 元。对一个岩头江来的孩子，这是个大数字。4 元钱可以买 5 斤猪肉。如果有布票，4 角钱一尺的布可以买 1 丈。4 元钱相当于一个成年男子在岩头江的生产队出工 20 天。两个月后，天开始变冷，我获得学校发的一件蓝色"卫生衣"。这种衣服流行于 20 世纪 70 年代到 80 年代前半期，棉织品，里层有绒，也被称为"绒衣"。保暖性极佳但难洗不易干。这样的待遇，基本上解决了我的吃穿住行（假期回家的路费）。看病治病不要钱，在邵阳市人民医院和中医院，只要报一个学号，签个字，看病拿药走人。许多同学最初得知这一待遇时，去医院开"维磷补汁""脑乐静""安神补脑液"吃。他们觉得补脑药多吃有益。我没去开过一瓶。小学四五年级的时候，我晕油菜花，父母为我的头晕想了许多办法。吃羊头炖天麻、冰糖蒸鸡蛋，也喝过些"维磷补汁"。我腻了那味道，也不愿意去多花国家的钱。

家庭条件好的同学，除正常的三餐，还买了麦乳精补充营养。据说，这是 70 年代城市孩子的标配。也有同学到食堂门口的小面馆吃 2 角钱一碗的馄饨。我们正在成长，晚自习后有些同学会觉得饿。我没有钱这样消费。我已很满足。差不多每天有肉吃，对一个岩头江人来说，已经是大大提升了生活质量。尽管有时只是在大白菜里几片小小的寡白的肥肉。邵阳香肠里有五香粉和陈皮，学校常常用来炒芹菜，是我迄今吃过的最美味的香肠。

我不需要操心伙食费。这时期国家与我的关系近似于一种母婴关系。她心甘情愿地哺育我。我觉得这个国家这个政府对我已足够好了。我十分满足！

我很快开朗起来。读大学真好！16 岁，我已经不需要父母负担了。更为重要的是：我的户口和粮食关系已经迁移至邵阳师专，不再需要生产队分配口粮。

12 岁参加男子汉会议，16 岁获得这种快速成长的感觉，我不是个案。在中国，大批青少年被所处的时代催化，这样成长。

此时的中国，称大学生为"天之骄子"。

我们是这个国家新的希望。

一首朝气蓬勃的歌在校园里流行：

> 年轻的朋友们，
> 今天来相会，
> 荡起小船儿，
> 暖风轻轻吹，
> 花儿香，鸟儿鸣，
> 春光惹人醉，
> 欢歌笑语绕着彩云飞。
> 啊，亲爱的朋友们，
> 美妙的春光属于谁？
> 属于我，属于你，

36 灰城市·绿果园（我所认识的 20 世纪 70 年代中国城市）

邵阳师范专科学校（现邵阳学院）与那些名牌大学相比，它可能有点不好意思。但在岩头江人眼里，考上它就能改变农民的身份，它本质上与北京大学、清华大学是一样的。

在岩头江，我是生产队的小队员，虽然形式上被组织起来，但本质上是自耕农，我只能固守土地，像祖辈一样耕作、纳粮。而这个时候，我接受教育（而且是高等教育）会因此学得一技之长，是国家未来建设者。中国大学十一年不曾正规考试招生，大学生太少，人们用"青黄不接"来描述人才的短缺。我感受到国家的精心呵护。在不久的未来，我将为国家去工作。而国家会提供我稳定的薪酬和粮食、肉票、布票、豆腐票。

地处湘中的邵阳，无论在中国多么不起眼，却是我认识的第一个城市。它是 600 万人口的政治经济文化中心，建在资江与邵水的交汇处，已有两千五百年历史。多年前，它与黄河、长江、莱茵河、多瑙河、伏尔加河边所有城市一样，因水而兴。但它因地理位置、交通和资源所限，又注定只能发展成这个样子。20 世纪 70 年代可能是邵阳快速发展的黄金时代，县城远远无法与它相比。它先前是县级市，后升格为地级市，再后来与邵阳地区合并，管理原邵阳地区的所属行政县。邵阳城区有中国城市的所有行政架构，城市下分三个区，各区有街道办，街道办下有居委会。城市街道命名十分规范，宽些长些的叫路，中等的叫街，更短小的叫巷。我不知道在 1949 年前，邵阳有些什么工业，只听说青龙桥以东就是郊区了，但到 1978 年，这座城市已有第二纺织机械厂（隶属纺织工业部）、湖南印刷机械厂、湖南汽车制造厂、湖南第一纸板厂、湖南新华印刷二厂、棉纺厂、化肥厂、制药厂、罐头厂、肉联厂……其中最牛的部属企业或省属企业的主要负责人，行政级别都不比邵阳市委市政府领导级别低，负责人是 12 级或 13 级干部。驻企业的军代表都在副师级以上。在结构上，部属企业、省属企业、市属企业、街道集体企业，层次分明。这种层次丰富、品类齐全的企业结构，得益于冷战时代，中国一部分工业不再布局在沿海，而是布局于内陆城市的战略考虑。在"三线建设"中，湖南属二线。另一方面，短缺经济、交通不便、物流不畅给了内陆中小城市生产销售生活必需品的机会。上海主产手表、自行车、缝纫机。这是 20 世纪 70 年代中国老百姓的"三大件"。"上海"是品质和高端的代表。除了"三大件"，上海还生产中华牙膏、白玉牙膏、尼龙袜，等等。上海不怎么生产或供给不了的，邵阳会补充生产，比如毛巾、化肥、罐头……即使是在"以阶级斗争为纲"的年代，中国的商业机构（百货公司、供销社）的外墙上，一律以"发展经济，保障供给"为标语。邵阳当时仅一条商业街道，最早横跨于邵水的青龙桥，东边的一半叫东风路，西边的一半叫红旗路。除了一个电影院在东风路，国营的百货公司、人民商店、工农食堂（餐饮店）、新华书店、人民医院都在红旗路上。这个城市的东面建起了许多家工厂，一条新建的街道直接被命名为工业街，走近它能闻到呛鼻的气味。那是工业的气味，人们并不排斥。这条街建有 17 家工厂。

　　邵阳的行政机构部、办、委、局多在宝庆路、红旗路离市委、市政府不远处。市图书馆建在红旗路，叫松坡图书馆。松坡是人名，姓蔡，他广为人知的名字叫蔡锷。在袁世凯恢复帝制时，他远走云南，第一个举"护国"大旗。他护的不是洪宪帝国，而是中华民国。蔡锷是邵阳人的骄傲。体育馆在红旗路的中间，有一个可开大型运动会的操场。有专门演出地方戏的祁剧团和剧场……

　　邵阳这座城市的权力运作显得并不稳定。我总是在青龙桥西北侧的市邮电局外墙上，看到满墙醒目的"大字报"，白纸黑字，足有十几米长。我见识真正的大字报就是在这里。这是邵阳市失权的某一派针对当权的某派重要人物，发起的文字上的猛烈进攻。邵阳人总结这种乱象称："国家的政治运动搞了十年，邵阳的搞了十五年。"但是普通百姓十分淡定，这一切似乎对邵阳的发展没有任何影响。部属企业和省属企业的职工有足够的荣誉感和优越感。这些企业厂区功能齐全、福利优厚，自办商店、医院、职工子弟学校、电影院、篮球场……应有尽有。企业产品供不应求，完全不需要为销售伤脑筋，为利润跑市场。在20世纪70年代，"单位"是个人的重要保障，任何人，只要进了某一个"单位"，他的基本薪酬、福利就相对有保障，即便是街道集体企业，亦如此。

在街道集体企业的收入较低，可以接一些其他的活来补充。刘德文同学的亲戚住在城南公园旁，全家接兰花豆的活。我与刘德文去这个亲戚家里，一边聊天，一边帮他们干活，将煮熟的蚕豆往一个金属十字刀上插一下。3分钱一斤，每晚插20斤可挣6角钱。全家人干，手要利索。我在这个家里感觉到工人家庭的辛苦。他们比农民好不到哪里去。

像所有这个时期的中国城市一样，邵阳呈一种灰色的基调，工业向着烟囱林立的方向努力发展。所有建筑一律是水泥或者石灰石的灰色，加上未能及时打扫掉的灰尘，人们的衣着也是灰色。没有广告牌，没有霓虹灯。外墙是水泥砂浆涂的，地面是水磨石。不同年代的电线一把一把肆意从城市的路柱和楼层穿过。

我和我的同学，跟邵阳市所有人一样，春秋季节穿着卡其布的衣服，蓝色或者灰色中山装。在衣领的接口处，裁缝会钉上金属的挂扣，像现今文胸用的那种。人们把这个金属扣叫风纪扣，严谨地扣着是为了不露出脖子还是为不乱了衣领？不得而知。有钱人家款式不会有多少差别，但料子可以选得好些，比如灯芯绒、华达呢、毛呢。夏天，白府绸衬衣是许多人的选择。的确良、的确卡等化纤面料是时尚，比一般纯棉织品要贵，或者邵阳的商店没有，要从长沙带来。

下铺的肖红星领着我去工农食堂吃三鲜面。他告诉我，这是过去最有名的餐馆，原来不叫工农食堂，叫盟华园。有一回我们两个人身上才搜出 3 毛 5 分钱来，而一碗三鲜面要 2 毛 1 分钱，不够买两碗。我出的主意，买了一碗三鲜面加一碗白米饭，混起来分作两份吃。肖红星至今记忆犹新。

绝大多数的星期天，我们走出学校，从邵水桥下穿过，走沿河西路至青龙桥，在红旗路上游荡。红旗路至学校没有公共汽车。我们真正走进去的是两个地方：新华书店和百货公司。顾客与售货员，隔着明亮的玻璃柜台。想看一件物品，必须得售货员从货架上取。这种售货方式让售货员的工作显得高端大气上档次。据说此前购物，一律称售货员"同志"。一个时代结束，一切改变，我们称售货员"师傅"。在新华书店购买可能出现的新书，以帮助理解有机化学、无机化学、物理化学……没有人买小说。我们认为那是中文科同学的事情。

有过三年民办老师阅历的刘健从学校图书室借来一部古诗词选，带领我们早晨朗读唐诗宋词，从"床前明月光"到"三十功名尘与土，八千里路云和月"。年长 5 岁的刘健语重心长地告诉我们，教师是个神圣的职业，需要有很好的个人修养，读点古诗有益于提升自己，在某些场合，你甚至用得上这些古诗。这一定出自他的亲身体验。在中国的广大乡村，教师是知识的唯一代表。人们遇到任何问题求教于老师时，通常不分是数学老师还是语文老师。最常见的是写春联，如果找一位老师写的还不如村里人写的，那就是一个笑话。我想古诗词的书籍，父亲的书柜里可能还有。只看过生产大队的样板戏和听过弹棉花的窘迫，让我决定恶补一下音乐知识，于是从助学金里挤出钱来买了本缪天瑞的《基本乐理》和一本新出的《中外抒情歌曲 170 首》。我想一个教师无论以后是去教化学还是物理，都得弄清楚什么是旋律，什么是音调、音高、音色、节拍。也许有任务教孩子们唱歌。

李子园外是橘子园。这种被命名为"雪峰蜜橘"的水果，在湖南的中部和西部地区广泛推广。岩头江也曾栽种过橘树，在村子里的屋前屋后，由农业技术员指导，每个坑挖了一米见方一米深，然后里面填充了许多农家肥。但岩头江种的橘树一年后陆续死去，最后没成活一棵。我看到荆竹区委机关内和五圣宫旁的橘树是长得极好的。每棵树能产好多的橘子。岩头江未能种好橘子树，可能是因为不能科学管理。李子园外橘子开花结果的时候，农民是禁止学生们去橘子林里的。但过了这个季节，农民们就不太管。学生们就到橘子林里去。许多人去橘子树下看书，甚至捧着书在橘子园里踱来踱去。

一切都在复苏。年轻人公开歌唱爱情，不再被批判为"资产阶级思想"。有男女同学成双成对地去橘子园里。人们相信他们可能在谈恋爱。第二年暑假，与我一同守校的黄翼辉，在食堂听到英语科的一男一女两位同学对话时，诡笑着给我翻译："听到没？他说傍晚去橘子园里。她说行，得带个垫子去。上次躺着小石子扎背。"也许翼辉同学联想得太多了，但也许他们真在用我们听不懂的语言调情。橘子园里确有男女同学去隐蔽处初试云雨。可能极少，但学校已不太管风流事宜。许多同学已到"男大当婚，女大当嫁"的年龄。

一部宣传计划生育的电影《甜蜜的事业》突破时代禁区，成为不可多得的经典。它的主题十分突出：计划生育好，男女都一样……艺术家们接到任务，十分巧妙地用喜剧来表现，最重要的，它表演爱情，拍摄了男女追逐的场景，用慢镜头配上爱情的歌：

> 幸福的花儿心中开放，
> 爱情的歌儿随风飘荡，
> 我们的心儿飞向远方，
> 憧憬那美好的革命理想。
> 啊……
> 亲爱的人儿携手前进，
> 携手前进，
> 我们的生活充满阳光，
> 充满阳光。
> ……

旋律优美，充满朝气。歌儿随风飘荡，心儿飞向远方，多好！学校的广播在课间十分张扬地播放这首歌:《我们的生活充满阳光》。

大龄的老三届的同学用浑厚的男中音教我们唱《莫斯科郊外的晚上》《马车夫之歌》。有人甚至唱俄语，舌头能抖动起来。谢泰山去借来了手风琴伴奏。

不知道什么原因，邵阳师专若干同学喜欢上了小提琴，每到晚饭后，整个宿舍都是学拉小提琴的声音，比磨毛玻璃还要难听。

37 精神初恋（启蒙时代）

中国的一切都在变化，不是悄悄地，是大张旗鼓地。

1978 年 12 月，北京召开了具有里程碑意义的中共十一届三中全会。多年后，我随便用百度搜索"十一届三中全会"，显示"相关结果约 4,440,000 个"。最简洁的文字表述是:"这次会议彻底否定了'两个凡是'的方针，重新确立解放思想、实事求是的思想路线；停止使用'以阶级斗争为纲'的口号，作出把党和国家的工作重心转移到经济建设上来，实行改革开放的伟大决策；会议实际上形成了以邓小平为核心的党中央领导集体。"

在个人记忆里，1978 年乃至其后的多年里，我没有"十一届三中全会"的印象。我个人对"十一届三中全会"的了解来源于 20 世纪 90 年代后的学习。

1979 年 1 月 1 日，中国与美国建立正式的外交关系，并发表《上海公报》。

1979 年 2 月 17 日，中国军队在广西、云南中越边境打响了自卫还击战。大伯的儿子、我的五哥曾维发参加了这个战役，并在战场上由排长火线提拔为连长。大伯和大伯母在岩头江烧香，祈祷五哥的平安。大伯家门楣上悬挂的"军属光荣"匾，红底黄字都显旧了。我在邵阳师专期间，不知道自己的堂兄奔赴了最前线，毕业后才知道他上过战场。

1979 年 3 月 30 日，摄影师詹姆斯·安丹森偷偷带进中国几罐可口可乐。他给一个小男孩几个硬币，特意在长城上的弧形路，请小男孩摆好姿势啜可口可乐，摆拍了《1979 红色中国的第一罐可口可乐》。

在邵阳师专这样的学校，所有重大事件的影响传过来，经时间和距离的衰减，很难激起什么涟漪。过去相当一段时间树立的那些"造反英雄"轰然倒塌，现在专树那些在科学研究上废寝忘食的人。人们找出中国古代读书人的名言"两耳不闻窗外事，一心只读圣贤书"来约束自己，鼓励别人。科学至上主义盛行。五哥在前线打仗，我在读居里夫人的故事。布鲁诺、哥白尼、伽利略等科学巨匠为科学真理献身的精神更能鼓励我们。

拨乱反正的微观结果出现在曾祥球的身上。

曾祥球是村子里走得最远的人之一，中南矿冶学院毕业后，他被分配去了昆明，中国云南省的省会。岩头江的人们都认为云南、四川是非常遥远的地方，形容某个地方远，就说："怕是到云南、四川了。"在这个语境里，两个省份不再是名词而是形容词。曾祥球却真正被分配到云南。他是父亲的初中同学，两人曾共睡一张床共一套被铺。父亲带去盖被，曾祥球带了他父亲退伍时的军用被作垫被。在父亲初中毕业选择参加工作到乡村教书时，曾祥球选择了继续深造。他的父亲参过军，在国民党部队当过连长（或连级军官），因而曾在生产大队被当作"历史反革命分子"批判斗争。曾祥球妻子儿女都在村里，是"四属户"。回村探亲，曾祥球会被大队民兵截住，与他的父亲一起接受批斗。我记得他曾被迫站在学校操场倒扣的禾桶上（批斗台），披着蓝色毛领大衣，面对民兵的批斗，很儒雅地反复要求："请允许我说一句话。请允许我说一句话。"他的请求被口号声淹灭。

他的父亲摘帽了，不再是"历史反革命分子"。为了解决两地分居的困境，曾祥球调到邵阳市，在环境保护研究所工作。他的单位在宝庆路，往西是邵阳市最牛的企业二纺机，往东是邵阳市委机关、城南公园。周末，我会去曾祥球处走动。凡读过大学的人，都被村子里年轻人景仰。曾祥球亦不例外。我想从他那里知道一点中国知识分子在城市生活的基本信息。他吃食堂，住着一房一厅的房子，这是落实知识分子政策的体现。他的妻子和儿女仍然在岩头江，坐半天的车可以探亲了。他偶尔也会自己做饭，到冬天要烧自己供暖的北京炉子，所以也请我帮忙做煤球。做完煤球，他会请我吃饭。说起挨批斗的事，他已云淡风轻："我那次就是想告诉他们，把我揪上台来那个'揪'字念错了。"环境保护研究所开始评职称，曾祥球毫无悬念地被评上工程师。

他信心满怀地规划新的生活。再回岩头江时，他不用担心被截住批斗了。他的女儿是我的同班同学，正在复习准备别的考试。

我与他探讨我的毕业分配问题。他说："你要是能搞通关系，留在邵阳市，我们环境保护研究所就需要人。你又是学化学的，正好啊。"

我说："我到哪儿去找管我毕业分配的人啊？"

他说："这个我也不知道。"

其实，我才从刚恢复的高考制度里获益。尽管在分数线上可能吃了亏，但我分享了普遍意义的公平。

我能接触的所有思潮，都是班上的建新先知先觉。建新个子修长，皮肤黝黑，是班上唯一散发着"干部子弟"气息的孩子，喜欢穿件立领的呢料中山装，保持及格的学科成绩，关注时政。有一天他莫名激动地在各宿舍穿梭，反复向同学介绍《中国青年》杂志（1980年第5期）上的一篇文章，这就是《人生的路呵，怎么越走越窄》，作者署名"潘晓"，发表在"读者来信"栏目里。

"我今年23岁，应该说才刚刚走向生活，可人生的一切奥秘和吸引力对我已不复存在，我似乎已走到了它的尽头。回顾我走过来的路，是一段由紫红到灰白的历程；一段由希望到失望、绝望的历程；一段思想长河起于无私的源头而终以自我为归宿的历程。过去，我对人生充满了美好的憧憬和幻想……有人说，时代在前进，

可我触不到它有力的臂膀；也有人说，世上有一种宽广的、伟大的
事业，可我不知道它在哪里。人生的路呵，怎么越走越窄，可我一
个人已经很累了呀，仿佛只要松出一口气，就意味着彻底灭亡。真
的，我偷偷地去看过天主教堂的礼拜，我曾冒出过削发为尼的念
头，甚至，我想到过死……心里真是乱极了，矛盾极了。编辑同
志，我在非常苦恼的情况下给你们写了这封信。我把这些都披露出
来，并不是打算从你们那里得到什么良方妙药。如果你们敢于发表
它，我倒愿意让全国的青年看看。我相信青年们的心是相通的，也
许我能从他们那里得到帮助。"

这封"读者来信"一下子抓住所有同学。曾祥球并没有跟我说透
"社会"。潘晓的这封信似乎一下子把"社会"说透了。

这一场讨论被称为中国青年的"精神初恋"。我和我的同学记住了
"潘晓"这个名字。现在网上仍然能搜索到这样的介绍："这个23岁少
女饱含着泪水的激越诉说，在1980年之夏引发了全国范围一场关于人
生观的大讨论，持续半年之久。"

潘晓的诉说浅白，全从个人处境出发。潘晓的信一旦脱离集体主
义话语，每一句都见血见骨。"全心全意为人民服务"是执政党的宗旨，
是国家机器的庄严承诺。对一个生命个体，她应该"服务"还是"被服
务"？如果她不追求崇高，不追求"为人民做贡献"，可不可以"为
自我"？

"做一个平凡的人"是不是一种权利？

大约在小学四年级的时候，有篇《学习英雄金训华》的课文一直让
我困惑。金训华，这个不满20岁的上海小伙子，下乡黑龙江，为了抢
救人民公社的两根电线杆，牺牲在山洪的激流中。我一直觉得他不应该
去洪水里捞电线杆。他的生命比那两根电线杆重要得多。那么好的一个
人，他活着，一定会创造出远比两根电线杆多得多的财富。但我从来没
敢说过。这一年初夏，我可以大胆地说出来，跟同学们一起讨论了。

有人搬出了老黑格尔来阐释社会和人生："存在的就是合理的。"

一场讨论下来，"主观为自己，客观为别人"的人生观被多数年轻人认可。

据说，中国的最高领导人关注了这场讨论。

38 学兄有恙（思想病与精神病）

我不能确认他们会不会在自己的履历里填"精神病史"。但我必须尊重他们的隐私权。尽管这本书可能根本影响不到他们，我仍然要隐去他们的真实姓名，称一个为 H，一个为 N。

H：这个事情说清楚了？

N：说清楚了。没事了。

H：没事了就好。说清楚了。

N：说清楚了。没事了。

H：这个事情说清楚了？

N：说清楚了。没事了。

H：没事了就好。说清楚了。

N：说清楚了。没事了。

……

1980 年的夏天，或者更早些时候，H 与 N 中饭后就没睡午觉，在筒子楼中间过道里，反反复复地说着这几句话。

我们午睡起来，去上课了。他俩还在对话。我催他们一起上课去。他们答应了。直到下午放学回来，他俩仍然在走道里对话。

"自从患上精神病，整个人精神多了"就是这个意思！如果不是精神病，他们绝不可能两个人各说一两句同样的话，对话整整 5 个小时。

潘晓的困惑，可能是很多人的困惑。下乡知识青年大规模回城，年轻人很快从集体狂欢的话语里走出来，面对个人事务：就业、爱情、家庭、信任、事业、前途，在大潮流里进行个体的选择。有人会走到生存矛盾的极端。上海回城青年王安忆写了一篇小说叫《本次列车终点》，敏感地反映回到上海的年轻人新的困惑：终点到了，起点在哪？

两位同学都姓曾。H同学年龄大，上学前当民办老师，已经是5个女儿的父亲。他已经超生好几个了。H的老婆再次怀孕，来信说，家里计划生育逼得紧，要不然就流产算了。H同学觉得已经在上大学，路子宽些了，得想想办法。他让同学帮联系湖南医学院附属医院，看看可不可以鉴别胎儿性别。如果是个男孩，就坚定地要下来。如果是女孩，就流产。半个多月后，长沙的消息来了，说是可以鉴别。H同学很兴奋，正在筹措去长沙的费用，他的老婆却从乡下写信来了。他得到此生最糟糕的消息：老婆迫于计划生育的压力，去流产了，流下来的是个男婴。他要了那么多孩子，就是在等待一个男孩子传宗接代，生了5个女儿也没等到。真怀上了男孩，却流掉了。H自此精神就有些恍惚，常常去窗边看远处的天空。

N给心仪的女同学送了封情书。女同学拒绝了，把情书退回来。这封情书被同宿舍同学发现，大家"奇文共欣赏"了一番，事情就朝不可挽回的方向发展。N十分害怕H汇报到老师那里去，因为H是副班长。N同学反复找H同学聊，希望他不要汇报到老师那里去。他怕老师处分或者开除。H同学反复告诉N同学，不会告诉老师，只是同宿舍同学在开玩笑。说得多了，H怀疑N会报复，因为N同学是新化县人。新化县是有名的武术之乡，传说厉害的会点穴，不用接触人体就会置人于死地。

于是，两个精神病人的对话开始了。

如果没人制止，他们能站着说上一整天。糟糕的是H和N还同一个宿舍。

班上同学的年龄差最多的是21岁，两代人的差距。应届生大约只占五分之一，年龄在15岁到17岁之间。真正和谐的宿舍，老三届同学是读书的表率，他们曾经以为再也没机会上大学了，现今上了大学，十分珍惜读书的时光。大同学的女儿也都有12岁或13岁了，读书做作业之余，就开玩笑在小同学中找女婿。有时大同学会以准岳父的口吻让小同学去食堂端早餐上来。"不去？那女儿就不许配给你了。"大同学威严地说。

H同学36岁，N同学26岁。两个相差10岁的同学将整个宿舍都弄得神经紧张了。这个宿舍很希望换出去一位，将两个人拉开距离，也许他们不面对面，冷静下来，情况就会好转。正好刘洪涛跟这个宿舍的同学玩得好。我们就把刘洪涛换过去，把H换进了422宿舍。我们不知道这是不是一个正确的决定，真诚而充满善意。

这是一段铭心刻骨的日子。我们把H接过来的时候，他情绪很好，一脸感激，但他仍然抑制不住要去找N，N也一样来找H。我们劝说无效。他们很清醒地告诉我："我俩有些事情没说清楚。我们得说清楚。这是我俩的事，不关你们的事。"

我们只是充满好奇：天啊，两个人是怎么样的状况才能这样对话呀！

我们小心地交换眼色，因为不知道说话会不会刺激H。我们给他打洗脸水、端馒头到宿舍来吃，生怕有什么招呼不到的地方。

在N吃了大量的安眠药自杀未遂的情况下，学校觉得不送医院不行了，首先将N送进了医院。422宿舍的全体同学，自觉分工，承担看护H同学的重要任务。老师特许我们可以缺课。我们轮班守候。H同学发现N不在，精神更加紧张，于是开始出走。我们得紧紧跟着，以免H走失。

H突然高喊一声"英明领袖华主席，我来了——"，夺路而逃，迅速跑下四楼。肖红星紧紧跟了出去，问H要去哪儿。H警惕地看看四周，小声对肖红星说："别跟着我，我自己会处理。"肖红星说："没关系，跟我说吧。同学们什么都可以帮忙的。"H凑到肖红星耳边说："有人要陷害我。我得去找英明领袖华主席。我得去赶今天的火车。我得去北京！晚了就赶不上了。"说完甩开腿就跑。这一趟一直追到深夜。在工业街、双清公园，追着追着H不见了，还下着冷雨。肖红星哭了。

第二晚我负责看守 H。H 微笑着说要去围墙外的戴家大队看电影。我就一步不离地陪着他看电影。看了十几分钟，他不看了，要回宿舍。我是巴不得啊！我心里害怕极了：要是他像头天那样走失，我到哪里去找他？肖红星比我对邵阳熟悉得多，都被他整哭了。我赶紧说："对对对，这电影一点也不好看，还是回宿舍好。还要做作业哩。"

我紧紧地挽住 H 的手，生怕一松手他就会突然走掉，又要坐火车上北京。

在学校围墙外有一个下坡处，没有路灯，黑暗且无人。H 用一种阴森森的口气问："维浩，你说我会不会杀人？"

我说："怎么可能啊？你说你等上大学等了那么多年。现在再读一年多就要毕业了。杀人干什么？杀人可是要偿命的呀。"

他说："那可不一定啊！有时人突然想起杀人，就把人杀了。你说我会不会杀你？"

我抓紧 H 的手，装作亲密无间的样子，十指紧扣。我试了试，H 的手很有力量。我害怕得快要哭了。但我不能哭。我说："不会。我们是同学。又同姓，多难得的关系！"

我这些话说给他听，也说给我自己听。好不容易盼到国家恢复高考制度，考上个大学，要是读着读着，被个患精神病的同学给掐死了，那可真是冤啊！那父母亲还不哭晕了去啊？弟弟妹妹们还指望着哥哥读完大学对他们有所帮助呀！他要是个坏人，我死了还算牺牲，可能还评得上烈士。可他是个患精神病的同学……天，他不能下手呀！我一边胡思乱想一边用力推着他上坡。200 米的路真是太漫长了。当把他推到学校围墙的豁口，望着男生宿舍的灯光时，我才长吁一口气：我不会被 H 掐死了。他只要一动手，我的呼救声能很快被宿舍里的同学听到。H 也不再威胁要杀死我。

在宿舍里，他用夸奖的口气告诉同学："曾维浩是个可信任的人，他经受住了严峻的考验。我威胁杀死他。他没有退缩。"

三十八年后，我回顾这一幕时想，那时的学校真淡定，要是我万一真被 H 掐死了呢？学校会担什么责任？校方为什么拖那么长时间才把 H 送到精神病医院去？

妻子听到我的疑惑，笑笑："那有什么？掐死了还不就掐死了！"

H 终于住进了精神病医院，我们轮流去陪护。H 的妻子也来了。打过镇静剂后，H 显得目光呆滞，看任何事物都一脸怀疑。

刚把 H 按在医院打针时，他激烈反抗："张书记，为什么要抓我来打针吃药？"

化学科党总支张书记严厉地说："你有病，知道吗？"

H 问："哦，我有病。张书记，我有什么病？"

张书记说："你有精神病。"

H 说："好吧，我有精神病。张书记，请问精神是什么？"

张书记一时没回过神来："精神是什么？你说。"

H 问："精神是不是思想？"

张书记说："嗯，是吧。"

本来躺着的 H 一翻身坐起来："那精神病就是思想病。你一个党总支书记不做我的思想工作，把我按倒在医院打针吃药。你失职呀！"

病室里去看望 H 的同学与张书记瞠目结舌。

邵阳精神病医院在远郊。一个病室四张床，甚至更多。多数病人已被注射过镇静剂，目光呆滞，偶尔放射出奇异的光芒。有病人被看护者拉着去食堂吃饭时，举着手里的碗高喊："打倒日本帝国主义！毛主席万岁！中国共产党万岁！万岁万岁万万岁！"一副被拉去刑场英勇就义的样子。有人则隔着病室对起了情歌。我第一次也是唯一的一次见到自发（非表演）的情歌对唱，就是在精神病医院。一男一女，我不知道他们来自哪里，此前是不是认识。歌词深黄，唱毕，男的探头往女的那边望，女的放声坏笑。

若干年后，我在南海之滨沐浴着暖湿的太平洋季风，读到米歇尔·福柯的"疯癫不是一种自然现象，而是一种文明产物。没有把这种现象说成疯癫并加以迫害的各种文化的历史，就不会有疯癫的历史"[①]，就心酸地想起 H，想起 H 与张书记的对话，想起与肖红星、刘健、刘欣、刘洪涛、谢太山、张华凤等室友轮流到精神病医院值班守护 H 的日子。

39 第一张选民证（学习民主认识权利）

18 岁，我被登记为选民。我的旧年日记里记着"获得了一张选民证"。快四十年了，我对这张选民证毫无印象。为此我找了许多同学求证。没有人对这张选民证有印象。我想那可能是一张油印的小纸片，人们从不认为它是重要的。（时至今天，居委会也会发放选民证。一张浅红的纸印着选举内容和注意事项，同样不贴相片。我们似乎也不太在意。）实际上，它却是我最早行使公民选举权的依据。

在学校食堂的门口，贴着关于选举邵阳市第八届人民代表大会代表的公告。

我刚刚从绥宁县和平中学实习回来不久。在邵阳师专，我只是学生。到这所中学实习，我走上讲台成为教师。这是一所离绥宁县城不远的中学，在一个山窝里，背靠陡峭的山，向前走 300 米就是巫水河。教室里是初中三年级的学生，比我小 3-4 岁。按年龄算他们只能是我的小弟弟小妹妹。但往讲台上一站，我就比他们长了一辈。在他们讨论作业时，我们讨论时政。每周只有两节课，其余时间，我们就在巫水岸边徜徉。巫水河穿县城而过，水面上有无数的木排，我总是想去划木排。"小小竹排江中游，巍巍青山两岸走"我以为唱的就是绥宁巫水河上的风景。在岸上散步时，我们学着吸烟。老师是可以吸烟的。甚至，吸着烟进教室的老师会被认为有一种特别的风度。

我当然不是因为上过讲台而成为选民。1978 年 3 月 5 日，在我紧

[①] 《疯癫与文明》，生活·读书·新知三联书店 1999 年 5 月北京第 1 版封底。

张学习准备高考时，中华人民共和国召开第五届全国人民代表大会第一次会议。这个会议的一个重要议程就是修改《中华人民共和国宪法》。这部《宪法》第三十五条规定："省、直辖市、县、设区的市的人民代表大会代表，由下一级的人民代表大会经过民主协商，无记名投票选举；不设区的市、市辖区、人民公社、镇的人民代表大会代表，由选民经过民主协商，无记名投票直接选举。"虽然仓促，但这部《宪法》对最简单粗暴的1975年《宪法》给予了大部分的"拨乱反正"。"无记名投票直接选举"基层人大代表，是这部《宪法》的亮点。多年后，它成为《中华人民共和国选举法》的第二条规定的一部分："不设区的市、市辖区、县、自治县、乡、民族乡、镇的人民代表大会的代表，由选民直接选举。"

我不太确定一个选民有什么样的权利和义务。学校推荐九三学社社员张玉玲老师为候选人。他在中文科教古代文学，60年代就是副教授。我入学时，他是整个学校专业技术职称最高的老师。为了弄清楚选民的意义，我与同宿舍的张华凤同学一起去拜访了张玉玲老师。他住在学校山坡上新建的教师宿舍里，三房一厅，客厅墙上挂了一幅国画。

我这个刚满18岁的选民，怀着些许激动，主动去跟候选人请教。结果张玉玲老师说来说去，并不太确定我这张选民证的重要意义。这让兴奋了老半天的我感到沮丧。我18岁了，我可以在您的选票上画圈同意或画叉不同意了，怎么会没有意义呢？

出门后我仍然对张老师的说法感到困惑：你候选人都这么说，万一所有选民都知道你的态度，不投票给你呢？那你就选不上了呀？中文科就有一位希望自己能被提名候选人的同学，对等额选举还是差额选举提出异议。

也许我想多了，张老师并不担心选不上，或者选不上他也无所谓。

很早参加男子汉会议，我对最基础的权利并不陌生。比如选生产队长，母亲不去现场时，就告诉我把一颗黄豆投进谁的碗里。生产队长从来不是任命，而是普选。我对候选人不了解。我投了票，万一他并不能代表我的意愿怎么办？在岩头江，我们熟悉自己选出的生产队长，了解他送粮时一担挑了 120 斤稻谷，犁田时赤着膀子干得又快又好。如果他不能及时吹哨子让队员们出工，我们可以去敲他的门："干吗还不吹哨子出工？你这队长还想不想当了？"没有一种民主比岩头江更彻底！

在邵阳市的相关表述里，这一年的选举十分重要："1980 年 12 月，邵阳市第八届人民代表大会第一次会议依法选举产生了邵阳市人大常委会，从此地方人大常委会开始设立，邵阳的政权建设和民主法制建设掀开了新的一页。"

我和同学们为"掀开新的一页"费了些力吗？

40 恋爱是个技术活

N 追求女生的行动失败了，并不妨碍别的同学追求异性，恋爱。

青年在校园，恋爱是必须的。无论什么年代，在大学不谈一场恋爱是很遗憾的事情。

与其获得一张选民证，还不如获得一封情书。我其实一直希望在 18 岁谈上一场恋爱。

18 岁，在中国人看来，是一个极其重要的时间节点。现在，我们给 18 岁的青年举行成人礼。中国有两句歌词："18 岁的哥哥坐在那小河边""18 岁的姑娘一朵花"，都把这个年龄看成了可以谈情说爱的年龄。1950 年颁布的《中华人民共和国婚姻法》第四条规定："男 20 岁，女 18 岁，始得结婚。"1980 年改为第五条规定"结婚年龄，男不得早于 22 周岁，女不得早于 20 周岁。晚婚晚育应予鼓励。"

在岩头江，婚嫁是没有恋爱过程的。人们相信恋爱是城里人的事情，这个过程多少显得有点冗长，没有效率。我从未见过男女接吻、拥抱、牵手，无论是夫妻还是男女朋友。岩头江也有吻，女性长辈会吻孩子的脸。在电影《甜蜜的事业》里我看到了男追女的镜头，那已经属于"惊艳"。恋爱，在乐曲里男追女跑，那是一件多么美好的事情！

邵阳不是岩头江，1980年也不是1970年。在印度电影《流浪者》里，我终于看到了青年男女亲吻、拥抱。这部拍摄于1954年的印度电影1955年就被介绍到中国，后来禁映。二十四年后解禁重新放映。"你是我的心，你是我心中的歌；快来吧，乘现在黑的夜还没散，你快快来呀我的爱……"歌词这样直白，比"亲爱的人儿携手前进"更进一步。

大同学有夫妻俩都在邵阳师专读书的，不止一对。每当吃饭的时候，妻子就端着从自己桌上分得的饭菜到丈夫的桌子旁来，用筷子拨一些菜和饭给丈夫。这一幕非常抢眼，令许多同学羡慕。有些同学带薪读书。从工厂考进来的同学，只要答应毕业后回到工厂去工作，就保留工资。男生宿舍二楼有个下乡知青，大约在乡村结了婚，考上大学有了别的打算。一个女人就由人陪着总是来找他。二楼这个宿舍闭门不让进。女人就在窗外的小水圳上跳着脚骂"陈世美"，骂到气愤处，到圳边捡起土坷垃砸窗玻璃。考上大学而抛弃乡下的妻子，用"陈世美"比喻是再恰当不过的。

20多岁的同学开始四面出击找女朋友。有人考虑得非常现实，一个在读大学生应该比一个乡村青年教师更好找女朋友。等毕业一分配，没准就到了个什么公社中学，周边连个吃"国家粮"的女性都没有。但是邵阳师专的女生太少。多年后，人们用"狼多肉少"来形容这样的校园生态。男生们把邵阳卫校作为重要目标。这所学校为邵阳市培养医生和护士。护士专业的女生尤多。而据说这些未来的护士不太愿意嫁给本校的男生。理由很简单，学医的都得过人体解剖学这一关。男生们学过人体解剖，对女性身体太了解。女生的身体对他们来说没神秘感，恋爱就没什么意思了。比如丰满的胸脯，是最彰显的女性性征，而卫校的男生因此联想到的可能是乳腺、乳晕、海绵体、结节，等等。丰富的生理解剖学知识会影响他们的审美感受。而邵阳师专的男生不懂这些，尤其是中文专业的，想到的可能是"春寒赐浴华清池，温泉水滑洗凝脂……春宵苦短日高起，从此君王不早朝"。直到今天，一位远在江苏常州有医学学历背景的女作家，在微信朋友圈里确认：学医的女生不愿找同行做男朋友。另外，邵阳师专是大专，卫校是中专，稍有点学历优势，算得上门当户对。更远的，跑到邵阳技工学校去找女朋友。

18岁给我一个姑娘，肤白、貌美、善良、纯洁，月亮一样的眼睛，柳叶一样的眉毛，步履轻盈，嗓音甜润，罗裙飘飘……如果真有这么一个姑娘向我迎面走来，那我……只会紧张，仓皇逃走。她的美貌会让我产生莫名的羞愧和局促。这样的状况我愿意归咎于此前中国的教育改革和动荡，在整个中学阶段，没有任何人给我讲过青春期的生理知识，当然更没有人告诉我要怎么面对异性怎样认识青春期的骚动。在中学，我和我的同学还可以在男生澡堂裸着身体，互相交流一点身体的变化，查看彼此的喉结和骨骼，小心翼翼地探询勃起的神秘意义。在大学，由于年龄差距太大，反而无法坦然地去交流关于身体的知识。大学不再开设生理常识课。我们宿舍原来没有已婚的同学，换过来的已婚的H从精神病医院出来仍然行动迟缓、目光凝滞。每当考试，我们就安排一位同学坐在他的身旁让他抄写答案，以方便他及时毕业。与供销社女售货员谈过一次恋爱的大龄同学X，只能谈到自己浅尝辄止的轻轻一吻。他多次陶醉地谈到这一吻。

我觉得没有更进一步的知识，便插话："你觉得她刷牙用的是中华牙膏还是白玉牙膏？"

X骄傲地说："她可是供销社的售货员，刷什么样的牙膏都可以的。"这样的回答令我失望至极！

青春，总有一段需要号叫。晚餐后，我们围着《中外抒情歌曲170首》逐个音符地熟悉，唱加拿大民歌《红河谷》："听说你就要离开村庄，要离开热爱你的姑娘。为什么不让她和你同去？为什么把她留在村庄上……走过来坐在我的身旁，不要离开得这样匆忙。要记住红河谷你的故乡，还有那热爱你的姑娘。"唱王洛宾搜集整理的新疆民歌《在那遥远的地方》："在那遥远的地方，有位好姑娘，人们走过她的帐房，都要回头留恋地张望……我愿做一只小羊，跟在她身旁，愿她用那细细的皮鞭，轻轻地抽打在我的身上。"爱情的歌可以缓释骚动的青春。没人有性经验，更谈不上体验虐恋。我们讨论为什么抽打在身上要用"细细的皮鞭"，结论是因为"粗粗的皮鞭"抽起来会很疼。可是不用皮鞭抽不更好吗？不行。你已经"做一只小羊"了呀。

唉，可怜的青春！

我偶尔会设想一下能不能邂逅一位1980级的女生。1979级还有往届大龄生，1980级就清一色是应届毕业生（当然还有复课考上的）了。然而要怎样才能产生邂逅呢？这远比解一道物理化学题困难。我缺乏爱和被爱的教育，这是致命的。爱，除了需要勇气和真诚，还需要能力和技术。

没错，恋爱是个技术活。

漂亮的学习委员与年轻俊朗的辅导员恋爱了。他们总是一脸幸福的样子。学校并不禁止恋爱。学校对校园爱情持开放的态度。我一直不明白N为什么怕同学汇报一封情书。N如果受过爱和被爱的教育，情况会怎么样呢？

六年后我在一个笔会上碰到一位中文专业的学兄，他的太太便是他当年的学妹。我一脸崇拜，虔诚地讨教："那时你是怎么学会恋爱的？"学兄稍加回忆说："我是在司汤达的小说《红与黑》里学到的。看电影的时候，我趁黑握住她的手。她并不挣脱，我就有了希望。"我想这可能是真实的。学校图书室的小说我从未借到过，只无可奈何地借阅《莎士比亚戏剧集》，以致在大学期间我读的文学作品比中学还少。许多经典文学作品里都有亲吻，但我没读到过。我读到的是："生存，还是毁灭？这是个问题。"

我一直希望快些毕业。大三的时候换了新的宿舍，我们从旧楼的422搬到了新楼的311。在新旧楼的西边，修建了一座厕所，四层，外面是连通新旧楼的走廊和洗漱槽。我们不用走下楼去上厕所或洗手洗脸了。在北面的山坡上，教师楼也修了起来，评上副教授和讲师的老师优先住进有客厅、厨房、厕所的套房。尽管客厅过小，格局未必十分合理，但中国人的居住条件已开始重大改变。

　　X 入校时已超过了法定结婚年龄，课余除了苦练小提琴协奏曲《梁山伯与祝英台》《沉思》，一直在找女朋友。他先是想与那位已回到邵阳北塔的女售货员重续旧情，走了两趟没什么结果。在实习时，X 又跟打钟的漂亮妹子好上，但那似乎谈不上什么恋爱的技术。一个打钟的漂亮妹子愿意被一个大学实习男生邀去散步，谈人生理想，讨论音乐。所谓恋爱，仅此而已。直到毕业前夕，X 才处了一个圆脸的技校女生。都在邵阳读书，毕业后都将回到洞口县。这是一次现实的恋爱。X 开始了每个周末的约会，算得上热恋。

　　有一天，X 揣着一张两米见方的塑料布回来，我发现塑料布上沾满泥土和草汁时，兴奋地追问："嘿，兄弟，你把她怎么了？"

　　X 幸福而诡秘地笑笑："没怎么，我们就坐在橘子园里的草地上聊天。"

　　"不是啊。不只是聊天吧？你老实交代！"

　　X 终于不无得意地抖抖那块塑料布："我把她那个了。"

　　刘健和我惊讶得瞪大了眼："你……你……真的把人家妹子那个了？"仿佛 X 犯下了什么滔天罪行。

　　在中国，现在有很多的词汇来代替"做爱"。1981 年关于这件事的词语相对贫乏。粗鲁的会说"我把她搞了"，文雅的会说"我们发生了关系"，羞涩的才用"我们那个了"。

　　X 慌张地扭过头去。X 这一年 27 岁了，他还是羞涩。

41 毕业歌

　　现在，无论是小学生还是中学生、大学生，毕业时都已不再唱那首老旧的《毕业歌》。由伟大的爱国作曲家聂耳作曲、田汉填词的《毕业歌》，是电影《桃李劫》的主题曲。

　　　　同学们，大家起来，担负起天下的兴亡。

听吧，满耳是大众的嗟伤；

看吧，一年年国土的沦丧。

我们是要选择战还是降？

我们要做主人去拼死在疆场。

我们不愿做奴隶而青云直上。

我们今天是桃李芬芳，

明天是社会的栋梁……

这首诞生于 1934 年的歌，是战斗的号角，无论曲还是词，都充满血性、充满激情、充满担当、充满伟大的牺牲精神。它与《马赛曲》《义勇军进行曲》异曲同工。在第二次世界大战期间，它不但适合中国学生唱，也适合法国、英国、俄国、捷克、波兰……所有被侵略国家的学生唱。它像法国作家都德的小说《最后一课》一样，为曾经被侮辱过的民族的学生喜爱。1981 年，我们毕业的时候，唱起它仍然热泪盈眶。如果国难当头，做一个民族主义者是自豪的。可是先烈们前辈们已经驱除了侵略者，"拼死在疆场"不再是毕业后的选项。

1981 年 3 月 20 日深夜，广播里传出消息：中国男子排球队在争夺世界杯排球赛亚洲区预赛的关键一战中，先输 2 局，奋起直追，扳回 3 局，以 3 比 2 战胜韩国队，取得参加世界杯排球赛的资格。北京大学的学生欢呼雀跃，11 座宿舍楼的 4000 多名学生不约而同拥出房门。在楼群间的空地上，欢呼声、口号声此起彼伏，一浪高过一浪。最后，他们游行喊出"团结起来，振兴中华"的口号。

无疑，人们把某种民族主义的热情移情到体育赛事。因为体育赛事体现拼搏，体现了对抗的力量。人们总觉得整个中国，自 1840 年鸦片战争以来，"输"得太多了。列强们都欺侮过中国。打开中国近代史的任何一章，你都会看到这个老大帝国不断地被迫签不平等条约，不断地在割地赔款。中国太需要"赢"了。

北京的学生肯定比我们有觉悟。据说，以培养优秀工程师著称的清华大学学生接过这口号一看，"振兴中华"不错，可谁来干？舍我其谁？务实的清华大学学生把口号改成"振兴中华，从我做起"。从某个角度，这个口号不经意间矫正了"主观为自己，客观为别人"，它用一种宏大叙事的方式遮蔽了个人主义。

临近毕业，"振兴中华，从我做起"走进我们的话语。在邵阳师专，它相对弱化。一所为地方培养中学教师的学校，不可能有北京大学、清华大学那样的气概和力量。当然，我们骨子里认同这个口号，"从我做起"，做一个桃李满天下的中学教师，上好每一节课，教好每一个学生，中国会因此而改变！这是无可置疑的。

在集体活动中，我们偶尔也会喊："振兴中华，从我做起！"

一首更柔和的《毕业歌》似乎更适合我们：

> 当那分手的时刻得来临
> 祖国在向儿女们召唤
> 我们告别亲爱的母校
> 奔赴塞北江南
> 每当我唱起这首歌
> 就想起同窗伙伴……

"奔赴塞北江南"？都有点高看自己了。我们毕业分配的方式简单明了：哪里来哪里去。各回各县，就播撒在邵阳（含娄底）这不到三万平方公里的土地上。

多数人没能收获爱情。工洛宾搜集整理的歌词炽热而昂扬："美丽的姑娘见过万万千，只有你呀最可爱。你像冲出那朝霞的太阳，无比新鲜哟，姑娘呀——"唱着唱着就泄气，有谁会见过"万万千"的美丽姑娘？那不是皇帝选宫女嘛。一个也没见着，不唱了，还是唱古老的苏格兰民歌《友谊地友天长》：

老朋友怎能忘记掉怎能不记心上？

老朋友怎能忘记掉那过去的好时光？

举杯同饮同声歌颂：友谊地久天长。

……

　　没有捕获爱情的，总还有学谊一说，这个歌合适。有同学毕业互相赠送礼物。三年相处，总有伤感的。清瘦的我在同学的笔记本上签字："人民大会堂见。"我在毕业那一刻迸发了继续奋斗的决心。当然，我不知道除了回武冈乡下教书，还能干点别的什么。见多识广的姜建新给了我一闷棍："人民大会堂见，那很简单啊。以后开放旅游，随便就进去了呀！"

　　当然，我至今也没进过人民大会堂。

　　离开邵阳的那一天，黄三畅所在的中文科先行放假了。我与数学科的邓立佳一同离开学校。三年下来，这个从邓家铺属下的水浸坪公社五七中学考进邵阳师专的同学，不但长高了个子，毕业前还当上了数学科团总支宣传委员。他比我小四个月。好些大同学三十多岁，论从事组织管理，有当过造反司令当过公社书记的，论文艺宣传，有直接从县级剧团或宣传队考上来的，演讲，组织活动，吹拉弹唱。应届毕业考上来的同学哪是大同学的对手？我至今不知道邓立佳是怎样获得那些大龄同学信任和支持的。

　　在托运走行李后，邓立佳带着我走进汽车站附近的一个巷子。

　　巷子里有他一位女同学，我们在她家里喝了粥。我打量着这位女同学，心里想：邓立佳比我强多了，还有女同学留吃饭哩。但似乎也没有什么离愁别恨什么的。我一直记得女同学是一个典型的邵阳妹子，圆脸，嘴角有一颗明显的痣。她一直微笑着，一脸善良，给了我们离开邵阳时最后的祝福。

　　我们相信：

再过二十年，

我们重相会，

伟大的祖国该有多么美！

天也新，地也新，

春光更明媚，

城市乡村处处增光辉。

啊，亲爱的朋友们，创造这奇迹要靠谁？

要靠我，要靠你，

要靠我们八十年代的新一辈！

……

42 回归自耕农

我忙着实习和选举时，岩头江完成"农村联产承包责任制"的改造。这个戴着意识形态帽子的长条词一直难以被农民记住。人们直接说"分田到户"，简洁明了。

农民不再挣生产队的工分，而是自主耕种所分得的土地，完全彻底地恢复了自耕农数千年来的光荣传统。只不过形式上，没有土地的所有权，只有土地的使用权。但农民实际上认为国家默认了他们的所有权。

我吃上国家粮，就丧失了分田分地的资格。家中按母亲、两个妹妹、弟弟四口人分得了土地。这是一些欢欣里不无艰难的选择。田土有好坏之分，好的能得水利之便。"水利是农业的命脉。"大妹妹去拣的阄，每次都拣到了靠水圳或离池塘最近的田，手气不错。

我回到岩头江，看到过去的那些田中间筑起一条条新的田埂。在田地里干活，不再是一拨人一群人，而是落寞的一个或两个人。干活以家庭为单位了，即便是需要人手收割，一边割稻一边脱粒，也只有三四个人在围着打谷机忙乎。

一条"毛马路"从钟桥、娄山下、岩头江、独石穿过。"毛马路"

就是马路坯子，它占有了成为路的土地，但填充砂石、平整路面的工作远未完成。这是中国交通发展的毛细血管，它像八年前的广播进村一样，昭示着国家的进步。岩头江的人们很庆幸在分田到户之前修了这条路，不需要调整田土的分割。

挂着铁皮拖斗，要用一个"与"字形的手动摇柄去发动柴油机的手扶拖拉机，试探着在"毛马路"上行驶。它吐着黑烟，发出很远就能听到的隆隆响声，以时速 20 公里的速度前进。这种景象在邓家铺的马路上早有了。同学们走路上学累了，有人会爬上它的拖斗"搭顺风车"，到学校附近，再从行驶中的拖拉机上跳下来。这是个非常危险的举动。在中国，每年都有许多年轻人死于这样的"跳车"。我曾经与同学爬过一次。当手扶拖拉机开过时，我学别的同学从路边去抓拖拉机的拖斗。司机加大了油门。我被拖斗甩到路边，一时天旋地转，手肘和膝盖都被擦伤，此后再也不敢爬拖拉机。

此时，拖拉机已可给岩头江拉煤。人们不再到 20 里外的王太原（王姓人家迁自山西太原，取村名纪念）去挑煤。几家人可以凑钱请拖拉机拉煤，回来后分。这同样是生活变得好起来的标志。肩挑近 200 斤的重担走 20 里山路是非常辛苦的！去王太原挑煤是岩头江最为繁重的体力劳动。

生产队形式的合作劳动瓦解后，亲戚之间的合作变得格外重要。此前是生产队的统筹安排，50 余亩水田、50 余亩土、50 余亩山林，从水田插秧到地里挖红薯，春夏秋冬，二十四节气，轻重缓急，主要由生产队长操心。生产队长的决策则来自绝对民主的男子汉会议。现在，每家每户都必须有人操心全套的农业生产流程，春种秋收。犁、耙、打谷机、风车、水车等稍大型的农具需要更多的互助合作。耕牛也不是每家都能养得起的。我家仅有不足两亩水田，分布在三个不同的地方，不足两亩土，也分布在三个不同的地方，山林则分布在两个地方。置上全套农具，一是原始投入会很大，不堪重负；二是这些农具用的时间很短，没有效率。所以母亲要与伯父及堂哥、舅舅们商量，各添置什么农具，在各个农时里怎样合作。

母亲好强，希望自己田地里产出的粮食比别人的更多更好，为此，全家人都得付出更大的努力。许多年以后，妹妹们回忆当时的生产劳动，仍心有余悸，觉得那超强的体力劳动让自己的身体受损。劳动不是愉快的，而是令人恐惧的。

我如果回到武冈五中教书，周末还可以帮助家里干些农活。这也许是母亲期盼的，却是我最不愿意的。这种两千多年前就有的劳作，需要支付过多的体力，但是我早已发现，它太没有效率，而且是不断重复，没有任何创造性。土地就那么多，我们想从那极有限的土地里多生产些粮食出来，几乎是妄想。你会感觉到土地很可怜：它实在是费了"洪荒之力"。收成与付出太不对等。

三十多年后，岩头江的人们撂荒60%的土地，可是却生活得更好了。

43 从岩头江到枫木岭（草根的失落）

1981年8月下旬，我挑着行李爬上枫木岭。

没有谈判与选择，没有合同，也没有聘书。我被分配。这是一种保障，也是一种制约。

我重复了父亲的路。只不过父亲是读了初中分配到小学教书，我是读了大专被分配到中学教书。我的档案在县教育局时，武冈五中也需要化学老师。我的母校很高兴地向县教育局要我回去教书。同时，学校正好需要一个年轻老师当团委书记，我是合适人选。我的行李早托运到五中了。父亲征求我的意见时，我坚定地拒绝了。我说出不愿意在父亲任职的学校工作的理由：我干得好，人家未必认可，以为是父亲的庇荫。我干得不好，那更不行。再说了，一个党支部书记，一个团委书记，也不能让我家父子俩包了呀。向来不多言的父亲认可我的理由，支持了我的想法。

19 岁，我已经像一个男子汉一样能给家中支撑了。

在离开岩头江之前，我帮着薅田。我郑重其事地提出让大妹妹像我一样跟着父亲去五中读书，希望她能获得像我一样的脱产读书条件。我强调："妹妹们跟我必须是平等的。"

妹妹在家中帮助干农活不会增产更多的粮食，但却可能让她失去读书的时间和机会。家中经济困难，我可以拿除生活开支后工资剩下的所有钱支持家里，给妹妹读书。由于母亲劳动好强，总是在怀孕期间不放弃参加劳动，流产的事件不断发生，以致妹妹们比我小很多，大致相差 5 岁一个。妹妹们总是只能看到我的背影。我上初中了，大妹妹才上小学。我大学毕业了，大妹妹才上了一年初中。小妹妹更是不到 10 岁。母亲身边没有劳动帮手，希望让大妹妹留在钟桥中学上学，可以做劳动帮手，还可以带弟弟。但在我的坚持下，母亲让步了。

19 岁，我迈出真正男子汉的一步，以自己的能力，为大妹妹争取了更好的读书条件。

以后，这样的努力伴随着我整个的青春岁月。现在，每当网络上出现关于"凤凰男"的相关争议，我总是不自觉地站在"凤凰男"的一边，就像村上春树在"以卵击石"的选项上站在"卵"的立场一样。当然，我可能不像某些网络上描述的"凤凰男"那么窘迫：父亲有份稳定的工作，有每月固定的收入，即便我不担负供养家庭的责任，生活也没有问题。但我希望每一个人过得更好。骨子里，我有时会与所有的"凤凰男"一样感觉到沉重、卑微、艰难。当然，我从不感到绝望。

真正的单位叫武冈县城东区中学，隶属于武冈县城东区，距县城 10 里，小地名叫托坪，处县城下游。资江穿过县城，顺流而下，至托坪是一片肥沃的田垄。枫木岭则是河岸边隆起的一个小山包。在山包上可以远远地眺望县城。这所学校历史远比武冈五中要短，因而在全县的中学排序中，从一中到十中，没它的份。

档案是关于个人身份的秘密文件，它载有我的相关信息。我至今未看到过。只有那些被官方授权管理人事的才能看到我的档案。此时，我的档案在县教育局里。这是一个烦琐的过程，我先到县教育局报到。由县教育局开出派遣单，转而到城东区机关报到，再持城东区委的派遣单到学校报到。我的户口被落在城东区中学的集体户口上。随户口迁来的，还有"粮食关系"——它确认我每月能购买28斤大米、2斤豆腐、3斤猪肉（或更多些）。

这一过程走完后，我就知道哪些地方的名单里有我，我归谁管了。

邵阳市的大多分配回了邵阳市，但有的被分配到工作轻松待遇好的工作单位，或者是有前程的地方，有的被分配到郊区。毕业分配，与平时的考试成绩有关，也与在学校的表现有关。分回武冈县，最好的当然是能分配到县城中学，其次的是分配到区一级的中学，再差的就会分配到公社中学。黄三畅因读书期间已发表文学作品若干，被武冈县作为县文化局的预备干部，先放到武冈二中。与我一同离开邵阳的邓立佳被分配到邓家铺公社中学——龙伏寺。他的父母是水浸坪公社中学老师，与我一样没有任何社会资源。我们读书期间全社会都还在喊"人才青黄不接"，仿佛喊着喊着就接上了，几年间人才就填充到各个岗位。临到我们毕业时，连县城的中学甚至区中学都没有进大学生的需求了。

离县城仅10里，城东区中学其实又是区一级中学里较好的地方，至少，可以到县城去看电影、看戏、买书，去县城的百货公司购物，到县城的裁缝店里缝衣服。

这是一所没有围墙的学校，建造在黄土的山包上。山上是零落的马尾松。也许此前这里曾长满了枫木，但我去时，枫木没有了，校舍的前前后后插了些白杨。正中心是两排坐北朝南的教室，每排四间，教室与教室之间，隔出两间小房子作教师的住房。南边靠马路的教室像是临时建筑。东边一排教师宿舍，窄逼而局促，屋前是泡桐。东北角的礼堂既是学生的食堂又是学校的会堂。学生吃饭还有水泥的小桌。教师们取了饭菜后，则一律蹲在屋檐下吃饭。三年后，学校做了几套桌椅，让教师们到礼堂的台子上坐着吃饭，大家觉得十分做作，很不习惯，依然回到屋檐下蹲着吃饭。

教室外的山坡上，是农民放牛的地方。那些水牛有时会扛着一对漂亮的牛角，张着一对牛眼来到教室门口，听了半分钟课后"哞"叫一声，发表自己的看法。

44 一个乡下教师的月度账单

我住进教室间隔出来的房子里，门向东，朝教室里开，进出都得穿过教室。房间约8平方米，学校提供一张床、一张书桌、一张方凳、一个火桶、一个洗脸盆架。我觉得不够，去总务处登记，借了两张课桌用于放书和餐具。教室在地面抹了石灰黄土砂浆，显得平坦整齐，但不知为什么，我的房里没有抹这种石灰砂浆，而是铺着红砖。宽大的玻璃窗向北，有足够的采光量，下面的三分之一装的是花玻璃，以免从外面一眼能看到我的眠床。杉木的窗框，室外部分漆的是砖红色，与红砖墙的颜色基本上保持了一致。靠室内的部分漆的是淡蓝色。这种颜色让人心情舒畅。与我一堵木板墙之隔的房间，住了校医。没什么隔音效果，我们可以隔着木板壁对话。他的妻子在另一个地方工作，我从未听到什么令人尴尬的声音。他总是盼着周末回到妻子那边去。大多数时候，我得把窗门打开，以方便空气流通。

枫木岭的学校把食物的程序改变了。在邵阳师专，我早上吃馒头、包子和粥，中晚餐吃饭。枫木岭教师食堂改成中餐吃包子或馒头，早晚餐吃米饭。请一个好的厨师，是食堂生活质量的重要保证。我进学校的时候，城东区中学教师食堂的厨艺美名远扬。厨师是一个退伍军人，在部队，他是炊事班的炊事员。

我的工资由教育局拨给学校财务。学校财务算好扣除的伙食费和其他费用后，将工资发给我。上中学时，我本来就吃教师食堂，非常熟悉这一切。只不过以前的伙食费从父亲的工资里支出，而现在，这份伙食费从我自己的工资里扣除。开教师全体会议时，校长提出8元、9元、

10 元的伙食标准，让教师们讨论。在邵阳师专，每个学生的伙食费都提到 14 元了。我赞成每月 10 元。年龄大的教师马上反对："这标准不能按年轻老师的想法定。你光棍一个，几十块钱的工资怎么吃都行。我们上有老下有小，哪能吃 10 元？"伙食费最后定到 9 元，平均每天 3 角钱。国家供应的牌价米是 0.138 元一斤，猪肉是 0.8 元一斤，白菜 0.02 元一斤。精打细算，日子还是可以的。

大专毕业的第一年，实习期（相当于试用期）每月 42 元，其中正式工资 37 元，物价补贴 5 元。一年后转正 52 元，正式工资 47 元，物价补贴 5 元。

工资结构是一个非常复杂的体系。我至今看着自己的工资单都会发呆，不知道各样名目为什么会那样。"物价补贴"是个很有意思的词，这个词里已隐含了中国的变化。

中国整个物价体系松动了！

1979 年，为提高农民种粮积极性，国家提高了农产品收购价格。此前很长一段时间，国家通过压低农产品价格支持城市工业发展。这次提高农产品收购价格是第一次利用价格杠杆，调整收入分配，提高农民收入。这个政策直接导致物价上涨。一年后，国家统计局发布了统计数字，1980 年，中国商品价格上涨了 6%。中华人民共和国成立后，物价几十年没有上涨过！这一年，城里的人们发现，牛奶价格涨了，但他们的工资也多起来，每个月少的涨了几块，多的涨了十几块钱。农产品价格上涨，带动城市消费品价格的上涨，城市居民受不了，国家只能给补贴、发奖金，提高工资。这增大了政府财政支出，政府出现财政赤字，只能增发货币，货币一多又出现了通胀。

面对突然的物价上涨，1981 年，政府紧急刹车，全面压缩计划外投资，借用地方财政存款，暂时冻结企业存在银行的自有资金、紧缩银行贷款，连续两次发文，要求各地调控物价，严禁议价。资料显示：当时的首都钢铁厂接到国家经贸委、财政部等八部委联合下发的通知，要求减产 36 万吨。国有经济在国民经济中的比重高达 90% 以上，国家行政命令式的调控手段，立即见效。物价在 1982 年，回落到原来水平。

每月 5 块钱的"物价补贴"，也许算是我的那块"石头"。

如果不受肉票的限制，我的工资足可以让母亲、两个妹妹、一个弟弟每天都吃上肉。每斤猪肉牌价 0.8 元，他们每天吃半斤肉，一个月只需 12 元，而我每月足可向家里提供 20 多元。每天吃上肉，是许多中国人梦寐以求的美好生活。0.138 元一斤的大米，我提供的钱可以让家人每月购买近 150 斤大米。乐观地计算，以我和父亲的工资，足可养家。母亲和妹妹、弟弟都不必去土地里从事繁重的体力劳动。

参军当一个排长的理想消失，上大学的梦想已实现。将母亲、妹妹、弟弟从繁重的农村体力劳动里解放出来，成为我一个小小的理想。我并不能改变大环境，改善弟弟妹妹的读书条件，让他们适应新的环境，是我能做到的。如果他们像我一样考上大学或者中等专业学校，就自然能按国家政策找到工作，吃上"国家粮"。这是一个朴素的愿望。往城市的通道打开，"吃国家粮"的大门也开多了一条让乡下人挤进去的缝。

实际上，有父亲的工资，有母亲带着妹妹在责任田土里辛勤劳作，家中并不需要我太多的供给。猪肉并不能放开买，改善生活还得靠家中养鸡养猪。令人欣慰的是不再"割资本主义尾巴"了，国家鼓励农民养殖。家里支出最大的一笔钱，是在我大学毕业前，为我买了一块 21 钻的"上海"牌手表。1981 年，售价 125 元，需要指标供应的"上海"牌手表仍然是普通百姓的奢侈品。邓家铺供销社分配来两块"上海"牌手表。时任供销社主任的二舅轻而易举地为外甥开了"后门"。这块表需要父亲两个月工资，我则要三个月的工资。这笔钱在当时的北京，可买到吴冠中的画或李可染的《万山红遍》。

双职工——夫妻俩都在学校教书或者吃"国家粮"的，相对有优越感。两个人都有工资，显然要比一个人有工资宽裕。他们的伙食费是另一种算法。周末自己开伙，课时不忙，他们就自己做饭。一房一厅，厨房在卧室的后面，非常拥挤，没有厕所。年长教师的工资可能是我的

1.5倍，即60多甚至超过70元。这是一笔令人羡慕的钱，如果这个家庭有责任田土，勤俭持家，每月可以存下50元，而30多元就可以买一个不错的收音机了，120元可以买一辆"飞鸽"牌自行车。

半年后，回家过年，我给家里带回了在县城的百货公司花35元购买的收音机。母亲和妹妹、弟弟十分高兴，一家人围着收音机转。灰蓝色的塑料外壳，可拉伸的锃亮的金属天线。它可能是岩头江的第一台收音机。我们曾经看到别人家有收音机，羡慕不已。它远比广播高级，在没有广播线的情况下，仍然能让人听得到远处的声音。在城市，它是电磁波的传播技术，在岩头江，它具有某种神性。除了带来远方的消息，它还终结了太阳影子估计的时间，用拉长的"嘀"音准确地报出北京时间。

我们用这个收音机收听春天的消息和祝福。

第二年，我用工资积攒下来的钱购买了一辆自行车。这是一个乡下人的重大收获。我进县城可以用自行车代步了。这段需要步行一个多小时的路程，骑自行车只需20分钟。此前的"永久"和"飞鸽"牌自行车，像"上海"牌手表一样需要凭票证购买。1983年，产自湖南株洲的"松鹤"牌自行车，成排地摆在百货公司，不需要票证，敞开供应。一时间，小县城满街都是"松鹤"牌自行车。它比"永久"和"飞鸽"更轻便，当然，也更便宜。

45 地窖里打狗（底层知识分子的真实生活）

入职的第一年，学校安排我教初中三年级两个班的化学，每周只六个课时。备课加实验准备用不了多少时间。15岁的中学生听19岁老师的课，似乎比年长老师的课要亲切。我并不能跟他们有更多的交流。大多数学生走读，从家中吃了早饭来，上完课回家，家中还有繁重的农活要干；部分学生住校寄宿。

适应教学后，我野心勃勃地展开新的计划。

　　我计划当一名伟大的教育家。我读过几册夸美纽斯、杜威、苏霍姆林斯基的教育学著作，又去找马卡连柯的《教育诗》读。这是一部用爱的教育来改造不良少年的纪实作品，我被深深感动。中国教育家陶行知先生的事迹一直激励我。教育能兴国吗？那是一定的。教育能改变人，改变个人命运，改变国家命运。我准备考教育学研究生，订阅了《教育研究》。这是中央教育科学研究所办的刊物，算得上权威。我自作聪明，预设了一个课题：地域人口的受教育程度与经济发展应该成正比例关系。最简单的是：如果某村的中学毕业生比例较高，那一定比另一个比例低的村经济发展得好。这是一个简单、可爱而愚蠢的想法，因为一个地方如果没有制度保障，没有别的资源和生产要素，即便让一批农学教授去，也整不出什么名堂来。可是我满怀热忱、天真地设计了一份调查卷，油印若干，寄给我的大学同学，让他们去给我调查中学生比例与经济收入的相关度。

　　学校图书室的图书少得可怜。但学生们忙于做作业，少有人看。我得以从容地阅读俄罗斯作家屠格涅夫的《猎人笔记》，英国作家萨克雷的《名利场》、法国作家小仲马的《茶花女》，等等。凡能借到的书，我都读，除了化学教学。所有图书室的书我都不停地读。奇怪的是这个学校里没有人与我一起分享文学名著，更没有人与我一起分享任何的阅读感受。我与化学老师交流教学，研讨相关题目。当我认真地去向语文老师讨教时，他会天然地认为我是属于化学的，十分警惕，不会来跟我讨论语文。他们教作文，自己从不写作，但会在一个语法复杂的句子上狠下功夫。阅读的贫乏让他们捉襟见肘，但是不适应教学的情况从来没出现过，因为他们的学生都来自农村，不可能有更多的阅读，没有人捉他们的"襟"。

　　这是中国底层知识分子的真实生活。多数老师除了原有的知识储备，手里有一本教材和一册只发给老师而不发给学生的教学参考书。我们凭这本教学参考书和所订阅的教学刊物"对付"学生。老师上课后，改作业，忙家务。如果有一方在农村务农，还得考虑当季农事，让他们进一步对教育学感兴趣是一件十分困难的事情。双职工都养着一两个孩子，自顾不暇，审美和情怀完全在生活之外。他们像我的父亲一样，总有一只脚深深地扎在泥土里。

老师们偶尔会找点乐子，那就是打狗吃。我害怕狗，它是人类的朋友，这没错，但它带有致命的狂犬病毒。在我分配到学校前，这里已有了打狗的传统。

在冬天某个夜里，我从被窝里被叫起来分享狗肉。学生们已经入睡了。我带了饭盆，就着月光穿过礼堂，来到厨房。七八个老师兴奋地围着灶台，锅里飘出狗肉的香味。人们相信，吃狗肉可以抗寒。这是一只来路不明的狗，有人观察了好几天，看到它总是来学校操场后的草地踱步。这天黄昏，几个老师设计把狗赶进了一个地窖里，然后不断向地窖里扔石头——可能像某些地方处死一个不贞洁的妇女那样。最后，在狗奄奄一息的时候，放下一架梯子，让一个老师下去挥棒干掉它。我不是一个狗道主义者，但这一过程的描述让我毛骨悚然。此后，我没再加入这个队伍。

只是偶尔打狗，老师们业余时间主要用来种菜，以补贴家用的不足。学校领导先召集老师们拣阄，然后按阄丈量好土地，把两座主教室之间的空地一小块一小块划分给老师种。这种方式跟农村生产队分田地区别不大。我自己并不开伙，种菜没有意义，就将菜地赠予另一位化学老师。上课期间，即便老师没有课，也不会到菜地里去。因为他在土地里的行动会影响学生的学习。每到下午放学后，就有老师在土地里忙乎。如果自己开伙，蔬菜基本上能自给自足。种菜既按季节也按爱好，上海青、白菜、萝卜、胡萝卜、菠菜、豆角、四季豆、辣椒、茄子、西红柿……琳琅满目，色彩非常丰富。在厕所粪池肥料充足的情况下，征得学校领导同意，每个老师可以去厕所舀两桶粪，用于菜地加肥。每当老师加肥，教室里就会飘来臭烘烘的气味，无计可消。学校通知老师们尽量在星期天浇粪，免得教室太臭。如果没有及时下一场雨，这些臭气会在教室间徘徊三五天。

我的窗前有一株弱小的法国梧桐，正在成长。我有时在树前读"梧桐更兼细雨，这次第，怎一个愁字了得"。大抵因为它会抢夺肥料，树周围就没人种菜，但是有人种下了鸡冠花。在教室南面的空地上，学校种上了紫茉莉、鸡冠花。紫茉莉早中期都像辣椒，鸡冠花早中期像苋菜（事实上它们都属苋科）。只有等它们都开花之后，区别才会彰显出来。

我希望到处种花。当然，这是一种"小资产阶级情调"的萌芽。我很警惕，但这种想法还是经常会冒出来。种花，还是种菜？这是个问题！

城东区中学的处境十分尴尬。在以高考升学率为标尺的教育体制里，它很绝望。县二中已恢复为省级重点中学，县一中为县属重点中学。所有初中毕业生考试后，都得由县二中先挑，挑完再由县一中挑，最后才能轮到其他中学录取。全中国所有的地方都是如此。这样的制度一直保持到今天。

教育领域正在改革。各级公社（乡）中学不再开办高中。区一级的中学才办高中。因为离县城近，即便是未被二中、一中录取的学生，也会想方设法到县城的三中、十中去上学。父亲的一位同事曾经愤慨地说："好的生源都由你挑。那你一中二中要百分之百的升上大学才算够格，而我们学校只要考上一个就得算超过了你。因为生源都是你挑剩的。"

事实上，城东区中学的初中生以考武冈二中、一中为目标。高中生升大学的可能性较小，多数学生只是来获得一张高中文凭。可贵的是，无论生源资质如何，老师们从来不放弃让学生考上大学的努力。他们不断地找模拟高考题，刻蜡纸，印试卷，不厌其烦地组织模拟考试。当有学生不堪考试，将一坨屎涂在班主任老师的门锁上时（我的窗隔着菜地正对着这扇门），这位老师潸然泪下："这是为什么？这是为什么？我为他们付出那么多，我牺牲了许多休息时间，星期天我都没回家，在刻模拟考试的蜡纸，可是他们一点儿也不领情。"

我暗自庆幸自己教的是初中，学生们目标明确。我一直想跟那位学生交流一下："为什么要给老师的门锁上涂一坨屎？能不能用别的方法告诉老师你厌恶考试？"可我始终没有去问。这得由那位班主任老师自己去问，我去问是犯忌的。

1983 年，矮个子的新校长来了。他充满活力，不甘心学校处于这样的地位。在县教育局的支持下，他把城东区中学改为武冈县的第一所农业职业中学。既然从一中到十中都排不上它，它就自己争了个第一。他让上级单位和全校师生领略了他的执行力：快速划定学校与周边村庄的边界，修筑围墙；在围墙内开垦出土地种上西瓜，在靠西的围墙边，修建了学校饲养场；他请来湖南农学院（湖南农业大学前身）的退休副教授给学生们上课……这一番令人眼花缭乱的改革后，就不断地有县教育局的官员来视察。因为在 1975 年看过颂扬共产主义劳动大学的电影《决裂》，我一直觉得这位校长曾受过这部电影的影响，想办一所劳动大学。恢复高考让他的理想破灭，而改普通高中为农业职业中学，让他的理想复活，抛开意识形态的剧变，劳动大学与农业职业中学一切技术性的操作都能巧妙地对接。关键是，学生们真能学到农业技术。

46 五更留郎

> 哦，时间；哦，人生；哦，世界；
> 我正登临你最后的梯阶，
> 战栗着回顾往昔立足的所在。
> 你青春的绚丽何时再来？
> 不再，哦，永远不再！

我在刊物上看到英国诗人雪莱的几句诗，便用毛笔抄写好，镶嵌在一个杉木的镜框里，挂在墙上。此前，许多老师房间仍然张贴领袖像，或者像教室里那样，选一张科学家的头像贴上。我则在自己房间放大一张自己的相片挂着。青春飞扬的个体意识替代了集体主义，我和我的同时代人已抛弃偶像。放大一张自己的相片可能是一种外在表现，雪莱的诗可以警示我不要浪费青春。

在"为赋新诗强说愁"的年纪，除了化学教学，我在秋雨里朗诵李清照的"梧桐更兼细雨，到黄昏，点点滴滴，这次第，怎一个愁字了得"。应景的是，我窗前的法国梧桐在秋雨里，叶子上确实滴滴答答。本来地盘不大的学校在秋雨里更加无处可去。我似乎更喜欢那些热血的诗，比如苏东坡的"大江东去，浪淘尽，千古风流人物"，李清照的"九万里风鹏正举，风且住，蓬舟吹取九州岛去"，岳飞的"三十功名尘与土，八千里路云和月。莫等闲，白了少年头，空悲切。"

几乎每一种心境每一种情景，都可以在中国古诗里找到对应的句子。

我应该找个女朋友，合适的话，到龄结婚。乡村教师，理想的生活就是双职工的生活，比如，到附近区医院找一个护士，到附近小学找一位师范毕业的女教师，或者，到坡下的区供销社找一位女售货员。这是务实的选择。但是，我确实来到一个"吃国家粮"的女性都很少的地方。因为接近县城，区属单位似乎不如邓家铺配置齐。邓家铺是六万人的政治、经济、文化中心，但城东区机关不是，它没有街道，医院规模也远不如邓家铺，因为人们有病可去县人民医院或中医院。我不知道在枫木岭附近，那些"吃国家粮"的未婚女性在哪儿。当然，如果我足够机灵，而且希望尽快找到女朋友，还可以骑自行车10分钟，到武冈师范的校园里去邂逅姑娘，她们是未来的小学教师。

比我早一年分配到枫木岭的邱少华，武冈师范毕业，教体育，高鼻梁，肤白。如果让他来模仿歌星费翔，完全不用化妆。教学之余，他不种菜也不读诗，只听音乐。学校有一架播放黑胶唱片的留声机，由他保管，因为他要在早上和课间播送广播体操音乐。周末，他会回到县城的家里去。学校老师一致推断，他不会在枫木岭附近找女朋友，应该回县城里找。当然，我也可以去县城找一个工人或饮食公司卖汤丸的姑娘。邱少华自己购置了一个收录机，金属色的外壳。他常常从县城翻录来最流行的歌曲听，我有时会去他那里听听时新的歌曲。

　　邱少华很快调去了县城的中学，没有体育教师，学校从县城请来一位代课老师教体育，20岁，高中毕业，漂亮的姑娘，脸圆，肤白，眼睛大。学校的黑胶唱片留声机当然就由她保管使用。她的一项重要工作就是每天按时播放广播体操乐曲。她弄来了一张湖南花鼓戏名曲的黑胶唱片，有《刘海砍樵》《打铜锣·补锅》，还有一首花鼓戏小调《五更留郎》，这是一首洋溢着荷尔蒙的男女对唱情歌：

　　　女：一更里留郎吃一杯茶，
　　　　　留哇留郎哥哇哥。
　　　男：留哇留郎妹哇妹。
　　　女：哥哇哥。
　　　男：妹哇妹。
　　　女：满哥哥头戴金盔。
　　　男：满妹妹下吊耳环。
　　　女：金盔。
　　　男：耳环。
　　　女：金盔耳环耳环金盔满哥哥呃。
　　　男：金盔耳环耳环金盔满妹妹呃。
　　　（女）哎！（男）哎！（女）哎！（男）哎！
　　　合：呃呀嗬衣呃，哪嗬衣嗬咳，
　　　　　香干子炒韭菜，哪嗬咳嗬咳
　　　　　……

　　中国古代把夜晚分成五个时段，用鼓打更报时，叫作五更。对应的时段：一更为夜7至9点；二更为夜9至11点；三更为11点至次日凌晨1点，所以有三更半夜之说；四更为凌晨1点至3点；五更为凌晨3点至5点。五更留郎，这是个什么概念？就是说在这首歌里，一个姑娘舍不得男朋友走，要留男朋友过夜。男朋友也不想走，忸忸怩怩，欲走还留。歌的唱词里没有亲吻和拥抱，尽唱肉身以外的物件，却件件附在肉身之上。从头上的金盔、耳环，再到衣襟、罗裙、布鞋。整个夜晚，他们都在互相打量彼此的衣饰。这是中国艺术的强项，点到为止。但是第一更里吃的晚饭有"香干子炒韭菜"，就藏了玄机。这是"留郎"的序幕。

这样的一首歌，不但年轻漂亮的女老师喜欢听，正在青春勃发期的20岁的男学生也喜欢听。平易近人的女老师很愿意让她的学生一起分享这首歌。要命的是，黑胶唱片里的歌，在学生晚自习时不能放太大声，否则会打扰学习。女老师和她的学生听时，只能压低声音。于是，听到紧要处，就变成暧昧的絮语或亲密的呢喃。听着听着，女老师终于按捺不住青春的骚动，将这首歌变成自己的情爱实践，她留下与她听歌的男学生在自己的房间过夜。春宵一刻值千金，对于年轻的女老师，这可能是一些美好的夜晚，听着经典的《五更留郎》，便留住了郎，心想事成。

但是出现了问题，女老师不太清楚学校有规定，这一规定是隐性的，不成文的，由一位据说年轻时有"男女作风"问题的老教师口授给我："但凡女学生来住处讨教问题，你一定得把门窗打开，让过路的人看得清你在给学生解答问题。"我一直遵守这个不成文的规定。女老师是代课老师，没人教她这样做。再则，规定主要针对男老师。直至现在，世界范围内男教师对女学生进行性骚扰乃至性侵的事件时有发生，但女老师对男学生的性骚扰或性侵十分罕见。她的宿舍在最靠西的教室里边。男学生在她处留宿，为遮人耳目，得先按睡觉铃声回到学生宿舍假装入睡，待其他同学酣然入梦，他才能蹑手蹑脚下床，走出学生宿舍，溜到吕老师的房间里去。尽管在年龄上，他们可以恋爱，甚至达到了法定婚龄，但是在身份上，中学不可能允许一个男学生与女老师恋爱。为了不被发现，男学生得在起床铃敲响之前回到学生宿舍。学生宿舍与教室一样大，上下铺睡了60个学生。

这样，一个本来平常的爱情故事变成了男学生与女老师的偷情与冒险。上床和下床都必须精心计算，克服重重困难，除了欲望，还需要勇气。

问题出在哪儿呢？常到女老师那里去听《五更留郎》的，不止一个男学生。女老师却只留了一个郎，很有点厚此薄彼，让另外两个男学生吃醋了。在那个男学生溜进女老师房间后，另外两个悄悄地起床跟踪。当然进不了门，他们就在窗外，耳贴窗缝，谛听里面的声音。枫木岭的夜很静，他们听出了每一个细节。

一个星期后，当初尝禁果的男学生抑制不住，再次悄悄起床溜到女老师的房间时，另外两个再次跟踪到窗口，听到关键处，一个守在窗前，另一个赶紧去敲学校党支部书记的门，谎称女老师房间着火了。书记听到汇报，又敲开了校长、教导主任、女生辅导员的门。他们形成一支小队伍，采取中国最传统的行动：捉奸。女生辅导员先敲开女老师的门。女老师冲门而出走向女厕所，然后在女厕所里哭泣。这是一个急中生智的选择。无论是校长还是吃醋的男学生，都不可能进入女厕所。只剩下女生辅导员与女老师一起沟通。男学生则仍然慌张地躺在女老师的床上，任怎么敲门都不开。

我在这个凌晨被惊醒。校长并没有让叫醒更多的人。我只是觉得出了什么事，有人声喧哗，但与我无关，没多久继续睡觉。事后，校长和女生辅导员在教师会议上小范围叙述了"捉奸"的过程和女老师男学生对事件发展的回顾。

这是一件轰动校园的事件。在整个事件中，没有人知道自己应该有什么样的权利。多年以后，每当回想起这个事件，我就在想，人们缺乏对个人权利的基本认识，无论是教育者还是受教育者，都不知道自己权利的边界在哪里。什么是私生活？什么是公共事务？另外两位男学生有没有权利在深夜去举报正在与女老师做爱的同学？校长有没有权利阻止他们做爱？当然，师生间的情爱，含有道德、伦理、威权的复杂因素，法律、纪律方面的量度，在全世界可能都是一个难题。

最后学校做出处理：劝退男学生，辞退女老师。

一周后我出学校，下坡去供销社购物，碰到女老师骑着自行车自县城向资江下游方向驰去。她认真地刹住车，跟我打招呼。

我问："去哪儿呀？"

她可能有意等着我问这么一句，爽声回答："我去他那里。"

不当代课老师了，她正待业，就是个热恋中的姑娘。她真的骑去了男学生家的方向。她大概希望我传达一个信息：她和他（男学生）是真的在恋爱，而不只是肉体上的偷欢。

47 慌乱的西装

第一次在县城的服装店里看到西装，我毫不犹豫地买了一套，45 元。售货员微胖，中年女性。她得意地告诉我，还得买一条领带，8 元。我很有点后悔，领带是多余的东西，还得花钱。衣裤加上领带，就是我一个月的工资。在我的生活观念里，服装就是穿来保暖的，领带却是无用的饰物。售货员一边对着衣架比画一边笑："没个领带，这衣服你怎么穿得出去？还不让人笑死？"

怕被人笑死，我只得买了领带，并让售货员教会我怎么系。

这是一套浅灰色单排扣的西装。回到学校，领带怎么也系不好。晚饭后，我在房间里继续研究系领带，一头大汗，还是不得要领。过去我连红领巾都没戴过。我觉得还得骑自行车去服装店一趟，让售货员再教一次。另一位年轻老师路过，看到我的西装两眼放光："我知道领带怎么打。有好几种打法的。"他热情地过来帮手，结果还是没打好。最后他肯定地说："老实说，我还真是练过的。"他既没西装也没领带，我怀疑："你怎么练的？"他说："杂志，对了。一本杂志。我给你去把那本杂志找来。"他迅速回宿舍，拿来一本《中国青年》杂志，找到打领带的分解动作图。他说："我就是没想好这领带怎么打，才犹豫着没买西装。你倒胆子大，让售货员教一回就敢穿西装了。"

当我穿上西装打上领带上课时，学生们一片惊讶。我对他们的惊讶装得若无其事，心里有几分浅薄的得意。我穿那些跟所有人一样的衣服穿得太久了。21岁的我并不想赶时髦，只是想获得一个跟别人穿得不一样的机会。我成功了！

这是枫木岭上出现的第一套西装。

此前，我一直穿着学生时代的衣服，蓝卡其布的中山装，或者咖啡色灯芯绒夹克。更早的时候，在岩头江，母亲那一代女性都会自己缝衣服，针线功夫是女人的基本功。人们大多穿自织棉布自己裁剪缝纫的衣服。凡工厂出产的机织布，人们都叫洋布。女装是偏襟衣，男装是对襟衣。衣扣都是用碎布拧条缝合而成。至20世纪70年代，祖母仍穿清代样式的偏襟长袍，宽大的衣襟超过膝盖。中青年则买了布找裁缝做。人们极少买成衣穿。

我有一双黑色皮鞋，需要不时地擦拭和上油。这是国家工作人员的标配。小时候，岩头江没有人穿皮鞋，只有从北京回来的大哥曾维锦穿回黑色皮鞋。看到他给鞋抹油，人们感到十分可笑：北京人从不洗鞋，只用黑油擦鞋面，鞋多臭啊！皮鞋很硬，初穿的两个月，多走几步脚上就会起泡，它没给我任何舒适的穿着体验，但吃国家粮的都这样穿。我去县城的服装店做过一条灰色喇叭裤。裁缝的针线偏斜，让我走起路来有点瘸的样子，弄得我十分恼火，协商几次，最后还是改不了。我就再也没去做过衣服。

冷不丁，这一回，我在枫木岭抢了个先，当上了时尚先生。

武冈县城原来连成衣都少，多是人们买了布到缝纫店去量体裁衣。成衣主要是棉毛衫、卫生衣、夹克。西装几乎是突然冒出来的。后来我知道，它得益于中共中央总书记胡耀邦的推广。西哲有言："风气是自上而下的，潮流是自下而上的。"资料介绍：1977年初，胡耀邦任中央党校副校长时，就开始带头穿西装。他是第一个穿西装的中共中央领导人。1982年，胡耀邦担任中共中央总书记以后，经常穿西装。他有意向全世界展示中国改革开放的形象。不久，时任纺织工业部部长的郝建秀抓住时机写信给轻工业部部长，建议鼓励国民穿西装、两用衫、裙子、旗袍等，借此丰富服装式样，美化人民生活。在胡耀邦等中央领导人频频穿西装和郝建秀以及轻工业部部长主张全国人民服装穿着多样化以后，"西装热"很快在全国自上而下地形成，并且渐渐取代传统的中山装，成为中国领导人和党政机关官员们的"正装"。

我只当了一个月的枫木岭时尚先生，新分配来的年轻老师便都穿上了西装。

此前，当一小部分人穿喇叭裤的时候，人们认定它为"奇装异服"。长头发、蛤蟆镜、喇叭裤，被认为是"问题青年"的标配。湖南省会长沙甚至发明了一种检验喇叭裤的标准，用一个瓶子从裤头往下放。瓶子能通过裤脚可穿。瓶子如果卡住，喇叭裤就会被剪开。这种行为得到基层组织街道办的支持，因为它可以矫正"资产阶级生活方式"，但喇叭裤顽强地坚持住了。女性穿的裤原是侧开拉链的，也是在这个时候，她们开始像男人一样穿起裆部拉链的裤子来。一位年轻老师说："这个不行。她们又不站着拉尿，为什么要在中间开拉链？"全社会一片惊讶：这是要性解放吗？女装裤拉链也在惊讶里坚持了裆部的位置。

人们曾经给服装赋予过多的意识形态色彩，这个时候，服装们一步步地回归生活本身。而当西装——这种源于日耳曼渔夫的敞胸服装由北京、上海、广州出发，风靡中国，直达枫木岭时，几乎没有受到任何抵挡。

48 存在主义在枫木岭（什么是人？）

存在主义和西装几乎同时抵达枫木岭。

我考教育学研究生的计划很快画上句号。在武冈县城书店，我买不到继续学习的书籍。与我一起驱赶狐狸的曾德林经艰苦复习，考上湖南水利学校大专班。我寄钱去长沙，开了些书籍的目录，请他利用星期天，到长沙的书店去查找，仍然买不到相关书籍。我只能到处乱读。我在一本《世界文学》杂志里读到萨特。在中国，已经有很多人在读萨特。但在枫木岭，没有人与我一起读萨特。我毕业早，既不够结婚年龄又没找女朋友，才有闲读哲学。在别人，生活比哲学重要，这是毫无疑问的。

在读到萨特的《存在主义是一种人道主义》之前，我从来不会去想：人是什么？或者说什么是人？我的亲人，我的学生，我的同事，都是人。这是一个不用解读不用阐释的词。读到"行动吧，在行动的过程中形成自己。人，除了是自己行动的结果，此外什么都不是"时，我被镇住了。这就是人啊！我怎么就从来没想过人是什么？没有人跟我讨论过什么是人。我在食堂打了饭菜，没再与其他老师蹲在屋檐下吃饭，回到房间，一边吃一边琢磨萨特的句子。真是太牛了！这个"不断地以个人名义和人们自由的名义向现代世界提出抗议，想恢复人的价值"的哲学家，还曾拒绝诺贝尔文学奖。我满怀敬意地用毛笔把句子抄下来，与雪莱的诗贴在同一镜框里。

我当然不知道，1955年9月，萨特和波伏娃来到中国，待了45天，登上天安门城楼观看过国庆大典。《人民日报》发表萨特撰写的《我对新中国的观感》："在中国，社会主义是一个生死存亡的问题……它或者灭亡，或者变成一个非常强大的国家。然而，只要看一看欢乐的青年和儿童，就会感到这个国家一定不会灭亡。"

中国正在发生深刻变化。如果有一位西方记者，跟随着西装与存在主义哲学由北京出发，跨越万水千山，一同抵达距北京3600里的枫木岭，发现一切都被枫木岭的年轻人毫不犹豫地接受时，他一定会发问："这说明了什么？中国人想干什么？"

此前我以为只有一种哲学。在政治课和哲学的问答题里，我反复背诵过那些题目：世界是物质的。物质是第一性的，精神是第二性的。唯物主义者的世界是一元论的世界。精神是物质作用的反射。笛卡尔的"我思故我在"被作为典型的唯心主义论断受到批判和嘲笑。在一本《通俗哲学》书里有一幅漫画，画的就是笛卡尔，两眼朝天，念着"我思故我在"向悬崖走去。对我来说，这幅漫画有无可置疑的说服力。你不思，悬崖也是一个客观存在。忽视它，你会掉下悬崖。但是萨特认为："作为出发点来说，更没有什么真理能比得上'我思故我在了'，因为它是意识本身找到的绝对真理。"

有分析认为：存在主义的产生与它所处时代的社会背景密不可分。第一次世界大战是欧洲资产阶级文明终结的开始。现代时期的到来，使人进入历史的非宗教阶段。此时，虽然人拥有前所未有的权利、科技、文明，他也同时发现自己无家可归。随着宗教这一包容一切的框架丧失，人不但变得一无所有，而且变成一个支离破碎的存在物。他没有了归属感，认为自己是这个人类社会中的"外人"，自己将自己异化。在他迫切需要一种理论来化解自己的异化感觉时，存在主义就应运而生了。

涌过来的不只是西装和存在主义，在武冈县城，得风气之先的人们已不再满足于找一份工作。他们可以设法给自己创造一份工作。有人开起了小餐馆，生意不大，但收入比去一个单位要强。有人在街边搭一个棚子，投资一台双盘录音机，专门给客人翻录流行歌曲。一盘正版原声磁带可能要3–5元，而他用空白磁带给我转录一盘只要1元5角钱。录音机转速很快地为客人翻录，喇叭里发出极其怪异的声音。录一盘赚5角，一天录10盘就能赚5元，一月就能挣150元，超过县委书记的工资。

中国一批优秀的年轻知识分子在北京策划了一套《走向未来》丛书，由四川人民出版社出版。1983年6月所撰写的献辞里，编者激情四溢："我们的时代是不寻常的。二十世纪科学技术革命正在迅速而又深刻地改变着人类的社会生活和生存方式。人们迫切地感到，必须严肃认真地对待一个富有挑战性的、变化万千的未来。正是在这种历史关头，中华民族开始了自己悠久历史中又一次真正的复兴。"

两年后当我陆陆续续读到这些书时，感觉正是为我编写的。

这套丛书的第一本是《人的发现》，介绍马丁·路德的宗教改革。

这套丛书的第二本书是《增长的极限》，第三本书是《激动人心的年代》。

周末，一群少年在黄土飞扬的球场打篮球，我穿着浅灰色西装坐在草地上，看存在主义，背景是马尾松、牧童和牛。这是 1983 年的中国乡村图景之一。

草地上，看存在主义，背景是马尾松、牧童和牛。这是 1983 年的中国乡村图景之一。

49 跟着黄三畅学写作

打钟并分送报刊、信件的收发员，是一位资深数学老师的妻子，学校的临时工，漂亮、热情而泼辣。有一天，她从县城回来，高声嚷："我倒要让他们看看，老师到底是不是小气！"原来她去县城买猪肉时，挑精拣肥，被摊主嫌弃，认为老师小气，是政治运动期间"打倒臭老九"的副产品。老师没地位，收入不高，在生活上精打细算。其实所有的人都精打细算，包括位居领导阶级的工人。但是老师有知识，精打细算可列公式，所以小气的帽子就安在老师头上。我们围着收发员听故事。她兴奋地说："我就是要挑猪前腿处的好肉。我揣着钱，你凭什么不让我挑？小气？我买肉付钱。你别想少我一丁点儿肉。我也不少你一分钱。凭什么说我小气？我不是没钱。我身上揣的钱就足够买下他摊子上那两头猪。他不信。我就拾元一张的票子一张一张地往那案板上摆。好多人来看热闹。平时没揣这么多钱。这回正好有五百多元钱在身上。"

这是听起来很解气的一个场景。我自己不做饭，只吃食堂。从她那里我才知道买肉不要票，卖肉的也未必是国营食品公司的职员了。似乎也是从她豪气地把钱摆在肉档开始，关于老师小气的说法慢慢消失。

收发员与数学老师的业余爱好是吵架。他们总是闹出很大的动静，先是高声对骂，接着摔筷子摔碗，直到让锅盖飞出门外。周末，他们就妇唱夫随地到县城去逛一趟：买碗。傍晚时分，夫妻双双把家还，十分恩爱的样子，足以让别人羡慕。

1984 年春节后，收发员把两张稿费单递给我的时候，特别强调了一句："曾老师，挣了不少钱，要请客呀。"我接过稿费单，一张来自湖南长沙八一路 302 号，一张来自湖南邵阳市文联。《湘江文学》发表了我的短篇小说《姜河小夜曲》，11000 字，99 元；邵阳文联的《新花》

发表了我的短篇小说《瑶妹》，9000字，72元，加在一起171元的稿费超过我三个月的工资之和。尽管三个月前我就接到了用稿通知，收到稿费单和样刊时，心里还是暖乎乎的。中国的变化出现在每一个细节上，没有人觉得我不该获得稿费。学校的每一个老师都祝福我："年轻人，希望你有一个更好的前程！"

1984年，我将过一个愉快的春节。

我无意成为一个作家。尽管那个年代，作家在人们心目中有不低的位置。但在中国，文学青年实在太多，我不太想去凑这个热闹。1981年的国庆节，有三天假期。我没回岩头江帮助家里劳动。10月已不是农忙的季节。学校教师食堂的厨师也放假了，要吃饭得凑合着与学生一起。我得找个地方走走。我用一个半小时的时间，从枫木岭步行到武冈二中。这所学校是武冈县最好的中学，也是父亲的母校。门口有石灰岩的溶洞法相岩，岩壁上凿有《金刚经》的偈语，有三棵参天古木，往里走，有中山堂。我曾希望分配到这所学校教书，但毕业时，武冈二中已不需要化学老师了。黄三畅曾经是县文化局局长的预备人选。可他考虑在学校更方便孩子读书，婉言谢绝了。这一天，他正在阅读邓星汉的小说习作。邓星汉是邓立佳的哥哥，邵阳师专化学科1977级的学长。我没有多看，只是怯怯地问黄三畅，可不可以给我也看一篇小说。我一直没有从事写作职业的打算，但没买到教育学的书籍，让我的时间无处打发精力无处发泄，就写了篇关于毕业分配的小说。我几乎是毫不费力地获得了黄三畅的激赏。这样的激赏对我来说意义重大，他已经在多家刊物上发表若干作品，一般的语文老师都会对他肃然起敬。他对我说："小说就应该是你这么写的。唉，我不知道我们那些中文系的同学都学了些什么。几年下来，写个什么东西都不行。"

接着，黄三畅老师帮助我把稿寄给四川成都的《青年作家》，并给一个直接与他联系的责任编辑田子镒写了推荐信。他已在这个刊物上发表过作品。当然，我的稿子被退了回来。我接着第二篇写了一个打钱鞭子要饭的人。这篇作品让黄三畅激动不已。他说小说就应该是这么写的。他与我一起分析主题、人物、情节、细节。分析了老半天，他觉得也没有什么主题，就是写人和人性。这是一些文学课本里的专用术语。我从来不了解，也没有听过任何文学教授的一节课。黄三畅肯定地说："不知道没关系。写吧，你肯定能写出点名堂来。"

他与县文化馆辅导老师周宜地交流后，又把我介绍给了周宜地老师。

从此，我有两个经常走动的地方，一个是县二中，一个是县文化馆。我有了一帮谈天说地讨论文学的师友：周宜地、黄三畅、邓星汉、张小牛……后来听一个学生说十中有个老师特别喜欢哲学，极有个性。等我想好了要去拜访时，人家已考上内蒙古师范大学的哲学研究生，远上呼和浩特读书去了。教育学是没有什么爱好者的，而文学，激发和温暖了很多人，让我们不至于在乡下感到失望和孤独。

在一个大变革的时代，许多人需要倾诉，许多人希望沟通，许多人愿意探讨，而报刊成为至关重要的公共平台。文学杂志超越了文学本身，每一家都有数十万甚至上百万的发行量，每一篇作品都会影响他人。

我无意当一个作家，这么说真是十分矫情。可是不写作，我又干什么呢？青春是拿来浪费的，是拿来消磨的。我不懂小说作法，只是学着把岩头江年轻人的内心冲突和愿望，编成故事寄给各地的文学刊物。

"沈从文才小学毕业，都成大师了。"黄三畅总是鼓励我。

分配在邓家铺公社中学的邓立佳与我频繁通信。我们像古代的好学者那样，在书信里探讨人生，分享阅读。书信里充满只有我们自己才能理解的喜悦、向往、愤慨、忧郁和砥砺。青春应该是有些忧郁的，我们都这么认为。我们正在认真地打量这个世界和自己的国家，并希望从书籍和杂志里找到解决人生困惑的办法。邓立佳在读歌德的《少年维特之烦恼》。二百一十年前的欧洲经典一样可以指导人生。这本书充满德国"狂飙突进"时代青年人的爱和恨，对美好生活的向往和对社会的控诉。维特是一个能诗善画、纯洁多情、热爱自然的青年。

也许，邓立佳很有点少年维特的处境。能诗善画、纯洁多情，也可以把这样的赞美用在他的身上。他写作并画一些素描，进一步展露行政才能，被选任为中学团委书记。

我与学校行政处于一种疏离状态。除了教学，与学生交流，不太在意学校的发展以及学校的评价。我教得不错。这所学校以前在全县统考中，初中化学成绩从来没有进入过前三十名。我任教的第一年，在全县统考中，化学获得了第六名的好成绩。我教得认真是肯定的。当然，也许我碰上了生源最好的一届学生。我试着给报纸和刊物写稿，我把化学教学中的心得写成小文章，寄给《中学生数理化》和《数理化月报》，很快就发表了。这些发行量不低的小报大多会支付 5–10 元的稿费。

50 在希望的田野上（感受时代的蓬勃生气）

这一年，武冈县的人民公社改为行政乡，生产大队改为行政村，生产队改为村民小组。

这个春节我回到岩头江时，发现一切正在变得越来越好。

曾德林快毕业了。此前，沉重的生活负担及学习压抑了他的生长。上了湖南水利学校大专班后，他每个学期回来，都要长高一截。快毕业时，他已经高出我半个头，长成 1 米 8 的男子汉。堂哥曾维务早已从湖南建筑材料学校毕业，分配在位于冷水江市的军区水泥厂。我们串门，围坐在柴灶边，听家里人讲一年的收成和来年的打算，也听曾德林从长沙的校园里、曾维务从冷水江的水泥厂里带回来的故事。维务哥似乎被水泥厂里的一位姑娘看上了。灶膛里闪烁的火光映红了我们青春的脸。山被分配到户后，砍柴就不需要集体安排。到春节，每家都留了最好的柴火过年。

我不好意思地告诉他们，我发表了小说。一个岩头江年轻人写的文章被印成了铅字，供全国许多人阅读，无论如何，这是件令人高兴的事情。

岩头江已处于有饭吃的状态，家景好的过些天也可以吃顿肉。乡政府的工作不再是政治运动，而是全力抓生产。上级给干部们分派指标，让他们帮助增加农民收入。上进心强的就开始想办法。上进心不强的用笔在纸上划拉。有人只是粗粗算个加法，将农户的谷物、红薯、豆类、蔬菜、猪、鸡、鸭等简单统计，折合成市场价格一算，任务就完成了。

这是一个春天，下着雨，课间，几个女学生在走廊上牵着手跳舞，唱一种节奏十分明快的歌。她们并不穿花衣裙，可是歌声足够让她们像花朵一样绽放。我去询问，这歌叫《外婆的澎湖湾》。"阳光，沙滩，海浪，仙人掌，还有一位老船长"，诗意而青春，明媚而缱绻。她们告诉我，现在正流行一批这样的歌曲。我在刊物上查找到了，这一批歌曲统称为"台湾校园歌曲"。

我曾经喊过"一定要解放台湾"的口号，也唱过"我站在海岸上，把祖国的台湾岛遥望。日月潭碧波在心中荡漾，阿里山林涛在耳边振响……"。在这个春天里，台湾骤然变得亲切、优雅、诗意……

这一年好听的歌不断出现。如果让我来选一首年度歌曲，1984年中国的年度歌曲是《在希望的田野上》。这首歌早就有了，但1984年，它作为中华人民共和国建国三十五周年的推荐歌曲在中央广播电台反复播放时，在枫木岭，我才能听到它。一位当班主任的语文老师最早注意到它，向我推介："喂，你注意到没有，现在广播里有一首《在希望的田野上》，非常好听。我已经在杂志上找到歌词和曲谱，正在教学生唱。我建议大家都唱。"我在学校图书室找到了这本杂志，词曲都是绿色油墨印刷的：

> 我们的家乡　在希望的田野上
> 炊烟在新建的住房上飘荡
> 小河在美丽的村庄旁流淌
> 一片冬麦　（那个）一片高粱
> 十里（哟）荷塘　十里果香
> 哎～咳哟～嗬　呀儿咿儿哟
> 咳！　我们世世代代在这田野上生活
> 为她富裕　为她兴旺

我们的理想　在希望的田野上

禾苗在农民的汗水里抽穗

牛羊在牧人的笛声中成长

西村纺花（那个）东岗撒网

北疆（哟）播种　南国打场

哎～　咳哟～嗬　呀儿咿儿哟

咳！　我们世世代代在这田野上劳动

为她打扮　为她梳妆

我们的未来　在希望的田野上

人们在明媚的阳光下生活

生活在人们的劳动中变样

老人们举杯（那个）孩子们欢笑

小伙儿（哟）弹琴　姑娘歌唱

哎～咳哟～嗬呀儿咿儿哟

咳！　我们世世代代在这田野上奋斗

为她幸福为她争光

为她幸福为她争——光——

51 自费旅游（改变生活观念）

我太向往远方了。读了三年邵阳师专，并没有消除我对远方的渴望。最远处我只到过的邵阳、新邵（刘健同学家），离岩头江不曾超过200里。在枫木岭，我又待了三年。

1984年，在中国，旅游还是个非常奢侈的词。我的周围，没有人出去旅游过。出过远门的人，要么是参加过大串联，要么是得到一个机会到某地出差。但是，报纸上已经出现了这个词。花一笔钱去游山玩水，在我所受的教育里，是十分可耻的事情。

我决定可耻一回！我是这个国家的公民，我想见识我的国家。这么朴素的愿望不能算可耻！我反复说服自己。

教科书里、文章里、歌里、诗词里，有许多形容、抒写国家地理的词句：大江南北、五湖四海、黄河远上白云间、芳草萋萋鹦鹉洲、惟见长江天际流、风吹草低见牛羊、大漠孤烟直、五岭逶迤腾细浪……她到底有多大有多美？在得知恢复高考的时候，我曾打开过中国地图，那时我以为可以振翅飞翔，结果三年后我又回到武冈，落脚枫木岭。

我22岁了，连火车都没坐过。

此前经济拮据，我把远行的欲望压住。收到稿费，我蠢蠢欲动。171元是个不小的数字，可买1239斤大米。这笔钱让我挺胸收腹，直视前路，顿生豪迈。我不断地说服自己：这是工资以外的收入。走，自费旅游，到远方去！

到处回荡着《在希望的田野上》，我总是感觉到起伏的麦苗、飞扬的绿风。睁眼是绿色，闭上眼还是绿色。

小说《1984》是英国左翼作家乔治·奥威尔于1949年出版的小说，经典的反乌托邦作品。奥威尔虚构了一个令人感到窒息和恐怖、以追逐权力为最终目标的极权主义社会，通过对这个社会中普通人生活的细致刻画，揭示任何形式下的极权主义必将导致悲剧。

中国1984年的情况似乎正好相反。这一年，中国开展城市经济体制改革试点。

在文化馆辅导文学创作的周宜地老师热烈地支持我的想法。我准备独自出门。他给我找到了一个旅伴，介绍我认识了一直想考当代文学研究生，各科都不错而英语总是过不了关的杨式仁。这是位好学之士，书生气十足，在邵阳的职工子弟学校教语文，大我15岁的样子。运动时期他曾到别的地方串联，算得上出过远门。他说杭州还有位大姐，可以顺便走走亲戚。这样，杭州算第一站，路线变得具体起来。

我的可耻不只是自费旅游，还有逃避回岩头江劳动。与我情况相同的所有青年教师都回家帮助"双抢"。我坚信回家"双抢"无助于改变母亲和妹妹、弟弟的境况，徒增疲劳。学校放假了，食堂厨师都回家"双抢"。我以改稿的借口赖着不走，用一个煤油炉子自己下面条吃。这种炉子是单身汉的标配，煮出来的食物总是有一股煤油味。

与周宜地到县委招待所看望邵阳市文联主席鲁之洛先生时，碰到高中同桌王瑞伟，他复课一年后考上湖南林业学校，毕业后分配在县林业局，被抽调到县政府搞区划。老同学好久不见，格外亲切，他留我在招待所吃饭。我意外地发现可以住在县委的招待所里，买餐票吃饭。这就解除了学校食堂不开伙的麻烦。他的房间里有四张床，同房间的都回乡下帮助"双抢"了，我就赖在县委招待所里修改我的小说。这是一种相当美好的体验，没有人管束，却有地方管吃管住。最后连王瑞伟也回家了。我以王瑞伟的名义去招待所购餐票，按时去食堂打饭吃。一个星期后，杨式仁约我先坐车到邵阳。

我们策划了路线：邵阳—杭州—上海—南京—九江（庐山）—南昌—长沙。我揣上了171元中的150元，15张拾元的钞票。杨式仁取了100多元。怕路上不安全，他借来一条内带长拉链的皮带，这是防小偷的。我们小心地把钱一张一张地折起来，塞进皮带里，再把皮带系在我的腰上。这使我想起"腰缠万贯"这个词。古代人是这样带银子上路的么？按计划，第一站，我们从邵阳出发，坐火车直接到杭州。

此前我没坐过火车，专门去邵阳市东郊看过一次火车。远远的一列火车在铁轨上缓缓蠕动，我感觉不到它有多壮观。杨式仁告诉我，火车上有厕所，有餐车，人那么多，就是一个小社会。邵阳是起点站。没有从邵阳出发的特快，只有普快和慢车。慢车从邵阳到长沙，335公里的路程要7个小时，每小时不足50公里。从邵阳到株洲，也得7个小时。

起点站有座位。黄昏，到株洲转车，一下车就看到所有的人匆匆忙忙，逃难一般。没有战争，也没有灾难，所有的人只是转车，换乘，从一列火车转到另一列火车，怎么会这样？我被人流裹挟，来到一个水槽旁。人们从背包里掏出毛巾洗脸、擦身子。空气里充斥着汗臭混合狐臭的气味。所有的人慌慌张张，一边洗脸一边张望着换乘的车有没有来。

我学着在水槽的龙头下接水洗脸。有人说杭州的车来了，大家来不及拧干毛巾，不顾一切挤上车去，没有座位，车厢里满满的都是人。杨式仁有经验，让我迅速确认一个到最近站下车的人，守在他的身边，等着他的位置。我问好了一位到鹰潭下车的人，然后守在他的身边等待。我以为鹰潭不远。

从株洲守到鹰潭，450公里，我可能站了8个多小时。到站的人下车了。我坐了下来，却不敢贸然离开去找杨式仁。好在杨式仁也找到了座位，他落定后再来找我。

坐上火车，我才明白刚才换乘的人们为什么那么紧张。人们得抓紧时间挤进去抢座位。如果不去抢座占座，得从株洲站到杭州，近900公里，每小时不到60公里的火车，哐当哐当地走，人会站到直不起腰来。不是礼节的问题，而是身体承受力的问题。人会彻底站垮，失去体面和尊严。但是坐下来，人们依然兴奋，互相亲切地交流。

普通人家，家里不会有电话，火车未必准点，接人极不方便。我们在杭州下车后，按着信封上的地址，坐公交车找到杨式仁莫干山路的大姐。在杭州，我们住在大姐家里，两房一厅的房子，她给我们在客厅里打了地铺。这是中国城市居民待客惯常的办法。在1984年的杭州莫干山路，有一套带厨房厕所的房子，已属相当不错。夏天，很热，我们很难入睡。过了一天，男主人让我们在一个招待所住下。原来那里有个会议，男主人是会务成员。有开会的人提前回去了，我们就去蹭住两天。

杭州在任何时候都游人如织。1984年，杭州市出行除了公共汽车，主要是坐一种淡绿色车身、帆布顶篷的机动交通工具，三个轮子，被戏称"乌龟车"。大姐让她刚上初中的女儿当导游，领着我们主要坐公共汽车。

这是中国旅游发育得最早最成熟的城市。据考证，杭州在唐代就收获许多赞美。宋代大诗人范成大在《吴郡志》中记载"谚曰：'天上天堂，地下苏杭。'"演变成"上有天堂，下有苏杭"将她的美丽定格。这句广告词至今天下无敌。此后有无数关于杭州的诗词歌赋。这一年中国将沿海十四个城市列为开放城市……杭州不沿海，并不在开放之列，依然有无数国内外游客慕名而来。西湖景区可能是当时管理得最好的城市局部。当我看到"平湖秋月""三潭映月""柳浪闻莺""断桥残雪"的景点命名时，对有文化的杭州肃然起敬。至今都很难找到一个湖泊拥有的人文能与西湖匹敌。

在上海，为了便宜，我们找到一家地下防空洞里的招待所。地下室很凉快，也很干爽。每个房间五张床，招待所都按床位卖，一张床每晚1.5 元。天南海北的人会住进同一房间。我们进去时，房间里已住了一个人。我们住下后，空两张床。地下室里非常静，它隔绝了城市喧嚣，也完全隔绝了人间气息。一熄灯，我就感到透不过气来。那种地底的黑，是一种没有任何光源，连衍射光都没有的黑，就像活着钻进了坟墓里。我跟杨式仁说："不行，熄了灯我睡不着，都打开灯睡吧。"杨式仁和同室客人有同感，都说开着灯睡觉好。我不知道上海这种防空洞是什么时候修好的，在"备战备荒为人民""深挖洞广积粮不称霸"的年代，这些防空洞用来干什么呢？

上海这一年被列为沿海开放城市，但文件刚宣布两个月，在一个柜台买糕点的时候，居然还要粮票。我排了十几分钟的队排到面前，身上没带粮票，非常尴尬。在湖南，很多地方已不需要粮票。我身后一位女性，好心地给二两粮票让我买到糕点，我礼貌地冲她感谢："谢谢阿姨！"我的这一声感谢里彻底暴露我乡下人的身份。我其实应该叫她大姐，一个女性肯定希望这样，事实上她可能不到 40 岁，叫她大姐应该更合适些。著名的南京路是让乡下人用脚步来量的，因为要看它的繁华，我不能坐车。可它的繁华远逊于我对它的想象，它显得窄长，但确实干净。我的中学课文里曾经有一篇《南京路上好八连》，说的就是驻上海的人民解放军战士如何拒腐蚀防演变的故事。走累了，我颓然坐在南京路的街沿上，仰望两侧并不算太高的楼宇，看不出楼里边会溢出什么样的腐蚀。

走前我没回岩头江，未能获得曾祥正的地址，到上海就没能去拜访他。他是唯一在大上海扎下根的岩头江人。

苏州河是浓稠的污黑色，散发着浓烈的工业废水和生活污水混合着的臭味，让人头晕。岩头江的水清澈见底，捧起来就可以喝。小鱼在溪里游来游去。然而，愿意住在苏州河边的人比愿意住在岩头江的人多得多。晚饭后，在著名的外滩，我看到了可怜的一幕：上海人没地方谈恋爱。一对一对的年轻人紧挤着坐在树下的水泥围子上。有人亲吻，而他们的身边坐满了人，没有隐私可言。此后我一直同情上海那些热恋中的年轻人，他们应该多有些地方去才好。可能会像他们同情我这个乡下人一样：应该生活在大地方才好。

在南京，杨式仁走累了，坐码头的台阶上等着。我坚持去了雨花台。然后，我们住到了南京长江大桥北端的一个酒店里。这是 1984 年自费旅游期间我住过的最贵的酒店，每个床位 3.5 元，两个人要 7 元。这是个双人房，我们终于可以不与陌生人同住了。可能少有人住，住进去时，里面有灰尘没打扫干净。就是在南京长江大桥北端的这个酒店里，晚上，我听到了人们的欢呼声，有人激动地踢倒了凳子。若干年后，我查阅当年，那一天是中国女排在美国洛杉矶夺得冠军的日子。《南京长江大桥》在我的课本里出现过。我背诵过这篇课文。"从桥的这一头走到那一头要一个多小时"的描述让我终生难忘。多长的桥啊！我很想体验一下从桥的这一头走到那一头到底要多长时间。

从课本里的中国到脚底下的中国，我真的想好好走走。

由南京去九江，我们按计划走水路，坐船，四等散席。还有五等的，我们斟酌着没有选择最低的。开始还考虑要不要买点饼干在船上充饥，买船票的时候，观察码头上那些船，发现都有餐厅。杨式仁和我都没坐过轮船。我在湘西坐过短途木排。我们以为最上面的一层是一等舱，往下是二等舱，四等舱肯定在最下面。因为最上面方便看风景。到船上才知道，我们在船的第三层，从上往下数是第二层，很方便看风景。也还有一个可睡觉的地方，是一个通铺的样子。这让我们非常高兴。

在九江，庐山是旅游热点，我们不敢住酒店，怕钱少了，结果一下船就被拉到最便宜的住宿处。这是学校教室改的。学生放假了，学校就将学生宿舍用于接待游客。床都是学生睡的上下铺，添张席子就行。一个房子里住约 60 人，不分男女老少。我睡了个下铺。半夜里，上铺大嫂一只脚耷拉下来，我被臭醒了。满屋子是汗臭味，是梦呓和鼾声。我只能躺着，静等着天亮。若干年后，我对庐山的含鄱口、五老峰、锦绣谷没什么印象了，只有住的这一夜无法忘记。

九江至南昌的火车有空调，得益于总有高级别的会议在庐山召开。

在南昌，我们睡在一个防空洞里。这个防空洞明显没有上海的防空洞打理得好。洞内潮湿得到处冒水，连床单都能拧出水来。

在外省晃荡了十来天后，我们终于到了长沙，住进一个有许多床的大棚里。因为钱少，一路上我们都只在小店吃碗面，馋得发慌。此前我没去过长沙，到长沙居然就有了回家的感觉。中国够大，当一个中国人到其他多个省份转一圈后，回到自己的省会就有回家的感觉。我兴冲冲地去八一路 302 号找潘吉光老师。他是《湘江文学》的编辑，武冈老乡。当他得知刘云老师编发了我的小说稿时，托周宜地向我约稿。我当时很惊讶：我写那么点东西，哪够条件约稿呀！我在武冈见过潘吉光老师。我和杨式仁没带任何礼物，敲门进了潘吉光老师的家。潘老师的妻子夏老师就下厨给我们做饭吃。

这是 20 世纪 80 年代一个文学编辑与一个业余文学作者的基本关系。发几篇作品，就可到文学刊物编辑家里蹭饭吃的全国各地都有。

这一顿真是香。吃好一顿才发现，除了在杭州大姐家吃了两顿好饭，后来我们几乎是一路半饿着的呀！我们怕钱不够，一路得省着花。

1984 年的自费旅游，路线是：邵阳—杭州—上海—南京—九江—南昌—长沙—邵阳；交通工具是：火车、汽车、轮船；住宿是：招待所；伙食是：大排档、小面馆。总计约 300 元的资金准备。一路上，我不断地把钱从皮带里抠出来，回到邵阳，身上还剩下 8 元。

江山如此多娇。我还想继续看。

第四章

52 坐拖拉机进县委大院

暑假归来，县委宣传部的覃卓副部长约见了我。

在县城，除了文化馆和图书馆，我不知道其他机构在什么位置。我从来没有走进过县委县政府大院。覃卓副部长是个一脸诚实的中年。说是约见，其实只是与我照个面。他主要的工作可能是到学校了解我的相关情况。

我不知道是谁决定要调我进县委宣传部，调动要一些什么样的手续。那些决定调动我的人，我一个也不认识。"我劝天公重抖擞，不拘一格降人才"，这是清代官员的一句诗，这个时候，官媒和官员们都会经常提起。

这是我人生的重大转机。在我受过的所有教育里，没有什么能教我抓住这个重大转机的知识，比如关于个人的展示，比如进一步的有效沟通。甚至，我说的邓家铺口音与县城的口音都有着很大的差别。

我冒昧地跑到县委宣传部的办公室打听，工作人员亲切地要我等待消息。他们都知道这件事，而且把我当未来的同事对待。但是，传说中的调令迟迟未来。枫木岭同事的眼神里，有要送别我的意思。我变得非常不安。过不久，说省里有通知，不让教育战线放人。因为许多行政部门从学校调人，造成了湖南教育战线人才流失。

湖南省作家协会在湘乡（清朝中兴大臣曾国藩的故乡）办一个笔会，通知我参加。学校将通知压下来，怕耽搁教学。我知道时，已经迟了一个星期。我还是坚持去了。我还从未参加过省里的笔会。在湘乡的县委招待所里，两个人一间房。我与零陵地区的杨克祥一个房间。他惊讶我的年轻，说我迟到一个多星期，笔会负责人、时任省作家协会副主席的刘勇还坚持留个床位等我。我到底是个什么人物？到会一看，不就是个清瘦的毛头小子吗？我也不急，跟大家打过招呼，铺开稿子直接就写起了小说。他偶尔瞟一眼，很是通畅可读，便不惜把许多赞美送给我。

在湘乡，写作之余，杨克祥教我们跳交谊舞。他已是舞林高手，能踮着脚尖旋转。知道全社会已经开始流行交谊舞，热爱生活的中国人其实从来不拒绝舞蹈。在邵阳师专上学时，学校就有同学试探着跳拉手舞。那是一种男女集体舞，没有成对的男女相抱。

回到学校，从县城来的女学生也开始学跳交谊舞了。在课间，女同学自己跳，略带羞涩却又有点儿炫耀，没有男同学做伴。当她们听说我到外县开会，学了一种叫十四步的交谊舞时，大胆地邀我跳舞。没有音乐，其他女同学围着数一二三四。我左手端着女学生的右手，右手搂着女学生的腰，手心里直冒汗，眼睛不知道看哪里。女学生则看着脚尖。

现在，这样的舞成了中国大妈的广场舞，当然，那些比我仅小三五岁的女学生都成了大妈。

我决定用一种愉快的心情等待调动。直到1985年春节后，仍然没有消息。我除了表达不安，还表达了不信任："原来说调我，是不是假的呀？"

宣传部的准同事很惊讶："小曾，可千万别这么说话。部长们为你的调动可没少费心。若教育局能放人就没问题。"

教育局的人事股拒绝放人。我一直以为宣传部比教育局大，部长是常委，调人不难，到这时才明白凡是体制里的人，有个地方需要的时候，还需要另外一个单位放。我连体制的基本运行都不懂。春节后，我向教育局摊牌："如果不再放我离开，我将放弃教职，去流浪。"我现在都感到奇怪，没有一位长者向我指出此举的风险。只有我的父亲一直给我写信，每一封信都让我安心教育事业，教好书是一门学问，而且一辈子都需要学习，不断进步。我瞒着父母做一些不靠谱的计划。我想两篇小说都相当于三个月的工资了，自己完全可以卖文为生。发表八篇小说，就相当于全年的工资了呀。不上班多自由！

远在长沙的潘吉光先生，这位与我父亲同龄的长者支持我流浪。就他的目光所及，有个性敢冒险的年轻人太少了。他大方地来信："到长沙来，没饭吃的时候我管饭。"永州的新朋友杨克祥来信："能流浪真好。维浩，你要是流浪，就把到永州作为第一站。我带你去见识瑶族自治县的文艺女青年。你会有崇拜者的。"

发表了两篇小说，我被长辈、朋友们宠坏了！在得到他们确认回信支持后，我接到县教育局人事股股长的电话。这是一位我一直没见过的女性，叫我小曾。我让她别操我的心，不用管我了。她很奇怪："你是国家培育的大学生。是在编的正式老师，怎么能不管你呢？"我在电话里认真地说："其实呀，你们和我是一种雇佣关系。你们代表国家雇佣我，让我完成相应的教学任务，遵守学校的各种规章制度。出门半天要请假，而我获得的是每月五十多块钱的工资，假如我要是不在乎这五十多块钱了呢？你就管不了我。"她被我的话惊得半天没回过神来："小曾，你这是……怎么说话的？这个……你还要不要前途？"我说："现在，我自己做主：不卖了！如果我连工资都不要了。我还要什么那个前途？"

我想清楚了，即便流浪失败，即便不能卖文为生，我仍然可以找一个地方去教化学。我坚信自己受学生欢迎。我能流利地背诵《元素周期表》，我能一口气把金属、非金属、氧化物、酸、碱、盐的定义以及它们间的关系说清楚……

然后，我罢了一周的课。我离开学校去邵阳转悠两天。我与学校和教育局僵持起来。突然有一天，校长通知我，教育局同意我调出了，通知我去开介绍信。谢天谢地，我没有干出更过分的事儿来。所谓少年轻狂，大抵不过如此。三十多年后，回想当时的情景，居然没人管我。我应该向学生和家长深深致歉。一个星期不上课，是严重的教学事故。学校和教育局可以处分我。但这一切都没有发生，也许，从来不会有人想到去开除一个即将调往县委宣传部的年轻人。

这一年3月，初一的班主任张先明老师（任教语文）帮我从托坪村租来一台手扶拖拉机。我和我的行李一起坐进拖拉机里。机头的柴油机突突冒着黑烟。张先明老师带着我的初一学生排着队送行，并为我放了一挂很长的鞭炮，表示欢送。三十五年过去了，这是迄今欢送我最大的一支队伍。

离开枫木岭，不到20分钟，拖拉机直开进县委大院，抵达最后一排房子。

我将住在这里，学习当一个县委干部。

53 两千年的城池

武冈人引以为自豪的是，县城曾经有两百多年的"王城"史。

这里是60万人的政治、经济、文化中心。岩头江、邓家铺的人们总是会仰望它。岩头江的前辈称这地方为"州里"。

据1981年出版的《湖南省志》载："长沙近郊出土有西汉'武冈长印'石印一枚。汉大县称'令'，小县称'长'。"此印可证明，西汉文、景帝年间（公元前179—公元前141年）置武冈县，隶属长沙郡。当然，是个小县。

汉武帝元朔五年（公元前124年）封长沙定王之子刘遂为都梁侯国敬侯，侯址设在武冈县七里桥，世袭131年。于是，它大了起来。

汉武帝元鼎六年（公元前111年）改武冈县为都梁县，隶属零陵郡。

三国吴宝鼎元年（公元266年）复名武冈县，隶属昭陵郡。

晋元帝建武元年（公元317年）封王导为武冈侯。

……

明洪武元年（公元1368年）改武冈路为武冈府，领属不变。洪武九年（公元 1376 年）改武冈府为武冈州，辖新宁县，属宝庆府。明成祖永乐二十一年（公元 1423 年）十月，朱元璋第十八子岷王朱楩从云南改封武冈州城，建王邸，世袭 14 代，历时 232 年。这期间，他修建了武冈城墙，引资江水环城修起护城河。

清顺治四年（公元 1647 年）四月，南明桂王朱由榔建立永历王朝后迁武冈，以岷王府为王宫，改武冈州为奉天府；八月，永历帝败走黔滇，武冈复为州。

民国元年（公元 1912 年），武冈知州公署改为武冈州行政厅。中华民国二年九月，武冈州改为武冈县，隶属湘江道，后废道直属湖南省。

中华人民共和国成立时，武冈县隶属邵阳专员公署。

这一长列有文字可查的编年史，令人眼花缭乱，更令人肃然起敬，足以让才两百多年建国史的美国人吃惊。

县城不大，但它有两千多年完整的历史（七里桥曾逸出县城，现在又成为武冈市城区的一部分），这是世界许多历史文化名城所没有的。城西面的门有两道，一道叫旱西门，一道叫水西门，听听就有气派。南城门是一个石灰石砌成的门洞。城墙上的牌楼叫宣风楼。这道城墙与北方的长城一样，用于抵御敌人。明朝皇帝喜欢修城墙。闻名世界的万里长城，最早秦始皇修筑时，都是就地取石，修城墙的工艺比较原始。到明朝，为了对付北方民族的入侵，皇帝重修了长城。中国现存各处砖砌的城墙，有城堞、墙头堡，都是明代的手艺。北京的八达岭、承德的金山岭都是。西安、南京、长沙都有城墙的遗址。武冈较完整的城墙建于明代，选择了坚实的青条石。据说用这种材料建的城墙，独一无二。武冈县城的人们一直为此自豪。到武冈任职的书记、市长，若就职半年还不了解县城的历史，便会被武冈人怀疑和嘲笑。

武冈是湘西南的战略要地，过城步县便到广西地界了。

县城总人口两万。县城里的人们最有优越感。他们直接与乡下农民对比，拥有更多的信息。他们享受着城市文明带来的便利，有图书馆、体育馆（尽管体育馆设施简陋得惊人，只有一个水泥台阶的灯光篮球场），有电影院、书店。

人们将原来的文庙（供奉孔子的地方）改为图书馆，并确信门外的两棵银杏树系晋代大诗人陶渊明的曾祖父所植。陶渊明的曾祖父陶侃曾经当过"武冈令"。陶侃本人就是一个牛人，因为建立赫赫功勋被封为长沙郡公，在唐代被列入六十四名将之一，入祠享受国家祭祀。当然，他的曾孙更因为"不为五斗米折腰"，辞官归隐田园，"采菊东篱下，悠然见南山"，在中国文学史上特别有名。

武冈人还热情洋溢地把另一伟大诗人屈原拉了进来，认为曾经有的县名都梁，源于屈原不朽诗篇《九歌》里写过的一种带香味的草。有人认为屈原从流放地经武陵山、雪峰山至武冈，再从资江到洞庭湖、到汨罗投江。北魏地理学家郦道元、唐代杰出文学家韩愈、柳宗元，北宋改革家王安石，南宋悲情诗人文天祥等众多名家的诗或文章里都写到过武冈。

直到我离开这座城池，我一直没弄清它的基本结构。

54 县委大院

县委大院建在一个小山坡上。中国人把房屋多、进深大的院落都叫大院。

县委大院西边一墙之隔是县人民武装部，民国时期的县政府建筑，墙上仍有民国石灰，木地板也是民国的。东边是县委招待所，由原来的地方干部学校改成，用于接待各种会议、培训人员。北边是山的另一面，一条新马路挖断了山背，裸露出土来，这一块没有什么建筑。门口是县灯光球场、体育运动场。灯光球场是20世纪70年代修建的。县城的人们为此骄傲了一段时间。它是个不小的工程，四面有看台，顶上的电灯，夜里可照得整个篮球场像白天一样，可以进行篮球比赛。坡下是武陵井。这是一口有若干年历史的井，号称"湖南二十八古井之一"。井边发生过无数的故事。鲁之洛先生回忆1949年前的武陵井一带："那里尽是'堂班'。"①"堂班"便是"窑子"，小型的妓院。县委大院出门，只能往东走，前面没路，西边能走几步，过武装部门口再往西，就是村庄了。东南面两百米处，是老南门城洞。

县委大院正南面有两道门，一道是实木板的门，平时都开着，夜晚才关上，一道是木栅栏的门，平时关着，只开了一道门中门，供人进出。两道门都被漆成绿色。只有汽车进出的时候，木栅栏才打开。车辆不多，那栅栏仿佛也不是要拦着什么车辆，而是一个必要的仪式。门卫严肃地守着大门，一般人不让进去。但似乎不需要什么证件，谁能进谁不能进，全凭门卫的印象。门卫似乎受过什么培训，一眼就能分辨出好人坏人。

这里工作着200多人，管理着60万人口，1549平方公里的土地。

进门是两排松柏。松柏边是橘子园。一个小斜坡上去，红砖灰瓦的楼，木地板刷着光亮的红漆。在这栋建于20世纪50年代的楼里办公的是县委组织部、宣传部、人事局、团委、妇联。我的办公室在这栋楼的二楼正中间。部长是县委常委，他有一个小单间。中间是一个大房间，放着我们的办公桌、文件柜、报刊夹和开水瓶。

皮鞋踏在楼板上，总会发出笃笃的响声，因而在这个楼里办公，第一要学会的是脚步。落脚不能太重，否则会影响别人上班。

县政府在东面的一栋红砖新楼里，建于20世纪70年代末期，全是水泥和预制板构成。

进门的右边，一栋老式的木板房是食堂。较我所在的城东区中学稍好的是，食堂里有供吃饭的桌子，但似乎没有足够的长凳，仍然有很多干部并不坐在桌子旁吃饭，而是端着饭碗，将一只脚踩在桌子的横枋上，手端着饭碗，菜放在桌子上。食堂估摸着做饭，不再像在荆竹区委那样，先挂一张餐票预订。这当然方便了吃饭的干部，但也产生一个问题，晚去了可能当天的饭又做得不够。

① 《小城旧韵》，上海文艺出版社2006年8月第1版第60页。

过这栋楼，再往上，是一排平房，县委办公室、政策研究室、县委统战部、对台办、政协在这一排房子里上班。屋外有橙子、枇杷树。平房后穿过几棵橘子树，就是一栋建于20世纪50年代的两层楼的苏式建筑，这里设书记办公室、机要室、第二会议室。

因为这栋楼是县最高领导的办公场所，人相对少，格外安静。我从来不随便去这栋楼。从楼下过的时候，会听到机要室的传真机嗞嗞的声音。这些传真件，多数干部是看不到的，稍显得有点神秘。

55 学习当一个县委干部

从踏进县委大院那一天起，我有幸成为国家管理队伍中的一员。

一个县委宣传部的干部与中学老师的工作有很大不同。学校有固定排课，课前需要备课，课后需要改作业，然后根据作业情况答疑解惑。而在机关，没有这样固定的工作任务。根据各时期布置的中心工作和零散的会议，按办公室的安排做事。可它也不像生产队那样由生产队长安排出工。

没有任何机关工作的培训，没有工作规程。刚进宣传部的时候，我每天早饭后，8点钟前到办公室，烧开水、扫地，喝茶、看报纸，等待办公室安排工作。我很少能见到部长。他是县委常委，很忙，要么到邵阳或长沙开会去了，要么到乡镇开会去了。即便在武冈县城，他可能也在开会。他到办公室坐一坐，都是行色匆匆。全县60多万人口，县委常委只有9人。在武冈县，他们在金字塔的顶端。

我问学长肖体刚："怎么老见不着部长。"

肖体刚认真地说："部长不可能天天在办公室。他呀，多半时间在会议的主席台上。"

并不是所有的人都适合当官。

两年前按民主党派、大学文凭、中级以上职称等严苛条件，选任一位姓谢的副县长。这谢副县长是人民医院的主治医生，当人民医院的副院长才两年。在医院当副院长照样给病人看病，没有问题。当副县长就让他不知所措了。他提着个公文包到大院里来上班，可不知道要干什么，每天都会问县政府办公室高主任："高主任，我今天做什么？"

高主任就说："谢县长，今天有个会，您得去参加一下。"

谢副县长说："好，好，我去，我去。"就高兴地开会去了。

过了几天，谢副县长大概觉得当副县长主要就是开会，于是每天上班改问："高主任，今天我开不开会？"

有时确实没会，高主任就说："谢县长，今天您不用开会。"

谢副县长说："哦，没会啊，没会那我就回去了。"他干脆拎着个公文包回了家。

有一天，高主任吩咐："谢县长，今天县政府主要领导分片下各区检查工作。您去龙江区。"谢副县长那个高兴呀，忙说："好好好，我去我去。可是……我怎么去？"哭笑不得的高主任只好说："有车，司机会送你去的。办公室也派个人跟着您去。"

县委办公室的人告诉我时，我还真不太相信。他们说不信你可以去看看。我倒是一直想去看看这个可爱的副县长。可一直就碰不上。坚持了没多久，谢副县长终于忍无可忍，辞官不干，回广东老家开私人诊所去了。后来，据说这个诊所办得很好。人自由，收入也比当个副县长高很多。

肖体刚告诉我："维浩，我告诉你，你是部里年龄最小的，又刚刚调进来，许多工作还摸不到门道，但一定要谦虚、勤快，善于学习。你不能到办公室一坐，端着茶杯看年纪大的同志扫地、烧开水、夹报纸。这些是小事，但一个年轻干部都要从小事做起。"

这确实是个很好的提示，我一生铭记。没有物业管理，所有的事情都自己做，很好。夏天，一上班就拎着开水瓶到食堂去打开水。到冬天，办公室里烧了取暖的炉子，就可以自己烧水了。水是从武陵井抽上来的，县委机关里面只有六个水龙头，但似乎也够了。我每天按照肖体刚的教导，争着扫地、夹报纸、烧水。可管办公室的老伍总是比我先到。他是军转干部，在部队习惯了早起，不吃食堂，吃自家的饭，就可以更早些。

新闻组组长刘新华也是刚调来不久。他有些传奇，是共青团湖南省委员会委员，湖南省下乡知青扎根农村的模范典型。曾经被推荐上清华大学，他拒绝了。理由很简单：当初下乡时，他承诺扎根农村一辈子。二十二年后，我在他的自选文集《无愧人生》里，读到他的日记：

"1973 年 6 月 28 日，晴天。晚上，大队支委赵良智给我送来了大学招生登记表，再三说明这是省里点名的，要我马上填写。为了实践自己的誓言，我也反复向赵主任表示了扎根农村的决心。赵主任不同意，劝我别把读清华大学这样的好机会可惜了。我俩谁也说服不了谁，只好把登记表收下。赵主任一走，我连夜赶到大队，又到公社招生小组，明确表示了自己的态度……是啊，农村建设需要我留下，贫下中农欢迎我留下，还有什么比这更重要的呢！"

我十分吃惊。两拒推荐上大学两拒招工两拒招干，天下真有这样的赤子之心！这位比我年长 10 岁的同事，比我多经历了一个时代！扎根农村十一年后，他才被转为吃"国家粮"的正式国家干部。调来宣传部前是红星公社副书记。他的岳父曾经是张学良的侍卫官，后来参加过台儿庄战役。我拜访时，看过那被弹片击破过的手掌。

刘新华醉心于他的新闻报道。武冈哪里有什么事情发生，他都会积极联系去采访。经多年农村基层工作锻炼的他心中有数，要怎样争取让武冈县在省、中央的媒体露面，一年要比一年出的新闻多，这是他的基本目标。到年终总结的时候，我才知道他的这个工作非常重要。县里没有自己的报纸，如果不在省、中央的媒体露面，宣传工作就会大打折扣。他有时会邀我一起去完成一项采访任务，在新闻报道的后面，也署上我的名字。我不懂写新闻报道，部领导可能交代任务，要他带一带我的意思。宣传部干事的主要工作当然不是写小说，而是写关于本县工作的下面报道。后来，刘新华成为武冈县广播电视局局长。

宣传部总共 8 个人，除了一位部长、两位副部长，还分设：宣传组、理论组、办公室。组长大抵已确认为副科级干部了，副部长才能够上正科级（新上任只能是副科级）。

覃卓副部长笑眯眯地对我说："小曾，没关系。你好好写小说就是对社会对国家作贡献。"这样的关照让我感到格外温暖，可也令我困惑。我以为写小说是我个人的事情，况且，写小说有稿费。逻辑上，至少我不应该用上班时间写小说。

56 县委大院里的干部们

我所住的是沿县委大院北围墙搭建的一长排平房，红砖砌就，既没有地表防水，也似乎没有搞过四通一平，完全是一个临时建筑。也有两房一厅或三房一厅的结构，但很像是随意组合起来的。有些干部虽然带家属住，也只给一房一厅。我住的一间，实际上是与劳动局一位副局长合住一套两房一厅的房子，闩住了套内一道门，在走廊上又开一道门。他一家四口，住一房一厅，在房子与围墙之间，有点空地，搭起一间小厨房。这个小厨房就在我的窗后，所以我不能开窗，一开窗就是副局长家的厨房。

绝大多数干部住在县委大院里。机关的房子非常紧张，修了两栋新房子，按两房一厅、三房一厅的结构，带有厨房和厕所。但厅都很小，仅可容下一张小餐桌。县级领导分配完了后，还得让先进县委机关有一定资历的各部、办、委、局的一把手、二把手住。

县委书记和县长、县人大常委会主任的住房稍好些，也是旧建筑，隔成了三房一厅的格局，门前有个 30 平方米的小院子。

中国正在改革，人们把改善住房的希望也寄托于改革与发展。

像学校一样，双职工的干部有两个人挣工资，日子相对宽裕。不少中年干部的妻子是农民，孩子随妻子属农村户口。孩子户口必须随母亲——这是一个奇怪的规定，如果一个农业户口的男子娶一位非农业户口的女子，他的孩子便是非农业户口，意味着在计划经济时代拥有政府组织供应的肉票、粮票、豆腐票。一个吃国家粮属非农业户口的干部，娶了当农民属农业户口的妻子，他的孩子便是农业户口，不能获得肉票、粮票、豆腐票。

这样的情况正在悄悄地改变。有干部把自己属农业户口的妻子儿女转移到县农科所的实验生产队来，虽然还是农业户口，还种田，毕竟在县城城郊劳动，可以一家人住在一起了。还有干部为了孩子在县城读书，直接把农村妻子接进县委大院住。自己当着副局长、副部长，妻子则到县城某处（面馆、米粉店）找一些零工来做，挣点小钱以补贴家用。这样的家庭常常处于手头拮据的焦虑中。如果某月收入过少、开支过大，当家的就情绪不好，会偶尔发脾气。女儿唱歌也会莫名其妙挨打。

有一天我听到一个上初中的女孩子在唱"我爱你，塞北的雪，飘飘洒洒漫天皆白……"，青春萌动，很陶醉的样子。家长突然吼叫："飘你个鬼啊。你就知道哼哼唱唱……"歌声戛然而止。本来美好的一种气氛，突然像石头砸破了一个漂亮瓷瓶。

干部们也不容易！

这个年代的干部质朴纯净，所有人身上的泥土味扑面而来。部长、局长们掌握的资源十分有限。无论如何，经济没发展起来，权力没有寻租空间。干部们一边下乡解决别人的问题，一边费心思解决自己的问题。

多数干部抽烟，见人递一支，是礼貌也是习惯。人们并不在乎将烟蒂丢在走廊上，细心的会用脚踩住搓一下，以熄灭烟火。

我的右邻也姓曾，按辈分长我两辈，是一位武林高手。武冈的"武林江湖"上有他放手开打，把30多个人打得满地找牙的传说。我认真地询问这事儿。他笑笑说："是真打了。真正学功夫的人是不随便动手的。他们30多人欺侮一个人。我说两句公道话。他们就冲我来。我是被动还手。我其实只要能打赢两个人，就能打赢几十个人。因为真正能近我身边的顶多两个人。打败这两个人就打败了所有的人。"他解释这一次武林过招，却像给我上了一堂哲学课。他的门前有两把石锁。25公斤的那把我有时也试举两下。那把50公斤的就只有看他表演。我从来没有看到他像电影里的功夫人士那样一边吼一边苦练，只看到他偶尔举起那把50公斤的石锁，似乎演绎什么叫举重若轻。经常有习武的人士来拜访。他偶尔留他们吃饭，喝点小酒。他有时也邀我在他家吃饭，喝点米酒。他的工作似乎在计委，后来，按他的爱好调去体育局，培训摔跤和武术运动员去了。他年轻貌美的妻子当全职太太，总是淡定地带着孩子，一脸幸福。那些学习武术年轻人的按规矩叫她"师母"。

有一位白发的老干部，不太清楚属于哪个部门，喝点酒后，会在西边走廊上大声骂人。据说他还有部分政策未被落实。我不知道他骂谁。

靠最西面的一位局长家里有台14寸的黑白电视。他的妻子没有固定工作，买了一台打字机，承接打印业务，勤快能干，收入还高于一般干部。因为她本人是城镇户口，她的三个漂亮女儿便都吃"居民粮"，享受肉票、粮票、豆腐票，拥有机关干部子女的某种优越感，但这些票证正在消失。绝大多数干部家里没有电视机、洗衣机。县委干部尤其是家属如果想看电视节目或电视连续剧，都喜欢县委办公大楼的三楼会议室，那里有一台20寸的彩色电视机。这是县委机关大院的奢侈品，人们称"大彩电"。大部分干部已在存钱，计划着购买电视机和洗衣机。新买了洗衣机的干部，总是热情地邀请我把衣服扔洗衣机里去，说："你单身汉不会洗衣服，这个方便。"

县委机要室的李辉卫比我小4岁，才19岁，住靠东边，在县委办邓成正副主任隔壁。他的宿舍前面就是机要室，与办公室的距离最短。他应该是县委县政府机关大院里年纪最小的干部。我经常与他聊天，谈理想谈人生。他每次给我用开水泡一杯"乐口福"，喝完后问我还要不要。现在，我能在网上查到它的准确描述："一种速溶性含乳营养固体饮料，采用牛奶、奶油、麦精、蛋粉为主体，并添加蔗糖、葡萄糖、可可粉、杏仁粉……"我很喜欢它浓郁的可可香味，觉得远比麦乳精高端、大气、上档次。也许我有时不自觉地去找李辉卫，潜意识里就是想喝一杯浓香热乎的"乐口福"。这是他当海员的父亲给他寄来的。我羡慕他有一位在天津远洋公司当海员的父亲，很希望这位阅历丰富的海员来到武冈，能让我问问国外的事情。他的母亲农转非不久，住在天津。他总是怕母亲不习惯天津的生活。我从不敢问及机要室的工作。因为这个地方传出来的声音总是让我想起电影《永不消逝的电波》。

直到离开武冈，我也没弄清楚这一长排房子里一共住着多少户人家。

57 县委大院里的大人物

县委机关里干部只有两百多，所以机关里的老干部很容易认出新进大院的干部，尤其是年轻干部，而新进的干部把机关大院的老干部认全则要一定的时间。在机关里，首先是认识同事，然后是邻近办公室里的人，比如团县委、组织部的人，再就是县委办公室的人，还有那些需要常在一起开会或有工作联络的人。

县委书记是个很大的官。他是 60 万人的"一把手"。在中国，那些俯视他的影视作品，称之为七品芝麻官，但在仰望他的人眼里，则称之为"父母官"。这样的称呼源于中国人的伦理价值。父母对子女兼具管和爱的重要权力。"父父子子"是中国儒教纲常中重要的一纲。与之对应的成语，夸赞一个官员对他所服务的老百姓不错时，称"爱民如子"。直到今天，人们仍然这样要求官员、夸赞官员。

中国本来不是一个契约社会而是一个伦理社会。

我进县委大院的时候，最大的官是县委书记何作国。他居然认得我。至少有两次在机关大院的坡路上，他面对面首先向我打招呼。我没及时看到，同路的人提醒："这是县委何书记呀。他先向你打招呼你怎么没反应？"等我反应过来，人已经擦肩而过了。

何作国是湘西叙浦人，参加过抗美援朝，后来转业到地方，在公社、区一级干了许久，他曾经是我教书的城东区区委书记。

在中国，对一个县委书记，至少有三套评价体系。一是来自基层老百姓。一届县委有没有做点什么事，老百姓有没有得到实惠，首先账要挂到县委书记头上。武冈人说的是"在谁谁谁手上"什么路修通了，什么桥架起来了，什么地方的喝水问题解决了。即便是在剧烈的政治运动期间，老百姓也会评价谁谁光搞斗争，粮食没增产。第二套评价体系来自县委办公室的秘书们。这是很要命的一拨秀才，书记的讲话、报告都得他们起草。他们离书记最近。闲暇里，他们会不客气地对书记做出评价：能力如何、个性如何、工作作风如何。县委书记读错别字，他们有可能一转身就传播出去了（他们常常害怕领导读错，绞尽脑汁在字旁注同音字）。第三套评价体系来自上级，上级主要看布置的工作有没有完成，等等，上级领导、组织部挂着一本账。

县委办公室的人们说，何作国是个"书记精"。当县委书记真没那么好当，可是他当得不错，思路清晰，做事果断，而且有对付基层干部的招儿。县委办公室的干部最服的还是这一点。有些县官也很勤勉，但如果工作没方法，就是整天加班，也什么事情都干不成。何书记不一样，他来自基层，对付这些有一套。比如工业局有件事，拖了多少年，分几派，意见就是统一不起来。何书记让他们开会，限时解决。临到开会那天，县委办公室叫好车派人等着陪何书记去。何书记到办公室，跟秘书们抽烟聊天，就是不去开那个会。工业局打电话来催了好几次，何书记让他们先开着，充分讨论，说自己暂时没空，但尽量赶上会。办公室秘书们与书记海吹。这个好啊，比去那会上正襟危坐要强。可何书记这哪是没时间？！到中午11点半，何书记匆匆赶到会场，既然讨论充分了，各方给3分钟的汇报。何书记一听，事情该怎样办，现场记录形成决议。20分钟解决，回县委食堂吃饭。

这可是个数年未决的问题。事后办公室的主任秘书们问何书记："您这么快就解决了？"

何书记反问："这问题拖了多少年，还快吗？"

办公室邓副主任说："可是那都不是在您手上拖的呀？"

何书记说："对。这就是关键。每任书记都这么想。这个事就永远也解决不了。可是为什么不想想，这就是县委书记手上拖的事情，哪一任书记都有责任解决呢？"

秘书说："前面也有领导想解决的，可怕人家不服。"

何书记说："那得看是否公平解决。公平了，他不服也得服。人得讲个道理。不公平，服也是假的。再说了，你想让两边都服了，很难，他们的利益点本来就不一样。你不站在县委县政府工作的立场拍板，不敢负责任，当然办不成。材料我都看过，解决办法也都讨论过了，我早去会上，他们就又各说各的，讨价还价。我怎么表态？我去表态，只需要 20 分钟。"

机关工作人员彻底服了这位书记。他和蔼可亲，没有架子。

我完全处于一个童言无忌的状态。何作国书记和人大常委会主任肖尊吾同住一座房子。我想起什么要问书记或者人大常委会主任，迈脚就走过去。

岩头江的粗野在这样的时段很有好处，不懂机关规矩挺好。我跑去问何作国书记："您都这么忙，听说还看小说？您都看的什么小说呀？"

何作国书记说："看过一些，不多。小说很好啊。我看过那个电影《芙蓉镇》，听说就是小说改的。我还只看过电影，没看过小说。听说是我们湖南作家写的。小曾，我经历过那个时代。真是那样的。"

"我有那本小说，您要不要看？我先借给您看，看了您还我。"

"好啊。不过，我事多，可没你看得那么快啊！"

第二天我真的给他送去了《芙蓉镇》。中国人有借书忘记还的习惯，何书记也一样。他后来大概忘记了。

在提倡文凭和年轻化的 1986 年，这个文凭不够、年龄也没有优势的县委书记被湖南省委组织部看中，提拔为邵阳市分管农业的副市长。得到这个消息的时候，他还正在北京开会。武冈人排队放鞭炮为他送行。

县人大常委会主任肖尊吾因在上届的县长任上，改造了武冈县城最主要的街道，让它不至于每到下雨时连穿着雨靴都没法过，深得老百姓认可。我就跑去问肖尊吾主任："都听人家说你当县长当得不错，有什么经验吗？为什么老百姓会说您的好？"肖尊吾主任说："你就是宣传部的小曾呀，才来机关不久吧？"

我说："是呀。可我一进机关就总听人说肖尊吾当县长当得不错。"

他微笑着说："小曾，你也是个机关干部了！你会成长的。你要记住，在一个县里，无论你当多大的官，在你的任上，能做成的事是很少的。60万人，有很多的事情要做，所有的人都在做事，许多事是不需要县长操心的。比如一个菜农，你不去管他，他照样种菜卖菜。一个做冰棍的，无论谁当县长，他都做他的冰棍。"

我说："那你管什么呢？"

肖尊吾说："是老百姓教会我管什么的。我刚当县长时，有次下雨，我路过县城的主街道，发现积水很严重，车都抛锚了，过不去。司机和另一个干部下车去推车，我也跟着下去。不得了，要脱鞋。不脱鞋，水都漫到小腿肚了。这时群众就围上来看热闹了。我以为他们会帮忙推车，结果群众在旁边拍手，说原来这是县长的车呀，活该！后来我就了解情况。这条路多年这样了，没人管。我就寻思：我坐着小包车，路都这么难过去。那每天来来往往的群众呢？不更难了？我就下决心修这个路。没钱，县里拨一点，城关镇筹一点，交通局再挤一点，就解决了。我用不到半年时间把路修好了。老百姓其实很简单。你真做了事，人家记得你。我把这路一修，就真是尝到为群众办实事的好处。这路本来是大伙修的，可大家都说是我肖尊吾修的。群众都说我是个干事的县长。我从街上过，群众主动过来与我打招呼。县里有些部办委局事情难办。群众说，这事儿除非肖尊吾肖县长过来，否则我们就不同意。我一去，人家说给我面子，就同意了。干了一届县长才知道，其实我干不了多少事，在任上干几件老百姓看得见的事，真正受惠的事，就很好了。"

并不是所有的县官都能干得像何书记、肖县长一样好。

县委办公室的人悄悄跟我说："那个书记（县委副书记），真是丢死人了！处理不好事情，被人找上门来。他怕见人家，就躲在房间里不肯见。人家老敲门怎么办？他就让老婆告诉人家自己不在家。可人家早在楼下看灯影，都把人看清了的，一推门进来，他一时无处藏，竟躲到门背后。那能藏得住人？人家一拉门，某书记就给露了出来。人家说起这个故事，冲着我们办公室说，你们那个某书记连个小学生都不如，还当什么书记？回家卖红薯去吧。搞得我们办公室都尴尬得要死。"

我见过这位县委副书记，也许只是他太年轻了。有一天他终会老辣干练起来。

58 蹲点·走村串户（县委干部下乡）

县委机关对于 60 万人口的武冈，是高高在上的。机关干部把每一次到乡、镇去开会、调研、传达、收集材料，都叫下乡。上天鹅山，还是下乡。

到下面去——不管它的海拔比县城高还是低。它的行政级别肯定比县城要低。如果去邵阳或者省城长沙，按地势是下游，但我们都习惯说"上"，上长沙开会去了，上邵阳开会去了。

我喜欢跟的士司机聊天。有一回在北京搭的士，我问司机："师傅，这五一假期有没有到哪里去旅游呀？"

司机扫我一眼："嗨，平时这个忙嘛，抽不出时间来，不过这回还真让您问着了，我都好些年不出北京了。前些天五一，我还真到下面转了一圈。"

我忍住没敢笑。人家就这个气派，一个的士司机，他出北京，就是到下面转了一圈。也许北京人听到武冈县城的人还要下乡，会比较费解：武冈不就是乡下吗？为什么还要下乡？

县委宣传部有下乡的任务。有些任务很怪。比如要有干部在下乡点待足多少天。这是一个硬指标，至于你是不是做事，做些什么事，另当别论。部长问我要不要下乡蹲点，也就是与乡镇干部同吃同住同工作。我愉快地答应了。可是我像那个谢副县长一样，不知道下乡去干什么，能做什么事。

肖体刚说："也没什么事。他们的那些事，真要你去做，你也做不来。你就了解一下。现在最重要的是，我们得有个人住在那儿。分时段去，一年住足一个月。这就是事。"

于是我就兴致勃勃地下乡，去住在那儿。文坪镇是宣传部的点，也是武冈最富裕的乡镇之一。那里有一座文坪煤矿。附近村民可从煤矿受益。镇政府也利用煤矿资源，办了一个电石糊厂，还有一定销路。镇财政收入比其他乡镇都要好，有收入了，可以修路，等等。

我带了几本定稿纸，住进镇政府的招待室里。这是新建的两层楼房。红砖白墙，比十年前的荆竹区委已好很多。镇政府不只是提供一个公铺，而是三个用于接待的客房。被子干净而整洁，印有弧形的"文坪镇人民政府"红字。

镇政府里照例是每人一个房间，住房兼办公室。各干各的一摊子事，极少看到开会。他们要么开上面的会去了，要么下村去了。很多时候，连个值班的人都没有。镇政府里有时除了相当于钟点工的厨师，一个人都没有，很难见到镇委书记。我是从县里下来蹲点的，镇委书记一看是个年轻干部，大抵知道是凑天数的，几乎没跟我多说话，只是让镇秘书把基本情况给我介绍清楚。书记只重点介绍了文坪镇的企业，并吩咐其他干部照顾好我的生活。我认真地做了记录，发现镇委书记用顺口溜介绍或总结工作，绝大多数的缩略语，只有武冈县域内的干部才能听懂，出武冈就需要打比喻解释，出了邵阳就需要翻译了，但他能讲得很好很到位，极其精练。

我不知道要干什么，就躲在招待室里写小说。有天夜里，我听到动静很大，镇政府里一片喧腾，似乎有什么哭喊声。第二天我问镇里的李秘书，出什么问题了？他十分淡定地说："没什么，曾干事，你没见过的，抓计划生育。还好，原定的几个对象，只跑掉了一个。我们看你年轻，没叫你了。这个嘛，也都是得罪人的事情。"

原来如此。深更半夜要我和他们一起去捉那些大肚子的孕妇，我会很尴尬。我未经过这方面的培训，不懂政策尺度。镇政府的人可是聪明人。

镇政府食堂太差了。有两天，食堂里只供我一个人吃饭。要不是因为有我这个蹲点的县委干部，做饭的大嫂可以不来镇政府了。大嫂只炒了一小撮黄豆芽。两顿饭吃下来，我饿得慌，只好到镇政府旁边的一家小店去吃小炒肉。在武冈，绝大多数的乡镇政府旁边还没有小餐馆。文坪镇因有县域内储煤量最大的文坪煤矿，为矿工而设立的服务设施就应运而生，但矿工们也不会乱消费，所以小餐馆也仅两家。

天冷时，镇政府没有澡堂洗热水，我到矿上的澡堂洗澡。矿上允许镇上的干部到他们的澡堂洗澡。矿工们刚从煤井里出来，第一件事就是到澡堂洗掉身上的煤泥，所以整个澡堂满地都是污黑的煤泥水。澡堂中间有一个很大的池子，用于泡澡。多数矿工无论池子里的水多脏，都愿意泡一泡，这样可以解乏。

有一天早上，副镇长看我老吃食堂，对我说："曾干事啊，你还真每天吃食堂？这样下去你会饿得撑不住的。"

我就问："你们不也吃吗？"

副镇长说："我们呀，是回到政府食堂来消消油脂的。要整天吃这个，会死人的。今天别写什么写了，走，跟我下乡去。"

我问："到哪里去，干什么呢？"

副镇长说："带你去体验镇干部的真实生活。"

没有车，甚至连自行车都没有。我们出发了，同去的还有一位镇团委书记，姓熊。

沿途都看到副镇长在向田间的农民问好，打招呼。出镇政府500米，看到一片西瓜地。他走过一条田埂，仰头对瓜地里的农民说："老张，看样子你今年的西瓜收成不错。"

正低头打理瓜地的农民一伸头："曾镇长，好久没见你了，到哪去？"

副镇长说："能去哪儿，不就是到你们这些专业户里转一转？你们是村子里的带头人。你们搞得好，其他农民有榜样学，村子里的经济就会搞好了。努力干，争取当万元户，啊。"

农民说："只要不再下雨，今年这瓜应该不错，能卖个好价钱。来，尝个瓜尝个瓜。"农民说着就在地里找起瓜来。

副镇长说："没熟没熟，还没到季节，摘了可惜了。"

农民说："我找找，有些也能吃了。"

副镇长说："等熟了再说，等熟了再说。"说完转身就走。

我问曾副镇长怎么跟这个农民这么熟，副镇长说："这是我扶持的专业户，镇上又给政策又给钱，让他带动农民致富的。能不熟？他一天拉几泡屎我都清楚。"

他一路与农民交谈，就是做了一路的工作，问某家两兄弟还争不争水打架，问某家媳妇是不是还跟婆婆不和。哪个村有点什么小九九似乎都知道。

中午，我们来到了一家养鸭专业户家里。说是专业户，养的鸭也不算多，鸭群在门口的稻田里觅食，不超过100只。

副镇长说："老潘呀，你胆子太小了，让你多养一点。你就是缩手缩脚。人家那专业户都是越养越多。有政府支持，你怕什么？"

老潘说："镇长，说实话，我养这么些鸭子，都有些顾不上呀。这个粮食、饲料、技术都没把握。我总是怕发瘟。鸭发瘟我就亏不起。"

副镇长说："我早跟你说过，缺什么，你就直接跟我讲。我上次都给你拨款了。那个也可以买饲料的。啊！我拨的款可是让你当领头人养鸭带动别人致富，不是让你拿那个钱留着打酒喝。怕发瘟？找农技站打预防呀！我跟他们打过招呼的。可没看到你找过他们。"

询问了关于养鸭的技术、收成、困难，副镇长与我们准备走。养鸭专业户拉住不让走，非得杀只鸭请客。副镇长看到推不掉的样子，就说："那边两个村在争水，争得快要打破头出人命了。我是去处理争水问题的。非得要在这里吃饭的话，那就快点，尽量简单点。"

老潘应声屁颠屁颠地打酒去了。中午，一只鸭，两斤猪肉，一盘青菜，两斤米酒。我们就在养鸭专业户家吃中饭。老潘一家除了他自己，其他人都没来与我们一起吃饭。

我不胜酒力，喝了点米酒后觉得头晕，就在老潘家的床上睡了个午觉。老潘家干净整洁。专业户多是培养着往万元户奔的，一般都是本村的体面人家。

午睡后，副镇长独自去处理两个村争水的事情，没让我与小熊同去。

在与小熊回镇政府的路上，我问："吃的这个鸭，怎么付钱？"

小熊说："不付钱。"

我说："不是都有3角钱的下乡补贴么？再说了，有纪律，吃群众的不付钱不行吧？"

小熊说："你是头一次跟我们下村吧？以前刚到老百姓家里吃饭的时候，我也这么想，我还坚持付过钱。但是后来还是入乡随俗了。"

我问："为什么呢？"

我想我是县里下来的干部，不能第一次三个人吃了农民这么多，一句入乡随俗就算了。

小熊说："两方面的原因。你坚持付钱，是付你那点下乡补助，还是那只鸭子、肉、酒所有的钱？你只付下乡补助部分，吃了人家十块八块钱，你只付3角钱，人家也算收了钱，合算吗？农民精得很。他宁愿做人情也不会要你那点钱。实打实把钱付了吗？我们干部哪里付得起？几十块钱一个月的工资，一顿就吃掉十块八块，一个月够吃几顿？再说，干部付了也会觉得冤。是他要杀鸭，又不是我要吃得这么好。"

副镇长只是让我去体验一下镇干部的吃，让我验证到镇政府食堂吃饭只是"洗肠子里的油水"，此言不虚。当然，我吃的一顿算是较好的。镇干部到农民家里吃饭，有腊肉、鸡、鸡蛋侍候的，也有只弄两片豆腐干子对付的。但是他们确实用这种方式获得"较好的生活",而自己的工资得以留存得多一些。镇政府食堂常常只炒一撮黄豆芽也情有可原。

副镇长的职权当然不只是扶持万元户。某天,一对年轻夫妇在镇政府围墙外的斜坡上大声叫骂。我不太清楚到底是什么内容。民政干部时不时温和地出来应几句,急了说:"你们还讲不讲法律了?"在女子的带领下,夫妻俩边骂着边走进镇政府来。女子说:"不要拿法来压我们。我们上过高中的。法律我懂……"民政干部显然处于下风。

副镇长出来了,说:"谁在外面骂骂咧咧?还真没人敢治你了?"

女子说:"治什么治?我就得讨个说法!"

副镇长说:"懂不懂法?我在办公。讨说法你也别影响我。"

女子说:"法律我懂!你是镇干部不?我还就想影响你!"

副镇长看她一眼,回头叫:"李秘书,你把那个《治安管理条例》拿过来!"

李秘书很快就端着一个文件夹过来了。

副镇长说:"你给我翻到扰乱公务那一条,念给她听!"

小夫妻俩当场就呆在那里,也不敢怀疑有没有这个条例。李秘书找来《治安管理条例》念完。小夫妻俩觉得大事不好,碰上厉害角色,休了声正准备要走。

副镇长说:"慢!你进得来就没那么好出去了!你们刚才不是还都说自己懂法吗?这个法都念给你们听了。李秘书,记下我的处罚决定:因为他们扰乱公务,罚款100元,再自己油印100份检讨书,张贴到全镇各村委会各小学墙上去。"

女子当即跪下来:"镇长,镇长!我错了!我们错了!我们再也不敢了!再也不敢了。你高抬贵手,不要罚我们,我们知道错了……"女子一边求饶一边哭起来,男子则向刚才那个被骂的民政干部小声求饶。

一个自称知道法律的底层村民,顷刻跪在权力面前!我是目击者。

副镇长说:"刚才是你自己说懂法的。就这样吧,明天下午,我就会去检查你们的检讨书有没有给我贴到各村去。如果没有,都翻倍。"

说完，留下跪在地上的女子，副镇长回他的办公室去了。

我第一次知道有《治安管理条例》，从来不知道一位副镇长有这样的权力。

59 跟着老县长去征兵

这年冬天，我被抽去征兵工作办公室，办公室设在武装部内。

五哥曾维发已从 55 军调到武冈县武装部，仍然是军人，但归属地方部队而不是野战军了。五嫂在县烟草局上班，这解决了两地分居的问题。每逢周末，他就让我到他家里去改善伙食，吃血浆鸭或小炒肉。他住在武装部的宿舍里，一房一厅，后院拖着一长条的小空间作厨房和餐厅。房子后面还有园子，可种菜，养鸭养鸡。

征兵办不是常设机构，是临时机构。征兵工作完成了，各回各单位。县委让一位退居二线的前县长，已在县政府顾问岗位上的老领导张颂田当征兵办主任。老县长平时已不问政。我看到他经常在体育场组织老干部打门球，熟悉他的人依然叫他"张县长"。

真正与他共事，我就感受到一个曾经的县长确实与普通干部不一样。他个子偏矮，却精神抖擞，是那种工作起来思路清晰且特别有干劲的人。第一天他召集大家开会，办公室分为秘书组、宣传组、体检组。

1984 年中华人民共和国颁布《兵役法》，1985 年中华人民共和国颁布《征兵工作条例》。征兵自此有法可依。

张顾问开会讲话，开门见山："今年征兵工作开始了，征兵工作年年要做。这次抽到征兵办来的干部，有些是去年就抽调过来的，有一定工作经验，希望你们起带头作用，积极推动工作。还有一部分同志第一次参加这个工作，没经验，不要紧，在学中干，在干中学，谁也不是生来就会干这事。我们团结合作，齐心协力，一定要如期保质保量完成县委县政府交给我们的工作任务。下面我谈谈具体工作。根据过去的工作经验，我想了一下，我们的工作大致可以分以下几个阶段：一是调查摸底。这个工作，要一竿子插到村子里去。征兵对象条件够不够？符合条件的多不多？摸了底，能不能完成今年的征兵任务，心里有数了就好办。第二阶段是宣传发动。这个是不是和调查摸底同时进行，同志们等会儿讨论一下。一起搞有好处，时间早，启动快，有声势。晚点搞也有晚点的好处，在摸底后，针对那些思想情绪，宣传有针对性。第三阶段就是组织体检、政审。征兵办的主要工作是前两个阶段。兵源要组织好，才有足够的适龄青年参加体检。今年是实施《兵役法》的第二年，实施《征兵工作条例》的头一年，我们要抽时间学学这两个法规。现在田土到户了，许多家庭不太愿意让孩子参军，不像过去了。征兵工作一年比一年难做，大家要有思想准备，努力工作，确保完成党和人民交给我们的光荣任务。"

讲话只几分钟，要言不烦，简洁有力。这么多年过去了，我对这段话记忆犹新。接着就是讨论、分工，我被安排当秘书组副组长。

张顾问第二天上午从县政府要了一辆北京吉普，马上下到我的老家邓家铺区米山铺乡。北京吉普的配额放松了，县委大院有了 7 辆。其他部办委局也开始添置绿帆布的北京吉普。我第一次坐小车。在机关大院，这是县领导的标配。我原以为会很舒适，坐上去才知道，备震极硬，封闭性极差，路面上的灰尘一团团钻进车来。

到乡政府，张顾问让派人陪着我们一村一村地走，一家一家地拜访适龄青年家庭，甚至与适龄青年见上面。张顾问让我做记录，不断询问适龄青年家庭人口如何，经济如何。如果让儿子去参军了，责任田的劳动力足不足？不足怎么解决？家里有没有耕牛？如果家长思想不通，张顾问一出门就会叮嘱村长或乡干部："这户有困难，你们做基层工作的要给予帮助，打消他们的疑虑。"我至今保留着这个记录本。

乡政府说请吃饭。张顾问手一挥："饭就不用吃了。"

一户一户，我们直工作到太阳下山，星星出来了，还在拜访、记录。这会儿看到时间太晚，张顾问又对乡干部说："你去搞点饭给大家吃吧，不要搞复杂了。还有年轻人，饿晕了麻烦，明天还要接着干。"

大约到晚上八点多，大家才在村小学吃上饭。吃完饭回到县征兵办已夜晚十一点多了，张顾问说："我们几个用20分钟总结一下，明天上午大家上班的时候，给其他同志参考。"人坐下来，真困，可张顾问精神饱满得很："从今天摸底的情况来看，适龄青年主要分这么几类……家长主要有这么几种思想……我们要着重解决这么几个问题……"

夜以继日，是基层突击工作的常态。

没有人有怨言，当然更没有人提起加班费。

中国是一个大国，真有不少优秀的官员。我是第一次也是唯一一次与一位当过县长的人共事，不得不佩服他的能力，他没有大学文凭，但凭多年的工作经验，只要让他干，他一定有办法干好，思路清晰，分析透彻，行动敏捷。

有时累了，他就说些黄段子，严肃起来比谁都正经，说起段子来，他比谁都能说。

60 县委大院的访客

岩头江实际上有三个人在县城机关里，湖南农学院毕业的曾德卢在县农委，我在县委宣传部，五哥曾维发在县人民武装部。

这在村子里大抵有些名声了。我与五哥两兄弟，一文一武，都进了县机关，有人说是祖坟开拆了。当个县委干部的好处是显而易见的。小妹妹考中学，未上重点中学分数线。我想改善她的学习条件，进重点中学。县政府办一位新调来的年轻干部马上表示愿意帮忙。我说要我怎么做？他说："不用了，咱哥们，我在学校那边放着账呢！"我真不知他放着什么账。他说刚帮过学校的忙，进个人读书是小事。他让我把考号和名字写给他，然后十分肯定地对我说："等通知，开学时去报到就是了。"

县委机关的孩子，基本上在二中（省重点中学）或一中（县重点中学）读书。他们是这个县的干部子弟，他们的父母掌管着60万人口。

干部子弟中，有埋头读书的。比如宣传部一位副部长的儿子，邵阳师专毕业两年就考上华东师范大学的研究生，让人羡慕不已。也有官员的子女令人头痛不已。一位县委领导的女儿，人长得标致，却喜欢偷东西，她把偷盗当成爱好。据说在县二中读书时，居然偷女同学的底裤。她不穿底裤去澡堂，洗澡时顺手把别人拿来换的底裤穿了。别人发现，她说："这怎么可能？我一个县领导的女儿，难道没底裤穿吗？难道我会不穿底裤就来澡堂吗？"这个反问的逻辑非常强大，常常让对方傻眼。

他们能俯视 60 万人，不过，多数能正视自己。他们知道世界够大。

开学前，小妹妹真的收到县一中的入学通知书。小妹妹享受到了有一个在县委上班的哥哥的特权。我知道这对别的学生不公平，但坦然接受这种不公平。我来不及考虑别的，一心只想改善妹妹的读书条件。三十多年过去了，帮忙的干部从来没要我回报什么。

县委大院的门卫看得并不太严，我的学生开始来我处拜访。

岩头江唯一多次来访的，是曾经当过"县太爷"的曾石球。他要找的是统战部，从 1949 年到 1985 年，三十六年来，他一直希望得到起义投诚人员的身份确认。县委统战部的办公室就在我宿舍下坡的第一排办公室。曾石球理所当然地认为我与统战部的人熟，事实上我不熟，但全中国都在开展各式各样的平反改正活动，我答应帮忙问问。这位国民党的少校副团级参谋，1949 年的国民党隆回县党部书记长，一脸沧桑与无奈。我从食堂端来饭请他吃。他有严重的鼻炎，说起话来瓮声瓮气："老侄啊，你爷爷这一辈子真是不抵（不值得）啊，国民党抓我的壮丁，共产党打我的反革命，你说，我哪里做过一天好人？"

1985 年，包括《人民日报》在内的许多报纸发表文章，肯定国民党军队在抗日战场正面作战的作用。我对这一段历史十分好奇，认真问起这位命运曲折的长辈。

曾石球初中毕业时，正好碰上新四军在武汉建军（1938 年），听说大量吸收青年（尤其是知识青年）参军抗日，于是找了些盘缠，一腔热血奔赴武汉投新四军去。可刚到邵阳，盘缠被扒手扒去了。没有盘缠的曾石球只好找到一个姨妈家里，想借点钱作盘缠继续往武汉走。晚餐时，却有姨父家的一个亲戚过来。这人是个连长，队伍正往西开，一听曾石球要去武汉投奔新四军，说："兄弟，哪儿也别去了，就跟着我吧。你有文化，是个中学生。我呢，连里正缺个文书。"曾石球还没拿定主意，姨妈说："还真是巧咧。"那连长说："新四军抗日，我们也是抗日，反正都是抗日，都是国民革命军，我们是要开到昆明去的，你盘缠也不用再找姨妈借了。天意，你不觉得这是天意吗？"

这样，曾石球就跟着这位连长走了。行军途中，团长听说这连长手上有个中学毕业生，就调到团部去了。在昆明，曾石球提拔得很快。在1945年前，他被派到重庆的军官学校学习。按曾石球自己的说法，都没提过申请，凡在那里学习的，一律登记为国民党党员。到抗日胜利，曾石球已是一名副团级少校军官。抗日胜利，用不着那么多的兵了，大量军人转业。曾石球跑到长沙去。人家告诉他："少将转业到长沙都没位置，你一个少校想转业到长沙来，没门。赶快回到你们邵阳去问问吧。"曾石球回到邵阳，有个熟人说："你去不去隆回？隆回还有个位置。"岩头江人一直传说曾石球一到隆回就当了县太爷。我请他证实，他说："开始只是个相当于现在的公安局政委的官，后来那个党部书记长跑了，才让我当县党部书记长。我也知道国民党长不了，但那是份工作呀。老侄你说是不是？"

曾石球说："共产党来，我是欢迎的。我本来就是要去投奔新四军的，是因为丢了盘缠才参加国民党部队的。再说那时确实都在抗日呀。后来谈好的和平解放，谁知那掌兵的变了呢？三十多年来，我一直想要证个清白。"

送走曾石球，我又翻出报纸看了看，到统战部问了情况。统战部知道曾石球这个人，说是正在查找资料。如果找到资料证明，那确认他为起义投诚人员没问题，这个事情后来真的解决了，人民政府还给他每月十几块钱的生活补助。他拿到起义投诚人员证书的时候，专门给我看了看。

　　还有个不速之客，也常常来造访县委办公室。门卫想拦，却拦不住。他不是要求平反，是要求不要给他平反。他是政治犯，服刑期满后，根据其劳动改造的表现，已安排到洞庭湖劳改农场就业，每月有固定收入，而且在洞庭湖劳改农场娶妻生子，小日子过得不错。但是平反，打破了他们小日子的平静。刚平反时，小两口挺高兴。女人觉得嫁的原来不是个罪犯啊，太好了，小两口高高兴兴地回了趟武冈老家。

　　老家武冈的田地都分掉了，没他的份。老宅子还有，但已破败不堪。亲人都不在了。探亲后再回到洞庭湖农场，领导找到他说："你得回原籍武冈老家去。"他说："不行啊，我这不是成家了都在这儿过日子了吗？"领导说："这里的政策只能安排劳改就业。你现在平反了，就不是犯人。劳改就业的政策用在你身上不合适。"没办法，他只好回武冈。武冈县民政局给他批了钱修缮房子。老婆跟他回到武冈老家一看，条件比劳改农场可差多了。拿湘西跟洞庭湖区比，当然没得比。老婆不干了，带着孩子回了洞庭湖区，他跟着回去。可洞庭湖区农场已将他除名。因为平反，他失去了工作。

　　这男子不断地到县委大院、公安、民政机关来，要求撤销对他的平反文件，好让他仍能以劳改就业的身份在农场生活下去。但这种人生的荒谬，早已超越"伤痕文学"的想象力。没有人敢说帮他撤销平反的文件，他也没法再在村里分到土地。即便分到几分土地，也不如洞庭湖的肥沃辽阔。

　　游荡了数月后，他想不出别的什么办法，就开始在县城的街道上偷东西。他不是为了偷那些东西，他是为了犯罪，他也不是为了犯罪，他是为了获得罪犯的身份，他也不是为了获得犯罪的身份，他是为了撤销那个平反的文件……一个什么样的犯罪逻辑呢？他希望犯一个对别的人没有伤害，又能抵得上原来坐牢的有期徒刑那么大的罪，然后拿这个罪去冲抵平反的结果。

　　县委办通知门卫别让他进来，他还是进来了，他是从招待所那边的小门进来的。他对县委大院已很熟悉。他一件一件把偷来的衣服展示出来，有童装也有女人衣裙，然后问："领导，你们看看，这个值多少钱？这个够不够判五年，可不可以抵销那个平反？"

我去上班时再穿过县委办公室，两次见到这个男子往县委办走。

看着他进了县委办，我放心到宣传部办公室，心想他可千万别找我，我可不知道怎么应对他撤销平反的要求啊。

这是个无奈而又非常现实的故事，小说家写不出来。心底里我很有点好奇，怕见到他又想与他交谈，但终于没有。

最后，县委办的人和我都不知道这男子去了哪里。

61 丰富起来的生活与重新洗牌的阶层

中国城市经济改革已经开始。县城里最活跃最不安分的人开始做生意。他们没有禁忌，到处打听，什么能赚钱，他们就干什么。1983 年取消布票，人们的服装自由开始。街面上斑斓起来。有人坐火车去广州，七拐八转到北京路高第街，选择许多衣服，大麻袋装了，回到武冈，以进价三到十倍的价卖出去，引领武冈县城时尚。

若干年后，那些消费过广州时尚服装的人们，一到广州还是想去看看高第街。2017 年，我还与家人去看过，以前没来过的人们一直以为叫"高低街"。

商业局属下的饮食服务公司还有，卖绿豆沙和炒粉的门店属公司所有。更多能做炒猪肝、酸萝卜炒碎鱼崽崽、大味牛肉、炒霉豆腐渣的小店出现了。这些小店多数不租房，就是把自家朝路的作店面，也不请需要请厨师，常常是丈夫炒菜，妻子端菜抹桌子。三张桌子就是一个小餐馆。有经营野心的人已不满足夫妻店，赚到些钱后，与朋友合伙，租更大的店面，取名也不再叫餐馆、餐厅，叫酒楼。有人问店主："为什么叫酒楼？"店主说："广州那边的都叫酒楼。"

在三牌路，有人花大价钱，买一套录放设备，放录像收票。他们从广东采购一些来路不明的录像带，放映挣钱。一时间，年轻人趋之若鹜。电影院是国营的，工作人员属集体所有制人员。放映录像的算个体户，他们由家庭经营或两三个朋友投资，收了钱，除去房子租金，买录像带的钱、去广东的差旅费，剩下的就是利润。

工商局、税务局、文化局和宣传部都遇到了前所未有的挑战。给录像厅发一个什么样的营业执照？税务要收的是固定税还是所得税？它属于哪种行业？文化局与宣传部则要确认，哪些是可放的，哪些是不可放的。

没有相关的法律和规章，一切都还来不及。在中国，民间总是有极大的创造力，会推着官方向前走。如果官方不因好恶而持开放态度的话，有时会快得令人吃惊。但是太开放，不管，老百姓还是有意见。县城里有另外的人反映，录像厅高收费放黄色录像，专门教唆年轻人犯罪。他们看了黄色录像，就忍不住去调戏、猥亵、强奸妇女。在报纸上，也会有人把犯罪的动因归于黄色录像。宣传部就多了一项工作：审片。宣传部要派人与文化局的人一起去看录像带，然后确定哪些是黄色的哪些不是黄色的，哪些可以放哪些不可以放。在某种意义上，我们自我确认有"鉴黄"的资质，哪怕我未婚且尚未谈过女朋友，而放录像的个体户则处在被监督的位置上。

在县城，可以清晰地看到中国局部的阶层划分。尽管县委县政府干部工资都不高，但仍然是60万人口的顶层。当然，这一层包括了不在县委大院办公的那些部办委局的负责人。比如劳动局，掌管着招工大权。这项权力可以让一个人获得稳定工作，可以让一个人由农村户口变为城镇户口吃上"国家粮"——获得在国营粮店购买粮食的资格。比如公安局，掌管着户籍，更重要的是掌管着渐渐松动的"农转非"。这是一个突破。

另一层是机关职员，虽非领导，但离领导近，办事方便，消息相对灵通。再下一层是全民所有制工人，他们所在的企业有一定行政级别，收入旱涝保收。在流通不够发达的时候，县域经济获得了一定空间。武冈县有自己的制药厂（效益好的时候它收归地区直管）、电子元件厂

（生产二极管）、化肥厂、蜂窝煤机厂……我曾经去参观过制药厂和电子元件厂，规模都很小，但工人们积极而满足，脸上洋溢着幸福。真正的改革没多久，这些未及时转型升级的企业都消失了。再次是集体所有制工人，比如饮食公司一类，归商业局管，缝衣店归轻工局管……

有人修单车，有人修锁，有人卖卤菜。中国的任何城市都少不了"引车卖浆者流"，他们没什么社会地位，但他们又是任何城市不可或缺的。

民营经济刚起步，已显出蓬勃生机，整个县城正在沿着政策的改变发生深刻而持久的变化。在桥边给人们复制音乐磁带的人家，每月挣的钱比县委书记还多得多，其自由度令我们县委机关的干部非常羡慕。她想干就干，不想干就歇两天三天。她自费出差去广州进货，选一些新歌曲磁带回来，同时带回来大量的空白磁带供人们选购。整个县城独此一家。她本人因此也成为县城的时尚元素，她穿从广州带回来的丝袜，夏天里穿着最新款广式衣裙。

她和那些放录像的人在传播文化，把最新的歌曲和港台电影带给了武冈。官方只有广播电台和新华书店、电影院，还没有一条合适的通道让这些时新元素流进来。

县城正在重新洗牌，新的阶层正在逐步形成。

县城还有一时找不到工作的年轻人，不叫失业，叫待业青年。有人愿意去私营的小店干活，大部分的人等待国营企事业单位招工招干。耐不住寂寞的年轻人，会聚众斗殴，一拨人为了其中某人的女朋友被人喊了一声别名，与另一拨人打起来，甚至动刀子。他们一言不合就动拳头，认为男子汉就得这样。

农民在社会底层。60万人口里，真正见过自己的"父母官"县委书记、县长的可能不超过10%，因为交通和经济的制约，至少有70%的人没进过县城。离县城较近的农村，进过县城的比例要大许多。像岩头江、水浸坪、天鹅山这样的偏远山村，极少有农民去过县城。父亲当年是因为想看看县城才去考中学的。当然，他后来获得不断去县城开会的机会。

改革开放，这种情况正在改变。在面馆干活的女人尽管还是农村户口，但收入已超过吃"国家粮"的干部丈夫，发工资的那一天她会扬眉吐气。有多余粮食的农民将大米挑到县城里来卖。粮店的米是 0.138 元一斤，他的米喊价 0.28 元一斤，直接翻倍，底气十足。没有人会来抓他的"投机倒把"。"割资本主义尾巴"那一页，翻过去十年了！

精心打算的农民揣着手里的钱，打量县城边上的房子。他想买房子给孩子读书，也思量着，万一政策越变越好，县城一扩大，自己就成了城里人。

62 世界上最愉快的工作

县里成立了文学艺术界联合会。周宜地任县文联专职副主席，我被任命为文联秘书。

从宣传部的干事到文联秘书，有人提醒我，这算是从政的起步！也就是说你是个正股级干部了。黄三畅老师开玩笑说："这个股就是屁股的股。"严格地说，正股级只是科员，算不上官。在地、市以上机关，这个股级不会被提起（也极少有设置）。但在县里，股级是个重要角色，比如交通局里的股，公安局里的股，它分管着 60 万人的某个业务，权力很大。

我从宣传部的办公室搬到县委大院中心一座木屋里。这几乎是座危楼，两层，柱子都斜了，但按经验一时半会儿不会倒，就还住了两户人家。一户就是从岩头江出来的曾德卢，我的本家叔叔，与我的办公室只隔薄薄一层木板壁。我不吃食堂时，可以到他处蹭饭吃。这让我觉得非常亲切。室内两张办公桌，门上一把挂锁，这是一个联络本县文学艺术界的机构，像共青团、妇联、工会一样，属人民团体。它没有行政职能，当然也没有任何权力。只是与喜欢文学艺术创作的人交流，找机会推荐他们在刊物上发表文学作品。

我和周宜地正儿八经在小木楼里工作了几天。我建议到机关事务管理局报装个电话，要不然联络不方便。周宜地连连摇手："别别别……千万别图这个方便。他们不强迫装电话。我们不主动要求装。"

我大惑不解："为什么？"不装电话还真不像一个正规单位。

周宜地说："你要明白，我们可只有两个人。你要是装了电话，万一人家想起，好歹是个正科级单位。那好多正科级单位要参加的会，我们都得派人参加。比如县里的中心工作、爱国卫生、计划生育。真正装了电话我俩光开会就够了，还干什么事呀？"

周宜地延续了他在文化馆的工作方式，凡作者交流，都到住所来。他有三个孩子，要做作业，大多数的作者就到我的住所来讨论作品。我们变得很少到办公室去，也没人检查我们是不是去办公室，真是个神仙单位。我固定每周去两次，主要是夹好报纸，收拆信函。万一有电话，还是会打到宣传部去找人。有时我干脆直接到大院收发室把信函一取，算上了班。

这是一份很有意思的工作，跟本县喜欢文学的人交朋友，分享读书心得、写作体会，看看朋友们的稿，提些意见。我们还办小型的学习班，请爱好文学的年轻人一起来讨论作品，研究创作。

小说改稿会（或称笔会），这是 20 世纪 80 年代的优雅。文人雅集，这仍然源于中国传统。文人饮酒、寻欢作乐间写出千古名篇的不少，比如一批官员在喝酒，一个官员的儿子正好碰上，大家乘着酒兴让这早慧的孩子写篇文章。这孩子就写"豫章故郡，洪都新府……落霞与孤鹜齐飞，秋水共长天一色"，写出个《滕王阁序》。王羲之与一拨朋友喝酒后写出《兰亭序》，成为书法艺术的极品。

我们不但自己参加省里、地区文联、作家协会的笔会，还鼓励朋友们拿出好作品参加。周宜地在厦门鼓浪屿笔会上写的小说发表在《湘江文学》。《十月》杂志副主编张兴春、编辑金蝉来到邵阳，看中我在绥宁笔会上的中篇小说《黄叶青叶》，约我面谈。两位先生均白发，张兴春先生的白得更彻底一些，他诚恳地对我说："我们其实很希望刊载基层作者的作品。没有作者，办刊物就成无米之炊。作者是编辑的衣食父母。"一家名刊的白发副主编这样对一个 20 岁出头的作者说这番话，令人震撼！后来我自己成为编辑，一直铭记着这番话！县里作者出手的第一个中篇小说就发表在《十月》上，人们有些许惊讶。没有人知道，我写的吊脚楼就是我家的老屋场，那对参与农村改革的兄弟，就是以我的堂兄们为原型。我只是盼望岩头江发生些许变化。

我想我是获得了世界上最愉快的工作。

63 开会，不断开会

我不断地被通知参加邵阳市文联和湖南省作家协会的相关会议。在中国，人们普遍尊重写作者。在各个地方，人们像 17 世纪的法国学界发现卢梭，像福楼拜发现莫泊桑一样，为发现任何一个有前途的写作者而高兴而奔走相告。每一份刊物都有数十万甚至数百万的发行量。报纸和刊物影响着每一个人。

刚到县委宣传部，我就加入了中国作家协会湖南分会。紧接着，在自己投了一票的情况下，我被选为湖南省第四届作家代表大会的代表，赴长沙出席会议。我是最年轻的代表之一，与我同龄的代表还有后来在中国资本市场翻江倒海的株洲代表刘波。我不明白这个会议有什么样的议程，要干什么。我的朋友们也没人参加过这样的会议。

我坐在会场，听旁边的人在指指点点："那个是获首届茅盾文学奖的莫应丰，那个是古华。"还有一连串获全国各种各类文学奖的韩少功、水运宪、刘舰平、何立伟、彭见明……他们的作品《将军吟》《芙蓉镇》《月兰》《祸起萧墙》《船过青浪滩》《白色鸟》《那山·那人·那狗》都在全中国引起极大的反响。有时我想，参加这样的会议，最重要的是见到了这些文学明星！当他们坐在主席台上时，我就在台下仰望他们。以后在某个会上，我就说："哦，韩少功我见过的，在那次会上。"也许这样可以让自己高端些、资深些、老成些……

我的课本上曾有散文《珍珠赋》。老师讲解时告诉我，作者谢璞是洞口高沙人。我知道，高沙离岩头江只有15公里。谢璞也坐在主席台上。

这是高度民主的会议，代表们选理事投票，没有人来打什么招呼，爱填谁填谁，赶得上希腊城邦的自由民主，或者岩头江的男子汉会议。代表们选出理事，理事们再选出主席团成员，将诗人未央选为作家协会主席，将古华、莫应丰、孙健忠、谢璞等十二人选为副主席。年轻代表很希望韩少功能当选副主席。这一年他32岁。但在理事会的票里，他正好排在第十三位。多年后我跟韩少功说起，长居汨罗乡间的"韩嗲嗲"（长沙方言：韩爷爷）笑笑："是么？现在想来，那算个什么事？"

会议期间，组织了一场舞会。这一年，正规省属部门的会议已开始组织舞会。男人们在华尔兹、伦巴、快三步、快四步、慢三步、慢四步的曲子中，学着礼貌地邀请女士跳舞，跳完后把舞伴送回原座位。这种源于欧洲的时尚，在这个时候复兴起来。有着优美舞姿的男人受到关注，人们重新设置了评价男性的关键词：风度。风度翩翩，源于司马迁《史记·平原君列传》："平原君，翩翩浊世之佳公子也。"用来形容男子举止优雅。这个词仿佛是专门用于形容舞会里那些男子的。一直陌生的莫扎特、贝多芬、柴可夫斯基、大小施特劳斯与交谊舞一同进入普通中国人的生活。多数舞会都以小施特劳斯的《蓝色多瑙河》圆舞曲结束。

华尔兹18世纪流入保守的英国时，报界怒骂："我们痛心地看到……我们的姐妹和妻子被陌生人抓住，遭到任意拥抱，围着一个小小的房间慢跑的情景。"人们很容易被引导到了曾经批判的"资产阶级趣味"上。漂亮的女人可以在舞会上检验自己漂亮的真实性。你端坐在舞会的椅子上，无论是否目光流盼，无论是否真正会跳舞，当一个又一个先生彬彬有礼地走到面前邀请跳舞时，你可以确认自己的漂亮。舞会同样会检验男人是不是猥琐。

我被作为特邀代表出席了邵阳市共青团的会议。特邀代表没有审议会议报告、选举的权利，但是你能感觉到这是年轻人的会议。那些候选人在这个时候特别礼貌，脸上一直挂着让代表们感到舒服的微笑。心底里，他们对选票的期待与世界上任何候选人应是一致的。

各种形式的民主抵达了各类会场。团代会选出了团委书记、副书记、委员，组成本届的工作机构。会后，常设机构是共青团邵阳市委。这一年，在邵阳市的人民代表大会期间，候选人可以游说代表，结果，提名的郎姓女候选人落选，一位陪选的彭姓候选人抓住机会，当选市长。人们坦然接受了这一结果。有人甚至兴致勃勃地谈起这个结果。当然，有些代表后悔，投票前可能受到不切实际的蛊惑。

各类换届会议已逐步正常化、程序化，政府会拨足费用保证顺利完成。

64 广东：海滨过山车（消费转型的焦虑）

中国地图真正向我展开了。

1985 年 5 月，出席湖南省第四次作家代表大会后，邵阳地区出席湖南省作家代表大会的代表，被批准到经济特区去参观。这是体制的福利。我获得到珠海、深圳参观的机会。参观团人员到邵阳会合。由于通信和交通都极不方便，从武冈县城到邵阳市城区要四个多小时的车程。其他人到齐了，就我一个人还在武冈至邵阳的汽车上摇晃。他们联系不上我，又弄不清我什么时候到，怕赶不上衡阳往广州的火车，就先乘邵阳至衡阳的汽车走了。

我到邵阳一问，队伍走了个把小时，我的"特区通行证"也被带走了。这让我十分懊恼，也觉得领队不够意思。我不甘心打回转。县委宣传部一位同事托广州军区新华分社的朋友买了台"亚西卡"照相机，要我乘此次出差取回来，那边也已打电话联系好了，这算个任务。我只得在邵阳多待一天试试，先到市委宣传部开具介绍信。第二天，市公安局给我重新办理了"特区通行证"。

临走，邵阳市文联主席鲁之洛看到我只一个人，就给广州军区战士歌舞团的瞿琮先生和时任珠海守备师师政委的肖时照先生各写了一封信，叮嘱我："你还小，没出过远门，一个人去，到广州先找瞿琮，就是那个写《我爱您，中国》的词作家，让他安排你去珠海，找到肖政委，再让肖政委安排你去深圳。"他在信中均称我是他的得意门生，以期让我获得瞿琮、肖时照二位先生的关照。父辈一样的真切关怀，大抵就是这样。一个少不更事的乡下年轻人，能一路碰到好人！这可能出于中国传统。在中国古代，如果一个年轻人到远方去，有名望的前辈会给他写一封信，托朋友照顾。中世纪的欧洲似乎也这样。

我在衡阳挤上火车。从这里上车就别指望有座位。有了上年坐火车的经验，我想迅速确定一位最近下车的人，连问五个人，都在广州下车。我无奈地站着，想想，能在当天挤上来就不错了，不再奢望找到座位。傍晚，在餐车上吃了饭，我坐着不想动。回到车厢里去没有座位，在餐车上能赖一会儿算一会儿，好歹有个位置坐着。坐够了，就攒足精气神儿去站。要一直站到广州呢！天黑后，服务员来了。我很紧张，这是要赶我走了。她问："您是想在这儿过夜吗？"我紧张地看着她，没有回答。服务员没有赶我，继续说："如果在餐车上过夜，请交三块钱。"真是峰回路转，还有这样的好事啊！我赶紧问："可以坐多长时间？"服务员说："到明天早上六点半，开早饭的时候，就不能坐了。"到广州大概是第二天早上9点。花3元坐一个晚上，值。我忘记我买的火车票本来应该是有座位的，爽快地掏出五元钱让她找，生怕别人把位置占了似的。

在广州站下了火车，我第一时间买一张广州地图。我按信封上的地址，到广州东山的军区宿舍取照相机。这是广州军区新华分社一位负责人的住房。进门眼前一亮：三房两厅的房子，功能区隔分开来。客厅很大，正面放着一台电视机。餐厅放着一个豆绿色的双门铁皮柜。主人让我坐在沙发上，问我喝点什么，茶？橙汁？可乐？冰镇的还是热的？我不知所措。在武冈，客人进门，除了茶和开水，没有别的可喝。湖南人也开始坐沙发了。在武冈，家家都找材料，买弹簧，请来师傅蒙沙发。广州人的沙发显得干净，比例更协调，颜色更和谐。厅里的沙发出自家具厂而不是请师傅到家里来制作。我陌生地打量着房间，数套房内的门。主人看我太关注房子，便说，哦，三房两厅，你看看吧。他高兴地领我参观这套房子：主人房、孩子房、书房、厨房、厕所。岩头江是茶间、里屋、堂屋、后堂。茶间砌灶做饭、吃饭、喂鸡等全在此，里屋睡觉，堂屋祭祀、待客，功能也算分开的。在武冈县委大院里，那些两房一厅、三房一厅的房子没有厕所，厅极小，仅供吃饭摆个小桌子。这种功能齐全、分区明确、公共空间足够大的房子，我还是第一次见到。

主人给了我一瓶冰镇橙汁。在武冈、邵阳，人们偶尔消费橙汁，或者从制冰厂出来的棒冰，都是在街边一瓶一支地消费。没人有冰箱。没有人在家里用橙汁招待客人。我第一次知道，那个豆绿色双门铁皮柜叫冰箱。

广州人的生活让我心动不已。下了楼，我仍不断回望那几栋高楼。我在想什么时候武冈人也能住上这样的楼，有大些的客厅，有彩电和冰箱。

我在瞿琮先生家里吃了顿饭。他打电话给肖政委。我坐公共汽车到流花车站，再从流花车站坐车往珠海。上午9点多的车，到珠海唐家已是下午5点多。肖时照先生安排我住在守备师的招待所里，问我这次出差什么标准，能报销多少。我说每天报销3元。肖政委说："那这样，我跟他们打个招呼。住宿加餐费一起算每天3元吧。"

这是南海之滨的一座新城，就因为中央政府出了一个建立特区的政策，这里许多新楼拔地而起。整个珠海就是一个大工地，到处是推土机，是建设者的脚手架。在路边任意地方，只要招手，就有乳白色的丰田小面包车在身边停下来，年轻人拉开车门问："冰岛？"我一直听成这么两个字。我总是在想，这地方的改革开放，与那个遥远的北欧国家有什么直接关系吗？为什么人人都会脱口而出"冰岛"？后来弄清楚这是问到哪里去的意思，有些记载者写成"边渡"，认为因珠江三角洲水网交织，出门就得上船，问的是"向哪边摆渡"。上车是一块钱或两块钱，车上有人造革的气味，到目的地刹车，大多数路上尘土飞扬。人们有一股少有的朝气，在中国别的地方，看不到这种景象。你会感觉到土地在动，尘土都是一股鲜味儿。这是中国改革开放的试验区。

　　我从邵阳出发前，有去过珠海、深圳的朋友跟我说："你去看看，真的不一样。要不是看到政府大楼和关口前的五星红旗，我都会怀疑自己是不是站在中国的土地上了。"

　　在珠海守备十一师师部不远处，有一个珍珠乐园。丰田小汽车上的年轻人告诉我，那是一个专门供游乐的场所，我肯定从未见过，因为它是中国第一个乐园，日本人投资建的，所有设施都是进口的。我决定去看看。

　　坐一块钱的车到珍珠乐园门口，我非常惊讶！陌生的童话屋一样的门，门栅栏漆成乳白色。有很多游客在买票。我排队到窗口一问，全部套票要75元。我一个月工资还不够玩，再说，我也没带这么多钱出来。我正要尴尬地退回去，售票员说："你也可以只买进门的票，5元钱；进去后单项，一样一样地玩，喜欢玩什么就玩什么。"5元钱我花得起。我决定进去看看。最重要的是，我都已经从湘西坐了那么久的车，从1800里外来到这里，不看我也会觉得亏。

　　园内响着欢快的音乐，我看着那些指示牌，一样一样地去辨认：过山车、空中快速滑车、激流滑板、摩天轮、魔鬼屋、旋转木马。红色的路面，红、蓝、黄、白色彩鲜明的彩旗，蓝底白字的指示牌，在青山和海水的衬托下，每一样都那么新鲜。我兴奋地在园内顺时针走一圈，又逆时针走一圈，最后决定再花7块钱坐一次过山车。我觉得这个够刺激。我坐进过山车里，双手抓紧卡枷。钢铁的轨道伸向空中、弯曲、旋扭、颠倒……身子失重下坠，蓝天白云在脚下，人快速砸向地面，在钢铁的轨道上倒悬……

　　傍晚，我在招待所吃过晚饭，一个人来到唐家湾的沙滩上，望着远处的海面，潮水一圈一圈地涌来。同样到这里来散步的部队干事告诉我：对面就是香港。香港，在我可怜的阅读里灯红酒绿、纸醉金迷、尔虞我诈的地方，这个时段，中国大陆正在向它学习，并且划出与它毗邻的地块建立特区，希望它能带动这一地区的经济发展。它是时尚、快节奏、高效率、高收入、高消费、先进而奢华的象征。似乎任何一个香港人都富得流油。一年前，中国与英国已签订联合声明，香港将于1997年回归中国。北京正在紧锣密鼓地组织香港《基本法》起草。一水之隔，那是一个奇幻的地方。

老祖宗曾子曰："吾日三省吾身。"

我来不及三省，只在沙滩上一省：我是否该到珍珠乐园去消费？

只是玩了一趟，一个23岁的年轻人，一个湘西南某县委机关的干部，花12元钱去纯粹地玩，可以吗？这12元钱公家不能报销。12块钱是我一个月的伙食费，可以买一担谷，可以买300斤白菜，可以买120个鸡蛋。那些一次花75元买全票进去玩的，应该都是香港、澳门的客人。内地人不可能这么有钱。有家有室的都不可能像我这样消费。我不知道让外人或者我们的后代理解一个普通中国老百姓消费的转型升级有多困难。这是一种怎样的羞涩、迷惘、尴尬、彷徨。也许不是口袋里没钱，而是心理上有重重的坎，迈过去，一道又一道，很艰难。在沙滩上，我心酸地想起十年前采野蓖麻籽卖，老是攒不够1块钱的日子，想起母亲还在责任田里劳作……我不断地反问能不能不花掉这12块钱？要是母亲知道我花12块钱就这么玩一下，会有什么样的表情。

1985年的统计资料显示：中国城镇居民家庭人均可支配收入739.10元，农村居民家庭人均纯收入397.60元。过山车上的1分钟，花去当年一个城镇居民一年可支配收入的1%。我进珍珠乐园玩一趟过山车，花去一个农村居民年收入的3%。

望着海浪，我尽量说服自己：日子总是会一天一天好起来的。

珍珠乐园的花费让我捉襟见肘。在深圳，肖政委为我联系了深圳武装部的张政景政委，我住进了武装部的招待所里，每天3块5角钱，不包吃。深圳是一个更大的工地。我拿着地图，能去看的是西丽湖、香蜜湖、石岩湖几个度假村。

张政景政委帮我办了一张"特别通行证"，能进入沙头角。我在著名的中英街走了几十米，右边是资本主义，左边是社会主义，我看不出有什么奇特的区别。

回到广州，在东山宾馆，我反复算，已经住不起3块5角钱一晚的客房了。我看到标价上写的是：三人房，每位3块5角钱。来的时候，为方便拜访瞿琮先生，我住在农林下路的一家招待所里，五个人一间房，每位1块5角钱。我想问问东山宾馆有没有更便宜的住宿。如果没有，我得另找招待所。服务员看到我对着那个每位3块5角钱的标价牌发愣，说："对不起，两人间三人间都没有了。"我赶紧问："那还有什么？"服务员说："还有的是大房，几十个人住的，每位1块5。"我心里那个乐啊，这不正是我要找的吗？表情里却淡定地装："那也只好这样了，登记个大房间的床位吧。"

大房间住了30多位客人。梦呓、鼾声充斥整个夜晚。

这一年是中国城市经济改革第二年。我无法猜测同房间住的是什么人，在做什么样的梦。我想起一年前在庐山的那个夜晚，也是一夜的梦呓和鼾声，还有汗臭和狐臭。但那一夜我没起来，直等到天亮。在东山宾馆，夜里我起来了，去上厕所。灯虽然都熄了，但窗外的灯光照进来，暗淡却可清晰地看见一切。广州的夏天太热，大房间里有吊扇悠悠地转着。我看到了三十多个人的睡姿：蜷曲的、流涎的、抽搐样的……八年后，我买到但丁的《神曲》，看到那些关于地狱的插图，惊讶地发现，那就是我在东山宾馆大房间里看到的睡姿。绝大多数人的睡姿，是受难者的形象。

我不知道同住的有没有到高第街进货的人。

回到武冈，有人说我应该在广州高第街进点货，倒手到武冈的服装店，游珠海珍珠乐园的钱就挣出来了。

65 云南：飞机上的马扎

冬天到了。长沙下了一场雪。早晨醒来，瓦槽变白了。我坐在八一路302号《湘江文学》编辑部办公室里，烤着北京炉子，等着齐队去火车站。

1985年12月，我获得另一个公费旅游的机会。湖南省作家协会主办的刊物《湘江文学》办了两期畅销刊物，赚了一笔钱。这笔钱没有拿来给编辑们发奖金，而是用来组织青年作家到全国各地采风。有人去了海南。我有幸被选中，与刚获得全国优秀短篇小说奖的何立伟、彭见明等，在编辑部主任刘云的带领下，去云南采风。

"采风"是中国传统里最雅致、体面的词语之一。中国文学的伟大源头、诗歌的至高经典《诗经》内容分"风""雅""颂"三个部分。古代称民间歌谣为"风"，采集民谣的活动称为采风。这种活动在中国先秦时期已经出现。官府通过采录歌谣来了解民间疾苦，这是一种文化创造。"故王者不出户牖，尽知天下所苦。"汉朝曾设立乐府机构，采集各地民歌，寻找散落民间的古代歌曲、音乐，以整顿礼乐制度，教化民众。

在长沙火车站，没有足够的卧铺，彭见明主动和我共一个卧铺。两个人实在有点挤，好在彭见明和我都瘦，又是下铺。管事儿的黄亦鸣跟列车长打招呼，列车长说一有空位就通知我们。直到贵州凯里，我们才拿到了另一个卧铺位。

我很想去西双版纳，光这个名字就很诗意。还有《阿诗玛》那样的电影，《月光下的凤尾竹》那样的歌曲，悠扬的芦笙。云南是个让人遐想的地方。天冷，心里无比地愉快。

红嘴鸥是不久前才来到昆明的。

我们先住在昆明宾馆。以前只住招待所，这是我第一次真正住宾馆，有双人房和三人房。房间里铺着深红的地毯。我不明白同样是接待住宿，为什么有的叫招待所？有的叫宾馆？有的叫旅社？有的却叫酒店？后来我与武冈、邵阳的朋友讨论，结论大概是：凡客房带有卫生间，房间铺着地毯的，那得叫宾馆；凡以接待旅行者为主的，叫旅社；凡客房没卫生间的，就叫招待所；凡以餐饮为主兼营住宿的，那才叫酒店——以喝酒为主。所以第二年我们开笔会，住进绥宁县招待所，发现房间有卫生间时，惊呼："啊呀，绥宁也有宾馆了！"

一位来自郴州的漂亮女作家觉得昆明宾馆挺舒服，建议哪儿也别去，就在昆明宾馆住几天算了。这个提议遭到了大家的一致反对。

昆明至大理的路正在修建，我们租的车用了将近一天时间才到达大理。在大理的集市上，有白族女孩把我们拉到一边，从肚兜里翻出银圆来卖。何立伟说："吓我一跳，我还以为她要我看肚脐眼。"我们参观了大理石作坊。在一个村子里，到处是电锯的刺耳声音。人们正在锯开一块块的大理石，根据石块上的图案，制造工艺品。粉尘和灰白色的泥浆到处都是。在这些作坊的外面，有一条小街，摆满了大理石制品，但粗糙得不可思议。

从讨价还价中，我知道，大理人应该已获得了个体经营这些石块的自由。大型的电动锯石器械，可能还属于集体。中国的改革出现在每一个细部。

从昆明去西双版纳，坐车需要很长的时间。我们决定坐飞机去，订了机票。飞机到达的地方也不是西双版纳，而是思茅（今普洱市）。当天思茅大雾，飞机不能降落。我们因此在昆明机场逗留了一天。机场方为我们解决了晚餐。在机场，我们遇到空军的一位处长，湖南人。听说我们是湖南作家协会的，问我们需不需要去老山前线采访，他可以安排。大概那时期去老山前线采访的作家记者不少。我蠢蠢欲动，去看个正在打仗的地方，也不错。何立伟很愿意去的样子。女作家坚决反对："那是打仗的地方，多危险，干吗要去那里？"我们当然没有去老山。

我第一次坐飞机。离开武冈前，一位朋友要我在西双版纳给他寄一张明信片，写上下飞机的瞬间感受。第二天飞思茅，飞机还是因为大雾在空中盘桓了好久才勉强落地。这架飞机只有四十多个座位。因为座位经常不足，飞机上还放了一些马扎，用于接待临时的客人。坐马扎上的客人当然不可能系安全带。有两个人坦然地坐在过道里的马扎上，似乎跟乘务组很熟悉。多余的马扎很快被空姐收起。这是1985年的中国图景。以我现在的航空安全知识，这不可能出现。但1985年12月的昆明飞思茅的航班，真实而具体。在记忆里，这个场景非常强大，不容我随意抹去。在广东，已经开放了私营客运，多数小客车上也准备了几张小马扎，用于补充座位的不足。以致后来的几年我坐飞机时，还探头探脑，想看看有没有人坐马扎。降落思茅机场，等了好久，我从舷窗看到有人扛了一架竹梯过来，认真地架在飞机出口。我们小心地踩着竹梯，一步一步下来。黄亦鸣想扶着刘云老师，可竹梯窄，只能一个一个下。

我给我的朋友寄了张空白明信片。我没有感受，看着竹梯头脑放空。其实我应该写上：飞机上有马扎。踏着竹梯下了飞机。

这一航程在我的个人记忆里，成为时代隐喻或象征。

西双版纳的美丽是植被丰富的美丽，是热带雨林摇曳生姿的美丽。在版纳文联人员的陪同下，我们到打洛参观傣族的木楼，在木楼上喝傣族姑娘舀来的米酒。打洛的村支部书记领着我们越过中缅边境的界碑，沿着凤尾竹搭成的隧道，向缅甸走了十多分钟。从这里出国，不需要护照，没有口岸、海关。村支部书记笑着说："凡来客人我都带着走一趟。这里不怕逃到外国去。我不带路，谁也走不了的。"在这里，那些据说是缅甸人民军家属的女人们带了舶来品销售，有唇膏、轻而薄的尼龙蚊帐。我花 35 元购买了一床蚊帐，花 3 元买了一支唇膏（回武冈后因妹妹们都不化妆，武冈几乎无人化妆，我把它悄悄丢进厕所里）。

只有在一个有如此辽阔国土的国家，才会有如此奇观。就在某一个省域内，一边在打仗，一边在搞旅游、边境贸易。而在广东，则如火如荼地展开建设。

这是一个多面的中国。如果没有碰到那位军官，我已经忘记了不太远的地方正在打仗。

这一年，美国与日本签订了《广场协议》。

66 在红太阳升起的地方"寻根"

1986 年是我的本命年。

我在春天迷上恩格斯的《自然辩证法》。这位先哲几乎通晓他那个时代所有门类的科学，令我惊奇不已："如果牛顿所夸张地命名为万有引力的吸引被当作物质的本质的特性，那么首先造成行星轨道的未被说明的切线力是从哪里来的呢？植物和动物的无数的种是如何产生的呢？"牛顿就是因此走向宗教的。恩格斯信手拈出的提问是此高大上。又是谁赋予这个大胡子如此伟大的怀疑精神呢？

在基层，还有年轻人真的在读马列原著。省委宣传部的领导听到很高兴。夏天，我被湖南省文联通知去韶山学马列原著。

我与一位姓伍的邵阳市文联领导先坐火车到向韶站，再转车去韶山。开往韶山的火车已很少，去毛泽东旧居的人更少。车厢里只有7个人。目的地为韶山毛泽东旧居的，只有我们两个人。两列长廊夹着铁轨，在绿色的田野中别成风景。我感到长廊真的太长了，它反衬了某种落寞。中国似乎从个人崇拜走到反个人崇拜的极端。我的同行者当即吟出两句打油诗来："门前冷落车马稀，光辉形象带愁容。"红漆剥落的标语仍能让人感觉到当年的热烈。我熟悉这么一首歌：《火车向着韶山跑》。十年前，每天有7万人在这里下车。人们怀着朝圣者的虔诚，举着鲜红的旗帜，欢呼着，歌唱着，热泪盈眶，涌向毛泽东旧居。

父亲十八年前曾经瞻仰过这个地方，回家时，多了一条印有红字的白毛巾，一个印有同样红字的搪瓷茶杯，一个可伸缩的塑料旅行杯，还有数枚大小不一的领袖像章。村子里人听说他去了韶山，都围过来。父亲把这些像章分送给村子里的人，与他们共享幸福与荣耀。父亲老实而谦逊，可是他因这个骄傲了很多天。

我在这个地方仍然被西面山岗上青松翠柏丛中的塑像吸引住了：12.26米的巨人塑像，神态威严，气宇轩昂。塑像是白色的，质地相当讲究，据介绍塑像的材料有上海的碣石、苏州的白水泥、北京的松秀石、天津的有机硅、武汉的石膏。

1959年6月，66岁的毛泽东回到韶山，写了一首"七律"：

别梦依稀咒逝川，故园三十二年前。

红旗卷起农奴戟，黑手高悬霸主鞭。

为有牺牲多壮志，敢教日月换新天。

喜看稻菽千重浪，遍地英雄下夕烟。

　　我住的韶山宾馆，在毛主席故居对面左边的山坡上，到故居要下坡并穿过几丘农田和一个晒谷坪。这是 7 月，稻谷一天比一天成熟，谷穗慢慢低下头来。在一个早上醒来，有小鸟在幽深的林间啁啾，田间有潺潺流水。我们散步到故居去，想看那齐整的第一缕阳光！

　　出韶山宾馆，走过田间阡陌。金黄的谷穗在早晨的阳光里静如处子，草叶上有些露珠。阳光，散着粉金色的早晨的阳光静静地铺在旧居陈列馆的屋顶，铺在晒谷坪上。树林也抹了一层金辉。旧居的屋脊，阳光并不神秘，它顺着瓦槽铺展，成参差有序的图案。与我岩头江老家的阳光，似乎也没有什么区别。

　　毛泽东有一年回到韶山时，曾"在西方的山洞里住了一个时期"。这个神秘的山洞就是滴水洞，其时尚未对外开放旅游，我得以参观。山间别墅幽静而潮润。毛泽东的卧室简朴，宽大的硬木板床、洁白的床单，床前便是写字台。一具菊花石的砚台，加一支毛笔置于写字台上，有一种传统的气息扑面而来！浴室巨型的浴盆给我留下深刻印象。靠山是防震的地下通道，四面渗水，潮湿不堪。不多远就到了防空洞里，空间逼仄，但防水似乎做得比通道好些。在所有来韶山毛泽东故居参观的人和没来过的人心目中，他是大英雄，是好榜样，他的大气磅礴，他的高瞻远瞩，他的百折不挠……

　　我在一个风和日丽、清风送爽的日子登上了韶峰。山顶上的庙宇只剩下残墙断垣，没有偶像，也没有磕拜者。这便是传说中舜帝"奏韶乐，万方来仪"的地方。我无法确认，在这座山上，那个心怀天下的打柴少年是否"问苍茫大地，谁主沉浮？"

　　事实上，这是一个务虚的会，主要目的是让老干部找个好地方休息。时任省委副书记刘正，省委常委、宣传部部长夏赞忠到会上来看望与会人员，嘱咐大家休息好。我诚惶诚恐，总觉得自己配不上这个待遇。与会人员中有好几位参加过长征并在延安待过的老革命。当时家里装空调的极少，而韶山宾馆装有窗式空调，尽管这些空调一打开都轰轰作响，但相对于湖南燠热的天气，还是凉爽舒适。

首届茅盾文学奖获得主、《将军吟》作者莫应丰代表省作家协会过来，就一定喝酒，每桌一瓶白酒，大约是德山大曲。他总是豪气地往每张餐桌上放一瓶："来，我请客。"

韩少功来，认真地跟大家说"寻根文学"。他说没想到一篇《文学的"根"》会引起那么大的反响，自己思考了许久，就是想寻找"东方的审美优势和思维优势"。这确实是一个宏大的愿望。这个愿望推动了一波文学思潮。这样的追寻，几乎可以推到两千多年前的"轴心时代"。那时欧洲不是文明的中心，它并没有全球话语权。欧洲中心主义不存在。欧洲有苏格拉底、柏拉图、毕达哥拉斯。中国有孔子、老子、屈原。韩少功审慎地用自己的作品去试验，提倡到湘西去"体会楚辞中那种神秘、奇丽、狂放、孤愤的境界"。当存在主义在东方土地上长驱直入，魔幻现实主义、结构主义、现代派等不断涌入中国时，抵御、守成、平衡的力量会自然而然地产生，它几乎符合最基本的力学原理：作用力和反作用力。在某种意义上，"寻根文学"与"西学为用，中学为体""师夷长技以制夷"遥相呼应。

老同志对此很感兴趣。他们按照自己的理解，对韩少功大加赞赏："年轻人真有出息。"我感觉，即便韩少功说了他们不太赞成的话，也会被原谅：童言无忌。经历过"文革"、下乡，毕业于湖南师范学院的33岁的韩少功，与经历过土地革命、抗日战争、解放战争，毕业于抗日军政大学的60多岁的老延安们比起来，毕竟太年轻了。

这个夏天，《戊戌喋血记》《辛亥风云录》作者、时任湖南省文联副主席的任光椿先生与我同住一个房间。58岁的任光椿先生认真而肯定地对我说："这几年都在突破禁区。我看该突破的都突破了。下一个突破，就是'性描写'。其实许多名作是有性描写的。谁敢突破性描写的禁区，谁就会在中国引起轰动效应。"

七年后，当惊世骇俗的《废都》横空出世时，我立即想起了任光椿先生。

67 一天一夜到北京

因为发表了几篇小说，我被湖南省作家协会推荐去北京上鲁迅文学院。

北京有天安门，有中南海。一个岩头江人要去见识北京了，多少有些令人激动。

北京的金太阳光芒照四方。

我爱北京天安门，天安门上太阳升。

这样的歌词会扰乱我的方位感，曾一度让我以为太阳是从北方升起的。童年，我对北京的认识，仅限于这首歌和大哥的黑色皮鞋。有一年，大哥从北京回来，给堂妹买了一条碎花裙子。堂妹花英成为岩头江第一个穿花裙子的姑娘。大哥给我除了糖果，还有一个不倒翁玩具。我把这个玩具带到学校，课间就在草坪上放不倒翁。同学们里三层外三层围着看，不是因为它神奇，而是因为它来自伟大的北京！

从北京寄一封信到岩头江约需一个月时间，所以大哥每年只写一封信。

我是岩头江第三个抵达北京的人。在村子两百多年历史里，我找不到前人去过北京的信息。第一个到北京的是我的大哥曾维锦。1963年，他武汉大学毕业后，被分配到四机部761厂。他与大嫂两地分居，每年只回岩头江一次。十年后，为了"三线建设"，他离开北京去了贵州都匀，大嫂才得以与他团圆。第二个抵达北京的是曾德林的弟弟曾瑾汛，他于1986年考上国防科工委指挥技术学院（现航天工程大学），学航天测控。

1987年2月22日上午8:30，我坐上汽车，只能到邵阳汽车站，之后转坐公共汽车到火车站已是中午 12 点。到长沙火车站是晚上 9：15。我背着包直接走进八一路 302 号省作家协会院子里，在潘吉光老师家里吃饭。他和夏老师成为武冈作者在长沙的"家长"。

在中国，火车卧铺票一直都极端紧张，可是站着到北京太辛苦了。我请潘吉光老师帮买火车卧铺票，他也买不到，只好通过在新华社湖南分社工作的同学帮我买。

为这张火车卧铺票，我住在空军招待所等了四天。我在长沙坡子街、天心阁、烈士公园、橘子洲游荡，与正在湖南省委党校学习的王瑞伟和已在省委机关的邓立佳登岳麓山。

到中国作家协会鲁迅文学院进修是我盼望的。这个未能在教育部注册登记发文凭的教学培训机构，建立在苏联模式的基础上。中华人民共和国刚建立时，叫中央文学讲习所，用来培训作家。1957 年停办，1980 年恢复。它的首任所长是在延安整风因《三八节有感》受到批判的著名女作家丁玲。1984 年改为鲁迅文学院（苏联的改成高尔基文学院），隶属中国作家协会。它的功能不变，培训变得常态化，有多名获全国优秀小说奖的青年作家正在这里学习。

26 日晚上在长沙上火车，27 日晚 8：20 抵达北京。北京的 2 月依然很冷，车晚点，年届五十满头银发的何镇邦老师在接人。江西的张品成先到了，何老师让他一起再等会儿，居然在火车站等了好几个小时。中国文联出版公司的编辑蔚江本来也在接我，为我准备了被子，但因晚点太久，她先回家了。被子放在面包车后面，夹了一张纸条，让我一到北京就给她电话。上一年湖南邀她参加在绥宁的笔会，她和我的朋友们都熟悉，对我赴京学习特别照顾。蔚江大姐提前去信让我不用带行李。现在的人们很难想象，1987 年，一个外地人到北京学习四个月，需要自带被子、洗脸盆，跟 20 世纪 60 年代的母亲去县地方干部学校学习一样。因而在当时的火车上，可以看到不少带着被子箱子的人。

从北京火车站到十里堡，不需要经过长安街。我想看到北京夜间的灯火，但是没有。沿途的灯光有些昏暗。天冷，嘴里哈着热气。

晚上 10 点，我们抵达鲁迅文学院。安静的小院，只有一栋楼，南边有座平房，很像个临时建筑，作食堂兼会场——与我的中学、大学保持了高度一致。这个小院比我想象的要小得多。上楼梯，在三楼查找门上贴着的名字，我和山东来的胡鹏、青海来的杨志军住一个房间。他俩都来自省会，远比我见多识广。我是个湘西乡下来的小兄弟。

我从中间过道穿过，在另外的门上，发现两个熟悉的名字：一个是云南的存文学，我在思茅见过他；一个是江西的熊正良，我们的作品同在安徽合肥的《希望》上发表，责任编辑郑元祥介绍我们通信交流。我们在通信中已知道会在鲁迅文学院同学。

68 一个岩头江人眼里的北京

从武冈到北京，地理距离是 3600 里，心理距离是十万八千里，或者零。

现在，"百度百科"里这样介绍：

> 北京（Beijing），简称京，中华人民共和国首都、直辖市、国家中心城市、超大城市，全国政治中心、文化中心、国际交往中心、科技创新中心，是中国共产党中央委员会、中华人民共和国中央人民政府和全国人民代表大会的办公所在地。北京位于东经 115.7°—117.4°，北纬 39.4°—41.6°，中心位于北纬 39°54′20″，东经 116°25′29″，总面积 16410.54 平方千米。地处华北平原北部，背靠燕山，毗邻天津市和河北省。气候为典型的北温带半湿润大陆性季风气候。
>
> 北京历史悠久，文化灿烂，是首批国家历史文化名城、中国四大古都之一和世界上拥有世界文化遗产数最多的城市，3060 年的建城史孕育了故宫、天坛、八达岭长城、颐和园等众多名胜古迹。早在七十万年前，北京周口店地区就出现了原始人群部落"北京

人"。公元前 1045 年，北京成为蓟、燕等诸侯国的都城。公元 938 年以来，北京先后成为辽陪都、金中都、元大都、明清国都。1949 年 10 月 1 日成为中华人民共和国首都。

我仿佛很熟悉北京。除了武冈县城和邵阳市，我最熟悉的是北京。这地方我从未来过，但是，我已千遍万遍地听说了它，从最早歌声里的想象，到后来各类文学作品里的描述，再到中央电视台的新闻联播。它比任何一个城市都更容易更频繁地出现在我的眼里。五哥在武冈武装部工作，五嫂在县烟草公司工作，这种双职工家庭结构较容易小康起来。所以他们花 1400 元买了台 17 英寸的"金星"牌小彩电。我总去他家吃饭，看上一会儿电视。1987 年，天安门、人民英雄纪念碑、人民大会堂……北京中心位置的建筑物以及它们的方位，我已经很清楚。老舍、邓友梅、陈建功的一些作品介绍了北京的人情风俗。王朔的小说则介绍北京大院孩子的一些故事。一个中国人，只要观看和阅读，一定会一次又一次地与北京相遇。

到达北京的第三天，3 月 1 日，我就迫不及待地揣一张地图，坐公共汽车来到天安门。冷，但是天气晴朗。直到我从金水桥走过去，买了门票，走进门洞里，才确认天安门是真实的门。它不只是一座城楼和一个观礼台。

现在，关于天安门的简介是：

坐落在中华人民共和国首都北京市的中心、故宫的南端，与天安门广场以及人民英雄纪念碑、毛主席纪念堂、人民大会堂、中国国家博物馆隔长安街相望，占地面积 4800 平方米，以杰出的建筑艺术和特殊的政治地位为世人所瞩目。

天安门是明清两代北京皇城的正门，始建于明朝永乐十五年（1417 年），最初名"承天门"，寓"承天启运、受命于天"之意。设计者为明代御用建筑匠师蒯祥。清朝顺治八年（1651 年）更名为天安门。由城台和城楼两部分组成，有汉白玉石的须弥座，总高34.7米。天安门城楼长66米、宽37米。城台下有券门五阙，中间的券门最大，位于北京皇城中轴线上，过去只有皇帝才可以由此出入。正中门洞上方悬挂着毛泽东画像，两边分别是"中华人民共和国万岁"和"世界人民大团结万岁"的大幅标语。民国十四年（1925年）10月10日，故宫博物院成立，天安门开始对民众开放。

1949年10月1日，在这里举行了中华人民共和国开国大典，由此被设计入国徽，并成为中华人民共和国的象征。1961年，中华人民共和国国务院公布为第一批全国重点文物保护单位之一。

走进门洞，里面就是故宫。即便有不少的游客，里面仍然显得空旷、庄严。无论是维也纳的霍夫堡、美泉宫，莫斯科的克里姆林宫，还是巴黎的凡尔赛宫，都是长廊串着的单体建筑。中国的故宫，却是一个设计巧妙的建筑群，一道门套着一道门，一圈墙环着一圈墙，城墙、台阶、宫殿。它在城市的中轴线上，四周有护城河，有用途各异的城门。所有的建筑都表现出皇城的威仪。据说建皇宫时，风水大师们是反复勘测和论证过的。

5月1日，我和杨志军、胡鹏、王刚一起，去天安门广场，想看看那里的节日彩灯。没到北京的时候，我们经常在电视里看到节日的天安门流光溢彩。我们到得早了些，灯还没亮起来。于是我们到前门大街吃涮羊肉喝啤酒。晚饭后，我们红着脸唱着歌往天安门走："五星红旗迎风飘扬，胜利歌声多么响亮。歌唱我们亲爱的祖国……"外地年轻人在天安门广场唱歌，忍不住唱国歌，唱祖国。就那么一个气场。北京人当然可以笑话乡下人。北京人在天安门广场唱过什么歌我不知道，我想当然也可以唱情歌吧。

北京，除了过往朝代的红墙和黄色琉璃瓦，绝大多数建筑呈灰色，没有高楼。多路有轨电车行驶时翘着辫子，它得向上方的电线取电。各个年代的电线一摞一摞地缠绕着，零乱地爬向各处楼房。路很宽。随便几幢旧楼门前，就挂着部级单位的牌子。这样的风景，仍然表现了它的繁华。有时，我觉得它就是一个放大了的邵阳。

但它与邵阳太不一样了！老北京说起清朝的故事，说着说着就说到自己祖上。祖上曾在宫里是个什么角色。他说起已经繁华起来的菜市口，旧朝代可是杀人砍头的地方，他的祖上某某就亲眼看到过斩人头。北京人的寻常故事就是中国的宫廷故事。

第一次见龙世辉先生，他给我说小故事："有次我坐公共汽车，不小心踩了位老爷子的脚。还没来得及道歉，人家说'没硌您脚吧？'我回头一看，你猜谁？"

"谁？"

"于是之。"

于是之是北京人民艺术剧院的著名话剧演员。这个故事至少有三层意思：一、北京随处都可能见到名人牛人，一不小心就踩了大腕的脚；二、北京人说话拐着弯儿，你得琢磨着听。明明是我踩他脚了，他不骂人，还说"没硌您脚吧？"（但是也许他拐着弯儿又骂了人。）三、我可与于是之有过近距离接触。于是之是个真正没有架子的大艺术家。

多年后，一位聪明的写作朋友总结了一句话：在中国，要成为名人，首先要成为北京人。

69 北京人

北京是骄傲的，但是没有妨碍北京人的亲切。

北京是首都，它无法低调无法谦虚。

在北京有朋友是很长脸的事情。蔚江大姐的关照让我一下子感到北京的亲切。乡下人无法不仰望北京。北京海拔 50 米，武冈海拔 500 米，我仍然仰望北京！

蔚江大姐让我一到北京就给她去电话。2 月 28 日，我按留言条吩咐打电话给蔚江大姐。她得知我要自己买饭盆、碗筷，就连洗脸盆一起买了送来。没有家庭电话，但是中国大都市已出现积极变化，北京的街道上有公用电话，打过去，会有位接电话的阿姨叫人。我一直不知道位于北京前门粮食店街的公用电话安放在哪儿。蔚江大姐说："离我挺近的。我一听人叫我，说一个南方口音很重的电话。我就知道是你打电话过来了。"北京电话已经用拨号码的方式，不像武冈，还在手摇着摇柄叫总机转接。若干年后，一位电视导演朋友北漂，说起老北京人，挺是赞赏和感激："老北京人啊，其实很质朴很真诚，特别愿意帮忙。"他孩子就学的问题，就是一位北京朋友帮忙解决的。

3月8日，我去前门粮食店街看望蔚江大姐。她带着我去吃涮羊肉。在前门不远处，老式的紫铜火锅，两斤羊肉。我从未吃过涮羊肉，如果在武冈请客，自己买羊肉炒菜，两斤羊肉就很多了。蔚江大姐一边教我怎么涮羊肉吃，如何蘸佐料，一边告诉我"涮（shuàn）"怎么读，外地人会读成"shuā"。吃完涮羊肉，她带我去剪了头发。当理发师自作主张，将我的头发前面吹出两个小卷来时，她惊叫着制止。亲姐姐般的照顾，大抵如此吧！

其后，蔚江大姐带我去她前门粮食店街的住处，到她的小阁楼里，谈天说地，谈她几次到湖南的观感。谈得最多的是湖南的几个朋友。我打量她逼仄的阁楼，觉得比岩头江农家的房子拥挤多了。但她说这已经很好，在北京前门有这么一块地方，都招好多人羡慕。我当然知道，这地方在北京的中轴线上，真正老北京的地儿，离天安门广场和人民大会堂仅1000米，离中南海新华门仅1800米，在中国政治经济文化中心的中心。

我们在不同的方言区。她要很认真才能听懂我说的话。像中国任何一个地方的大姐那样，蔚江质朴、真诚，让我情绪上十分放松。我放松的最突出表现，就是不断地冒出湘西方言，让她无可奈何地打断："维浩，等等，你在说什么呢？"她请我重复一遍。她原本学中医，因喜欢文学，调到中国文联出版公司任编辑，正在搜集苏曼殊的资料，准备写作苏曼殊的传记。她说广东作家刘斯奋建议她写的。我说："刘斯奋自己怎么不写？"她说："他正在埋头写《白门柳》，没时间写。这人特别认真，他很喜欢苏曼殊这个题材。"

我问："苏曼殊是谁？"我的方言把"殊"读成"茹"。蔚江听了三遍才弄清楚我在问什么。此前我真的不知道苏曼殊。五个月后，我却走进苏曼殊的故乡，并扎下根来！

有意思的是，我后来走遍中国，发现没有什么人嘲笑湖南方言。毛泽东当年用浓重的湖南口音在北京天安门城楼宣布"中华人民共和国中央人民政府今天成立了"。这段录音被反复播放反复提起，人们时不时地模仿。

蔚江大姐让我放松了对北京的任何警惕。我总是从朝阳区十里堡坐112路有轨电车，再转10路车，到前门大栅栏下。新中国推广的普通话，就是以北京方言为基础的。"堡""栅"都有不同的读音。"大栅栏"（dà shí làn）的读音非常怪，是个案，到现在这种读法也没收入《现代汉语词典》，但公共汽车的售票员就这么报站名，语速极快。我三次因听不懂而错过下车。蔚江大姐说确是有点难听懂。

我与益阳的刘春来去过刘绍棠先生家。刘绍棠先生是中国著名作家，一个写作的天才，17岁时写的作品就入选自己的中学课本。他的家是一个小院子。如果百度记载的没错，应该就是他自己购买的西城光明胡同45号。这位20世纪50年代就声名鹊起的"神童作家"曾经认为在北京大学中文系读书对他的写作不会有任何帮助，因而退学专事写作。他的创作受到时任团中央书记胡耀邦的鼓励，著有《蒲柳人家》《青枝绿叶》等多部有影响的小说。我在报纸上看过他写自己下放回乡的散文《被放逐到乐园里》。刘绍棠先生有些胖，态度十分亲切和蔼。他总是"春来呀春来呀"地叫，仿佛比他小二十多岁的刘春来是老朋友。

我与陶少鸿、刘春来跟在"北京大学作家班"上学的蔡测海商量，想去看望我们的湘西老乡沈从文先生。蔡测海打听到沈先生正生病住院，不希望打扰，也就算了。我们又与鲁迅文学院教务长周艾若先生

（周扬的儿子）联系去看望老乡周扬。周艾若先生称谢谢我们的盛情，周扬卧病在床，已不认识人了。只好作罢。

北京不只有八旗子弟。北京人其实来自中国的各个地方。

大概因为外地人来北京多。在北京问路，北京人非常热情，带着浓重儿化音说："从这儿向南 300 米西拐一胡同儿走 100 来米看一变压器再向南 400 米看一绿色邮筒向北……"一个陷入北京胡同的湘西人早就被绕晕了。哪里是东西南北？我又看不到太阳。一个北京人对我说两遍，我就只好不断地点头："知道了，知道了。谢谢！谢谢！"

我去得最多的是作家出版社副总编辑龙世辉先生家里，有时约朋友一起去，有时一个人去。他是武冈人。我在武冈见过他。一年前，他到香港，得知他的姐姐 1949 年逃往香港前，在老宅子里埋了若干金条，估算起来值 50 万人民币。他回武冈按图索骥，希望挖掘出来，捐献给中华文学基金会。但遗憾的是没有挖到。1987 年，这个副厅级的官员家里已经安装了电话。与他相约非常方便。但他居然住在人民文学出版社的招待所里，只一房一厅。每次去，他不带我去吃涮羊肉，只在家里煮面吃。他的太太谢素台则在厅里的一张床上整理书稿。令我惊讶的是，龙世辉先生极其大男子主义。当谢素台插话时，他会很粗暴地呵斥："爷们在聊天，你插什么嘴？一边去！"谢素台竟嘟囔两句不再说话。龙世辉则继续跟我们海阔天空。这一刻我很尴尬。谢素台毕业于清华大学外文系，是人民文学出版社外国文学编辑室的编辑，高度近视的眼睛让她几乎是趴在床铺上阅稿。她精通英、法、俄三种语言，是令人肃然起敬的翻译家，译著不少，曾与周扬合作翻译过俄罗斯名著《安娜·卡列尼娜》。我和我的朋友对她十分敬重！龙世辉是德高望重的编辑家，编辑过《林海雪原》《青春之歌》《代价》等名著，谈起文学来，眼界奇高。他说起与某著名作家比赛背世界名著的开头，让那位作家彻底认输时，不无得意："开玩笑，这两把刷子我都没有，哪还敢编你的作品了？"但他最津津乐道的，却是谈自己的武功。他说自己有次下楼，一不小心踩空了，身子扑过去，一伸手把人家的门戳出个洞来。我们笑着要去看那扇门。他淡定地说："人家那门早换了。"他爽声谈不愉快的编辑往事："湖南有个作家写过去的监狱生活，有体验，写得也不错，但许多地方太过了，有些地方议论太多，没有必要。小说嘛，让艺术形象说话，让他改，他不改，不改就出版不了呀。我评估过，这小说一出来，国内外肯定会有反应。这可是中国文学作品首次涉及人权话题。他坚持不改。没多久，从维熙的《大墙下的红玉兰》出来了，国内国际都有影响。从维熙被称为'大墙文学之父'。你看看，他要听我老龙的，'大墙文学之父'就是他而不是从维熙了。"

在 1987 年的春天，我第一次听人谈到"人权"。龙世辉先生早年毕业于北京辅仁大学，他的姐夫是一位国民党中将，1949 年曾动员他去台湾。他已加入中国共产党地下党组织，当然不会去台湾。此前，我知道"人格"，却从未注意"人权"这个词。在我所成长的氛围里，政权、政党、政府、国家从来就是同一个词。"权"从来就在国家机器的一方而不在普通人一方。北京下着雪，屋顶和路面都是白色的。龙世辉先生穿件米黄色的风衣送我到路口。

"权力"与"权利"有什么样的区别呢？我想问问"人权"是什么意思，又觉得一个写作者不了解"人权"是可耻的，羞于开口。

我的羞于开口是想多了，即便我问，龙世辉先生未必能确切回答我。中国在 1982 年加入联合国人权委员会。1989 年上海辞书出版社出版的《辞海》注解"权力：势力""权利：权势和货利。'义务'的对称。指法律上的权利，即自然人或法人依法享受的权能和享受的利益""人权：人身自由和其他民主权利"。

与龙世辉先生同步思考的知识分子大有人在。我在枫木岭读存在主义的时候，北京的理论家就在激烈地争夺人道主义阐释权。德高望重的理论家回头看经典，提到"人的异化"。更有人提出"人是马克思主义的出发点"。"人性""人的本质"的讨论风靡一时。经验丰富的政治家们提高警惕，明确提出"马克思主义拒绝作为理论和方法的异化概念""反对资产阶级自由化"。在汉语语境里，一些词经常会有多样性的解读，它深奥而有趣。务实的最高决策者不愿意在意识形态上出现混乱。

社会思潮的波动并不影响大量的欧洲哲学、文学、科学著作被翻译、被重印。我经常会去王府井书店，买回尼采的《悲剧的诞生》、萨特的《存在与虚无》、弗洛伊德的《精神分析学引论》、卡西尔的《人论》等。书贩们拖着板车走街串巷，叫卖哲学及其他人文科学著作。这是 20 世纪 80 年代的北京风景。

70　鲁迅文学院

那时的地址是十里堡，后来改为八里庄。实际上在十里堡和八里庄之间。

入门右侧是一个水泥抹平的篮球场。一圈矮墙围着一栋灰色小楼，五层。楼东一部分是中国作家协会的招待所。南面的平房平时是食堂，周末收拾收拾，办舞会，开学典礼也在这里举办。开学典礼后的 3 月 4 日举办晚会，有歌有舞。聂震宁的保留节目是学着湖南话说："我们的文学艺术，是从哪里来的呢？我看是从啤酒里面来的……"人们会心一笑。

这所未获得教育部认可发放文凭的培训机构，办学者的开放态度，远远超出一般人对中国教育培训机构的想象。一些怀揣着文学理想的人被推荐来到这里。管教务的何镇邦先生在入学讲话中明确说："这不是个中学或一般大学。大家到这里主要是来交流。如果你觉得哪个老师的课不好，你可以不来听，也可以中途离开教室，还可以当堂提问反驳。在这里鼓励充分的学术自由，你也可以建议请什么人来讲讲课。只要学院能办到的，我们尽力去办。同学们如果自己想讲，也可以自告奋勇上台讲课。"

在行政上，学院是一个厅局级机构。院长由中国作家协会书记处书记唐因兼任。

培训者津津乐道："鲁迅文学院就是一个大染缸。"以中国作家协会的名义，可以请来中国佛教协会会长赵朴初讲佛学课，请来中央交响乐团首席指挥李德伦讲指挥艺术，请来美国汉学家葛浩文来谈美国对中国现代文学的翻译情况。在短短的四个月里，我的听课日记里还有一长串的名字：鲍昌、张炯、何西来、叶朗、王树增、王笠耘、崔道怡、黄子平、吴福辉、鲁枢元、童庆炳、苏叔阳……如果我觉得课不好听，便不去。

路遥去了一趟西德，到文学院谈出国访问感想："那里没有拿工资的专业作家。相比较起来，中国作家真是太幸福了！"

已经转入"北大作家班"的数位获全国小说奖的作家，如解放军的简嘉、湖南的蔡测海、山西的张石山、广东的吕雷等，去北大上课，住鲁院，也在鲁院上课。我们班的迟子建已写出《北极村童话》，余华已写出《十八岁出门远行》，杨志军已发表《环湖崩溃》。同学们差异大，有些人认为到北京来，就是跟国家级的刊物建立联系。我仿佛从不觉得这是问题，中篇小说已在《十月》发表，《人民文学》留用短篇小说《等船回来》，确定发 7 月号。湖南的《芙蓉》第三期发表了我文体意识较强的中篇小说《有一座美丽的祠堂》。因为在湖南，没有人将我往"先锋作家"里放。

我与青海来的杨志军、山东来的胡鹏住同一个房间。杨志军带来西部的血性，教我们喝起酒来划拳：三结义呀四季财呀六六顺呀七七巧呀八匹马儿跑呀满山地跑呀……他的《环湖崩溃》就是用这种万马奔腾的语言，展示西部生机。他一直强调的是：人类自古以来所面对的所困惑的所希望一劳永逸解决的无非生老病死、爱恨情仇，可是却诞生了这么多伟大的文学作品，真是奇观。胡鹏则反复提到东西方哲学的对比，他觉得东方哲学就像是一个老人向年轻里走，而西方哲学却是像孩子一样成长成熟正在往老年走。杨志军在《青海日报》任文艺部编辑，长我 7 岁。胡鹏任明天出版社的编辑部主任，长我 1 岁半。两人的学识和见识都比我强好多。我占便宜，可以从两位兄长处学东西。后来的日子，我用不断的阅读和思索去咀嚼两位同学的判断，越来越觉得精辟而隽永。我们经常探讨更为深刻的话题：现代科学为什么没有在中国诞生，而是诞生在基督教的欧洲？这一切与宗教伦理或基督教思维有关吗？儒教的重大缺失是什么？为什么尼采说"上帝死了"会引起人们的同感？在中国西部是否有生命力旺盛的"酒神"？性描写是必要的吗？形式即内容……

志军和胡鹏都抽烟。志军诡笑着说："胡鹏，我觉得咱俩就这么四个月，也干不成别的，最有可能的干成的是教会维浩抽烟。"他俩抽烟时，总是不忘扔一支给我。我接了，也抽。不过我告诉志军："你恐怕要失败。我不是没吸过烟，我12岁开始学吸烟，到现在也没学会。我怎么都上不了瘾。"十三年前，生产队产烤烟，去烟架上下烟时，每个男人都会揣一把烟到自己腰里。我也揣，不揣一把我亏呀，揣回来先藏在床下的稻草里，过些时候怕发霉浪费了，于是偷偷与小伙伴们切烟丝吸。

我只是偶尔陪着抽，余下的烟放在抽屉里。等他们发现没烟抽时，我又扔了些回去。

每有朋友来，我们就到附近酒店去消费，学会点京酱肉丝、拔丝苹果。上海电影制片厂的编辑唐俊华先生想改编我的小说《我们正好差一岁》，到北京与我交谈，我请他吃饭。他请另外的朋友时，也约了我，算是回请。但真正吃饭的时候，我却没去。我是想为他省点钱，却不知道爽约是最大的失礼。

在中国，似乎文学写作者都想上鲁迅文学院，不管它能不能颁发有效文凭。

所有的东西向我涌来。中国社会的变革给了写作者成名的机会。在某种程度上，写作者以先知的身份出现，曾经是发现者、引领者，甚至是赴汤蹈火的勇士。但是，当农村经济改革大显成效，城市经济改革已经开始时，人们将更多的精力放在经济建设上来。写作者似乎先一步走进现代或后现代。因为开放，部分写作者认为写什么已不是问题，怎么写才是问题。一切欧美写作者曾经遇到过的困惑，很快开始困惑中国写作者。

这一年，44岁的任正非先生在深圳创立华为公司，成为一家生产用户交换机（PBX）的香港公司的销售代理。

这一年，一首歌横空出世。新疆来的王刚喜欢到北京广播学院去玩，我不知道他有什么朋友。有一天，北京广播学院的两个女学生来到楼下高唱："我曾经问个不休——"王刚则在楼上打开窗朝下应答一句："你何时跟我走？"他们对上暗号似的。

摇滚来到了中国。崔健，我的同龄人，据说他曾背着一把吉他，以其独特的方式，用草绳系着裤子，挽起的裤腿一只高一只低，用沙哑的声音在工人体育馆唱《南泥湾》。这首著名的红歌，被崔健唱成了摇滚。据说崔健最早到北大唱《一无所有》的时候，没几个人听。可我一听王刚和女孩子的对唱，就被词和曲深深感动了。这是我听到的1987年的中国声音。它的歌词唱出的是全体，我一直相信包括制度设计的顶层，都适合唱这首歌。"一无所有"既是物质的，更是精神的。信仰缺失成为一个话题。在简单的有饭吃有肉吃有衣穿之后，人们仍然对更丰富的物质生活充满向往，有自己的房子，有自己的汽车，有通信方便的家庭电话……这首歌以吼叫的方式，充满了原生态的力量：

> 我曾经问个不休，你何时跟我走？
> 可你却总是笑我，一无所有。
> 我要给你我的追求，还有我的自由。
> 可你却总是笑我，一无所有。
> 脚下的地在走，身边的水在流。
> ……
> 我要抓紧你的双手，你这就跟我走！

这是我听到的第一首摇滚。尽管"一无所有"，还让你"这就跟我走"，但不会觉得在强人所难，而是"爱我一无所有"。未来并不灰暗，而是充满希望。

《一无所有》与在中国青年中流传甚广的诗《相信未来》，在精神质地上，是完全一致的。开放的中国社会，让它显得更加纵情、狂野而执着。

中国在改革，在困境中寻找出路。白手起家干自己想干的事业，人人在努力。一个湘西年轻人想当作家，似乎比一个转业军人想当企业家更容易些。我们相信未来！

一批有写作野心的家伙，正在重新规划中国乃至世界的文学版图。

第五章

71 借 调

1987年的中国年轻人到特区去，与20世纪40年代的中国年轻人到延安去，本质上可能是一样的，在参与社会变革的过程中改变自己。

和平时代，大秩序确立，生活有基本确定性的时候，只有极少数的人雄心勃勃地想要改变中国。更少数的人一边干着手里的事，一边设计着未来并能将理想变为现实。绝大多数人希望中国改变。个人与国家之间互动，这个国家就可以前进。

我连家乡岩头江村都改变不了，所希望的只能是改变自己。

我在中国作家协会鲁迅文学院学习的时候，一纸借调函寄到湖南省武冈县委宣传部。

国家每前进一步，都给普通人提供了更多的机会。在中国，年纪轻轻就进县委机关。这里30岁以下的不超过20人。按人口比例计，是三万分之一。我在北京上学的时候，武冈县政协通知"您为中国人民政治协商会议武冈县第三届委员会委员"。会上，我被选举为县政协常委。熟悉中国仕途规则的认为，我可以盘算着在武冈县往上走，如果没有什么闪失，中年时任县相关部办委局的负责人应该不成问题，好的情况是可以像我的上级一样，升至县委常委或更高级别。当然，还有可能离开武冈，到邵阳、长沙任职。但到海滨去，参与建设一个更新鲜的城市更吸引我。好朋友邓立佳于1984年考上湖南省委党校，1986年毕业，即分配到邵阳市委党校，1987年调入省委《学习导报》杂志社，任编辑。他用短短三年时间完成一个乡村中学教师到省委机关干部的蜕变。我们保持着频繁的通信，交流对国家、社会、民族、人生的看法。我们一度读着让·雅克·卢梭的《忏悔录》，很羡慕初露才华而又穷困潦倒的卢梭能遇到华伦夫人，给他经济资助，给他爱和鼓励。我们有时想象自己是怀才的卢梭，认真地打量中国社会，可"华伦夫人"在哪里？立佳也鼓动我到海边去！

省际调动是非常困难的，除非是省一级的干部，俗称"中管干部"。直至现在，从湖南的一个县委宣传部调到广东某县委宣传部，仍然是十分困难的。但是我希望去的，是中国的经济特区。1980年春天，中国在南海边画了四个圈：深圳、珠海、汕头、厦门。

自到过珠海之后，我一直联络着珠海警备区政委肖时照先生。当然，我也联络过深圳。深圳的老乡是别人介绍通信的。他并不主张我到深圳去。而肖时照先生满怀热情，殷切地希望我到珠海去。他说这里正在搞建设，需要各种各样的人才，到珠海肯定是个不错的选择。5月，我从北京直接到珠海一趟。肖政委领着我拜见了中国散文诗学会会长柯蓝先生。中国人民大学出版社1980年出版的《中国现代文学史》里，记载柯蓝先生在中国革命圣地延安写过《洋铁桶的故事》，曾一纸风行。他的《早霞短笛》是中国第一本散文诗集，在文学界享有盛誉。在一个湘西青年看来，进入文学史是相当厉害的人物，令人仰望。珠海市政府请柯蓝、杨沫等著名作家当文化顾问。我从北京过来，这个我清楚。珠海特区报社文艺部主任陈伯坚先生受柯蓝之托兼任《散文诗报》珠海办事处主任，他亲手给我开了借调函。

我从北京结业回到武冈。县委宣传部新任部长曾宪光找我商量："你人在北京，那边的借调函就来了。"跨省的借调极少见。

我对部长说："《散文诗报》是国家级的文学报纸。我去那里，可以更好地为武冈文学作者服务。"这是个不错的理由。

我被同意借调，但不能还领着武冈县财政的工资。我办了停薪手续。

回到岩头江，我向父母告别。两个妹妹和小弟弟都已随父亲在邓家铺镇上读书。岩头江只剩下母亲一个人，平时很冷清。只有寒暑假时，我们都回去才热闹。我劝母亲不必再在土地里劳作了，那样太辛苦。母亲不肯，说土地里一年总还是有不少的收成。母亲说，这样可以自己种点菜。我登上坛主山的塘坝。坝下就是我家原来的责任田。要说我对这片土地依依不舍，那是太矫情了，当然也不决绝。我将去 1800 里外的海边，新闻播报称那里是"改革开放的最前沿"。

母亲不太清楚我要去的是什么方向，她看不懂中国地图和世界地图。对外面世界的感知只用太阳起落和河流的方向作为坐标。她知道珠海在海边，反复叮嘱我："不要玩水，俗话说水火无情。"对母亲来说，我去的是一个未知的地方，她的眼里满是不舍和不安。她一直反对我去珠海，希望我去更大更高级的地方是邵阳或长沙、北京。反对无效。我似乎踌躇满志。我告诉她我去看过，那里有阳光、沙滩、棕榈树，有更高的工资。

我于 8 月燠热的天气里南下，对坐火车的套路已经很熟悉了。在衡阳等火车，我很从容。我知道只要愿意多花 3 块钱，到餐车上去坐一个晚上没有问题。实在餐车没位，我还可以像其他人一样，将身子塞进火车座位下，也就是闻十几个小时的脚臭和鞋袜味。据说珠海的工资比武冈高许多，怎么坐车都是值得的。

72 安平台一号

鲁迅文学院的全班同学集体转入西北大学作家班。

我收到了西北大学作家班的入学通知书。

家处中国东南地区的同学，为照顾家庭，又跑去折腾出一个南京大学作家班。许多同学来信，希望我去西北大学再待两年。南京大学的同学也愿意与校方沟通让我去南京大学作家班。但是这两年要 3800 元。武冈县财政局已经给我掏了去鲁迅文学院的 500 元学费，县财政并不宽裕，不可能再给我掏钱了。如果要我个人负担 3800 元学费，不堪重负。我没有那么多的存款去上这个作家班。我的月工资只有 66.43 元，年收入只有 797.16 元（宣传部卖掉旧报纸会分到 20 多元，可勉强凑成 800 元）。许多去西北大学的同学，主要苦于没有一张大学文凭，而我毕竟已经有了一张专科文凭。

所有的原因和理由促成我只能去珠海，而不是上西北大学（或南京大学）。

县委机要室的李辉卫借了个很方便的背包给我，包里有很多个功能不同的分隔区。武冈县城里还没有这种背包卖，可能是他在天津远洋公司当海员的父亲给他的。他那生长于武冈最贫困山区天鹅山的父亲一生颇为得意的是：全世界有港口的地方都去过。

我办好边防证，已是三下广东了。

陈伯坚先生请我在他家里吃过一顿饭，告诉我，盘子里的鱼叫风鳝，只有在咸淡水交界的地方有。我先是在林维雯老师家里住了两天。这是位上海阿姨，兼职《散文诗报》珠海办事处会计，同时分管一些勤务工作。她的亲戚都在香港，先生在珠海设计院工作。在光明街，她家有两套房子。我得到了很好的照顾。

三天后，我住进珠海市香洲安平台的一幢六层楼的房子里。这座房子属武装部，东邻珠海市政府大院。我住四楼，是武装部借给《散文诗报》珠海办事处的。我的工作是阅读《散文诗报》函授学员的来稿来信，并回复他们，选择有质量的稿件供《散文诗报》刊登。经济热潮涌动，文学热潮正在消退。每月只有 100 来封函授学员的来信来稿，平均每天 4 封左右，我只需选择性回复。

具体工作由珠海特区报副刊编辑江昊与我联系对接。他西北大学毕业，在陕西省文联工作，我不知道他为什么来到珠海。他的伯父是红色教育家江隆基。我想考教育学研究生时读过江隆基的相关文章，因而与江昊共事感到亲切。

我不再只是个湘西南岩头江村的小伙子。我已经走南闯北，北至北京，东至上海，西至大理、西双版纳，南下珠海，在中国大地上画了个十字，有万里行程。在北京，我听过中国佛教协会会长赵朴初讲佛教，中央乐团首席指挥李德伦谈音乐，并在《人民文学》《十月》发表了作品。对阅稿业务，我信心满满。这点工作对我来说，太轻松了。有时，我会在回信中试探着跟学员谈"存在主义""酒神""弗洛伊德"，忐忑里隐匿着轻佻。柯蓝先生只是偶尔到珠海来，他向我展示了相关的批复。柯蓝先生给一位革命家写信，希望建立这个单位。革命家给广东省领导写了信。省领导又给市领导写了信。市领导同意给六个编制设立《散文诗报》珠海办事处。可是这只是个领导批示，而不是珠海市编办的文件。

事实上，这个单位尚未成立。

我其实是被一个不存在的单位借调过来。这个单位一直未能建立起来，所有的人都是兼职。此前，已有一位湖南小伙子来工作了一段时间，回去了。虽然是借调，我自己清楚：我回不去了！我怎么好意思回去？

但是我很尴尬，我得用这个借调的时间找个确实存在的单位。

我自己揣着毕业证和相关材料，到珠海人才招聘办去登记，又骑着自行车一家一家地去找。我总是被人拒绝："你会写文章？可是我们干吗要个写文章的人？我们要做生意。你要是懂生意就好了。"

在珠江三角洲，"懂生意"成为最受欢迎的人。

73 农转非

我揣着自己的资料在珠海到处找接收单位的时候，五哥曾维发在想办法帮我们一家办农转非。他从武装部转业到武冈县委大院里的县财委。转业公安局的战友告诉他，农转非的指标松动，1987 年应会办一批。

农转非，就是将农业户口转变为非农业户口。

严格的户籍管理源于中国传统。中国的户籍管理始于周朝，至隋唐已很完善。

中国人的幸福生活是"安居乐业"。

中国人最圆满的死亡是"寿终正寝"。

中国人不喜欢的生活状态是"背井离乡"。

这是农耕文化的精髓。迁徙不利于耕种。迁徙总是万不得已的事情。1958 年，当《中华人民共和国户口登记条例》颁布时，没有人觉得它有什么不妥。这个条例第四条规定："户口登记机关应当设立户口登记簿。城市、水上和设有公安派出所的镇，应当每户发给一本户口簿。农村以合作社为单位发给户口簿；合作社以外的户口不发给户口簿。户口登记簿和户口簿登记的事项，具有证明公民身份的效力。"

在中国，农村人没有自己独立的户口簿。

此前乃至此后很长的时间里，岩头江人不知道什么是户口簿，是用来干什么的。人们的活动范围，极少能超出村外。万一在村外遇到什么事，能证明身份的是他的亲人和村子里的邻居而不是户口簿。调动到珠海之前，我没有见过户口簿。

1983 年的"严打"，"吊销城市户口"是对犯罪者的惩处办法之一。

农业户口不能买到国家商店的农产品，不能进入城市工作。

20 世纪 80 年代，这项政策开始松动。首先是回城的知识青年，接下来是他们的家属，因为户口，他们面对很多问题。许多原来拥有城市户口的青年下放农村后，已结婚生子。他们的配偶和子女都是农村户口。一方回城则妻离子散。政府需要以合适的方式解决这些突出的问题。接着有专业技术人员、特殊工种人员的待遇问题。比如干水利工程、地质勘探的，常年在野外工作，需要家属照顾。政府开了一些小小的口子，严格掌握，让极小的一部分人转为非农业户口。人们通俗地说是将农村户口转为城镇户口，实际上他们未必进入城镇居住，而是获得了购买粮食和肉类的权利。

母亲和弟弟妹妹们本来早两年有这样的机会。在调工资时，任学校支部书记的父亲将可能落到自己的一级工资谦让给同事。他觉得别人更困难些。结果这不只是一级工资，受让者升为中学教师五级待遇，能享受配偶及子女农转非的政策。父亲只是六级，望"五"兴叹。要命的是，大妹妹通过高考离开农村的希望破灭了，尽管她仍然在努力复课，以期再一次参加高考。如果她被转为非农业户口，便有机会参加招工或者招干的考试。

每提到这样的失误，母亲严厉指责，父亲只是沉默。他无以辩解。因一次工资调整的高风格而让儿女丧失前途，在内心里，他一定在后悔。涨工资有指标，许多人都想各种办法在争取，而他却谦让。这一高风格可能让自己儿女的未来有天壤之别。

这是一个巨大的伤害。

这种底层的机遇，在许多时候决定人的一生。

所幸，政策有了相应的持续性，父亲两年后升到中教五级，达到配偶及子女农转非的标准。这个农转非的政策也没有变，但这只是必要条件而非充分条件。

身为武冈县财委干部的五哥起到关键作用。他不断地与县公安局的政委和县委分管农转非工作的副书记沟通。从空间意义上，他与本县农转非的最高决策者在同一个院子里上班。他只要到另外的办公室串门，就能把相关政策、进度弄清楚。这是父亲从邓家铺到县城里来打探消息无法相比的。从最底层仰望这一办事过程，属于"县上有人"。尽管所有的条件、手续都依法依规办理，但如果没有五哥，这件事可能就办不成。

我自己调动的事儿还没着落，从珠海回去时，五哥总是带着我去见相关人士，公安局的政委、户籍股的股长……得到农转非的最后批复，五哥和我确定把母亲和两个妹妹一个弟弟的户口落在武冈县城关镇，迎春亭街道办某街某号。我从来不知道这个地方在哪里，直至现在，它更像是一个虚拟地址。父亲和母亲一直想落在邓家铺，为的不就是"吃国家粮"吗？五哥来信说："考虑爱武、爱琼和志奇未来的就业问题。县城待业的应该比乡下待业的更有招工招干的机会。"

这是一个多么微小而可怜的改变。

这个改变令全村人羡慕不已。

一直生活在都市的人们不会知道，最底层的"农转非"有多艰辛。

尽管每一届的全国人民代表大会都有农村代表，但没有一个农村公民去翻读《宪法》，质疑户口分"农业"与"非农业"的合法性。更没有人知道：古希腊解放奴隶的法令中，"自行选择工作"和"自行选择迁徙"是两项最重要的权利。

许多乡下人只想自己凭什么样的洪荒之力，来翻越这道人为的篱笆。

母亲和两个妹妹、一个弟弟终于可以摆脱自耕农的生活，无论如何，这是家庭的一大步。中国城镇化从何时开始我不清楚。但我家的城镇化从"农转非"开始，这是毫无疑问的。

一个湘西乡村家庭在进步，中国社会就在进步！我们在走向更好的生活。

74 小漂泊

这个城市会不要我吗？

有时，25 岁的我会站在安平台四楼窗前发愣。这里可俯瞰珠海市政府大院。政府大楼坐北朝南，像一本打开的书。向东，稍远处是海。门内是那些忙着建设、管理这座新城市的人们。他们中的几个人决定要什么样的人参与进来建设这个城市。

我满怀热情，满怀期待。我相信自己有一些才华，有可以挥霍的青春，有足够的激情，能够为这座新兴的城市做一点什么。

这个新建立的城市确实需要人，方方面面的，建房子的、修路的、办公司的、架接电线的、开车的、制药的、卖菜的、做饭的、理发的……最需要的，当然是能帮着挣钱的人。

这个城市是否需要写文章、画画、唱歌的呢？这个城市的文学艺术界联合会才建立不久，在烈士陵园里一座两层的石头房子里办公。外地人找公共厕所时，总会闯进办公室去——它太像一个公共厕所了！但这个文联雄心勃勃，一下子获得若干编制，属下有文学创作室、画院，还有一家杂志社。画院已从全国招聘了五名青年画家，他们分别是来自河南的李自人、黑龙江的王广义、浙江的王国俊、陕西的石果和吴黎明。创作室招聘了作家，他们是来自湖南的徐晓鹤和贵州的杨雪萍，本地的梁潜。他们的名字正为全国美术界、文学界所熟悉。画院和创作室属正规编制干部。杂志社属事业单位，资金自筹，不足部分由财政补贴。经肖时照先生热情联系，珠海市文联同意我调入，占文学创作室的编制，但得去杂志社干编辑的活。

市委大院里设一个"招聘办"，这是内地其他城市所没有的。同龄的招聘办干部周伟超来自广西，好读书，很快成为朋友。他真诚地告诉我："一个接收单位如果要你，你就先到这里填上一张表，拿去盖章，盖了章才真正算愿意要你，而不是一句话。"

在此期间，我一边干着《散文诗报》函授教员的活，一边眼巴巴地等一道一道的程序。首先是文联在招聘表上签字盖章同意。招聘办把这些表集中起来后，等人事局领导集齐了人开会，讨论哪些人可进哪些人不可进。用人单位也要到市招聘办去登记所需人才。人事局听命于市委市政府。

新认识的朋友问："调动办得怎么样了？"

我说："在等。"

"等调令吗？"

"不。等十三大。"

说这话时我一点底气都没有。这听上去十分可疑。但我没有撒谎。这个最高层最重大的会议确实与一个普通公民的具体事务直接相关。十三大前，珠海不再研究人事调动工作。我一直处于填了一张表，得到一个接收单位签字盖章的阶段。

这一年费翔的歌传遍整个中国，到处飘荡着《故乡的云》：

……

> 我已是满怀疲惫，
>
> 满眼是酸楚的泪，
>
> 那故乡的风，
>
> 故乡的云，
>
> 为我抚平创伤。

这样的词曲很适合我听。那些推销产品的店铺不管噪音，把歌声放大以吸引顾客。我常常去这样的店铺前驻足，听这首怀念故乡的歌。十年后，我读到韩少功的一句话："故乡是远行的证明。"心底一颤，记住了。

漂泊感时时抓紧我。漂泊不是因为与故乡的距离，而是生活的不稳定性，前路的不确定性。要是我的调动未能获人事局批准，我怎么办？找下一家？还是回武冈去？

条件优裕的大城市人来经济特区的不多，就像贵族们不会跑到北美土地上去一样，去那里的是异教徒、底层平民和有犯罪前科的冒险者。仔细看，早期到珠海来的，省会城市的也不多。如果一个人告诉你他是从西安来的，很可能来自临潼或者户县；告诉你是长沙来的，可能是望城、浏阳人。省城来的大多是不愿意安于现状，想要有所改变的年轻人。

我只能等待，不时地跑回长沙去寻找一点安慰。因为立佳，我得以走进湖南省委机关大院。院子里楼距宽，很安静。路过的人们表情都近乎庄重。也许一个管理6000万人口的机关需要这种庄重。

邓立佳的妻子梁云还没有调到长沙的合适单位，他自己在省委机关里与人合住一间房。但这位干部的家在长沙，基本上不住省委大院老式带走廊的单元房。房内十分简陋，加装了卫生间，有两张床。立佳吃省委食堂，但在这个房间里也能做饭菜。他新添置了洗衣机，妻子没来，洗衣服的事情交由机器解决。他开始享受一点现代化,对洗衣机的工作十分满意。我需要一个朋友一起谈奋斗、谈理想、谈人生。

但是我从来没有问过邓立佳,一个生长于武冈水浸坪的人,第一次走进省委大院上班,有什么样的感觉。在水浸坪,他当然成为传奇。

当我再回珠海时,我的边防证过期了。位于珠海下栅的边防检查站不承认《散文诗报》珠海办事处的工作证明。我被拦在检查站外,拖着行李,只好灰头土脸,冒着小雨往回走,走进唐家部队168医院。我认识这里的办公室主任蔡幸福先生。蔡先生热情地接待了我。吃过晚饭,已没有下栅到香洲的车了。他留我在他家住下,第二天把我塞上村子里的拖拉机,混进珠海市区。这很有点像战争年代做地下工作。其实是我缺机灵,当时就有农民收拾元钱可带人抄田间小路"潜入"特区。

谢天谢地,我在1988年春节前获得商调函。这是调动的真正开始,如果武冈愿意放我,我的档案会被寄送到珠海人事局。人事局看了我的档案,确认我没有什么不良前科后,最后向武冈县人事局发出调动通知。

75 蛇口的爆炸与《致爱丽丝》

1988年3月,《散文诗报》函授班结束。我们评选出五位优秀学员到珠海、深圳特区参观学习。柯蓝先生是《红旗》杂志的编审,延安时期的革命作家。深圳南油公司给了高规格的接待。我第一次跟着名家吃丰盛的一顿海鲜,喝洋酒,不懂得拒绝,喝醉了。午餐后,深圳南油公司办公室主任带我们去参观该公司的移山填海工程。一辆丰田小车把我们送到工地。办公室主任充满深圳拓荒者的豪情,亲自解说:"我们把这座山炸掉,土石直接炸向海里,要填出几个平方公里的地来,将在这里规划几个功能区。这里最大的一炮填80吨炸药,最小的一炮是40吨……"我正在呕吐,眼前突然拉起一张土红色的巨幕,遮天蔽日。山炸了!有人喊"快跑",我掉头往海边跑去,直跑到最边缘,眼前已是蓝色的海水，再往前就得跳海。我稍一犹豫，就地趴下，用手护着头，轰隆声追赶着我们。接着，我听到砂土落在身上的声音。

我没有想到死亡。我静等着砂土将身体覆盖，甚至可能有巨石砸在身上。我不知道它会砸在什么部位，但我知道砸在任何部位都会很疼。

许久，不再有砂土落下的声音，我们才起身。我发现来自汕尾的学员孙雄用自己的身体护在柯蓝先生身上。这是令我终生难忘的英勇壮举！离我们 5 米处，就有一块 50 厘米见方的石块，落在任何人身上一定致命。落在孙雄身上，他会成为一个舍己救人的英雄！所幸，没有任何人受伤，我们每人身上盖了 3 寸厚的土。司机淡定地把车开到海边。其实，只有他的选择才是最正确的。至少，车顶可以一定程度降低伤害。工地半路上本来设置了哨位，施工时不让人进去。因为极少人来，放哨的到别处玩去了。没有人拦住我们的车。不幸中的万幸，这一炮 80 吨的炸药定向东面送土，我们在正南面。

活动在深圳结束。在蛇口码头等回珠海的船，我到海边溜达。春日的阳光明媚。我这些天忙着跑腿，连炸山这种事都碰上了，命大的 8 个人居然不伤毫发。我特别放松。在海边的树下，我们听到钢琴声。我说这音乐真是太好听了。林维雯老师说这是《致爱丽丝》。我循着这声音走进南海酒店，面对大堂中的钢琴和正在弹奏的钢琴师，在一张沙发上坐下来。

《致爱丽丝》，真是太好听了！

一位系着深红色蝴蝶结的姑娘走过来，面带微笑，彬彬有礼地问："先生，请问您是在这里消费的吗？"

我说："不，我不在这儿消费。我只是听听钢琴。"

姑娘说："对不起，先生。我们这里的沙发只供酒店客人坐。"

我涨红了脸，什么话也说不出来。我在蝴蝶结姑娘和大堂其他客人的注目下，灰溜溜地被赶出南海酒店。这家深圳最早的五星级酒店一定不知道，在它开业的第二年，深深地伤害了一个乡下人。也许，它伤害过的乡下人远不止我一个。它让我多年来一直对那些五星级酒店保持足够的警惕。

1988 年 8 月 8 日，珠海第一家五星级酒店银都酒店开业。此前我看到过那些几乎插到云层里的鲜黄色吊车署有"熊谷组"字样。有人告诉我，那是一家日本著名的施工公司。这幢大楼从设计到施工都由日本公司承包。楼顶是直升机场，供公务飞机停放。六楼有游泳池。每路过那里，我都敬而远之。直到三年之后，我参加五楼的一个活动，与朋友周伟超经过二楼的西餐厅门口。

周伟超说："我们进去喝杯咖啡如何？"

我说："会很贵吧？让我先进去侦察一下，太贵了我们就不喝。"

我走进去看了看酒水牌，咖啡每杯 8 元。原来这家五星级酒店的咖啡我也喝得起呀！我赶紧把周伟超拉进西餐厅。那一刻，我对珠海银都酒店充满感激。它是能让我进去自己掏钱消费的第一家五星级酒店。

不只是湘西乡下人，对所有中国人来说，星级酒店太陌生了！1982 年，广州的五星级酒店白天鹅宾馆刚开业时，广州人进去看一看，需要购买 2 元钱一张的门票。投资者霍英东先生听后十分震惊，迅速制止，让酒店敞开大门任人进出。许多广州人至今仍记得排队参观五星级白天鹅酒店的盛况。那时任何一个公园的门票都不会超过 2 角钱。而广州许多宾馆住一晚的床位费都只要 2 元钱。

2019 年 5 月底，我入住上海徐家汇的美豪丽致酒店。打开电视，荧屏上一行字：十六年前本人在一家国际外资酒店受到冷遇，自那时起，便立志做一家让国人享有尊严的有温度的酒店。落款是酒店创始人龚兆庆。我十分诧异。这家酒店房间有指甲钳，每层楼有任取的矿泉水，大堂有任意取食的饼干和油桃（或香蕉）。龚兆庆真厉害！我不知道他受到了什么样的冷遇。

珠海人陈芳的故事亦十分励志：1890 年，65 岁的陈芳，在夏威夷经商获得成功后，携巨资回珠海梅溪老家定居，路过澳门，看到一酒店"华人与狗不得入内"的招牌，故意走过去，结果被门童拦住不让进。陈芳离开一个时辰后再回酒店，对门童宣布："你被解聘了！"然后理直气壮地将"华人与狗不得入内"的招牌扔出门外。有钱就是任性！他短时间里以 5000 美元买下该酒店，改名为"四海芳园"，让所有华人随意进出。

三十二年过去了，我真是没出息，没能挣到足够的钱把深圳蛇口的南海酒店买下来，将它改为"南海浩园"。

76 湾仔沙

《散文诗报》珠海办事处终结了。珠海市人民武装部借给《散文诗报》办事处的房子收回另作他用。我只能搬到安平台一楼的一间房子里。这个 20 平方米的房间，是武装部的办公室，安放有两张办公桌。看肖时照政委的面子，给我在里面安放一张 1 米宽的床。但有人早上 8 点钟准时在这里上班。白天，我不能待在这房间里，得到外面去游荡，打发这段上班的时间。

这年的 3 月和 4 月，我的工资断了。我领不到任何单位的工资。

多年后，我听学经济的弟弟说这样的时段叫"摩擦性失业"。

当然不会有社会救济。中国还没有开办社会保险。我用积存的钱购买早上的面包和中晚餐饭菜票，吃武装部食堂，无所事事地等待最后的调动通知。那些面包被划了一道口子，上面洒了一些晶体，据说叫氨基酸。我既不能告诉父母更不能告诉原单位，只能等待！

5 月，我获得正式的调动函。我真的远行了！武冈的朋友为我饯行。没有任何人有权动用 1 分钱的公款。由张小牛张罗，几个朋友凑钱在县委武装部食堂订了几个菜。这样的一种温暖，在以后的岁月里，很难感受到。除了餐费，他们还凑钱送给我一支钢笔。在透明的有机玻璃钢笔盒上刻上"维浩留念"和"三畅、星汉、松华、太锋、小牛、永宏、建国、辉卫"。钢笔不见了，这个盒子至今仍放在我的白杨木箱子里。

这是 1988 年的中国礼物！

从借调到获得调动函，我等待了漫长的九个月。办理调动手续后，在珠海认识的部分新朋友向我道贺，我才知道，他们借调的时间远比我长，甚至有一年半、两年的。

只有自己办理调动手续，才能体验中国的人事管理，了解调动路径。珠海的调动工作函由珠海人事局发出，对应单位是武冈人事局。武冈人事局向县文联发函。我持县文联函到武冈县人事局报到后，县人事局再开具工作介绍信、工资介绍信。随即我要持此介绍信到县公安局去开具户口迁移介绍信，到县粮食局去开具粮食关系迁移介绍信，到共青团县委去开具团组织介绍信。五信开齐后，我再带着行李来广东。我报到的地方是珠海市人事局。珠海市人事局再开派出函到珠海市文联，文联安排我的具体工作。

在武冈，农转非的大妹妹并不能马上获得工作。我把拥有武冈县城关镇迎春街道办户口的大妹妹带来珠海打工。此前我已打听过，石景山电子工业公司需要工人，不论户口，高中毕业，年龄在 25 岁以下就行。这一年，珠海市有电子工业企业 30 多家，收录机生产线、彩色电视机等生产线 49 条。

杂志社暂时没有宿舍。我被安排在临时的干部接待站。这里是个小小的招待所，一间房住三个人。妹妹暂时住在老乡李少华的家里。他从唐家部队转业至市委办公室，已分到了三房两厅的一套房子。热心的李少华家里，几乎成了打工老乡的周转站。

大妹妹第二天就去石景山电子工业公司报到，住进了集体宿舍。这是一个跟学生宿舍差不多的房间，里面放着五张双层的床。她刚进去，公司就通知，没有订单，不开工。员工们都闲着。一个湘西姑娘走进一个正在成长的城市，她满是新奇和不安，本有望成为一名电子工业的产业工人。在湖南老家的观念里，工人地位仍然远高于农民。人们面对机器，有序地工作，不淋雨，也不晒太阳。然而时代没有给她这样一个机会。她对第一份工作非常失望。在这个电子公司，只是报到填了表，不会有劳动合同。

就业与失业几乎在同一时间完成。

我第一次知道，订单是工人的工作保障，光有生产线是不行的。

在母亲的教育里，闲一天都是犯罪。大妹妹太渴望有一份工作了。她不能无所事事地与石景山电子工业公司一起等待订单。于是，她走进机关幼儿园当上一名临时的保育员，月薪 50 元。两个月后，她在老乡李少华妻妹的介绍下，进入台湾裕元工业公司，成为制鞋业生产流水线的一名产业工人。这是一家国际品牌的代工厂，制造 NIKE、REEBOK 等国际一线品牌运动鞋。这个工厂在珠海吉大的南山工业区，六层的整栋楼房。REEBOK，南部非洲一种羚羊，它体态轻盈，擅长奔跑。REEBOK 国际公司总部位于马萨诸塞州坎顿市。多年以后，用回想的方式去指摘什么血汗工厂，可能是不地道的。大妹妹在最初进入这家工厂时，紧张而兴奋。她进入一个正在成长的海滨新城，终于可以自食其力了。她到海边，证伪了老师说的"潮水退去后，沙滩的每个脚印里都盛满了鱼"，赶紧写信告诉小妹妹。她在生产线上，制造一种我们自己购买不起的鞋，并很快发现，每天不到 6 个小时的睡眠，劳动强度似乎超过了岩头江人在土地里的耕耘。

裕元公司后来再扩大投资，在东莞、中山建厂。湖南有数十万人曾经在这家公司工作，领到自己的第一笔工资。

一个月后，我搬进珠海香洲湾仔沙。这是海边，前面就是渔港，左侧是船厂。三层的小楼是八十年代初修建起来的。业主是渔民，自家住三楼，二楼与一楼出租。每层都是三房一厅的结构。楼梯在房子的侧面。杂志社租住第一层，厅有 20 多平方米，厨房也有 10 平方米，地面是深红色的防潮砖。设计者忘记了厕所，房主只好在房子外再靠墙砌出个小间，斜披两片石棉瓦，地面挖下去，安放个蹲厕，通往下水道。我的书堆放在客厅的一角。一位姓陈的年轻摄影家借住在客厅里，他不确定是要去找一个单位还是当一个自由职业者。他没上班，手里似乎也没有能挣到钱的生意。暂时的借居让他十分窘迫，但只要背上照相机，就神采飞扬信心十足。

湾仔沙前后共有三条小巷，都是渔民建起来自住并供出租的房子，早期的只有两层楼，后期的有三层楼或四层楼。小巷窄得开不进车来。这里租住各色各样的人。还有些租客干脆把什么贸易公司的牌子也挂在小巷里。一家旅行社的导游与她的表妹也租住在这里。与她合租一套房子的一名女子，每天浓妆艳抹，在傍晚出去。白天，我们上班的时候，她在休息。听说她去夜总会上班。有时有陌生的男人会走进小巷来询问，敲开门把她带走。她自称来自四川绵阳，但导游说她的话非常不可信。

我们在市政府食堂吃饭，许多新招聘来的年轻干部在市政府食堂吃饭。甚至，这个食堂还接纳周围那些公司员工办卡吃饭。年轻人在餐桌上分享新闻，讨论问题。首次交流的问题一定是"你是从哪里来的？"被问询者会报出省份。第二个问题是"你的调动手续办好没？"然后才是学什么专业之类的询问。

相对于武冈县委的食堂，这里的每一张脸孔都非常年轻。每一张脸孔都在诠释什么是生机勃勃。每一个胸膛里都可能揣着雄心。

77 炒鱿鱼

吃厌了食堂，我们决定自己做饭吃。我们组织了一个"家庭"，我买菜，姓常的发行员曾在部队炊事班干过，他做饭，来自广州的玲子洗碗。我们趁雨（怕被人发现）从巷子里捡来一张剥掉了表皮、板子发黑的旧桌面，架在书堆上，铺上报纸当餐桌。

这是珠海 1988 年的夏天。湾仔沙并不炎热。出租屋朝向东南，走50 米就到了海边。天气晴朗时，在海边可以望见香港大屿山。街巷窄，房子不高，海面上有略带咸味的风吹来，门窗打开可形成穿堂风。

个子不高、头发梳得齐整的常务副主编蒙哥把来自广州的编辑玲子叫到客厅里。我和另一位编辑也跟了出去。

常务副主编说："也好，都来听着吧。我代表秘书处宣布一项决定。"

没有会议，我们就站在暗红色的地砖上。习习海风吹过。

常务副主编一脸严肃，对玲子说："秘书处认为你不合适做我刊的编辑工作。根据决定，今天你就移交工作。当然，我们将给你发放三个月的工资。单位所租的房子，你一样可以住三个月。"

玲子一脸慌乱："可是，我想知道……"

常务副主编挥手打断说："没有解释，这是决定。"

说完，这位常务副主编冷着脸转身离去。玲子除了慌乱，还有尴尬。我和另一编辑看到她眼里有泪光闪动，不知道说什么，只好悄悄回房间，将她一个人留在客厅里。

"炒鱿鱼"是广东对汉语词汇的贡献。鱿鱼切好片，一炒就会卷起来在锅里滚动。据说"炒鱿鱼"就是"让你滚"的意思。我第一次目睹"炒鱿鱼"。这是一个残酷的时刻，只是宣布一项人事方面的决定，常务副主编语调平缓，却电闪雷鸣，惊心动魄。

我一直以为自己调动是件十分自然的事情，对杂志社来说，却显得突兀。杂志社已经从广西桂林借调了一名有经验有才华的编辑李逊。他的工作应该得到肯定，肯定的结果是应该给他办理正式的调动手续。我的调动办理成功后，文联却辞退了他。这个结果很出乎我的意料。我一直以为我会与他成为同事！因为杂志社还有编制，我占用的是文学创作研究室的编制。但从因果关系上看，是我把他挤掉了。他的小说有全国性影响。广西也很重视他。可他像我一样，不愿意再回到桂林去，就得重新找一份合适的工作。所幸，他很快被一个更好的单位接收，去侨办编一份无须经营的杂志。

负责人从未试用过我，只好用一批他自己看过的稿来试探我审阅稿件的能力。

当然，这对我来说太容易了。

在内地，无论是一个什么样的单位，开除一个员工是件十分严肃的事情。所有的单位似乎都是只进不出。但在经济特区，人们已经大胆地启用新的模式：聘用。这种模式其实就是"雇佣"的翻版，但人们仍然小心地避开"雇佣"这个词。在中国，批判雇佣劳动的严厉文章还历历在目。

"时间就是金钱，效率就是生命"被倡导。国家确立"以经济建设为中心"，而落实到具体的单位和个人，变成"以挣钱为中心"。全中国在过去的三十年里羞于谈金钱。这时，挣钱的欲望被激励起来。

在杂志社的会议上，常务副主编蒙哥说："我们是特区人。特区人就要有特区人的特色。我想了一下，这个特色是什么呢？特区人就是不怕没工作，不怕没饭吃，不怕没房子，不怕没老婆，只怕没钱。你想想，有了钱，你要工作干什么？你可以去旅游，也可以自己投资当老板让别人给你挣钱。你可以去酒店吃大餐。你可以买别墅……有了钱，女孩子会追着你跑，你还怕娶不到老婆吗？"

第一次，我的顶头上司，在一个正式的会议上，将金钱强调到如此重要的程度。我很惊讶！没有人反驳。"一怕四不怕"说得太到位了！

这是"以经济建设为中心"的底层解读。

钱太重要了！它几乎高于一切。我几乎相信：顶头上司在海边的湾仔沙出租屋里说出了真理——至少接近真理！过去关于金钱邪恶的观念，轻易地土崩瓦解。

"炒鱿鱼"的一幕一直让我背脊发凉，冷汗直冒。尽管我与玲子的身份有所不同，我已经是调入文联占有编制的干部。但"炒鱿鱼"的震慑作用仍让我时时不安。玲子的工作有什么缺点我不太清楚，只听说她烧水时把电水壶烧穿了。我想：放在一个更宽阔的环境来看，这样的决定并不公平！决定一个人合不合适某工作，如果没有第三方的评估，没有相关的程序，这就太容易了。也许某人不一定不适合这项工作，只是开罪了上级。甚至他没有开罪上级，只是上级看不顺眼。我完全不明白还有什么可以制约单位。

"打破铁饭碗"一直是一个响亮的口号。

"打破铁饭碗"也是一根大棒。掌权者随手挥起来，就可以让（玲子或我这样的）一个人或者一群人失去工作。玲子被"炒鱿鱼"七年后，1994 年 7 月 5 日，第八届全国人民代表大会常务委员会第八次会议通过《中华人民共和国劳动法》。这是共和国的第一部劳动法，第一条确定"为了保护劳动者的合法权益，调整劳动关系，建立和维护适应社会主义市场经济的劳动制度，促进经济发展和社会进步，根据宪法，制定本法"。一个单位会议的权力真是太大了！这部法律制约了这种权力。

杂志社似乎只在落实"打破铁饭碗"。在中国，高层决策者，大城市一些有学问的人，都在大声地喊"打破铁饭碗"。所有的报纸、刊物、电视传媒都在恶狠狠地喊"打破铁饭碗"。似乎过于稳定的工作身份，是中国经济体制的恶之源。所有的媒体都在宣传"铁饭碗"养了"懒人"，是"效率"的死敌。

我很喜欢这份工作，没有上下班的制约，每周开一两次会。

我好不容易找到一个饭碗，无论是铁的还是泥的，我都会小心捧着。

在中国的现实生活中，绝大多数人捧着的是"瓷饭碗"：CHINA！

中国是一个瓷器古国瓷器大国。我从小就知道：饭碗是瓷的，很容易打碎！

78 梦想 20 万

玲子没有马上回广州。

有一天，玲子手持一封加急电报找到我："老告，好奇怪啊！"

"老告"是我在《珠海特区报》上发表"豆腐块"文章的笔名。我离开武冈前，好友张小牛上幼儿园的女儿把"浩"读成"告"，小牛就叫我"老告"。为铭记武冈那些真诚的朋友，我用了这个笔名。

这是一封来自甘肃兰州的加急电报。发报人说得到玲子的回音，已订火车票，将于三天后抵达珠海，洽谈硅铁出口事宜。

玲子说："什么硅铁？什么前面的回音？我一头雾水。"

我说："这个人你确定见过吗？"

玲子说："人我见过，以前还通过电话，姓张，他让我找关系为他搞车皮。可是最近一段时间，我与他没任何联系。"

我说："那你设法跟他联系上，先弄清楚到底怎么一回事。"

玲子联系上了发报人。发报人说两个多月前就写过信，主要是甘肃有硅铁，看看联系一下珠海有出口权的公司，搞一批硅铁出口。甘肃硅铁价格相当便宜，差价很有赚头。见没回信，又拍了电报。后来一直电报联系着。老张说玲子你这边不是联系好出口公司了吗？

玲子说："此前我既没收到过他的信，也没收到过他的任何一份电报。"

事情真是太蹊跷了！

"走，我陪你到邮电局去查！"

玲子仍然住在杂志社的宿舍里。我想：她被"炒鱿鱼"时，未能帮她说上句话，这会儿能帮则帮。她可能需要人帮忙。

我们到邮电局，很快查到：电报投递员看到是谈生意的电报，从第一封开始，就截取它，送给自己做生意的表哥。他的表哥就住在凤凰路上离我们不到 300 米的地方。因为对方说马上坐火车来珠海，投递员才把最后一封电报送到玲子手上。投递员在犯罪，但他没有感到任何的不合适。他谦虚地笑笑："他真是太急了。我们还没找到真正的买家呢！"

投递员带着我们见他的表哥，一个喝着工夫茶的潮汕年轻人，一脸真诚："来来，喝茶喝茶。我也正想找你们哩。"

我们只好坐下来喝茶。年轻的潮汕人说："不好意思啊。我呢，迟早是要告诉你们的。这个搞硅铁的人是你们的朋友嘛。我是想等找到客户，再联系你们。大家一起做生意嘛。多个朋友多条路，有钱大家赚。"他轻而易举地就把盗取商业情报的严重问题绕开了，我们也不知道对他说些什么。

喝完茶出来，玲子觉得太不靠谱，能假冒你去与供货人接头，即便这一单能合作，中间还不知道能搞出来什么名堂来。玲子直接与搞硅铁的朋友联系，把投递员截取电报的情况跟对方说了，以为老张可以出个什么好主意，没想到老张说："他有没有这个能力啊？有能力合作一把也可以，反正是赚钱嘛！"

我跟玲子分析说："他肯定没有这个能力，一个多月过去了，要做早就做成了。你看他，还拿着那一把电报，坐着跟我们喝茶谈人生谈理想。"

搞硅铁的朋友来了，中年人，身板笔挺。他说我们叫他老张就行，如果信得过，就叫他张大哥。他给我们带来了硅铁样品。这种合金半成品闪着幽蓝的金属光泽。我们带他去见了那个年轻的潮汕人，还是喝茶。

离开后，老张说："这个潮汕人胆子够大，想赚钱。可是他现在根本没关系做进出口生意的。不要浪费时间，我就给你们做。那边我搞货源。硅铁不是问题，最头疼的是运输。一个车皮 50 吨，能搞到 40 个车皮，我们就可以第一次做 2000 吨硅铁。出口价我已经打听过了，很有赚头。车皮我那边的关系也快打通了。我们好好干一场！"

老张此次来，除了硅铁，还带来一个铜香炉。据他所知，港澳有些人喜欢这个。是不是文物我们也不知道。玲子让同住湾仔沙的导游找到买家。两位香港人来到老张住的碧海酒店。夜里，灯光橘黄，香港买主在床上盘腿坐着，反复打量着铜香炉，出价 1200 港币。老张说："太少了吧，您再加点。"

买主加到 1500 港币。老张说："我知道您够意思了。您看，我都从大西北把它带来了，您再加点，再加点。加点路费吧。"

铜香炉以 1700 港币成交。买主走后，老张抽出一张 100 元的港币递给玲子，算是她的介绍费。玲子说："这可是老告和我一起找的买主。你也给他一张吧。"

我还从来没挣过港币。我不好意思地看着老张，老张犹豫着疑惑地看着我，又看看玲子，那神情在说你们分那 100 元不是可以了吗？我生怕他把这句话说出来。老张终于没把这句话说出来，犹疑着，还是再抽出一张 100 元的港币给了我。

我觉得玲子真够义气。出门后，我们后悔没仔细看看那个铜香炉，到底是什么。玲子猜老张是在甘肃不到 100 元人民币买的。他又不做古董生意，纯属搂草打兔子。

老张把卖硅铁的希望寄托在玲子身上。玲子把我拉上。我算了一下，如果能做成一单 40 个车皮的硅铁生意，我们能赚 20 万。玲子说"挣到钱咱俩平分"。她问老张为我要到过一张 100 元的港币。我相信她！做上两单，我们每人能分到 20 万。

1988 年的 20 万是个天文数字，它相当于我 1000 个月的工资。在武冈，我得为这笔钱工作 2500 个月。我已经 26 岁了，在武冈我得活到 234 岁，才能挣到这个钱；在珠海我得活到 109 岁，才能挣到这个钱。但是，这个数字居然出现在我挣钱的可能性中。

得益于在鲁迅文学院的学缘，我的组稿任务完成得比任何编辑都好。我给同学发电报组稿："速写个三万字内的当代爱情传奇寄我。"三个月后，稿件就陆续到了。编完稿，躺在出租屋简陋的房子里，我在盘算：得买个房子。房价是 550 元一平方米，买个 100 平方米的房子，三房两厅，有厕所、厨房，得花掉 55000 元。添置彩电、冰箱、洗衣机，还有衣柜、茶几、沙发，再花 25000 元，总计 80000 元。20 万，还剩 12 万没地方花。如果将它存到银行去，按 5% 的年息，一年将有 6000 元，摊到每月就有 500 元的收入。而我武冈的工资介绍信介绍的月工资是 80 元，在杂志社领到的工资是 200 元。

20 万，是一笔伟大的巨款，它将解决我一切的问题，问题的一切！

我完全明白执政党、我们的国家为什么要"以经济建设为中心"！

每天编一会儿稿，完成工作任务，我就与玲子骑着自行车，到处去推销硅铁。我们手拿着闪着幽蓝光泽的硅铁样品，一家一家地找。

我告诉玲子，硅的元素符号是 Si，铁的元素符号是 Fe。我得查查硅铁有没有分子式，是化合物还是混合物。

一个月之后，我的笔记本上就不只是 4000 吨硅铁。我们拜访的多数公司会向我们推销产品，请我们找买家，从中药材到电子产品，从服装到家私，甚至有美国底特律淘汰的汽车生产线。推销汽车生产线的人自称从北京来，租住在银海新村一套三房两厅的房子里，说是这套生产线 2000 万美元，保证能生产出皮卡销往东南亚。我记下满满一大本的产品供需信息：名称、规格、产地、价格、数量。

一年前提出的"以经济建设为中心"，普通中国人已入眼入脑入心入肺。当有人得知我写小说时，马上会问："一篇能挣多少钱？"没有人怀疑我们是骗子，没有人怀疑这种推销的合法性。最不待见的态度只是说"我们不做这个，你找找别家吧"。多数会留下来喝杯茶说："好，我记下来帮你问问。"然后把我们的硅铁信息记在本子上，又向我们提供其他供需信息……每送出门，总有人会说："好！有钱大家赚！"

11 月，我们真找到了出口硅铁的买家。这是一家真正的进出口公司，写字楼在拱北的珠海发展大厦，半层楼。总经理只跟我们简单地见了个面，就让他的业务经理跟踪这单生意。我们让这家公司直接跟老张联系。业务经理是个只比我大两岁的小伙子，帅气而沉稳，开着一辆"丰田"小霸王。外面的天气很热，一上他的车总是十分凉爽。我们和他很快成了熟人。

我直接向他讨教："如果你们和老张联系上，谈成生意，把我们甩了怎么办？那个差价最后落入老张的口袋，我们怎么从他那里把钱讨出来？"

业务经理说："我没想过这个问题，我自己是有提成奖的。"

玲子说："从现在起，你必须得帮我们想想这个问题。"

业务经理出主意说："那我们给老张的出价就不能太高。我跟老总说说，你们可以从我们这边拿一笔佣金，再用你们的购物发票冲抵一部分，问题不大。我们是很讲信用的，但一次不能太多。另一半你们找老张拿。"

玲子又电话里跟老张商量，老张说得很容易："放一百个心。有钱大家赚。再说了，我是想做长期生意的，赚几十万小钱就过河拆桥。我从不干这种事。到时你们把银行账号告诉我，我把该给你们的钱汇到你们账上就行了。"

在武冈我存了 1700 多元，我把存折放在五哥曾维发那里。这是一笔不小的钱，因为 3000 元就能在县委武装部旁买下一幢房子来。五哥曾看过一座房子，准备让我去看看，合适的话让我买下来。后来我没打算在武冈待下去，才没去看那座房子。我是家中的长子。我怕万一家里要急用什么钱。我远在千里之外，通信也不方便，那张存折上的钱权作家里的备用金。

刚到杂志社，我便从一本通俗小说的编辑费里分得 900 元，但我汇给弟弟读书了。这个钱纯属见者有份，我没有参与过相关工作。当然，其他编辑拿的编辑费是我的三倍。我已经很感谢这个新的单位！

我还没有在珠海开存折。每月的工资，除了生活费用，还得添置书柜、椅子、电风扇，余下的一点钱随意地放在抽屉里。

玲子说："老告，你得去开个存折。"

没错，这也正是我想的，我得去开个存折装那 20 万。

我从抽屉里拿出 200 元，到湾仔沙的工商银行开了个存折。

生意谈成了！11 月 20 日，我被通知与业务经理一起去广州签合同。业务经理开着丰田小霸王来接我。我们在一个档次不高的招待所找到老张。老张住的小套间。老张说西北来的生意人一般都住这儿，条件不错，餐厅里还有羊肉吃。从下午开始一款一款地谈。我第一次知道一单生意的合同有这么麻烦。所有的条件都已经谈好，但真正签订合同时，还是要费不少周折。业务经理带了合同规范文本纸和二十多张复写纸。从要求对方的产品质量和完备的检测数据、检验单、许可证到对方货品送达的地点是火车站还是港口，装卸费谁出等。晚饭吃了简餐，继续讨论合同。到晚上 12 点的时候，我实在顶不住，犯困。我不懂一个出口合同要签些什么内容，在这方面是白痴。我对业务经理说："我困了，先睡。反正我也弄不懂这个，你们谈好签好叫醒我。"业务经理不含糊，说："最后合同你还是要看一遍，里面有你们的利益。"我躺在沙发上睡觉，业务经理继续与老张谈。

凌晨三点半，业务经理推醒我："合同拟好了，你看看吧。"

12页的复写纸，密密麻麻写着硅铁出口合同的详细条款。什么"五证俱全""到港""离港"我哪里懂？我装模作样地看了几分钟，说："签吧。"

业务经理说："你说签，那我就签了。"

在最后一页盖上章，还要盖上骑缝章。我第一次见到这样盖章的，越发相信这单生意的严肃性和可靠性。交换签好合同后，业务经理与老张紧紧地握了握手。但老张对我好像没过去那么热情了，也许因为我是陪乙方来的吧。

已经凌晨四点了，老张住的招待所客满，服务人员也都睡了，我们开不了房。从招待所出来，广州的大街上灯火阑珊。业务经理说："我们去哪儿？要不，就在车上对付着休息两三个小时，等天亮了开车回珠海？我们经常睡车上的。"

都签下合同，眼看着就要赚大钱了，我们干吗对自己那么苛刻？干吗省那么几个钱？我坚定地说："挺辛苦的。尤其是您，还要开车。走，我们找个酒店住下。"

凌晨四点半，我们在长城酒店住下来，这家酒店属于广州军区。早上八点半，我们在酒店喝过早茶后，开车回到珠海。

我在等好消息，一点也没透露给单位和同事。

我怕20万这个数字吓着他们。

但我盘算着，挣了钱一定请他们去一个高级的地方吃一顿海鲜。我想单位如果不分房，我就先自己买一套住上。房子买哪儿的好呢？选骑自行车不超过10分钟就可以到上班地点的房子，三房两厅，有卫生间、厨房，还有阳台。可以给大妹妹住一间，让她在周末时有回家的感觉。得有一个书房，做上整墙的书架，将外国文学和中国文学的书分开来放。可以接父亲母亲来海边住些日子。如果有了房子，阳台上要种点花，最好还得买一套像样的音响，用来听音乐听《致爱丽丝》……我想多了！

12月初，那个与我一起去广州签订硅铁出口的业务经理跟我喝了个早茶，让我看一份紧急重要文件的复印件。他告诉我：硅铁出口的生意黄了。政府发现金属出口乱了，处于无序状态，于是出台一个文件，规定 11 月 27 日 24 点前离港的就既往不咎，11 月 28 日零点起，不再出口金属，装船的也得停下来。我没有认真看这份文件。我不懂！

我慌乱地问："那我们的 4000 吨硅铁离港了没？"

业务经理说："哪里呀，硅铁还在甘肃，还没装上南下的车皮呢！"

湾仔沙外的街道上不少店面已可以直接卖粮油了。这些国家计划供应的东西，不再需要粮本和油证就能购买。来自北京的消息，政府正在闯"物价关"，对许多商品的物价放开。相关文件里提到了一些紧俏商品，比如"茅台酒"。我听说过，但没见过这种酒，更没喝过。我觉得它涨价涨到天上去也与我无关。

但是，米价涨了！

但是，房价也涨了！

不是一点一点地涨，而是翻倍地涨、数倍地涨，涨得人心惊肉跳。

当做饭的同事说外面米店的大米涨到 1.2 块钱一斤时，我完全不相信："这不可能！米价这么高绝不可能！"国家牌价米一直是 0.138 元一斤的，怎么可能一下子翻了 10 倍呢？

同事只笑笑："你去买一次不就看到了。"

我去买米时，最高的已 1.4 块钱一斤。

房价涨到每平方米 1100 元。

20 万赚不到了。我 5 个半月的工资才能买 1 平方米的房子。我得工作 550 个月（近 46 年）不吃不喝才能买 100 平方米的房子。

99.99% 中国老百姓跟我一样：钱还没赚到，物价涨了。

79 目不暇接的事物：书商・时装・股票

青春没有失败。我只是去海边漫步两回，失落的心情就消失得无影无踪。

工资太少了。靠工资生活是十分辛苦的事儿。这不是某种不劳而获的非分之想，而是经过计算得来的痛切感受。硅铁没卖成，钱得继续赚。

江西的同学熊正良给我写了部三万字的小说，到二校时稿件丢了，怎么也找不到。佛山的发行人秃头，认的就是这部稿子。没这部稿，杂志社 21000 元钱就拿不到。我们与发行商谈的都是连稿件内容带刊号，估发行量，以每册 6 分钱的价格给发行总代理，印刷费用由发行方出。这期我们谈到了 35 万册。无奈中，编辑部让我拍电报，把熊正良从南昌请到珠海来，让他根据回忆重新把小说写出来。

等熊正良到达珠海，稿子找到了。

见熊正良这么能写，编辑部主任王杰说："曾维浩，能不能让你那同学熊正良再写个长篇通俗小说？我跟秃头也很熟，我俩来做本书吧。"

我问："能给熊正良多少钱？"

王杰想了想说："这个要谈。看秃头那边的出价，我们争取能给他 5000 元的稿费。"

熊正良还在西北大学读书，每学期都要钱，还有老婆孩子。5000 元，差不多是内地一个县委干部四年的工资总额，我觉得不少。熊正良是我哥们，能给他挣到钱是好事儿。

在望海楼宾馆，我问正良，正良说："我可以试试。"

熊正良回到江西，只用半个月就写出部 12 万字的长篇小说寄了过来。一男二女，一波三折，爱得狂热却十分辛苦。

王杰看了稿子说："你这同学真厉害。太能写了！走，我们找秃头去。"

我们搭长途汽车到佛山。在佛山的旋转餐厅，我们把稿子交给秃头。秃头的头并不太秃，人很精神，或者还称得上俊朗。他坐下来认真翻了翻书稿，说："书号你们帮我找。这样吧，书号加书稿一起，32000 元。封面设计、插图、三校都由你们搞定。"

王杰拍板："好。就 32000 元。"

出了佛山旋转餐厅，我问王杰："这个钱我们能赚吗？"

王杰淡定地说："等会儿我们就坐车去广州找出版社。我知道广州的出版社书号加编辑费一般 15000 元，最高 20000 元。就算 20000 元，加熊正良的稿费 5000 元，也只有 25000 元，还剩 7000 元是我俩赚的，一人还有 3500 元呢！"

3500 元，相当于一年半的工资。我曾经签过 4000 吨的硅铁合同，憧憬过 20 万的提成款。这 3500 元是不会让我激动的了。但硅铁生意的结局让我清醒：没到手的钱都不能算。我们把书稿留给秃头打印制作，当即坐车去广州。

在广州大沙头一座建筑的楼顶铁皮棚里，我们找到出版社文艺部，跟文艺部编辑谈书号。王杰告诉我，这位戴眼镜的编辑先生是个书呆子，老家阳江有许多关于他为书发痴的逸闻。编辑先生把我们带给发行部，我们谈书号谈到 17000 元。

年底，我们出版了最后一期载有《澳门女骗子》《泪为谁流》的通俗文学刊物《珠海》。领导决定改弦更张，他没有找市委市政府去要钱，而是与一家从事计算机研发和进口的公司谈成了股份制合作，改为文化类刊物。我们骄傲地在封面上打上"与南方某某股份有限公司合股经营"。

东方不亮西方亮。一切都生机勃勃。一切都是没干过的事情。

我带着大妹妹，第一次离开父母，在异乡过年。杂志社的同事都回家过年了，或者，他们已经成家。没有人跟我一起搭伙做饭了。我接到珠海南油基地公司一位朋友的邀请，到南油大酒店吃年夜饭。

我说："不行，我还带着妹妹，去你那酒店吃，我妹妹到哪儿去吃？"

她说:"没问题。你带着妹妹一起来。"

我真的怕为难她。四年前,我还没调到武冈县委宣传部时去找一位副部长,这位副部长热情地让我在县委招待所吃会议餐。我不知道的是:我吃了副部长那份,他自己得回家吃。这位来自新疆奎屯的朋友豪放地说:"你多带人来是帮我。我们老总说,年夜饭就是要个热闹。每个在珠海过年的员工都得带足 5 个人,少个人扣 20 元奖金。我们公司有人愁死了:大过年都全家团圆,能请到谁吃饭啊?"

这是我唯一的一次帮朋友凑数吃年夜饭领奖金。

南油大酒店在一座小山包上,面朝大海,向右前方抬眼是澳门,左前方抬眼可望见香港大屿山,主楼是玻璃幕墙,大厅里摆了三十多张铺有黄色桌布的餐桌。熟人们不断地穿梭去握手。桌上满是海鲜。陌生人举起酒杯互相祝福:"年轻人,祝你有一个好的前程。"

海子正在写《面朝大海春暖花开》,绝大多数人还没有读到海子。

1988 年的除夕,是共产主义的一夕。

中国公司已经到了花钱请陌生人吃饭的程度。不图效益,图的是吉庆和热闹!请不到人吃饭要罚款,这在一个来自湘西南岩头江的人看来,真是匪夷所思。我写信给武冈的朋友张小牛。他回信说:"这不可能吧!今年除夕叫上我!"

难以理解的事情接踵而至。

1989 年春节后,我领到一张定价 35 元的演出票,看上海请来的时装表演。这是跟我们合作的公司提供的。我不知道票价为什么这么贵,一场电影还不到 1 块钱呢!这钱买最好的大米够吃一个多月。我不可能自己掏钱买票观看。地点不在影剧院,而是在落成不久的国际贸易中心,这座占地数万平方米的灰色建筑,最高只有五层,与珠海早期的地标建筑九州城、珠海宾馆、石景山旅游酒店隔路相对。在这座建筑东端的三楼,专门搭起表演台,布置了灯光。来客个个西装革履,甚至,有些女士还穿着晚礼服。

整个下午,我没看到一件乐器,没看到一个人唱歌,没看到一个人跳舞。灯光很晃眼，总是有高挑个儿的姑娘或小伙子穿着不同的衣服，踏着音乐的节奏走出来，可他们一句话也不说，一首歌也不唱，冷着一副脸，扭几下又走进去了。我不明白这场表演看什么！

35 元可以买一套不错的衣服，而不是买一张看俊男美女穿衣服的门票！

许久后我才知道，那些瘦高个儿的男女叫时装模特儿，他们不唱歌，只在 T 型台上穿着时装走步，那叫猫步。时装模特儿，是个很体面的职业。世界上身价最高的时装模特儿，每年都在意大利一个叫米兰的城市里走几回台步。设计师们发布当年的流行色。这在一个岩头江人看来实在很可笑：难道人们可以规定某年山上只开某种花吗？

人们为什么要出钱买票看时装表演？有人要买衣服吗？

在时装表演的中场，这家公司宣布自己融资成功的消息：获 4000 万人民币，500 万美元的认股资金。全场掌声雷动。公司将大展宏图！

直到这时，许多人才像我一样明白：这场表演压根儿就不曾卖过票。所有的节目，都是为烘托这一重要时刻。台上的人说："著名经济学家厉以宁发来了贺电。"我在报纸上看到过这个名字，知道是个很厉害的人物，以力倡股份制名世。

接下来所有宾客被引导至石景山酒店，享受免费的晚餐。这家酒店的主楼后有一个石景山庄。冬天，就有一位年迈的革命家到这里来享受冬日暖阳。在革命家不住这里的时候，我有幸参观过。玲子认识这里的服务员，她说她们每一位都很漂亮，鼓动我找一位谈恋爱。我见过的服务员都是从东北哈尔滨挑过来的白净高挑的姑娘，笑起来很甜，长有四环素牙。她们都是见过大人物的姑娘，我哪敢处朋友呀？

夜幕降临，餐后，是一场盛大的舞会。整个歌舞厅被公司包下来，有红酒、水果、咖啡、可口可乐。一位年轻的总裁，平头，穿着米黄色西装，深色衬衣，打深红色领带，举着高脚的红酒杯，站在舞台中央，再一次向全体来宾致感谢词。他说所有来宾的光临让他深感荣幸。我纳闷：你请我看表演请我吃饭请我进歌舞厅，不要我花一毛钱，干吗还要感谢我？你可以感谢别人，但我不应该在被感谢之列。同桌的同事打听到：这位总裁才29岁。我大吃一惊：他才比我大两岁，就一下子握有4000万人民币500万美金！

这是一个令人眩晕的春夜。在一阵歌舞后，一位漂亮的女歌手倡议，把年轻总裁拉到舞台中央，与演员们共舞。我看到总裁居然跳得不错。

这次活动后，多血质的常务副总编坐不住了。他坐船到深圳，再到东莞、广州采访一趟回来，兴奋地跟我们谈起股票。他用一周的时间满怀激情地撰写了一篇两万余字的长稿《珠江三角洲：躁动的股票热》。这篇稿刊发在我们新改版的刊物头条。

全国各地的怀揣着各色梦想的人持续涌入珠江三角洲，涌入珠海。这座城市开始宣传：得益于改革开放，从一个边陲渔村成长为现代化的花园城市。更难能可贵的是它从一开始就注意了生态保护。一位外商称赞这里的空气清新得可以罐装出口。后来，珠海把这句话当成最富吸引力的城市宣传语。

一个浓雾的清晨，我骑车在市政府左前方下坡时，一位留着络腮胡子的大汉截住我，把我吓一大跳。

大汉挥着手里的一张报纸问："兄弟，请问这地方咋走？"

我疑惑地反问："你找那地方干什么？"

大汉说："找工作呗。我是内蒙古来的，看到报纸上这个招聘启事，坐两天的火车来了。"

我看着他肩膀上的橄榄绿帆布包笑着给他指了路。这样找工作的挎包客真是太多了。大多数人包里揣着一张文凭，或者一个证书。

80 世界来敲门

紫荆花开了，红杜鹃开了！

土耳其肚皮舞来了！

拿波里民歌来了！

我不知道那些来自世界各地的艺术家怎么来的。

他们一定听说过中国，但是不一定知道珠海。直到 1998 年，我那远在湖南老家的二舅还问我："珠海是不是在海南？"他让我顺便买点地道的胡椒回去。

这是一个繁忙、杂乱却生机勃勃的夏天。深圳、珠海的文化主管部门合作办起一个国际艺术节，从全世界搜罗一批节目，请来上百位艺术家。他们来自印度、巴基斯坦、苏联、意大利、土耳其、日本等国度。珠海还只有一个 20 世纪 70 年代末期修建的影剧院，所有的重要演出和大型会议都在这里举办。

艺术节自 1989 年 5 月 6 日至 16 日，为期 10 天，挂名为中国对外文化交流协会主办，曾担任过中华人民共和国文化部部长的朱穆之先生担任组委会主任。现在，印有他老人家签名的请柬仍在纪念品网上出售。

我已经搬到吉大莲花山的宿舍，这是政府新建的住宅小区，没有围墙，也没有大门，按修建地的原村名命名。一套四房两厅的房子，103 平方米，原分配给市文化局长。局长分了新房，这套就权作文联的宿舍。最小的一间约 7 平方的房子给我居住。紧接着，我们的办公室也搬到吉大珠华大厦 12 楼 B 座。这幢楼在珠海宾馆对面，有电梯上下，是当时整个吉大区域最高档的写字楼，办公室里铺有地毯，物业有统一管理。合作公司大胆指示刊物要搞活，不一定以发行为主，还可以举办活动、策划。等公司做大了，刊物要把记者站办到加拿大、澳大利亚去，编辑们现在就可以加强英语学习。

仍有同事住在湾仔沙。我骑自行车去与同事讨论完稿件后，兴奋地在市政府旁边的小巷子里穿来穿去，以期能碰到那些外国艺术家。当然，我从不知道他们的名字，也不知道他们是不是很有名气。我只是想看看那些陌生的面孔。与我最近距离接触过的外国名人是美国汉学家葛浩文，在鲁迅文学院五楼的教室，他给我们讲过美国对中国现代文学的研究，尤其认真地讲了东北作家萧红。

我不知道什么是肚皮舞。会不会很色情？跳舞会不会真的露出肚皮来？也不知道什么是拿波里民歌。拿波里在哪里？

我仔细地读那些张贴在墙上的宣传画和广告，就像上世界音乐艺术课一样。我的心情像十五年前有弹棉花匠要来村子里一样。我是在这些宣传品里知道世界三大男高音的，尤其记住了帕瓦罗蒂。来珠海唱拿波里民歌的不是帕瓦罗蒂，是布鲁诺·文图里尼，据说曾与帕瓦罗蒂搭档演唱，名气也够大。

票价很高，珠海影剧院的窗口真的在销售。那些赚了钱的人兴奋地购票。还有些公司购数十张票送给自己的重要客户。我去购票窗前，观察那些购票的豪客。我相信没有一个人听得懂意大利语，但是他们看得懂招贴画。

说我买不起票，不如说是舍不得买票。30元看一场演出，太贵了！

当我听说那些厉害的外国艺术家住在珠海宾馆时，就骑自行车到珠海宾馆。这家园林式宾馆，是珠海接待最高级客人的重要场所之一。1984年，在此就餐的邓小平题写了"珠海经济特区好"。他老人家只写了7个字，全世界都记住了！我刚到珠海时，受命于柯蓝先生的指示，为这个宾馆写过一首散文诗。我可能写了70个字，没有任何人记住——我自己也忘记了。这就是大人物与平民百姓的区别。

在珠海宾馆，我看到有些外国人兴奋而陌生地打量四周，而更多的，是中国人投在外宾身上陌生的目光。我相信他们是艺术家，会带来完全不同的演出。若干年后，参与组织这次活动的穆威告诉我："艺术家们住在珠海度假村。"那么，珠海宾馆的那些外国人是谁？

与我们合作的公司参与了这个国际艺术节，我仍然有机会获得有限的几场演出赠票。我看了场印度舞，也看到了肚皮舞，虽然那位土耳其女艺术家露出肚皮，但真的没有一点儿色情。赠票里有文图里尼演唱拿波里民歌、乌兰诺娃带来的苏联芭蕾舞。我一直惊叹意大利歌唱家布鲁诺·文图里尼的音高。当然，我听不懂他到底在唱些什么。迄今我再没在现场听过那么好的男高音。

所有的这些声音在告诉人们：中国在开放！中国将更加开放！

看过几场演出，我觉得花 30 元买一张票应该是值得的。我希望自己什么时候也能腰板挺直毫不犹豫地掏钱购票看很好的演出。编完稿，我就催王杰联系秃头，说那本书的事。那边还有 3500 元钱要挣呢。这个钱足够买 100 多张票。王杰与我再去了一趟佛山。秃头说市场不太好，这书排版（铅字）打印出来后，在广州给人看了，北京有动静，市场很谨慎，发不到 30 万。所以，价格要压到 26000 元。书号 17000 元，熊正良 5000 元，还剩 4000 元，还有插图稿酬等等。那就没什么钱赚了。不一直是说 32000 敲定了的吗？

王杰问："情况变了。怎么办？还给不给他做？"

我说："不做了。"

世界在敲门，在敲中国的门。赚钱机会有的是，这个小钱咱不赚算啦。

赚什么钱呢？

中国的企业看上去已经很有钱了！

中国的企业家看来已经很舍得花钱了！

我在珠华大厦 12 楼 B 座的办公室里，为本单位的经营展开想象：想企业家们金钱、美女什么的都有了，还缺什么？缺荣誉，对，缺一种仪式化的高规格的认可。

我做了一个自以为宏大的策划方案：为企业家颁发勋章！我鼓动杂志社去北京联系全国总工会，给企业家评金奖、银奖、铜奖。获奖者争取能参加当年的国庆观礼。深圳、珠海都已经能办国际音乐节了，有什么是不可以的呢？

谁能执行这个策划呢？我不知道！

81 寂寞游泳池

1989 年，"有钱大家赚"的热闹气氛一下子熄灭。合作公司跑路了。这一切突然发生。持续出刊的资金断了。单位从体面的珠华大厦搬出来，几乎散架了。没有正式编制的工作人员被遣散。我占着文艺创作室的编制，仍然领着市财政提供的工资。但不久文艺创作室被取消了。我的编制被转移到杂志社。我再一次无所事事。珠华大厦旁的白沙街大排档，原来中晚餐总是热热闹闹。我们总是去那里轮流做东吃饭或者炒粉，不但谈赚钱，还谈赚了钱怎么花。转眼，这里变得冷冷清清。

所有的消费场所都变得冷冷清清。人们突然觉得钱不好挣了。我后悔没有与秃头把那 26000 谈下来。让熊正良少拿点稿费，再跟出版社把书号费谈低一点，26000 或许还是能赚一点钱的，总比什么钱都没赚到好。风波一来，那本关于婚外情的书，26000 元也没人要了。

珠海宾馆门前过去车水马龙，现在门可罗雀。最少的一天，这家入住率极高的酒店只有一位客人。酒店在降价促销，千方百计地让业务回升。据说这家宾馆的总经理说："不用慌，我们是酒店，我们按星级酒店的国际惯例操作。"星级酒店，它得有客源！

我茫然地看着接纳我的新兴城市。

我在刊物、报纸上发表过十几万字的文学作品，读过《西方哲学史》《存在与虚无》《百年孤独》了，可我离开岩头江才十一年，关于政治、关于自己的国家、关于国际局势、关于国家机器的运转，我知道的仍然太少！我真正关心的，是自己不要失去工作，大妹妹不要失业，小妹妹、小弟弟能持续上学。有饭吃有肉吃的日子不能丢，应该越过越好。母亲尽量不要再去土地里干繁重的体力劳动。我希望岩头江能通上电。我的所有愿望简单而朴素。

有人告诉我，现在珠海宾馆人气不足，消费低迷，正在促销。四星级宾馆，接待过邓小平等诸多大人物的地方，50 块钱就可以办一张到宾馆游泳池消费的月卡。我骑自行车去宾馆只要 5 分钟。

我没有像四年前到珍珠乐园去那么慌张和犹豫，很果断地掏50元办了一张游泳卡。

每天，我熟练地将自行车骑去，停放在绿篱笆内的树下。这里比较隐蔽，一点也不妨碍豪车出入宾馆的招摇。然后以长期消费者特有的淡定，进酒店大堂，穿过围着荷花水池的长廊，取钥匙，换泳裤，欣然入水。

救生员告诉我："去年这个时候可不是这样。这个时候游泳池里下饺子似的。"

游客最少的下午，整个宾馆游泳池里，就我一个人在游泳。救生员看着无聊，叮嘱我注意安全，离开泳池去了别处。

泳池由蓝色马赛克铺成，池水湛蓝透亮，旁边还有一个供儿童游玩的滑梯弯入池中。

太阳一会儿躲进云里，一会儿出来。阳光在水里投射出多边形组成的光网。看到这种光网，我总是想起一个词：绚丽。不经意间，还下起一场小雨。我惬意地趴在池沿，看着那些雨滴打在池面，激起一层蒙蒙的雾。

这是多么美妙的下午。那些享受私家泳池的，不过如此吧。这是7月，有31天，平均每天只摊到1.61元的消费。而这一天我用1.61元消费了整个泳池。我一直不清楚在宾客如云的时候，游泳票卖多少钱一张。我在泳池里偷窥那些客房，想看到有人发现泳池里只我一人，也欣欣然前来享受。直到太阳下山，泳池里仍然只有我。

观望——中国民间用了这么一个词。

82 一个岩头江人眼里的世界与文明

莲花山31幢某房，四房两厅。这套房子其余的房间由一家公司使用。它的主管单位是市文联。但我看不出它与文联有多大关系。因为政策的需要，这家公司得由一个处级单位主管。这样的关系叫挂靠。

我一直不知道这家公司做什么。我获得的好处是可以借打电话，但仅限于市内，长途电话费太贵，人家舍不得让我打。公司无人时，电话按键被用一个木匣子锁了起来。而我则学会不用按键，敲击话筒压住的那个托，就能打出电话。木匣子无法成为我拨电话的障碍。

这家公司唯一的业务员阿山无事可做，每天不厌其烦地摆扑克牌。一遍又一遍，像是一种接龙游戏。我问他在干什么，他说在算命。我问算谁的命，他说算着玩，谁的命也不算。

我说："可是你不能整天算命。算了一天又一天呀！"

他说："现在生意没得做了，老板让我守着办公室，不算命我干什么呢？不算命时间怎么过呢？"

是的，不算命怎么过呢？

阿山比我大两岁的样子，皮肤黝黑，英俊、质朴，玩扑克时全神贯注。他一会儿皱着眉，很是紧张的样子，一会儿放声大笑，一会儿又忧心忡忡。他在算命的过程里感受喜怒哀乐。下班时间一到，他就正常下班，回家。

我怀疑世界已经好几年了，可总是理不出个头绪来。

我怀疑文明也好几年了。

为什么要怀疑？怀疑什么？这个世界会变得更好还是更坏？在到北京之前，我没怎么怀疑世界，只是小心地一边看书一边走路去认识和理解世界。世界太大，我见到的真是太少了。

世界都不知道我是谁。我有什么资格去怀疑它？

在鲁迅文学院，我读完卡西尔的《人论》、弗洛姆的《逃避自由》。同宿舍的杨志军直接怀疑人类文明。我不能太清晰地想起他说了什么，但是他影响了我。这位来自青藏高原的老兄对大地一往情深，他在小说中描写西部大地上的"盖世土林"，就像纳博科夫描写洛丽塔的身体，细腻、迷恋而亢奋。而来自齐鲁大地的胡鹏好沉思，他的诗句"我骚动不安成一堆淤泥／不指示安全／也不指示危险"，我印象至深。这首诗叫《灯塔》，读到它我仿佛看见一座原本被确认为灯塔的东西，在风浪和漩涡中焦灼地顾盼，最后选择在泡沫中隐身。胡鹏总是说："东方哲学在走向青年，而西方哲学在走向老年。"这确切地影响了我。这是真的吗？

三十年后，我跟胡鹏通电话时，他说："兄弟，我自己都忘了。那是少年轻狂胡诌的几句话，没想到你记得这么清楚。"

我能不记清楚吗？此前，我只是在恩格斯的《自然辩证法》中读到如此宏大的句子。一个岩头江人只能靠倾听、阅读和游历了解世界，然后根据庸见做出判断、产生困惑。

阿山在怀疑人生。

我在怀疑世界。

日本昭和天皇崩。皇太子明仁亲王即位，改元平成。

美国全球定位系统第一枚工作卫星成功发射升空，并进入太空轨道。

柏林墙倒了！苏联军队全部撤出阿富汗，长达10年的阿富汗战争结束。冷战结束了！

中国已经确定了香港、澳门回归的时间。澳门政府宣布"特赦"所有未满18岁的非法入境者，大批家长携子女前往登记，场面极混乱。而香港正被越南船民的流入弄得焦头烂额。

全世界在不断商量"核不扩散条约"，美国不表态，一些还没有核武器的国家也不干。你有了你就禁止别人试验。万一打仗，你有核武器用我没有，那还不完蛋？我从知道核武器的那一天起，就对它充满恐惧和忧虑。我太渺小太渺小了。

阿山能摆扑克牌。我不懂摆，只好写小说。我用写作的方式去思考这个我慢慢接触得更多些的世界。我想现代文明很尴尬，它让我们的生活变得更丰富的同时，让人类失去了很多东西。失去的多还是得到的多？难说。但现实让我十分惊讶：现代文明并不能瞬间提升整个人类的物质生活或者说生存质量，却可以瞬间毁灭整个人类。文明怎么会是这个样子？文明怎么能这样呢？发现这个事实时，我很难过。我在图书、报刊资料里一点一点地查找文明的信息，查找那些文明国度的核武器力量。在国家力量对比中，那叫战略平衡。但对于任何生存于这个时代的个人来说，那叫"达摩克利斯之剑"——不，远比剑厉害。

我用一个岩头江识字人的方式来思考和解读世界与文明。我感到十分乏力，焦灼而徒劳。在冷兵器时代，一剑只能刺杀一人，一支箭也只能射杀一人。冲锋枪可以横扫一群人，而一颗核弹可以让一个城市数十万人甚至百万人灰飞烟灭。

科学让人类进步了吗？人类需要这样的进步吗？

人类为什么不能用更好的方式解决互相的冲突？

我觉得那么多伟大的人物智慧的人物创造出来的文明，不应该是这个样子的！

文明应该是个什么样子？有人描绘过吗？

在我的同行思考中国改革时，我在思考那些可怕的东西。这样的焦虑也许毫无意义，但是我就是感到压力和阴影……中国古代已有个杞人担忧天塌下来受到嘲讽。成语"杞人忧天"的意思是"不必去思考不需要思考的东西"。"忧天"在中国人看来，是一件十分可笑的事情。我像摆扑克的阿山一样，自己写着，不太指望有什么人看，也不指望在何处发表。我絮絮叨叨地在稿子上写写画画：你叫文明吗？你为什么叫文明呢？你这个叫文明的东西应该对人类好一些，应该帮助穷人，应该驱除疾病，应该抑制战争，应该建立理解……我在莲花山的单身宿舍里当一个"杞人"。

整个现代科学体系都是由欧洲建立起来的。欧洲有理由维护自己的科学中心地位。假如没有设定空间和时间的概念，假如空间不划定坐标，从二维三维的轴向来研究，假如时间没有合适的标示，现代科学无从建立。

牛顿是一位科学的王，他为科学划定疆域并立法。伽利略、拉瓦锡、海森堡、费米、法拉第、玻尔、门捷列夫、罗蒙洛索夫、爱因斯坦……科学的诸王应该不会希望文明是现在这个样子的吧。

我知道自己在写什么。

可我无法告诉别人我在写什么。

凌空蹈虚——后来，著名文艺评论家谢有顺找到一个很准确的词来批评。

83 潮汕人杂货铺

我缓慢地思考着世界，缓慢地写着关于文明的尴尬。

阿山有一天高兴地来跟我告别，请我一起骑自行车到白沙街吃了一盘干炒牛河。他说找到新的工作，不再算扑克牌了。他要到九洲港去码集装箱。这是门技术活。有的国家仍然在制裁中国，经济形势不好。九洲港码头的生意也不太好，许多龙门吊空着。但阿山很有信心："中国经济总会好起来的，乘现在码头还比较清闲，我可以多学些东西。等到真正经济变好，码头旺起来，就没那么多时间学习了。"

他对国家的未来满怀希望。

我很受感染，笑笑说："那时就轮到你带徒弟了！"

阿山走了，别的同事搬过来。湾仔沙租的房子退掉了。没有食堂，也不再有同事搭伙做饭，一切得自己来。油盐米都得跨过九洲大道，到吉大市场去购买。煤气罐由政府统一配售。大宗些的好办，骑车去拖，但盐、酱油一类的日常生活品，有时会被忽视。

潮汕人适时出现在莲花山。

这是一家子，一对35岁左右的夫妻，两个孩子。大的是女孩，上小学二年级。小的是男孩，5岁的样子，没上幼儿园。他们在莲花山小区东头空地的紫荆树下，用石棉瓦搭建成一个小杂货铺。杂货铺后面的小空间，则是他们的住处。有时，上小学的女孩手里拿着课本来替父母卖盐。凡日常生活所需要的物品，小杂货铺都尽量备齐。它的存在，让我在拧开煤气灶的时候发现没盐了，还可以拧熄灶下去买盐继续做菜。

但是有一天我下去买盐时，杂货铺不见了。

这个杂货铺没有工商登记，属于非法经营，工商所曾叫停，铺主不听。工商所开一辆皮卡来，拆除了杂货铺。我很费周折地到吉大市场买了盐，却没了做饭的兴致，只好在附近面馆要一碗面充饥。是杂货铺的盐有问题吗？工商所为什么不给办个营业执照？我一边吃面，一边怀念杂货铺。

第二天，一条长凳摆在原来石棉瓦小屋的地方。长凳上摆了油盐酱醋，还有面条、大米放在长凳边的一块木板上。老板娘坐在一条红色塑料凳上，一边看着来往的人，一边摇着蒲扇。我根本想不到它恢复得这么快，该买的盐已经买了。她微笑着招呼生意。她并不想与工商所对抗，只是知道莲花山的人们需要什么。夜幕降临，杂货铺原来从人家家里牵出电线，用长竹竿撑着，这时，电线也被拉走，杂货铺点起了蜡烛。

我被感动了！这根蜡烛成为我城市幽暗记忆的一部分。

我什么也不买，主动跟杂货铺的一家人打招呼。烛光下，那个正在上小学的小女孩一笔一画地抄写课本上的文字：我爱北京天安门。

第四天，一个木柜子竖在长凳的后面，日用品杂而不乱地码在柜子里。长凳和柜子的周边有人在向地下打楔子。

第五天，石棉瓦的小屋就完全恢复了。

这样的情况三个月或半年会重复。我因此对潮汕人充满敬意。我自己若失去工作或者没有生活来源时，只能去找工作，去向另外一个单位投递简历什么的。而潮汕人一家自己创造了一个工作单位。工商所拆毁这个单位是一回事，而莲花山的生活需要这个单位又是一回事。他们对自己做的事情，对社群最基本的的生活需要充满理解充满信念。

他们坚忍不拔。

他们期待过工商所的理解吗？我不知道。

杂货铺确切地让我感受到生存温暖。

后来的若干年里，每当遇到困难遇到人生挫折，我就会想起这个杂货铺。它是一点烛光，在白日里看不见它，在流光溢彩的生活里也不会有人注意它，可一旦世界暗淡下来，它的光就显现，足以照亮身边的事物和可走的路。

84 邓小平从路口过

刊物恢复了，市财政拨款。这得益于管农业的副市长谢金雄转任市委常委、宣传部长。我在电视新闻里曾看到他出现在台风过后的农田，察看灾情、与农民交谈。他是一位作家，曾与人合作出版过在广东有影响的长篇小说《闹海记》。他将刊物换成市委宣传部主管主办，属纯文学，不需要去经营。在中国的文学刊物办刊惯例里，这样的情况不多见。在其位谋其政。谢金雄先生像前些年与农民一起商量耕作一样，来与我们一起商量办刊物。

作为体制内的一员，我的工作和生活暂时平稳下来，组稿、编稿。

1992年春节快到了，我骑着一辆老式的"永久"牌自行车，后面的货架上是在吉大市场买好的萝卜、白菜、两斤猪肉。我通常一周买两次菜。九洲大道与景山路的交叉口很宽敞。九洲大道是珠海当时最宽阔的一条路，双向八车道，平时车辆不算多，但这会儿路口完全没有车辆经过。出于乡下人的本能，我骑车过马路，总是小心翼翼。我不太相信那些开着汽车的人能在斑马线前减速让人。事实上他们常常呼啸而过。这时的路面太让人高兴——终于，我可以在不考虑机动车威胁的情况下横穿马路了。

"嘟——"一声威严的哨音把我拦住。我看到一个穿白色衣服的女警察站在绿色隔离带旁，嘴里衔着哨子。真是一个很漂亮的女警！有惊艳的感觉。

我再看看路两旁，隔数十米就有警察，不只是穿白色衣服的。

大人物来了！

我第一次遇到封路。我是个很老实的老百姓，一个良民。我从没对大人物对政府有什么恶意。我怕大人物通过时封路时间太长，太阳会把我的萝卜和白菜晒蔫，准备一踩脚踏板骑车冲过去。"瞿瞿！"哨声再次响起。女警严厉地朝我迈出两步，双眼直直地瞪着我，伸出戴白手套的手，用食指和中指并齐伸直了指着我的自行车。这个姿势让她像一个白衣剑客，手里拿着一把寒光闪闪的剑。

我被震慑，一动也不敢动！

5 分钟之后，几辆闪着灯的警车开过来。我以为这些车会不断地鸣着喇叭，发出呜呜的警笛声。电视和电影里都是这么介绍大人物出场的。但是没有，警车很安静地开过去。接下来是几辆中巴车通过，后面还跟着警车，都很安静。

再过两分钟，漂亮女警听到对讲机里的声音，撤了。

民间传说大人物有特级保卫、一级保卫、二级保卫，我分不清。

数天后，新闻报道邓小平南巡深圳、珠海。深圳发表长篇通讯《东方风来满眼春》，紧接着，珠海也报道了邓小平视察珠海的过程：市委书记梁广大去深圳接。邓小平坐 902 登陆艇靠九洲港，在亚洲仿真公司与年轻的技术人员握手，在拱北的旋转餐厅参观、讲话。他从景山路经过时，甚至记得白沙街（我常去吃干炒牛河）曾有座小桥……这一年邓小平 88 岁了。他在珠海参观 4 天。这一回，他讲了很多。

我五十多岁了，这是我至今离影响世界的大人物距离最近的一次。我在报道中仔细查对，才确认在九洲大道与景山路交叉路口，见到过邓小平的车队路过。

许多普通中国人会像我一样计算是否见过大人物，是否有过离大人物最近的距离。岩头江多数人见过的大人物是乡党委书记。父亲见过的大人物是武冈县委书记、县长。邵阳市教育局一位副局长（副处级）曾经为解决乡村学校危房到武冈五中考察。父亲那些年就反复讲起这个"大人物"到穷乡僻壤的邓家铺"视察"的细节，说副局长一脚踩在地板上，地板裂陷，差点摔倒，连连说："你们这学校真是该改造！"于是就拨了些钱给学校。直到 2005 年，时任湖北省政协副主席、华中科技大学博士生导师的周宜开先生回邓家铺看望他，这样的"大人物"记忆才被更换。父亲是周宜开的小学老师。周宜开到父亲住处看望，一口一个"老师"地叫。邵阳市教育局副局长的"大人物"形象就在父亲的记忆中消失了。

我比父亲走过的地方多些，看到的大人物也多些。

我当然不能算见过邓小平。他到底坐在哪辆车里，我都不知道。但这个大人物对我影响太大了，所以我总是记住自己离他最近的那个路口。

85 "走私"三大件

邓小平一路的讲话被整理为"南方谈话"，迅速地影响了整个中国。

全世界都在关注邓小平怎么讲，中国将怎么做。

邓小平说："不坚持社会主义，不改革开放，不发展经济，不改善人民生活，只能是死路一条。基本路线要管一百年，动摇不得。只有坚持这条路线，人民才会相信你，拥护你。谁要改变三中全会以来的路线、方针、政策，老百姓不答应，谁就会被打倒。"

中国评价这种讲话的成语叫"一言九鼎"。

我是"人民"中的一个。

我是老百姓，渴望"改善生活"，但从未敢想到过要"打倒谁"。

我的生活确实被"三中全会以来的路线、方针、政策"所改善。在中国的各个不同时期，普通人的生活其实一直有最实际的物质标准，追求目标会落到具体的生活用品上。70年代是"三转一响"：自行车、手表、缝纫机为"三转"，收音机为"一响"。80年代，代表生活质量的"三大件"是：彩电、冰箱、洗衣机。

在邓小平南方谈话前的1990年，我已经添置了"三大件"。我想买台电视机。有个老乡说认识在卖"走私货"的人，帮我问问。没多久，他让我去取货。他从唐家部队转业在市委机关，分配的住房就在市政府大院围墙外。人们很难想象在这样的地方可以大大方方"走私"。我带

3250 元的现款，到他家里，"走私货"就在他客厅里，货款两清。这是一台日本松下电器公司生产的"乐声"（National）21 英寸电视机，平面直角型，设计简洁大方。National 的商标在下边，凸出的金属色被黑色反衬出来，低调而沉稳。我记得一点英语，National 是"民族的，国家的，国立的，国有的"的意思，但在这里完全是反讽。它是"外国的、走私的、非法的"。可是如果不"走私"，我就买不到进口电视机。在正规的国营商店购买，需要外汇券，即使劳心费力弄到外汇券，价格也更贵。在珠江三角洲，所有人都买"走私货"，不以为耻，反以为荣。我像所有人一样，没有感到有什么不妥。人们有意无意，都忽略 National 的本来意义，只叫"乐声"。

没有人告诉我购买走私品是可耻的，会伤害国家利益。

在这个时候，即便最激烈的民族主义者，也不拒绝使用"进口"产品。绝大多数家用电器，中国还没有自己的品牌。人们的选择第一是"进口产品"，第二是"合资产品"，第三才可能是"国产"。

1988 年，美国禁止进口日本"东芝"产品。两年后，我在一个澳门人那里，花 2500 元购置一台日本产的"东芝"冰箱。我当时手上只有 1000 元钱，另 1500 元在存折里没取出来，人家却把冰箱送来了。依然是"走私"，没有任何"忌讳"。一位同事认识"带"冰箱的人，问我要不要。某个周末就把冰箱拉了过来，以致在后来很长的一段时间里，我以为"走私"不是什么罪，可能类似于小学生在课堂讲小话。政府像家长一样，知道后，批评一下就行。

我购买走私家电的时候，日本"由于虚拟资产的膨胀，远远大于实物资产增长幅度，导致泡沫经济破灭"。很多中国人像我一样，在这个时候积攒了一点钱，用以消费日本的家电产品。我想这对日本经济是有所帮助的。多年后，我总是回想：我是什么时候将"打倒日本帝国主义"与消费日本产品分开的？似乎找不到这样的时间节点。"崇洋媚外"过去一直是受到批判的，但这一时期，多数中国人都"崇洋媚外"。如果中国人不积极地购买日本的产品，日本 1990 年后几年的经济一定会更糟糕些！

只有洗衣机是花 450 元买了中山市生产的"威力"牌。

1991 年夏天，有人推销空调机，不贵，1000 元整。我看到样机，正是六年前我在韶山宾馆享受过的那种窗式机（格力公司前身海利公司制造）。我毫不犹豫地买了一台，可不知道装在哪儿好。我只有一个房间，窗户是铁窗格，要用切割机才能割断。可我毕竟只是临时住这儿，切断铁窗，离开时我还得给焊接上？我只好把空调机装在里面的门上。这门上有个气窗，卸下玻璃，正好把空调机嵌进去。可是我并不了解，制冷的空调会滴水。房间是变得清凉了，但是我得在门口放一个水桶，承接空调机的滴水。进门时我得小心躲着水滴。同住一套房的单位同事，还得忍受噪音和置换排出的热气。

这是特区，工资高于内地。在内地还有许多家庭都购置不齐"三大件"，我却有了四件。

一个岩头江人，在 28 岁那年，终于真正生活到了准工业文明时代。

鱼骨天线架在七楼顶上，分三层包裹着的乳白色信号传输线从楼顶垂下来。电视里除中央电视台、广东电视台、珠海电视台，还能收到香港的明珠台、中文台、国际台、亚视台。香港，这个暂时还由英国人管着的地方，最高行政首长是英国派出的总督，实行资本主义制度。相对于有些刻板的大陆电视，这些台显得活泼、开放。明珠台曾以"明珠930"获得我们的高度认可。它在晚上 9 点 30 分播放世界著名的电影，一夜一部，有时会连播一个月。

享着空调，看着电视，换台时遥控器一指，渴了从冰箱里取一罐清凉饮料。冰箱可贮存，不再天天买菜。厨房里不再烧柴禾或煤，而是点着液化石油气，淡蓝色的火焰，没有任何灰烬。脏衣服往洗衣机里一扔，旋开旋钮……已完全不同于岩头江，离我的童年少年生活，不是十年二十年，而是两千年。

有时我会想，这一切，不是因为个人奋斗，而是因为国家和社会的进步！

86 到深圳买股票去

深圳要发新股了！

关于原始股的发财故事传遍中国大地。不劳而获，一夜暴富让人血脉偾张。

在香港电视里，我总是看到关于股票的消息。普通人也可以投资，这是个很有意思的事情。我刚刚走进温饱。我的衣服不再自己买布到裁缝店找裁缝。各类成衣挂满了商店。高档的在免税商场，低档的在地摊。"老人头"皮鞋、"苹果"牛仔裤、"金利来"衬衣，不知道真假，珠江三角洲的男人一定都穿过。流行穿"乔其纱"的衬衣，我也买来穿。我不追时尚，很不喜欢男衬衣的面料是半透明的细网格化纤布。但是我别无选择。如果这一年流行这个，你就买不到别的。刚走进工业文明的中国市场就是这样。

生活用具几乎添置齐了，存折上还有好几千块钱，买点股票吧。

所有的人都想赚更多的钱！

珠海在滨海南路开通了股票买卖，离我上班的地方不足 1000 米。听说不少深圳人买股票发了财。我按捺不住好奇，独自出办公室门，左转，走 600 米过马路，再右转走 200 米，找到证券公司。进门时我里外看看，生怕碰到熟人。走进去，我看到一个长条形的柜台，好多个红色电话机。

我小心地问柜台内穿红马甲的人："这里能买股票吗？"

穿红马甲的人说："能啊！我们就是专门买卖股票的啊。"

我疑惑地问："能赚钱吗？"

穿红马甲的人说："这个不好说。不过以前买股票的人都赚了。你可以去看报纸。"

我就是看过报纸才来的。三天后，我在存折里取出 6000 元钱，到证券公司开户买股票。我在柜台上按红马甲的指引，填写那种两寸宽三寸长的交易单。

红马甲问："你买什么股票呢？"

我反问："都有什么股票呢？"

深圳只有 8 种股票供选择：深发展、深万科……

"就买深发展吧。"我其实不太清楚什么是股票。这种荷兰人发明的投资游戏已 400 多年了，对一个从湘西走出来的普通中国人来说，它依然非常陌生。我想 001 的代码好记。我填个单在这儿，万一把凭证弄丢了，记住 001 就行，别的我未必记得住。股票尚未分拆，我用 5750 元买了 1 股面值 100 元的深发展。

三天后，我去卖了"深发展"，得 5950 元。我不知道还有手续费和税。

在中国，很多人买的第一手股票是"深发展"，现在，它叫平安银行，市值 1980 亿。

原始股是最赚钱的。最初买"深发展"的人，多数是被迫的，那时已翻了上百倍（有分红送股）。有人买了 1 万元，已是百万身价。报纸、刊物、电视里不断介绍那些投资原始股暴富的奇迹。

我决定去深圳买新股抽签表，买原始股。我找妹妹和同事凑了 13 张身份证。报纸上的公开资料显示，100 元一张抽签表，每 10 张保证有一张能中签。只要买到 1000 股原始股，少说都要赚 10000 多块钱，好的话会赚几万，而初始成本只要 1000 元。

1992 年 8 月 9 日，我一大早来到珠海九洲港码头，就看到人山人海。我挤进人群里买到两张船票。我约了同事一起去的，可左等右等，还有 5 分钟船要开了，同事没来，我决定把这张船票卖掉。满售票厅里全是眼巴巴等船票的人。我刚说出让船票，手中的船票就被一个壮汉一把抢过去，劫匪一般地狠。我正要生气，一张 100 元的钞票不由分说塞给我。船票是 50 元，我要找钱，一声"不用找了"，抢票者已不见人影。这张船票我转手赚了一倍，人家还生怕我不收这个钱，这真是一种很奇怪的体验。我愣了半分钟，赶紧上船。

船上人互相微笑点头，都心照不宣：到深圳买股票抽签表去！

渴望财富的表情明白无误地写在一张张脸上。

蛇口有售签点。可是我顺便约会了一位漂亮姑娘。邵阳电视台的一位播音员在华侨城找到新的工作。她告诉我，华侨城有一个点，我可以到那里去排队，排累了还可以在她那里坐坐。她帮我在华侨城的男生宿舍找个地方睡觉，我可以省下住酒店的钱。我坐上蛇口到华侨城的车，沿途到处是奇观。每一个股票抽签表销售点都已有数十人在排队。地方不够，人们就自觉地将队伍绕起来，像团麻线一样。售签点有小路可以延伸，就稀稀拉拉地排着队，仔细看，有些地方用长凳排了队，有些地方折下路边的树枝，用树枝排队，上面插着张纸，纸上写着"此处有 8 人排队"，有个地方用石头压着一张纸，纸上用红墨水写着"此处 13 人排队，有插队占位者，格杀勿论"。

这样的排队一定是空前绝后的。

在华侨城工作人员宿舍前，是一幢两层楼的房子，一家银行的营业所设在一楼，有"华侨城股票抽签表销售点"。女播音员说："已经排很长的队了。你先到我们的宿舍休息一晚，明天再来排——你不至于想排通宵吧？"

三个窗口，排队的人已经绕小楼三圈了。人们揣着身份证和钱，兴奋地说着话。我不会排通宵，也不敢排通宵。渴望发财的人们完全一副等着天上大把撒钱、一齐起抢的架势。我看到许多人眼里充满血丝。从下午 6 点开始，过一会儿就有一辆顶着高音喇叭的宣传车过来，喇叭里说："请大家注意，为保证安全，销售点所有障碍物都必须清除。"

那些替代排队的树枝和石头、板凳被清出了排队的队伍。现场的人们欢呼，有一点坚守的成就感。排着队的人准备熬通宵，因为这相当于熬一夜就能领到两年以上的工资。

我住的华侨城集体宿舍放有好几张上下铺的床，在七楼，从楼上可以看到排队的人群。整个夜晚，基本称得上安静。

8 月 10 日，一大早，晨光初露，我想尽快吃点东西去排队。但是晚了，我打开窗一看，人头涌动。那座小楼沦陷了——对，是沦陷，它被排队的人们一圈又一圈地缠绕起来，缠了足足六圈。坏了！我排不上队了。漂亮播音员跟我仔细估算，这个销售点压根儿不会有这么多表。我绕着排队的圈子左三转右三转，找不到接排的尾巴在哪里，整个儿就乱了。我唯一的办法是到宿舍去待着，等所有人买完了，看还会不会剩下抽签表卖。

8月的深圳，阳光灼人。我只好在宿舍7楼的窗口俯视现场。每隔半个小时，我就忍不住下楼看看。太阳越来越高，气温越来越高。8点，销售点没有按时开窗。人们的目光死死地盯住那三个窗口。9点，仍然没开窗。窗前的人用拳头砸窗子，怒喊"时间到了，怎么还不开窗？"，后面的人不时骚动。汗水浸透了所有人的衣服，包括女人的裙子。10点过几分，我看到一个身板结实的40岁出头的男人从队伍中挤出来，一个身材丰满的女子替代他挤进去，马上就有一老一小两个人递过小塑料凳给男人坐，并递给他矿泉水，用一张广告纸给他扇凉。男人脱下身上全湿的背心，抹抹身子，一口喝下半瓶水，另半瓶矿泉水就从头上浇下来，嘴里用东北腔叫着："我操，他妈的热死我了！"完全是拳击手中间休息的架势。男子把背心拧干，再抹抹脸，对看上去才12岁左右的男孩子说："身份证给我看紧点，别排到咱了找不见啊！"男孩子拍拍一个帆布包："都在呢，放心！"这是一个排队买抽签表的家庭，三代，四人。

我凑上去问："你们多少张（身份证）？"

男人岔开手指说："50张。你呢？"

我很不好意思地说："少多了，才13张。"

队伍里，无论男人女人，一律胸贴着背、背贴着胸。所有的尴尬、羞涩都被抛弃了。人们怕被挤散还前后搂着，甚至前面男人的后背有大把汗水流进后面女人的乳沟里。前后左右的人都知道这不太合适，但实在腾挪不出距离来。大家交流眼色，彼此特别理解：没办法。买完抽签表咱们谁也不认识谁，都忍着点儿吧。中国古代政治家管仲说："仓廪实则知礼节，衣食足则知荣辱。"可见中国人这个时候，仓廪尚不实，衣食尚不足。突然有人中暑晕倒了，一辆救护车及时赶到，呜呜呜叫着把人接走了。排队的人没有被吓住。只要不晕倒，都还得在队伍里。

那个丰满的女人被推着往前挪了几步。男人看着尴尬，站起来说："我已经休息好了，他妈的这么挤都得把女人挤得怀上孩子。"说罢把女人拉出来，自己再挤进队伍里。女人出来坐在塑料小凳上，喝口水说："今天这表要是买不到，咱得把这屋子给砸了！"

10点半过后，窗终于开了，买到抽签表的人出来，兴奋地向大家展示。可是仅售了十几分钟，还不到11点，华侨城销售点的抽签表宣告售罄。有人排队两个通宵，眼看着就到窗口了，他数得清前面才卖了几个人。这么着就说没表买了？不干。前面的人敲窗，窗死活不开，排队的人们根本不愿意离去，在烈日下像一条巨蟒，将销售点越缠越紧。

一个穿红裙子的青年女子大叫："作弊！这一定是作弊！他们把表私分了！"她应该没夹在队伍中，是排队者的合伙人或者家属，因为她的裙子没湿。销售点的西北角，有个红色电话机，多人已经拨过这个投诉电话。红裙女子跑过去按了按键大声喊："喂，市政府吗？你们还是不是人民政府？这抽签表都被私吞了！你们还管不管？"她突然愣住了。她压根儿就没打通电话。"原来没接通。"她自语了一句，接着拨。她发现占线，怎么也拨不通，愤怒至极，脱下高跟鞋，用鞋跟猛砸电话机。

我不知趣地问："没拨通吗？"

旁边有人说："我也砸过。我现在最想砸电话那头的人！"

在愤怒的人们开始到处抄家伙准备砸屋子的时候，窗开了一条缝。窗内出现一个手提喇叭的声音："请大家保持冷静，我们正在向总部汇报，争取再拿表来，以满足大家的需求。"

骚动，解释。

再骚动，再解释。反反复复。

我看到好多人的脚踝骨被搓伤，血淋淋的。我不知道暴怒的人们下一秒会干出什么事来，不敢再在现场待下去。

下午两点半，我在七楼午睡醒来，华侨城抽签表销售点空了。

人们散去。我不知道是怎么散去的。我告别漂亮播音员，两手空空回珠海去。好在我把另一张船票赚回来了。路过两层的小楼，我好奇地观察现场，发现原来长着三色堇的 200 平方米小草坪变成墨绿色的泥淖。泥淖里陷着许多鞋。我仔细数了数，43 只鞋，我一直想找到成对的，但没有。

这是中国改革开放史里一个真实的现场。我在草坪前默立良久。可惜我没有照相机，没有留下现场影像。我知道我经历了什么。没有什么能阻挡中国人的投资热情，没有什么能抑制住中国人赚钱的欲望。

晚上，同住一套房内，相约去而未去的同事慌忙走过来："好在你回珠海来了。看看，你打开电视看看。香港台报道，深圳市政府被砸了！"

我赶忙打开电视机⋯⋯画面里有人高喊口号，有人推倒警车点火。

一篇《"深圳 810"事件冲击波》的回忆文章，现在，仍然挂在网上：

　　人们谁也没想到，就在小平同志南巡并发表著名的"南方谈话"的半年后，也就是沪深证券交易所成立不到两年的时候，发生了令中央高层极为震动，让中国资本市场经受严重考验的大事，即震惊中外的"深圳 810"事件⋯⋯8 月 10 日晚，因为没有买到抽签表，超过万人的队伍打着"反腐败、反舞弊、要求公正"的标语，沿着深南大道，涌向市政府表达他们的不满。

　　这天深夜，（深圳市委）李灏书记拨通了中央最高层的电话⋯⋯

　　据事后清查的结果，全市清查出内部截留私买的抽签表达 105399 张，涉及金融系统干部职工 4180 人。最后，被公开处理的 9 人，其中 7 人是单位或部门的负责人。

　　"深圳 810"事件既震惊了国内，也震惊了全球。据说当时纽约的主要报刊连着三天转载报道这个事情。从该事件中，人们一方面真切看到和感受到资本流动过程中所形成的能量，这种能量可以成为推动经济和社会发展的强大动力，但如果驾驭不当，其巨大的冲击力也会对社会稳定和经济发展产生极大破坏。而年幼的中国股市，无论是管理方式，还是监管体制，在这股巨大的冲击波面前都显得如此脆弱。

"深圳810"事件让人们看到建立全国性监管体系的重要性和紧迫性。资本是跨区域流动的，地方政府管理交易所的模式显然力所不逮。

"深圳810"事件……导致我国新股发行制度的根本性变革，也催生了中国证券市场的监管机构——中国证券监督管理委员会。

87 到处是钱

1992 年 10 月 12 日，中国共产党第十四次全国代表大会在北京召开。这个世界上人数最多的执政党在报告中明确判断："十一亿人民的温饱问题基本解决，正在向小康迈进。我国经济建设上了一个大台阶，人民生活上了一个大台阶，综合国力上了一个大台阶……邓小平同志今年初视察南方的重要谈话，极大地鼓舞了全党同志和全国各族人民。广大干部和群众思想更加解放，精神更加振奋，上下团结一致，到处热气腾腾，进一步展现出中华民族实现伟大理想的壮丽前景……"

"这次代表大会的任务是：以邓小平同志建设有中国特色社会主义的理论为指导，认真总结十一届三中全会以来十四年的实践经验，确定今后一个时期的战略部署，动员全党同志和全国各族人民，进一步解放思想，把握有利时机，加快改革开放和现代化建设步伐，夺取有中国特色社会主义事业的更大胜利。"

进一步解放思想。仅深圳发行股票，肯定是不够的。

中国太大了！

中国人太多了！

中国人钱也多起来了！

传说，在"810"事件中，有东北人收集一麻袋一麻袋的身份证，乘飞机过来，雇用了若干人，在深圳的各个点排队。有珠江三角洲的企业主收集全厂工人的身份证，派人排队。

珠海也发行股票了！

最先发行的不是股票，是"集资券"。

到处需要钱。珠海把发展的重点投到城市西部，只有那边才有足够的地理空间容纳大型的基础设施，比如机场、港口、铁路，比如工业园区，等等。珠海在自己的西部，设置了三灶管理区。管理区负责人是以建中国首个"农民度假村"闻名遐迩的农民企业家钟华生。农民企业家是媒体给他的"帽子"，其实，他是个基层干部。

我听过钟华生的社会主义教育课。在一片海滩边，他指着澳门说："大家看，那边就是资本主义社会。我们要讲社会主义优越性。这个优越性就是：经过十几二十几年的奋斗，我们这里要发展到二十万人口。这里的人住的房子要比那边的好，开的车要比那边的高级，赚的钱要比那边的多，社会主义才有优越性。要是做不好，我们的社会主义就没有优越性……"我第一次站在一个两种制度交界的地方，听一位县处级干部以物质财富的直接对比谈"社会主义的优越性"，听得一身冒冷汗。他是形而下的。他在那块土地上使出浑身解数，制订了一个"填海造地、以地生财，以财聚才"的"完美计划"。为了融资，打出"今日借君一杯水，明日还你一桶油"的口号，朴素、响亮、诱人。我曾经在高栏港连岛大堤工地上采访他时感叹："这种建设真是有改天换地的豪迈。"他回答："你们写书的人才厉害。您看一部《共产党宣言》影响了多少人！"他所领导的三灶管理区成立了一个群星公司。很快，人们涌过来认购"集资券"，2000万资金到了。

我的单位派人前往洽购，因为刊发过相关的报告文学，获得一点"集资券"指标。我认购了1000元。接着，珠海西部成立融资规模更大的华侨房地产公司，据说计划5000万规模。因为认购者太多，他们得悄悄地干。等到我和同事受杂志社委托去找他们洽购"集资券"时，负责人摊摊手："不好意思，早卖完了！"

在办公室，领导、同事和我，都毫不避讳地谈"内部股""集资券"。领导也不断地打听各种消息，以期通过什么关系给单位员工弄到"内部股""集资券"指标。我们有一台丰田小霸王汽车，这段时间专门用来跑指标。最愉快的是：某天上午领导说弄到东区房产的集资券，每人5000元。我正愁凑不上钱，到下午，主编说："这个券能不能转股票还不知道。大家不用掏钱，中午我和刘总（副主编）商量了一下，已经把指标卖了。按1∶1.2卖的，每人到财务那里去领1000元。"

这期间，我买到的"内部股""集资券"有："富华化纤""东大房产""格力置业""珠光房产""友利""维佳""群星""永隆"……花花绿绿的纸一大沓。

我对任何一家公司都一无所知！

资金不够，五哥从武冈电汇了钱过来。他在电话里跟我说："股票是个好东西。只要有指标，你就买。钱不够我可以再到武冈这边找一点。"五哥把我留给家里的备用金也汇了过来。他说，武冈县委县政府机关的人正筹钱到广西北海去"炒地皮"，先去的那拨人已经赚钱了！

无论是出租车上、公共汽车上，还是私家车上，或路上、办公室里，如果看到有人提着个塑料袋，袋内用报纸草草地卷着一团东西，那就是钱，一万两万，三万五万，乃至十万二十万……随便摸到一包报纸，里面就全是钱。可是那段时间没有出现劫匪。一听说有指标，我们就把钱交到财务或被派去购"内部股""集资券"的人手里。那人用报纸把钱一卷，就奔发股发券的公司去了。

不知道从哪里冒出来这么多钱，仿佛是蘑菇，一场太阳雨，就一层一层从地底冒了出来。这是民间投资的热潮。我只是被裹挟。

这样集中发"内部股"和"集资券"的时间持续一个多月，不知什么原因，停了下来。

在我办公室北面300米处，珠华大厦前，景山路与吉大路交叉口，纯民间的股票交易市场出现了。人们背着各种各样的袋子。有人一个袋子里装着十万八万的现金，一个袋子里装着面值数十万的"内部股"或"集资券"，蹲在马路边，炒股。没有新的"内部股"或"集资券"，但需求仍旺。有人求购就有人溢价出售，这得有个交易平台。正规的上市公司在深圳或上海的交易所里，人们叫二级市场。新发的得去发券公司，人们叫一级市场。珠华大厦前的人们称自己做的是"一级半市场"。

"格力电器"也在这里交易。

"群星集资券"最高涨到4元，1000元面值可卖到4000元，我想把它卖掉，结果我的姓错成"雷"。为此我专门跑到西区去更正，但因为这只是个盖章的收据，公司人员随意将"雷"字划掉改为"曾"，说是转股票时再更名。一级半市场不相信这个更名，我就卖不掉它。二十八年过去，群星公司并没有转为股份制公司，而是消失了。这个收据我保留至今，计划合适的时候捐给博物馆。

我上班午休时，就可以到"一级半市场"走走看看。许多人懒得费口水，聪明地在一块纸板上写着自己拥有的股票名称、出售价格、收购价格，就像现在银行电子屏里的外汇买卖，把价差标得清清楚楚。有人把纸板背在身上游街，有人把纸板摊在地上。准备充分的打印好的买卖合同，让双方签字，确认已同意转让，并留有身份证复印件。没客人的时候，这些民间经纪人席地而坐，打纸牌"斗地主"。

除了"富华化纤"，我没能卖掉任何一张"内部股"和"集资券"，因为一个月后，它们都低于面值，最低时不到面值的十分之一。

88 地皮！地皮！可疑的地皮

这是最好的时代，这是最坏的时代。

大约在这个时候，中国人开始借用英国伟大作家狄更斯长篇小说《双城记》的开头来形容自己所处的时代。

如果不是政府信誉，我不可能这样购买"内部股""集资券"。

企业透支了政府信誉，人们陷入了盲从。当被叫停时，已经晚了。

我从未接受过任何关于投资方面的教育，只在茅盾的长篇小说《子夜》里，读到一点"空方""多方"之类的陌生词——那样的事情发生在五十多年前的上海。甚至，绝大多数发"内部股""集资券"的公司，也并没有接受过关于投资融资基础知识的培训。公司知道收钱，但不知道责任，不知道回报。

除了"富华化纤"传说股改登记，已准备报批上市，绝大多数"内部股""集资券"不但没有溢价，连本都保不住。有人拿"集资券"去公司要求退款，被拒绝了。

东区房地产公司的法定代表人和总经理蒙哥，是我刚到杂志社时的常务副总编——那个宣布炒玲子鱿鱼的人，我们保持了联络。这个公司的集资券卖出去 5000 万。我的一位同事曾看好它，以溢价 1 角钱的价格在"一级半市场"再买入 5000 元面价的集资券，但它很快贬值，一周后，平价都卖不出去，一个月后，以亏损到六折出手，卖得 3000 元。

但这一点儿不影响企业经营者意气风发。手头有钱，他们想干的事很多。他们甚至想干伟大的事业。蒙哥有钱了。有人鼓动我去向他要点赞助，用于讨论我的小说。我并不觉得我的小说值得讨论。蒙哥居然很爽快地答应给我出 3500 元。我应约带了票据去取钱，心里惴惴不安，心想这个老领导真好啊。他请我吃饭，在一家海鲜店。我坐公共汽车到的。他带了司机，饭后盛情邀我坐上他的车，去参观他的公司。

车内有一种新皮革的气味。说不上好闻，但我想这是好车的气味。

在车里，蒙哥中气十足地说："维浩，看看我的车，知道这叫什么车吗？"

我说："不知道。"

蒙哥说："这叫'公爵王'，最新款的。车窗装的是减速玻璃。你看看窗外，是不是没感到眩晕？是不是没感到树在飞快地向后走？其实车速已经很快了，80 公里。可是你感觉不到。这就是高科技！"

我没再在别的地方听说过"减速玻璃"。现在在网上能查到："减速玻璃"是中国老一代司机的"发明"。有些原来开大卡车，后来又开小汽车的老司机，发现开大卡车与开进口小汽车会有明显不同的速度感，就认为外国人在小汽车上用高科技给玻璃减速，创造了"减速玻璃"这个词，英语翻译成"decelerating glass"，居然收入了词典，实际上就是安全玻璃。

他的公司在海边一个叫"神前"的村子里，租用了渔民的一栋小楼。我看到他的办公室里放着一柄长剑，他将剑抽出鞘来给我看："这可是很好的钢，我还没开刃，一旦开刃，它一定锋利无比，所向披靡。"

他是在借这柄剑表达他的远大志向。一年后，这家公司拥有了外伶仃岛上的楼盘、珠海西部的土地、中山市的一个美食城，据说在广州也开了一个生意不错的美食城。在账面上，真的赚了钱，光地皮就值上亿。

"炒地皮"的不只是蒙哥。

听说我能写文章，一位来自湖南邵东的房地产老板带着他的助理找到我。他们要出画册，介绍所建珠海西部某商贸大楼，在画册中要配上一些广告文字。

"往好里写，往大里写，钱不是问题！"这位老板用浓重的邵东口音跟我说。

我和负责刊物美编的同事接下了这个活。我们受邀参加了他的商务大楼奠基仪式。时值中秋，所有到场的客人都有个888元的红包和一份中秋节礼物。我大吃一惊，如果有500人参加这个仪式，意味着光这个仪式，他就得开销50多万元。从吃饭的排场看，那天应该超过了500人。

过段时间，老板带我参观了他的地皮。他指着一丘水田说："我的红线图从这里开始，那边到那个山坡上，你看到那棵大树么？到大树止。"我看到数百米之外的一棵木棉树，春天里一定开很多花，但我不能确定是不是他指的那棵树。

接着，他开车带我一直到乾务水库，登上水库大坝，指着坝下说：

"这边的红线图到这里止。这有多少平方米土地？这土地每平方米涨100元，我就有几千万的进账。老乡，我告诉你，我一点也不怕花钱。我只怕花不出去钱。"

我还从未与一个这么谈钱的人交流过，很是疑惑："可这土地凭什么就说是你的呢？都还长着禾苗呀。"

老板说："有红线图啊！我交了三成的钱——当然，我来买地的时候，价格还很便宜。"

我仍然一脸疑惑："三成的钱也不少，你又是怎么弄来那三成的钱呢？"

在吃饭的时候，老板看看窗外，神秘地对我说："看你是老乡，我就跟你说实话了。我没钱，可是银行有钱。我原来是个生产猪饲料的，一年也能赚好几万块钱。办了个小作坊，也没有工商登记。我登记政府就要收税呀，那些干部还要敲诈，受不了。不登记就老是被政府查。后来我想了个办法，把设备安上架子，买了个手扶拖拉机。一听信说检查，我就把饲料生产设备抬上手扶拖拉机，开在路上。这么东躲西藏，赚了38万。我想再多赚钱就很困难了。后来我发现，银行有钱。但我没权没关系弄不到手。有人指点，要什么关系，给回扣呀，我就找上门去。老乡，我要告诉你，有钱真是好办事啊。我用38万全部作回扣，就从银行贷出380万来。一下子有了几百万，不知道该怎么用。人家说有这个钱你得去炒房地产。炒房地产就得到沿海来，有人去海南，有人去广西北海。我到珠海来，一打听，人家说，你这才几百万能做什么房地产？见个区领导都见不上。我问那要多少，人家说起码得几千万。我懂套路了，几千万难不倒我。我用300万再作回扣，到另一家银行贷到3000万，把这块地皮盘下了。老乡，不瞒你说，地价一天一个价在涨。有人给我评估过，我这地皮值几个亿……所以，现在有人叫我亿万富翁，我一点也不会脸红。关起门来说，我心里也不踏实。我那时生产猪饲料，卖一个钱算一个钱。可我现在请大学生研究生给我打工，都是学会计学管理学什么的。他们跟我说：'老板，这跟您卖猪饲料太不一样了。您这几块叫总资产、负债、净资产。银行贷款的那3000万，加上你还欠的地价款，与土地总值比，叫负债率。您的公司负债率是非常低的……'我都不好意思。这些大学生比我懂，人家有文化，学这个。"

吃过饭，出来，我看到他楼盘边的马路上全是泥泞。他叉着腰，满脸豪气，指着这条路说："当这路完全修好后，地皮还会涨，周边的建筑都会起来。银行那3000万，还不如我一个小指头！"他真的伸出一个小指头示意。

他的地皮里，绝大多数水田还插着晚稻。禾苗正开始抽穗。

1993年12月，邵阳的文学朋友曾冬保从惠州来到珠海。他带着司机，开着一辆红色本田汽车，刚握住我的手就说："太疯狂了！简直太疯狂了！"

一边往酒店走，我一边问："邵阳的朋友都说你赚大了！"

冬保说："真的赚大了。人都晕！可是地皮是个什么鬼？都在炒。你没去过惠州。你晓得么？我就开个车从那里过，那里连一棵庄稼都不长，四通一平还没搞，车只进得去越野车，就那地卖给我们了，说是值多少多少了。"

"你真是去炒了地皮呀？"

"真的，都在炒地皮。"

"听邵阳那边的朋友说，你赚了不少钱？"

"怎么说呢？真的是赚了很多钱，多得我自己都难以相信。你不知道，我们7个人承包了湖南某市机关里的一个实业公司。机关里的人哪会做生意？拿着这块牌子没用，5万块一年就包给我们。我们用这块牌子去银行贷款，转着转着就贷到5000万。到惠州卖了块地皮，6月份入手的。上个月人家要买，出价1亿1000万。"

"你是说不到半年，你们赚到了6000万？一人赚到800多万？"这简直是一个天文数字！我惊讶不已。不是别人，不是传说，是一个我很熟悉的写小说的朋友。他就站在我面前，为账面上的暴利而焦灼不安。

"这个数字还在天天涨。我和合伙人都在谈，好在我们没有心脏病、高血压，否则真会死人啊。钱赚了，问题也来了。我觉得嘛，房产还可以。地产？天知道是个什么鬼！红线图外人也看不懂的。我是跟着人家好多回才看懂……涨得快，跌得也一定快。我同意出让那块地。别的合伙人不愿意，说是那块地还得涨。我现在赚了钱，但出不来，就是共同有一块地还有银行一屁股账！你说要是房子嘛还可以住人。现在那块地，万一下一步开发不了呢？谁开着越野车去那块地干什么？那里草都不怎么长。"

冬保是来考察珠海房地产的，他说："我已经想好了，坚决出来！少赚些也要出来。那地皮涨得那么快，现在说它值11000万，也许半年后跌下去只值3000万呢？那我们就赔了2000万，一人得赔300万，放着800万不赚，等到赔300万，那就后悔都来不及了。赚了钱有钱分好说，要还钱，靠工资哪能还上钱呀！我一年工资还不到5000元，还600年也还不清，还有利息没算进去呢！"

我被派去珠海西区采访，面对大片大片新开挖的土地，有时会愣在路边，回不过神来：土地从来只与耕耘有关。一分耕耘一分收获。在岩头江人的观念里，如果一片土地不是用来种庄稼，就是用来作宅基地修房子住，此外做不了别的。但眼下，土地的含义居然变得如此丰富，身份变得如此暧昧、妖娆，仿佛每一颗砂粒都饱含着挑逗、刺激……

89 对一位"神仙"的奇妙采访

来自邵东的房地产老板再一次接我去他的公司时，又带我爬上珠海乾务水库大坝。他指着一个山谷说："人们都考察这项目那项目，好多东西我不懂。那些什么科技的投入，我不懂就不敢投。我想清楚了，就做房子。但这么大的地盘，光做房子给人住还不够。我想在这里建一座大庙，给菩萨住。"

"您要在这里建一座大庙？为什么？"这位老乡总是让我惊讶。

"你想想，建庙简单，没什么高科技的东西。现在中国大搞改革开放。没富的想求菩萨保佑发财，尽快富起来。富起来的要求菩萨保佑继续发财、健康平安。我了解过，珠江三角洲没什么大庙。有庙的地方，平时香火旺得挤不动人。菩萨不够拜呀！我建一座庙，光是功德箱、香火钱就不得了。有庙有神就一定有香客。"

"可是……这个得国家宗教局批准才行吧？广东省可能都没这个权力。"

"我也不知道哪里批。我们国家有个国家宗教局吗？你都在北京读过书，认不认识国家宗教局的人？"

"不认识。中国佛教协会会长赵朴初先生倒是给我们讲过课。"

"没听说过这个人。当然，我一个做猪饲料的不会听说他。他是全国的会长？那就是个大人物。他肯定能解决这个问题。"

"我认识他。他不认识我。"

"没关系，是你的老师请他来讲课的，对不对？等我准备好了，老乡，你帮个忙，跟我一起去一趟北京。我们先找你的老师，再让你的老师帮忙找他。"看到我不理解的样子，老板拍拍我的肩说，"放心，我会给你老师一个够大的红包。"

人们混淆了信仰、宗教与经济建设。一夜暴富的人不知道什么是崇高什么是亵渎。"一切向钱看"曾经被批评。确有很多人一切为了赚钱，同时，认为钱可以解决一切问题。房地产老板认为无论富人还是穷人都需要一座庙宇。但他并不认为神是用来抚慰心灵的，而应该是用来帮助赚钱的。

在经济空前活跃的时候，"神仙"出现了。一个夜里，在邵阳市文化局当科长的邵阳师专同学打电话给我，告诉我他来到珠海。

我说："那明天我请你吃饭。"

他说："吃饭就不用了。我找你是专门打听侯神仙的……侯神仙你都不知道？湖南人可都知道他呀！你要是帮我找到侯神仙，见上一面，比请我吃什么都强！"

我答应试试看。第二天，我打听到"侯神仙"住在拱北宾馆，就带这位时任科长的同学乘出租车前往。在拱北宾馆一座葡萄牙风格的别墅里，我们见到了这位"神仙"。他的身边围着很多人，说着常德口音的普通话（湖南人戏称"德语"），听说是过来给"神仙"祝寿的。这是一座准总统套房，带花的墙布，欧式高背布艺沙发，整个装修显得华丽。"侯神仙"理着光头，穿着睡衣，一副憨厚的样子。

当听说我是编辑、记者时，他的兄弟给我递上一支烟，给我说了很多"侯神仙"的神迹。最令人津津乐道的是"隔空取物"，他会一种"五鬼搬运法"，运起功来，可以调动 5 个小鬼为他搬运东西。在长沙解放路的百货大楼上，跟他晚上打扑克到半夜，有人叫饿。"侯神仙"说你想吃什么？要不要来一碗火车站前的面？他把报纸往桌上一铺，嘴里念念有词。一会儿，报纸拱起。揭开报纸，桌子上就是几碗热气腾腾的臊子面。他们赠送给我一份刊物，封面就是"侯神仙"，内页用 3 万多字的篇幅刊登"侯神仙"的种种"神迹"。

这样的"神迹"来自中国传统文学。最经典的当然要算《西游记》，即便是描写日常生活的《红楼梦》里，也会写到"神迹"。

童年时，我曾经渴望过见到神仙，只有神仙能在瞬间用神力改变我们的生活。现在，有人告诉我："你见到的就是神仙。"我想我是读一点科学书读坏脑子，读到不相信世界上有"神仙"了，但我对相关描述有浓厚的兴趣。

"侯神仙"的几个兄弟就住在我莲花山单身宿舍的马路对面。过了两天，他们就来请我为"侯神仙"写传记。我说可以了解一下。又过了两天，他们拉着"侯神仙"来请我吃饭。"侯神仙"开着一辆绿豆色的奔驰 560 来接我。为表示对我的重视，他的弟兄们坐在后排，让我坐在副驾驶室里。车挂的是粤港两地牌，很稳。他的兄弟告诉我，这辆奔驰是华人首富李嘉诚先生赠送的。我见不着李嘉诚，无从考证。但他的照片里确实有与李嘉诚先生的合影。因为别人介绍过他的"神迹"，我总以为他开着开着就要腾云驾雾了。

他们给了我很多的资料，最有说服力的是"侯神仙"与一位革命家合过影。"侯神仙"与明星刘晓庆、周润发都有合影。我真想看到那些"神迹"，答应先采访。他们给我开出很好的条件，说要给我添置一台专用于写作神仙传记的电脑，3万元的稿费。我到长沙、常德、汉寿、湘潭采访一周，记下了4万字的材料。与他关系密切的人会警惕地问我："你信不信？你信我才讲。"而在湘潭，总工会一位与"侯神仙"相熟的人断然否定他的"神迹"："他那是耍把戏弄钱的。"

我没有写，因为我从未真正见过他的"神迹"。蹊跷的是，他确实用他的"神迹"募得了许多款项。这些款多数捐给了湖南的教育与文化事业。"侯神仙"被选为湖南慈善总会副会长，据说还向毛泽东文学院捐款100万元。

在他的故乡汉寿，他获得极高的声誉。

时代变得包容、宽松。人们变得大胆、狂放。

有人调侃，"牛鬼蛇神"都复活了。

在学界，"信仰危机"不时被提起。在民间，思维的多样性开始呈现。当然，基于利益的迷信也毫不迟疑地兴盛起来。

90 列车上的集体沉默

从长沙到广州，我觉得坐飞机很合算很便捷。领导答应可以报销机票。可是"侯神仙"的兄弟只帮我订了一张火车座位票，坐一夜才能到广州。他们说我可以到火车站去撞运气换卧铺。

我已经提高消费水平，为摆脱坐火车的恐惧，宁愿多花钱坐飞机。1993年坐飞机出差还不普遍，许多地方的财务规定，处级以上干部才能坐飞机。也正因为如此，坐飞机显得高端大气上档次。长沙黄花机场很小，从候机楼到飞机舷梯登机，需要坐摆渡车。不少长沙人从未到过黄花机场。我在中国的经济特区，工资又涨了一些，即便公款不能报销，自己也能掏这个钱。

火车在很多小站停。天亮了，在广州从化北边的新街停了一会儿。

我打开水回到座位，发现车厢里一下子上来了十几个男人。没有座位，他们有的靠着椅子，有的就坐到中间的小桌板上。小桌板是用来放茶杯或食物的，不是用来坐的。想想火车这么挤，坐坐也无妨。出门在外，大家都不容易。但是有些坐小桌板的带侵略性，他们把脚踩到人家的椅子上。珠海，不但给了我高一些的工资，还给了我一点可贵的优雅和矜持。在珠海，人们已经普遍地倡导"女士优先"。多数情况下，一起吃饭总是男士"埋单"。人们经常会提起一个词：绅士，gentleman，译音"杰特曼"。我自知，一个岩头江人是当不上绅士的，但我认同教养、礼貌、坚毅、勇气。我看着那些坐在小桌板上的男人，觉得如果"杰特曼"一点，宁可站着，也不能这么干。因为从新街到广州并不远。

我坐的是三人座椅。不久，过道对面的两人座小桌板上坐着的男人开始用语言和目光调戏坐着的姑娘。我不知道两个20岁左右的姑娘是打工还是走亲戚。姑娘们听不太懂，但能感受到明显的猥亵。她们对面坐着的两个青年男子，也都20多岁，是跟她们同时上的火车。此前，我还听到他们在聊天，可是此刻却无动于衷。我站起来，看了看坐在别处新上车的男人，也有人做同样的事。他们借着高的位置，将头往女孩子胸前伸，一双眼直直地盯着女孩子的胸脯看，并出污言秽语。

我希望刚才还在与对座女孩交谈的青年男子站出来制止，但是一双眼睛看着窗外，另一双眼睛看着我头顶上的行李。这是怎么了？我突然明白，为什么恶势力会那么猖獗？就是因为人们假装没看见。

当过道对面的家伙要将手伸向姑娘胸脯时，我走近大喝："干什么？"

这家伙将手缩回去。我这么大了，从来还没有在危急关头展示过男子汉气概，索性展示一回。我对那个险些被"袭胸"的姑娘说："你，坐到我那边去！"姑娘赶紧坐到我的座位上去了。我坐到她的座位上，冷着脸，准备与坐在小桌板上的坏家伙打架。座位对面的两位青年男子将目光从窗外和行李架上收回，看了看我，觉得有点不好意思。我很不屑地横了他们一眼，心里说：都什么男人！你们干吗不从窗口跳下去死了算了？

事情并没有结束，这个坐在我面前的家伙瞪着我。我回瞪着他。我们在比试力量。他沉默一会儿，跟他的同伴交换个眼色，又将眼光扫向与我同座的姑娘，将头往前凑。他在试探我的勇气和底线。我一腔怒火。对面的两位青年男子居然再一次把目光转向别处。对于坏人，这是奖赏和鼓励！我希望有乘警到来。车厢很挤，快到广州了，连乘务员都没有过来。

我盯着坏人，坏人却忽略了我，一只手快速伸向姑娘的胸脯，并趁势搓揉。对一个湘西男子汉来说，这不只是猥亵姑娘，这就是直接扇我的耳光。我霍地站起，猛一抬手打回那只罪恶的手。他挥舞着手，要跟我干上一架的样子。他的同伴们在喊："揍他！揍他！揍他！"一车厢的人居然任坏人张狂，只是观望。我评估，真打起来，他们会把我乱拳打死。

我再次站起来。我不能便宜了一车厢沉默的男人！我想总有几个男人未失血性。对手还没开始攻击，我涨红了脸，用压倒一切的声音大喊："王八蛋！我告诉你们！欺侮这车厢里的任何一个女人，就是侮辱车厢里的所有男人！车厢里的男人都听着，你还是个男人，这拨王八蛋再敢欺侮女人，大家就动手，打死他们！政府有法令，打死流氓不偿命！"

这是我迄今唯一的一次战斗动员。我已经怒不可遏！

"好！好！打死他！打死他们！"车厢里戏剧性地出现轰鸣样的声音，是群体的，压倒了坏人。有好几个男人甚至举起拳头来。有人站起向我的方向走两步，以示声援。好样的！

我对坐在我位置上的姑娘大声说："坐回你的位置去。他们敢动手，我们就打死他！"

姑娘回到了她原来的位置上。

坏人们互相看了看，把目光投向了窗外。这一段路很短，我不知道他们是经常作恶，还是突然想干坏事。他们不再说话，车厢里的男人们声音高了起来。很有意思的是，人们大声地讨论见义勇为的故事，并兴致勃勃地讨论揍人的技术。可能是为了壮胆。

对我，这并不意味着已经安全了。我看了看对面的乘客。这人四十多岁，从长沙一上车，我就警惕着他身边带着的两个瓶子，总怀疑是天拿水之类的违禁化学品。我还想着万一发生火灾爆炸什么的我怎么逃跑。此刻，我把对面的两个瓶子当作备用的武器。万一这些坏人跟我打起来，我就号召车厢里的男人一起跟他们打。如果车厢里的男人们沉默，没有人帮忙打坏人，我就碰碎那两个瓶子，将整个车厢点燃，将所有沉默的男人与坏人们一起烧死！我有打火机。我会烧死他们！

坏人们都老实了。他们说起了别的话题，甚至不敢大声。所谓邪不压正，大抵如此。

后来我总是想，如果真打起来，我烧掉整个车厢，不再有人活下来，情况会怎么样？当"见义勇为"越过它的界限，会产生可怕的情景。在一个封闭的公共空间里，当公权力缺位时，普通人面对不法行为，有没有沉默的权利？谁来承担集体沉默的恶果？

到广州火车站下车时，我怕坏人们报复我或者姑娘，对邻座和过道对面座位上的人说："下车出站时要一起走。"我左边的青年男子说："我是湘潭大学的，要坐到深圳才下车，不能陪你们一起走了。对不起！"

下车后我紧张而警惕地防着四周的人。一出广州火车站，人们就四散走开，没有人跟我走在一起。我害怕，赶紧跑进流花宾馆，到西餐厅要了一杯咖啡。一是压惊，二是这里有保安、服务员，相对安全些。

后来我一直想，挣钱的强烈愿望会让人们面对恶行保持沉默吗？

我还真不能被人乱拳打死。有人还等着我合作办公司呢！

91 1993 年的中国合伙人

全民创业的时代到来。

两个刚认识的人会说："也许我们可以合伙办一个公司！"

这一年里，四季的风都是春风。许多人都踌躇满志。大妹妹在台资企业裕元工业公司任质检员，她一直想寻找更合适的工作，自己从裕元工业公司辞职出来，却无法找到更适合自己的工作。最后，她找到了岭南工业公司珠海分公司。这家公司接单做气枪。她希望摆脱流水线上蓝领的角色，也能坐办公室。这个时代提供这样的机会。她认真学习财务知识，公司让她当出纳，她终于如愿以偿地当上白领。

在裕元公司，她的同事不像她这样想。他们从这家台资企业里学到一些简单的企业管理，在"南方谈话"的鼓舞下，想当老板。

在裕元公司当主管的车木岩找到我，他说想办一个印刷厂。

车木岩说跟台湾的一个高管沟通过，如果他办的印刷厂能够保证质量和价格，裕元鞋厂的包装盒就由他来做。这是一笔可观的业务。他正在想办法筹办印刷厂，但是资金远远不够。光一台北京人民印刷机器厂产的 05 双色印刷机，都得 50 万元，但他手里顶多能筹到 10 多万元。他总是拉着我去"光头佬酒吧"喝啤酒，不断地谈筹办印刷厂。

他找我借钱，我没钱借。

我那可怜的一点儿钱，都被套在"内部股"和"集资券"里了。

他连注册的钱都不够，但他就是想办一个印刷厂，接裕元公司的单，印 NIKE（耐克）、REEBOK（锐步）的鞋盒，那是看得见能赚钱的。他为此到处想办法。在湖南，他通过亲戚认识一位厅局级的官员。他跟我说，那位官员能给他搞到资金，但要 10% 的手续费。他想弄 280 万元，就得凑 28 万元。那是给银行的回扣，必需的。他只在这家台资企业打工三年多，哪有这么多钱？他冒险向出借人承诺很高的回报，到处借，最后还差几万。

"富华化纤"据说确定会上市。别人买了 2000 股，多的买了几万股。我没钱，只买了 1000 股。在"一级半"市场上，它涨到 15 元了。车木岩劝我把这 1000 股放"一级半"市场卖掉，把钱借给他，到时在二级市场上市时，涨到多少他还多少。我没多想，揣着那张印得像奖状一样的股票，一到珠华大厦楼下，立马就成交了。我把卖得的 15000 元现金，用报纸卷起来交给他，借条也没要。他说正好，凑足28万，飞长沙送钱去。

一周后，车木岩疲惫地找到我说，钱没送出去。提前半个月，款就贷到了。我从未怀疑过事情的真假。

政府与创业者之间的沟通有些问题。车木岩从未去珠海市文化局咨询过，却说印刷许可证很难办，有人愿意帮忙，注册一家印刷厂需要12万元各种费用。市文化局办印刷许可证的科长穆威，是个很有绅士风度的上海人，好读书，擅长朗诵艺术和舞台主持，与我曾经合作过。我撰稿，他与电影明星马晓伟等人朗诵，为一位来自北京的古筝表演艺术家串过场。我问穆威科长，他一口答应没问题。事实上，政府主管部门希望在本地扶持起几家像样的印刷厂。印刷许可证没有花一分钱，廉洁自律的穆威连茶都没喝一杯，一切公事公办。有人提供100万的注册资金过户，收了5000元，印刷厂就注册下来了。

原来准备做回扣的28万资金可以作启动资金，注册需要合伙人，15000元卖掉的"富华化纤"在深交所上市就冲到25.8元。车木岩答应公司运转后还我15000元，另外的10000元算是占公司1%的股份。

在《公司章程》和合伙人协议的所有文书上，我都签上名字。我并不清楚出资人有什么样的权利和义务，只是简单地看了一下工商局的相关说明。我连那些企业的保安都不认识一个就买了"内部股""集资券"，此时，这个办企业的与我相熟，很多时间来跟我商量，我干吗不支持？1%的持股，与其说是合伙，不如说是帮忙。

28万只能买到北人05机的二手机，更不要提德国罗兰四色或海德堡印刷机。

我们乘着出租车到处看厂房。印刷设备相对笨重，厂房最好在一楼。最后，我们在珠海渔民办建的华达工业区租下一楼的半层厂房。

又半个月后，车木岩打听江西赣州一家印刷厂有台北人05双色机，没有业务，闲着，他用租借的方式弄过来了。设备是凌晨3点运到珠海的。我一大早去看。车木岩半身油泥，一身臭汗。我让他赶紧去洗个澡，但他没去，兴奋把所有的疲惫冲走了。他带着我绕着租来的二手05机，像看宝贝似的："这个没用多久。他们没什么业务，动得少。你看，还有九成新。听说印刷机像汽车，磨合期过了，开起来更顺畅。"

切纸机，折纸机，打包机……能组成生产线的机器逐步到位。

我们有自己的工厂了！

公司名是我取的：大潮流彩印实业有限公司。

放在十五年前，很难想象，湘西小伙子在南海之滨办了一家印刷厂，要为世界顶级运动鞋品牌 NIKE（耐克）、REEBOK（锐步）印刷包装盒了。我们的同龄人、为这个品牌代言的美国小伙子乔丹如日中天，正带着他的公牛队，在 NBA 联赛里纵横捭阖。在电视前，我们总是兴奋而充满希望地把目光落到乔丹的脚上。

这当然是大潮流，伟大的潮流。我们一点也不掩饰激情和热望。我请一位画家为公司设计了一个徽标，一轮红日从海平面上喷薄而出，海水被染成金灿灿的颜色。

紧接着，请人看过风水，找来装修工人，在厂房的西北角围出三个办公室和一个会议室。在工业区的配套宿舍里，我们租了 6 间房子，作工人宿舍。

车木岩首先从裕元公司拉了些人出来，再回湖南邵阳老家招工。他是邵阳县人，父亲是一位有影响的大队书记。

开张那天，我们没有请舞狮子的来，但在门口摆了花篮，放两卷万响的鞭炮。

我们设置了办公室、财务室。没多久，车木岩给我印了两盒"副董事长"的名片，嘱咐我："你参加公司活动，或者出面接待时，不要发你杂志社的名片，直接发公司印的名片，这样更方便些。"但事实上，1% 的持股太少了，我羞于过问公司的事务，除非他问起。我当然更羞于递副董事长的名片。我没有在《公司章程》里找到副董事长的职权。公司花 5000 元给我新分配到的房子装了电话，话费由公司去结算。这是我在公司的副董事长待遇。公司有事情需要做，我可以直接乘出租车赶时间，车票可以在公司报销。此外，我这个副董事长没有别的待遇了。

主要的订单来自裕元工业公司。我们的原材料是白板纸。白色涂层需要均匀细致，蓝色印上去要亮丽柔和。NIKE、REEBOK 鞋盒的图案极其简单，但印刷要求一点也不简单。这种印刷叫实底板印刷，有任何色差和不匀都极易被发现。色泽调得太亮会反光，调暗了又达不到效果。

我们用高薪将湖南新华印刷二厂的车间主任挖了过来，当常务副厂长。他在湖南新华印刷二厂的工资 350 元。大潮流彩印实业有限公司给他开出的月薪是 3500 元，十倍。另外，车木岩亲自赴邵阳与他密谋出走，据说还给了安置费。

面对一家拥有海德堡、罗兰印刷机，有数条成熟生产线，承担湘中地区所有高中档印刷业务、资产上亿，员工上千的国有企业，大潮流公司像一只土狼偷袭牦牛，挖去了它身上一块腱子肉。

像所有中国年轻创业者那样，我们开始谈论人才、技术、资金、产品……

92 南迁：一个岩头江家庭的中国梦

大妹妹的户口调进珠海，与她所在公司的一个小伙子结婚。妹夫来自山东沂蒙山区。20 世纪 80 年代初期，他在珠海任职的姑父把他的户口迁到珠海香洲。珠海城区扩大，他自然成了其中的一员，并获得一块宅基地。这是在中国城市化进程中，我的亲人获得的最直接的利益。大妹夫原本在交警队工作，嫌待遇不好，自己跑到公司去上班。

在大妹妹回去办工作和户口迁移时，我让她把小妹妹带来，进珠海宾馆当服务员。我与宾馆的人事经理熟悉，事情变得十分容易。在喝咖啡时，我与宾馆部门负责人白梦开玩笑："珠海宾馆什么都不缺，就缺我小妹妹没来上班。"

白梦说:"真的? 那就让她来吧。"白梦来自宁夏银川,此前是文学刊物《女作家》的女编辑。我在《珠海》杂志上开办了一个"特区梦寻"专栏,记录寻找"特区梦"的人们。我相信许多人是揣着美好梦想来到特区的。主编让我主持这一栏目。我高兴地在自己名片上印上"特区梦寻专栏主持人"。我组稿的范围不限于珠海,包括了深圳、海南、汕头、厦门。白梦是我的专栏作家,她的作品总是真诚而充满激情。

大妹妹在武冈办理了招工手续,再通过劳动局办调动,需要有户口指标的合资企业。我的朋友周伟超找到从市委机关下海的熟人,企业的公章就在公文包里,花200元钱请吃了一顿饭,他在调动的相关文件上盖了章。我从不知道他的公司在哪里,是干什么的。

母亲终于同意放弃在土地上的劳作,离开岩头江,到邓家铺镇居住,与父亲和小妹妹、弟弟住在一起。我和大妹妹都能提供一点家用补贴。在岩头江,用汉代的劳作方式在土地里觅食,实在是太辛苦了。此前,我多次动员她离开岩头江,她都舍不下那几分菜地。50多岁的母亲一个人在砖木的老宅里独自坚守了五年,直到在五中校园里也有块菜地可种时,才愿意搬到邓家铺。母亲常思念我和大妹妹,在与学校其他家长聊天时,她下决心说:"小女儿长大,无论如何不让她到外面去了。就在武冈,随便找个什么工作都行。长大一个就离开一个,那怎么行?"

她说过这句话的第二天,大妹妹回到邓家铺,告诉她要把小妹妹带走。母亲当着两个妹妹的面就流下泪来:"我昨天还在说不让她走,你今天就回来带她了!"

母亲当然留不住小妹妹,小妹妹向往外面的世界。在武冈,她一时无法找到工作。

因大量人员南下广东打工,邵阳、武冈、隆回都开通了直达广州、东莞、深圳、中山、珠海、佛山的长途汽车。武冈的长途汽车途经邓家铺。交通的进步,让一个湘西母亲感到些许的慰藉。母亲把儿女送上汽车。这辆车可以直达广东,让人感觉广东不再那么遥远。她会跟着汽车一路奔跑，直到汽车消失在远处，再流着泪回家。1994 年，武冈电话扩容，邓家铺镇可以通程控电话了。父亲母亲毫不犹豫地装上电话。她一辈子什么钱都舍不得花。但装上电话，可以随时听到远方儿女的声音，花多少钱她都愿意。父亲去世后，我清理他的遗物，发现他在日记里仔细记下了装电话的时间和那一年每次通话的内容和时长。

白梦提前面试了小妹妹，在承认这个湘西妹子漂亮的同时，不得不向我提议："妹妹很漂亮，可就是太土气了。我们得给她快速培训一下。"

对岩头江来说，小妹妹其实算得上洋气。她在县城读过书，已经是县城的户口，有资格购买政府固定供应的粮食和食用油，居住在邓家铺镇上。但要在这座有香港富商霍英东持股的四星级宾馆里工作，绝大多数年内地人会显得土气。这座宾馆接待过全世界若干顶级政要和富商。

我和大妹妹、大妹夫、白梦一起，簇拥着小妹妹到白沙街，给她添置衣裙、半高跟鞋。白梦让她用手臂夹着一个坤包走一字步。小妹妹一张红扑扑的脸，兴奋而紧张，穿着半高跟鞋，在白沙街学着都市淑女的步子。

小妹妹刚进珠海宾馆，头几天集体宿舍还没腾出房间，我让她住我的房间。我自己则在餐厅里拉上蚊帐打地铺。小妹妹没想到这个一直在城市闯荡的哥哥得如此窘迫。这个来自湘西农村的女孩用陌生的眼光打量着城市，打量着她所看到的一切。事实上，她在县城读了中学，有在特区工作的哥哥和姐姐，比我早期对城市了解得还多一些。

她给正在上高中的弟弟写信："这里就像是皇宫，得步步小心处处留意。"

她告诉弟弟："这里的人们还过一种外国人的节日：圣诞节，你知道吗？"她并不了解天主教与基督教，但这不影响她在节日前的兴奋。她和她的同事发现外国人住过的客房，客人都会在枕头上留几块钱的小费，有的还是不认识的钱。她拿 $1 来给我辨认。这一年，美元兑人民币的汇率是 5.762，但是人们不可能以这个价在市场上买到美元，黑市是 8.3。

圣诞节快到了，接待外宾颇多的珠海宾馆，在大堂布置了圣诞树。在宾馆的路上及围墙边、大门边的树上，都装点上了彩色的灯。路上的彩灯一直延伸到市政府。新年前的珠海，多条大路树上挂着闪闪发光的彩灯。这个来自湘西的女孩每天都穿梭在圣诞树间。有一天，小妹妹对我说："哥哥，珠海的树上到处是彩灯，要用好多电。"

我说："这边受西方影响大，过洋节，耶稣的生日，所以叫圣诞。"

小妹妹并不关心耶稣，若有所思地摇摇头："树上都挂满电灯泡。可是我们的村子，岩头江，到现在都还没通电。真是有钱的地方太有钱了。没钱的地方太没钱了！"

她写信鼓励弟弟好好读书，要到好地方来！

无法统计有多少湘西的哥哥姐姐弟弟妹妹写了多少这样的信！一个不完全的信息显示，迁徙至珠海的湖南人可能有 30 多万，占珠海总人口的五分之一。国家卫健委发布的《中国流动人口发展报告 2018》数据显示，来自湖南的流动人口占珠三角流动人口的 15.05%，约 400 万人。这个数据没有包括已将户口迁到珠江三角洲的数百万湖南人。

93 夜夜笙歌

远行的岩头江人对生活燃起新的希望。我在体制内的杂志社有一份薪水，在一个新注册的印刷厂里有一点股份。

我想有一种更理想的生活，不需要太多的钱，但花钱时就有钱花。最最紧要的，有一份足够的自由。上班其实是没办法的事情。我并非不愿意干活，而是不愿意干自己不喜欢的活。我喜欢当一个编辑，收到别人的稿子，指指点点，修修改改，然后印刷出版。哪一天我要是不喜欢，就可以潇洒地跟头儿说，不干了。我不干活，生活费用从哪里来？我不能断炊……期望股份分红能帮我解决部分问题。

当然，我不会轻易丢掉工作，我会与现实达成和解，无论它是何等坚硬。可是如果有一天我特别想出游或写作的时候，时间、精力与工作就会有冲突，我可不可以抛掉工作，让股份为我抵挡一阵子呢？或者，我被"炒鱿鱼"时，不那么狼狈。

我忽然发现：财务自由几乎是一切自由的核心！

据说，财务自由就是不工作，靠财产性收入也可以过得不错。不过，这仅仅适用于少量人口，如果绝大多数人都试图达成财务自由，那么该系统将不可避免地崩溃——那就没人工作了。但是谁都希望走进少数人的行列！

我仍然与邓立佳通信。在湖南省委机关里，他被任命为省委办公厅秘书处副处级秘书，我征求他的意见。邓立佳说："你这是贵族思维，在衣食无忧的条件下写作，也许这是可行的。像托尔斯泰那样，整天愁着土地没法让出去，挥金如土，从来不为生活费用发愁，想的就是如何拯救灵魂，多好！中国绝大多数写作者是苦行僧。你能想着这样的一种安排，写作不必为稿费考虑，也许真能写出好东西。"立佳读的经典名著比我还多。

我们再次谈到卢梭与华伦夫人。那是天才与贵族的绝配！欧洲启蒙时代令我们向往。

贵族是欧洲人的提法。对我影响更深的，是中国的文学经典。很多文学作品里出现过"员外"，没有任何一个作品给"员外"以确切定义，但他们一出现，总是丰衣足食，无须考虑自己及家人的温饱问题。他们怀有一些可贵的理想，拥有一颗兼济他人的心。必要的时候，他可以"仗义疏财"。他们不一定是诗人、艺术家、政治家，但当诗人、艺术家、政治家落难或穷愁潦倒的时候，他们可以收留、接济、鼓励诗人、艺术家、政治家。当然，他们有不低的品位，与诗人、艺术家、政治家交流、对谈时，腹有诗书甚至满腹经纶。

我的理想是当一个"员外"。

这样的理想也可以认为受到晋代田园诗人陶渊明的重大影响。

真实的情况完全在我的想象和假设之外。

车木岩除了业务，就是消费。这种消费在办公司之前就是这样。他总是在吃饭前半个小时出现，或者给我电话。在我住单身宿舍时，屋前是吉林省政府驻珠海办事处修建的吉林大厦，11层。四川人租下一楼和二楼，办了一个新花园餐饮娱乐公司。一楼是川菜馆，经营着灯影牛肉、夫妻肺片、担担面、醪糟汤丸、麻辣火锅。我们总是在这个餐厅消费。餐厅里请了一位60多岁的成都老头，提着紫铜长嘴茶壶给客人添茶。茶水从茶壶抵达茶杯，要不短的时间。我总是担心水是否会准确冲进茶杯里，因为茶壶嘴离茶杯实在太远。斟茶是一种表演。我们喝源自丹麦哥本哈根的"嘉士伯"啤酒，易拉罐装，由香港进口。如果是白酒，曾一度流行喝38度的"贵州醇"。

从酒店总经理到餐厅主管、服务员，都熟悉了我们。

我们是常客。

我们是有钱人！

餐厅服务员、主管都叫我们"老板"。车木岩心安理得，他有自己的公司，每次吃饭都是他付钱。我只是个占比极小的股东，从没得到过分红，也不掏钱埋单，很不习惯被称作"老板"。我说："不要叫我老板。我不是老板！"服务员说："凡来吃饭的，我们都叫老板。只有你们来，我们公司才能挣钱，我们才有工资奖金。你不是老板是什么人？再说，我们有规定要这么叫的，不叫老板也叫不出别的呀。"

啤酒懒得一次次带了，先是放两箱在我的房间，吃饭时顺便带到餐厅。我住的楼房离餐厅只有50米。后来干脆一次放三箱寄存在川菜馆。每箱24罐，喝不了几次。

楼上是歌舞厅，吃完饭，我们直接上楼，听歌。中小学音乐老师、各行当里能唱歌的都在"走穴"，有了第二职业，他们甚至要跑场子，不断会有新歌出现：《风中有朵雨做的云》《冬季到台北来看雨》《我悄悄地蒙上你的眼睛》《某年某月的某一天》……

珠海吉大片区6平方公里内，有12家歌舞厅。每当一首新的流行歌曲发布出来，某夜的某一时刻，在中国，有数千个甚至上万个歌舞厅响起这首歌，有数十万数百万人在听这首歌。创作者有福了！可令他无奈的是：不会有任何的版权收益。此时中国人还不懂版权，只知道歌就是用来唱的，想唱就唱。

如果新花园酒店的歌听厌了，我们就去位于吉大市场对面的"乐都夜总会"，或者去拱北银都酒店对面的"新豪华之夜"，甚至更远的"至尊俱乐部"。我们有时会遇到转场子的歌手。在不同夜总会的不同时段，他们用同样煽情的语言演唱同一首歌。

到哪里都会听到："我悄悄地蒙上你的眼睛，让你猜猜我是谁？"

那些飘荡在城市的歌，就像时代的隐喻。

我们会邀请合适的舞伴，熟悉的异性朋友。但是，跳舞的越来越少。人们发明了一种玩色盅、猜色子、喝啤酒的游戏。它比猜拳行令还要简单。整个歌舞厅从一开始就有人大声叫喊。这种方式能让歌舞厅卖掉更多的啤酒，所以没有人会制止。

在过去，只有在关于旧上海滩生活的电影里，看到过这样的生活。

夜夜笙歌，花钱如流水。

这样的生活让我十分不安。我总是会想起二十年前卖野蓖麻籽，许久还凑不足1块钱的日子。我希望与车木岩一起分析生产情况，制订公司发展计划，尤其是拓展业务，增加客户。我建议公司设立自己的设计室，为客户设计印刷品。事实上，这家公司是车木岩的，他占98%的股份。他想怎么做，有绝对权力。他确实做了不少事。公司很快用挣到的15万块钱买了一台二手的北人05双色机，花20万添置了一辆一汽大众产的"捷达"白色小汽车，雇请了专职司机，添置了两辆江西五十铃双排货车，这种车备震很硬，但驾驶室后还有一排座位，可拉货兼接送客人。

他添置了手机，9字头的模拟移动信号。每到吃饭时，他就与司机来接我，快到我楼下时打电话："下楼吧，车快到楼下了。"在车上打移动电话总是有一种快感。公司运转半年后，消费升级，接待重要客人吃时新的海鲜。"捷达"拓展了我们的消费距离。我们到叠石酒家、宝胜园酒家吃海鲜，龙虾、象拔蚌、三文鱼刺身、石斑、北极贝……什么流行吃什么，什么高价吃什么。在宝胜园接待香港客人，我第一次喝到"酒鬼"酒，比当时的茅台还贵，480元一瓶。

餐厅从来就是居民消费的晴雨表。每桌至少1000元以上的消费，还不含酒水，这样的海鲜餐厅常常爆满，不早点订就没有座位。在这里消费的人，要么是已挣到大钱的人，要么是相信自己能挣到大钱的人。

而我，只是一个陪客。

在新花园歌舞厅，我看到有些桌子边坐着两三个漂亮女孩子，喝着加了一小片柠檬的白开水，双眼不断地打量全场。我问送啤酒的服务员："好多次看到她们。是这里的常客吗？"

服务员说："是陪喝酒跳舞的。你这边要人吗？"

我连忙摇手。我们的异性朋友笑成一团揶揄："下次你们几个大男人自己来。她们一定比我们跳得更好，服务得更周到。"

在乐都夜总会，一群跳舞的女孩子摇着碎缨子花出来，穿着超短裙，左摇摇右摇摇。不知道是什么样的舞美设计，她们没穿上衣，胸罩是两个七彩的蛋糕筒，跳起舞来乱晃。一曲终了，她们走到欢呼的看客边，有人就搂着往蛋糕筒里塞小费。我怀疑她们中有些甚至是未成年人。我非常吃惊。

中国人很早就有两种截然不同的判断：一种是"仓廪实而知礼节，衣食足而知荣辱"，另一种截然相反的是"饱暖思淫欲"。

在歌舞厅里，我看不到"知礼节"，只看到"思淫欲"。

两千五百年前，至圣先师孔子感叹"礼崩乐坏"，因一个舞蹈不合周礼，指"是可忍，孰不可忍也"。在道德方面，中国人一会儿整肃，一会儿集体放纵，两千多年就这么过来了。敬神的敬神、吃斋的吃斋、喝酒的喝酒、禁欲的禁欲、狎妓的照样狎妓。

我对去这样的场合感到"是可忍，孰不可忍也"。

中国古代诗句有"司空见惯浑闲事，断尽苏州刺史肠"。我不是刺史。刺史是很大的官，我也不会断肠，但我可以选择不去。有一天我将一杯啤酒一饮而尽后，狠狠地将玻璃杯摔在地上。"啪"的一声，碎玻璃四溅。服务员和相邻的客人以为我们要打架。

我大吼："再不去歌舞厅了！"

94 大家去抬钱

公司并非挣到很多钱，也并非需要夜夜去歌舞厅消费来缓解经营者的压力。公司一直在借钱，小到 3 万元，大到 100 万元，难以理解。

车木岩的理由是仓库要囤些纸，以应不时之需。有时鞋厂那边下单急，不囤些纸赶不上。白板纸价格在每吨 4000 元至 4500 元，10 吨需 45000 元，100 吨需 450000 元。如果囤上 300 吨白板纸，得 120 万到 135 万元。他向一位在澳门某公司当副总经理的东北人借了 65 万元，他总是开出极优惠的条件。拿钱来的先给 10% 的回扣款，然后签的月息最低 2 分，也即年息 24%。最高的，他开到 4 分，即年息 48%。我忍不住制止。我算了笔账，如果每份借款先提走 10%，剩下的钱流动，最高息率就是 53.33%。我认真地咨询过那些懂得工厂运转的人，加工业甚至任何产业都不可能带来如此高额的回报，这将带来严重的财务危机。即便有这个支付能力，公司的利润也会被高额的利息榨干。他说只是在急需钱的时候，借的是短期，虽然高但时间不长。

在每一份借款协议上，车木岩都会签上以工厂设备（含印刷机两台、折纸机两台、切纸机两台、汽车两台）作抵押。

我非常不安地劝说："不能这么干，没有人知道其中有一台印刷机是租用的吗？最值钱的那台也是二手印刷机。他们不调查吗？"

车木岩说："谁来调查？调查什么？只要我的机器在轰轰地响，哪怕是空转，他们也都会相信我在赚钱。我给他们看 NIKE、REEBOK 的鞋盒样品。他们就被镇住了。"

"这样反复抵押，合适吗？合法吗？"

车木岩放声大笑："文化人啊！你可真是太认真了！谁去了解法

律？有人知道设备是租来的。那又怎么样？他们可以不相信我，但他们一定会相信乔丹！"

对。乔丹，就是那个脚穿 NIKE 运动鞋在 NBA 叱咤风云的球星！

我想多了。所有出借款项的人都是来赚钱的，不是来抵押那几台设备的。我太认真了！多年后，我看到浙江的"吴英集资案"，看到上市后被大股东抵押股份的乐视……我就会想起大潮流公司的抵押借贷……

车木岩说终于找到了一笔大钱，有大干一番的意思。他高兴地说："我们去取钱！"

我们带着财务经理、开着白色捷达来到中国银行珠海分行。这里是珠海地标银都大厦，珠海的第一家五星级酒店在主楼，银灰色，38 层的高楼。传说楼顶是直升机场，但我从未看到直升机从楼顶升起。五年前，我小心翼翼地在这里喝了一杯咖啡。中间是酒店大堂，右侧附楼是银行。一位年轻漂亮的女子递给车木岩一个存折，并协助我们取款。大概是提前预约了，银行马上有工作人员前来办理。女职员抱歉地说："大面值的钞票不够，还有 30 万是拾元面值的。不知道你们是否愿意要。不行的话，你今天取一部分，明早再取一部分。"

车木岩笑了："不怕，只要不是假钞。"

150 万元！现钞！相当于我 150 年的工资。这一年，珠海居民人均收入 9208.8 元。

我们在银行直接取出 150 万元现金，银行提供了几个纸箱子，我们把钱装进纸箱里，再把纸箱抬进捷达的后备厢里。车在迎宾路上行驶，这条路正对着澳门。我总担心被什么车追尾了，后面的纸箱子被撞散在马路上。我不停地朝后面张望。150 万，实在太多了！万一后备厢盖没盖好，那些钞票就会飞出来……100 元面值的 5000 张，50 元面值的 14000 张，10 元面值的 3 万张……满大街都是钱……

捷达停在华达工业区的厂房门口。车木岩下去，叫办公室和财务室的人："走，你们几个去抬钱！"

是抬钱，不是取钱。因为一箱纸币是很有些重量的！

　　我至今不明白，为什么要把 150 万现钞运到办公室滞留一下？完全可以直接送到另一个银行存到公司账上？也许，搬 150 万的现金比转账更有快感！车木岩吩咐保安守着门，让财务点钱，并交代："你们点捆数就行了，银行点钞机点的不会出错。点好，留 8 万放保险箱备用，其他的存到银行去。"接着，他从钱堆里拎出两把来，两万现金，塞进他的包里，对我说："走，我们吃饭去。"

　　司机送我们到珠海度假村。这一回不喝酒，我们吃西餐。他喜欢吃西煎鸡蛋。我要了一份澳洲牛扒。

95　乱花迷眼

　　在杂志社，我是个尽职尽责的编辑。总编忙于筹建一个出版社，刊物编辑的事儿管得并不严。在印刷公司，我可能是个神秘人物。工人们总是发现他们的老板有事找我。

　　节日里公司搞活动，他们请我为获奖者颁奖。

　　车木岩说，印刷不赚钱，计划"工厂加贸易"。我们在西餐厅聊了很久。他表现得踌躇满志，计划投 35 万元改造岳阳的一个造纸厂，让他们改善涂层，以便用国产白板纸替代进口白板纸。这样做，还可获得国家的出口退税。

　　紧接着，他不断出差。三个月后，他兴奋地告诉我："事情办成了！"一举多得，于本公司，降低了原材料成本，于造纸厂，多一个可替代进口白板纸的优质产品，而且这个产品还是民营企业客户出资攻关获得。这个产品获得鞋厂的认可。

　　纸价开始暴涨！

　　我注意到车木岩说到的贸易。如果是白板纸期货，真的可以大赚特赚。纸价三百五百地往上涨，传说是位于加拿大的世界最大的纸浆厂涨价了！

　　车木岩计划给我安排一位保姆，在工厂领工资，帮我打扫卫生，做饭洗衣。我拒绝了！

我本来单身汉一个，在家吃饭也不多。车木岩不在珠海的时候，我得以安闲，看看书，听听音乐，觉得挺不错。还有骨子里的原因：我自己是一个普通劳动者，不可能过暴发户的生活！即使公司每年赢利1000万，全部用来分红，我一年也只能分到10万元，更何况你告诉我公司在亏损。我要是被高消费和养尊处优搞坏了，以后的日子只会一团糟。我亮出一个过时的身份："我可是贫下中农，用不起保姆！"

有一天他拉我到东莞，他在虎门注册了一家贸易公司，专门做纸品贸易。这里有400平方米的简易仓库和加工场地、两台切纸机，他兴奋地到处推销他的白板纸，说是价格与国际接轨。

在珠海，他找到一家大型国有企业的香港贸易公司合作。该公司先期投入2000万的资金运作，总投入计划5000万元，用于纸品贸易。

合同在珠海度假村的西餐厅里签署，我是唯一见证者。甲方吃西冷牛扒。车木岩要了一份他喜欢的西煎鸡蛋。合同只有薄薄的两页纸。车木岩设计了一个堪称完美的计划，一边做纸品贸易一边做印刷业务。万一纸品卖不出去了，它就变成印刷公司的原材料。而裕元鞋厂在中山三乡镇已建成投产的宝元公司，有3万工人，只要鞋盒订单在，一切都在把握中。贸易公司给出非常苛刻的条件：出资后，不承担任何风险只分享所有利益。合同是打印好的。所谓征求我的意见，只是句客气话，我心里明白。车木岩与对方还有私下交易，可能是关于回扣之类的话题。我从眼光交流里看到了他们间的默契。事后，业务经理滕小姐说："这是一个赌徒与强盗签订的合同。"

在珠海也要注册一家贸易公司，计划放在斗门县，租用5000平方米的场地。

一切看上去很美，但是在公司内部，有人告诉我，我们并没有拿到宝元的鞋盒印刷订单，公司的印刷业务并不饱和。

公司在1994年做了1700万港币的印刷业务，但是车木岩告诉我，印刷厂在亏损。他现在拆东墙补西墙，这个洞越掏越大，做纸品贸易，就是想搬一块大泥巴，突然就把大洞给补上了。

这样的说法让我惊讶：怎么可能？

两年前还为筹措 28 万元资金发愁。两年后，拥有一家年产值 1700 万港币的印刷厂，却没有任何效益，还在亏损。车木岩寄希望于贸易公司的 5000 万，每两个月周转一次，一年的流水就是 6 亿。这 6 个亿，负担的只是银行利息，有利润再分成。纸价在不断攀升。每周转一次赚 10% 是 500 万，年周转 6 次可获 3000 万毛利。而银行利息才 300 多万。

这是一个激动人心的数字，尽管在新注册的贸易公司里，我没有任何股份。但也许，它能保障印刷公司的赢利。一是国产白板纸成本低了，二是可以转嫁大部分人工成本，用于合理避税。更重要的是可以结束无休无止的高利贷，相当于间接从银行拿到贷款。

但纸品似乎并没有卖出去多少。我劝车木岩降价促销，他坚信纸价还会涨，直到纸品价格冲顶，由涨转跌。事实上，公司并不存在真正的董事会，不会形成董事会的任何决议。车木岩不愿意降价卖。我的建议无效。

坏消息接踵而来：白板纸抵不住珠三角的潮湿，开始发霉了！

车木岩曾说要在斗门给我弄个办公室，问我要个多大的写字台。我说我在那里要个办公室干吗？斗门的事儿搁置下来。但在原工业区，大潮流彩印实业有限公司扩充地盘，将相邻厂房的一楼租下来，用于囤积白板纸。业主渔民办允许将两栋厂房打通，开了门。在这个仓库里，囤积了 2000 万元的白板纸。

96 老板跑路

"压力太大了，我的身体有问题，吃不消。"车木岩说。

他灰头土脸，眼圈有点黑。

我们到距工厂不足 500 米的德兴海鲜火锅店吃火锅。

"我准备找个地方休息三年，三年后再出来干。所有的债务我都会认账，连利息一起。你那么支持我，我真的觉得很对不起你！"他显得疲惫而恍惚。

三年后再出来干，我信吗？债权人会信吗？

饭后，他一改常态，没有叫司机，而是叫出租车，直接到拱北莲花路边一家我从未去过的夜总会。我已好长时间没去过夜总会了。他与我继续喝啤酒，聊人生。他再一次与我碰杯，向我道歉："真的对不起你，兄弟！"

我们在夜里 11 点离开夜总会。他说他在酒店住一晚，好好想想。我叫辆出租车回了家。

第二天，我接到公司副总经理的电话，说是老板找不到了，昨天走前他曾交代，有什么事情打电话找我。我问："那现在有什么事情吗？"副总经理说："倒也没什么事情。"我说："那就照常生产吧。"

业务经理滕小姐跑过来跟我说："他可能真的走了。他说过他要去峨眉山修行。"

我不相信："你说他放弃工厂？等等吧。照常运作，别跑单了。"我知道，工厂一乱，有些单就永远追不回来了。

我从未看过公司的财务数据，但我不相信会亏损，更不相信亏损到让大股东、公司实际控制人放弃的地步。

我担心公司会乱成一团。

事实上，一个已正常运转两年半的工厂，一切井然有序。切纸、印刷、送货，食堂照常开饭。工人们并不知道公司发生了什么，只有几个高层管理者知道。这个公司不是我的，我很明白，但万一它垮了，却会对我造成很大的冲击，有几个债主我认识。他们的借款收不回来，我会很难堪。我嘱咐公司知情人员封锁消息，不要让工人们知道老板跑路了，把该做的单做完。另外，让业务经理尽量联络上他。

到底出什么事了？我不明白。

一周后，车木岩回来了。他说出去放松了一下，像是度了个假。一切又都恢复正常。

在知情的公司高管心里，这是一个巨大的阴影！

在中国，还没有多少现成的教材，告诉人们怎样当老板，更少人知道债权债务应该有一个什么样的结构是合理的。而年轻的企业经营者们野心勃勃，扩张再扩张，得陇望蜀。

东莞的公司撤销了，纸被拉了过来，人也收了回来。但是公司巨亏，数笔快要到期的借款无法兑付。其中，从中国银行珠海支行取过来的那150万，是一位做进出口贸易的老板给他太太的生活费。他太太花不了这个钱，就在别人的劝说下用来投资，据说追加的和利滚利已经到450万。国企的贸易公司投入的资金只用于购买白板纸，派了人监控。

一个月后的某个下午，公司副总经理带着司机，来到我的住处，将一叠打印好的信交给我，说："这回，老板真的跑了，谁也联系不上他。"

公司的信笺纸上用三号的宋体字写道："我亲爱的朋友们、尊敬的债权人：我实在太累了！我需要一段时间的休息。我很想把工厂做好，但是我没有做到。我还年轻，我将承担所有的责任。所有的借款我都记着，并在未来还上。再见！"

"他去哪里了？"我问。

"不知道。"

车木岩让司机送他到广州华侨大酒店，在门口下车，将这一叠信交给司机，让司机一回公司就交给副总经理和我。在司机的眼皮底下，他故意叫了辆出租车，让司机看到他上了车，说一声："让他们不要找我了！"出租车绝尘而去。

我愣了半天。怎么这么狗血？不像是生活本身，更像是蹩脚的电视剧剧情！悬念就这样产生了？我那么相信他。他说公司困难我就想办法支持。前不久还让五哥把原来炒股的12万块钱汇入印刷公司的账户。我帮他借钱从不拿任何回扣。我以为是支持事业……怪不得他前天把那12万现金提出来直接给了我，说公司用不着了，别把我拖得太深。那现金里，居然还写了个 12 万的欠条……

副总经理还等着跟我商量事情，我却半天没回过神来。

"看来，这次他是真的跑路了！怎么办？"副总经理说。

我没领过这个公司一分钱工资，可是现在，却让我来处理最大的危机。这不公平！可是，我好像不能跟那个副总经理说"关我屁事"。

我果断地说："走。开会去！"

我让他们通知副总经理、财务经理、业务经理开会，先让他们传阅《告债权人书》，然后请他们发表意见。会议出奇地冷静，没有炸锅。即便业务经理自己也投入了 30 万元的资金，她也没有因此慌张。参会者脸色凝重，但没有人觉得这个公司与自己的命运有关。只有在这个时候，我似乎在行使副董事长职权。我建议："首先，仍然适度封锁消息。你们素质高，不慌张。工人们一听老板都跑路了，肯定担心工资奖金无着落，不见得不慌张。即便不慌张，也可能造成离职潮，让工厂短时无法开工，现成的单做不了。第二，组织可靠人员组成护厂队，保护公司利益。护厂队都算夜班加班费。不排除有人听到老板跑路，树倒猢狲散，能捞点算点，搬走设备，顺走工厂材料，等等。第三，纸包不住火。工人工资不欠，主要压力来自即将到期的债务。那就把法律顾问请来，让他主持召开债权人会议。如果车木岩不要公司了，公司就是债主们的，让他们商量怎么办。"因为没多少人有手机，通知到每个人要一个上午，我让公司第二天晚上开会，不耽误债权人的上班时间。

我第一次感到自己竟然能如此临危不惧，思路清晰，行动果断。

我让公司办公室打印了会议纪要。

97 1995 年的中国债权人

我买了包"555"烟，回到住处，不断地抽烟。

所有的一切，都不敢相信是真的。

有一句歌词我一直很喜欢："某年某月的某一天，就像一张破碎的脸。"这是超现实主义的诗句,非常独特。破碎的脸会像钧瓷开片吗?

由我通知的债权人有三个。一个写诗的朋友,她已熟悉车木岩。而且,她的香港朋友告诉过她借钱的经验:"你不要指望回报,能收回本你当是捡到的。借款不还是最正常的。"另一位是一家四星级宾馆的总经理,借资 20 万。这 20 万本来是要还给他的,车木岩想把 30 万以下的债主还掉一些,免得欠人太多。可这位债主会错了意,他以为公司发展得很好。给 NIKE 和 REEBOK 印鞋盒还能不赚钱?他的债还没到期,不愿意提前拿回去。因为利息比银行实在高出太多了。他甚至发急:"公司怎么能这样?啊,没钱时找我借,赚钱了就想提早一脚把我踢出去。这哪行?"

我也从未相信印刷公司在亏损,这是不可能的。

光荣与梦想,倏忽间,变成了疲惫与无奈!

明天,我先通知谁?

我琢磨了老半天。最没有承受能力的,是宾馆总经理的亲戚,一位姓张的女士,离异,带着一个孩子下海,从长沙的事业单位,来到珠海的企业。我想不出有什么话能安慰她,让她平静勇敢地面对。

第二天早上,我最先给她去了电话。我说约她谈点事情,地点在珠华大厦一楼的西餐厅里。我说,就吃中饭吧,但早点到。

她来到西餐厅,微笑着,打扮得体,举止文雅。我请她坐下来,先是寒暄,说好久不见。她问我最近又有什么大作。我点了杯咖啡,帮她要了杯可乐。西餐厅生意不怎么样,只有我们两个人。我们坐卡座,其他位都空着。我让她先喝可乐。

我说:"车木岩跑了!"

这句话对她来说,显得十分突兀。我没等她提问,一口气把事情说清楚:"车木岩跑了,他说公司经营不下去。你借给公司 10 万元,现在,公司还不上钱了!"

"那我怎么办?"她的脸色变了,从瞬间的慌乱到极度的恐惧。是的,恐惧!她全身发抖。她想极力控制住自己,可控制不住。过了七八分钟，她的眼泪才开始从眼眶里冒出来，十五分钟之后，她才开始哭泣。她的眼泪吧嗒吧嗒地往餐桌上、地上掉，甚至打湿她自己的裙子。我想不出什么合适的话来安慰她。我掂量着只告诉她一个事实。半个小时后，她反复能说的就是"我该怎么办"。我想更多地了解一些情况。从她断断续续的叙述里，我才知道，借款不全是她的，其中一半是她长沙一个同学的，同学的钱也不是自己的。听说珠海有投资机会，她的同学用房子作抵押，在自己工作的信用社贷款。如果这笔钱收不回去，同学的房子就没了，工作也会失去。而张女士只得了 10% 的回扣。

这种打击是毁灭性的。我想到过她可能没承受力，但压根儿就没想到是这种情况。对于她和她的同学，10 万元可能是灭顶之灾。

在中国，信用还只在个人道德的层面。人们很少想及因信用而带来的灾难，没有考虑过借钱别人还不了的情况。债权人从未意识到，即便是一家为 NIKE 和 REEBOK 印鞋盒的工厂，依然可能将他们的 10 万元吞入黑洞。

此前不久，我也从未想过五哥那 12 万打进公司，要是公司还不起怎么办。

除了抽泣和颤抖，我在她眼里还看到绝望。这太可怕了！都什么狗血情节啊。我怕她想不开，怕她自杀。这公司不是我的，借钱也不是我借的，花钱也不是我花的，我也就跟着吃了几顿饭。员外没当成，现在倒当成个收烂摊子的人。我对车木岩一肚子的愤怒……可是，要是我约人说明情况后，她寻了短见，我几乎有直接责任！

我背脊发凉，一身冷汗。

她抽泣一个小时后，我看定她，认真地对她说："你不用太紧张。第一，公司还没倒。晚上开债权人会议，如果公司能坚持三个月，每月还能做几十万的单。我让公司优先还你的钱；第二，万一公司垮了，这个钱我来还给你——不过，我只能挣工资，可能要分三年才能给足你。"

这几乎是一份新的合约。我把债务揽了过来！

她有了稳定预期，多一个主动还债的人保底，终于止住哭泣。

我暗自思忖：我到哪里找几万块钱啊？手头在给万山群岛编写一本《万山风情》，按协议能挣 3 万来块钱。给丽珠医药公司在写报告文学，按说也能挣点。可万一没挣到这些钱，我想到的，只能去卖血！我不知道血的价格，以为自己的血会很值钱。

我真是比谁都冤！

张女士走后，我约了宾馆总经理。

我几乎在一天内变得成熟老到。我观察对方，揣摩他的心思。我沉静地说出事实，不带任何多余的解释和判断，像说一件与我无关的事情——本质上确实与我无关。

宾馆总经理一听赶紧说："你可别书生气。那我得赶紧找车到公司去，捞到什么算什么。设备也好纸品也好，抓到手总有个说法。别到人家把什么都搞走了，我们连毛都捋不到一根。"

我听他说完，缓缓地说："你只 20 万，不多。工厂已成立护厂队，你抢不出任何东西来。要是一哄而散，抢东西工人们比你方便得多！"

"那你说怎么办？"

"稳住生产，你那 20 万三个月就还上了。光是把外面的账款收回来，就足以还三四个 20 万的债主——不过，今晚的债权人会议，你要主动发言，把话题引到维持工厂生产上来。"

他想了想说："最大的债主多少钱？"

"450 万。"

我没说，如果算上那家国际贸易公司，最大的债主是 2000 万，因为他们出资进的那些白板纸还没有出手。

他想了想说："行吧。就按你说的，先保住生产。"

我要了两碗面。吃完已是下班时间，送走宾馆总经理，我到办公室沙发上小睡，等待债权人会议。法律顾问范律师订了离我办公室 300 米的酒店套房开会。他说在这个地方办过的案很有意思，当有人因经营企业负债累累，爬到楼顶准备跳楼时，最不愿那人跳楼的，就是债主。他的当事人在楼顶徘徊，债主们在楼下大喊："千万别跳。你下来，一切都好商量！"他说这个故事的意思我听明白了，他有处理类似事件的经验。一般情况下，债权人不会威胁欠债者的安全，反而更关注他的安全。

我请法律顾问范律师主持债权人会议。

晚 8 点整，债权人如期而至，会议如期召开。法律顾问范律师向债权人分发了车木岩的《告债权人书》。

张女士没有来。写诗的朋友也没有来，她保持了足够的理性，在电话中说："我跟债权人去开什么会？我跟他们没关系。我只是把钱借给了车木岩。"国际贸易公司派了法律顾问的助理，什么话也没说，只了解情况。做进出口生意的老板带着律师参加会议。会议取得预期效果，一致赞同稳定生产。宾馆总经理的抢先发言产生了积极效果。

进出口老板最先离开会议，撂下话来："你们得告诉车木岩，他必须出来面对！自古借债还钱，没有一跑了之的道理。他要跑，我这450 万不要了！就陪他玩个猫捉老鼠的游戏。"

1995 年，中国债权人已出现重大分化。据说进出口老板已有超过5000 万的身价。第二天，我打电话请他到工厂去看看。他说约了人打高尔夫球，没空。

这一年，中国城镇居民人均可支配收入为4283 元，珠海城镇居民人均收入 10704 元。

98 惊心动魄 3000 万

我从未见过这些钱！3000 万！我面对的不是资金，更不是利润，是债务。

我出了个坏主意。我说如果把全部债务和资产算到一起，债务是3000 万。但纸张没动的还有 2000 万，加上设备和汽车等固定资产算上100 万，公司实际上还有资产 2100 万。如果变现，而且大小债主同权的话，每 1 元债可变现 0.7 元。这是个什么概念呢？原来出借了 10 万元的，可以变现 7 万元。

对小债主而言，这是个鼓舞人心的算法！

那位借款 65 万的东北汉子这么一算："半辈子奋斗的收入完了！要这么算的话，还能收回 455000 元。那真是烧高香了！"

大债主不会同意！贸易公司的资金刚刚进来，入货的白板纸还都囤积在仓库里，怎么跟你们同权了呢？

我占公司 1% 的股份。我以为如果公司负债 1000 万的话，那我就背负了 10 万元的债务。我一直是这么想的。

法律顾问范律师告诉我："你不背任何债务。什么叫有限责任公司？就是出资人只负责出够自己的资金部分。你出了 1 万元，也不涉虚假出资的问题。"

这不能怪我。彩印实业有限公司 1992 年 12 月注册设立，《中华人民共和国公司法》由第八届全国人大常委会第五次会议于 1993 年 12 月 29 日通过，自 1994 年 7 月 1 日起施行。也就是在公司运转一年后，国家才有《公司法》。这个法一年半后才施行。

《公司法》第三条规定："有限责任公司的股东以其认缴的出资额为限对公司承担责任。"在确认这个"有限责任"后，我松了一口气。

进出口公司的法律顾问进一步告诉我："你现在是唯一参与处理危机的股东。股东有权要求清查所有账目。经营者有没有体外循环？有没有涉嫌侵吞公司资金、资产？如果涉嫌职务犯罪？即使是私营企业，他也要承担相应的法律责任。"

直到这时，我才知道，原来，我还有投资权益受到法律保护。我无意将任何人送进监狱。我只是沮丧和困惑：我有投资，怎么从未去了解过相关的法律？

乡土中国，最好的秩序是"无讼"。著名社会学家费孝通先生专门论述过"无讼"。乡规民约解决了绝大多数争端，族长们担当审判官的角色。到我所成长的年代，干部们（大队长、大队书记、人民公社书记、革委会主任等）替代了族长。干部的职责和权限，在相关的政府条文里，是很清晰的，但到老百姓，到最底层，就模糊了。我一直知道我应该受国家法律的保护，但如果我一直是一个良民，也没有他人侵害我的权利，那些复杂的法律对我有用吗？中国老百姓绝大多数一辈子过着"无讼"的生活。

我不太清楚在公司自己有什么样的权利！

范律师很清晰地列出工作程序：如果车木岩确实走人，公司进入破产申报程序，第一应留足用于清算的费用；第二是员工工资，其后才是债权人的钱。

贸易公司动手了。他们不能让2000万的白板纸再放在公司的仓库里，开着大车要把那些白板纸拉走。白板纸一拉走，贸易公司的债平掉了，但其他的债权每块只能变现1角钱。东北人坚决不干，亲自走进华达工业区，带领工人坚守工厂。工人们先把铁栅栏的门锁起来，让贸易公司的车进不了门。贸易公司采取非常手段，从别处调来两台叉车，推倒铁栅门和半堵砖墙。一台叉车直接越过倒塌的墙，把白板纸叉举起来……当它准备开出来往车上装时，工人们挽成人墙拦住了。东北人带领工人在铁门处坐下来，排成行，手挽着手，高喊："谁也别想抢走我们的纸！"

此时，业务经理滕小姐在我的住处。她说到这里可能是比较安全的。她的手机不断有电话打进来。工厂打电话报警，但迟迟未看到出警。守在工厂的人传话过来："叉车上的人说派出所所长是贸易公司副总经理的同学。该所长说了，你们那是经济纠纷，不流血不死人我们不方便出警。而贸易公司副总经理说，这么小一个公司，我们集团公司光保安就有800多人，不让拉纸，就让保安去把厂子踏平。"

滕小姐问："你有没有什么办法？公安局有没有熟人？"

我说："没办法，我不熟悉公安。现在已经不是上班时间，否则我还可以去找找人大。为了安定，也许人大过问一下，可控制不要发生恶性群体性事件。"

滕小姐想了想说："我认识公安局特警队的人，打个电话问问。"

她到阳台上去打了一会儿电话。打完电话后，她忍不住笑。我问笑什么。她说特警队有个小伙子在追她，她一直不愿意给他打电话。这回没办法，反正派出所也属公安吧，请他协调一下。谁知那小伙子一听电话来神了，说："别怕！他派出所算个屁！你放心，他们敢去你那边抓人，你就打电话通知我，我带几个人去。珠海最先进的武器都在我这里，端上几支微型冲锋枪过去让他们见识见识。"

有可能吗？3000万的债务。老板跑路。这会儿连微型冲锋枪都闹出来了。公安特警可以这样过问民事纠纷吗？

我害怕。虽然我不相信特警队的小伙子真的会端出微型冲锋枪来。但局面随时会失控。我说："你让那小伙子别乱来。"

滕小姐笑着说："那人家派出所真要是来了，也只有特警能把他们镇住呀！"

比我聪明的人多的是，比我厉害的人多的是。她把话传回给工厂。工人们就觉得管理层还有些人脉，下一步未必那么糟糕。人心居然就安定很多。

翌日一大早，我打出租车去了市人大。市人大谢金雄副主任是老领导，听我汇报后，派法制工作委员会主任带人到工厂了解情况……我看到那扇被叉车叉倒的铁栅门，仍然斜躺在那里表达委屈，半堵红砖墙倒下来，过道里堆着零落的红砖。

我不清楚后来人大法制工作委员会是不是给了公安局什么建议。

工厂暂时平静下来。工人们想：这事儿政府都知道了！

对普通老百姓而言，"政府知道"与政府工作人员出现，心里就踏实了！人们并不清楚党委、人大、政府、政协有什么样的具体分工。

七天后，一位保安说，车木岩夜里来到公司，出租车就停在门口。他看了一眼车间，招呼都没打一个，又搭出租车走了。除了这位保安的报告，没有任何别的人见到过车木岩。

这是午夜的魅影。也许，是保安看错了，出现幻觉。

工人们窃窃私语：车木岩自杀了。他的魂魄来到公司……3000万的债务，有几个人能承受这么大的压力呢？

可是，也许他真的在午夜里来过公司……

两周后，车木岩大白天回到公司。他主动约见进出口公司老板。在这位进出口公司老板的宝马车上，他不知道人家要拉他到哪里去，无奈地说："欠你这么多钱，我认这个账。现在还不上了，我这条命是你的。你拿去就是！"

进出口公司老板说："我不拿你的命。你先跟我去吃个饭！"

然后，他一个一个地去面对债权人。

其实，车木岩只在广州的酒店住了两晚，而且就住在华侨大酒店。两天后，他回到珠海，就住在拱北银都大厦附近的一个小旅馆里，一直与业务经理滕小姐保持着联系。他深居简出，怕被激怒的债主找到，小心翼翼，连盒饭都让人送到房间。他选择的这个旅馆，对面就是派出所。他设想万一出现什么更糟糕的情况，马上报警。警察只要跨过马路就到。他的窗可以看到派出所里的动静。

车木岩走后，公司所有的情况，他都清楚。

我整个人松弛下来。这是什么情况？就好像一台戏。主角忽然离场，跑到一个隐蔽的包厢里扮看客。为了不冷场，跑龙套的小丑在台上瞎忙乎老半天。现在，主角回来了。

法律顾问范律师心疼地对我说："你可以休息了！"

99 澳门：春夏秋冬一夜过

20 年后，车木岩承认，那三个月，他在澳门豪赌，输掉 1000 万。

车木岩的父亲曾经是一位优秀的大队书记，在 20 世纪 70 年代，当他抓生产把全大队的劳动生产值提高到 0.3 元时，被评为湖南省的先进模范，受到省委书记的接见。

车木岩的户口是我帮忙调过来的。我让朋友帮忙把他的工作关系、档案挂靠在一家国有公司里。车木岩第一次去澳门的通行证是我帮他办理的。

1994年的冬天，车木岩第一次到澳门，用1000港币在葡京赌场，赢了25000港币，看过葡京酒店巴黎艳舞团的表演和回力酒店的钢管脱衣舞表演回来，很是兴奋。过了一周，就让我把港澳通行证给他，由珠光公司代签，与他一起去澳门。车木岩爽快地塞给我5000港币："我留两万。反正是上次赢的。试试手气。"

我去过澳门两次，也看过赌场。我是工薪阶层，在赌台上输200港币是我的上限。

我们一过关，坐上葡京赌场的车，直抵赌场。赌场内人潮涌动。用5000港币来赌，我还真没这么大气。我想这差不多是父亲两年的工资。我将一部分钱塞进西装内口袋里。

大约两个小时后，车木岩找到我，说他手里的两万元输光了，拿点钱给他。这钱本来是他的。我从西装内口袋里摸出2000多港币给他。有意留了200港币。

手气太差了！一个小时后，我手里的钱没了。我想找到车木岩，赶快吃个饭回珠海。这时，车木岩再次找到我，问还有钱没有。他手头的又输光了。我说我也输光了。这是真的。我知道，我不输光，他也会过来把钱拿去输光。

他不相信我会把钱输光，一边搜我的身一边说："你比我保守得多，不会把钱赌光的。"说完，他把200港币搜了出来。

我抢着钱说："不行。这是吃饭的钱！"

车木岩说："没事，试试我们最后的运气！"我稍一松手，他就把钱押在赌台上。

赌台的灯亮了，通吃！

我们输光了！

我们连打车和吃饭的钱都没有了！

我们从葡京酒店走到八佰伴，想到楼上找点吃的。可将口袋里所有的零钱都翻出来，只找到28元港币。我说得留坐公共汽车到关闸的钱。

我们左挑右挑，只在餐牌上找到"薯条18元"。我们买了一碟薯条，两个人你一根我一根分着吃了。

下午，我们乘澳门的公共汽车，饿着肚子到关闸，回拱北，让司机带了钱过来接人，在拱北口岸好好吃了碗面。

此后，我没与他去过澳门。珠海开放三个月多次往返香港、澳门的签注，允许每次在香港、澳门逗留7天。这样的证件主要用于方便企业经营者。车木岩不时会去香港或者澳门，也因此认识香港或者澳门的商人。我以为对他的经营有好处，至少可以开阔眼界。

澳门是世界有名的赌城。二十年前，它被称为东方的蒙地卡罗或东方的拉斯维加斯。现在，它已是世界最大的赌城，不屑于被称为东方拉斯维加斯。

澳门有各种各样奇怪的故事。

我从未想过，澳门赌场会那么轻易地打趴一个年轻的创业者。印刷厂才刚刚起步。我的"员外梦"梦断澳门。

我知道澳门有黑社会放高利贷，"九出十三归"。但我从未真正见过这样的交易。

还听说有一种设套出千的赌法，叫"仙人跳"。有人先跟你交朋友，再把你引诱到香港或澳门的什么地方去，与他们一起玩牌赌博。那样的赌局里，对方会"出千"。

印刷公司的倒掉不是因为业务量不足，而是因为公司经营者在一个合法赌场赌输了。谁也无法拯救一个沉湎于赌博的人。如果他有公司，这个公司一定会被他输掉——不只是归零，而是零以下，负债累累。

在珠海度假村的旁边，一位开大排档的小老板曾经主动跟我说起他一年输掉3000万的故事。他说自己是上海第一个开卡拉OK的人，多的时候开有6家卡拉OK歌舞厅。最后他输得要跳海，一个东北朋友带10万元过来救了他。

有意思的是：在这一时期，因房地产过热而导致了政策的转向。政府害怕房地产泡沫伤害刚开始活跃起来的经济。一批房地产公司也不知不觉地倒下了。房地产商们从未感到过这样的寒冷：一块号称价值数亿的地皮，一旦没人接手，一旦没钱继续开发，它就会跌到一文不值，遍地"烂尾楼"。邵阳朋友曾冬保的预言很快变成现实。他及时抽身，成为先知先觉者。闻名遐迩的"巨人集团"倒闭了。至今，一座被命名为"巨人大厦"的"烂尾楼"仍摆在那里，地面上只建了三层。我每天上班都要经过这座著名的"烂尾楼"，有时想，它会不会成为一个"经济过热时代"的遗址？

赌博输掉的人找到借口："你看看，什么行业都不行了嘛！"

蒙哥走人了。他的房地产公司亦没有抵住"整顿"的寒风。我好奇的是，蒙哥走的时候，是不是带走了他那柄剑？我想那柄剑应该是开过刃的了。

第六章

100 双喜临门

1995 年 2 月，大妹妹生下一个八斤六两重的男孩。

离春节还有一周，这个男孩诞生在珠海妇幼保健院的产房里。他不再像他的父亲诞生在山东沂蒙山区，也不像他的母亲诞生在湘西。大妹妹怀孕的时候，大妹夫开着公司的车带着她做各种各样的体检，以确保孩子的健康。公司给了产假。

我们的母亲从未享受过产假这样的公民福利。她生育了四个孩子。只要她不出生产队的工，就不计工分。

大妹妹的新家安放在公司提供的房子里，只有窄小的一房一厅，就在公司院子里，一楼，屋外是一条装有水龙头的走廊，各家安上煤气罐和灶，当作厨房。相对于珠海已分配了房子的家庭，这样的住房显得十分窘迫，但公司在努力为员工争取分房的福利。八年前我去北京，作家出版社的副总编辑龙世辉也才住这么大的房子。北京广播学院的年轻教师住的筒子楼，在中间走廊里做饭，烟都散发不出去。

母亲从邓家铺过来，带外孙。这一年母亲 57 岁。六年前她第一次来珠海，紧张而陌生。而这时的珠海，已经让她感到亲切。这个新兴的城市接纳了她的儿子和女儿。这时，第三代也在这个城市诞生了。她喜欢大妹妹住的院子。走廊里炒菜时互相看得见菜肴，像个村子。这个叫白莲新村的小区，紧邻白莲洞公园。小区的人可以钻过篱笆直接进入公园。

我当舅舅了，满心欢喜。

外甥是沂蒙人家的孙子，是湘西人家的外孙。他一诞生就有珠海特区户口，可以享受这座海滨城市的发展机遇和户口红利。他的出生时间被医院准确记录。

如果忽略我被拖入公司债务处理的困境，对我的大家庭来说，这是一个丰年。国家进步和个人努力体现在最现实的生活层面。

7月，弟弟曾志奇终于考上大学。当然，如果他考不上大学，可以到珠江三角洲来打工。这里仍然需要大量的产业工人，或称农民工。堂弟曾维国考大学失利，就到珠海来打工，直接去彩印实业有限公司。他戴着深度近视眼镜，在公司可以学习印刷业务。

弟弟的分数只够他上一般的大学。可是……有没有可能上较好的本科呢？我在珠海遥控着指导他填报上学志愿。十八年前，我本来在学习文科课程，父亲看到那张印有招生学校的《湖南日报》，一个一个地数，理工科的学校远比文科多，就让我考理工科，朴素而简单，说改就改了。而此时，我琢磨力所能及搭上关系的学校，让他填报湖南财经学院，这是一个大胆的举措。湖南财经学院是中国人民银行的直属学校，招本科。

在中国，决定一个学生是否能上什么学校的已不仅仅是分数。除此之外，早已出现另外的可能：自费生。比一般的分数线低，只是他们不享受国家给予的某些福利，需要向学校交一笔钱。这项政策在20世纪80年代就有了。1988年，堂弟曾维国曾经达到这样的分数线，遗憾的是，当他把分数写信告诉我的时候，新生已入学，招生工作早已结束。岩头江一封信寄达珠海达半个月之久。而湖南一位大学校长的女儿肯定地告诉我"太晚了"。只要早说，这是政策范围内的事情，肯定能录取！

通讯已方便很多。邓家铺通上了电话。7月下旬，我专程飞到长沙，见到愿意帮助我走自费路线的朋友。我住在由原湖南省军区招待所改成的长城宾馆。过去，湖南省作家协会开会的时候，我曾经住过这里。我在这里宴请了朋友。我东挪西凑弄了25000元，装出只要弟弟能上这所大学，完全不在乎出这个钱的样子。办事的朋友说，愿意出五万八万的人多的是，但是我只要交两万，就可以获得这样的机会。这两万不能以我的名义交，只能以财经学院校友赞助的名义，才能获得指标。所有的名义对我来说，都没有意义。我只需要弟弟被录取。

钱交了后，办事的朋友让我等待消息。我隔两天一个电话。朋友告诉我：自费生一般都得在正常录取的学生之后才能招录。父亲和母亲在邓家铺焦虑地问："万一湖南财经学院没能录取呢？"办事的朋友说："你绝对放心！"我把这样的信心传达给父母。事情出乎意料地顺利，弟弟被放进委培的名单里，与正常录取的学生同时期录取了。委培，委托培训，是比自费更高级的层面。哪里的委培？我至今都不知道。

还未发榜，长沙就有电话通知了我。我百感交集，想起自己超过重点大学分数线 18.5 分，只能在邓家铺追着每天两班来自县城的班车，在邮电所窗口等候录取通知书的日子……

幸运的弟弟碰上中国高等教育改革，第二年，自费生与公费生就同等待遇了，国家不再包办大学生的毕业分配，而是推向了更广阔的人才市场。

101 我为什么要关心拉宾遇刺？

我出版了自己的第一个中短篇小说集《凉快》，被列入作家出版社"新星丛书"。马原、阿城、莫言、迟子建、余华等多人的第一本书都在这套丛书里。我和季宇、皮皮、王平、吉米平阶在第十三辑，是这套书的最后一辑。后来我对吉米平阶说："我们是压轴之作。"

被市场经济裹挟的我，并没有特别的兴奋。书不好卖，我请长沙朋友龙挺帮我发行一部分。他创办了弘道文化传播有限公司，从长沙黄泥街起步，已在定王台买下办公室，租下了门面，拥有自己的弘道书店，做得不错。他雄心勃勃，正在筹划办连锁书店。

我没有去关心我的书是否好卖。

我开始关注别的事物。

拉宾死了！我见人就说："我很难过"。

在有房子住、有肉吃、有糖吃后，还能在作家出版社出版小说集，一个湘西岩头江人已悄悄地变成一个国际和平主义者，连自己都有些吃惊。

别人问："拉宾是谁？"

我打长途电话到北京，告诉我的图书责任编辑朱珂青老师。我想诉说，我想找一个人讨论遥远的以色列总理遇刺的事情。我想不起自己是什么时候关心中东的。

我被一个国际事件深深刺痛。我不认识拉宾，也不曾去过以色列，我没读过以色列的文学作品，没有看过以色列的电影电视，我只是在电视的国际新闻里，经常会看到阿拉法特和拉宾、佩雷斯的名字。我偶尔会去查一下以色列的位置。当然，我知道犹太人非常优秀，在二战时受到纳粹的残酷迫害。基督教起源于耶路撒冷。马克思、爱因斯坦都是犹太人。

中东，一直以来，似乎是地球上一道难以愈合的伤口。种族冲突与土地争端，流血与牺牲……年复一年难看到和平的希望。

我在珠海，南海之滨，珠江口西岸。这里和平、安宁，正在进步。人们生活正在变好。两种社会制度在这里交汇。这里有基督徒，有佛教徒，也有穆斯林。我与朋友时不时地去穆斯林餐厅吃饭。我也陪长辈去佛教的寺里烧香。有朋友到澳门，我如果过去陪，必带他参观玫瑰堂和"圣物宝库"。

我并不关心美国。苏联解体了，美国是全世界唯一的超级大国。

我的一位同事说："你看看，美国这名字多好啊，美利坚合众国。它看上去很美，攻起来利，守起来坚，它还合众。还有哪一个国家能比它厉害？"这是中国民间的拆字游戏，或许有道理。美国应该给这位翻译家颁重奖！

我也并不关心日本的经济泡沫爆裂。这个国家能制造那么多好东西，它垮不了。我真心关心巴勒斯坦和以色列、黎巴嫩，关心中东。因为新闻里有不断的冲突，总是会出现平民流血，总是有一些无辜的人死去。中国有过军阀混战的年代，也总是有平民死亡。一衣带水的邻国日本，曾经让中国饱受战争之苦。中国有句古诗"宁为和平犬，不作离乱人"。就是对和平最可怜的渴望。其实我关心不关心巴以和谈一点也不重要，那是地球上的大人物该做好的事情。他们掌握着权力，计划着进退。中国的外交部也经常就相关问题表态。

耶路撒冷、特拉维夫离岩头江或珠海真是太遥远了。我没有任何一个犹太人朋友。可我那些天就是难受！无论是以色列人还是巴勒斯坦人，都有那么多优秀的头脑，为什么不能想出更好的办法来解决冲突？

拉宾曾经是一位战争天才，而这时，却愿意付出巨大的努力促进中东和平。为此他还与同僚和对手一起，获得了诺贝尔和平奖。这个人一生征战无数，没倒在战场，却倒在一次关于祈祷和平的演说后。

现在网上能查到的新闻这样报道拉宾之死：

　　1995 年 11 月 4 日晚 8 时，以色列特拉维夫市中心国王广场，一个以色列群众祈祷和平的集会正在举行。晚 8 时 30 分，73 岁的拉宾在人们的欢呼声中，缓步走上讲台："请允许我这样说，我被深深地感动了。我要感谢今天在场的每一个人，因为你们都是为了反对暴力、拥护和平而光临的。我和我的朋友西蒙·佩雷斯领导的政府决定给和平一个机会……"晚 9 时 30 分，集会结束。当拉宾走到自己的防弹轿车旁，正待保镖打开车门时，一个埋伏在车门旁的男子举起 9 毫米贝雷塔牌手枪，向拉宾的腹部开枪射击。11 时 14 分，拉宾的高级助手埃坦·哈博走出医院，向守候在那里的记者和人群宣布：总理遇刺身亡。

很多的大人物，很多有权力的人都致力于和平。可是和平却这么困难。

我如果生活在北京，或者可以马上找到研究中东问题的学者，找到犹太人朋友，甚至约几个对事件关切的人，去以色列驻华大使馆，表达对拉宾的哀悼。在广州、上海，我还可以去找领事馆表达关切。在珠海，也许有犹太人，但我不认识。

我只好在电脑上打下一行字：拉宾遇刺，1995 年 11 月 4 日。然后一片空白。

一个岩头江人在珠江三角洲生活了八年后，会被这样一个国际事件刺痛。也许是因为生活逐渐变好，对和平的渴望变得更强烈了。也许是因为国家进步，一个普通中国公民更加关注世界！和平是全世界美好生活的基础。当和平被枪击时，我深切地感到了疼痛。

我把这个空白文件保留到今天。

我在岩头江生活时，外国太遥远了，更像是一些虚拟的地方，它似乎只会出现在文字里，并不会出现在现实中。我不太清楚拉宾被刺对整个中东和平进程有什么影响，但能清楚地意识到，一个湘西岩头江人感受世界的方式已完全改变。

这是一个标志性事件！一个岩头江人走进 90 年代，站在南海之滨、珠江口西岸，离世界更近了。我开始明确感知这个世界的呼吸与心跳、焦虑与疼痛。

102 乌托邦的心灵史

我没有什么机会当员外了，只能继续当员工。

组稿编稿的事务性工作让我沉静下来。编稿之余，我继续写作，凌空蹈虚，追问"文明的尴尬"，怀疑人类的某些进步可能是另一种意义上的退步。

在中国历史上，写作是失败者的事业。人们说"愤怒出诗人""国家不幸诗家幸"。翻开中国文学史会发现，被贬的官员写出中国最好的诗和最优秀的文章。一个风流倜傥的皇帝一生写了数以万计的诗，没一首进入文学史。而一个亡国之君写的诗，却让人反复吟咏。归隐、放纵、悲叹、抒情、言志是写作的关键词。

从底层的视角看，我说不上失败，甚至算得上成功。文学刊物每况愈下，发行量越来越低。八年前我们去和秃头谈通俗文学发行，20万是起印数。七年前我们改为文化类刊物去谈发行，起印数是5万。这时，我们的纯文学刊物每期只印5000册，还卖不出去。但是我升了个"官"。我的顶头上司推荐，上级部门任命我当刊物的常务副主编。这样的升迁，不会增加我的工资，中级职称的工资还略高于副主编，对我来说，实际是得管刊物组稿审稿更多的事儿。当然，我有决定稿子发表的权力。对办刊物来说，这真是个很重要的权力。我的顶头上司是个画家，对刊物编辑并不太熟悉。他更醉心于城市山水与国画如何结合。我领着他到北京、天津、武汉、长沙等地组稿。他见我跟作家们似乎都很熟，不熟的也能找人搭上线，便放心让我组稿出刊，将终审权交给了我。我请了《青年文学》主编李师东当我的特邀组稿人。他很快就给我寄来徐小斌和徐坤的小说。这是一个办地方文学刊物的窍门，即便他把看不上的稿推荐给我们，也比我自己满中国找作家们组稿强！

崔艾真出现了！漂亮、知性，一个颜值堪比明星的女编辑。十九年前那位播报我上大学分数线的公社广播员，是第一个为我传福音的天使，崔艾真是第二个！那位播音员我从未见过，而我见到了崔艾真。为《小说选刊》的发行，她来到珠海。放在十年前，这个副处级的编辑部副主任来自北京，在珠海，得由一位市委宣传部副部长陪同。同是刊物，在中国，分许多级别。两千多年形成的"官本位"从未退场。她的编辑部副主任的级别高于我这个常务副主编的级别。但文学刊物已开始衰落，以至于她要亲自来了解珠海不到百份的发行。我并不熟悉她。我陪她去拱北的文华书城看发行情况。在银都酒店，我请她喝杯啤酒，花20元钱。她说手头正在编一套中国"新生代长篇小说"丛书，有广西的东西、李冯，江苏的荆歌、毕飞宇，北京的邱华栋，安徽的祁智。

崔艾真说："这是一支很强的队伍。我请王蒙当主编。这套书由长春出版社出版。"我见过王蒙。他住在珠海南油酒店写作时，我向他组过稿。当他提起毛笔为我写一幅"大江东去"的字时，我心中窃喜：我的毛笔字可比王蒙写得好！

我红着脸腼腆地说："哦，我也在写一个长篇小说。"

崔艾真马上说："那好，加盟吧。这可是新生代最有实力的一拨人。"

我知道这是中国最活跃的一批作家，但我怕自己没资格加入这样一支队伍，只讷讷地说："到时你看看稿子吧。"

长春出版社要按时出版，崔艾真不断催稿。终于，我在1997年的冬天完成我的第一部长篇小说《弑父》，它仅21万字。可是从1990年动笔，到1997年底完稿，我用了八年的时间。前半部我用蓝墨水写在15×20的定稿子上，到后半部捡起来写时，我早已用电脑写作。所以这部长篇小说只有半部手稿。

像任何一部有影响的长篇小说一样，除了我的写作，还要遇到知音。崔艾真此前可能没读过我任何作品，却毫不犹豫地向我约稿。她对我写作的信任令我吃惊！若干年后我回想起这件事，总想她到珠海多发行几册《小说选刊》其实并不重要。冥冥中有神灵，让她来见我并催促我的写作。她姓崔。嗯，她催产了这部小说！

我把打印稿交给崔艾真后，又打印一份给《花城》杂志主编田瑛。田瑛，这位来自湘西土家族的作家、编辑家，年长我9岁。或许是因为共同的地域文化背景、审美倾向，他很快喜欢上这部长篇，只看了30页，就打电话给我，让我不要再给别的刊物，《花城》要刊发。《花城》用稿甚严，有自己的选稿标准，敏锐、前卫、纯粹、坚守……刊物在全国风格独具，影响极大。在经济很艰难的时候，有人甚至愿意出10万元发表一个长篇小说，却遭到《花城》编辑部的拒绝。我说没给别的刊物，别的刊物也不见得会发表我这样的小说，只是单行本在春节后就出来了。田瑛急着说：《花城》刊发一部已出单行本的长篇？没这样的先例！我都让别的已终审过的作品让路了。你得让他们晚点。"我就打电话原话照转长春出版社。

北京有文学评论家喜欢上了这部长篇，他们就是在《花城》上看到的。一个叫李敬泽的人非常喜欢，在中国作家协会主办的《文艺报》上发表了文章。

崔艾真告诉我："敬泽非常喜欢你这部长篇。"

我不认识李敬泽，李敬泽更不认识我。所以他的评论开篇就写："我猜测，曾维浩是湖南人。事后求证，果然如此。"我知道李敬泽的名字。鲁迅文学院的同学廖润柏主编广西桂林的《漓江》杂志，有个栏目就叫"敬泽推荐"。推荐语都是这个叫李敬泽的人写的，很短，好看。廖润柏每期刊物都寄赠我。我每期都看"敬泽推荐"和"迟子建日记"。

李敬泽在《文艺报》撰文称这部长篇是"乌托邦的心灵史"。中国当代文学研究会和《北京文学》合办的"中国文学排行榜"，将这部长篇与四川作家阿来的《尘埃落定》排在一起。在山东大学任教的施战军，为《作家报》组稿，不但刊发了何镇邦先生的跋，还约我写创作谈。施战军来信说："因为《弑父》，曾维浩变得重要起来了。"

我受宠若惊，有点疑似出名了的意思。在中国，写出能发表的作品是一个台阶，写出的作品能引起读者的关注是一个台阶，作品出来后能引起批评家的注意又是一个台阶，如果是著名批评家，还写激赏的文章，在国家级的报纸刊物上发表，那是更上层楼了。

北京的"坊间"在互相介绍，说有人写了这样一部小说……

李敬泽和施战军建议给我开一个作品研讨会，费用自筹。7月，施战军来信说："敬泽到山东，我俩游泳后一起喝啤酒还谈论这部小说，觉得应该开个研讨会，参与者以青年批评家为主。"全中国的人都在关心赚钱，只有极少数的人会这样关心一个陌生人的作品。

既然是"乌托邦的心灵史"，开一个研讨会也许是值得的。尽管中国人的乌托邦激情已消失殆尽！我仍然很受用这样的评价。

这年的5月，长春出版社已经在北京紫竹院为这套书开了一个研讨会。出版社做东，我只是参与。到会的好几十人，有个颇有影响的人发言，开口就说："很高兴来参加今天这套书的研讨会。这些书我都没看过，我也不准备看这些书。我一直在思考几个问题。这几个问题……"
他沉湎于他自己问题的阐释中。我就纳闷：你没读过这套书也不准备读
你来干什么？你拿 200 元的车马费，还要占时间阐释几个跟这套书一点
关系都没有的问题？后来听北京的朋友说，见怪不怪，北京总有这样凑
热闹的人。他不是来开你的会，而是冲着可能有法新社、路透社记者来
的。他希望自己的高论会引起海外媒体注意。真的吗？

《弑父》的研讨会安排在 8 月开。我为此做了些筹备。北京就由李
敬泽和关正文张罗。我遵照崔艾真的安排签名寄书过去。邀哪些人参
加，全由李敬泽和崔艾真、关正文决定。听崔艾真说，李敬泽还帮我把
书送到北京大学戴锦华那里。我不清楚从农展馆南里到北大有多远，他
乘什么样的交通工具。我十分感动：这个北京人为什么对一个岩头江人
这么好？这件事我从来不敢向李敬泽求证，心里想，这个人怎么这么
干？一个人得有多喜欢文学才会这么干？

103 北京东土城路楼里的孤独

这是我人生中的一件大事。

由《小说选刊》、《花城》杂志社、珠海市作家协会共同举办的长
篇小说《弑父》研讨会在北京召开。我与珠海市文联主席杨创基提前一
天来到北京。先见到为这个研讨会张罗的关正文，时任《民族文学》杂
志社副社长。关正文办会经验足，说一切都办理妥当，不用我操心，会
务、会场、议程都现成，甚至包括发言的录音设备。之后我们就住在北
京东四的珠海办事处。天气并不十分炎热。

第二天下午，我们来到东土城路中国作家协会的会议厅里。这个厅
不大，摆了 50 多张椅子，长条形的桌。正面墙上挂着"曾维浩长篇小
说《弑父》研讨会"的横幅。比起那些星级宾馆里的各种商务会议，场
内的一切布置都十分简陋。

我第一次也是迄今唯一一次成为会议主角。

我无意中成为珠海第一个在北京举办个人作品研讨会的写作者。

已有多位中国作家的作品在这里举办过研讨会。会议的程序大体相同。崔艾真主动张罗会务，守着来人在大红的《嘉宾签名录》上签字。她让我在门口的签到处礼貌地与来人握手。他们是中国文学界闪闪发光的名字：吉狄马加、李敬泽、施战军、邱华栋、孟繁华、贺绍俊、冯立三、柳萌、戴锦华、白烨、程青、田瑛、黄蒲生、韩小蕙、朱珩青、向前、兴安、徐坤、何镇邦、李师东、李洁非、李冯……《人民日报》《工人日报》《光明日报》《文艺报》等报记者四十多人参加了会议。

《小说选刊》总编辑、著名文艺评论家冯立三主持研讨会。我不认识冯先生，冯先生也不熟悉我。研讨会需要一个有级别的人主持。冯先生这个总编是司局级，跟珠海的市委书记是同级别的官。吉狄马加是来自四川凉山的彝族诗人，仅年长我一岁，已是中国作家协会书记处书记，在文学官员的最高层，被请来出席提高规格。

我只请到几个原来熟悉的人，多数人是李敬泽、关正文、崔艾真请来的。他们不是因为曾维浩写了一部什么样的小说，可能是因为李敬泽说这部小说是如何不同凡响以及很有文学意义、很值得谈论来的。有些人甚至在李敬泽的催促下匆匆阅读。

这更像一个肯定长篇小说《弑父》的仪式。这样的小说无论谁写出来，都应该受到关注，无论是主题还是文本，都是当下写作的一个重要成果！

评论家作家们文学功底深厚，措辞精当。

李敬泽谈起20世纪80年代文学的精神资源，说大家在这里谈论，就是觉得这部作品重要。邱华栋说因此想到美国作家索尔·贝娄的《雨王汉德森》。兴安说想起中国经典《山海经》。刚从台湾讲座回到北京的北大教授戴锦华读到"非线性故事"。更多的评论家想到马尔克斯的《百年孤独》。大部分人提到"寻根"文学。然后人们提到"文本""想象力""叙事策略""超现实""能指"……这些词我基本能懂。可能还有并不喜欢这部长篇小说的评论家、作家被拉进来，他们选择着说话，尽量不伤害我。

我像是赤裸了全身，站在聚光灯下，身子一阵阵发紧。在中国人的日常生活里，聚光灯被制成"浴霸"，装在浴室的顶部。冬天里洗浴，赤裸着全身可享受聚光灯的温暖。

我感到羞怯！

我感到温暖。

我还感到孤独。

一个岩头江人在这个场合，要顺当地展开对话是十分困难的。

我的普通话也没有多少进步。

《青年文学》主编李师东比较熟悉我。他说："一个温和的人写了一部嚣张的小说。从湘西到北京再到珠海特区，这种超现实的写法可能跟他超现实的经历有关。"这句话打开我情感的闸门。有人说我可能有意设置了"阅读障碍"。我十分抗拒。我为什么要那样做？我只是写作时脑子里不断出现岩头江、武冈、邵阳、长沙、北京、珠海、香港、澳门……生活的点点滴滴，生存的各种细节……我老家的屋场就叫红叶树下，小说里那个用绿漆铁皮喇叭喊口号的就是我们小学的夏校长。而写这部小说时，距我住所直线距离不到5000米的地方正飘扬着葡萄牙国旗，那里的行政长官叫总督……我一直想尽量让它好读些的。

我想说因为原子弹给我的心理阴影而写这样的小说。

我不敢说。我怕大家笑话：你不在广岛不在长崎，你有什么阴影？打100次世界大战，原子弹也不可能投到岩头江去。可我写这部小说时，11岁在岩头江的麦地里扯猪草，想象着如何躲原子弹的情景一直出现在脑海里。写前半部时有，过几年捡起来写后半部时还有。我知道看到"蘑菇云"时，要迅速地找到一个掩体，眼睛要避光，会有冲击波、核辐射，小心耳膜……在桃子园的山坳上，我几次乘无人的时候，一个人趴进麦地的土沟里，练习躲避原子弹爆炸的冲击波。从那时起，我就是一定程度上的反科学主义者。我对那些发明原子弹的科学家没有一点好感。我觉得文明如此尴尬，科学不设置限度，对整个人类是极其危险的。

冷战——那些足够智慧掌握着权力和人类最高技术成就的人们，因为对世界的看法不同，随时准备消灭对方，于是出现了柏林墙，出现了核竞赛。这些优秀的人们高高在上，从不感到自己的罪恶、可耻、可笑。

就是他们，让一个岩头江少年在麦地的土沟里练习躲避原子弹爆炸的冲击波……这个少年基础的物质生活处于两千年前的中国汉代乡村。

岩头江与原子弹，岩头江与人造卫星……不是超现实，而是现实。一个地位如此卑微的中国作家，用写作去抵抗这种心灵伤害，在全世界看来也许是可笑的。但对我来说，一切都是真实的。更多的中国作家在关注改革，关注人与人的关系，关注社会的变革，关注爱情、婚姻、家庭。他们的作品会引起很多人的共鸣。我知道《弑父》不会有太多读者。如果崔艾真没能拉进"新生代长篇小说文库"里，我准备自费出版，印刷 100 册，在每一册书上印上我的指模，送给全世界的图书馆、爱我和我爱的女人。

感谢到场的人们，他们没有笑话我，而是理解、鞭策和鼓励！

吉狄马加用卡尔维诺关于写作的话作结语。

关正文为我省钱，说："维浩，这回大家可真是因为文学，你也不需要太花费，晚餐在作家协会食堂里吃就行。"我带了四瓶"蓝带"洋酒。

晚饭后，年轻的朋友陪我一起去"丑鸟酒吧"。这是一家地下防空洞改成的酒吧，进去先得往洞里钻，不清楚离东土城路多远。在洞口合影，朋友们将我簇拥在正中间。这也是我迄今唯一一次被这么多优秀的人簇拥着照相。几扎啤酒后，有点小狂欢的快乐。酒吧里还有带着椅子的秋千，算得上浪漫时尚。结束时，我去结账，手被徐坤按住了。她说："维浩，我们来！"年轻的朋友们把会议发的 200 元车马费凑起来付了酒吧的钱。

这样的举动足以让我一生感动。

这是中国文学发展的细部。到这一代，不再斗争，关爱、鼓励、探索、切磋成为新常态。写作者们不再政治站队。只要我们在努力，中国文学就在进步！当我把《弑父》寄给美国华文作家喻丽清大姐时，她惊喜地来信说"有望去得诺贝尔文学奖"，并强调自己是说真话的，不是吹捧。她像李敬泽一样给我激赏。我当然知道自己得不到。我连"茅盾文学奖"都没得，我什么奖都没得上。但是十四年后，比我大7岁的莫言获得诺贝尔文学奖。莫言读北师大研究生班时，在鲁迅文学院，与余华住同一宿舍，而余华曾经又是我鲁迅文学院的同学，这让我觉得诺贝尔文学奖没那么遥远，中国文学并不孤僻，也是世界文学的一个重要部分。莫言出生在山东高密乡下，他的童年生活是不是勉强处在汉代乡村的水平，我没有和他交流过。

104 喂，改到我们了！

我已经错过了最好的文学时代。

《人民日报》《文学报》《文艺报》等都发了消息。《光明日报》是散文家韩小蕙亲自写的报道《吹捧与好评分开了》。她认为《弑父》得到的是"好评"而非"吹捧"。我将这样的报道剪下来珍藏。

在珠海，这个远天子而靠海洋的地方，关注文学的人越来越少，关注金融危机的人越来越多。关于金融危机的图书，远比我的小说要卖得好。激情飞扬的评论家孟繁华写了篇《生不逢时的〈弑父〉》，确认其与阅读的距离。革命家们曾经浴血奋战，可资本家的传记已远比革命家的传记要卖得好。在图书市场，人们可以观察到中国的深刻变化。革命正变成远去的传奇，而资本正在搅动当下并觊觎未来。

孟繁华曾经这样沮丧地谈起那一年的文学：

　　对90年代而言，把1998年的长篇小说创作称为丰年，大概不会有人提出异议。在我有限的阅读中，像《尘埃落定》《说吧，房间》《弑父》《红瓦》《故乡面和花朵》《日光流年》《羽蛇》《高老庄》等作品在整体上所达到的水准，是90年代的其他年头难以比较的。但有趣的是，1998年长篇小说意外的丰收，并未引起社会包括界内人士的任何冲动。人们对文学的热情，仿佛被一场金融风暴或长江的滔天洪水所淹灭。这与1993年以来每年均有热闹的文学"事件"相比，1998年文坛的格外平静倒令人感到震惊。不仅对长篇小说的议论显得无精打采，即便是语出惊人的"断裂"调查，也未达到潜隐的期许。我们难以判断从喧嚣到平静背后隐含的真实原因，但把传统的文学写作称作"无人喝彩的时代"，应该说是大体不谬的。这一描述显然令人无比沮丧：刘震云卧薪尝胆六年，曾维浩皓首穷经八载，贾平凹感叹"很中年"的岁月无情……，但这些仿佛都不再能打动读者的"芳心"，包括专业从事文学评论的"高级"读者们。

1997年，我在埋头写《弑父》，以一个岩头江人的庸见，自以为深刻地思考"人类文明的尴尬"的时候，在美国，一个比我大32岁的叫乔治·索罗斯的人正在寻找"人类文明的破绽"。我原来知道人类能制造的毁灭性武器是核武器原子弹、氢弹，这时才知道还有一种叫"金融危机"。号称"金融大鳄"的索罗斯找到泰铢兑美元汇率的破绽，一手制造了东南亚金融危机，只数天工夫就击垮东南亚多个国家的中央银行和货币体系。

他已经很有钱了，为什么还要这么干？

他一定是个坏蛋！我这么想。

马来西亚首相马哈蒂尔称他是"潜伏在金融市场中的狠毒的野兽"。1998年，索罗斯在击败泰国、马来西亚、韩国、印度尼西亚的金融体系后，带着胜利者的骄傲，将目标锁定香港。8月，国际资本炒家与香港金管局恶战，在股市、期市、汇市，一天数百亿的较量，电闪雷鸣，风雨交加。所有的媒体都不断地报道这场生死较量。

去北京前，我在九洲大道一个叫湘居园的小餐馆吃饭。餐馆里所有的人都在谈论"金融危机"。很少人能说清楚索罗斯到底是怎么操作的，但都乐于谈起——甚至试图讨论索罗斯的私生活。人们不断地从报纸、电视上学习金融知识。从北京回到珠海，我被动地恶补金融知识。即便是与喜欢文学的朋友在一起，人们也更愿意谈论索罗斯而不是文学。

网上称：

"8 月 27 日，国际炒家量子基金宣称：港府必败。投机香港市场的国际大炒家索罗斯量子基金首席投资策略师德鲁肯米勒在接受 CNBC 电视台的访谈中，首先承认量子基金一直在沽空港元和恒生期指，并说，由于香港经济衰退，港府在汇市与股市及与国际投资人发起的'战争'中，将以失败告终。索罗斯虽然每次的动作都是大手笔，但从来不公开承认自己在攻击某个货币，这种以某个公司或部分人的名义公开与一个政府下战书，扬言要击败某个政府的事件闻所未闻、史无前例。

"28 日是期货结算期限，炒家们手里有大批期货单子到期必须出手。若当天股市、汇市能稳定在高位或继续突破，炒家们将损失数亿甚至十多亿美元的老本，反之港府前些日子投入的数百亿港元就扔进大海。当天双方交战场面之激烈远比前一天惊心动魄。全天成交额达到创历史纪录的 790 亿元港币。港府全力顶住了国际投机者空前的抛售压力，最后闭市时恒生指数为 7829 点，比金管局入市前的 8 月 13 日上扬了 1169 点，增幅达 17.55%。

"香港财政司司长曾荫权立即宣布：在打击国际炒家、保卫香港股市和货币的战斗中，香港政府已经获胜。"

一个喜欢做时事观察的朋友说："索罗斯太张狂了。他错误地估计了形势。香港已回归。你有没有注意到，在香港回归之前，央行宣布外汇储备已超过 1000 亿美元？香港加央行的外汇储备都 2000 亿美元了，能看着索罗斯击垮港币？击垮港府？"

原来外汇储备可以干这个！在此之前，中国政府早就干预"投资热"，实行分税制。东南亚金融危机让很多人相信中国高层管理者的国际洞察力、危机管控能力。

中国已经改革开放二十年，连东南亚金融危机都能应对，就没多少更难的了。官方信心十足地推动各项改革。

最早被改革的是大妹妹一家。她在白领的岗位干了五年。她所在的公司下属工厂做出口气枪，有固定订单。企业改制，从国有企业改为私营企业。企业负责人华丽转身，成为"老板"。两年前，外甥才一岁半的时候，妹夫下岗，公司每月为他支付 500 元用于交社会保险，自个儿找工作去。大妹妹则成为国企转制过程中的财务留守人员。我从未与大妹妹大妹夫深谈，他们有过什么样的失落、受到过什么样的打击，对体制有过什么样的企盼。小两口商量，决定凑些钱，承包一辆出租车。承包要出 6 万元的押金，他们向我借了 2 万元。

在中国，大妹夫是这时期国企 6000 万下岗职工中的一个。

大妹夫开"的士"，无论他是否挣到钱，每月都得向所承包的公司上缴 12000 元的"份子钱"，这个数额令我惊讶。他每天先得挣 400 元钱上缴公司，然后才挣自己的。出租车每公里 2.4 元，也就是每月得先给出租车公司跑 5000 公里。车是一汽大众产的绿色"捷达"，好在油费还不算高。大妹夫仍然能挣到高于普通工人许多的钱，也远远高于我的工资，但是整天的奔波很辛苦。

小外甥在成长，当他欢跑着走到他父亲身边时，如果大妹夫那一天拉客多，挣到了钱，就高兴地抱起他玩；如果大妹夫一天很辛苦，却没挣到钱，就会不耐烦地赶开小外甥。

有一次，我逗小外甥，他似乎不开心。我问他为什么？他说："我很烦！"

我笑了："你怎么会很烦？你知道什么是烦吗？"

小外甥说："爸爸今天开车没挣到钱，他就很烦，他很烦我也会很烦。"

这是一个下岗工人 3 岁的儿子体验到的最早烦恼。大妹夫从国企下岗，但算不上失业，甚至，算得上找到了一份更自由、收入更高的工作。

"的士"每月的收入，权力与资本稳收 12000 元，劳动者获得剩下的部分。大妹夫得起早贪黑地奔忙，所得仍然无法比得上权力和资本的收益。

我一直想，如果妹夫自己去买车，安全载客，这个钱不是可以自己收吗？社会上有这样的车，人们叫"黑车"。

我正在接受那些文学报刊的采访，不断地被约写"创作谈"，小小的虚荣心不断上升，写作的热情还在，计划写下一部长篇探讨"身体的妥协"。我以为改到自己头上还没那么快。

我的顶头上司从宣传部开会回来，把我叫到他的办公室，心情沉重地说："喂，改到我们了！"这是 1998 年的 10 月，珠海天气还很炎热。

办公室在新华书店四楼东北角，小房子呈三角形。他坐在中班椅上，我坐在沙发上。他丢给我一支烟，自己点燃一支，再把打火机扔给我，说："幸亏我找到市委副书记，批了我们最后的 10 万。"

"最后的 10 万？"我不太明白，顺手点燃了烟。

"是办刊经费。以后办刊得自己找经费靠经营了。还好，我们的工资暂时还保留。"

105 一个被改革者的惶惑

不是改革，是被改革。

1994 年，中国的顶层设计者提出"社会主义市场经济"。邓小平说"社会主义也有市场，资本主义也有计划"。人们更加清晰地划分政府功能、生产要素、收入分配。那些研究体制改革的人提出"小政府，大社会"的观念，并用欧洲和美国的例子来说明问题。政府挑拣一些合适的事情保留下来，而把那些认为应该属于市场的推向市场。比如零售业"国退民进"，就是国有企业退出，民营企业进来。珠海国营零售企业巨头百货集团还在柜台销售，将柜台射灯装饰得耀眼，让售货员打扮得像礼仪小姐一样。民营的"新七星"却将所有的商品放在货架上，任由顾客挑拣，出商场时才结账。场内甚至看不到售货员。这个小小的"新七星"在南坑菜市场的旁边，总是挤满客人，以致不断地需要开辟新的销售场所——它几乎被迫成为连锁店。各单位喜欢去那里购买。想给职工发福利，这个商场可以把买米、油、糖果的发票全开成文具、办公用品。它彻底以顾客的需求为中心，颠覆了传统商店模式。

报纸上用大篇幅报道《家乐福来了》，我没有仔细看，望文生义，以为"家乐福"是一种配了各种糖果的大礼包。我喝过带可可味的营养饮料"乐口福"，以为这两个"福"差不多。两年之后，我才明白它原来是法国著名的零售连锁公司。

"上帝的归上帝，恺撒的归恺撒。"一些评论改革的人引用了《马太福音》。

学术界广泛争论的"效率优先"还是"公平优先"的问题尘埃落定。国家管理者选择了一个看上去中庸的口号："效率优先，兼顾公平。"中庸是国粹。

那些极力提倡"公平优先"的人叹口气说："一般'兼顾'肯定是顾不上的。它一定会变成'效率优先，不顾公平'。"

自从调动到杂志社，我从国家管理队伍再一次回归到专业队伍里。

我们有问题！我自己有问题。十四年前，当我想摆脱一个单位时，我早就想清楚的契约关系，等到我依附于体制多年后，反而模糊了。

我反复检讨自己：我对改革理解得不透。我应该张开双臂拥抱改革——或者，应该像跳进海滨游泳场一样投身改革。

我跟我的顶头上司商量："不拨钱没事，我们可以把刊物办成赚钱的。我们当纳税人！"当纳税人比吃财政饭更光荣。许多媒体载文这样宣传。我受到鼓舞！我明白刊物的经营，主要收入来源于发行、广告、举办活动，而开支则主要是人员工资、印刷费、稿费、办公费用。我们现在还由财政发着工资，还拨 10 万元的办刊费用，真是好得不得了。我主张不要再办成纯粹的文学刊物，而是办成大众喜闻乐见的刊物，比如像《故事会》《读者》《家庭》等刊。要赚钱，就得找市场。弘扬文化，引导价值取向，建立道德，那是另外一回事。当然，也可以兼顾。

上海的《故事会》每月有 500 万份的销售量。主题：总是让好人战胜坏人。

甘肃的《读者》每月有 300 万份的销售量。主题：总是让爱、真诚和善良获得回报。

全中国都在改革，身处这样的时代这样的国度，凭什么只人家改我不能改？我还有一点青春的尾巴，还有一点乌托邦的激情。改吧。也许，改好了，自己成为一家刊物的老板。每月数着钞票，不知往哪儿花。韩少功曾经把《海南纪实》办成畅销刊物，一年挣数百万。那样，我就带着我的同事们周游世界。每到一个地方，我就告诉那里的人们，我来自中国一座美丽的城市：珠海。

我想多了！与其说是希望，不如说是憧憬。

我远赴新疆乌鲁木齐，去与书店谈《珠海》杂志的发行。那是一个奇妙的地方，在我们的发行量不断下降的时候，那里居然还保留 300 份的订刊量。到了之后我才发现，乌鲁木齐的人们要看的不是文学，而是珠海——这座南海之滨的新鲜城市。

我跑到书报摊上去调研，到广州的发行商那里去讨教。发行商说："好事啊！你把刊物承包下来，我们一起合作。有个刊物玩，我们发财了！"

旋即，珠海画报社、珠海出版发行中心与珠海杂志社合并，因为我们的主管部门新闻出版局也被改革了，合并到文化局。我的单位人员增加到 30 人，决策团队达到 6 人。但是没有任何一个人知道怎么样卖出去一本杂志。他们是作家、画家、摄影家、记者、编辑，是文化艺术"精英"，没人屑于去卖杂志。这一系列的改革令我眼花缭乱。

我被激起改革的热情，在机构的不确定性中，已被大打折扣，但仍然强打精神。不改，等着坐吃山空，会走向灭亡。我首先试着改变被改革者的身份。我去说服同事，试图一起鼓起勇气变成改革者。

我努力宣讲国家政策："这是一个方向。政府回归行政、执法、管理本位，只做它分内的事情。从长远来看，这应该是件好事。我们呢，现在改革，刊物有市场，还来得及。"

我找人谈改革，他向我控诉政府官员。他说政府是如何应该给他钱让他去拍照片。他骂科长局长市长们不懂艺术不懂构图不懂光影……然后，他会说起革命。

我用从报纸上学到的那点可怜的知识，去说明参与改革是必要的。他跟我说他对腐败现象疾恶如仇。我跟他说市长局长们不必懂光影和构图……口干舌燥，徒劳无功。

一个星期天的晚上，我的上司打电话给我，开口就说："你在哪？你不在现场，找不到你。打起来了。知道么？打起来了！"

我问："什么打起来了？"

"就是炒鱿鱼的这事。"

顶头上司在为改革的事忙乎。财政不拨款，在编人员的工资还能保证，不在编人员就得裁减。他先试探着裁掉一人，结果差点打起来。

一位军转干部说："反正财政还发着工资。谁来办刊物，保证能出刊，三千也好五千也好，能提供点办公费用就可以了。"

有关系的人不怎么上班了，都试着联系调动。还有一部分人坐等着。

在赴广州向广东省新闻出版局汇报工作的车上，我试探着跟我的顶头上司说："刊物弄下去这么难。要不我来承包好了，按月缴钱。"

我的顶头上司想都不想，一口回绝："不行！刊物虽然不再拨款了，可还是市里的，怎么能由私人承包呢？"在政策层面，他显然比我站得更高。

我说："可是没钱办刊物呀？"

他沉思一会儿，说："没钱就等着。你来承包。赚钱了，有人会告你的状，要抓你的辫子太容易了。不赚钱，看着你亏，你也没钱亏，我也不忍心……最怕的是，你一直亏着没有人同情，等到你快要赚钱的时候却被人告了。"

他说："再说了，暂时保留工资。哪一天财政不再拨给大家工资了。你能不能挣钱养大家？不养，人家本来是单位的人。养，有些人不但不干事，还会不断给你添乱。你辛辛苦苦养这种人冤不冤？人家农民承包责任田是有政策的……改革就那么容易？这些天我一直想这些事，还真理不出个头绪来！"

我也试图理出个头绪来。假如像其他产品一样做个商业计划书，选好市场定位，引入资金，重新组织分工，赚点钱并不难。《故事会》的同行来珠海时，我甚至打起合作的主意，利用《故事会》的品牌，迅速发展，占领华南地区的阅读市场。正在兴起的医疗广告，处于钱多人傻的阶段。但是，社长是一把手，他说得没错，农村责任田、工厂承包都有明确的文件规定、政策指引。刊物属于国家，法规明确不能承包不能租赁。

"国退民进"不含这一行业。国家小心翼翼地开放出版物发行和代理分销业务。

我无可奈何，只有等待。被改革者的角色无法改变。我期待清晰的确权和相关的政策出现，就这么漫长地等待下来。

这是中国改革的细部，每一步都会出现困难，都会有决策犹豫，有当事人犹豫。我想我属于在改革面前却步的那种人。在6个人的决策团队里，我只有一票。顶头上司的解读对我影响极大。因此我对褚时健、张瑞敏、任正非等企业家充满敬意。曾经听说，张瑞敏接手青岛海尔冰箱厂时，立的第一条规矩是"严禁在车间随地大小便"。

106 有些事让我向隅而泣

我不能将单位没有拨款的事情告诉父亲和母亲。从我上大学的那一天起，他们已经将儿子许给国家。十八年前我已经吃上"国家粮"。

住在武冈五中，失去农地的母亲不甘心无所事事，她与别的老师在学校东北角开出十几块菜地。很少的几厘土，她种的菜自给有余，吃不完就按市价卖给学生食堂。每到冬天，她都会晒一些菜干，熏一些腊肉、腊鱼，给四个子女每人一份，包好邮寄过来。父亲和母亲有时也到珠海来生活一段时间，住妹妹处或我处。他们发现大妹妹家附近吉莲市场的菜有点贵，而我所住小区靠近中山市坦洲镇的十四村市场，菜相当便宜，便认准 40 路公共汽车，坐 9 个站到十四村去买菜。只要来了，住在哪里他们都乐意把家务做好。多数时候，他们不愿意来，更愿意住在邓家铺。那里有亲戚、熟人、朋友，有土猪肉、土鸡蛋吃，能自己种菜。

母亲的生活经验，让她一眼就能区别土猪肉与非土猪肉。我们不相信，她就专门炒一碗土猪肉和一碗非土猪肉对比着吃。她说非土猪肉有一股土腥味，咀嚼起来是板结的粉的，土猪肉咀嚼起来酥而爽、满口生香。稍凉，土猪肉依然酥，非土猪肉则像土块般硬。在她的指导下尝吃两种肉，果然如此。

这一切，成为父亲和母亲不愿意来珠海长居的理由。

但是，年轻人不再愿意待在岩头江了。我的堂兄弟们开始外出打工。最早打工时，他们跟一个承包采石场的老乡，到珠海的洪湾采石。用最原始的方式，在大石头里用钢钎打个洞，然后填上炸药，安放上雷管，点上导火线，爆炸！这种活他们早在岩头江干过。堂侄儿侄女们长到十几岁就开始外出打工。他们怀揣梦想到珠海、东莞、深圳、广州、佛山。更远处，有人走向长三角，到上海、苏州、杭州。

留在村里干农活的年轻人越来越少。

我偶尔回家。我们采取双向的团聚。如果父亲母亲这一年在珠海住了一段时间，我就不回去。路费也是一种花费。如果他们不来，我则回去看望他们，住几天。

邓家铺不再烧柴禾了，烧煤。藕煤不需要自己做，论个直接买。人们在日常生活里接受了更细的分工。一条毛马路直接延伸到岩头江的老屋下，不宽，东接219省道，西连黄桥铺镇。人们很快发现在岩头江辛苦劳作所得甚少。即便耕作3亩农田，一年能收获3000斤稻谷，也远不如在南方一个工厂领几个月的工资。椅子岭的土地最先被放弃，因为挑一担猪粪或牛粪到山洼要的时间用的力气都太多了，不合算。

十年前，岩头江的人们还不会这样去计算投入和产出。

武冈县改成了武冈市，地方财政却更加吃力。在改革开放的潮流中，湘西的贫困更加暴露无遗。武冈市除了一个蜂窝煤机厂，其他的工业都被推垮。不是武冈不努力，而是市场太残酷。民营的商店和卤菜作坊兴起，而国企一家一家倒闭。武冈位置太偏僻，没有高速公路，没有铁路，更没有机场，在交通末梢的末梢，招不到商，也引不到资，农产品价格低，收税近乎鹭鸶腿上剔肉。地方财政税源近乎枯竭。

现实中的湘西，她深藏，美丽、朴素与贫困、忧伤同在。

东西南北中，打工去广东。

南下广东，在珠江三角洲的工厂、公司找一份工作，是多数湘西家庭走出贫困的最佳方式。珠江三角洲普通工人的工资，甚至远高于湘西的在职干部和教师。

父亲从学校党支部书记的位置上退下来，获得二线"协理员"的职务，管理图书。1993年，他到法定年龄退休。过几年，学校变得经常发不出工资了，只发70%或者更少。余下的，市财政发一种欠条，来年有钱时再补上。在财经学院学注册会计师专业的弟弟称为"县库券"。父亲养家糊口那么多年，这时会羞于谈起自己的工资。吃了那么多年"国家粮"，国家从未拖欠过自己的工资。改革开放二十多年，国家富裕起来，反而发不出教师的工资了。他感到迷茫而无奈。

所幸，他的儿女们都在沿海经济特区，每年都可以寄些钱以补不时之需。

供销社"倒了",二舅舅退休。表弟在邓家铺镇上购得土地,自己建房办商店。他购的地就在原来的区委大会堂(后改为电影院)对面。区委区政府撤销,县直管镇、乡。零售业的"国退民进",直接通到了邓家铺镇上。仿佛只是眨眼间,邓家铺镇冒出多家商店。店家看上去有些许的默契,尽可能错开商品品种。

这一时期,新华网表述为:

"贯彻'抓住机遇,深化改革,扩大开放,促进发展,保持稳定'的基本方针,使我们党和国家经受住了新的考验,把改革开放和社会主义现代化建设推进到一个新的历史阶段,各个领域都取得了举世瞩目的巨大成就。社会主义市场经济体制的框架加速构建,国民经济持续、快速、健康发展,社会生产力、综合国力、人民生活水平又上了一个新台阶。"

高层和理论家们都认为,中国尚处在社会主义初级阶段。十五大的报告指出:

"社会主义初级阶段,是逐步摆脱不发达状态,基本实现社会主义现代化的历史阶段;是由农业人口占很大比重、主要依靠手工劳动的农业国,逐步转变为非农业人口占多数、包含现代农业和现代服务业的工业化国家的历史阶段;是由自然经济半自然经济占很大比重,逐步转变为经济市场化程度较高的历史阶段;是由文盲半文盲人口占很大比重、科技教育文化落后,逐步转变为科技教育文化比较发达的历史阶段;是由贫困人口占很大比重、人民生活水平比较低,逐步转变为全体人民比较富裕的历史阶段;是由地区经济文化很不平衡,通过有先有后的发展,逐步缩小差距的历史阶段;是通过改革和探索,建立和完善比较成熟的充满活力的社会主义市场经济体制、社会主义民主政治体制和其他方面体制的历史阶段。"

这样的叙述宏阔而清醒务实。现实中，"地区经济文化很不平衡"，在中国底层，一部分人和一部分地区获得改革红利。另一些地区和另一些人则陷入迷茫甚至无助。

父亲讷言。故乡消息常常由母亲说出来。母亲一直关心一位大龄堂哥的婚姻大事。在一个家族里，如果有人娶不到老婆，这个家族多少有些惭愧。堂哥在许多方面，从干农活到识文断字、人情世故，都不比村子里别的男子汉差，可他就是娶不上老婆。

堂哥与龙江下游5里处村子里的一个姑娘相过亲。姑娘满意，堂哥也满意，双方开始走动。堂哥送节时送点钱，给姑娘买件衣服或买几尺新布。可是，贫穷让爱情大打折扣。堂哥送去的钱和物，姑娘一点也不能动，只能给家中弟妹。姑娘会出嫁，迟早是曾家的人，出嫁了自然由曾家来管衣食。堂哥去送中秋节的时候，刚走到村前的小桥上，就隐约听见哭声。一个认得堂哥的人从村子里出来，快步走到堂哥面前说："你是来送节的么？那妹子死了，她娘在哭哩。回去吧，赶紧回去吧。"

堂哥问："死了？好好的为什么会死了？"

那人说："还不是计算着你快要来送节礼了，想穿身新衣服，打扮乖态（漂亮）些给你看。你原先送的几匹布，她娘不给她，她就自己偷家里的米去卖了，想买件新衣服穿。结果被家里发现，挨了一顿打，气不过，喝农药死了。"

这个人也许是村子里特意派出来的，怕堂哥闹事，催促着说："回吧。你与她就是没这个缘分，也用不着挑着这份中秋的礼去参加丧事。对吧？人已经死了，也没拜过堂，你现在进村也没个名分。回去吧！"

堂哥放下肩上的担子，在小桥上木木地坐着，抽了好久的烟，流着泪回了岩头江。

这是堂哥唯一能娶妻生子获得幸福生活的机会。此后，这位堂哥曾"嫁"到一位寡妇家里，待了一年多的时间，又回到岩头江。

母亲说起这件事的时候，眼里泛着泪光，长叹一口气。我心里一颤，让母亲再说一遍，我怕这个故事听错了，只是某种杂志上的煽情传奇。母亲不愿意复述，只说："眼看着五十多了，你哥要再找到这种媳妇很难了。"

我终于忍不住眼泪，跑到卫生间里哭了！

这可是我血肉相连的兄弟啊！不只是为了堂哥的婚姻，还有更朴素而复杂的情绪。如果信息是畅通的，尽管我在这个海滨城市里活得并不滋润，但一定能资助那个愿意成为我堂嫂子的姑娘买新衣服。以她的消费水平，我能资助100件让她穿得高兴的衣服！可是她真的为一件极廉价的新衣服死了。得到这个消息，是几年以后的事，我仍然止不住向隅而泣。

回到岩头江，我仍然见到这位堂哥。我想再问问他的具体情况，看着他抽烟，终于不忍再度问起。

107 世纪末的祝福：扎西德勒！

美国前总统尼克松写过一本书，叫《1999 不战而胜》。我很早读过这本书。但事实上，1999 年发生重大战事。3 月 12 日，北约在美国密苏里州举行仪式，接纳波兰、捷克和匈牙利为新成员。4 月 23 日至 25 日，北约在华盛顿举行首脑会议，纪念成立 50 周年，通过《联盟战略新概念》。北约由一个"集体防御"组织演变为进攻性军事联盟，接着，轰炸南联盟。这是北约组织首次未经联合国授权对一个主权国家进行武力干涉。5 月 8 日（当地 7 日），美国 B-2 轰炸机"误炸"中国大使馆。

我在电视上反复看那些军事专家的推演：误炸？怎么可能是误炸？美国的精确制导已在 1 米以内了。报复某国时，曾经先用一颗导弹把一个电厂炸一个洞，再用一颗导弹从洞里飞进去炸了机器。我能感受到国家利益受损，我的公民权益受到伤害。

我从来不怀疑在一个强盛的国家里生存是很重要的。我一直记得，读《中国近代史》时，隔几页都有白花花的银子向外流，眼前总是白晃晃的。唯一逼岩头江全村人逃难的是日本军队。在我所受的教育里，"位卑未敢忘忧国"占有重要的位置。

这一年，中华人民共和国继收回香港主权后，于12月20日恢复对澳门行使主权，在这件事情上，真正"不战而胜"。这天上午，我被单位组织去拱北迎宾南路欢送中国人民解放军进入澳门。单位发放红旗，并分配了地点，人们很兴奋。我不太愿意喊口号。我把自己当作对历史有相当了解的知识分子，喊起口号来就很有些羞涩。此前我已经做过许多采访澳门的工作，在画报上开辟"澳门全接触"的专栏迎接澳门回归；去白鸽巢参观澳门现代派画家郭桓的画展；参加新填海区观音莲花座的落成仪式；见证葡萄牙总督在葡京赌场的最后一注……葡萄牙已经衰落，适时归还一块土地，不需要太多周折。其实早在1975年，葡萄牙就提出交还澳门给中国，可措辞中说澳门是"殖民地"。中国不高兴！中国早在1972年就在联合国行文澄清香港、澳门都不是殖民地。

12月20日零点，中华人民共和国国旗和澳门特别行政区区旗已在澳门升起。

看着拱北口岸深红色的琉璃瓦，看着迷彩服的军人走过去，一个读了点书的湘西岩头江人止不住感慨："中国，这个世纪太不容易了，推翻帝制、军阀混战、外敌入侵……一个世纪有一百年，一百年里发生了太多的事。香港、澳门终于回归了！"

我接到一个电话，是我曾经的健身教练打来的，快十年没联络了。我在珠海宾馆某幢见到他。他说："请你来商量，一晃就要跨世纪了。并不是所有的人都能跨越世纪的呀。我们得庆贺一下，告别旧世纪，迎接新世纪。"

我说："好久不见。那是那是！"

我以为是要一起吃顿饭，结果不是。他策划珠海的世纪末演出，计划请西藏歌舞团带来一场高亢的《扎西德勒》。这是一台获国家奖的节目。同时，还通过经纪人请了著名歌唱家李双江、韩红、林依轮等。他兴奋地跟我算账："预算演出费用得120万，但门票估算能预售200万。"他希望我能参加策划和推广。这样的估算并不精准。我相信专门的演出经纪公司能做得更好。我早已学会"不做什么"，礼貌地回绝了。

扎西德勒——吉祥如意！这正是我想得到的世纪末祝福。

到12月31日开演，门票仅售出20余万，连租体育场和灯光设备的钱都不够。但后撤已经来不及，观众到了，演员和歌星也到了。

这一天，我获得免费赠送的贵宾票进入珠海体育场演唱会现场。灯光亮起来又暗下去，反复多次。推迟20分钟后，第一个歌手林依轮在热烈的掌声中走上台来，献唱《爱情鸟》。"我爱的人已经飞走了，爱我的人她还没来到……"很像是世纪末的隐喻。

事后，参与接待的朋友告诉我："这是一次失败的演唱会，所有人员都焦头烂额。你们在台下等演出，可是歌手们没拿到钱，在酒店待着，不肯上车。他们说受这样的骗太多了。等演唱会一结束，反正他们明天都有别的活动，不可能在这儿等钱，这演出费就拖下来了。后来有人拿别墅的房产证过来，很气派地往桌子上一拍：'我这房产证押你们手里。我跟你们说，不是钱的问题，是千年虫的问题。我下午去取钱，银行说这问题还没解决，让我明天一早取。你们有文化，我没文化。我就穷得只剩下钱了。如果你们怕我付不起这个钱，你们谁起得早，跟我去看看。我可以让银行为我早半小时开门，你信不信？'话说到这份儿上，李双江老师又出来做工作，说到珠海总不能让观众失望。你看人家企业家都拿出这么大诚意了，不演出实在不合适。这才做通一个工作送来一个，把演出对付了。"

我既不投资也不参与分红，不会感到这是一场失败的演出。跨越世纪，我希望困惑和不安尽快过去！在世纪末的最后一个夜晚，热烈的锣鼓响起，80人的演出团队盛装起舞。我满怀感动与近6000人一起，在南海之滨接受了来自青藏高原的祝福：扎西德勒！

第七章

108 人大代表

世纪之交，我比一般中国公民获得了更多的权利。

我当选珠海市第五届人大代表。

我一直感谢那些在选票上给我的名字画圈的人，也许他们觉得一位作家，能写出文章的人一定能真正为他们代言。非常惭愧，事实上，我对人大代表的权利和义务所知甚少。我曾人云亦云地听说这是一个"举手的机构"，并不清楚是一个重要的制度安排。

我的名字很隆重地被刊登在本地报纸上，同时被本地电视播出。当然，按姓氏笔画，我的名字排在很后面。我的名字过去出现在报纸上，那是因为是某篇作品的署名。我对自己的名字被印在报纸上并不太在意。

1999 年 1 月 2 日下午，按会议通知，我到珠海市人民东路的人大办公楼报到——楼对面是市委市政府大院。在一楼的过厅两边，摆了两排桌子。桌子后面是一堆堆的文件。签到后，我领取一个沉甸甸的文件袋，里面装了《会议须知（含会议议程、大会注意事项）》《人大常委会工作报告（草案）》《政府工作报告（草案）》《1998 年珠海市财政执行情况和 1999 年财政预算（草案）的报告》《珠海市中级人民法院工作报告（草案）》《珠海市人民检察院工作报告（草案）》《会议座位表》，还有代表证、视察证。我从未开过一个文件如此多的会议。此前，我曾经在武冈被选为县政协委员、常委，但我在北京上学，未能参加相关会议。

我在签到册上签到，面对新面孔微笑。所有报到的人都带着礼貌的微笑。

我被安排在市直机关二团。会议安排市人大科教文卫委员会主任陈伟祖任团长，市委党校常务副校长任副团长，由他们来确定分组和联络代表。报到后我问下午有什么会，会务人员说："大会明天才开，按会议通知，请提前到会场。明天有政协委员、人大代表500多人到同一个地方开会，估计会有些堵车。"

第二天我提前15分钟来到会场。这里是珠海建于20世纪70年代末期的电影院，不开会时，它仍然用于放映电影，在市委市政府大院的东面，只隔一条马路，1000个座位。场外有红底黄字的大横幅"热烈庆祝珠海市第五届人民代表大会隆重召开"。停车场和路边是维持秩序的警察。出示代表证方可入场。会场前厅，摆着当天的《珠海特区报》和一沓沓的会议资料。中间靠柱子的地方，放着两个茶水桶。相熟的人到这里用一次性杯子倒上一杯茶，可以边喝茶边互相问候。此刻，这个地方集中了珠海相当部分官员。即便他们不是代表，每个职能部门，也都给出一个指标前来列席会议，听取市长所做的《政府工作报告》。会务工作人员细心地照看每一处。100多万人口的珠海，只有255名人大代表，270名政协委员。政协委员只列席会议。

台上经过精心布置，背景是一个巨大而隆重的国徽，一面巨大的五星红旗。重要人物坐在主席台上，他们构成了30余人的主席团。另外，一些退休的市一级或副省级老干部，也被邀请坐在主席台上。他们会被隆重介绍，并接受全场的掌声。

大会最先需要工作人员清点人数，无关人员离场。会议确认应到人数、实到人数后，大会执行主席宣布到会人员符合法定人数，合法有效，会议开幕。

大会执行主席宣布："全体起立，奏（唱）《国歌》。"

《中华人民共和国宪法》第四章第一百四十一条规定："中华人民共和国国歌是《义勇军进行曲》。"这是电影《风云儿女》的主题歌，

1935 年，由田汉作词、聂耳作曲，被称为中华民族解放的号角。六十多年后，当我在这个庄严的会场跟唱这首歌时，眼里仍有些潮湿。歌词里"中华民族到了最危险的时候"已成过去，但仍然会在有情怀的人心中唤起某种感动。

然后，我们坐下来。

市委书记、市长黄龙云从主席台中间的位置走出来，向主席台、台下行鞠躬礼，走到左侧的报告位上，作《政府工作报告》。法律规定，副市长、代理市长可以由市人大常委会任命，市长必须由人民代表大会选举。这个冗长的报告需要两个多小时来读。放话筒和报告的台上有一盆鲜花。作报告的人是一位训练有素的官员，他咬字准，语速合适。在恰当的地方，他会稍微停顿一下，抬眼看看坐着听报告的人们。这时，台下会配合响起热烈的掌声。

在一天后的程序中，黄龙云再次被选举为市长。我投了赞成票。

在副市长的选举中，我投下了一张反对票。我听一位列席会议的老干部说，这位候选人行为不端，经济上不清白。事实上他不止获得一张反对票，反对和弃权的票数达七十多张。当然，他还是当选了。

没有人要我一定投赞成票！这应该是民主的确切内容之一。

在讨论会议相关程序时，有代表提出设置独立封闭的填票室，以便那些不愿意让人知道自己投票选择的代表投票。理由是：有些代表如果被知道不选谁，他可能被报复。我一点儿也不在乎。我不熟悉任何候选人，也不怕任何候选人报复。

遗憾的是，此前我没有去了解过"民意"。

过去，我一直以为会议是务虚的，真正参与进来，这样的会议似乎很务实。《政府工作报告》有地方生产总值、同比增长、城镇人口可支配收入、农村人口收入、银行存款总额、进出口、外贸、工业、农业、科技、文化、社会生活，方方面面，都列出数据，未列出数据的，也要提一两句话。这样的报告由市政府办公室起草，经过多部门的反复讨论修改。多数部门希望在《政府工作报告》中提到自己的工作，当然是成绩，而不是错误或缺点。

下午是分组讨论，我被安排在科教文卫小组，讨论地点为市委宣传部的会议室，在市委市政府大院一号楼的八楼。小组讨论一开始，我们的代表团团长、人大科教文卫委员会主任陈伟祖宣布："人大代表在人大会议上的发言不受法律约束。"

我被这样的告知惊呆了！

我怀疑自己是不是听错了，向旁边的代表询问："刚才他说我们在会上发言不受法律约束。这是真的吗？为什么？"

这位讨论小组里最年轻的吴姓代表递给我名片，把"人大代表"用黑体字打在最上一行。他是法学硕士，研究生学的是行政学，在人事局上班，应比我懂。他说："当然……因为人大代表可以建议修改法律。人民代表大会是立法的。"

现在，网上可以随意查到："中国宪法、全国人大组织法、地方人大组织法、代表法都规定，人大代表在人民代表大会各种会议上的发言和表决，不受法律追究。人大代表的发言、表决免责权适用于全国和地方各级人大代表。其适用范围是人民代表大会上的各种会议和常委会会议，如全体会议、代表团会议、小组会议、主席团会议、各专门委员会会议等。有关机关不得因人大代表在人大各种会议上的发言和表决而追究其法律责任。"

我进一步查到，1979 年 7 月 1 日，第五届全国人民代表大会第二次会议通过的《中华人民共和国地方各级人民代表大会和地方各级人民政府组织法》第三十四条规定："地方各级人民代表大会代表、常务委员会组成人员，在人民代表大会和常务委员会会议上的发言和表决，不受法律追究。"

我被告知有许多的权利，包括批评政府、投票选举政府官员、建议修订或设立地方性的法律法规、监督政府工作和官员行为。我还享有人身特别保护权。

109　不说白不说

不受法律约束的发言，我得有话好好说！我极其珍惜在人大小组会上发言的权利。这些发言会被记录，作为地方政府的决策参考。一个岩头江人，从未有如此好的机会说话。

在这样的会场，市委常委或市政府副市长以上的官员、职能部门的处级负责人和普通人大代表发言和表态都不一样，各有各的立场。普通代表直率、尖锐，不务虚，有甚说甚。职能部门一边说些问题一边向代表解释困难所在，希望理解。市级领导归纳问题，并站在全市高度，导引话题并作些解释。普通代表会激愤。职能部门代表会推诿——因为没有得到另一部门的合作而未干成某事。比如教育部门，经费不足是财政局的事，学校布局不够合理可能是城建规划局的事，学校周边环境乱是城管局的事。可科教文卫代表一个组开会，只有教育局的代表在，他得不断地做记录并解释几句。

改革开放二十多年，我们努力奋斗着的希望的温饱快要达成了。1999 年 11 月，中美两国政府代表在北京签署关于中国加入世界贸易组织的双边协议。在中国，这是个主动与世界经济体系对接的协议。在许多方面，一定会倒逼自身改革。改不是问题，怎么改才是问题。人们有不同的利益诉求。太多的人想说话了！太多的人想影响决策了！办企业的希望把税降低点，办事的希望政府办事人员脸色放好看点，开车的要求把路修好点，失业的盼望增加就业机会，当家长的希望孩子有所好学校上，看病的希望有好医院……

"医疗要产业化，这可能是未来改革的一个趋势。"自己享受着医疗保险的一位处级干部向我们传达他对医疗领域改革的理解，说起美国的医疗费用，说起高付费应得高质量医疗服务，唾沫四溅。

我忍不住插话："你是在说，没钱就不要看病吗？那老百姓怎么办？没钱的人怎么办？"

我站在我的阶层说话。设身处地，我自己还年轻，尚无病痛困扰，但是我的父亲母亲年纪大了。父亲有病，武冈市报销不了医药费。他曾经靠一双穿草鞋的脚，翻山越岭走遍所分管的村庄，推动办起数十所乡村学校，退休后连医疗保障都没有。母亲在岩头江的土地上辛劳一辈子，缴了三十多年的"公粮"，每年喂一头"征购猪"卖给政府，晚年却没有任何保障，1分钱（人民银行不再印刷这个面值的钞票了）都没有！他们生病的时候，总是儿女们付医疗费，好在儿女们还付得起。一场让老百姓看不起病的改革一定是失败的改革！我与这位官员的提法相反，希望医疗改革能让我母亲这样最底层的人受惠，也"看得起病"！

官员看定我，微笑着说："原则上是这样。老百姓？那就努力去赚钱嘛。这不，市场经济就是这样！要不怎么叫优胜劣汰？没听过有问题找市场而不是找市长吗？"

让那些一辈子拿着低工资，如今已退休，连病都看不起的老一辈去找市场？让辛勤劳作，交了三十多年"公粮"，如今已年迈无力的母亲去找市场？说这话就欠揍！我想狠狠地扇他一巴掌：王八蛋！我当然没出手。我知道打人是犯法的。官员可能只是在人云亦云地解读某些政策。我父母户口不在珠海，并不享受珠海的福利。但我知道珠海一定有像我父母一样的老一辈人。市人大进行过代表培训，请法律专家给我们解读过《宪法》。它是我们国家的根本大法，是所有法律的上位法。1982年制定（1999年修订）的《中华人民共和国宪法》第四十五条规定："中华人民共和国公民在年老、疾病或者丧失劳动能力的情况下，有从国家和社会获得物质帮助的权利。国家发展为公民享受这些权利所需要的社会保险、社会救济和医疗卫生事业。"

普通人知道打人犯法，可是地方官员们并不尊重法律。地方政府下文件，将文化馆和博物馆都划给一家国有企业。有人去理论，官员说："财政经费要压缩，这是改革，是市里的决定！你们得找市场。"

中华人民共和国文化部1981年7月发布的《文化馆工作试行条例》第三十一条规定："文化馆的经费，应当列入各级财政预算，专款专用，由政府财政和文化部门予以保证。"市文化馆打印出来，散发在人大会议上，用以抵抗市政府的文件。这个时候，分管的市委领导才知道文件是违法的，可是他强词夺理："你们怎么不早说？"理应奉法的人违法，这是一个悖论！2020年1月，我欣然看到广东省纪律检查委员会微信公众号消息：在广东省政府任正厅级的该官员"涉嫌严重违纪违法，正接受省纪律监委纪律审查和监察调查。"

权力的傲慢总是让国家法律蒙羞！但是，法律总有一天会彰显正义！

这一年的6月，在全国教育工作会议上，有官员提出"教育产业化"。有些地方官员马上追捧这个口号。这是什么意思？就是读书要缴更多的钱？就是有钱就可以读书，没钱就不要读书？教育局一位官员在中山大学珠海校区的工地现场，指着校区规划图说："如果这里正常招生达到每年5000名学生，四年下来就是20000人。未来每个学生每年消费1万元，就可以拉动周边两个亿的GDP。"他说这话的时候，有点小小的得意，像谈招商引资项目。我用脚趾头就能想清楚：如果只是拉动GDP，海边这么大一块地，用来建房子办工厂、公司，怎么都会比学校容易赚钱得多。珠海办大学不应该是为这点GDP！

教育资源短缺，有人去办私立学校，收费奇高，当上有钱人。有朋友甚至托人"走后门"，让孩子去上私立学校，人们称"贵族学校"。我在报纸上撰文认为："这种学校除了学费贵，暂时还看不出有什么别的贵来。"

1954年制定的《中华人民共和国宪法》就有保障公民受教育的权利条款，1982年制定（1999年修订）的《中华人民共和国宪法》第四十六条规定："中华人民共和国公民有受教育的权利和义务。"1995年全国人大通过的《中华人民共和国教育法》第四条更加清晰地规定："教育是社会主义现代化建设的基础，国家保障教育事业优先发展。"第九条规定："中华人民共和国公民有受教育的权利和义务。公民不分民族、种族、性别、职业、财产状况、宗教信仰等，依法享有平等的受教育机会。"

中华人民共和国建立之初就大办扫盲班，大办教育。我的祖父外祖父教过私塾、父亲教书，我自己也教过书，算得上教育世家。我对教育一往情深，没有教育，我走不出岩头江！法律规定教育是"事业"而不是"产业"。我对"教育产业化"的口号咬牙切齿，恨之入骨！

地方官员严重歪曲市场经济的基本概念。

我们在人大小组会上激烈讨论，唇枪舌剑，有时会面红耳赤。会议主持人不得不作个手势，表示："讲问题，讲解决问题的办法。希望政府做什么？不要带情绪。"只是，中国人好面子，从来没有把这样的讨论播报出来。我接受电视台的采访，播报出来的是我对政府成绩肯定的那几句话。第二天有个代表对我说："你真会装，对着媒体就尽说好话了。小组讨论你可没少提意见。"我说的就是小组讨论上说的话呀！我这才知道，新闻是可以剪辑的！此后，我不再愿意作为人大代表接受采访。

两次会议后，有代表发现自己的发言并未被重视，建议并没有被采纳，无奈地感叹："说了也白说。"

我自作聪明地总结了几句顺口溜："不说白不说，说了也白说，白说也得说，直到不白说。"我接着解释："当人大代表就是来说话的，不说白不说；当然，说了不一定能马上解决问题，这就是说了也白说；但是如果人大代表还不说，也许就没有什么渠道能把这些问题反映出来让人知道，所以白说也得说；不说怎么知道问题能不能解决呢？不是还有很多问题解决了吗？有些暂时不能解决，反复提嘛，未来总会解决，那就是直到不白说！"

几位代表跟我握手："这个总结好！不说白不说。"

多年后我仍然在想：许多官员误读了市场经济，将加入世界贸易组织理解为一切都将成为买卖！包括学校、医院、菜市场。而他们要做的就是尽快将一切推向市场。他们来不及翻开任何《WTO读本》之类的基础知识书籍，就狐假虎威地"蒙"老百姓。

人大代表有权监督！有言路就有纠偏的可能。

2004年1月，时任教育部部长周济在记者招待会上澄清："中国政府从来没把教育产业化作为政策，一定要坚持（教育）社会公益事业的属性。"

十年后，我当面请教清华大学长江讲座教授、香港中文大学政治与公共行政系讲座教授王绍光。他说："不能都找市场。该找市长的还得找市长！政府有政府的职能、责任。"王绍光先生是康奈尔大学政治学博士，在耶鲁大学教过十年政治学。

110 人大议案

在珠海市第五届人民代表大会第一次会议上，我提了个建议案。

参会前，主管部门新闻出版局的主要负责人召集我和一名政协委员商量，提个解决局办公用房的议案。这位负责人告诉我："人大代表的建议，政府是必须回复的。"

年中，他见到我说："提这个真没用。你的建议批转过来，居然要我们自己解决。我又不管房产，怎么解决？以后不提这个事了。"

我倒是放松下来。事实上，所有党政官员，各有各的难处。管收税的尽量多收钱，年年有任务，财政收入要增长。管财政的巴不得花钱的单位越少越好，纳税的单位越多越好。管工业和商业的要挣钱，可管教育和文化的都得花钱，不花钱怎么搞教育？

我认真履职，到处去问，应该给政府什么样的建议好。可是很少人觉得人大代表能提什么。唯一找上门，希望我利用人大代表的职权帮助解决问题的，是一位女士。她说："我被我老公打过好几次。你看，我现在眼圈都是青的，在外面我还不敢说。他有外遇，要与我离婚。你是人大代表，能不能让政府出面管管这个事？"

我觉得这是早年我母亲当生产大队妇女主任时管的事情，想不出向人大提出一个老婆挨老公打怎么处理的方案来。我说："这事儿你可能得去找妇联或街道办。找他们应该比找人大代表管用。"十五年后的 2015 年 12 月 27 日，《中华人民共和国反家庭暴力法》由中华人民共和国第十二届全国人民代表大会常务委员会第十八次会议通过，自 2016 年 3 月 1 日起施行，我才明白：我其实缺乏将个案联系全社会并提升为立法建议的能力。

第二次会议，我按自己的观察，整理资料，提议珠海市应该"整合文化旅游资源"，将案由填好后，请同组的代表签名。这个提议被大会主席团确定为当年的议案。同组人大代表、时任珠海市技工学校校长的霍晓光研读《中华人民共和国教育法》《中华人民共和国义务教育法》，提出政府应"加大基础教育投入"的议案。这是对"教育产业化"的直接阻击。这样的议案，正是我的强烈愿望，我毫不犹豫地签名，多名代表积极签名。在这个议案里，我才知道当年珠海的基础教育投入没有达到《义务教育法》第十二条规定的"用于义务教育的财政拨款的增长比例，应当高于财政经常性收入的增长比例"。这个提议获得主席团高票通过，也成为年度议案。

在发展基础教育这件事上，市政府与人大代表达成高度一致。

"我们要把人大代表的议案当作命令去执行！"据说，时任广东省委常委、珠海市委书记的黄龙云在相关会议上这么说。我很想听他亲口再说一次。在小组讨论时，他被分配在我们的小组，可是他没有出现在小组讨论会上，而是去了斗门县的代表团参与讨论。也许，他觉得珠海西部的发展更需要直接听取代表的意见。

我是"整合文化旅游资源"议案的发起人、"加大基础教育投入"议案的联署人。

我不断地接受珠海市人大组织的培训学习，了解立法依据、程序，知道了什么叫"立法"，什么叫"司法"，什么叫"执法"，也了解什么叫"上位法"。

二十多年前，岩头江人眼里的"法"，包括法律、法规、政府令，还包括了县、区、人民公社书记和干部的指示。岩头江的人们唯一能执行的是"罚约"。关于山林与公共财物，生产大队（或相邻的几个生产队）立一个"约"。如果有人违约去山林里偷柴或池塘里偷鱼，偷生产队的花生、红薯，被抓到就要"罚约"。没钱时，会罚掉记在生产队工分簿上的工分。

珠海市人民代表大会是较早获得立法权的地方人民代表大会，为此，这座城市引进法律专业人才专事法律的起草。

为落实我提出的议案，珠海修缮清末富豪陈芳的家宅，在东澳岛摩崖石刻"万海平波"到码头之间修了一条石板路，"御温泉"计划增加投资……所有这些，都是为落实我发起提出的议案。我觉得这个人大代表真正有了意义。

作为"增加基础教育投入"的议案联署人，我怀着抵抗"教育产业化"的快感，不断参加基础教育投入的督办工作，乐此不疲。一位市政府办公室负责人领着我们督办香洲区第十二小学、平沙中心学校、南屏中心学校选址时，十分感慨地说："这个好！这个人大议案好！过去我分管联系这一块，说破嘴皮，财政、城建规划这原因那原因就是落实不了。现在是人大代表提出来的，不办行不行？我就告诉他们：'不行！得听人大代表的。有胆子你们自己去回答人大代表。'可不，十二小那块地，本不是学校用地，现在政府换也得把它换出来。这规划也是，新香洲那么大块地，房子都建起来了，人都住进去了，没地方上学。"

第三年，这位政府办负责人领我们参观过已经建起漂亮校舍的平沙中心学校，回程在南屏吃晚餐，说："市政府领导的意思，这个议案是不是就算结案了。你们看，几座学校都建起来了，投入也加大了，如果没意见，等会儿大家签个字。"

霍晓光先生首先反对："这个不行吧？西部平沙、斗门还有好些农村孩子上学困难，没有得到解决。这个议案不能就这么结案。"

我附和："对，一个基础教育投入的议案，不能就这么算结案了。"

我一直很钦佩霍晓光先生的真诚和勇气。同行的代表都站在霍晓光的一边。负责人红着脸说："好，好。这个不勉强。我就汇报说代表们不同意结案。"

负责人这么一说，我们倒沉默了，有点不好意思，让这位负责人的工作任务没完成，在市长那里不好交差。负责人察觉到这种沉默，说："这个……大家不要有什么压力，也只是领导提出来。政府工作做好了就是做好了，没做好就是没做好。监督是你们的权利！"

大家端着啤酒杯笑笑，转移了话题。

这个议案因我们的反对没有按"市里领导"的意思结案。半年后，这位市政府办公室负责人再次参加人大活动，高兴地说："你们真是高素质的代表。幸亏没结案，一结案我那边工作就没法推进了。后来经费果然有问题。我就拿议案在政府办公会上说事，怎么说'加大基础教育投入'的议案还没结案嘛！人大代表那里怎么交代？"

我提出前山片区与新香洲片区"百米路"不通的问题。好几条路，就差那么 100 米甚至几十米，拖了几年就不修通，一下雨满地泥泞。隔了三个月，市规划局和建设局各派一位科长来向我汇报工作。他们说了没通的种种原因。我说："原因肯定很多，主观的客观的。附近老百姓不听这些，只希望尽快修通。你们说是不是得修？还要多长时间通？"

两位科长都说："是，是，肯定得修。得抓紧修！"

然后，他们掏出一张表来，希望我在"关于人大代表的建议回复"上签字。他们眼巴巴地看着我，希望我签上"很满意"。我选择签上"满意"——其实我只是"基本满意"。科长们的态度确实是好，可实际上要是他们只是走过场，不去抓落实呢？

回到家我有些后悔：人家带着人接上你跑到现场答复你。当个科长也不容易！局长肯定希望他们签个"很满意"回去，以便总结成绩。可转而一想：几段路那么长时间没人管，影响了几万人的日常出行。我还恨不得签个"不满意"呢！满意个什么鬼？

我跑到卫生间对着镜子讥笑自己：你算老几？你还给人家两位科长冷脸？又自我回答：我是人大代表，我代表人民！

111 举手弃权

通过相关决议时，不是投票，而是用举手的方式。这个程序通常由经验丰富的大会执行主席来执行。所有态度分为三种：赞成、反对、弃权。

这是符合国际惯例的表决设计。

我参加过不少需要表决的会议，只有人民代表大会如此严谨。没有任何一次，执行主席会念错程序。在后来的民间组织里，比如说作家协会、商会、同乡会里，也会有表决，有人念一次赞成的请举手，然后就宣布通过。我会大为吃惊：为什么另外的态度不让表达？

举手是原始的投票方式，如果没有一个现场照片或视频证明，你可能完全被忽略。

珠海市第五届人民代表大会第三次会议，对《珠海市 2000 年国民经济和社会发展计划执行情况与 2001 年计划决议（草案）》投票。我的座位靠右前方。

工作人员字正腔圆地念完《决议（草案）》后，大会执行主席宣布："现在，请各位代表对这个《决议》进行表决，赞成的，请举手。"

一片森林般的手举起。这样的程序没有选举那么严，似乎并没有点票。

"反对的，请举手。"

大会执行主席用目光扫视台下。监票工作人员在会场前、会场两侧观测。

安静一会儿后，大会执行主席宣布："反对的，没有。"

紧接着，大会执行主席说："弃权的，请举手。"

我举起手来，投了弃权票。我生怕大会执行主席宣布《决议（草案）》获一致通过。我并不完全赞同这个《决议》。我只举了 3 秒或者 5 秒钟的时间，但我觉得举了很久很久。这只手很孤独，也很无奈。我知道它不能改变什么，但我想表达一个态度。两个原因让我不满意，一是有代表认为预算里用于基础教育的经费比例仍然没有达到《中华人民共和国义务教育法》第十二条规定的要求；二是用于改善民生的钱不够多，财政收入增速远高于居民可支配收入的增长。我与代表们去珠海的西部地区调研，发现那里居然有不少贫困人口，基础设施建设进展不快。在平沙，中心学校修建了。可是学校办起来后，孩子们上学怎么办？学校离家太远。政府要解决校车的问题。有人出主意：让市公共汽车公司将那些快要淘汰、车况不怎么好的车捐赠给西部地区。我一直记得市人大科教文卫委员会主任陈伟祖震怒，涨红了脸说："接送孩子的车，怎么敢用旧车？出了问题谁负责？车在路上出了事故万一造成学生死亡谁负责？谁负得起这个责任？！"

我身边的代表表情复杂地看了我几眼。我在想，如果他问我为什么会举起弃权的手，我就指着材料说出我的理由。会后我可以告诉他陈主任发怒的故事。

我还有一个希望：这样的报告不要获得"一致通过"，至少，这样的预算不够完善，有的人有不同意见。

我隐约听到大会执行主席说："弃权，一票。"

紧接着他宣布："通过。"

感谢他娴熟地走完所有程序。

会场上响起热烈的掌声。

我没有鼓掌。我是弃权的那个人！

我知道，《中华人民共和国宪法》《中华人民共和国全国人民代表大会和地方各级人民代表大会代表法》都给了我这个权利！

其实，并不是所有的代表都会赞同，有些人因为弃权或反对并不能改变结果，就懒得表决。中国人的模糊态度，是处理问题的重要方式。绝大多数人认为"通过"与"一致通过"是一回事。

从未有人要我举手赞成或反对。

112 质询案

人大代表提出的议案，如果政府没做好怎么办？

霍晓光发起，我们在珠海市第五届人大六次会议上提出质询案。他找我们商量，想利用"质询案"这一形式促进珠海的相关工作，向市人民政府表示：你们有些工作为什么没做好？代表们得过问一下。

《中华人民共和国全国人民代表大会和地方各级人民代表大会代表法》第三条规定"代表享有下列权利：（一）出席本级人民代表大会会议，参加审议各项议案、报告和其他议题，发表意见；（二）依法联名提出议案、质询案、罢免案等……"，第十四条规定"县级以上的地方各级人民代表大会代表有权依照法律规定的程序提出对本级人民政府及其所属各部门，人民法院，人民检察院的质询案。"

质询什么呢？这一阶段反映很多的还是十年前的集资券、内部股问题。有些公司消失了，有些公司明明赚了钱，却把早期投资者抛到一边，或者通过腾挪转移，让人们找不到讨债对象了。更有甚者，有人改变了国籍，钱也成为外资企业的了。这些问题可以质询，但市人民政府的相关责任应该是监管，而不是直接插手处理企业债务。国家法律在逐步完善，企业债得由企业来还，入股的公司得由股东大会来讨论。质询的意义不大，提出来也没有特别好的解决路径。有人提关于基础教育的质询案。大家讨论，觉得花了很大力气推动和督促，一切进展还不错。最后，霍晓光提议质询：四届人大六次会议通过《关于做好文物保护工作的议案》中提出要建设古元美术馆，五年过去了，为什么到现在还没建？

曾维浩代表：

经大会主席团研究决定，于 2003 年 2 月 19 日下午 3：30 市人民政府在市府一号楼二楼会议室回答您提出的质询事宜，请依时出席。

大会秘书处

2003 年 2 月 19 日

我保留了这份《通知》。这是我行使人大代表权利的重要书证。

代表们依法提质询案，主席团紧张安排应答。人大常委会负责人说："质询可以，但媒体就不要到质询现场了。万一宣传了不好的一面，对珠海形象不好。"

霍晓光说："广州已有了质询案。珠海第一次质询案，不正好宣传珠海推进法制建设吗？干吗不让媒体参加？"

最后，双方各退一步：让珠海本地媒体走进质询现场。

质询在市政府二楼小会议室里进行。市政府办公室负责人带着市发展和计划局、文化局、财政局、国土资源局、市文联负责人坐在被质询席上。联名提质询案的代表有11人，但质询现场坐不下这么多。霍晓光和我还有另三位代表（可能五人或更少）坐在质询席上。其实就是几张条桌相接，各坐一边。虽然进门后互相握手，但气氛仍然有剑拔弩张的味道。

霍晓光发问："市四届人大六次会议通过《关于做好文物保护工作的议案》，议案中提出要建设古元艺术馆以纪念珠海籍著名版画家古元先生。市四届人大常委会第三十次会议也通过了市政府办理该议案的决定。为什么五六年时间过去了，一直没有得到落实？"

我早先对古元先生的艺术成就还不太了解，咨询了美术界人士，知道古元出生于珠海唐家湾镇那洲村，是版画大家，曾任中央美术学院院长，在延安时期出席过著名的文艺座谈会，受到过徐悲鸿大师的称赞。我说："古元的艺术作品是宝贵的艺术财富，现在社会上人们都争相收藏。古元生前曾多次表示要将其作品送给家乡人民。对于珠海来说，这是一笔不可多得的艺术瑰宝，机会难得，再拖下去，也许家属还不干了呢。"

有一位严谨的主持者，把握着问答的流程。其实，质询前我们已有沟通。政府部门的一个重要理由是：古元先生是中央美术学院院长，属高级干部。中央相关文件有规定，不能以高级干部的名字命名美术馆。可是珠海市文联的联系人告诉我们，深圳已有刘海粟美术馆。刘海粟曾任南京艺术学院院长，第六、七届全国政协常委，也算高级干部。可是艺术家本人，都从来没把自己的官衔当回事。他们与真正的官员区别太大了！

这些理由都在预料中展开。

市政府办公室、市发展和计划局、文化局、财政局、国土资源局、市文联的有关负责人就质询案的有关问题，向代表们作解释和回答。半个小时质询，市文联和文化局的人心里乐，巴不得代表们来推动。财政局和国土资源局坐得很稳，反正有批文就按文件拨款和划地。关键卡在发展和计划局。发展和计划局就有些支支吾吾，但他们确实出示了相关文件。我在《通知》后面记录了"时间问题""经费问题""后一步的工作方案"等，广州市已有人大代表提过质询案，媒体热情洋溢地报道了这次质询，赞美法治的进步。现在，人们在网上仍然能查到这样的报道。

五年后，投资 5000 万元，占地 10000 平方米，建筑面积 8000 多平方米的古元美术馆建成，坐落在梅华路上、石溪公园旁边。石溪公园的山路上有晚清进士鲍俊的书法摩崖石刻。珠海终于有了自己的首个公立美术馆。开张那天，我得以进入美术馆，观赏古元先生的作品真迹。喜欢美术的人们不断收到画展的消息。

从这一时期开始，在全国各地，"公共文化服务"不断地进入政府工作报告和相关文件。查阅四十年来的政府工作报告，人们会发现：观念不断变化，政府在进步。在推动经济建设的同时，文化、教育、民生都是政府不可推卸的责任。

我喜欢去古元美术馆。如果馆内有个地方让人一边喝咖啡一边翻画册，那就更好。见到古元先生的女儿古安村和儿子古大彦先生，我说："我们曾经提过质询案哩。"

我知道它并不一定是质询的结果，不质询，古元美术馆也会建。但第一次质询，一定有特殊的意义。

第八章

113 一夜漂泊到长沙

我一直有失业的隐忧。我想靠写作跨过这个若隐若现的陷阱。普通的写作，靠菲薄的稿酬无法生存。文化体制改革，不给刊物拨款，我觉得也有些道理。可是在互联网的冲击下，刊物一息尚存，从业者已无安可居。

一家公司做珠海—澳门海上游的游船，要拍一个电视短片，找到市文联，让推荐珠海最好的写作者给他们撰写解说词。市文联推荐了我。我写 5000 字，挣了 5000 块钱。我把这个拍短片的业务介绍给办影视公司的朋友张有齐，他也挣了点钱。

有朋友劝我写剧本，据说写电视剧剧本很能挣钱。

我倒是老早就给人家策划过电视剧本，写过，但没挣到钱。开办影视公司的几位朋友一直雄心勃勃，但似乎也没挣到大钱。在相关的宣传里，都看到演员明星住超豪华酒店。我所见过的剧组，都住在招待所里。请张丰毅和盖丽丽拍《兼并》，住在市老干局的招待所。请马苏与范雨林，住在滨海南路一家赞助的新酒店里。制片人常常焦头烂额，找钱支付。20 世纪 90 年代，一位导演兼制片人对我说："剧组就是个临时组织，我都要让她们搞不清拍了多少镜头，拍完就让她们滚蛋。有些演员半途跟你要价涨片酬。给，我亏。不给，她闹罢工，还有百分之十的镜头你也不能找别人来拍呀。"所以后来就有了经纪公司，要签合同。我曾经参与策划一个电视剧，制片人说得好好的"钱不是问题"，深圳有公司投资。到剧组正式开机时，导演兼制片主任给我打电话，问能不能让某招待所赞助一下。我还真问了主管领导，领导说："要多少房间？什么价？长租至少得半价吧？我们还有自己的接待。占满不行。"
结果制片主任跟我说："剧组 50 多号人，得住满，价钱是免费，到时走
屏体现一条。"这当然不行。我看到剧务或者执行制片像岩头江当年的
生产队长，总是在一块小白板上写好第二天的天气和应拍的地点、内
容，很像是生产队干活。

"你真的可以写写本子。"朋友反复说。

如果能靠剧本挣钱，那当然好。诺贝尔文学奖获得者威廉·福克纳
还被好莱坞拉去写电影剧本呢。莫言和余华也曾被拉着写过本子。干吗
不试试多挣点钱？

2002 年 12 月，我被朋友拉着去长沙参加"金鹰节"。以中国电视
艺术作品作为评奖和交流对象的金鹰电视艺术节，每年冬季在长沙举
行。我们乘火车 18 日凌晨 2 点到长沙。朋友说订好八一桥附近的农业
银行招待所，还不错。等我们入住时，却怎么也叫不开门。12 月的长
沙，凌晨的风很冷。对长沙，我应该比这位搞电视剧的朋友熟悉。尽管
它日新月异，但八一路、五一路、韶山路这些老路的走向不会变。橘子
洲、岳麓山、天心阁、烈士公园……这些基础地标不会变。我四下张望
一下，旁边是和府大厦。我高中同学戴甲木的公司就在这座楼里。我
说："不如到和府吧。这地方我熟。"

和府的接待室还开着，等待入住的客人还能喝上杯热乎乎的茶水。

180 块钱一间住进和府的客房里，感觉比农业银行的招待所要好。

18 日上午我与朋友一家人到"金鹰节"场地找到预订的摊位，约
4 平方米，被用隔板隔起来，前面有一张小桌。我们手忙脚乱地张贴了
剧照。相邻和对面各家摊前都挂着拍过的电视剧大幅剧照，俊男美女的
照片充斥整个会场。晚上是电视"金鹰奖"的颁奖晚会。这一年，《激情
燃烧的岁月》成为热播剧，主演孙海英、吕丽萍是这一年的高光明星。

我当然得联系一下好朋友邓立佳。他在慈利县挂职两年正处级的县
委副书记后，已升任张家界市市委常委、永定区区委书记。他正好在长
沙，一起匆匆吃了个饭。立佳说："我有金鹰节晚会的票，要不要一起

去看晚会？"我婉谢了。我并不在意能不能看上一场晚会，是不是见到明星。参加金鹰节的朋友没有给我晚会的票，我也得给朋友留点面子。

在和府大厦高层，从我住的房间向窗外望去是五一路，一片高楼，灯火辉煌。蝴蝶大厦早已不再是什么标志性建筑。一个岩头江人很有些感慨："这是自己正在经历的时代。"我知道他一直在努力！当然，我只是关注和祝福，并不了解官场。他们似乎有自己的话语体系。高中同学戴甲木走另一条路，从靖县环保局下海，承包工程赚了钱，正忙着项目转型、读清华大学 EMBA……在这个时代里，绝大多数中国人努力着，就有确定性的回报。

戴甲木去了靖县，那是他事业起步的地方，他的主要业务还在那里。我到长沙，他得请我吃个饭。在中国，到一个城市，由当地朋友请吃饭，是交往的重要形式。于是，他让办公室的一个姑娘，代表他请我们吃饭。

这个姑娘叫刘洋。

114 "非典"时期的爱情与长沙城的婚礼

八个月后，我把这个叫刘洋的姑娘带回了珠海。

这是位普通工人家的女儿，美丽、朴素、真诚、善良。二十多年来，她除了大学实习时去过广东潮州，没去过其他地方，一直在长沙。

我其实是想早些再见到她的，一场"非典"阻滞了我。2003 年春节后，单位搬到了新的办公大楼。大楼装修的味儿尚未散去。我到办公室，几位同事在窃窃私语，说有一种疾病正在许多城市流行，哪里哪里死了多少人。一位女同事匆匆走进来，手里提着一瓶醋，打开就向桌子凳子上喷。我问为什么？她说醋可以杀死病毒，幸亏去得及时，都在抢购白醋，小店铺的醋一下就抢光了。我就笑了，醋能杀死的病毒能厉害到哪里去？三天后我们知道它叫"非典型肺炎"，简称"非典"，起于广州，北京疫情最重。五天后，珠海发现一例，是个开玻璃店的小老板。

这个玻璃店离我住处仅 500 米。我吓了一大跳。

我打电话慰问北京的朋友，朋友被隔离了，在电话里带着恐惧说："那些早期封锁消息的人该死！该死！"我能做点什么？在办公室走廊边，一位摄影的同事，从包里掏出一个药盒，神秘地告诉我："看到没？胸腺肽。注射这个可以让自己的免疫力增强十倍。用了就不怕了！珠海知道的人还不多，前山的药店还有。不要说是我告诉你的啊！"我迅速到前山的药店买了两盒寄给北京的朋友，我想他们应该比我更需要！

疫情延宕了我见姑娘的时间，许多航班停了。网络上发图，说是长沙黄花机场贴着"北京、广东客人请原路返回，勿入长沙"。这两地的人，一定要进长沙，先隔离 15 天。我想起马尔克斯《霍乱时期的爱情》。我只能每天给她打电话，在电话里交流"疫情"。她说家里囤了些醋。这是烈度极高的传染病，我们每天互道珍重。

有时我会浪漫地哼起印尼民歌《船歌》："呜喂——风儿呀吹动我的船帆，送我到日夜思念的地方。星星索……" 6 月，"疫情"刚过，我就迫不及待地飞向长沙。

我很长时间是抵制婚姻的，因为我看到很多不幸福的婚姻。我谈过一些青涩的恋爱，但很长时间对走进婚姻建立家庭缺乏信心。在中国，我看到过很多凑合的婚姻。

遇到她，我直觉一个稳定幸福的婚姻到了。

现实生活教我：一定的物质条件是婚姻幸福的重要基础。在物资短缺时代，我看见一些家庭为很少的钱焦虑。因焦虑而吵架的大有人在。1978 年，祖母去世的时候，伯母们对遗产处置的争吵令我和堂兄们吃惊。她们会为一个破损的腌菜坛子和一条刀痕累累的木凳吵半天，声音在山谷里回响，我和堂哥们皱着眉无可奈何。我们对那些物件已不屑一顾。维务哥说："唉——穷相骂，饿相打。"不改变贫穷和饥饿的状况，吵架打架的事情不可避免。那些有微薄工资收入的人们一样窘迫。1985 年，在武冈县城，我认识的一对新婚夫妇约定：家里每个月必须在银行存入 100 元钱，剩下的才能作生活开支。如果这个月的生活开支多了，存银行 100 元钱的数额不变，向同事或朋友借钱存进银行，然后在下月生活费里省出钱来还。他们是在存钱吗？我一直觉得他们在阐释什么叫"窘迫"。

在我的个人理念里，过于窘迫的生活不适合建立家庭。生活可以不富裕，但得以衣食足为起码标准。古人说："衣食足，然后知荣辱。"我简单的愿景，是要过知荣辱的生活。

稳定婚姻的重要因素，还有彼此的信任。华丽的情书是不可靠的。光谈过恋爱，不学会包容和相处，婚姻亦不可靠。我很长时间没有学会理解与包容。当我觉得自己能包容许多的时候，建立一个家庭应该很好。

她羞怯地说："我妈说，是不是先把证领了。"

我说："好。这就去领证。"

我已经很晚婚了，被父母催婚多年。2003 年 12 月 5 日，我们到珠海香洲区民政局，把结婚证领了。婚姻登记处，已经不需要开单位证明，这也是中国改革的细部。人们发现结婚需要工作单位同意，是对个人权利的伤害，就把这个规则改了。民政局办有一个婚姻学校，领了证，新婚夫妇走进一个小小影视厅，工作人员给放婚姻教育片。这个短片不但讲婚姻中男女相处的道理，还教导夫妻怎么做爱。十年前的媒体报道称，有夫妻结婚十年不生小孩，是因为不知道还要做爱这回事。岩头江过去的人们，结婚前受过什么样的婚姻教育？不得而知。婚姻登记处还有顺便搭卖的"吉祥物"，50 元钱，我照单全收。

双方父母都在湖南，我们决定在长沙举行婚礼。

我参加过别人的婚礼，中规中矩的仪式，多由父母操办。我的父母只能给我操办岩头江或邓家铺的婚礼，离开岩头江或邓家铺，他们就无能为力。

2000 年后，中国人的婚礼越办越排场，参加的人数越多越好。一场婚礼通常会请到数百人，会订 50 桌以上的酒席，较少的也有 30 桌。

我不想请那么多人，但是我很想让父母出席一次婚礼。含辛茹苦养大四个儿女的父母，没参加过任何一次儿女的婚礼是不太合适的。有些事情，需要一个仪式，就像当年我出生时父母在岩头江请客。

我的岳父岳母，那两位把女儿养大的工人，也需要这么一个仪式，让长沙的亲戚朋友们知道女儿嫁人了。在婚宴上，让大家看到女儿嫁了个什么样的男人。

通过邓立佳的妻子梁云，我在长沙的南方明珠酒店订下了宴会厅，日子选择在 2004 年 4 月 29 日，正好与五一劳动节小长假相接。我向长沙的朋友借车，组成一个 8 台车的小车队接亲。前方是一台崭新的别克君越，开有天窗，用来摄像。婚车借戴甲木的，是一辆崭新的白色广州本田雅阁，在引擎盖上缀有心形的玫瑰花。一大早，我带小车队开到韶光电工厂的家属楼里。过道里满是亲戚和邻居，弟弟给我当的伴郎。按礼数，姑娘和她的弟弟及伴娘守着门，我要不断地往门缝里塞小红包，过了这关才能让新娘出来。姑娘一家都是老实人，没费什么周折就把姑娘给放了出来。结果她的闺密们都说，真是便宜我了。长沙的婚车，除了花车装扮，其他的车只需给一张"百年好合"的宽纸条。熟悉业务的司机在玻璃上喷口水，就把纸条儿贴上了。

这家四星级的酒店所有的宴会厅都订满了。人们完全从上年的"非典"惊恐中走了出来，甚至遗忘了一年前的疫情，仿佛那是久远的过去。梁云帮我请了位优秀的婚礼主持人。

这是长沙城的娱乐！

这是普通人的快乐！

115 21 世纪初的中国父亲

从二十多年前的"最好一个，最多两个"到完全的独生子女政策被定为基本国策，中国一直在控制人口。广东省在 1980 年 2 月颁布《人口与计划生育条例》，第一条明确"为了实现人口与经济、社会、资源、环境的协调发展，控制人口数量，提高人口素质，维护公民的合法权益，促进社会进步"，制定这个条例。《人口与计划生育法》经全国人大常务委员会议审议通过，自 2002 年 9 月 1 日起施行。在国家相应部门上班，计划生育有"一票否决"的机制——超生者务必辞去公职。一人超生，整个单位的年度奖金就没了。

《中华人民共和国宪法》第四十九条规定："夫妻双方有实行计划生育的义务。"

《中华人民共和国婚姻法》第二条规定："实行计划生育。"

这一年，"国家尊重和保障人权"被写入《中华人民共和国宪法》第三十三条。但是在中国乡村，有许多粗暴而不乏幽默的宣传标语仍然刷在墙上："一人超生，全村结扎""山区人民要想富，少生孩子多养猪""该扎不扎，见了就抓"。

占世界五分之一人口的中国，人均耕地面积远落后于世界平均水平。澳大利亚有 769 万平方公里，只生存着 2300 多万人。美国国土面积 937 万平方公里，只生存着 3 亿人。当中国政府出版白皮书表述"人权首先是生存权"时，实际上隐含着资源的焦虑。那些大城市里读许多书的学者不一定认同。而一个种过地的湘西岩头江人很容易理解这种焦虑。在乡村的墙上，刷有这样的计划生育宣传标语："爱护天空和大地，人均意识要树立。"

妻子怀孕了，第一次做孕检的时候，获得一张来自市妇幼保健院的小本子。这个小本子上给她设定好了后续孕检的时间。中国的未来需要更健康的孩子。准父亲也需要更健康更安全地呵护孩子。我得比父辈弄懂更多事情，比如孕检，比如叶酸，比如地中海贫血检测。医生开了处方，适度地服用叶酸，成为中国孕妇的标配。

因为有孕在身，妻子暂时未上班工作。我们去派出所办理妻子的户口迁移时，才知道珠海的户口控制很严，需要她在珠海生活满五年后才能迁入。这是个很奇怪的规定，连公安局局长都不知道这个规定是什么时候制定的，为什么要执行？可是在另外一份政府文件里，只要市作家协会证明我是人才，妻子就可以马上迁入。我们这样做了，获得时任公安局局长的签字，派出所马上办了。据说局长发话："那个规定过时了，得想办法改过来。"

这年7月，我们在街道计生办签订"计划生育承诺书"，办理了《计划生育服务证》。我们无意多生，在城市，养育一个孩子，从出生到幼儿园、小学、中学、大学，需要很多的支出——尽管国家已实行九年制义务教育，珠海十二年免费。上一辈生儿育女，处于养活和对付的状态。人们像晨起的鸟儿一样整天忙碌着为儿女觅食。现在，从国家到家庭，提倡、认同优生优育、少生优育。经济承载力，人均可支配收入成为重要的考量因素。

计划生育政策让人们对生育不敢有丝毫懈怠。

我的母亲怀过六胎，只平安地生下四个孩子，有两个胎死腹中。她从未进过任何医院进行过孕检、产检，除了祖母的经验，她没有得到任何专业的指引。只有在高强度劳动后产下死胎时，她才会痛苦地回忆起，胎儿多久前还在动，什么时候才不动。我听到她多次为此哭泣，后悔不该参加某一次劳动。

在城市，中国妇女粗放型的生育一去不复返了。

少生的同时，中国人开始学习优生优育。我不断地放莫扎特的音乐，斯巴克的功放，psb喇叭，音色醇厚中庸。莫扎特想到过为母腹中的胎儿作曲吗？我不知道什么时候中国人开始相信胎教的。据说，放这样的音乐，胎儿听了会变得更加聪明。

我已经有足够的准备当父亲！

10月底，妻子沉着地走进预约好的妇幼保健院产房。我走出家属接待室，坐在长廊的椅子上等待。长廊更透气，在长椅上可以直接看到产房的门。朋友帮助我预约了最好的妇产科医生。多数中国人相信：应该给医生红包，医生才会认真地处理。而我与医生交流时，没感觉那么夸张。这位医生承认：医患关系确实有些紧张。珠海正举办周杰伦演唱会，到处有人在唱《菊花台》《双节棍》《东风破》。我送了两张广告换来的周杰伦演出票给医生。我有票，但不会去，我得守着妻子生孩子。世界上没有比这更重要的事情了！

这是10月的最后一天。经医生提醒，超预产期怕缺氧，得剖宫产。

护士抱出来一个婴儿，岳母一把接住："好漂亮！真的好漂亮！大耳朵直鼻梁。"

我看两眼，赶紧打电话向远在邓家铺的父母报喜："生了，一个男孩。母子平安！"

我从容地成为父亲。

妇幼保健院里挤满了人。妻子的麻药尚未醒，没有病床，只能躺在走廊里。当然，这与我过于普通平凡有关。能干的人应该早就找好了病床。而我，则靠运气。不到半小时，有个产妇出院。医生问我："要不要？单间，价钱高一点。"我想也不想就要了下来。我的经济已能支撑我不需要考虑这个"高一点"，我不希望妻子这期间还与人合住病房。

妻子枕头放着一个定量的麻醉泵，醒过来就问："宝宝好吗？"

116 百白破与三聚氰胺

《中华人民共和国母婴保健法》自1995年6月1日起施行。该法第一条："为了保障母亲和婴儿健康，提高出生人口素质，根据宪法，制定本法。"第二条规定："国家发展母婴保健事业，提供必要条件和物质帮助，使母亲和婴儿获得医疗保健服务。"

儿子出生时，这部法律已施行九年多了。

绝大多数中国老百姓不知道，早在1986年，中国政府已制订出《城乡儿童保健工作要求》。这个要求根据具体情况，将城市和乡村区别对待，并分为"甲类"和"乙类"。在城市儿童保健工作要求甲类标准中，儿童保健工作内容和指标为：1. 对新生儿、婴幼儿、体弱儿（佝偻病、营养不良，缺铁性贫血、早产儿、低体重儿等）按常规管理，建立系统管理的册（卡）新生儿期访视率达90%以上；2. 对7岁以下儿童根据年龄特点进行定期体检（1岁内每3个月1次，1至3岁每半年1次，3岁以上每年1次）。受检率：集体儿童达90%以上，散居儿童达70%以上，儿童体格发育水平超均值者达55%以上……

我当然希望达到甲类要求。在妇幼保健院，医生给孩子办了《珠海市儿童免疫接种证》。这个证绿色的封面，黄色的封底带着磁条，淡蓝色的内页，银行存折那么大小，由珠海市疾病预防控制中心监制，封底印着宣传语："健康是一种资产，永远不要低估预防的价值。"免费的接种疫苗以表格的形式印在淡蓝色的内页上：

疫苗种类	接种对象月（年）龄	接种次数	预防疾病种类
卡介苗	出生时	1	肺结核
乙肝疫苗	0、1、6月龄	3	乙型肝炎
脊髓灰质炎疫苗	2、3、4月龄，4周岁	4	脊髓灰质炎
百白破疫苗	3、4、5月龄和8~24月龄	4	百日咳、白喉、破伤风
白破疫苗	6岁和16岁	2	白喉、破伤风
麻疹疫苗	8个月	1	麻疹
麻腮风疫苗	18~24月龄和4岁	2	麻疹、风疹、腮腺炎
乙脑疫苗	8月龄，2周岁	2	流行性乙型脑炎
A群流脑疫苗	6~18月龄	2	流行性脑脊髓膜炎
A+C群流脑疫苗	3周岁、6周岁	2	流行性脑脊髓膜炎
甲肝疫苗	18月龄和2岁	2	甲型肝炎

每接种一次疫苗，医院就盖上"已接种"的蓝色章，医生签上日期和名字。在登记表上，留有我的电话号码，如果到时间未去，就会打电话来提醒。此外，在医生的建议下，孩子还接种过几种自费的疫苗。半岁前在出生医院接种，半岁后则转到街道片区的定点医院接种。

国家福利在变好，从儿子接受接种服务的情况看，《中华人民共和国母婴保健法》在珠海施行得相当不错。珠海疾病预防控制部门引以为自豪的是，全市较早消灭了脊髓灰质炎，无论城区还是农村。城市因此受到过表彰。我们划片归香洲区人民医院防疫科接种。服糖丸，或注射，都可以坐在候诊的椅子上排队。

百白破——一个如此陌生的名词，需要仔细询问，才能弄清楚是"百日咳、白喉、破伤风"三种疾病的合称，疫苗也应该是组合疫苗。我在婴儿期，每天鸡啼时就开始哭闹，母亲不得不起床抱着我在走廊里来回走动。后来好了，不明所以。在湘西地区，我见过的婴幼儿百日咳很多，似乎都能自愈。我不太明白这么多接种的机理效果，也不清楚为什么要预防这么多的疾病。在我的成长里，只种过牛痘、吃过打蛔虫的"宝塔糖"，直到40岁后，才接种过乙肝疫苗。21世纪，这种由政府权威部门确认的有规律的预防接种，让一个做父亲的觉得安全。我能想到的有了，我没想到的也有了。我似乎不需要担心婴儿有什么样的感染。一个在大踏步前进的国家，不是看口号叫得有多响，而是看真正做到了什么；不是看有钱人享受了什么荣华富贵，而是看平民得到了什么现实的福利。

岁月静好，毒奶粉事件出现了。2008年9月，报道称，甘肃岷县14名婴儿同时患有肾结石病症，引起外界关注。至9月11日甘肃全省共发现59例肾结石患儿，部分患儿已发展为肾功能不全，同时已死亡1人，这些婴儿均食用了三鹿牌18元左右价位的奶粉。媒体发现两个月来，多省相继有类似事件发生。中国卫生部门高度怀疑三鹿牌婴幼儿配方奶粉受到三聚氰胺污染。三聚氰胺是化工原料，可以提高蛋白质检测值，人如果长期摄入会导致人体泌尿系统膀胱、肾产生结石，并可诱发膀胱癌。

我紧张地看着电视新闻，查阅网上资料。儿子乖巧、文静，上小区内的双语幼儿园。这是所私立幼儿园，为了表现其双语，有时还请个外国人进园与孩子们对话。每个孩子都有一个英文名。园内有午餐、下午茶，据说还请了营养师。幼儿园似乎是订了鲜奶。在家里，儿子每天吃"雅培"配方奶粉，但食量不算大。因离澳门近，珠海人习惯到澳门买奶粉。这是特殊条件下的双城生活。据说澳门的许多商品跟香港一样，都执行"欧共体标准",在普通中国人看来,是更严格的标准。"三鹿奶粉",我经常在央视广告里看到,它的标准广告语是"国家免检产品"。1983年,该公司率先研制、生产婴儿配方奶粉……1995年,率先在中央电视台一频道黄金时段播放广告。此时,"国家免检"为这家企业的恶行背书!

现在,网上仍然挂着:"事件曝光后,中华人民共和国国家质量监督检验检疫总局对全国婴幼儿奶粉三聚氰胺含量进行检查,结果显示,除了河北三鹿外,还有22个厂家69批次产品中检出三聚氰胺,被要求立即下架。"太多的奶粉不可靠了。提倡母乳喂养的人获得意外的支持。全中国惊呼:"娶个乳汁饱满的女人太重要了!"

还好,"雅培"没有三聚氰胺。进一步的报道揭露,这些奶粉不是被污染,而是为了提高奶粉的蛋白质检测值,奶源企业和奶粉生产商有意添加三聚氰胺。该企业早知道有孩子被毒害,却并不停止生产和销售,令人发指!我满腔怒火:企业经营者该千刀万剐!十多年前,一位吃火锅的消费者,因火锅爆炸而毁容,推动制定了《消费者权益法》。各地都有消费者委员会,消费者前所未有地占有主动地位。如果商品涉嫌"假冒伪劣",除了受害消费者可以起诉索赔,市场管理部门可以吊销营业执照,经营者还可以被绳之以法。我曾经在一盒饼干里发现一小片塑料,以为是玻璃,打电话告诉厂家。厂家让我将该盒饼干封存,第三天派人带两箱饼干来送给我。厂家人员仔细看我那盒,发现是内盒的塑料断片。我说要是这个倒没什么。厂家人员一个劲儿地说:"这个也不行!万一吃到会扎舌头。我们回去要倒查看在哪个环节出了问题。"经此一事,我觉得中国的企业出息了,已经确切地把消费者放在第一位。没想到会出"三鹿奶粉",他们把免检的信任转为作恶的放任!

政府在免费给孩子接种"百白破",而这些企业却给孩子提供三聚氰胺。"三鹿"曾经是中国奶粉企业的标杆,企业家本人居然还是个女人,获无数荣誉。

国家根据宪法制定若干法律法规,保护婴幼儿、儿童、青少年。

而这些生产婴幼儿奶粉的企业，为了利润，居然"敢于践踏一切人间法律"。

从此，我不再相信全世界任何企业的自律！我更相信严苛的监管！对于追逐利益的资本，对于追逐利益的企业经营者，他律总会胜于自律！

十几年过去了，也许，只有那一时期为人父母的人，有孩子正在吃奶粉的家长，才能清晰地记得"三鹿奶粉"、三聚氰胺。那是数十万中国家长难以愈合的伤！

因为三聚氰胺，从幼儿园开始，我就一直告诉孩子："相信多数人的良善，但永远不要低估少数人的贪婪与无耻！"

117 一个中国人的住宅史

妻子怀孕的时候，我带着她到处看房子。

我们想有一套新房子。中国房子已变出许多花样来，跃式、复式、别墅。开发商绞尽脑汁，在房子的有效空间、功能、实用性、舒适性上下功夫。楼盘命名从"花园""新村"到"苑""庭""湾""世家"，前缀从"新加坡""英伦""巴黎""马赛"到"曼哈顿"。每一座中国城市，都有小区以欧美颇具盛名的发达城市来命名。也许是崇洋媚外，也许是想以最简单质朴的方式拥抱世界。谁知道呢！

从岩头江北岸到珠江口西岸，我住过很多种房子。

在岩头江，我家与大伯家共一幢房子，这是祖父的安排。家族的繁衍，就像树开枝杈禾苗分蘖那样。男子长大娶妻生子，得分家，分家首先得有个房子住。这房子所用地是用另一丘田换来的，四排三间两进。后来不够住，又在右边依墙加建一间。这间先由祖母住着，归属我家。中间堂屋，是祭祀和公共活动的场所。请客吃饭时，堂屋中间摆一张八仙桌。两边用土砖垒有大灶，可供蒸酒、熬糖、打豆腐。不过年请客时，堂屋中间就摆织布机，大伯母或母亲织布。堂屋正中横隔是木板做成的神龛，上方的大龛是"天地国亲师"或"武城曾氏历代考妣之神位"，下方的小龛是土地菩萨龛，两边的对联是"土中生万物，地里产黄金"。

我们所住的两进房间，外间称茶房，实际上是厨房兼餐厅，靠左垒有两个土灶，一个烧柴禾，一个烧煤炭。与柴灶相连的，是柴塘。柴塘与灶间的两个土砖上放块木板，供坐着添柴烧火，冬天里可供人坐着烤火。柴塘的最后面，放个用旧背筛垫草供母鸡生蛋的窝，靠木板隔墙竖着碗柜，碗柜里也放油瓶盐钵，里间是卧室，放床、衣柜、桌子。楼上放木桶盛谷物和棉衣，还有父亲的一个书柜。

在屋外不远处，我们建了猪栏。

所有的一切，天然地属于我们，没有官方的产权证书。父亲与大伯、三伯用三张黄纸写了三张房契，各存一张，自己协调，请村子里年长的两位作证人，就把权属关系确定下来。直到母亲晚年，我才看到这张写于1956年的契纸。收藏着这张纸的人从来不知道《宪法》第十条规定："宅基地、自留地和自留山，也属集体所有。"

在岩头江，母亲很早就计算着我的住房问题。这个计算建立在我一直住在岩头江，像两千年前的自耕农生活的基础上。在中国，所有父母都会面临这个问题。大伯早年除在老屋前建了一座房子，还在三伯父的房子下方建了另一座房子。他有七个儿子，老二早殇，还有六个。我从来没有与大伯父交流过，一个有六个儿子的岩头江父亲是怎样为住房焦虑的。就这样，他还得在每座新房子侧接上一间，才能让自己的儿子每人有一间两进的房子。好在，大哥上武汉大学，五哥参军提干，最小的维务哥在恢复高考后考上大学，有三个吃上"国家粮"。他们只需要名义上的房产，供回岩头江时住。大伯家已占用我家屋前的地块。母亲坚持将右侧的一小块地修建猪栏，就是希望就此向前延伸，以获得更前方的土地，用于修建我的房子。母亲其实一直焦虑，虽然大伯父口头答应过新房子前的土地给我们建，但随着时间的推移，这样的地块会有异议，也许最后得不到大伯和堂哥们的支持。

林语堂先生在《中国人》里称"中国乡村里的普通穷人所拥有的空间也要比纽约的大学教授大得多"。他所讲的情形，不包括 20 世纪的湘西。是他的故乡福建龙溪吗？读到这句话，我总是想到谢有顺家乡美溪村的房子。可那已不是普通穷人的房子了。

恢复高考和一场声势浩大的改革开放，让这样的焦虑彻底消失了——我和我的弟弟妹妹们不但不可能再回到岩头江居住，连母亲自己也不需要回到岩头江居住。

岩头江居住的警报并未解除，多处农田被占为宅基地，建了房子，但时代变迁将一部分岩头江人的住宅问题转移到了城市。中国人口的城镇化每提高 1%，就有 1300 多万人走进城镇，比希腊、葡萄牙、瑞典全国的人口还多，其中大部分走进东南沿海经济活跃的城市。这是一股热流，持续而不可阻挡。

2010 年，上海主办第四十一届世界博览会，主题是"城市，让生活更美好"（Better City, Better Life）。我完全相信人类因为追求美好生活才建造城市。

一个单纯而有些迟钝的岩头江人，就是为追求美好生活而走进城市的。

城市让生活更美好。若没有房子，我觉得生活就不美好。

住宅问题从来不是一个轻松的话题，超越国界和时代。

二战后的美国，许多复员军人夫妇没有房子，参议员格伦·泰勒弹着班卓琴，"站在国会山的石阶前，如泣如诉地唱道：噢，让我有个家靠近国会大厅，让孩子们在院子里可以玩耍！一两个房间，哪怕旧的也罢，唉，我们总找不到地方安家！"[1]唐代诗人杜甫在他的不朽诗篇《茅屋为秋风所破歌》中呼吁："安得广厦千万间，大庇天下寒士俱欢颜，风雨不动安如山。"一千二百多年过去了，广厦不止千万间。有研究推算，仅 1998 年（房改后）至 2016 年，这 19 年中国的新增商品住

---

[1]《光荣与梦想之二：战争与和平》，[美]威廉·曼彻斯特著，广州外国语学院美英问题研究室翻译组、朱协译，海南出版社 2009 年 5 月第 1 版第 205 页。

宅的竣工面积为 979734 万平方米。以每套 100 平方米计算，则这 19 年来，中国新增商品住宅为 9797.34 万套。可"寒士"们仍然未得以"大庇"。恩格斯在《论住宅问题》第二版序言中认为："当一个古老的文明国家这样从工场手工业和小生产向大工业过渡，并且这个过渡还由于情况极其顺利而加速的时期，多半也就是'住宅短缺'的时期。"（《马克思恩格斯选集（第二卷）》人民出版社 1972 年 5 月版第 459 页。）这是 1872 年德国工业化的情况，读来却如此亲切、明了。

1981 年我被分配到武冈县城东区中学教书，住的是教室中间的小房子，没有产权，用于办公兼住宿，当然也不收租金。1985 年调入县委宣传部，住在县委大院里，那一间也没有收租金。调到珠海，我先住在干部接待站，再搬进单位租用的渔民房。半年后我搬出渔民房而住进政府的房子。房子也不属于我，属于单位。单位安排我住其中最小的一间。负责后勤的人因为我在室外的餐厅里接待朋友，威胁要把我赶出去。他可能是一句气话，可我感到确切的寒冷！曾气呼呼地跑到单位的办公室找他吵架，扬言要揍他一顿。我的邵阳朋友说："欺人太甚！吵几句算什么？你应该剁他两刀！"

珠海是一座新城，很多早期到珠海的人，就是冲着有新住房来的。为了吸引人才，这个城市除了更高的工资，还建了更多的房子，甚至直接叫"招聘房"。四十多年前，中国住房的窘迫令人难以想象。1987 年，上海电影制片厂一位资深编剧告诉我，他一家三口住的是 14 平方米的房子，在上海已算不错。人均住房面积在 1.4 平方米以下，才算上海的住房困难户。若干年来，每当我翻看家居装修如何利用空间的图书，就想起上海，在版权页里找出版社，果然多是上海的。当然，所有的城市都缺房子。如何在一个狭小的空间里生存，成为一种重要的技术。上海研究这种技术并乐于分享。

1993 年，我终于等到一份国家福利，这是我梦寐以求的：我在这个城市分到一套房子。这所房子在当时的城乡接合部，坐 10 站公共汽车不用转车直接抵达办公室附近。尽管离办公的地方比较远，面积只有

74平方米，我还是足够兴奋。

分房的公平性，体现在相关文件的平衡上，科员、科级以下干部分配65-75平方米，科级干部分配75-85平方米，处级干部90-105平方米，厅级130平方米，还有地段、楼层的优选。我所在的小区旁边是还未改造的莲塘村，西面是正在修建的马路和两口长满水浮莲的池塘。村民建了很多房子，出租给外来工。菜市场顶是石棉瓦盖的，满地垃圾和污水，来自四川的摊主一边挥刀砍肉一边自语："天不怕，地不怕，就怕老乡说普通话。"这个小区分配给科教文卫系统。报社、电视台的记者、医院医生、学校老师住进这一小区。再偏僻也是房子，多数人是从无到有，是自己在这个城市的第一套房子，仍然十分高兴。

分到的新房子是毛坯房，需要自己装修。没有房产证，只需每月交3.5元钱。我不太清楚这个钱是租金还是卫生管理费。这样的福利面向所有的国家公职人员。流行一种叫作多彩喷塑的涂料刷墙，易于调色，还可以水洗，最低要22元一平方米。我拒绝了这样的时尚，只用最简洁的墙体刷白就可以了。一是钱少，二是我喜欢墙体洁白。可是我认真地在卧室、书房贴上木地板。改造好厨房、厕所，加装防盗网，我只花了1万来块钱。我在免税商场看中一个家庭用的迷你型酒吧，需2万多元。这个吧台太适合我客厅左角的一个小空间了，可是太贵。我跟做书柜的木工商量。他果断地说："带我去看看。我照着那样子给你做一个嘛。"他真给我做了一个，才2600元。让射灯的光照着酒瓶，折射出一种迷离的光。在圣诞节，我甚至给酒吧装点上七彩的灯泡。

真正有了自己的房子，我才能开始一个城里人的生活。我添置了音响。配置音响的钱超过铺地板刷墙的钱，5000元的索尼影碟机、6200元的加拿大PSB音箱、4000元的先锋功放机……像所有城里人一样，还添置了家庭卡拉OK。我的安定感仍然有限。如果失去这份工作，这套房子就不会是我的。我也许会流离失所。

肯定不止一个中国人像我这么想。

1997年，房地产产权改革，确定我有资格按每平方米1100元的价格购买所住的房子，总价款是 81400 元，然后根据工龄、职级、学历等折扣又折扣，合计 42000 元。我满心欢喜地去付钱，办下房产证。32 开的证书，深棕色的封皮，里面明确地载着宗地面积、共墙、独墙，东西南北长度，产权年限。领到这个证，我高高兴兴地回到家，把它跟存折放到一起。它确定我的安居，比钱更重要！我甚至来不及在房产证上贴一张印花税税票。

我真正在这座被称为"新兴的海滨花园城市"居住下来。

房产证进一步强化了我对这座城市的认同感。以前称"我住的房子"，此后称"我的房子"了，付钱确权让我去掉了一个字，连花草都变得更加亲切。

这当然只是一个开始。如果这一改革是持续向市场化的，意味着关于住房，我享受到的国家福利，也是终结。三年后，那些赚了钱的人们就离开分配到的房子，自由地选择更大的房子居住。最先让我看到的是一位教师，他在区教研室工作，靠编写发行教学辅导资料赚了钱，然后再投入股市。许多人还在企盼分房时，他自购一套复式住宅，160 平方米，楼下有个 30 平方米的车库。然后，他为自己添置了一台奥迪 A6 小汽车。在中国的公务级别上，他只能算到股级。按职称，他当时也只是中级。但是，居住的自由开始了。他的住宅超过珠海市级（厅局级）干部的待遇，而汽车，则是省长级别。再后来，不断地有朋友、同事买房子。我的邻居是一位眼科医生。我听到他的母亲教他的孩子"鸡鸭两条腿，牛羊四条腿"。不久，他全家搬走了，隔壁租给了别人。我偶尔看到他的母亲来收租金。

在"房改"之前，我的上司好心让认识房产局某科长的美编，带我去认识这位科长，以便请托帮忙，换一套位置更好些面积能达到 85 平方米（比我住的原住房大 11 平方米）的房子。我买了一袋带绿叶的橘子，两条"芙蓉王"香烟。我问还要不要再买两瓶酒，美编说不用了，这个科长很好，不在乎礼品。他反复说约好了的。我与他坐出租车去找这位科长。我们走到一栋房子的三楼，敲门，没人在。我们下楼，美编在楼下张望半天，再次确认房间，没错，约的时间也没错。我们猜：也许科长刚才在上厕所，来不及开门。我们再爬上三楼，敲门。甚至，好像听到门内有声响，可就是没有人开门。我们又下楼。美编说："可能本人不在，出去了，但约好了的，他肯定会回家吧。"我们就在这栋楼下的楼梯间站着。凡有人进楼梯间，就打量我们一番，然后将目光落在我提着的橘子和香烟上，用力地扫一下，再朝着我们会意一笑。我的脸有一种被灼烧的感觉。你说你来送礼求人吧，情有可原。分个房真不容易。可你进不了门，还这么在楼梯口戳着，就不是个事儿了。我决定离开。美编大概也觉得这地儿不好待，说："那就再约吧。"

当美编再次说约了那位科长，铁定在家时，我说："我不去！橘子我自己已经吃了，烟也抽掉了。打死我也不去了！我又不是没房子住。"

我想：既然房子已经开始市场化，我干吗这么低三下四地去求这个科长？我干吗不好好挣点钱自己买个更大的房子？为了房子，太多中国人忍受过我这样的屈辱。甚至，有些人匆忙结婚——婚姻是分房的重要条件。有些人不惜直接送钱行贿。

我从来不怀疑"房产市场化"更加进步！它让人们从另一途径实现愿望。这是一个更趋平等的逻辑。售房者不需要考虑我的级别，只需要我的支付能力。医生、茶叶铺老板、局长、教师、编辑、餐厅老板、自由职业者，可以住在同一个小区了。

这是住房改善，算不上刚性需求，我不急。我和妻子用三个星期的时间，选到喜欢的房子，在市体育中心东南面，人民路上，走15分钟路就可以到我上班的地方。我先看中的是一套四房两厅169平方米的房子，在五楼，每平方米3200元，加上税费，55万多元。第二天提着两万元的订金到售楼部时，我被告知，这套房子被订走了。我一直不相信，数十万一套的房子，那么容易就被订走？它又不是菜摊上的一颗白菜。但这次经历似乎告诉我，"抢购房"也许是真的。我只得订下另一套158平方米的房子。

中国已彻底改变房屋的建筑、销售模式。很多人购买"期房"，即常说的"楼花"。这是香港房产商霍英东先生最早用到的建造销售模式，一边建一边收购房者的钱。如果不够，可以去银行按揭，即购买者以个人信用去银行贷款。信用即金钱，用未来的收入可以购房，中国人很快理解并适应了这个财务游戏。它太实用了！

一个动人的故事由售楼员反复讲述：某个美国老太太跟中国老太太对比。美国老太太早期也买不起房，她先交了首期，然后"月供"，当她老了的时候，终于把房款供完了。而一个中国老太太一直住棚屋，节俭度日，到老了终于能买一套房子了。最后，她们都拥有了自己的房产。区别是，美国老太太已享受（住）了几十年，而中国老太太到最后才能住上。这是一个听来很有说服力的故事。若干人因这个故事当上"房奴"。

妹妹们开始做物业代理。我一直不清楚什么叫物业代理。直到她们注册自己的公司，我才知道其实就是帮人买卖房子。这确实是大买卖，最小的房子在较低价时，也得 20 万元。这样的业务让两个妹妹尝到做物业代理的好处。仅收一点手续费是不够的，有些房子，她们凭职业判断，能赚钱的自己先筹钱买下来。她们每天向客户阐述关于购房按揭的故事。房地产登记中心成为她们常去的办事窗口。速度最快的是一套 75 万的二手房刚过户，第二天就有人 83 万买了过去。当然，政府后来出台政策制止了这种快速转手交易。

传统的购买房产的模式被改变。我一直不知道开发商到底干了些什么。设计院设计，工程公司施工建设，监理公司监理工程质量，物业代理公司销售房子。真正购买自己的房子时我才知道，开发商则参与并管理整个流程：从政府拍买到土地、找公司设计楼盘、向银行贷款、收取购房人的钱、做一个楼盘模型和装修几套样板房供购房者选房。

据说，如果一套房子的价格相当于这个家庭一年总收入的 5 倍，是最合适的。幸运的是，这是房价离我的工资收入最接近的一年。我交了首期，然后办理二十年的按揭。这是一个不太复杂的手续：银行借钱给我购买房子，而我抵押未来收入，然后，按月连本带息还给银行。在我没有还清银行的钱之前，我的房产证被抵押在银行。钱每月从我的住房公积金账上扣，好像是一个贷款组合。

据国家统计局公布的数据显示，2016 年全国居民人均住房建筑面积为 40.8 平方米，城镇居民人均住房建筑面积为 36.6 平方米，农村居民人均住房建筑面积为 45.8 平方米。

新建的小区，电梯、车库、架空层、游泳池。十年树木，我住得不高，楼下的麻楝、细叶榕、香樟、菠萝蜜、桃花芯木长起来后，枝繁叶茂映绿我的窗户。我坐在飘窗的大理石上，窗外是树，是常年的绿，居然像生活在林子里一样。这样的场景使我想起在岩头江椅子岭的枞树枝上猴一样荡来荡去的少年时代。我无法像林语堂先生那么优雅，追求中国住宅概念里的"亭台楼阁，套室回廊"，只是满足了"安居"。我没有再看任何科长的脸色，也没有提着水果和烟到任何楼梯间去守候。每想起这些，心里有一种快感。

购房显然比分房更有尊严！

我住到了人民路上。我想这很契合我的身份：人民路上的人民。

118 一个中国人的穿衣志

从种棉花到纺纱、织布，然后裁剪、缝衣，直至等衣服破烂的时候，再给衣服打上补丁，母亲熟悉全套工作，整个流程在岩头江完成，与工业文明没半点关系。纽扣也不需要买，用碎布条缠成布绳，再扭回成扣。所以，即便没有纺织工厂，岩头江人仍然有衣服穿。那些自家织的粗棉布，等到染匠师傅来的时候，染成靛青靛蓝，或者黑色。我们种棉花，就像种稻谷一样，首先得卖给国家。每年完成国家征购指标，剩下的棉花才可分给各家各户，用于纺纱织布补充布料。蚊帐靠自己在自留地边种麻，绩麻织成。

棉花不是花，是果，棉里藏着棉籽，是种子，也可以榨油。棉花树真正开出的花，会由淡淡的黄绿色变为紫色。棉花树皮可以搓绳子。

　　祖母穿黑色长衣，款式可能源自清朝或更早的朝代，偏襟布纽扣，自织棉布自己缝纫。直到去世，她的所有服装跟工业没有半点关系。母亲有一件灯芯绒衣服，只在走亲戚时穿，平时压在箱底。邻近的堂姑姑走亲戚或相亲时，会借去穿，用来撑面子。

　　那些年，新年一身新衣服是我的幸福期盼。每个大年初一，我都等这一身新衣。闻着新布的气味，都会让人心情愉快。有些年只有新衣没有新裤，愉悦就打了折扣。

　　时过境迁，我已经不能确定那时能分配到多少布票，每年每人三尺左右吧。布票一般在公历的年初发放，正好是农历的年底。全生产队的布票，先发放在会计手里。布票本身并不能直接购买布，而是购买布的指标，在这一点上，农民与城市居民可能同权。每次发布票的时候，我们都很兴奋，像现今富足的村子领取年终现金分红，挤在生产队公屋走廊里。记工员或另一男子汉帮忙，按丈、尺、寸裁布票。会计叫户名按人头领取。然后，母亲把布票存放在卧房衣柜中的小木盒里。她计算着买几尺什么样的布，给我和妹妹们做什么样的衣服。

　　20世纪80年代，中国废除布票。经济发展，化纤的代入可能起到重要作用。

　　"新三年，旧三年，缝缝补补又三年"曾经是我们的穿衣原则。

　　在很长一段时间里，中国城市只制造布匹而不制造成衣，把做衣服的工作交给了乡村裁缝。在60年代，岩头江方圆3里内，只钟桥村有两台缝纫机，接受约3000人的缝纫业务。在邓家铺，政府将裁缝、铁匠、面点师傅们组织起来，成立一个手工业联合社。师傅们的粮食由当地政府组织供给，被称为"集体粮"。从业者的地位高于农民，因为他们不需要在烈日下劳作，领现金工资。这种情况一直持续到80年代中期。

　　80年代，香港和台湾地区投资者在珠江三角洲开办若干制衣厂。乡村裁缝们失业了。

　　我的第一套成衣就是那套花42元买到的灰色西装。自迁到珠海，就一直买成衣，没有再找地方缝制过衣服。化纤面料解决了耐穿的问题。自母亲这一代后，补衣服的工艺失传了。人们不再缝补衣服。凡穿破穿旧了的，一律抛弃。这期间里，我不断地被潮流所裹挟，去认识那些时尚的面料，从涤纶到腈纶，从乔其纱到柞蚕丝、毛纺、混纺……

1994年，我和同事去厦门参加"五特区文学笔会"。女同事强调一定要去一趟石狮市，逛逛那里的服装市场。我们乘会议空隙，租了一台车，在傍晚抵达石狮。一条长街，一家接一家的服装店。女同事惊呼："哇——梦特娇怎么这么便宜？"

"梦特娇是什么？"我指着西装上的玫瑰标志问。

"品牌。很出名的服装品牌呀！你不知道吗？"

我除知道"金利来"，其他什么都不知道。我是在石狮市的服装店恶补国际服装品牌知识的。岩头江人的观念里有"好布""差布""土布""洋布"之分，从未有什么品牌名牌的观念。据说有北方人到石狮市买品牌服装回去送礼，一买就是十套八套。

从厦门回到珠海，我反省自己：是不是不能太土气了？在珠海这个得风气之先的地方生活，在中西文化的交汇点上，连个"梦特娇"都不知道。听说穿得有品位，不仅能让自己光鲜点，也是对别人的尊重。于是我决定从着装上学习"尊重别人"。珠海人说，买真正的品牌服装，得到免税商场去，那里没有假货。

在一个星期天，我请两个姑娘为我参考，认真地去珠海免税商场购置西装。她们说："你得讲究点。平时休闲装，一两套好的西装，在重要场合穿就行。如果有个活动通知穿正装，那就得穿着西装打着领带去。"那一年，珠江三角洲流行男士穿米绿色西装。在姑娘们的怂恿下，我选了一套，穿上去似乎很合身。价格：2800元。太贵了！这个价格相当于当时印刷厂一个普通工人一年的工资，大致相当于我三个月的工资。此前我在香港买过一套应付"穿正装"的西装，看上去挺不错的，也才1200元。就在我犹豫着准备放弃的时候，姑娘们说："好东西就是那么贵的。钱不够么？我们这有。先借给你！"我心里暗暗叫苦：这真是把我往火坑里推呀！我不能说太贵了我不买，没退路了。满街的男人都穿这种西装，人家都买得起！我一咬牙一跺脚："我兜里有钱！"

不能让姑娘们陪着你上街买衣服，这是我宝贵的人生教训！

我曾经穿着这样的西装，脚上穿一种在香港电视广告里出镜率挺高的"沙驰"皮鞋，装模作样地参加活动，学习"尊重别人"。1995年，到香港与写作同行交流。香港一位作家指引我们去北角购买衣物。另一位香港女作家敏感地提醒："北角那边的衣服档次不高，恐怕没有你们可选择的。"事实上，同行的女诗人已经不屑于去北角。她上一年前去过香港两次，在北角，看不上任何衣服！她领着我们去了九龙的尖沙咀。一件标价6000的短裙对折卖3000元，她毫不犹豫地买了下来。

2001年，一场关于什么才是贵族的争论在互联网上展开。先是有个自称某小姐的在网上发帖："我家有一台红色宝马，还有一辆奔驰，一年有160多万的收入，应算得上贵族了吧？"与二十年前的"人生的路啊为什么越走越窄"的发问比起来，从主题到形式，已发生太大的变化。在一个新平台急于发言的网民不断地参与进来。在互联网的公共空间里，不需要经过编辑，没有任何官方的参与，没有任何人来引导。它变成了一个在相当范围内产生影响的公共话题，可仅限于线上。有人说"光有钱是暴发户，不能算贵族"；又有人说"那还得看你怎么消费，你得背着LV的包，穿着阿玛尼的服装，喷着香奈尔的香水；你不能只看电视肥皂剧，得听歌剧"；最后是一位神秘的某公子出场告诉大家："什么是贵族？我家没有公司，只有基金。这些基金传了五代以上，都由职业经理人打理。我的消费全由基金运营收入提供。我不开宝马也不开奔驰，开一辆旧的白色雪佛兰，打高尔夫球……"无论是阿玛尼还是巴宝莉，一律跟贵族不沾边。他们家所穿的衣服，都是在伦敦某街定制的。他补充："这些店只接受伊丽莎白女王和王室成员、首相和上议院下议院部分成员的定制。"

在珠海，一位处级干部亲切地教育我："维浩你看，老人头的皮鞋，阿玛尼西装，都彭皮带，花3万块钱，你就能全身名牌，你穿衣的品位就上来了。"他甚至把鞋脱下来，让我看商标。我只是笑笑。因为我知道他与巴宝莉的故事。他花 3500 元买了件巴宝莉衬衣，每两周换上一次。可他的副处级同事天天穿着巴宝莉衬衣。终于有一天，他忍不住问："你怎么那么多件巴宝莉？"同事说："巴宝莉？我这在中山三乡镇买的，50 元一件，我买了半打，6 件，共 300 元钱。我觉得确实不错。"这位正处级干部不淡定了，将衬衣的面料、做工、线路等各种细节与副处级同事比较来比较去，却没有找到什么区别。懂行的人说，要么他买到的也只是仿品。要么，另一个买的是高仿，或者干脆是代工厂"漏"出来的。三乡镇有很多代工厂，"外贸尾单"就留在本地。这是一个关于名牌的冷笑话。

我的收入支撑不起名牌。长沙工人的女儿、我的妻子也不太了解名牌，更不懂奢侈品。结婚后，我对名牌的漠视获得强有力的后台支持。当许多人买得起名牌时，名牌就会跌下神坛。北京师范大学教授、著名文学评论家张柠先生有篇随笔写得妙趣横生："有钱人为表现与众不同，制造名牌；中产者为表现购买能力和品位提升，追捧名牌；穷人没钱，最后通过仿冒的方式消灭名牌。"这个逻辑是他观察阿迪达斯、耐克等品牌发展得出来的。在社会学的另一种意义上，仿冒不是"劣行"，而是追求平等的"捷径"。

我不再害怕别人笑话贫困，因为我已不太贫困了，一条牛仔裤可以穿很久，我不会戴江诗丹顿手表，穿巴宝莉衣服，拎 LV 包。我早已不惑：一个湘西岩头江人抵达的消费顶点是"丰衣足食"，而不是"钟鸣鼎食"，更不是"奢侈品"。

生活富足、衣饰讲究的朋友并不到伦敦的某街定制衣服，大概也没人接订单。他们自己买香云纱，在广州定制，不是西装，而是布纽扣的唐装。保罗·福塞尔认为："上层和中上层人们喜欢穿旧衣服，似乎在告诉别人自己的社会地位丢得起传统尊严。他们敢于光着脚穿船形便鞋，目的就是如此。"①

当中国经济发展到一定程度时，穿西装的少了，穿唐装的多了。仔细琢磨，应该是多了一份从容，大抵算得上文化自信的细部表征。与美国相反，"上层和中上层"穿唐装，似乎在告诉别人自己"捡得起传统尊严"！

119 一个中国人的饮食史

关于吃饭与穿衣，母亲曾有句顺口溜："四处兵马走，只为身和口。"

1958年，包括岩头江在内的许多中国乡村，被鼓励放开肚皮吃饭。人们正在疑惑，就发现粮食生产远不如报纸上所刊登的那样。中国最高领导人毛泽东在1959年4月29日亲自撰写的《党内通讯》提出："节约粮食问题，要十分抓紧，按人定量，忙时多吃，闲时少吃，忙时吃干，闲时半干半稀，杂以番薯、青菜、萝卜、瓜豆、芋头之类。此事一定要十分抓紧。""须知我国是一个有六亿五千万人口的大国，吃饭是第一件大事。"这件事情发生在我出生之前。最高领导人提前警惕饥饿，饥饿仍然发生了。在中国农村，相当长的时间里，"吃饱肚子"是一件重要的事情。我上中学时，"忙时多吃，闲时少吃，忙时吃干，闲时半干半稀"仍作为"最高指示"用红漆写在食堂的石灰墙上。

2019年3月17日，我请85岁的小舅舅和堂兄弟表兄弟在隆回县城一家酒店吃饭。

小舅舅感慨："现在这样的生活真是过去做梦也没想到过的。"

我认真地问："舅舅，您当年做梦梦见过最好的生活是什么？"

小舅舅说："吃饱饭。就是吃饱饭。"

我问了三次。他用同样的话回答我三次。

---

① 《格调》，中国社会科学出版社1998年12月第1版第73页。

2019 年 4 月 13 日，电信业巨头华为创始人、75 岁的任正非答美国 CNBC 问，说："年轻时我们就是想把肚子吃饱，所以我们的理想就是吃饱饭。"

10 岁那年，在岩头江，听成人在议论有些地方吃鱼唇、鱼头，我就想那个鱼身子丢在哪儿呢？又有一道菜是鸭舌，那么，鸭头和鸭身子又去了哪儿呢？我一直想弄清楚这地方在哪儿，流着哈喇子想：要是做这种人的邻居多好，那就可以捡那些鱼身子鸭身子吃呀！诺贝尔文学奖获得者莫言对饥饿的体验比我要铭心刻骨，多篇文章里写到饥饿。他曾说："我之所以要写作，是因为我想过上一天三顿吃饺子的幸福生活。"在我有限的岩头江记忆里，如果没有米饭，还有红薯，或者晒干的红薯丝，它们不一定有什么口感，但一定能对付饥饿。青黄不接的时候，村子里有人饥饿至浮肿的。母亲并不同情，告诉我："他一个那么高大的男子汉，有粮时放任自己吃，到青黄不接时就饿到起不了床，然后怪生产队，这没道理！他如果在冬天多吃些红薯，晒点红薯丝，冬天喂猪时多放红薯藤，每月匀着吃，怎么会断粮？俗话说，吃不穷穿不穷，不会计划一世穷。"

岩头江人保持一天吃两餐的习惯，直到今天。我其实一直不习惯"饮食"这词，我们的饮是直接喝井水，与食不太相关。食物短缺时代，母亲的生活智慧起了很关键的作用。每顿饭我们总要留下一点凉饭，在第二顿混在米里煮第二遍。母亲说，这样"发饭些"，其实就是煮第二遍的饭膨胀得更厉害些，增加了米饭的体积，并不能增加营养。许多年，我一直以为这是一种煮饭的"普世技术"。有一段时间，我们备战备荒，煮饭前从已量好的米里抓一把出来，顺手放在陶缸里。吃七分或八分饱，人不会饿死，真要断粮了，那才是最大的麻烦。我家很好地执行"红薯半年粮"。从农历九月开始吃红薯，只午饭在红薯上用小碗蒸上三两米，用以安慰肠胃。计划好吃多少红薯，是存粮能否接上第二年新粮的关键。所以，"尝新"是岩头江人的重大节日。新谷熟了，青黄就接上了。

岩头江至今仍保持那句问候语："吃过饭了吗？"

不只是岩头江，曾长期生活在长沙的七十多岁的岳父，在任何地方问候任何客人的第一句话，一定是"吃饭了吗？"无论是上午 10 点还是下午 3 点，哪怕是电话里。

起自农村生产承包责任制的中国改革开放，最先解决的就是"吃饭问题"：无农不稳！

80 年代初期，我领 52 元工资时，在食堂吃饭交 9 元，周末偶尔到外面吃碗面条（或自己做），开支在 12 元，占工资总额超 23%。如果是一个三口之家，将占一个人工资的 70%。双职工都得精打细算。所以，那个时代能积蓄点钱买上彩色电视机的，已是富裕之家。

现在，尽管物价指数不断攀升，农产品价格越来越高，在一个家庭里，日常粮食和蔬菜、水果、肉食、油盐酱醋开支占总收入的比例，还是越来越低。据说，这个比例叫恩格尔系数。从 1978 年到 2018 年，中国城镇居民的恩格尔系数已从 57.50% 降到 27.70%。老一辈买菜，仍然不辞劳苦，坐免费的公共汽车到中山十四村市场去。小区后面的市场萝卜 2 元一斤，那里只要 1.5 元或 1 元。我们曾经追求过"天天有肉吃"的日子早实现了，老一辈仍然保留食物短缺时代的习惯，总是把"好东西"留在冰箱里，放在节日或有客人来的时候吃。这种精打细算可以不时地让我们警惕食物短缺、怀念"厉行节约"的传统。

对岩头江人而言，黄桥铺的臊子面都显得奢侈。村子里有人上街，因饥饿无奈在黄桥铺买碗臊子面吃了，想想心里怎么都觉得亏，悄悄把碗藏腋下带回家来，心里才算平衡。这是陈佩斯演的小品，却是岩头江的真事。我的一位伯父曾经这么干过。我见过那个碗。

三十八年前，我与所任教学校的一位老师，在武冈县城第一次下馆子吃炒菜。我们找一家小店坐下，要了一碟猪舌，一盘炒萝卜丝，一瓶啤酒。这是我人生第一次见识啤酒。我以前只在小说里读到过啤酒。武冈县城此前喝一种来历不明的"啤露"，大抵是带甜味的汽水。我们怎么折腾也打不开啤酒瓶。店主说："有专门开酒瓶的启子。"我用启子打开啤酒瓶，酒泡迅速喷出来。我们惊叫："不行呀，这个不行呀，这瓶啤酒坏了！"

店主问："怎么坏了呢？"

我抢着说："都起泡沫了还不是坏了？"

漂亮女店主回过身捂着肚子笑，把气顺过来后再问："你们是第一次喝啤酒吗？"

我们是第一次！可是我是学化学专业的，食物冒气泡无论如何都是变质的表现。

女店主说："啤酒就是会冒气泡的。不冒泡才是坏了！"

我是在县城开始餐馆消费的，因为来了朋友没地方做饭，只能去餐厅。武冈县城有优良的美食传统。老南门炒粉、大味牛肉，炒脆萝卜、酸菜炒鱼崽崽，都极好吃。鲁之洛先生曾写过一本《小城旧韵》，写到小时候听一个城中的厨师讲，想学出厨艺来，光是学习剥竹笋的笋衣，都得三年功夫。武冈能将一碗霉豆腐渣做出香喷喷的菜来。据说，这种传统很可能来自明代的皇室。80 年代，县城的餐厅已开始兴盛起来。

中国人吃什么？林语堂先生写道："你们吃什么？常常会有人提出这样的问题。我们答之，凡是地球上能吃的东西我们都吃……在食品问题上，吃什么与不吃什么，这完全取决于人们的偏见。"[①]

地球上不能吃的东西，广东人可能也试着吃。他会说，尝尝吧，万一是能吃的呢？不吃就可惜了！在我的个人体验里，广东是全世界的美食帝国——是帝国！而不只是王国。如果中国美食是皇冠，广东美食则是皇冠上的那颗宝石。我刚到广东时，有个朋友说请我喝早茶。去之前我很纳闷，喝个茶还这么隆重？到了市委第二招待所的茶楼，坐定，才知道茶只是其中的一项，茶点才是主题。一笼一笼的茶点，服务员用手推车推着从面前过。吃客看中什么取什么。茶点有 40 多样，从鱿鱼须、凤爪、胡椒猪肚到芋头、菜薹，从小笼包、叉烧包到艾叶粑、粉

---

① 《中国人》，学林出版社 1994 年 12 月第 1 版第 325 页。

果，应有尽有。我第一次见这场合，得看着茶点单才能弄清楚。粤菜的丰富自不必说，它的成功还缘于标准化的周到服务。客人落座，无论是否消费，先倒上一杯茶，递上菜单，不催你点菜，也不论贵贱。丰俭由人，在广东餐厅里体现得极好。

2001 年，珠海青年联合会组织的旅游团在漓江坐船游览两岸风光。当看到岸边吃草的水牛时，一位女士说："带弯角的水牛，好美，拍摄下来就是一幅画。"

一位先生接过话说："对。如果在画上，水牛有一对弯弯的角，好看。但要是吃起来，还是黄牛的肉更好吃一些。"只有广东人，能这么自然地把岸边的风景迅速搬到舌尖上。

又一个凑过来搭话："你说的没错。最好是那种一岁半不到两岁的黄牛。牛颈肉做牛肉丸不错。牛肩肉纤维细，口感滑嫩，炖、烤、炒都不错。炒的话切片要薄……"

多么骄傲的舌头！多么贪婪的味蕾！我听着忍不住大笑起来："对着风景流口水，合适吗？如果是一个北京的旅行团，他们会这样接续话题吗？"

大家都跟着笑了起来。

当《舌尖上的中国》霸屏时，多少人流着哈喇子，没人统计过。

有张报纸曾经在周末版开辟一个新栏目：每周一菜。专门介绍菜品。我和几个年轻记者很愿意为这个栏目撰稿。为了撰稿可以一家一家地去品尝美食。请一顿吃的就可以免费宣传，餐厅也乐意。在南屏果场，场长请吃的蛇都是他养殖的。他的野味餐厅里满是慕名而来的客人。奇怪的是，你不会感觉他对这些动物残忍。他甚至喜爱这些动物。广东人几乎吃所有动物，但非常自然。他们站在食物链的顶端，和颜悦色地看着这些将被吃掉的动物，既不怜悯也不邪恶。仿佛他们在对动物们说："让我把你吃掉吧，让你成为我身体里的一部分。我实在爱死你们了！"这是 1987 年的事儿了，那时的中国人还未想及保护野生动物。

在长江下游的沿江城市，人们以鲥鱼、刀鱼待客，吃的就是那个价格和稀少。尽管在广东，我跟着别人吃过些奇怪的东西，甚至有朋友请客品过一次熊掌。但印象最深的，还是在苏州。我迄今读过的唯一专写美食的优秀小说《美食家》，作家陆文夫就是苏州人，长居苏州，写的就是苏州美食。一位当过大学老师的房地产商设宴，在苏州城某著名老街的尽头，有一座清朝二品官员的府邸，整体建筑6000平方米，参观后在府邸摆了唯一的一桌。服务员和厨师远多于客人。一道菜上有黄色的粉末，我不敢动筷子。主人告诉我："这是纯金粉，可以吃的。"我很惊讶，知道肠胃消化不了黄金，但还是忍不住夹了一筷子。餐后，我们被引到后花园，喝顶级龙井，听最好的苏州评弹。从吃什么，到怎么吃，跟谁吃，吃前吃后干什么……都成了中国饮食文化的重要组成部分。

五年前，体检报告出来，我居然尿酸偏高。海鲜多好吃，可是不能吃了。无论是在餐桌上，还是在微信群里，朋友们不断介绍养生经验：降血压、降血脂、降血糖、降尿酸。三十多年的中国当代饮食史，居然是一部从食物短缺到全民养生的历史。

鲁迅先生的伟大就在于，看这个世界看来看去是：吃人。

我的平庸就在于，看这个世界看来看去是：吃饭。

120 一个中国人的通信史

"爹爹吔——回来呷饭了——"如果家庭成员在地里劳作，没有按时回家吃饭，他的儿女就会到村头高处，用手合成喇叭，使劲向山梁上叫喊。

"通信基本靠喊"，多年前，人们形容黄土高原上的贫困山村时这么说。地处湘西丘陵的岩头江亦如此。这是两千多年从未改变过的通信方式。5岁时，母亲让我坐在土灶边烧火，可她没让我什么时候停止烧火。当锅里的水快要煮干时，我走到一个小土堆上，朝溪谷大声喊叫。母亲正在溪边小码头上洗衣服。捣衣声在小溪码头响起，山谷里都是回声。

这样的通信方式，不只是两千年前，可能五千年前就这样。

如果离得更远，要么请过路的人带个口信，要么专门跑到另一个山头去喊。

工业文明最早让我领略到通信方式改变的不是电话，是生产大队购置的"三用机"。它联通人民公社的广播站，对接整个生产大队的喇叭。有"放唱片、接广播、喊广播"三大功能。电子管的，机休笨重，可能还配了蓄电池。大队书记通知开会，不再派人沿生产队一个个通知，而是在大队部"喊广播"："各生产队社员请注意！各生产队社员请注意！明天上午都到大队部开会，都到大队部开会！学校放假一天。"这样的通知分时段喊三遍后，若是不去开会，就得不到工分。社员们互相转告，不可能不知道。

书信一直是我们最重要的通信方式。小学一年级，母亲训练我给父亲写信，让我对着父亲来信的格式，特别看重最后的"此致敬礼"。父亲告诉过她，这是对收信人的尊重。后来投稿、编稿写信，就知道多一些中国特色的礼节，信后有"编安""撰祺""专颂夏祺""此祝钧安"之娄的各种祝福。书信这种古老的通信方式，在中国曾产生过不少诗歌名句，比如杜甫的"烽火连三月，家书抵万金"，张藉的"洛阳城里浴秋风，欲作家书意万重"，杜牧的"凭君莫射南来雁，恐有家书寄远人"等。

乡邮员抵达的通信末端是大队小学。书信由老师代收，通过各自然村上学的孩子转交给收信人。同样，交寄的信件也从学校转到乡邮员手里。

如果有急事，并且只是 100 里内，岩头江就派个人直接去叫人。父亲在洞庭中学上学时，祖父去世。因为天气不好，没人去走 120 里路通知父亲，所以父亲未能参加祖父的葬礼。到 20 世纪 70 年代，如果有急事，人们就去隆回县城桃花坪拍电报给远方的亲人。这种需要拍电报的急事，往往是生离死别。祖母 1978 年去世，她的长孙曾维锦远在贵州都匀，人们无法通知他参加葬礼。祖母去世三个月后，大哥曾维锦给大伯父伯母的信中写着："问奶奶好，前些日子晚上我梦见了她。"我们推算，他做梦的日子，正是祖母去世的日子。

大多数时间，我们靠梦境与远方的亲人见面。

1974年，我看见了电话，在荆竹的区委机关里。我住的楼下是邮电所，女报务员的大女儿是我的同学。所有设备装在她家里。区委机关只有一台电话机，打电话时摇动手柄后提起话筒叫喊："喂，喂喂！总机吗？总机啊，请接某某单位。"然后等待总机转接。对方接电话的不是本人，得等着叫人。区委的手摇电话，主要用于跟县委县政府机关保持联系。

大学毕业分配到城东区中学教书时，学校有一个手摇电话机。我接听过两次来自县教育局的电话，一次是通知我去参加湖南省作家协会的笔会，一次是通知我调动，我从没有打出过。除了写信，我不曾想到过更方便快捷的通信方式。

1986年，同在县文联上班的周宜地从东北参加一个笔会活动回来，兴奋地介绍到长春拜访过一位在某报当副总编的老乡："他家装有电话，那才叫现代生活啊。每到周末，他就会与远在北京的儿子孙子通电话。听孙子叫爷爷，问当天吃了些什么。"武冈的县委书记、县长家里都还没有装电话。我们感慨："那才叫生活呀，高级！"据说，1958年大跃进时期，"楼上楼下，电灯电话"是明确的奋斗目标，也是诱人的宣传语。许多中国人对美好生活的向往始于"电灯电话"，也许这两样太具象征意义了：一个代表长久的光明，一个代表长远的沟通。

80年代，"家里有电话"是重要的身份标志。我到北京，龙世辉先生是作家出版社副总编，家里装有电话。刘绍棠是北京作家协会的主席，家里也装了电话。蔚江大姐是中国文联出版公司的编辑，就只能通过公用电话"喊人"。装机容量有限，老百姓即便有钱，也装不上电话。但是，珠江三角洲打破了这一规则。1987年，我从北京结业来到珠海，看到程控电话已经装到科级股级，甚至一个公司业务员也装有家庭电话。人们似乎不按官阶而看需求装电话。在北方人面前，广东人拨着数字拨号盘时不无骄傲。

1989 至 1992 年的我住单身宿舍，隔壁是公司，有电话机，我偶尔借用，但下班后公司的电话机就被用一块盖板锁住键盘。我见招拆招，敲敲话筒托就能把电话打出去。公司后来就直接把电话锁在房间里。我需要通信，也很好奇，花 48 元买一个小小的壁挂电话，偷偷在阳台将电话线剥出点裸线。想打电话时，用带线铁夹子夹上，就顺利通上电话了。1992 年，珠海很多家庭已装上电话机。一种子母机流行，可是它有很大的漏洞，任何另一个同型号的子机在数十米的范围内都可以接通。同事小钟不知从哪里弄来一个子机，他开着单位的车在小区漫游。我们在车内搜信号，十分隐蔽。我曾经这样与《湖南文学》主编潘吉光老师通上长途电话。盗打电话真是有点可耻，但其时却有做地下工作的冒险快感。

单位给全体员工配置了 BB 机是在 1994 年。这是一种传呼信号接收器，收到信号后要找一个电话去回复。许多人把 BB 机神气地别在腰上。在 BB 机与皮带之间，还有一条闪光的金属链子。尽管是个新式的通信工具，这样挂着我还是觉得有点滑稽。我把它塞在口袋里或放在包中。这样的便捷，其实并不让人感到方便，而是让找我的人方便。真正有钱的人用上"大哥大"——关于这一名称的起源，现在有多种解读。准确地说，是模拟移动通信，容量有限，花 3 万元获得一台"大哥大"，得送上万的"关系费"。珠海一位管事的官员，因为收贿批发"大哥大"号码获巨额非法收入而锒铛入狱。

当移动电话不再叫作"大哥大"时，当一个岩头江人也能消费得起时，手机制造商有福了！我在许多普通人拥有手机后，购买了手机。1998 年 12 月，中国移动珠海公司仍然要 2100 元的入网费。印刷公司的一个模拟号不再用了。我拿那个"9"字头的号码转网，省却了入网费。我买的第一款手机是"诺基亚"（没有人关心这个名字源于一条河），这个来自北欧国家的陌生名字，成为许多中国人的第一款手机，它显得皮实而憨厚。中国的大街上满是它的广告。2500 元，仍然是一个不小的数字。但移动通信实在太有魅力了。试想一下，在路上，突然想到要联系一个人，掏出这个小小的手机就做到了。直到2001年，别人的手机都在发短信时，我才发现这个诺基亚居然发不了短信息，只好换个国产的"波导"——它的广告做得很酷："手机中的战斗机"。

我与妻子建立联系缘于手机短信。她将一条自己喜欢的信息发给我，我解读了这条信息。然后，我们不断地发信息沟通。婚后，妻子说："想来挺亏啊！你居然没给我写过一封情书。"我说："写了呀，都在短信里。意思是一样的，就是传播和存储介质不一样。"妻子说："哎呀，那些短信都自动删除了……"我真写过，我编了个字谜发短信让她猜："采下宝冠送良友，佳人伴尔复何求。"我说这两个字是"爱你"！

手机的便利让那些动人的令人回味无穷的"家书""情书"消失了，一切都变得简洁高效的同时，连情感表达也由现成的表情包所替代。当有一天，年近90岁，远在岩头江的三伯父也用上手机时，我忽然想起大哥曾维锦，这个研究卫星通信地面站的高级工程师，似乎从未为家乡岩头江做过什么。而现在，父老乡亲终于享受到他的科研成果。我愿意这样想。

我从未曾问过大哥："你服务过的那颗卫星，还在天空吗？"

可以确认的是，上方屋场的曾瑾汛参与发射过的卫星，一定还在天上。已经不会有什么人知道有个叫曾维锦的人为中国卫星通信做过什么贡献，人们口耳相传的，是一个叫张小龙的人，包括我和我的家人在内的数亿人正在用他开发的"微信"。他出生在邵阳市洞口县高沙镇，距岩头江30里。那里曾经有座火柴厂生产"洞口火柴"——我就是划着这种火柴点燃柴火煮熟童年每一顿饭菜的。那里还有一座全国闻名的曾氏祠堂，已成国家级文物。这让我感到光荣，改造世界通信格局服务人类，并做出突出贡献的，不只是美国的乔布斯，还有我如此贴近的乡邻张小龙。

121 一个中国人的交通史

我从未滚过铁环。岩头江人住山坡上，上坡上山，下坡下田，没有适合滚铁环的地方。

我是在邓家铺看到汽车的。那是工业文明的重要标志，下半部深红色，下半部白色，带着尖利的喇叭，扬尘而来，绝尘而去。它走后的马路上，都有一股浓浓的汽油味。大约在 4 岁的时候，我在父亲的区委机关里待了几天，每天用很长的时间在区委门口的杨柳树下等待汽车到来。从县城到邓家铺的汽车每天只有两班，早上 10 点，下午 3 点，但很少准时。我渴望坐一次车。有次我随父亲送客，客人大抵是县文教局的干部。他把我抱上车，说要带我去县城。我以为真要坐一次汽车了，激动而害怕：到了县城我怎么回来？结果，汽车开动前，我被抱了下来。我眼睁睁地看着这个庞然大物绝尘而去。

从邓家铺回岩头江没有车，是 30 里山路。

12 岁，去荆竹读初中，我终于第一次坐了汽车。这是一个中国人交通史上的里程碑。我已经翻山越岭，走了 40 里路，饥饿而疲惫。余下的 20 里，我从一个叫马坪的地方坐上了汽车，到荆竹铺。我心中狂喜，因为与岩头江的小伙伴们比，我已经坐过汽车了。只有少数的岩头江少年见到过汽车，只有屈指可数的岩头江少年坐过汽车。

上高一的时候，快过年了，某天有辆给武冈五中运煤的解放牌大卡车停在学校。卸煤后，父亲问司机去哪里，司机说回黄桥铺。父亲就请司机带我一程。下雪的天，这一路要过杨林。杨林离岩头江只有 10 里。我会省下 20 里路回家。刚下过雪的马路结了一层薄冰。在上山坡时，我看到司机下车，小心翼翼地给自己的车轮胎套上了铁链，用于防滑。我不好意思坐得太久，只坐 15 里路就下了车，然后沿着田间阡陌踏着冰凌回到岩头江。

武冈县城 1946 年才通公路。中国一直推进交通建设，政府正在做一些计划。1975 年前后，邓家铺至双牌的马路修通了，这是湖南

219 省道的前身。岩头江的人们偶尔会从双牌走到邓家铺去，因为在这条砂石铺成的毛马路上，也许会碰到愿意载人一程的手扶拖拉机。直至 1977 年参加高考，我从邓家铺到黄桥铺去照相，仍然需要走 30 里毛马路，来回 60 里，没有车坐。我们一直认为坐车是城里人的事情。我们夏天穿自己织的草鞋，冬天穿母亲纳的千层底棉鞋，雨天穿桐油钉鞋、木屐或打赤脚。多数时间，人们上坡下坡，都是为了耕地，为了春种秋收，活动范围不超过 500 米。"交通"是远方城市使用的词。

回顾一个中国人的交通史，沧桑，但还有趣。草鞋、布鞋、轮胎草鞋、钉鞋、木屐、高跷、解放鞋、套靴、皮鞋……鞋子博物馆里的这类展品，我都穿过。牛背、板车、马车、手扶拖拉机、中型拖拉机、汽车、绿皮火车、飞机、动车……我都坐过。

中国最负盛名的唐代浪漫主义诗人李白写过多首《行路难》，"欲渡黄河冰塞川，将登太行雪满山……行路难，行路难"。中国的路从来就不好走。古代有驿路，一个到京城赶考的人常常要走一年两年，所以带着仆人在路上会友，碰到美貌小姐还能谈恋爱。当然也有碰着妖怪狐狸精的。中国文学里，关于路途上的故事占很大比例，比如《西游记》《聊斋志异》《山海经》，有打怪的冒险，也有长亭连短亭的依依惜别，一见钟情的良缘。

汽车时代破坏了那种慢路上的美好，你不可能用一年半年的时间在路上悠悠地走。可你又得随时对付路上难堪的慢。路上只有周折和糟心，不会有奇遇艳遇。

90 年代，我总是通过旅行社订火车票，坐到邵阳，再去麻烦老领导或者朋友，让他们找车送我回去。我真的不是为了面子。从邵阳坐车到隆回，再从隆回坐车到三阁司，在离老家十几里路或离邓家铺 30 余里路的地方，就没有车到邓家铺。有时到隆回就没车。天色已黑，得走 30 里路回岩头江。到邓家铺得走 60 里，我得走 7 个小时。我早期找过邵阳广播电视局的书记邓忠先生，他是原市文联主席，可以派个北京吉普送我。后来又找文学朋友肖仁福。那时肖仁福已发表不少小说，在市财政局当办公室主任，派的车上居然有个警笛。司机老是鸣笛叫人让道。我哪配叫人让道？反复跟司机说："我不急。不用鸣笛。"

终于有从邓家铺直接开到珠江三角洲的大型客车时，我就不再麻烦老领导或肖仁福了。从邓家铺上车，坐半天一夜，能到广州。我第一次上车的时候，车上满是花生、瓜子壳。我主动抄起扫把，将车上的垃圾打扫干净。司机看到我，赶紧说："别客气别客气！我来扫我来扫！"我不是客气。我很高兴在邓家铺就能坐上直达珠江三角洲的汽车，愿意为此做一点小小的事情！这条路上，长途汽车经常在阳山碰到滑坡，要等 24 小时或更长时间才能疏通。在进广州的时候，没有合适的地方停靠（也有人说是进城停靠要收费，营运者觉得不合算），司机让到广州的客人在城乡接合部下车，其他的则到东莞长安、常平，深圳龙岗。那一回我是回老家接父母。天蒙蒙亮时，我迷迷糊糊地下了大客车，叫一辆出租车，直接把我们送到流花车站。然后，我们坐岐关客车回到珠海。

当我有了一套房子而且被确定产权，彩电、冰箱、洗衣机、音响、空调都齐备之后，像所有这个时候的中国人一样，渴望有一辆汽车。一个来自湘西岩头江的人想买车了。这对全世界的汽车制造商无疑是一件天大的好事！底特律的雪佛兰、慕尼黑的宝马、沃尔夫斯堡的大众、东京都的丰田都应该兴奋起来。

1994 年，我花 4500 元到驾校学习。训练场离我住宅不远，也是城乡接合部。这个时期，中国过热的经济降温，城市扩张的速度降下来。许多路开挖了土基，却没有填充砂浆水泥，路上满是泥泞。因为成本问题，教练车用的是 2.5 吨的"五羊"牌货车，方向盘很重，几乎感觉不到助力转向。驾校开学那一天，校长鼓动学员们平时要给教练买烟、矿泉水，请教练吃饭，并且适时给点小费。在烈日下工作，教练很辛苦，你若能"孝敬"好教练，他就能专心教你，你也能快速学会。半年后我取得驾驶证。

三年后我到美国，看到那些接待我们的朋友都开着车。在旧金山，著名华文作家刘荒田先生驾着车带我们逛金门大桥；在芝加哥，著名诗人非马先生驾车接送我们去逛美术馆、看毕加索的雕塑；定居圣迭戈的李大明先生在洛杉矶接到我们时，开着一辆八成新的奥迪 100，他说是二手车，只需 4000 美元，合 3 万多人民币，车牌是 594XPLA，他意译为"我就是前中国人民解放军"。我觉得这个车真不错，居然这么便宜，要是中国有这么便宜的二手车多好。这个价我也可以凑钱买一辆。

我曾经特别想买车的时候，车总是太贵，钱总是太少。那些开着车的人到处逛，他们有更大的活动半径，总是兴奋地说起某处什么好吃什么好看，关键处，还会互相交流驾车的体会，说一些诸如"波箱""离合器""液压助力转向"之类的汽车术语，听上去时尚、优雅、幸福，生活品质获得大幅提升，令人羡慕不已。

拥有处级以上官阶或百万以上身价的前辈或同辈老乡开始衣锦还乡。

一个成功人士的标志是开着车回家。

时任珠海百货集团总经理的林民业先生开着时值 70 多万的豪车回过武冈老家，他跟我谈起时感慨万千："我到我的母校，就想起自己上学时，下雪天怕自己的布鞋弄湿，不容易干，把布鞋脱下来夹在腋下，赤脚踩着积雪上学的日子。我真的感谢这个时代！那时从不敢想象有一天我会开着这么好的车回母校探望。"

每听到有人在电话里说："好，我开车去接你！"或者饭局后有人说："我开车送你。"心里就想：什么时候我有了车，也能这么对朋友说一声。无论在珠海还是长沙，我都坐过载 7 人的五座车，侧身和前后错位坐是坐车的一门重要技术。

我曾试图通过朋友购买一台走私的二手车。在海丰那一带，据说有人专门走私二手车，很好的车，七成甚至八成新，只要 8 万，当然，不能正常上牌，得做一套假牌，得有关系能通过年审。我不太清楚关于车辆管理的法规，就纳闷：别人开假牌二手车怎样通过年审呢？我想找老家的朋友帮助套牌，没有人懂怎么做。最后，我终于没敢买走私的二手车。好几万块钱，要是真被抓住罚没，损失就大了。

后来，我单位添置了一台15万的东南菱帅。我小小地用了一次权力，让发行方以这辆车抵押几个月的合作款。我不知道主管单位规定10万以上的支出，得由单位的一个最高会议来决定。我没通过会议，自作主张。当然，主管单位最高会议追认了这个抵押协议。因为原有的"丰田小霸王"已开了二十年，在去广州的路上老是出事：坏水箱、漏方向机油。再开去广州办事，出事故会真会要命。主管单位最高会议也做出很多愚蠢决定，比如投资300万血本无归，然后发现，除一个空洞的会议对这个负责，谁也没有责任。当单位要将这台车转户珠海时，我们却被告知没有指标。

当公车私用成为常态时，我居然不自觉地加入了这个队伍。除了上班，我驾着单位的这台1.6排量的"东南菱帅"接送了一些朋友，将新婚妻子从长沙接到珠海。我开着车载着怀孕的妻子到海边去散步，12分钟就到了，完全不堵车。我用这台车送妻子到妇幼保健院。她出院时，多了一个褓褓。褓褓里是新出生的儿子。公车私用当然是不合适的，得有纪律管着。全方位的汽车改革开始了。公车归公家，我得买一台自己的车。珠海的道路上开始堵车了。我计划购置私家车的时候，中国的汽车销售开始"井喷"——就是像地底的油气在压力下喷发出来那样。

我像当初选房子一样，没事就去4S店。

当穿过手编草鞋的人们想要买车而且买得起车的时候，这个世界一时反应不过来。只有日本的丰田、德国的大众最先感觉到这个变化。法国的标致曾经在广州有合资工厂，但不知道什么原因，他们把大好市场拱手让给他人。早期的一种标致两厢车，任何人坐在最后一排都会不适，都想呕吐。但这种车居然生产了许多年。广州本田和上海通用最早喊出"造老百姓买得起的车"的口号，然后广州本田生产"飞度"、上海通用生产小别克"赛欧"，都是10万元的紧凑型车，很小很挤。广州丰田则专门设计了一种叫"威驰"的车，从11.5万元到19.5万元。被人们寄予厚望最早生产低价位"百姓车"的天津夏利，这时生产一款不合时宜的"夏利2000"，造型像个小胖子，开在路上像小猪拱土。在中国，早期购汽车都当奢侈品而不是普通消费品。1994年，一辆普通大众"捷达"，办下车牌来要22万元，它需要我20多年的工资。1998年前，我不敢想拥有一辆自己的小汽车。2002年，西安一位广州本田汽车销售代理商兴奋地对我说："真想不到，我有利润不说，许多人托朋友找关系，给我送好酒好烟送红包，就是为早日提到车。嘿，我又不是官！我只是个汽车代理商。"

政府车改，意在减少公车，减少公共财政的支出。珠海的处级干部大多有公车，有公车还要养司机。一位在市人大机关工作的朋友购置了一台枣红色的广州本田雅阁，2.8排量。她购车时请我参考，说是还可以买进口的本田思域，价钱差不多。我建议买雅阁。三个月后，我问她开着这车上下班是不是特惬意。出乎意料，她说："哎呀！跟做贼似的。单位领导的车都是2.0以下排量。我哪敢开到单位？所以总是早些上班，开到单位对面一个地方停车，然后再装作在那儿吃了个早餐，去办公室。"公车一改革，五花八门各种排量的车都出现在机关大院，她才得以大大方方开着本田雅阁2.8上班。

我买车的时候，中国的汽车消费已经到令世界吃惊的地步。许多人已经"转型升级"，从拥有一台开得动载得起人的车升到品牌、品质及车型的个性化要求。一种新的时尚席卷中国：SUV——城市越野车，动力更足、底盘更高，多数有适时四驱，方便出游。

我用了很长时间恶补汽车常识，从发动机到悬挂，从棍波到自动波，从A级到C级S级……我最后买了一辆雪佛兰SUV。这是一辆七座的车，2.4排量，我在网上反复确认过，动力不是太好，空间还算不错。我带妻子和儿子去选车时，母子俩一见就喜欢上这款车。

我得讨他们娘儿俩喜欢！这是做中国家长的常道。

2010年前，开车回家比坐车方便。自从有了高铁，开车回老家的人少了。2019年3月，手机订的票，我在珠海从容吃过早餐，7；42在离家 3 公里的明珠站乘城际列车 8：37 到广州南站，9：05 坐 G6142 次高铁从广州南 12：55 到洞口站，跟同学吃中饭。我是为了见见同学和看看曾氏祠堂才到洞口站的。岩头江离隆回站 20 公里，到隆回是 12：37。我通知表弟开车接更近。妹妹们曾经从珠海坐到桂林，再搭汽车回到武冈。当她们谈起高铁的快捷和便利时，总是说："这真是梦一样的速度！"

2019 年 10 月 3 日，国庆长假期间，我回岩头江参与三伯母的葬礼，没订到高铁票，只抢订到广州至邵阳的绿皮火车软卧。好久没坐过这车了，除候车室的叫卖声依旧鼓噪，乘客们已很安静。我看到及时乘车的人们不再奔跑、拥挤、抢座，"蛇皮袋"绝迹了，人们从容地拖着拉杆箱，排队依序上车、落座。我从不认同将某些行为命名为"中国式XX"，一定的物质条件，交通设施的改善，才是秩序、从容、优雅的基础。

122 回家过年（一个岩头江人经历的中国春运）

对一个岩头江人来说，离家有多远，回家就有多难。

过去的岩头江人只为两件事远行，一是被征兵"吃粮"，二是去广西挑盐。

父亲和母亲 1989 年 8 月第一次到珠海来，站在绿皮火车厕所边的过道里，从衡阳直接站到广州，厕所里都挤满了人，腿都站麻了，没法上厕所。到广州下车后，他们一时无法联系上我，只好在广州住下。一位亲戚带着他们住进白云宾馆。他们原来只住过公费的县委招待所，一个房间六人或更多，厕所在别处。这是他们第一次住酒店，双人房，有卫生间，每晚 80 元。这个价格让母亲坐立不安。第二天她无论如何也不住这家酒店，到火车站附近找到一个每晚 15 元的招待所住下来，然后，他们在广州拍电报给我，约定在流花邮局接他们。母亲虽然盼我回家过年，自坐过那一次火车后，不再勉强。她说："崽唉，坐了那个火车，才晓得怪不得你们不回家过年。挤火车，那真是可怜！"

事实上，春运坐火车，比他们坐的时候还要挤得多。

为了回家过年，我尝试过各种各样的办法。直至高铁通到隆回县城的今天，在中国，春运仍然是一件重大而又令人恼火的事情。

2010年，我决定回家陪父母过年。在中国，人们倡导的不再是简单的孝敬和赡养，而是陪伴。父亲77岁，母亲72岁了，他们不愿意来珠海，我就回邓家铺陪他们过年。

网络发达起来，珠海已多处网点可以在电脑上订火车票。在人民西路，离我住处1.5公里的地方，有一个订票点，可以到那里去"抢票"。连续三天，最晚的一天我等到凌晨2点，也没能抢到三张回邵阳的火车票。据堂弟曾维国介绍，长途汽车也不错。我决定坐长途汽车回老家邓家铺。票价每张300元，是平时的三倍。

珠海上冲长途汽车站离我所住的小区仅3公里。我提前买好票，按预定行程，中午12点出发，当天晚上9点会到达隆回县城桃洪镇。我们一行四人（一家三口加堂弟维国）在11点半到车站。车一直没来，车站喇叭里告知因路途故障晚点。什么时候到？请耐心等待。等到下午4点半，车仍然没来。我对维国说："你在这儿候着吧，我们回家吃了晚饭再来，给你打包晚饭来吃。"我们回家做饭吃了后，仍然没有维国的电话通知。我们在6点半回到车站，车仍然没来。我们已打定回家的主意，只能等待。直到晚上9点钟，车到了。

司机一边打扫车厢，一边用亲切的乡音说："大家对号入座对号入座。凡购好票的，都有位置。春运期间，安全第一。等一下我们还要接受安全检查的。"

久等了的人们很快就各就各位坐定。车站安全检查人员上车清点了人数。接着，又到一个地方，感觉是上地磅称车辆的总重量。车内还有几个位置未坐满。车内是卧铺，人大约可以成15度的角斜躺着。我想，还好，这样睡一夜，大约第二天早晨7点左右到隆回县城。当然，我得打电话告诉父亲母亲当天是回不到家了。

车开出上冲长途车站，却没有按常规路线过上冲检查站沿 105 国道向北，而是开到珠海市内的洲山路。这一带是老工业区。车一停，呼啦啦上来十几个人。剩余的几个位置填满了，还远远不够。这时，押车的男子叫："来来来，老乡，让一让让一让，出门大家行个方便，还有位置还有位置。"说着把我斜躺的后背扶起，一个男子在我身后倒腾一会儿，隐去了。押车人让我把后背放下来归原位。我仔细观察，原来后背与车下面的行李仓相通，这些人就从后背下的洞口钻进行李仓去了。显然，刚才在车站应付检查是虚晃一枪。汽车仍然没有回到 105 国道，或者从唐家沿海上京珠高速，而是沿珠海大道向斗门方向。我一下子就被绕晕了。这车得开去哪儿呢？堂弟维国淡定地笑着说："他们有很多名堂躲春运检查的。其实哪辆车都会超载——只要有钱赚。"

我忽然想起一个可怕的传说：岳阳有两个孩子暑假里到珠海来玩。一周后，打工的父母请司机捎孩子回去。因为超载，过检查站的时候，让孩子躲进行李仓里，事后司机一路开着车忘了让孩子出来，结果孩子被闷死在行李仓里。

我想，过一会儿，我得提醒司机，让闷在行李仓的人出来。

后面传来浓烈的脚臭味，这是我此生闻到过的最臭的脚臭味。它很快充满整个车厢。在逼仄的车厢里，无处逃避。

"天哪！怎么这么臭？你是专门上车来放毒的吗？"

"回家过年，你不会洗个澡再上车吗？"

臭源在最后面一排可以躺 5 个人的宽铺上。一个穿工装的矮个子打工仔，很不好意思地用手半遮了脸说："我刚下班，哪有时间洗澡换衣服？"

半车人捂着鼻子。除了他身边似乎跟他有点熟的男子骂人，没有人开骂。前边押车人长叹一声说："大家忍一忍，没听到人家刚下班吗？大家都是打工仔，打工不就是为了多挣几个钱吗？不上班到哪去挣钱？忍一忍，忍一忍。"

后边开骂的男子边说边往前走："下班归下班，你把这个臭气带回家，熏得你娘爷老子也会过不好年。我劝你进家门前，先到村边找个水塘把脚洗干净了。这里呢，我给你找两个塑料袋把脚包一下。大家都打工，骂是没人骂你了。可臭死了人，总归得算犯罪，要偿命的。"这男子在司机旁边扯下几个塑料袋，回到后面，给那臭脚套上，用力缠住，一小会儿，还真没那么臭了。

夜里 11 点，车尾冒烟，车居然坏了，在一个陌生的汽车修理店修理。我下车一看，还在中山。等车修理好上路，我已困得不行，迷迷糊糊地睡着了。

一早醒来，叫吃早饭。我下车看看外面的店，还在坪石，这是广东最北的一端。我坐了一晚，还没出广东。饭后上车，那些原来被押车人按进行李仓的人，又被重新按了下去。押车人说是出省，在广东和湖南交界处，还会有春运安全检查。万一查出超载，一是要把超载人员赶下车，二是要罚款。那些反复被按进行李仓的人仍然满脸欢欣，似乎在玩游戏。一切疲惫和不安都被回家过年的愉悦冲走了。

再次遭遇堵车，车辆只能停几分钟往前挪动一下。行李仓里的人干脆出来，下了车，跟着车走，也不急于到车内来。

更意外的情况发生了，车内冒出浓烟，越来越大。

6 岁的儿子恐惧地大叫："起火了！起火了！"

我一看，烟是从车尾发动机厢冒出来的，说明情况确实危急。偏偏这个时候，一直堵着的车松动了，所有的车都在往前开。我赶紧叫："停车！停车！起火了！起火了！赶快开车门！"说着我和儿子到了车门处。门一开，我和儿子立即跳了下来。回头看，车上仍旧在冒烟。妻子和其他乘客坦然坐着，等待司机处理烟雾。中国真的有太多人没有安全意识。车内这么大的烟，居然只下来三个人。押车人到后面看了看，再将靠后座位的车窗开了一条缝，烟慢慢散去。好在这个时候，路又堵上了。押车人在门内，我在门外，门开着。

司机对我解释说："什么起火了？老乡，都回家过年。别说得那么吓人。这个呢，车的线路有点老化。先前去修了一下车，发动机盖上滴了些机油，机油受热嘛，就冒烟。车能开个 40 公里，烟就冒在外面。这会儿路堵，车不怎么动，烟散不出去，就往车里面钻了。来吧，放心上来吧。这情况我这个车经常有，你是没坐过，不会出事的。你看别的人就不会大惊小怪下车。"我看着烟渐渐消了，还在郴州呢。

我也没有别的选择，只好心惊胆战地带着儿子再次上车。

妻子说："太危险了，再也不坐这种不靠谱的长途汽车了！"

2014 年春节，我开着自家的车回家过年。堵车是肯定的，看堵到什么程度。我反复测算，都无法在一天之内把车开回老家。开夜车风险太大，人疲劳，视线也不好。我先预订了连州的酒店，快也好慢也好，第一天只开到连州，第二天再从连州出发回家。

第九章

123 谁来陪伴母亲？

我从未想到这是最后一次在邓家铺陪父母过年！

离 2014 年的春节还有两天，我在下午五点半到达邓家铺中学。这所中学已经换了数任校长，我已经不怎么熟悉里面任课的人。池塘填埋了，白杨、杨柳树被砍了。新修的教学楼，在最靠北的一面。中心是大操场，煤渣的跑道。两扇绿色的大铁门拦住了进门的车。人进门得从左侧的小房间通过。此前，母亲总是早早地候在门口，兴奋地跟门卫说："等会儿要开门放车，我儿子一家回来了。"我一到门口，她会帮着门卫一起开门，并示意我给门卫递烟。

这一次，母亲没有出现在门口。我们停好车，走上楼去，敲开门。母亲无力地坐在沙发上，但保持着微笑站起来，招呼我们。母亲憔悴而衰弱，但她仍然兴奋。

她病了，她说她感冒一个多月了，总是不能好。昨天，她去医生那里吊了一瓶氨基酸，精神才稍微好些。在电话中已知道母亲生病，妻子购买了"复子理中丸"和艾灸。母亲一直胃口不好，我们猜她肠胃出现问题。

邓家铺中学右侧建了座新房子。父母所住的这一栋，已显得凋零，整个单元春节期间只住了两家人。天黑下来，路灯也不再亮，校园里显得阴沉。

我请假准备好了时间，开着雪佛兰科帕奇七座回家，想带父母到离邓家铺最近的 5A 级风景区崀山走走，再到他们愿意去的附近任何地方看看，比如母亲挑过煤的王太原，比如父亲工作过的荆竹，曾让父亲产生豪迈的癞皮岭……我怕他们年纪再大些，哪里都走不动了。母亲引以为自豪的是去过北京、上海、广州、深圳、香港、澳门，自己可能是同龄的岩头江妇女中走得最远走过地方最多的女人。

但是，母亲已经走不动了。她其实已是一个重症病人。一向不愿意我们回家时动手做菜的母亲，放弃了操劳家务，无力地坐在沙发上。这是 90 年代请人用弹簧绷成的沙发，破旧而温暖。妻子一边安慰母亲，一边给她点艾灸，做足底和踝部穴位按摩。母亲悄悄跟我说："我真是太有福气了。一个省城长大的儿媳妇，要是别的姑娘，会嫌弃乡下老人的，可她一点也不嫌弃，还给我按脚。"她觉得全村没有任何一个女人享受到这份孝顺——她的参照系一直停留在岩头江村子里。妻子的好显而易见，质朴、真诚而善良。

十天假期，妻子做了十天饭菜，包括堂哥们来拜年的两桌菜。她一直以自己的厨艺自豪。可是，母亲却吃得极少。在过去，母亲会来席上给十几个隆重拜年的侄子讲祝福的话。而这回，她只是无力地坐在沙发上。妻子为她精挑细选的肉食，也没怎么动。

我们要带母亲去看病。母亲说："大过年的，到医院去做什么！不爱这句话。"中国人都相信在重大节日去医院是不吉祥的。"不爱这句话"就是不喜欢这么说。

除夕前，我们从邓家铺回了一趟岩头江。岩头江的老人越来越少。家族里的上一辈，除了三伯母，就没有别的人了。正好碰上三哥做七十大寿，客人很多。三嫂客气地请我们吃饭。母亲带着我们检查老房子的情况，在堂屋的神龛下烧纸钱敬祖宗。由于长期无人居住，三哥在我家的走廊上和堂屋里放满了柴火。我们一直守到纸钱烧完，才敢离开。

这是母亲最后一次回到老屋里。我们未意识到这是与母亲的永别。

依旧去了小舅舅家里吃午饭，并抽出时间去祖父祖母的坟前祭拜。依旧在那位被老虎咬死的先人坟前烧一些纸钱。

在离开邓家铺之前，母亲带我去看她种的白菜。再次失去土地的她在楼顶填土经营了一块菜地。一个长期劳作于田野的人，二十八年前摆脱强劳动的苦和累，很是欣慰，现在，却是对劳作的万般不舍。她让我提着水桶，为早已有些缺水的菜地浇上水。她拖着病体跨越了一道齐胸的护栏，去抚摸那些菜的叶子。白菜正绿着，叶子在慢慢卷曲。然后，她带领我们把一些木棒木棍子放到一个地方收藏起来。这是她为儿女们熏腊肉用的。她计划留着到这年的腊月为我们再熏腊肉。

邓家铺的人们已经不怎么相信自来水，都喜欢去打井水喝。为减轻父母的劳动，我和妻子带着儿子，开车到两里外的井边，将房间里所有装水的瓶子都打满了井水，足够老两口用一个月以上。我打水的时候，母亲领路。我们看她累，先送她回家里。打完水回到家里，母亲不见了。一种不祥的预感从我心底悄悄升起。她去哪儿了呢？我们在邓家铺的大街小巷到处找。等到晚上七点，我告诉了表弟姚家红——时任邓家铺镇的居委会主任，曾告诉我"有困难，找主任"。父亲去找了母亲平时去的几个地方，都见不到母亲。姚家红找来了三台摩托车，几个小伙子，每台坐两人，计划从镇中心三岔路口出发，沿三条马路去寻找。风更冷了，有细细的雨丝飘落下来。入夜的邓家铺变得寂静。正当我戴上头盔准备出发的时候，妻子打来电话：母亲回来了。母亲很平静，说只是去吊了两瓶氨基酸。我和妻子一下子就明白了，母亲是想靠着药物的支撑，在我们第二天离开的时候，精神好一些，让我们放心一些。

这是我回到老家邓家铺陪父母亲过的最后一个春节。母亲答应，出了农历十五，就坐车到县人民医院去好好检查一下。当然，可能就是个难好的感冒，天气暖些可能就好了。

母亲其实已病入膏肓。

我还得远行。

养老，已是中国的一个普遍问题。在邓家铺或岩头江，尤其如此。过去，只是父母会遇到这样的问题，需要儿女照顾的时候，儿女们却远走他乡。现在，所有的家庭都遇到这个问题。无论是年事已高的三伯母，还是刚到70岁的三哥，他们的儿孙多在远方，在珠江三角洲，在长沙、株洲、湘潭，经商，做医药推销，调黑椒汁，或者做保洁员。

在邓家铺中学门口，我反复要母亲过了正月十五就去看病。母亲答应着，看着车离开，缓缓走出几步，再也没有力气追着车走一程了。

在邓家铺的3公里，我开得很慢。我的泪在眼眶里打转。在一个药店门口，我忍不住告诉妻子："妈妈有次跟着车一路走到这里。"

124 与"药神"秘密接头的日子

我已经无法放下母亲的病情。过了正月十五，母亲该去医院了。我一再打电话催促，母亲只是应承，并未行动。我知道，81岁的父亲陪着75岁的母亲去医院看病，他们从内心里害怕在医院里走各种程序，他们已经力不从心。

中国医疗改革已进行了好长时间。优质医疗资源在城市，在富裕地区，这是不争的事实。在邓家铺，拥有行医资格的医生，只开最保险的药。开感冒药是他们的日常，给老人吊氨基酸是长项。我只好与弟弟妹妹们商量，打电话让表弟黄生刚和姚家红陪他们去医院。

姚家红说："干脆去邵阳市人民医院吧。在整个湘中地区，邵阳市人民医院的医疗水平和医疗设施，算得上最好的。再说，现在开车到隆回上高速，个把小时也就到了。"

跟姚家红确定后，我打电话给母亲，从语气里听出她很高兴："家红来跟我说了，明天早上走，他借了车，到邵阳市人民医院去检查一下。崽，你放心！"

那一天我在肇庆开会，心神不宁。下午，姚家红打来电话："五舅妈做了CT，结果出来了，医院诊断是肺癌中晚期。"

我蒙了："怎么是肺癌？"母亲多年来一直胃口不好，我一直担心她晚年肠胃会出问题。妻子买"复子理中丸"给她，就是基于我的推想。父亲抽烟，患过肺结核，而且复发过，我担心父亲晚年肺会有问题。母亲到父亲任职的邓家铺中学同住时，闻不了烟味，父亲把烟戒了。母亲连二手烟也没吸过，怎么会患肺癌？

电话那头，姚家红接着说："这个结果一般不会错。我们怕她老人家情绪受影响，没有告诉她真实结果，只说医生认为是感冒，进食太少，营养不良。"

我说："你做得对。她很敏感的。"

我一夜未睡。母亲的时间不多了！做她儿子的时间不长了。

我打电话和弟弟妹妹们商量，当即决定，弟弟和小妹妹回老家邓家铺，把父母接到珠海来。高铁已经通到了衡阳，在邓家铺找个车，两个多小时可到衡阳高铁站。

母亲到达的时候，一脸倦意，瘦骨嶙峋，低烧，没有食欲。第二天，我们让她住进了珠海市中大五院。小妹夫找到熟人，胸外科主任医生，老乡，沟通良好。再做CT，确认了母亲的病情，肺癌中晚期并骨转移。医生说老人家千万要防摔倒。抽去了胸腔积液后，根据母亲的病情，医生给她吊瓶静脉滴注了增强营养的脂肪、消炎的增强型抗生素。医生说，如果经济允许，你们给她买几支进口白蛋白。双城生活的便利性开启，小妹夫让亲戚在澳门购买了白蛋白，800元一支。我一直不明白为什么医院里没有。半个月后，母亲的情况有所好转。我们都明白这个病不可愈，但希望母亲的生存期尽量延长些。

送饭、在医院陪床，与医生接洽，交押金。在普通家庭里，团结显得尤其重要。这个时候，有团结一致的儿女，不富裕，但经济条件也不窘迫，有孝心，优势就很明显。母亲出院后仍然住在我家。我是长子，责无旁贷。妻子总是变着法儿做早点、菜肴，让母亲吃好。小妹妹小妹夫尽孝心，过不久接过去住，还买了点虫草给母亲炖汤喝。妹妹们和弟弟商量，如果母亲的状况还可以，每家轮流住两个月。医生说母亲最多还有8个月生命期。

母亲的日子倒计时了，每个人都想多一点陪伴。

我们一直保密，告诉她只是感冒，因她平时食量太小，所以营养不良，身体乏力。我们大肆宣传珠海中大五院的医疗水平，将院内的教授、博士列出来说给她听，以期增加她战胜疾病的信心。母亲受到鼓舞，说："当然，肯定不是县城的医院能比的。"在心底里，她也愿意相信只是感冒和缺乏营养。我们一直劝他们到珠海来长居的，还凑钱给他们单独买了套一房一厅的小房子。如果他们不愿意跟儿女住一起，还可以自己住。母亲说："我说好80岁以后来珠海住。要住就跟你们住到一起。你们选的那个房子位置是好。可是我们自己生活，门口买个药也讲不清。"这时候，母亲还不满76岁。

医生介绍吃一种真正有效的抗癌药：易瑞沙，学名吉非替尼片。这是一种非常昂贵的药，刚到中国时，10粒一盒需7000元，每天1粒，每月需要21000元。在中国，所有的抗癌药物都非常昂贵，因此，老百姓说"有多少钱就能活多久"。这个说法非常残酷，却是现实。医生给了一个电话号码，电话那边告诉我，药是从印度带过来的，需提前要，比正规渠道价格低很多。这个人称从广州送药来，每瓶到手2800元，一瓶30粒。

在中国，这是半公开的走私，网络上都有，号称代购药品。2013年8月，国家食品药品监督管理总局公布《严重违法发布假药信息网站名单》，印度易瑞沙名列其中。先是小妹联络，后来我们都曾联络过。我看不到他的公司，也无法要求质量保证。我知道走私犯罪，可是没有人告诉我，还有什么别的办法可以延续母亲的生命。在生命面前，走私者是"药神"，所有的罪都会因救命而赦免！只有一个手机号码，机主姓陈。供货者要求现货现钱，我约他带着易瑞沙到体育中心东门。这道宽阔的大门上挂着醒目的五环标志，前面是大片空地。我从家中走过去只要5分钟。一个30岁出头的男子，个子敦实，脸膛黑里透红，眼里并无地下交易的不安，而是让人放心的镇定平和。简短地接上头，他知道医生会嘱咐怎么吃，只说："下次要的时候最好提前一个星期通知，有时会没货。毕竟要从印度带过来。"

他每次都单独来，我也是单独去。我们的接头似乎从未受到干扰或监视。

母亲吃了易瑞沙，病情果然好转，饭量也增加了。她非常高兴。小妹妹带父母去长隆海洋王国，走了一整天，母亲都不觉得累。乘着精神好，弟弟接父母到深圳住了一个月。易瑞沙的副作用让母亲患上了甲沟炎。回到珠海，我送母亲去医院。医生亲切地叫阿姨，二话不说，直接给她把指甲拔了涂上药。医生叫她阿姨，又不用挂号排队做了个小手术，这让母亲获得很强的安全感。她会觉得儿女们混得不错，医生是朋友。而朋友是会认真对待她的疾病的。母亲体重已不到30公斤，医生觉得既然副作用大，每天吃半片易瑞沙够了。以前我们一次买两瓶，后来就改成一次买一瓶。每到一瓶快吃完时就联络。供货者一般会在第二天送药过来。以这种方式能延长母亲的生命，一种幸福感油然而生。我们生怕失去这个电话号码，除了写在本子上，还把它存在每个人的手机里，以便随时调出来联系。

2018年，电影《我不是药神》红遍中国，说的就是走私印度抗癌药的故事。供药者，一面是救命的神，一面是走私的罪犯。我坐在影院里看电影时，就想起与"药神"秘密接头的情景，想起那张黑里透红的脸膛。

125 母亲的社会保险

母亲第一次住院13天，出院结算时，我们想起，她买了社会保险。

2010年二舅妈生病在长沙住院，"新农保"为她支出4000多元，自己只出了1000多元。这份实实在在的福利，终于让一个底层公民感受到人民政府的好。

《中华人民共和国社会保险法》于2011年7月1日起施行，"第一条：为了规范社会保险关系，维护公民参加社会保险和享受社会保险待遇的合法权益，使公民共享发展成果，促进社会和谐稳定，根据宪法，制定本法。第二条：国家建立基本养老保险、基本医疗保险、工伤保险、失业保险、生育保险等社会保险制度，保障公民在年老、疾病、工伤、失业、生育等情况下依法从国家和社会获得物质帮助的权利。第三条：社会保险制度坚持广覆盖、保基本、多层次、可持续的方针，社会保险水平应当与经济社会发展水平相适应。"

这正是我十年前渴望的事情。立法了！为底层"看病难看病贵"焦虑，我曾经在珠海市人民代表大会的小组讨论会上，差点跟一位官员吵起来。

靠养儿防老，在岩头江人的观念里，多少代都不曾改变。母亲的户口转为城镇户口，她获得购买粮油肉食品资格的同时，失去了土地，她已不可能重新就业。随即，粮油肉食完全市场化，不需要任何身份就可以购买。我和弟弟妹妹们总是心酸地想起，原来母亲在邓家铺中学校园里开地种菜，还含有另外的意义：她并没有吃闲饭，她在继续劳动，为这个家庭做出微薄的贡献。尽管我们并不在乎她卖菜给学校获得的几百块钱，但在她，是一种价值。她谈起卖菜给学校所获得的收入时，总是有小小的成就感："也好呢！芥菜多，也吃不赢，就做成酸菜卖给学校学生食堂，白菜也卖了几百斤。"

这位对新中国充满感情的底层公民，从来没有享受过真正的国家福利。她一直认为年老了退休有工资、看病能报销，这是"国家工作人员"才能获得的。事实上，在她所经历的岁月里，也只有"国家工作人员"享有退休的医疗保障福利，农民没有。当基于宪法的《中华人民共和国社会保险法》正式实施，并向普罗大众广泛宣传时，母亲毫不犹豫响应。2013 年，她以 75 岁高龄买下社会保险。她对自己的生命充满信心。由于要补充过去的购买额，她一次性缴纳 23000 元（接着又一次性领回 9000 多元），然后，每月领 800 多元。认真计算起来，如果她不能顺利地活过 76 岁，连缴过的保险费都领不回。当母亲每月的养老保险金达到 900 元的时候，她的身体状态也因为易瑞沙的作用达到了病后的最好状态。

我们总是鼓励她："得好好活着！你看，过去累死累活，一天还挣不了两毛钱。现在你什么事情都不做，每月都有 900 多元，每天早上一睁眼，就有 30 元的收入。"

母亲笑着说："那是。国家现在真的好！我从来没想到会有这样的日子。在我老了的时候，不干活也会有收入。我每月用不了这么多钱。"

其实，光每月一盒易瑞沙都得 2800 元，不能报销。后来母亲有药物反应，她只有不到 30 公斤体重了，医生建议减半。我们一直告诉她，这药不贵，只 28 元一瓶。

母亲每个月都能领取养老金的时候，她的心情无比愉快。我们每周打电话向她问安，她总是会提起自己"月月领钱"。不治之症来得太早了些，打压了她的乐观，削减了她的幸福。尽管如此，母亲在病痛稍好时，还是表达了她心底的满足。农历九月十三日，母亲生日，全家在湘菜馆吃饭。过去在餐厅吃饭，母亲都随我们点菜结账。这一次，她微笑着说："你们点菜，我来付钱，这次妈妈请客，妈妈有钱。"我从来没听到她亲口说"妈妈有钱"。这一年我 53 岁了，多少年来，我无数次地听到母亲诉说贫困与无奈、小心计算土地的收成，强调节约，鼓励劳动。母亲的大部分岁月，是在经济的窘迫中度过的。

2015 年 3 月 5 日，第十二届全国人民代表大会第三次会议上的《政府工作报告》总结上一年度：

> "统一城乡居民基本养老保险制度，企业退休人员基本养老金水平又提高 10%。""深入推进医药卫生改革发展。城乡居民大病保险试点扩大到所有省份，疾病应急救助制度基本建立，全民医保覆盖面超过 95%。"

母亲看到电视上做报告的画面问："这是哪个？"

我说："总理。"

母亲问："他叫什么名字？"

我说："李克强。"

2014 年 12 月，经两次上调，母亲每月的养老金为 1172.5 元，离

1200 元只差 27.5 元了。这才是一个底层公民与宏大报告所对应的那一部分。我们围着她说，你现在每天有 40 元，想想吧，一斤猪肉才 15 元，很好的清远鸡一斤才 18 元，你想吃什么都不是问题。这就是母亲想要的结果，即使到了晚年，也不需要儿女们提供生活费来赡养——尽管我们十分愿意。

2015 年 3 月，母亲兴奋地告诉我："我现在正式领国家的钱了！"我没太在意。弟弟妹妹们来的时候，母亲再一次大声对儿女们说："妈妈现在也领国家工资了！"我才明白，她所缴纳的 23000 元已全数领回，接下来所领到的养老金，被她认为是国家发给的钱。

这是一个最朴素的认识，却是对国家政策最真切的认同。

一个底层公民享受到最基本的福利无疑体现了国家的进步！

数据显示，截至 2019 年 6 月底，中国基本养老、失业、工伤保险参保人数分别为 9.47 亿人、2 亿人、2.45 亿人。全民医保基本实现，城乡基本医疗保险参保率超过 98%，覆盖人口超 13.5 亿。中国建成了世界上规模最大、覆盖人数最多的社会保障体系。2016 年 11 月，国际社会保障协会（ISSA）将"社会保障杰出成就奖"授予中国政府，褒奖中国"在社会保障扩面工作方面取得了举世无双的成就"。协会秘书长康克乐伍斯基说："如果不算中国，全世界社保覆盖面只有 50%，算上中国就达到 61%。"

中国有多少亿万富豪，财富占世界比例上升多少，不会让我们有任何获得感。社保覆盖率的数据在母亲的养老金和医疗保险上得到实证，才能让我们有真正的获得感！

"全民医保覆盖面超过 95%"里覆盖到了母亲。她享受了"城乡居民大病保险"。2014 年母亲住院，我们要了发票和病案资料复印件，委托堂弟维国到武冈市社会保障局报销，比例在 65% 多一点。到第二年，异地医保政策推进，我们只需到珠海市社保局填一张表，由社保局和珠海定点医院盖章，寄回武冈，就可以刷母亲的社会保障卡，在珠海直接结算，比例超过了 75%。稍有遗憾的是，母亲去世后，易瑞沙才进入医保。

1954 年制定的《中华人民共和国宪法》第九十三条规定："中华人民共和国劳动者在年老、疾病或者丧失劳动能力的时候，有获得物质帮助的权利。国家举办社会保险、社会救济和群众卫生事业，并且逐步扩大这些设施，以保证劳动者享受这种权利。"（该内容在"82 宪法"中放到第四十五条，至今没变。）六十年过去了，一个生活在湘西岩头江的农村妇女，终于在有生之年真正享受到这项权利。

126 父亲的朗读，母亲的谛听

母亲总是发烧，医生说已尽力，要我们做好准备。我们得想着法子让母亲过得充实、开心。除了打"跑胡子"（纸牌）、看电视、游公园，我们围着父亲和母亲时，跟他们聊小时候的事情，让他们回忆过去。他们已经没有未来了，像所有老人一样，很愿意回忆过去。

弟弟说："有次村里来了个叫花子，村子里人都关门躲着，就你开着门给他吃了饭。"

母亲说："哪次？叫花子也是人，当然要吃饭。"

弟弟要回深圳，不能每天陪母亲聊天，第二次就把内容写下，打印出来，带到珠海。弟弟交代父亲朗读给母亲听。这是一种新奇的方式。母亲不识字，而儿子打印出来的文字里全是她的故事。只有父亲能用岩头江语言朗读，他必须把许多词翻译成岩头江方言。把"憔悴"读成"面花子蜡瘦"，把"衣衫褴褛"读成"烂衣裳吊吊地"，把"乞讨"读成"要饭"，把"疲惫"读成"两个人跟完跟完"。父亲说，这里写到的"母亲"就是你。

母亲斜躺在东西朝向的沙发上，透过纱窗，朝东可以看到阳台上的三角梅。父亲坐在另一张沙发上，戴上老花镜，双手平整地举着 A4 纸，开始朗读：

"一老一小两个衣衫褴褛的人走到村口，本村的孩子们在离两人五米外围成一个圈子，兴奋地叫着：叫花子，叫花子……憔悴的老人五十多岁，小男孩则跟村里顽皮的孩子一般大小。小男孩被老妇人牵着，两个人在孩童们的包围下，疲惫地从村口第一家门前开始乞讨。几只狗也跟着热闹地叫唤。

"村里的女人起先是远远地看乞丐挨户乞讨，等到要乞讨到自家门口了，女人赶紧把门关了，低声吆喝着自己门里的孩子别出声，装作一家人出门去了，但是却又要好奇而紧张地从门缝里近距离观察乞丐的举动。女人们怕乞丐偷东西。而乞丐往往是没有那么顺利能得到一碗米饭甚至是一口水的。人们一则不相信他们的乞讨借口，二则自己家里也很穷，一天两顿，上顿吃了白米饭下顿就只能吃红薯了。

"乞丐站在门外，根据经验，他们判断，这家肯定是有人在的，只不过他们把门关起来了，显然这是不友好的表示，这家人并不打算施舍给他们。但是他们可能实在饿得没办法了，还是要碰碰运气，站在门外对着里面用微弱的声音说：行行好吧，老乡，行行好吧，老乡，孩子一天没吃东西了，赏个饭吧，老乡。"

母亲打断说："叫花子年年来，哪年不来？"

"等了两三分钟，这家的门始终紧闭着。老乞丐一脸悲戚地低头看了看小乞丐，拉着他继续往下一家走去。围在他们身边的本村孩子一直带着新奇，跟着乞丐从一家走到另一家。见乞丐没讨着什么，就有一两个高兴地叫：死叫花子，又没讨到饭啊，嘻嘻哈哈！

"乞丐讨到我家门前的时候，我已经提前一步早早地回家了，准备赶紧关门。母亲问我：你做什么要关门啊？我说：叫花子马上就要到我们这里了。母亲平静地说：叫花子到这里就到这里，你关门干什么？"

　　母亲把目光从阳台上的三角梅收回，稍稍转头，看着父亲手里的那张 A4 纸说："是哩，你关门干什么？村子里尽要是关了门，那人家叫花子讨什么？"

　　"他们要来讨饭啊！我不解地望着母亲，心想，叫花子来了难道不要把门关起来么？母亲说，随便他们讨咯！我吃惊地看着母亲。母亲继续纳她的鞋底，看都不看我一眼。这时候，已经有小孩叽叽喳喳地蹦到了我家门口。他们也感到吃惊，怎么不关门呢？到了我家门口，看到门并没有关上，老乞丐对站在门里的母亲说：行行好吧，老乡，孩子一天没吃东西了，赏个饭吧，母亲纳着鞋底，问：你们从哪里来啊？乞丐说：我们从安徽来，那里今年遭水灾，全村都淹没了。乞丐说着难过起来，眼睛有点潮。我断定乞丐在说谎，因为几乎所有的乞丐来村里乞讨，都说是家乡遭水灾了。母亲白了我一眼，继续跟乞丐说：那你们是一路走过来的啊？乞丐说是啊，我们今天都走过五个村子了，还只讨到几碗水喝呢。我们以前也是种庄稼的，可是现在没地了啊，我们也不是一直要讨饭，听说广西那边不怎么发洪水，我们要走到广西去。母亲起身，从锅里盛出一碗饭，又从锑鼎里摸出两个红薯，说：都是苦难人哪，趁早到广西找到生养人的地方吧！小乞丐伸手来接。我怕村里孩子笑话我们家接待乞丐，大着嗓门叫：他们是叫花子啊，你怎么给他们吃饭？！母亲骂我：我给你两巴掌！你一边玩去，不讲话没人当你是哑巴！然后母亲向乞丐道歉：小孩子不懂事，不要见怪啊。谁家也不想有天灾人祸，你们是碰到了没办法，只好怪天了啊，只愿以后能又过上好日子！

　　"乞丐千恩万谢地接了食物，他们确实是饿坏了，小乞丐几乎都不怎么咀嚼就一口又一口地吞咽米饭。吃毕，母亲又给他们舀了两勺茶，乞丐一直在说着感谢的话，祈求神仙保佑我们全家荣华富贵幸福平安。母亲说：讨饭是不得已的事情，你们要真能到了广西找到合适的地方，就好好做活吧，百家饭吃得这么艰难，还是自己家种出的粮食吃得自在。

"等乞丐走远，母亲才对着畏缩在一边的我说：人家有苦处，这世界谁天生喜欢做叫花子？你以后要长大，要学会做人，要知道好好对待别人，叫花子也是人。然后，母亲很神秘地向我讲了一个关于不好好对待人而带来严重后果的恐怖故事：从前，有个很饥饿的叫花子讨饭讨到一个村子里。村子里的人们都很小气，不仅不给叫花子食物，还用难听的话骂他，小孩子还用小石头砸他。第二天，这个村的人们全都死掉了。因为，叫花子很痛恨这个村子的人，他在村里的井里投了毒。"

母亲听着，会回忆起是哪一年的事，仿佛还记得那两个乞丐的容貌，不无牵挂地说："不知道他们后来怎么样，到了广西没有。"

母亲确实有很多人生智慧，她不识字，没读过书，有时觉得她懂得比读书人多。这可能得益于传统，关于处世的哲学，无论在都市还是乡村，中国都代代相传。关于人生应该努力、要愿意付出而且不计较回报、力气是用不尽的、尊重知识、尊重他人、服务国家等等，弟弟写了十几节小故事，都与母亲的教育有关。母亲有种种的好。母亲含笑听着，很认真，偶尔插话纠正一下。她不需要影响别人，能影响儿女就很好了。她有时取过父亲手里的 A4 纸，似乎想在文字里找到自己，打量一下，又还给了父亲。

127 三教合一：岩头江的葬礼

母亲心里大概知道了什么，但她一直不跟我们说，只是在病情危重，住院也不能解决退烧时自言自语："这个样子真不好，死又不得死。要是一下子死了也就算了。"她已经把自己的病情与死亡联系起来。

我和弟弟妹妹们为母亲在哪儿去世讨论过若干次。按母亲自己的愿望，她肯定愿意在邓家铺甚至是岩头江去世。寿终正寝是中国人最好的归宿。在老家，她早就看好一块墓地，就是自己家的自留地，与曾氏祖坟毗连，在老屋后面右侧 50 米处，平时还有人种了红薯，前面是一小片竹林。讨论母亲的死亡是一件痛苦的事情，我们瞒着她，谎称她的病情正在一天天好转。只有两种情况供选择：一是让她老人家一直住在珠海，病情加重可随时住院，有儿女们服侍，尽量减轻她临终前的痛苦。在珠海去世，遗体得按相关规定火化。这当然是母亲极不愿意的事情。如果为了把生前的痛苦降到最低，只能这么办。二是在她临终前送回到老家，但不可能所有的儿孙辈回到老家送终。这个日子怎么判断？临终前在岩头江，医疗条件非常有限，最后可能非常痛苦。我们最后选择了前者。

医生提示，最后的日子到了。母亲已比医生早期判断的"最多 8 个月"多生存了 10 个月。在中山大学附属第五医院的病床上，母亲上着呼吸机。血氧、血压、心跳……生命监测仪不断变动相关的数据，母亲已经开始点头呼吸。医生让我们把该叫来的晚辈都叫来了。

这是诀别。直到这一刻，我们才告诉母亲真实的病情，告诉她回天无力。母亲已不能说话。弟弟攥着她的手对她说："你要是听到了，就握一下手。"母亲的手似乎用了一下力。

我们围在病床前，跟她描绘，一定有另外一个世界，她那么善良，那么勤勉，做了那么多的好事，在另一个世界里一定获得善报、被善待。我们也会有那一天，我们愿意继续做她的儿女！若干年后，我们会去那个世界与她会合。

2015 年 9 月 17 日 1 点 16 分，母亲生命监测仪上的心跳从 40 降下来，至零，不再启动，血氧也降了下来。我们相信母亲没有受多少生前的苦痛。我们用了 18 个月做心理准备，最痛苦的时刻不是此时，而是得知母亲病情的时候。母亲没来得及领到更多的养老金，没有听更多的关于自己的故事，在发现病情 18 个月后，平静地去世了。

开具死亡证明的医生都下班了。按广东习俗，我们请护工给她洗净身子，换上她自己早年缝纫好的寿衣。她的遗体被降到医院地下室太平间冰棺里。护工写下冰棺号码让我们记住。我们在地下室里烧了些纸钱。第二天有殡仪馆的车来对接。我们订了殡仪馆的嵩山厅，19日举行一个简单的仪式。母亲生前从未为自己办过一场生日宴。我不想让她走得太简单，尽量在这个不大的厅里布满花圈。她是一个好面子的人。火化后，我捧回母亲的骨灰在家中供奉一天。第二天，表弟生刚开车，我坐在后排，给母亲的骨灰盒系上安全带，小心地护着她，送她的骨灰盒回岩头江安葬。快到娄山下时，我让表弟把车开慢一些。我打开车窗，忍不住泪雨滂沱，对着山野大声喊："娄山下，你们的女儿黄妹淑回来了！"

我和弟弟妹妹们被老家的长辈们责怪。岩头江的人们认为：这样的处理是不合适的。母亲应该在确知病情已无可救药的情况下，回到岩头江寿终正寝。湘西为什么有赶尸的传统？就是死也要回到故乡。我一直思索这样的情况：过去在外乡横死的人大多年轻，如果不是带传染性的重疾，一般不会客死异乡。而客死异乡回乡归葬是不是会传染疾病？这是一些无解的禁忌。我想起沈从文说过湘西"一个士兵不是战死在沙场，就是要回到故乡"。

岩头江的庞大家族仍然显出其重要性。堂哥们已准备好丧事的一切礼仪。他们在槽门口搭起一个松柏的拱门，将母亲早就为自己准备好的棺材安放在堂屋里。四十年过去了，堂屋仍然用于公共活动。弟弟去了一趟小舅舅家"报死"，即告知母亲的死讯。照规矩，我又去了一趟小舅舅家"报丧"，就是告知丧事的日程安排，娘家才好选什么日子前来吊唁。岩头江规矩甚严，孝子必须报两次。亲人和乡邻来吊唁，子孙们得在路口跪拜迎接。队伍中最后一位挨个儿将我们扶起，并说："发起发起。"我至今不明白什么意思。城市的朋友在微信里发："节哀，顺变。"这四个字表达了中国人对情感的克制和对自然规律的服从。

城市的葬礼显得简朴而潦草。岩头江的葬礼复杂而严谨。老祖宗

"慎终追远"的主张，在一定的物质条件下，被发扬光大。一场丧事至少得办三天，此期间里，有和尚来敲锣打鼓念经超度灵魂，经书有《十王宝忏》《血盆宝忏》《目莲经》，都是手抄本。这一套礼仪，是崇斋相公拟定的，方圆十里内通行。他著有一个手抄本《三礼溯源》。父亲抄录了相当的一部分。母亲入棺后，晚辈得有人通宵地守着。绕棺是这场丧礼中最重要的仪式。我是长子，穿着麻衣，腰系麻绳，执着杖，走在队伍最前面。这就是中国成语里的"披麻戴孝"——《现代汉语词典》称为"旧俗"。年轻和尚穿一件黄色袈裟，执一根带着金黄色尖叉头的手杖领着我们走。"开路""救苦""破地狱"，每绕一转，都得在香案、神龛前作揖。当鼓点急促的时候，和尚用这根手杖扎破香案底下的一个碗，代表"破地狱"。在这个仪式上，和尚必定要唤回那些已经成为神仙的先人来接她一程，或者给她合适的保护。堂屋里挂满佛教故事图解，有关于地狱的图案，到处烧着香点着蜡烛，我一直担心火灾。

亲人们按辈分请了乡间"歌舞团"。这是一个大家族，侄女们请一家，侄儿们请一家，儿女请一家，内侄再请一家。这是近十几年里兴起的新乡俗，歌舞团的主要任务是来帮助"哭丧"。每个团里有一名擅哭的"歌手"，她按着所认领辈分来哭，领了侄儿任务的，哭"婶娘"，领了内侄任务的，哭"姑妈"。词是现成的，哭诉逝者曾遭受过的苦难，歌颂逝者生前为社会为家族为晚辈的付出。她们哭得很专业，扶棺大恸的样子，甚至让我感到羞愧。似乎我的母亲去世了，她比我还伤心。当然，这是不可能的！一在歌舞团吹唢呐的男子因没赶上车，陪我一起守夜。他告诉我，那个哭得最伤心的是邻近村的妇女主任，哭得非常好，在这一带很有名。一般方圆十里凡有丧事，第一个想要请的就是她。她没空才会请别人。有一次给别人哭丧，她还真把自己"哭死"了。那是夏天，她中暑晕倒了。幸亏及时送到医院，捡回一条命。她的丈夫让她不要再去哭丧，哭多了带回家的"阴气"重得很。她说，不哭不行，两个月不哭丧，她就会生病。我想，她就像一个职业演员不能离开舞台。"歌舞团"一般6个人，有一台小货车，前面双排座，可以坐下所有成员。后面载有她们的道具和舞台——即便是下雨，她们依然能保证完成任务。哭毕，"歌舞团"到前面的场坪上去演出。她们自编自演一些宣传关于忠诚、诚信、清廉、孝道的小品，或者还含有幽默，针对不良行为指桑骂槐。村子里数十人认真地看演出。关于孝道的作品，能让老年人抹眼泪。

人们扩充发展了丧礼仪式，这当然超出崇斋相公的预料。

出殡，上祭成为最重要的仪式。棺木前的摆设，三牲（猪肉、鱼、鸡）和酒，还有茶。祭文里的规矩，可能源于两千五百多年前孔子一直推崇的"周礼"。"献箸""上茗""叩首"……乡村司仪口里吐出的，全是文言文里的书面语。一系列的规定动作后才是念祭文。跟哭丧相似，文白杂糅的祭文格式内容按祭祀者的身份确定。

母亲的墓穴就在屋后，抬棺所走路程极短。岩头江至今仍然保持抢着抬棺的风俗。凡男性成年人，能出力的，尽量出力抬一程。人们说，抬过一百个棺，不需见阎王。抬棺不需要任何报酬，抬棺人是会长寿的。为了表示对逝者的不舍，人们还要将盛装的棺木反复地向后推，前进十米退五米，前进十米退八米。这也是全村人对我们的尊重。

母亲的棺材入土后，完成最后仪式的是师公（此时称地仙），属于道教人士。他摆着罗盘，负责校准墓葬的方向，驱除邪气。由治丧库房提供一公一母两只鸡，让其在墓穴里啄米跳上去应煞。师公当场杀鸡，将鸡血洒在土里，然后口里念念有词，从玉皇大帝到九天玄女，再打卦。首先要向山神土地申请，以期获得墓穴的"合法"使用权。其次是请原本已入土安居的"老魂"关照这个新灵魂。最后请母亲在另一个世界里保佑她的子孙们幸福安康。

"三教合一"可能是岩头江葬礼的突出特色。佛教念经超度亡灵、儒教献祭歌功颂德、道教安葬请神谢地……当这么复杂的仪式完成后，我的心灵真的得到了一些安慰。岩头江的观念里，并不认为一个逝去的先人马上就成为神仙，母亲刚去另一个世界时，还如一个需要看护的婴儿，所以要为她敬七七四十九天的饭，然后再给她总七。如果不能总七，就给她供三年的饭，三年后才能上神龛。

我捧着母亲的遗像，选择供饭三年。

一部极简的乡村平民史结束了。

128 轮椅上的父亲

母亲去世。父亲已是 82 岁高龄，只能在珠海生活了。一向沉默寡言的父亲跟我住一起，他很少发出声音。我们带他去体检过，没有高血压没有高血脂，只是有"房颤"。我们在网上查过"房颤"，就是心房的问题，据说年纪大都难免有一点。他看上去很健康，食量一直很好，晚上睡眠不错。他每天到小区散步，能走一个小时。小区的榕树、麻楝、桃花芯木浓荫如盖，即便出太阳，他也能在树荫下行走。

为了让父亲健脑，我请他写点回忆录。无论在中国还是外国，出版回忆录都是大人物的事情，但撰写总可以，咱不出版。对我而言，父亲的回忆比大人物的回忆更重要。可是在父亲短短的回忆录里，公共话语占了绝大部分。他用工作总结式的话语回忆过去，从某学校到某学校任职，某一个细节让他知道在任何时候都要与人为善，等等。我很难在他的回忆里找到家庭，找到母亲，找到我自己和妹妹弟弟的影子，找到生活细节。我很有些失望。母亲识字不多，但口述的回忆却要比父亲的具体生动得多。母亲说，我刚出生的时候，让父亲抱我，父亲全是初为人父的羞怯，都脸红了，不好意思抱。

我尽量抽时间陪父亲打打"跑胡子"。他不会去与小区的其他老人打麻将。在游乐休闲方面，他一向不在行。当年区委机关干部们打扑克，父亲基本不参与。

妹妹与弟弟都愿意承担赡养的义务，说四个人是极好分配的，看父亲的意愿，可以每家轮流住半年、三个月、两个月，都行。妻子善良贤惠，她觉得父亲在我家可以住得久些。母亲刚走，灵位供奉在我们家。他最适应的可能还是在我们家多住些日子。

母亲去世 3 个月 10 天后，2015 年 12 月 27 日凌晨，一向睡得沉的我听到异常的声音，有一种含混的很艰难发出来的呻吟。妻子去台湾旅游了。我惊醒，赶紧起床看。父亲倒在书房门口，发不出声音。他起来上厕所，摔倒了，实际上他中风了。扶父亲上完厕所后，我把他搀扶到床上躺下。打 120 急救，20 分钟后，救护车把他接到珠海市人民医院。

心血管病已是中国人的常见病。2000 年，大伯患了同样的病，在岩头江，人们没有机会拨打 120，因为从最近的隆回县人民医院出发，最少也得 1 个小时才能抵达岩头江。如果救护车不能出县，他只能等待从武冈县城来的车，得 2 个小时以上。大伯父去世的时候像个先知，已经知道生命的终结。三伯父约他去赶场买肉，他没去，站在屋檐下看着那些前往赶场的人喃喃自语："肉也不想吃了！鱼也不想吃了！什么都不想吃了。"他自己到楼上去把寿衣找到，摆放在木柜的上层。下楼后，他就倒下了，三天后去世，寿终正寝。

父亲在珠海，经医生抢救，他苏醒过来，可是失语了，左肢偏瘫，生活不能自理，大小便失禁。无论是注射还是理疗，都无法恢复。春节到了，我把他从医院接出来。我得抱他起床，为他系上纸尿裤。我鼓励他慢慢争取生活自理。比医院要好的是，到家第三天他就能自己用右手端起碗来喝糊糊了。初到医院时，父亲不能接受现实。只是跌倒了，世界怎么就变成另一个世界？接他出院的时候，他的目光特别陌生。回家调理，他有了积极的笑容。为了交流，我让他读我们的名字。他觉得好笑："太简单了！"可这个简单也含混不清。

养儿防老的优势再一次体现出来。假若父亲没有四个还能负担的儿女，没有中国人一直十分强调和看重的孝心，这样的景况会是什么样子呢？

我要上班，大家都要上班、上学。春节过后，小妹妹张罗，在我所住的小区花 2000 元另租了一套一房一厅的房子，就在我的房子后面，下雨时，我可以从地下车库直达。花 5400 元请了来自广西的护工老姚。据说广西有好几个县把培养保姆、护工作为一个方向，以便让外出务工人员更好更专业地工作。父亲的饮食由我们解决，加上药费，每月 10000 元的支出。这在任何普通家庭都是一笔不小的支出。我们小心地计算着，父亲自己有近 3500 元的退休金，给他们买的那个房子在出租，租金有 1600 元，父母自己还有些积蓄。受益于国家财政转移支付，自 2006 年后，武冈就不再拖欠父亲的退休金。剩下的再摊到四个儿女，算不上负担。房子在疯涨，原来给父母买下的房子，已涨到 100 万了，即便是每年多花费 10 万，让父亲再存活十年也能对付。我们庆幸当年买了这个房子！

轮椅上的父亲是否可以过得更舒适些？我去过珠海好几家养老院了解。一家与医院毗连，好处是有护士，但居住的楼层太老了，房间十分拥挤。护工与病人各一张床，房间内就难以转身。另一家由过去的一所村小学改建而成，规模稍大些，重症卧床者在一个区域，坐轮椅的在一个区域，养老院里还有棋牌娱乐活动。但整个养院里的气味、气氛仍然让人不舒服。没有任何一间养老的设施让我觉得满意。在我们小区，父亲住着一房一厅的房子，老姚照看着，干净整洁，没有任何异味。最重要的是父亲与健康人住在一起。我所居住的小区居家养老的，也有几张轮椅。天气好的时候，护工老姚推着父亲到小区转，下雨，就到架空层里。父亲还能挂着拐杖在架空层里缓缓地走上两圈，最多时足有 40 分钟。

父亲心源性的脑梗第二次发作时，我们叫救护车进行抢救，先到珠海市人民医院，没有病床，怎么协调也没用。通过朋友找医院领导，就是没有病床，只能直接进重症室。公共资源匮乏？我们无能？或兼而有之。这一年，珠海卫生机构床位数 9394 张。这样的情况让我产生强烈的挫败感：我在这座城市生活这么多年，居然无法把病危的父亲送进病房。我们只好转到中大五院。医生建议给父亲做介入治疗。我知道这是徒劳的。但妹妹和弟弟都希望父亲康复，哪怕就那么坐在轮椅上，哪怕只会微笑，到底还有父亲在。这是一笔近 10 万元的手术费（事后结算，发现被纳入了医保）。父亲被推进手术室。四个小时后，医生出来了，既没说手术成功，也没说失败，他们说老人脑部的血管弯曲而脆弱，他们尽力解决了一点点血栓，再不敢往下做了，怕脑血管破裂。

我明白，他们不愿意让老人在手术台上离世。

父亲还是被送进了重症监护室（ICU）。我们每天下午可以探望一次。我们反复询问医生和认识的专家。他们判断，只要离开呼吸机和加血压机，离开那些装有进口抗生素的吊瓶，父亲的生命就会走到尽头。我签字否定了切管和电击。为了不再被老家的亲人和乡亲们指责，我们选择租一台120救护车将父亲送回岩头江。由政府采购，入编本市编制的救护车不能出本市，民间投资的救护车才从事长途送病人业务。司机和一名护理人员都经过简单的培训。呼吸机和生命监测仪一应俱全。多数时候，民营救护车不是听120调配接病人，不是将病人从一家医院转移到另一家医院，而是开长途送危重病人回老家。

我们的举动获得舅舅和村子里人们赞赏的同时，付出另一种代价：我们看着父亲在岩头江老屋的房间里，放弃最后的救治，不再有生命监测仪，不再能明确代表他生命体征的血压、血氧、心率，不再有消炎退烧的抗生素注入，不再有呼吸机输氧，不再有流汁食物鼻饲注入。我们悲伤地守在老式的木床前，不断擦拭父亲额头和脖子上的汗珠，用棉签蘸水涂湿他干燥的嘴唇，无助地等待父亲生命的终结。

他的同龄人前来送别，大声叫着他的名字，希望看到他的回应。舅舅们到来时，他努力地睁开了两次眼睛。堂兄弟们告诉我，在岩头江终结生命的老人都这样。在情感上，我和弟弟妹妹们还是无法忍受。小妹妹甚至一度要叫救护车把父亲再次送进医院。可是岩头江的乡亲们说："医院都不会收的了！"

父亲在母亲去世两年零两个月后，寿终正寝。

129 凋敝的岩头江

办完父亲的丧事，我在土砖老屋里转了转。原来作厨房兼餐厅的房间生了三天火，烧了若干担劈柴，此后，这里再也不需要生火了。我想上楼去看看，那几个装过稻谷和小麦、黄豆的大木桶是否还完好，土砖缝里的蛇蜕还在不在。楼板朽了，上去不得。大伯和大伯母前些年去世，现在父母也去世了，这里成了一座无人居住的空屋。屋前是三哥拆掉土砖老屋在原地建的钢筋水泥的新屋。母亲去世办丧事时，我就住在这座屋子的二楼，从窗户可以俯视老屋。六哥在马路边修建了第二座屋子，钢筋水泥浇注的坚实屋柱将整个屋子撑起，基脚立在农田里，新派吊脚楼，最下一层是猪栏、鸡笼，用于养殖，在马路齐平处开大门，门前可以停两台汽车，进门是客厅，右侧是卫生间，装有太阳能沐浴设施。办父亲丧事时，我住六哥的新屋子。离开时，嫂子们依旧送来鸡蛋和花生，多少年了，只有这样的礼节和礼物没变。我确切地知道，再回岩头江，就不再叫回家了，只是回到故乡，时间是清明而不再是春节。

一位诺贝尔文学奖获得者说，故乡就是埋有祖先尸骨的地方。

给父亲"总七"后，在邓家铺清理父母的遗物时，我才知道，逝者所有的衣服一律焚化。我不知道这是从什么时候开始的。四十年前，人们会为逝者的衣服认真地商量遗产分配。现在，所有簇新的衣服和被单都没人要。父亲没穿过的一件新衣服，我们想送给一位堂哥，被拒绝。我把父亲的衣服大袋大袋地提着，到邓家铺中学后面的空坪上去焚烧时，86岁的二舅舅感叹："其实都是挺好的呀！可是现在，谁也不会要这样的衣服了！"空坪前的菜地上，一位70岁的老汉主动跟我聊天："现在这个时代呀，真是东西太多了。我的老兄去世，我从他那里拿一条木凳，被我儿子骂得要死，说不该拿。多好的木凳，你看，我只好把它拿到地里来了。我在地里干活，要是累了，就坐这凳子上歇一会儿。"他指了指凳子。

我恍然想起，盼着下发布票，做一件新衣服过年的事儿，仿佛就在昨天。我们走着走着，已不经意地走过物资短缺进入过剩时代。

按岩头江习俗，头三年扫墓，要早于清明节半个月。办红白喜事时，本村和附近村子里的人都来了，尚显不出人少。清明节前回到村子里，看到的是很多的房子，很少的人。我准备了一包"芙蓉王"香烟，可除了早联系好的六哥，几乎发不出去。长辈离世后，我们这一辈成了长辈。岩头江的小溪，在村子中间改道，变成一条小圳，不再有小码头，没有人在小溪边淘米洗菜洗衣服。人们装抽水机把水抽到屋后高处，接水管作自来水，水龙头在屋里或走廊上。山谷里不再有捣衣声，不再有人在村头的高土堆上喊亲人回家吃饭。除了偶尔的狗吠，就是汽车经过的声音。

多次想要看看我曾就读的双江（岭）小学，年纪越大，越觉得那个山坳上的学校亲切。可每次回岩头江，我都匆匆离去。母亲曾经告诉我，学校已废弃了。双岭村的孩子们出现三种情况：一种是父母长期在外，在打工的城市租房子，接了孩子读书，当然，他们绝大多数未能获得进入当地公立学校接受义务教育的机会；第二种情况是父母在外打工，为了让孩子接受更好的教育，他们把打工的钱寄回家，让爷爷奶奶在县城（武冈或隆回）租房子陪孙子们读书，六哥就在隆回县城租了房子，孙子读私立学校，他们指望下一代，考上大学，迁入城市，依靠自己的能力在城市过上美好生活；第三种情况才是父母在村子里种地，孩子也在村子里，这是极少数。双岭村已不再具有一所小学的生源，校舍老旧，成为危房，也不再适合教学，被拆除了。孩子们到钟桥读"联小"。

我走过顶部横梁写有"皇图巩固"的木桥，爬到早先学校的山坳上。学校原址上油菜花开得正欢，只西侧有半间颓败的教室，断椽条耷拉在残墙上。双江（岭）小学已成前尘往事。它曾经是1200人的政治文化中心，人们称"学堂"，存在了四十年。

城市让生活更美好！岩头江北岸的小村子，在80年代还有120余口人生活，现在，掐着指头算来算去，常居的不到50人。没有青壮年，只有留守儿童和老人。五十多年前毕业于中南矿冶学院的曾祥球，在岩头江修建了一座房子。这个常年生活在城市的岩头江人，回归岩头江。据说，他非常害怕寿终后被火化。2018年他也去世了。老家的屋后，那些原本种红薯、南瓜、小麦和萝卜的地方，已经种上竹子。似乎岩头江人不再那么讲究实用，不再在乎土地的收成，而真正在乎风景了。人们放弃了低效益的耕作。

我问六哥："以前有五十来亩田种水稻的，现在还有二十来亩么？"

六哥说："坛主山的田都变成了土，秧田上的田有些修了屋有些也成了土，只有龙江里还有些田。种田的只有勇凯他们三个人了。可能只十几亩，不到二十亩。"种这么点地，任凭怎么算，岩头江的出产已经养活不了岩头江人，更不要说创造更美好的生活。

山林在复归。茅草和灌木长到屋后，已很少有人上山砍柴，烧柴不便宜，小小的一捆20块钱，比烧煤或液化气贵多了。杂草和荆棘封住上山的路。在锅西洼，有我家的责任山，山上还有枫树。每到秋天，枫叶会变得灿红。我多次想走上去看看自家的枫树，可是没有路了，走不进去。不只是我，村里人也走不进去。勉强可走的路只通到坛主山。因为走过的人少，我每一步都惊动无数的蚱蜢向两边跳。坛主山的池塘储水，原先是要保障浇灌十五块梯田的，现在，抬石砸修建它的人都走了，它也被废弃了，塘基和塘底都长满青草。野鸡、鹌鹑、斑鸠、锦雉、岩鹰繁衍开来，野兔、蛇的数量逐年递增。有一天，人们在山上发现久违的一种漂亮动物：猫豹。岩头江的人们已经知道，这是国家二类保护动物！

坛主山池塘下不远处的梯田梯土整体滑坡，崩土抵达曾德林家的老屋后墙，离我家老屋仅20米。两年前六哥和三嫂都曾打过电话，说是因为地质灾害，政府让搬迁，要拆掉老屋。三嫂的新房子刚修也要搬走，她焦虑地说："我往哪里搬？我一家只有这幢房子。修房借的钱还没还清呢！"过了一年，大概动迁起来麻烦，政府招标，花250万元在曾德林家屋后向西，浇成若干深扎地下的方形钢筋水泥桩子。大抵计算过，会顶住滑坡吧。

椅子岭山上的野葛根疯长。一场火灾大面积烧毁山林，才烧开久已废弃的路。小舅舅循旧路进去，在山上一天能挖到上百斤的野葛根。

岩头江暂时不会消失，杂草丛生杂花生树的山野，一切都在野蛮生长，与山谷里密匝匝的彩色磁片贴面建筑物形成强烈对比，它仿佛正在回归"传"字辈祖先到来时的原始状态。是远方的工业化，让岩头江的土地获得了休养生息。祖先从"谜头"迁徙而来的时候，岩头江树茂林深，荆棘丛生，只要开垦就有田地。50人也许是岩头江土地确切的人口容量。

多年以后，岩头江可能会消失，一如美国人彼得·海勒斯看到的"紧挨着长城"的村子，这些坚固漂亮的房子，不再有任何人居住。三千年以后，考古的人们会发现，1990至2020年，岩头江被猛然唤醒，人们走出村去，工业品走进村来，从小溪岸边到半山腰上，三十年来堆积了足够多的钢筋水泥，工业文明以势不可当的姿态，长驱直入，迅速瓦解历史盲肠里的岩头江生活。

130 现代化的俘虏

岩头江人上椅子岭的道路变得不通畅的时候，到城市的路变得越来越方便。

自家的屋前是002乡道，有从黄桥镇到双牌的客车穿过，全程30里，招手即停，像在城市里坐公共汽车一样方便。隆回县城的客车，则从龙江下游通到邻村娄山下，也是全程30里。六哥买了辆"大路易"的摩托车，周日开着送六嫂和两个孙子去隆回县城上学，半小时车程。他经常帮人主持祭祀仪式，有摩托车方便到黄桥铺采买祭祀用品。那个给父亲入土做司仪的年轻师公，开着一台枣红色的广州传祺SUV到处做法事，据说他拥有大专文凭。隆回已有只需三个多小时就直达广州的高铁。沪昆高速的隆回出口，离岩头江仅20里。

农业税曾经是国家对一切从事农业生产、有农业收入的单位和个人征收的税，俗称"公粮"。1958年6月3日，第一届全国人民代表大会常务委员会第九十六次会议通过《中华人民共和国农业税条例》，

1994 年 1 月 30 日，国务院发布《关于对农业特产收入征收农业税的规定》。全国的平均农业税税率规定为常年产量的 15.5%；各省、自治区、直辖市的平均税率，在征收农业税（正税）的时候结合各地区的不同经济情况，分别加以规定。2005 年 12 月，十届全国人大常委会第十九次会议通过决定，自 2006 年 1 月 1 日起废止《农业税条例》。

回老家给父亲"总七"的时候，在火塘边，八十多岁的小舅舅一边添柴火，一边兴奋地对我说："历朝历代，哪有不交税的？俗话说皇粮国税。可现在真的取消了。这个沿用几千年的税收取消了！种田不但不缴钱，还补贴钱。政策真是好得很。你说国家怎么一下就发达成这样了？"在城市，面向企业经营者，减税或免除某些税收，不会给人这么强烈的心灵激荡。一直耕作并靠土地收成养家糊口的农民对此感恩戴德！

但是，在年轻人看来，减免不减免，已经无所谓了。小舅舅的孙子不再种田，学汽车维修，在长沙的 4S 店摆弄汽车，据说每月有过万的收入。

2018 年 10 月，84 岁高龄的曾祥正从上海打来电话。我是晚辈，平时都是我主动给他老人家打电话问安，这一回，他主动给我打来电话。他说回了老家一趟，心情很是沉重，看到的一切令他十分担忧：很好的低保政策可能会让农民变懒。他看到土地荒芜。在过去，岩头江青山绿水、土地肥沃，龙江的田垄里能种两季不错的水稻。耕种季节一片忙碌。整个土地上，春夏秋冬，都有农作物适时生长。冬天都有萝卜和小麦。可是现在，看到的是秋天的枯草。房子都修得不错，可是占据良田，杂乱无章，村子没有任何规划。有些好房子甚至没有方便进出的路。山坳上的池塘废弃了，不再能装一勺水。而那些原本躬耕于田野的农民，不再愿意吃苦，他们聚集在一起打麻将。即便是很好的天气，也不怎么干活。

他的忧虑在岩头江得不到回应，在上海更无处诉说，只好跟我聊聊。

　　曾祥正已经在上海工作生活了六十年，是桥梁高级工程师，上海市高级专家委员会成员，对上海充满感情，在电话里总是邀我带老婆孩子到上海去走走，说上海建设得很漂亮了。他住在浦东塘桥路，离东方明珠不远。我也邀他们来珠海看看。他参与设计的横琴大桥所通达的横琴，已不是一个荒岛，是国家级的自贸片区，高楼林立。他答应来，尤其想来看看港珠澳大桥——这是中国桥梁建设者的荣耀。我们不自觉地会讨论岩头江。我已经在珠海生活三十多年。我们讨论岩头江，实际上是一个上海人与一个珠海人在讨论湘西。一个东海之滨的桥梁工程师与一位南海之滨的文字工作者在讨论湘西的留守农民。我们为那片土地和土地上的人们牵肠挂肚。我知道珠海请过新加坡的城市规划师，参照过许多城市的规划。我说："整个中国乡村都需要规划。珠海已经有规划师下乡了。"岩头江实际上没有规划，都建房"占地盘"。曾祥正建议村里人把房子前面的路修好，方便走动。乡亲们说："这个啊，政府拿钱来！"他感到非常吃惊。此前的岩头江人不是这样的，人们自力更生，任劳任怨。

　　四哥曾维秋花了三年时间建房，一年多时间装修，四层，每层四房一厅。他还深思熟虑地在正房外留一处柴灶房，正房内只烧煤气。我走进去，光洁的瓷地板，淡金色顶饰，可用富丽堂皇来形容。难怪他怕柴火烟尘进房。四哥介绍，那些实木床2900元一张。我说："你山上有树，自己砍树做会不会合算些？"四哥说："自己砍树做，时间久，还没这个合算。再说了，人家机器刨的磨的。现在家里木匠手工哪里做得到？"四哥其实并不住岩头江，一直住武冈城区，陪孙子读书。儿子们在深圳，接单做眼镜架。四哥感叹："我们这地方就是太偏。要是在别的地方就好了。比如城郊有这样一个房子，想租的人万千。"这才是建了房子的岩头江人的真实想法！若有游客，这栋房做民宿，一年收入不菲。

　　2019年11月，湖南省人民政府制定《湖南省农村住房建设管理办法》，自2020年1月1日起施行，第三条规定："农村住房建设，应当遵循规划先行、一户一宅、因地制宜、生态环保的原则，体现当地历史文化、地域特色和乡村风貌。"第九条规定："禁止在永久基本农田区域建房。"曾祥正在岩头江难以得到认同的乡村规划，在湖南省政府新法规里获得回应。

村子里有几座黄墙朱红屋顶的房子，墙面不贴瓷片，形状和大小基本一致。我问是什么房子，六哥告诉我："这是扶贫房。家里没能力修房子的，政府就给修一座。五万块钱的造价，不低于50平方米，有厨房有厕所。"在娄山下，我的一个表哥就获得这样一座房子。《中国农村扶贫开发纲要（2011—2020年）》提出，到2020年针对扶贫对象的总体目标是"稳定实现扶贫对象不愁吃、不愁穿，保障其义务教育、基本医疗和住房"，简称"两不愁三保障"。这个很接地气的表述，实际上包揽了生存的全部基础条件。岩头江乡亲的态度隐含着对强力政府的高度依赖，他们仍然只是湘西农民，人们生存的依靠不再是岩头江的土地，而是远方城市的工厂。岩头江是现代化的俘虏！

我们回广东时，堂弟曾维圳送他刚满18岁的孩子搭车去东莞打工。在路边，他用不无苦涩的幽默表情告诉我："我现在一家五口人，四个吃'国家粮'。不打工怎么办？"我仔细问才知道，农村生产责任制后，所分土地很难改动。他在结婚前分得一个人的土地，妻子和三个孩子都没有再分配土地。这是中国乡村所面对的现实。只有"世界工厂"给了岩头江人底气——只要远方的工厂没有倒闭，年轻人就不在乎有没有土地。

2008年夏天，堂弟维国来到我家里说："雷曼兄弟倒了！"在珠江三角洲务工的岩头江人已心事重重地关注由美国次贷引发的全球金融危机。我不太清楚雷曼兄弟是干什么的，等用百度查清楚这家美国著名的投资企业时，这家企业已经倒了。维国其实是来告诉我可以不辞职的。他在另一家印刷厂工作，已经能负责一个小型印刷厂的日常流程。在春节前，他的老板打电话给我，请我说服他不要辞职，说过去不太清楚他的工作能力，可能亏待了他，现在要重用他。我打电话转达这位印刷厂老板的话。放下电话，我想，这是个标志性事件。过去，一直是从农村过来的人找工作求老板。现在，许多工厂出现"民工荒"，老板反过来求工人了。"世界工厂"也需要岩头江人。

一场声势浩大、持久广泛的改革开放是如此地与岩头江人紧密相连、息息相关，这是我和我的父老乡亲过去从未料到的。在岩头江，60岁以上的农民每月获得103元养老金，钱很少，但却是开创性的。年过六旬未曾成家的堂哥患有风湿病，活干不动了，住进镇养老院。我去过这个养老院，四个人一间房子，有电视。堂哥说，吃饭在食堂，养老院有点地，还种菜、喂猪，伙食还行，每月有点零钱。岩头江人不一定靠土地养老，也不一定靠儿女提供老年人的经济保障了。

我没有曾祥正那么悲观，一切可能会变得更好，撂荒或可以涵养土地。

穿村而过的乡道上，安装了太阳能路灯，在夜晚它的照明十分有限。岩头江人好像也不太需要夜生活，其象征意义要远大于实际意义。

人们筹措资金修一条路通向椅子岭，通达坛主山的路基已挖好，正在计划铺砂浆水泥。为什么要修这样一条路？是为了上山砍柴，还是种红薯？不得而知。2018年10月，我回到岩头江参加三伯母的葬礼。村民小组的曾玉凯和曾德禄找到我，小声说修这条路大家得凑点份子钱，每人150元，看看我算多少人。他们反复说："路修好，你清明节回来扫墓，车就可以开到屋后来。给你父母竖墓碑时，运石碑也能直通到屋后。你出点钱一点也不亏的。"我想我倒不一定把车开到屋后，也不在乎是否受益，但我很愿意出点钱。我把份子钱交给曾德禄时，他再次诚恳地对我说："你不会吃亏的。"

中国，已不可能往回退了，退半步都不行！

千百万个岩头江顶在这儿，它的儿孙们都指望着改革开放，指着在长株潭务工，在珠江三角洲务工，在长江三角洲务工，所获收入用于养家糊口，解决基本的温饱后，他们有对美好生活的进一步向往。珠江三角洲的制造业、服务业，都与岩头江人紧密相连。

131 村殇

在家千日好，出门时时难。岩头江人过去相信，现在不这么看！

一个青壮年待在岩头江，要么是挣了钱回来建房子，要么是有手艺能给别人建房子，收入不比在外面打工差，先是每天150元，后涨到200元。几个人凑在一起抽烟，不再谈论坛主山的池塘、桃子园的小麦，他们谈深圳龙岗、珠海横琴、广州黄埔、上海浦东、北京通州、温州鹿城、长沙河西……他们几乎在谈论中国！他们在那些地方工作过，流过汗，挣过钱，受过苦，有过彷徨、惆怅和失落，也有喜悦和收获、满足。他们说起2400里外的温州、金华，就像四十年前上一辈说起30里外的桃花坪。他们刚从那里回来，过些天还会再去那里。

20世纪90年代的一天，一个青年敲开我的门说："我是你弟弟。"我来不及打量，请他先进门落座。浓重的乡音，说出他父亲和几个亲戚的名字，我就认了。他家住岩头江南岸，刚在珠海斗门一家化工厂找到一份实验员的工作。他带着俏皮的微笑，介绍找工作的过程。他怀揣着一张中专文凭来到珠海，两天没找到满意的工作，第三天，他掏出一个在邵阳花10元钱制作的湖南大学毕业证书，马上就被这家化工厂聘用了。我说："人家要的是本科生，你能胜任吗？"堂弟说："我干这个绰绰有余。过几个月我就要他们给我加工资，否则我就跳槽。我虽然没有本科文凭，但我一直在自学，要考研究生的，比一般本科生强。"难得有个岩头江年轻人揣着假文凭还如此自信！自此，堂弟就把我这里当作一个走动的地方。

半年后的一天，他一进门就诡笑："浩哥，要是有人打电话找，你就说我不在这。"

我紧张地问："怎么了？你犯什么事儿了？这么神秘兮兮的。"

堂弟说："同事多事，到另一个老乡那里，见人家也是湖南大学毕业的，就说自己公司有个实验员，也是湖南大学的。人家听了很亲切，打听是哪一届的，今天要到公司来认校友。我去过长沙，但真没进过湖南大学的门，所以就推说有事，跑到你这里躲起来。"

我笑了起来："怎么样？碰上打假了吧！我告诉你，湖南大学在湘江西岸，岳麓山下。千年学府岳麓书院就在校园里，有个'惟楚有材，于斯为盛'的对联。"

他连连摇手，将一个塑料袋交给我，说："我不见我不见，说不好会被识破的。浩哥，这个先放到你这里。我那里是集体宿舍，万一被人发现了麻烦。"

我接过一看，是一袋大学本科毕业证书，红色绸面，金黄色宋体字，内页都有时任校长的印章。我第一次看到伪造的毕业证书，很是好奇："怎么还有湖南师范大学的？这是怎么做的？校长一届一届会换的，不怕做错吗？"

堂弟说："不怕。他们有样本的。我做了六本，就是考虑招聘时，他们要什么样的文凭我就能掏出什么样的文凭。万一有学校招聘老师，我就拿湖南师大文凭应付。"

大约又过了三个多月，堂弟打来电话："浩哥，我这两周过不去了。我断了根手指，在治疗，您不用担心。在实验室被离心机绞断的，算工伤，我正在跟公司谈赔偿。"

他尽量放松语气，我还是心里发麻，感到自己的手指疼痛。他说做实验不小心，整个食指被绞掉了，不只是断，断了还可以接，是被绞掉了。我问要帮什么忙。堂弟说："公司就赔偿的事有点推诿，欺侮我是乡下来的。方便的话你打个电话，不要说你是我哥，就说你是记者，过问一下这个事，给点压力，这样他们可能会认真些。"

十指连心。无法看到堂弟的表情，我沉默半天，根据他提供的号码向公司负责人拨去电话，我说了我是他哥。堂弟领到赔偿，在离开珠海前到我住处一趟，他手上仍然缠着纱布，我问下一步怎么办，他说先回岩头江一段时间再说吧。他一直没再来取那沓假文凭。

新世纪初的一项调查发现，在珠江三角洲，71.8% 的企业发生过工伤，伤者平均年龄 26 岁，31 岁以下的占 81.6%。工伤主要是轧伤和割伤，受伤最多的是手指，占所有工伤事故的 75.8%。工伤发生最多的行业是五金（32.3%）、家具（13.1%）、电子（18.1%）和建筑业（5%）。早期在珠江三角洲，打工者每年会被切断 4 万根手指。

在岩头江，我们曾经用镰刀割伤过手指，出血，很疼，但是从来不会把手指割断，因为刀就在另一只手里，而工厂的刀不在自己手里，在机器上。有人告诉我，在中山的一家工厂，一位女工不小心掉进模具里，停下机器打开模具，人已被压成了模具里的形状。

我是一位无神论者，每听到这样的消息，我还是合掌祈祷："我的岩头江乡亲在外打工，千万不要遇到这样的事情。"但残酷的现实不会因我的祈祷而改变。

2018 年的一个深夜，在深圳的弟弟打电话给我，说是上方屋场的堂叔出事了。我说我要不要去深圳，能帮点什么？堂叔的老屋离我家老屋只 20 米，很亲的人。弟弟说不用，堂叔的两个哥哥和一个外甥都到了。这位小我 6 岁的堂叔在深圳这家公司上班近十年，人很老实，从未与别人有过什么争执，大家都称曾师傅是个好人。他考有电工证。公司靠着这张电工证过年审，待他也不错。前两年他回老家休息，这次再来，这家公司依然欢迎他。他的同事看到他瞬间倒下，没哼一声，人就走了。这次才干了 8 个月。事后检查，电机接线处有裸铜线。公司为他买了保险，按规定理赔。三天后，他的骨灰被捧回岩头江安葬。《中华人民共和国劳动法》第七十三条规定："劳动者死亡后，其遗属依法享受遗属津贴。"我不知道这款能不能落实，怎样从深圳的公司落实到岩头江的村庄。

在网络新闻上，当看到一位美国政客说中国的发展完全得益于美国时，我就想起这些血和断指、倒下的身躯和消逝的生命。在现代化进程里，只有中国人自己知道，我们付出了什么，我的村庄付出了什么！

这些血、断指和倒下的身躯，从来不会阻挡岩头江人持续执着地走出村去，走向城市。岩头江新生的每一个生命，都不再是为了岩头江的土地，而是为远方城市准备的。一个人来到这个世界，如果不出去打工，还能干什么呢？改革开放、现代化重新定义了岩头江生命的意义，编排了岩头江生存的基础逻辑。

132 一个岩头江家族的国家地理

岩头江人找工作不再困难，获得城市的身份认同却难乎其难。因为户口，在他们工作的城市里，医疗、保险、子女教育，不能获得平等待遇。他们长时间里被称为"农民工"，这个称呼会让人觉得没洗干净腿上的泥巴，就闯进了现代化的车间。

一个国家的建设需要精英，而一个村庄的光荣是贡献精英。

岩头江人曾经吃着红薯，放牛砍柴，踏着泥泞、积雪上学，走着走着，就到上海设计路桥去了，就发射卫星去了，就搞南水北调工程去了……岩头江依然是岩头江。曾德林考上水利学校的时候，我很兴奋，请他去看看屋后那条已开挖的水圳毛坯，是否可以用高落差在娄山下修电站，供应全村的电。我后来还写了个短篇小说《落差》发表，就是惦着这个事。岩头江那么多人读书出去了，却再也不管岩头江的事，对这块土地不太公平！

我们能引以为自豪的是，岩头江北岸 120 人的村子，8 人拥有正高级专业技术职称，占比 6.67%，算得上"高级工程师之村"，在中国，可能很少村子有这么高的比例。我曾经工作过的报业集团，800 人的单位拥有正高职称的数量还不如我们村子。

岩头江精英一走出去就不再属于岩头江。村里人知道他们"属于国家"。大哥曾维锦是人民共和国里成长起来的无线电专家，曾担任过卫星通信北京站的"技术抓总"、卫星通信西藏站的副总设计师。他作为主要技术人员参与设计的雷达，在 1978 年的第一次全国科学大会上获得一等奖时，岩头江的通信仍然靠喊。岩头江第二个为卫星通信做出贡献的是上屋场的曾瑾汛，从国防科工委指挥技术学院（现航天工程大学）毕业后，分配到中国酒泉卫星发射中心。2008 年，他在中国酒泉卫星发射中心晋升大校。出了个正师级高级军官足以让岩头江人自豪。我们甚至期盼他更进一步，成为将军。本村人参与卫星发射，岩头江人仰望星空的理由似乎更充足了。数年后，星空终于给予反馈。曾瑾汛晋升的同时，手机信号一步步覆盖了岩头江。堂哥曾维务在冷水江水泥厂（后被海螺水泥收购）制造水泥，晋升为高级工程师、副厂长时，水泥路铺到了村子里。曾瑾汛的弟弟曾德智 1998 年毕业于中国农业大学电力系统自动化专业，在胜利油田干区域采油供电服务技术工作。在他不断立功受奖，晋升高级工程师的同时，汽油、液化气走进了岩头江。村里人曾经扳着手指计算走出岩头江的人：曾祥正设计路桥、曾祥球研究环境保护、曾维锦研究卫星通信、曾瑾汛发射卫星（实际从事航天遥测）、曾德林设计水利工程、曾维务制造水泥、曾德智开采石油……可是多少年来，这一切都与岩头江无关，好像只有在县上当农业局局长的曾德炉、在县财委的曾维发所做的工作，才勉强与岩头江相关。岩头江人过着年复一年的自耕农生活，通信靠喊，交通靠走，房子靠自己踩泥砖、烧瓦、锯椽条来修。没有上过大学、中专的岩头江人走不进城市。

现在，这一切已获得改变。精英的贡献延伸到了村庄。人人都可以走进城市。

中国改革开放四十多年了，闭塞的岩头江人走出来，只是近二十多年的事情。这一次的远行与迁徙，与祖先从"谜头"迁到岩头江不可同日而语。大妹妹可能是第一个来到珠三角打工的岩头江人，她与更纯粹的岩头江人不同的是，1988 年随我来到珠海时，已获武冈县城镇户口。四年后，她向县劳动局缴纳费用，获得招工指标，变成"正式工人"调入珠海。岩头江人大规模地走向珠三角，是在 20 世纪 90 年代。堂弟曾维国来时，已是 1994 年。

那些年我回老家，所有亲戚都问：你看看哪里招工么？当保安、扫地都可以。

娄山下的表弟黄生刚曾经写信问我能不能找到工作。我回信说："我看到的招聘好像都要硕士学位，你好好读书肯定能到这边来找到工作。"这是事实。我并不熟悉工厂，只看到报纸上的人才招聘广告。我的本意是鼓励表弟继续读书。十年后，并未上过大学的表弟自己在深圳找到工作，当上一家公司的车队队长，管80台车。对珠江三角洲的高速公路网，他比我熟悉得多。他告诉我："什么车我都开过，从奔驰S级到大货车。在高速路夜里开大货车可以半闭着眼睡觉，反正脚踩着油门保持60至80公里速度就行。"又十年，为照顾孩子，他离开深圳回到邓家铺开校车，在邓家铺建造起自己的房子。

大哥曾维锦所在企业"军转民"，注册贵州并在都匀建有工厂的企业衰落了。他去工厂食堂，偶然看到墙上张贴着"招聘启事"，觉得自己虽54岁了，但有技术专长，就随着年轻人来到广东省普宁县一家制造有线电话机的工厂。厂方负责人对他说："这位家长，你可以回去了。"大哥腼腆地说："我不是家长，我也是来打工的。您看看表，那个年纪最大的就是我。"厂方负责人仔细看过简历后，笑着抱歉，马上报告公司总经理。公司如获至宝，让他先给工厂的工程师技术员们讲课。1992年，这位无线电专家开始体验另一种生活：从贵州大型国企走出，为私营企业打工。他在国企里不止是停薪留职，还要每月向维系人事关系的企业缴纳费用。大哥说："我向厂里缴纳的费用足够他们发两个人的工资。"

接受过高等教育的仍然能获得更多的优势。外甥王伟衡阳师范学院毕业后，被招聘到广东开平的中学教书。他和他的妻子都是教师，用不算长的时间，在开平城区购置了160平方米的房子，买了车。他已经超越许多同龄人，学有所成，安居乐业，仍然感叹："舅舅，有时我觉得一个农村孩子奋斗的终点，只是城里孩子的起点。"是的，许多农村孩子奋斗，是为了进城。而许多人一出生就在城里。但是，持续的变革已经从更多方面鼓励个人努力。一部分不努力的城里人被边缘化，优越感荡然无存。当他们喋喋不休地说起社会不公平时，有些真正的公平却越来越彰显出来。珠江三角洲多地的乡村户口，红利已远优于城市。

1995年，我的一位13岁的侄女走出岩头江，抵达东莞茶山镇，开启她的打工之旅。她真的还只是个孩子。1986 年颁布的《中华人民共和国义务教育法》第十一条规定："父母或者其他监护人必须使适龄的子女或者被监护人按时入学，接受规定年限的义务教育。""禁止任何组织或者个人招用应该接受义务教育的适龄儿童、少年就业。"九年后，我的小侄女逸出这个规定。显然，这个法律未能及时抵达岩头江。东莞、深圳也未能真正落实。企业接纳了未成年人。后来已为人母的侄女告诉我："那些年我为了给家里赚钱，一方面节省开支，在食堂吃最廉价的菜，一方面靠计件增加收入。我很快成了公司前三名的能手。别人一月挣 2000 元，我最多能挣到 4000 元。"两年后她走进深圳并扎下根来。我发微信给她："你是乖乖女。我想写到你，你经历艰苦，很努力，在深圳扎根且有成绩。"她回微信："叔叔，你不太了解我。我怀念茶山那些日子，那时生活艰苦一点，但内心快乐天真。叔叔，你要描述美好一点。"

由于距离近机会多，珠江三角洲一直是岩头江人打工最易抵达的地方。岩头江私塾先生曾海棠的后代，已有 30 余人生活在珠江三角洲，算上旁系亲属则更多。我们散落在各个城市，从保洁员到公司职员、销售经理、教师、工程监理师、译员、高级工程师、小老板、自由职业者，不一定赚到多少钱，但有一份工作，可以偷闲喝上一杯咖啡、一壶酒。拥有大学文凭、监理师职称的侄儿在番禺买下房子安居乐业。在广州一家西餐厅当调料师傅的侄儿喜欢喝酒。在广州给药业公司推销产品的侄儿喜欢足球，办有球迷卡。每当山东鲁能与广州恒大在天河体育场比赛时，他都会准时出现在观众席上。他可能是岩头江户口里唯一的足球迷！户口不在广东的侄儿侄女们，仍然买了"五险一金"。这是普通人的福祉，也是国家的进步。在我的微信圈，有人转发一位大学教授的困惑：为什么改革开放四十年了，还在改？要么前面改错了，要么是某种借口。城乡二元结构的户籍制度正在改变。一些基础性矛盾正在解决。岩头江人比教授更能理解"必须进一步改革开放"。岩头江人参与了全球一体化的国际分工。这已经是一个高速运转起来的庞大系统，来自内部的动能比任何外在的信息都要清晰：中国必须向前走！如果不向前走，这个系统会崩溃。这种崩溃是岩头江人都无法承受的。人们不敢设想有一天走出去被告知：找不到工作，你得回岩头江种地养活自己。

2019年12月，中共中央办公厅、国务院办公厅印发的《关于促进劳动力和人才社会性流动体制机制改革的意见》提出："全面取消城区常住人口300万以下的城市落户限制，全面放宽城区常住人口300万至500万的大城市落户条件。""推进基本公共服务均等化，常住人口享有与户籍人口同等的教育、就业创业、社会保险、医疗卫生、住房保障等基本公共服务。"

我打电话问球迷侄儿："户口放开了，有什么想法吗？"侄儿说："看到了，反正我已在广州买了'五险一金'，往哪儿迁呢？意义都不大，除非为了孩子读书。可他们目前都在读隆回的私立学校。"我问："你希望孩子们将来怎样？"他说："我将尽我的能力给他们一个更好的平台。"他每年得给两个孩子交学费，在县城租房。他的母亲帮他打理孩子们的生活。他每月得支出4000元。每年7万元收入是他的底线。他看着孩子优秀的成绩单说："再苦再累也是值得的！"是的，我们每一代人都这么说。

有时我会异想天开，如果将在外上班的岩头江人请回来相聚，人们得从北京、酒泉、广州、长沙、贵阳、都匀、上海、西安、深圳、珠海、佛山、江门、温州、金华……乘飞机、高铁、汽车回来，真正的四面八方。我打开一张中国地图，在有岩头江人的地方标上记号，将它们与岩头江连线，就绘成一朵花。这个国家的改革开放，已经让一个"百年孤独"的岩头江家族绽放开来——曾子的第八十代、第八十一代、第八十二代，岩头江传贵公的第十代、第十一代、第十二代……不再囿于岩头江自耕农的生活，正在用辛勤的努力，向东西南北行走和扎根，丰富姓氏、家族播迁的图谱，同时，也丰富了国家地理。

是的，我要描述得美好一点。

中国最高领导人说："人民对美好生活的向往，就是我们的奋斗目标。"

第十章

133 玻璃大楼里的墨菲定律

这是我上班待过的最阔气的大楼。

这座楼用的是全透明玻璃，不遮光，很不环保，空调耗电厉害，外观看上去很脆薄的样子。我在闹"非典"那一年走进这座玻璃大楼。新楼看上去很气派，但按上级规划的进度搬进去时，甲醛气味还很浓，很多人只好戴着口罩。米黄色的地毯散发着异味。玻璃大楼里的领导办公室按规定不能超过18平方米，可实际上达到50或80平方米，配有带宽大浴缸的卫生间。他们在违规违纪的办公室里召开关于遵规守纪的会议，签发遵规守纪的文件，心安理得。一位员工参观某副职领导的办公室时很惊讶："真豪华！"领导微笑着说："可不，要不大家怎么会争着当官呢！"员工转到正职领导办公室参观时再次感叹："做人要做这样的人！"十五年后，自上而下，从北京做起，这样的风气得到严苛整肃。

与之相反的是，员工办公的地方缩小了，以前四个人一个小办公室的，现在变成多人在一个大办公室，每人一张写字台，用隔板挡住彼此的脸。我算中层，二级独立单位负责人，在靠西的过道边给个小单间，我很知足。我此前的办公室是单间，老房子，潮湿，采光不好，算来也超标了一点。总公司领导的门都安了密码锁。我去谈工作得预约、按门铃。他在桌上看到视频里的人，按一下开锁放行我才能进去。我要走十几步才能走到桌前。不是说要"密切联系群众"吗？早些年，那些市委常委、副市长的办公室都不是这样的。处级干部们就这么干。在后来的文件里，这一级别被列入"关键少数"。

领导们在宽大的办公室里想，得多办几个公司，得发现人才，中层得竞争上岗，这样才能体现改革，提升效益。我年过不惑，知道自己对行政性工作不感兴趣，也缺乏天分。可是原来的老同事鼓动我参与竞争。他们希望继续与我共事。要参与，首先得参加一场演讲。那一天抽签排序。我最后上台，知道台下人已有倦意，开场便说："据说演讲就像女孩子的超短裙，越短越好。所以我尽量短。"

这一过程被热切关注的员工形容得风起云涌。传说五个人里面谁谁是准备下掉的了，谁谁又连夜做工作，然后这个名单是怎么定下来的。我进入五人名单，可是一点儿也不知道有什么故事发生过。"民间"居然也传闻了我。后来讲授传播学的朋友告诉我，这叫"流言"，如果它被证实，就成为消息，如果它被证伪，就是谣言。人事工作是中国最隐秘的部分，所以人们特别希望公开。走过程序后，我重新获得这份工作。我知道如果没有被选中，可以去另外的部门，不一定有职位，但不会失业。《宪法》第四十二条规定："中华人民共和国公民有劳动的权利和义务。"这个单位为我提供了享受权利和履行义务的平台，我应当感谢！

得票最高的被安排在另一个更重要的岗位。原以为只是"陪跑"，可他的演讲慷慨激昂，描绘美好前景，打动了许多人，得票超过预设的人选。领导们确认了这个结果，因为要充分尊重民意。在电梯里我碰到他，我表示祝贺。他笑笑："我这个年纪嘛，就是赌一把。"他年长我8岁，算得上老熟人了。

事实上，他不只是"赌一把"，而是赌了很多把。他利用多次往返通行证，直接走进澳门赌场。半年后，澳门的"大耳窿"（放高利贷者）找到玻璃大楼里来要债。他失踪了。投票的人们这才知道，他喜欢赌博！程序合法依规，他以前也不曾有过污点。这一次的选拔足够民主，也足够尴尬。员工用足了权利，领导足够开放，然后上下合力，集体作了一次错误选择。在每周的工作例会上，我有时看着他的空位走神：如果他在澳门赌博赢了呢？比如押 10 万中 150 倍……那会怎么样？

单位补充这个岗位时，没再听说要谁演讲了。

选错一个人，这个人不久就出事了，不争气！还有一种选错人更糟，这个人没多久就把整个单位砸掉了。六年后，玻璃大楼里犯下后一个错误。单位要求在工商局注册一家新公司。一位资深专业人士反复说这是不可能的，国家政策不允许该项业务。玻璃大楼里的高层觉得他碍事，将他调离，选择了附和顺从的人。两年下来，除成立了自己的内设机构，单位什么事也没办成。玻璃大楼里的高层不了解相关的国家法规，也不想去了解。他们喜欢那些提任何工作要求都敢于拍胸脯说"没问题"的人，不喜欢说"根据国家法规这个不能做"的人，这样的话实事求是，可很不中听。领导还能叫你去违法违规？其实只要坐在远超 18 平方米的办公室里，他就天天在违规！在单位平稳运转时，违规现象会被遮蔽。

玻璃大楼里出版了一本书，载有墨菲定律："如果有两种以上的选择，其中一种将导致灾难，则必定会有人作出这种错误的选择。"这几行字正在印刷的时候，墨菲定律已经在玻璃大楼里发生了。单位触犯法规，一个赖以生存的许可证被吊销。

内部调动，我到这个二级单位才两个月。一位同事当月在会议上发言："我们这么干迟早要出事。真的，我不是危言耸听。你们可以把我的话写进会议记录里。"他发言的时候，其实"事"已经出了，只是等待被发现。二十天后东窗事发。那位总是敢于说"出了问题我负责"的人被免职。他其实一直不知道能负的责任是什么。他真正该负责的是"不出问题"！在个人品质上，他被认为是个好人，也因此他一直觉得不是单位犯错，而是执法部门处罚太严。一位领导带着我与法律顾问，依法定程序北上申辩，我知道这是徒劳的。除在德胜门全聚德吃了一顿正宗烤鸭，我们一无所获。善后吧，于是人员分流、处理库存、市场回款等工作展开。这时玻璃大楼里的主要领导想起我来，说："只有你去给我干这事了。"

这是临危受命。真是看重我啊！我受不受呢？

一场急性胰腺炎一年前袭击了我。我曾经以为我要完蛋了！

我先以为是胃痛，可怎么也止不住痛。到医院看一位内科专家，他开了化验单，让我验一验。结果出来后，他说："急性胰腺炎，知道吧？"我和妻子都说知道。她有中学同学，我有大学同学，都死于急性胰腺炎。妻子脸都变煞白了。那一年是我的本命年。中国人相信本命年是个特殊的时间节点，要穿红底裤驱邪避祸。我买了半打红底裤，穿着呢！

我幸运地获得一个单间，住院接受治疗，打一种由机器控制滴液速度的吊瓶。一周后内科专家宣布我的急性胰腺炎治好了。病因是我的胆囊有泥沙状结石，流入胆总管，堵住胆汁回流与胰液汇合，便溶解我自己的胰腺。为除后患，内科专家说可以用内窥镜帮我把胆总管处的泥沙和胆囊里的泥沙掏走。还有一种更彻底的方案，那得交给肝胆外科，直接把胆囊切掉。不切除胆囊，还会重新结石，不担保不会再次引发急性胰腺炎。若如此，万一出差在外或在飞机上发作，几乎必死无疑。中国人的平均寿命已达 76 岁，我不能"被平均"。我还有年迈的父母、可爱的妻子和儿子。"生存权"的核心内容是活着。我选择了外科，不是微创手术，是开刀。医生在我右腹斜划一条 18 厘米长的口子，切除胆囊，清洗胆总管里的泥沙。手术后我身上插着鼻饲管、导尿管、血水导流管和胆汁导流管，手上插着两根针管。因麻醉药的副作用，我总是在做梦，梦见向前撞去，撞得冒出很多金星。

我发手机短信给主要领导："我都快死了，你也不来看看我。"

第二天，他派了两个人来看望我，他们带来工会的 2000 块钱慰问金。

主要领导找我谈话"委以重任"时解释："我那时自己肠胃患病，也在医院，所以没亲自去看你。我派了人去，要他们高度重视你的康复。我看你恢复得不错。"

我看主要领导也憔悴。这是面子上的话。他的行政才能是得到广泛认可的，我表示感谢。去年与我同时住进中大五院的同事，被查出肝癌晚期，已经去世。我只摘了一个器官，还活着，已很好。所谓中年况味，大抵如此。我说身体还在恢复当中，干不了这事。

主要领导说："我考虑成立一个部门，你来负责，带几个人，关系都先转到总公司这边来。这个部门相对独立，善后的事再说，你先不要拒绝，我会周到考虑。"

134 来办公室不许带刀

我换了楼层办公，负责新建立的部门。总公司会议决定由这个部门负责善后。所有人躲之唯恐不及，我却被卷了进来。有利益的时候人们争着上，处理危机都尽量绕开。领导们不一定指望谁把这个烂摊子收拾得多好，只要有人顶在这儿。他们也一定反复斟酌过，只有老实得有些愚钝的人才会干这个活。有利益时没我，危难时倒被推上了。谁说不使老实人吃亏？老实人就是用来吃亏的。老实人都不吃亏，怎么能显出聪明人来？

这是我第三次接这种活了，早年在枫木岭教书，校长让我接手最乱的班当班主任。我跟校长说："这班要一直这样，纪律全校倒数第一，那只是没有进步。倒数第二就是有进步，得算我成绩啊。"校长连忙应承。接手第二个月，我的学生把另一个班的学生打成脑震荡。我头一大，这下糟了。结果学生自已解决了。据说那个挨打的学生先前曾打过我班这位，算是扯平了。第二次是处理大潮流印刷公司的债务危机。这回我当然有理由坚决不干。可是"下级服从上级"是一条纪律，我背得很熟的。加之，人们不知道的是，解决危机其实也会获得某种快感。好吧，已经是个烂摊子了，我尽力把它收拾得不太烂吧。

主要领导用心良苦，找我了解情况的时候顺口说："听人力资源部汇报，你们的工资已转到总公司来了，你查查，据说是高了些。"然后说别的事。我当然听出话里的意思：我都给你涨薪水了，你得好好干！

我说："哦，我没时间去管这个，先感谢领导！"

薪酬一直是我最主要的收入来源。只在1986年，我的稿费突然超过工资。这得益于深圳的《特区文学》，多数刊物还在8至10元一千字时，该刊稿费达每千字20元。一个小中篇小说就600元，差不多等于全年工资。我尝试过很多挣钱的办法，投资公司、买股票，试着写剧本，甚至还买过彩票，都一事无成。小说不畅销，没挣什么钱。中国经济活动已经足够开放，以薪酬为最主要甚至唯一的收入来源，多少有点羞愧。中国人相信五十而知天命，到这个年龄，能干什么不能干什么，都清楚了。我已到"知命之年"。"今天工作不努力，明天努力找工作"一直很触动我。我有时也会想，如果突然有了很多钱，那我该干什么呢？有次在饭桌上，一位某厅级单位的处级干部说："我要是中了1000万，你猜我会怎么着？"我盯着他问："你会怎么着？"他仰脖子干一杯酒，说："我买个奔驰560，开着往领导的3.0皇冠车前一横。"我很惊讶："那会怎么样？"他缓缓地吁了口气说："领导肯定会下车削我。这时，我就说'你这骂谁呀？告诉你，老子不干了！别再把我当孙子！'老子打开车窗，呸他一口，一踩油门扬长而去。"多憋屈的处级干部！我总是记得他陶醉于不再为薪酬而当处级干部受气的样子。他属下还有副处级科级科员呀！

我视为祖训的"吾日三省吾身"，有一条是"为人谋而不忠乎"，其实不给我涨薪水，我也会干。我上了点年纪，升不了职，再找合适的工作很困难，更谈不上创业。自由职业很难保障收入。两年前出版的一部长篇小说，被评论界叫好，出版社每隔半年给我邮箱里发一次结算单。我收了首印版税，他们似乎还没挣回成本，这让我非常惭愧。每次收到结算单，我就以为他们接着会打电话，让我退点钱。

我接手的善后工作主要分三块：一是人员分流，二是市场回款，三是去库存。许可证被吊销，就不再有生产新产品的资格，市场周转没有新品上架，回款会非常困难。人员分流，最难办的是仓库管理员。总公司称愿意接纳他们。仓管班长说："我们没有专长，心里清楚得很，总公司要我们只是过渡。等形势稳定了，随便找个改革的理由，就把我们给开掉了。"

谁敢担保他们说不会呢？底层有底层的想法。企业要利润，并不负责就业的硬指标。可是离职，他们觉得仅按一般劳动合同赔偿太亏。他们抓住了要害：谁把我们的饭碗砸了，就要负这个责任！要不我们到市里省里评理去。到这会儿，就不再是善后，而是"维稳"了。去库存和市场回款是可把控的，无非是时间长短、回款多少。维稳，除了利益平衡，还有情绪把控。如果不放在平等、理解的前提下谈，很容易冲突。平时有些冲突会在工作中磨平。但在这个特殊时期，真不知道会不会有人铤而走险。当听说有领导拒绝他们的任何诉求时，三个人把仓库一锁，一起来了。最年轻的那个喝了点酒，红着脸，声称带了刀，不行就动刀子。也许他们合计过角色扮演。

我大怒："不要跟我来这套！单位又不是我砸掉的。动刀子你去别处找人！愿意谈事情就坐下来。你想搞事，问问他俩答应吗？"

我不是要镇住他，是真的生气。我给他们一人甩过去一支烟。仓管班长其实聪明得很，口才也不错，马上制止他们。我当即定下规矩：三个人商量好事情，由班长来谈。觉得班长代表不了时，你们才来，不许带刀！这班长看来服众，另两人表态可以。

一周时间谈下来，累得我嗓子都出血。我琢磨好几天，上级领导这边是求稳，希望善后能平稳推进，不要再发生"二次灾害"。首先要稳住的当然是人，在玻璃大楼里吵几句没问题，到处上访不行，事情会越闹越大。员工的真实诉求是什么呢？过了两周，导致失去许可证的人什么事儿都没有，离职获赔偿金走人。我是真想不清玻璃大楼里的这番操作。仓管员们知道后，群情激愤。他们在协调会议上直接对呛玻璃大楼里的最高领导。

他们斗志昂扬，每天亢奋地在玻璃大楼里上上下下跑。我是没辙了，对仓管班长说："你们要想搞倒某人，这事儿我管不了。我去汇报一下，再不管你们。你们如果想凭此得到更多的利益，那就消停点，得有个度，这个我可以帮你们来谈。"

仓管班长凑近我说："按那个工资赔我们肯定不干。您觉得上面能给到多少？"

我说："你们不要老是揪住别人不放，谁愿意犯错？谁想把单位搞垮？人家也是无心之失。把领导搞倒，也轮不到你们上。"回到具体利益诉求上来，对单位、领导和员工都好。他愿意开价，我心里有底了，便找领导。领导让人力资源部一起拿方案。人力资源部坚决反对多给一点赔偿："有制度在呢，哪能由得他们开价？玻璃大楼里每年都有人员进出，开了这个头，下一拨离职人员就有例可循。公司怎么办？"事情僵住了！

邓立佳跟我说过在张家界市挂职某县县委副书记时，某村出现上千人聚集的群体性事件。他分管政法，带着人当天晚上赶到这个村。先找村支书，村支书说还没吃饭呢，自己得先吃饭。吃饭时，村支书说自己平时都喝两杯的，得喝酒。县官不如现管，这会儿体现得淋漓尽致。邓立佳只得先敬村支书三杯酒。酒过三巡，村支书说："你们先喝着，我去上个厕所。"十分钟后回来，继续喝。喝完该谈正事儿了。村支书说："人散了。没事了！邓书记您放心回去吧。您都敬过我酒了，我能让它有事？"邓立佳不放心，驱车去看现场，人真散了，什么事儿都没发生过似的。邓立佳感叹："基层干部的能量真不能低估。"他们也可能"又做师公又做鬼"。这会儿我是真想找个街道办或者乡镇干部讨教呀。

仓管员工资都不高。有位仓管员，妻子没工作，孩子还很小，先天有病。他失去工作，家庭会一下子失去支撑。而领导们仍然可以喝小拉菲，在海鲜餐馆、野味餐馆签单消费。了解情况后，我骨子里其实很愿意帮助他们。在我的情感里，他们与我那些在外打工的岩头江兄弟姐妹一样，生活不容易，但不能当着他们的面说。

协调仓管与销售对接工作的时候，销售员突然一拳把仓管班长打倒，就在我身边发生，速度之快令我大吃一惊。刚起身拉架，另一人已举起杂木椅子。我心里咯噔一下，会打死人！幸亏椅子没落下去。他们过去有过节，销售员认为仓管班长出言不逊。我也不明白。仓管班长顺势躺下，称头晕得厉害，他打电话报了警。警察过来简单记录后走了。玻璃大楼外风雨交加。我把人送到医院。一位总经理助理过来，牢骚满腹："一到关键时刻，谁也不愿意出面。我操！"说几句安慰的话先走了。我饿得低血糖，发晕，不断打电话给领导，没有任何人来。我得代表单位守着仓管班长拍 CT，确认无伤才能放心。

仓库还得人守着。价值 700 万的新品刚从工厂运回入库。人力资源部肯定不清楚，万一出点什么乱子，损失会远远超出几个仓管员多要的赔偿。不能再这么拖下去。我想了许多办法，出一套方案，让仓管员直接配合销售，特殊时期，全面提高销售提成。仓管员把货管好发好，他就能获得相应报酬，不需要通过人力资源部。领导层那边也很容易就通过了。

不会抽烟的我一到办公室就抽烟，抽到咽喉发炎。半年下来，问题解决。仓管员签下协议平稳离职。一直低收入的仓管员，终于拿到了一笔"巨款"。据说有人用这笔钱付了房子的首期。他们高兴地会餐，要请我吃饭。我没有去，电话里祝福他们找到新的更好的工作，安居乐业，家庭幸福，万事如意。

库存大部分处理完，仓库不需要那么大了，我们找到新的仓库搬迁。原仓库业主给我送来一个红包。我打开数了数，3000 元。早一天搬走，他就好租给别人，错过这个月，租客就会找别的地方。他一直着急。其实我更想尽早搬走，每月付他两万的租金，库存还一直在贬值。搬迁后的新仓库每月只需 5000 元。我喝了口水，上十四楼把红包交给纪检监察室。纪检监察室认真地给我开了收条。

135 人民路上的人民生活

回到人民路上的家中，阳台上的三角梅开了。

中国的绝大多数城市，都有一条人民路，或长或短，或阔或窄。路名由民政局确定，现在都被收在百度、高德地图里。我曾经是这个城市路名委员会成员，可是只开过一次会。

我是人民路上的人民。《现代汉语词典》注释，"人民"即"以劳动群众为主体的社会基本成员"。《宪法》第二条规定："中华人民共和国的一切权力属于人民。人民行使国家权力的机关是全国人民代表大会和地方各级人民代表大会。"珠海的人民路呈东西走向，全长6000米，从头到尾，步行约需要90分钟。四十年前，这一路串着的是村庄：红山村、新村、南村、桃园村、湖湾里……人民路东尽头，是珠海市委市人民政府大院。市人大常委会、市政协办公地址也在人民路上。市人民政府在人民路上可能是一个巧合。人民路上不一定会有人民政府，但一定会有人民。估计这条路两边住着5万人。路不算很宽，双向八车道，中间是紫荆、三角梅、大叶紫薇和夜来香搭成的绿篱，四季都有鲜花开放。两边是阔叶榕，宽大的树冠将人行道和非机动车道变成林荫路。已很少人走路，连骑自行车的人都不多。

我住的小区占地47000平方米，容积率是2，建有13栋房子，最高的17层，楼顶是复式，电梯只通到16楼，800多户人家。楼距窄处相隔26米，宽处150米。中间是游泳池、会所。地下是车库，只一层，200个车位，已远远不够住户用。最大面积的复式套房有240平方米，最小的一房一厅只有48平方米。如果以每户三口人计，这里住了2400人。有人是改善升级住宅，有人是第一套"刚性需求"。一般情况下，车辆不让进小区，这是中国住宅提升品质的重要举措。高速增长的GDP，快速的城镇化，逼迫中国的楼越建越高。农村人多地少，在城市，土地资源更有限，它不可再生。中国要保留18亿亩的耕地红线，粮食安全就是人的安全，就是国家民族的安全。中国城市的楼层逐年增高，成正比例上升曲线，斜率越来越大。早期主政者曾经有美好愿望，想打造一个人口密度不大、楼层不高、能"显山露水"的现代花园城市，有机场、港口、铁路。在2000年前，这座城市规划每平方千米不能有三幢超过20层的高楼。一位港商买下一块地皮，想建座28层的大楼，一直没获得批准。二十年后，这块地皮上建起一群 38 层以上的高楼。城市规划不断被修改。

最早进驻小区周边的是装修材料、配件店，然后是超市便利店。再后来是车辆维修店。在中国，住宅小区如果离菜市场超过 500 米，就会被认为是生活不方便的小区。尽管我们可以开着车到大型超市去购物，但周边有学校、超市、面包店、理发店、文具店等似乎是成熟小区的标配。煤气罐用两年后，管道煤气接进了家，后来换成了天然气。在宏大话语里，这叫民生。在城建规划里，叫配套。在家庭落实下来，叫柴米油盐酱醋茶。

拥有财务自由的人，任性得让人羡慕。东北一家人到珠海旅游，住了几天，觉得这地儿天气暖和，旅游景点走过了，就去参观楼盘，看两回就买了一套，一家三口的户口也迁过来。政策可以购房入户。然后，他开了一家石头火锅餐厅。投资开张的当年，珠海暖冬，人人穿短袖，没人吃火锅，他就把店关了，转让店铺的资金用来炒股。有英语专业的女性在自己家里开英语培训班，毛笔字写得好的办书法培训班，教孩子。他们在别人上班时休息，在晚间和周末忙碌。我的邻居有来自潮州的茶叶店老板、四川的护士、政府部门的公务员……

我们互不认识，需要重建居住的规则，还需要重建社区伦理。在小区里，所有宏大话语消失了，影响居住的情况具体而细微。刚搬进来的时候，噪声特别突出。冲击钻的声音持续一年多时间，但每家都装修过，都有过冲击钻刺耳的声音，大家彼此谅解。发展商委托的物业管理公司早期行使管理权，制定一些简单的规则，比如不能在中午和晚上装修发出噪音，不能往楼下丢垃圾，装修垃圾应放在固定区域，运走垃圾要付费，等等。这一切，构成小区最早的公共话语。人们见面礼貌地点头、微笑，但不串门。"隐私权"已经进入中国多年并被广泛接受。居住权利的边界变得越来越清晰。我们是从熟人社会走过来的，现在，要学会跟陌生人打交道，自己也要学会当"熟面孔的陌生人"。"远亲不如近邻"的居住伦理被消解。社会化服务替代了传统的邻里间互帮互助。

水是供水公司供的。修电器有修理人员上门，空调、音响、电视……分工已很细。在中国传统儿童读物《三字经》里，有"昔孟母，三择邻"的故事，讲邻居对孩子的影响。在现实利益关系里，除了噪音和漏水，邻里间似乎已毫不相干。我曾试图改变这种关系，到小区几个邻居那里去串门。人家很客气地倒茶、聊天，但从不到我这儿来坐。我也就不好意思到别人那里去了。

某天有人敲门，开门一看，是楼上邻居。我们很高兴地迎进门来，倒茶、寒暄。她给我们带了小礼品，两袋零食，一个敲打穴位的有弹性的布棰。她示范怎么敲打穴位，然后告诉我们健康是多么重要……可是万一生病或发生意外怎么办？她娴熟地推销保险产品。嗯，保险，我们大概也是需要的。她是唯一多次上门的邻居。我们购买相应保险产品后，她也不再登门，到别处忙去了。如果她不推介保险还继续登门，我们也会不适应。

早上一起遛狗的男人，会谈论时政。他们常常因为在本单位不便于说出自己的看法，在小区遛狗时，可以释放一下。楼上在做韭菜盒子，楼下在炒辣椒。东楼在做烩面，西楼在做咸鱼蒸肉饼。有人在楼道里敬神，有人在大榕树下烧纸钱。拜祖宗和土地、财神菩萨仍然是主流。这里有普通人互不干涉的含义。邻居们相互包容。保安会来关照小心火烛。

在我入住的第二年，《中华人民共和国物权法》颁布，第七十五条规定："业主可以设立业主大会，选举业主委员会。"第七十六条规定"由业主共同决定""选聘和解聘物业服务企业或者其他管理人"。当产权不属于自己的时候，我只是一个房客。现在我是业主，房子交给谁来管理有相应权利。800多户有许多种想法，但只能选择一家物业公司来管理。我们投票成立业主委员会，选择了延聘原公司。

老人和孩子是小区生活的黏合剂。在小区，大声吵闹的是低龄孩子，大声说话的是老人。老一辈人图省事，隔着楼喊人，声音显得突兀而粗暴。儿子与同龄孩子上同一个幼儿园、同一个小学、同一个中学（初中），他们会在小区里奔跑、游戏、踢球、踩滑板。他们知道公共场所的哪一道门坏了，哪棵树下有几个老鼠洞，黄皮树上的黄皮是不是酸的。他们会攀比奥特曼玩具。家长会因孩子建立联络。架空层高5.6米，空气流通，夏天好纳凉。退休老人在架空层里打麻将，不多，两桌。一个肤色黝黑的老人，在楼下种草。我问他什么草，他说是"长寿草"。后来他参与到架空层的麻将队伍里，因嗓子有些沙哑，被"麻友"取名"唐老鸭"。中国人讲"小赌怡情"。老人们输赢在30至50元。某天三缺一，有人去叫"唐老鸭"时，门铃没人应答，过两天才知道他患心血管病去世了。麻将台立即补充了人。有人一边摸牌一边感叹："现在这种小区生活，人们不同单位，也不熟悉，死了人根本就不知道呀！不过，他都83岁了，算得上高寿——东风。"

2017年8月，强台风"天鸽"正面袭击珠海，22日晚风雨交加，呼啸的风声让我无法入眠。第二天起来，台风警报升级，不用上班了。23日上午有人在微信圈里发了个图，一台空调外机被吹得挂在外墙上直晃。我突然听得巨大的玻璃碎裂声，以为自家玻璃碎了。三年前家中北阳台的玻璃就被台风推倒，碎了一地。我四处察看，原来是楼下邻居客厅飘窗玻璃，被从高层楼阳台上吹下的锈铁栏杆砸中了。12时50分台风正面登陆。台风稍歇，我赶紧到楼下问，要不要帮什么忙。女主人和她上大学度暑假的女儿正在打扫玻璃，平和而淡定。她们说不需要。我想了想，从厨房里拿了一双脏兮兮的厚手套给她。我说这个很脏，但捡玻璃碴用得着。她接过手套说了声谢谢。她们很安静地处理了碎玻璃。在过去，或者碰上不理性的邻居，怎么说也要找那铁栏杆的业主吵吵，甚至骂起来。但现在不会了。新装一块玻璃不需要多少钱，这是平和的经济基础。当然还有当事人的高素养。紧接着，很多人下楼察看灾情。一半的树被吹倒了，遍地狼藉。物业管理开始清理小区时，部分业主主动走下楼打扫起来。第二天是锯树枝，再用粗绳子拉，把树桩扶正。只有在这个时候，业主们才成为一个群体。好相处的邻居，愿意奉献的邻居，仍然是居住环境的重要组成部分。大家齐心喊着号子用力拉绳子。我们的公共精神通常是被"事件"而不是规则或日常联结起来的。

不会再有陌生人敲门了。每户交 4500 元购了可视对讲防盗系统。这个系统看上去挺好，有入门红外线监测、床头报警和厨房烟感报警器，每月收 8 元钱。新入住的我们接纳了它。十年后，这个系统被彻底废弃。最直接的原因是手机微信，多个 APP 功能都比这个强大。为了安全，小区在各个角落都装上摄像头。保安可以在监控室看到这些地方的一举一动。有时我会想起获过奥斯卡奖的电影《偷窥》，而整个小区，就是电影里的那座"碎片大厦"。

微信业主群已经是业主和物业管理交流的成熟平台。它反映情况表达意见的快捷性显而易见。我在微信群里经常看到业主 @ 物业负责人："11 栋到地下车库门边有一坨狗屎，请处理一下。""13 栋 1 单元架空层有泡猫尿，请尽快清洗。"物业负责人会 @ 业主："好的，马上派人处理。"前后大门口摆有一台人脸识别装置，一年多了仍未启用。物业管理公司想尽快推进人脸识别，这样就不用刷卡进小区了，刷脸即可。有人欢迎，有人迟疑，有人明确反对："我这脸刷来刷去，每天的工作和作息规律，跟谁进出都被人掌握了。有什么好？不，我不要人脸识别！我得保留一点个人隐私。"

十五年前广受欢迎的电子监控，现在，开始遭到抵制。

136 桃花芯木后的大院

市场上还有数百万货款，多数拖着。我做过给销售人员更高回报的方案，以便尽早回款，否则会成为死账呆账，但未能通过。这些方案上批着一些永远正确的废话，就是不能解决问题。当然，也没人敢注销这笔账，因为涉及国有资产。如果是民营企业，则要好办得多。工作变得疲惫而徒劳，我只好努力推动建立一个新的单位，不再归玻璃大楼里管辖。

我获得一个新的政治身份：市政协委员。政治协商是中国一项重要的制度安排。委员主要通过建议和批评发挥参政议政、民主监督的作用。为建立这个单位，我递交了一份政协委员提案。然后，我不断地往市府大院里跑。法定的事项，省里的部门在督促，具体办起来还是不容易。已经是中共十八大以后，我笃信所有关于反腐败的相关文件，不请客不送礼，领着同事，一个部门一个部门去落实，科员不行，找科长，科长不行，找局长或主任。一位分管的市政府副秘书长，在他的办公室里接待了我们。他知道政协委员的提案和省里的督办件，告诉我们要怎么办。至此，我才明白在中国，建立一个事业单位有多么复杂。在主管单位确定后，得找编办。编办的全称是编制委员会办公室，市长兼任编制委员会主任。在交了多份报告和文件后，才能确认是否要设立这个单位，给什么级别、多少编制，具体是哪些工作，俗称"三定方案"，即定职能、定机构、定编制。一年半后，我和我的同事终于等到编办文件。接着，我们通过考试程序转入这一新的机构。机关事务管理局给了两间旧房办公，就在大院的斜对面，主管单位在大院里面，我们方便汇报工作。从此，我每天在人民路上东奔西跑，上班都要从大院门前经过，间或去大院里开会。

大院的东南面，是半圈桃花芯木，四十年前栽的，已成参天大树，树围两人才能合抱。桃花芯木属中档木材，气孔稍粗，木质不错。除了我，大概没人关注这些树是否可以做家私。正门朝南，右边挂着白底红字的牌子，左边挂着白底黑字的牌子。围墙两米高，先前是围实的砖墙，后来要求透明，就改成黑色铁栅栏。透过栅栏，可以看到院内。门口有保安。早年我进去，保安从不问我。另一同事却要预约，每进必问。他跟着我进去，就没被盘问。我有点得意：人长得周正真有好处，一看就不是个坏人。现在都用门卡。

地方主官决定地域的发展。在大方向上与中央保持一致，但在城市定位、发展路径、细节操作等层面，不同的官员会经营出不同的城市。这座城市较早放弃劳动密集型企业的经营发展，提倡挺进高新科技产业。但似乎欲速则不达，至今仍有不同评价。这座城市很早就禁止摩托车上路，与当时的城市经济社会发展不相适应。官员有超前思想，要求建更宽的路，小区要有车库……人们说他太乐观了，老百姓什么时候才能买得起小车呢？现在，车位越来越紧张，很多地方怎么挖潜也挤不出车位了。人们偶尔会想起那个官员。还有人才政策、环保政策……做一个执着坚守的地方官员常常也不容易。

大院里的人似乎什么都干，又似乎什么都没干，有点像整个城市的发展商，主要任务是整合资源，推动城市经济社会发展。仅就建筑而言，大院内建于 20 世纪 80 年代的多幢楼已显得灰头土脸，但权力中心的位置无可替代。如果城市是一艘船，大院便是舵舱。在这座大院里说话需要谨慎，不能太有个性。有职能部门的负责人，干起事来像台推土机，呼哧呼哧，一任下来，回头看成了不少事。也有混着的，整天考虑自己权力怎么变现，获得利益最大化。一任（或数年）下来，留下一大堆问题，该做的都没做，上下都不满意，以至于组织上要选一位清正能干的官员"灭红灯"。这座城市 1978 年工农（渔）业总产值只有10473.9 万元，全年财政收入 647.3 万元。四十年后，这座城市地区生产总值 3435.89 亿元，财政收入 331.5 亿元。推进建设、引进投资、修建路桥、改善民生……每任主官都可以数出不俗的成绩。

2016 年 3 月下旬的某晚，睡觉前，长沙的同学微信给我：你们的市委书记被抓了。这条信息来自中纪委网站，权威准确的表述是"涉嫌严重违纪，目前正接受组织调查"。老百姓喜欢说"被抓"，注重动感和快感。我很惊讶：这天上班还路过这座大院，看不到有什么异常！一夜间全中国都知道了。人们喜欢传播官员被抓的消息，在新闻里被称为"打虎"。真正的老虎，无论是东北虎还是华南虎，其实都是一类保护动物，打不得的。

在市"两会"上，我曾经看到他坐在主席台正中央。台下的我有时会想愚蠢的问题：台上人两小时不挠痒痒还真是功夫。政协委员届满后，我不再参加这种会议，就看不到这些大人物了。我们对他既熟悉又陌生，因为即便不参加会议，本地新闻里一定有他，报道他如何在为这座城市辛勤工作，对城市的工作提出什么要求。陌生的是，他开完会讲完话之后干什么去了？福建省漳州市中级人民法院 2018 年 1 月 12 日公开宣判他"利用职务上的便利，为相关单位和个人在工程承揽、项目选址、职务调整等事项上提供帮助，直接或者通过其亲属，非法收受上述单位和个人给予的财物"。他会在办公室收钱吗？

除了在电视上，普通人能见到本市一号人物的很少。我在饭局上看到一位企业家，兴奋地谈起在外省某省会第二次见到这位书记，书记跟他喝一杯酒并说："好，我记住你了！"饭桌上的人们兴奋地讨论"我记住你了"是什么意思？是不是该启动某个项目？有人悄悄提醒："回来后你跟他秘书通上电话没？"其实很多人想攀上书记。人们用"围猎"来形容那些为利益用金钱、美女腐蚀官员致其违纪违法的行为。

他在哪儿被抓的呢？人们都很好奇。第二天，珠海到处都在传他被抓的过程：他在大院里开完会，讲了话，去珠海度假村陪贵宾，刚走进去上完厕所，中纪委的人就走进门来，亮出证件将他带走，乘当晚的飞机带往北京。我问转述者："那他们在哪儿吃饭呢？吃飞机餐吗？"转述者说不知道。他出事了，前任后任们会觉得蒙羞吗？

2017 年 8 月强台风"天鸽"过后，我从大院前经过，看到四棵粗大的桃花芯木倒下了，场面有点触目惊心，两人合抱的粗大树干不是锯或砍的那种齐整的断，而是连皮带肉被撕裂的倒下，可以想到大树倒下前的挣扎与痛苦。这很容易让人联想到树后大院里的大人物。我扳着手指算，除了前书记，院内出道的还有两位正厅级官员被抓。有一位升到省里，2015 年 7 月，因"严重违反政治规矩和审查纪律，干预案件查处……受贿、行贿问题涉嫌犯罪"被抓。案件披露后，我从中纪委的纪录片里知道，这位官员就住在我们小区后面一个不大的住宅小区里，算不上高档。办案人员从他家里搜出 200 多斤虫草。以均价 10 万元一斤计，光虫草就值 2000 多万元。我母亲生病时，小妹夫尽孝心，买了一点虫草给老人家炖汤喝。我们每次小心地放几根，珍贵得很。可官员居然受贿这么多！我见过这位官员。他当处级干部的时候，不善言辞，甚至称得上谦卑。回到办公室，我跟同事说笑："这回倒了四棵树，大院里可能还要抓一位。"我是唯物论者，只是用很民间的方式调侃。一周后的 8 月 31 日，大院内的在任市长被抓。他从一个省管企业调任，才当选三个半月。我惊呆了！珠海人觉得委屈：他那是在企业犯的事，却来污珠海的名。老百姓有老百姓的荣誉感。

中国人有自己的参照系，那就是悠久的历史，在各个朝代里，都有贪官有清官。中国人三杯酒下肚，一千年前的唐朝仿佛就在昨天。人们经常在酒桌上争论"玄武门之变""陈桥兵变""杯酒释兵权"，对比各自欣赏的英雄。"以史为鉴，可以知兴替。""先天下之忧而忧，后天下之乐而乐。"太多的历史知识告诉人们：吏治的腐败是会亡国的。而打击腐败、让社会分配达到大致的公平，是亘古不变的安邦之道。

看到这些新闻，我有时会想起母亲，无限感慨：人民路上的一号人物以受贿 2058.8 万元蛀蚀和损害这个国家的时候，人民路上的母亲因为每月 1172.5 元的养老金感恩和赞美这个国家。我想，这位大人物的母亲一定很伤心吧！她有养老金吗？

2018 年新修订的《宪法》第二十七条规定："国家工作人员就职时应当依照法律规定公开进行宪法宣誓。"誓词为："我宣誓：忠于中华人民共和国宪法，维护宪法权威，履行法定职责，忠于祖国、忠于人民，恪尽职守、廉洁奉公，接受人民监督，为建设富强民主文明和谐美丽的社会主义现代化强国努力奋斗！"

大院里的人们应该时刻牢记这样的誓言！

对《宪法》不忠诚的人是不适合在这个大院里工作的。

137 朋友圈

除了血缘关系的亲人，中国人相信朋友。"有朋友自远方来，不亦乐乎"表达接待朋友的快感，"多个朋友多条路"则是务实的人生哲理。

当然，"朋比为奸""狐朋狗友"也提醒交朋友不一定能有益，也可能有害。桃花芯木后的大院里，交友尤其如此。在关于反腐败的会议或文件里，会不断提醒"慎交友"。

腾讯的微信有一项极其强大的功能：朋友圈。这是一个有限开放的社区，却展现了交流的无限可能。古人说："物以类聚，人以群分。"微信继承和发扬了这个传统。它让志趣相同或利益相关的人建"群"。联系最紧密的是血缘关系，可以建"亲人群"或者"亲友群"。刚认识的人已经很少发放名片，而是加微信。一般地，我不敢冒昧加别人的微信。

我也想往高处走，可从来不敢往"精英"上靠。我想在"当代中产者阶层""当代知识分子""城市平民和贫民"中选择一个合适的位置安定下来，可我在真正的中产者面前羞于提起资产和收入，在真正的知识分子面前不敢提学问，似乎只能在"城市平民或贫民"的层面选择，从"农民"起步，努力工作和学习，进一步，成为平民，退一步，则会沦为贫民。所幸不朽的思想家卢梭也是平民，这多少让我的心灵获得一些安慰。

我从不怀疑一些投机钻营的人在这个时代获得巨大利益。他们改变规则，改变价值观，破坏社会的公平正义，然后，将自己与普通人区别开来，利用金钱为自己获得更多的资源——或者"权力寻租"获得更多的金钱。他们犯有的不只是"原罪"那么简单。当这样的人受到惩罚时，撰写文章的人总是反复引用"正义可能迟到，但是从来不会缺席"。可是，我怎么知道它不缺席？阳光普照的时候，还有许多未能照亮的角落。正义缺席的时候，从来不会通知任何人——正义不会正在与我打扑克。我与这样的人交不上朋友，不是我不屑于，而是这样的人不会浪费时间跟我交往。当然，我更加相信这个时代，绝大多数人，靠着努力与拼搏改变自己，同时也改变了中国。人们学习进取，创新开拓，钻研专业，忠诚职业。许多人抓住机会获得成就。我有一些这样的朋友，在交流的深处，他们会坦露心迹，很乐意谈一谈个人奋斗，谈谈一路走来的艰辛。

中国是一个熟人社会，伦理从来就表现出强势。在所有的事务处理中，最先想到的肯定是找人。在岩头江，所有的人都互相认识。甚至在武冈县城，省城长沙，大多数的人也互相认识，不认识的打听打听，绕几个弯也认识了。认识的人之间，有一种难以拒绝的逻辑：这事得办，都是两个熟人。全中国都如此。这样的宽容隐含着暧昧。这种暧昧积累到一定的量，就会变成毁灭性的因素。人们不讲规则，首选"和为贵"，这在非原则非核心利益上是对的，但会让居心叵测的人有机可乘。初到珠海，我的同事很高兴人际关系变得不再那么黏黏糊糊。他说"生意"真是一个很好的词，因为"陌生"而有"意向"，所以需要"谈"。这是他对"谈生意"的一种解读。三十多年过去了，相对于内地，受港澳影响，珠海有一些改变，但改变最大的，却也变成了"熟人社会"。说不上好，还是不好。

手机已彻底改变中国人的生活。社交一方面变得更加简捷便利，一方面又变得更加复杂多变。有时我会感到某些温暖的东西已经失去了，那些场景成为经典图景，不可能再现。我一直珍惜那些年的朋友。比如骑车去武冈二中，与黄三畅、邓星汉讨论文学，之后黄三畅还得做饭吃，还得去称一斤肉。有时星汉提供菜肴。去文化馆周宜地那里，有时天黑了，就在那儿睡觉。他只有一间房子，很逼仄，一家五口人。我有时很怀念那种没有任何动机、没有任何效率的相见，不电话预约，走到门口再敲门，如果人不在，就坐在门边的栏杆或石头上等人。我去黄三畅、周宜地那里都这样。到长沙我早期就住潘吉光老师家里，后来住邓立佳家里。有一年，担任张家界市委常委、永定区委书记的邓立佳携家人来珠海，仍然住我家里。那一年我的房子刚刷过墙，纱窗被拆掉了，屋子里满是蚊子，完全不能入睡。他一家三口半夜起来跟我一起打蚊子。那些年，到任何一个城市敲开一扇陌生的门，报个名字，就会被接纳。沈阳的刁斗、长沙的何顿、邵阳的邓杰、武冈老家的曹潨都这样到珠海找过我。开一个作品研讨会，北京彼时还相当年轻的朋友李敬泽、邱华栋、徐坤、关正文、崔艾真……把"车马费"掏出来泡"丑鸟"酒吧。

毫无疑问，某些古典情怀在上个世纪末终结了。这应该不是人类情感的终结，而是科技纵容了人类惰性。在微信朋友圈里可以转发现成的文章、表情包替代自己时，人们就不再敲开任何一扇门，去讨口茶喝或喝杯酒，借机探讨或倾诉。人们从市场经济的运行里得到明显的好处，但市场经济的伤害也显而易见。"时间就是金钱，效率就是生命"。当这样的口号挂在全中国多数城市，并被广泛地认同时，友谊之类的情感失落了。我到某个人那里去聊天，如果没有什么具体事情，会令人困惑。最后，被拜访的人会问起："有什么事儿吗？"我说没什么，真的没什么。这很可疑，似乎有不太尊重别人的感觉。什么事都没有跑到人家那里去，聊鲁迅、聊马尔克斯之类的，又不能赚钱，这怎么行？现在微信里什么都可以聊。我从衡阳朋友欧阳卓智那里获得《小溪流》主编黄亦鸣的微信名片，想恢复联络，就是这么对话的。

她问："你在长沙有什么事儿要办吗？"

我说："没什么事，就是联络。"

她说："真的没什么事儿吗？"

我说："真的什么事儿都没有。"

她说："真是有些奇怪。现在谁没事儿专门联络上一个人？"

是的，现在你得谈个什么项目，能挣多少钱，盈利点在哪儿，需要多少前期资金，这个资金从哪儿来，中国人越来越务实了。聪明的中国人说，朋友是麻烦出来的，互相麻烦，就是互相帮了忙，就容易成为朋友。

我是个经常给微信朋友圈里的朋友点赞的人。我觉得要么不加，要么总得时不时地打打招呼。点个赞就像问个早上好或晚上好。而浏览朋友圈就像是路过。考古学家李世源曾与我、陈继明、卢卫平几个朋友约定：要互相砥砺——像磨刀石一样的。这是另一种交朋友的重要方式。他曾经面壁数年，对着高栏岛宝镜湾四千二百年前的岩画苦思冥想，先人们画下这些是什么意思？我在《宝镜湾岩画判读·后记》里读到他凌晨仍在珠海南屏的住处仰望星空时，非常感动。激情澎湃，独孤求败，没有人对话，只能仰望星空。假若有人对话，在楼顶摆一盘卤菜、一碟花生，把酒临风，争论岩画上的华丽构图是"载王之舟"还是"丰收渔歌"，那个妖娆的身姿是"篦傩之舞"还是别的什么"醉态"，不亦快哉！

我教育儿子，人一生应该交朋友，交有益的朋友。无论世界怎么变，友谊是应该有的。它不在空泛的闲谈里，就可能在微信的表情包里生发。我说，当你说起某座城市时，如果那里有朋友，那座城市就会生动起来，那些情谊会帮你照亮这座城市。

桃李春风一杯酒，江湖夜雨十年灯。不只一杯酒，朋友间有很多杯酒。别人读季羡林先生的著作读到学问，我读季羡林先生的书，最受益的是他刚走向社会时一位长者告诉他："凡饭局必有座次，你要是不清楚坐哪儿，就先去上厕所。等你上厕所回来，主宾都坐定，剩下那个位置就是你的。"所以，凡有饭局，我都照季羡林先生的法子，先去上厕所。若不是自己做东，多数时候我在路上就开始积蓄尿意，进门上厕所自然得很，不上厕所反而觉得少走了道程序。而与友人聚，无论坐什么位置都舒畅！

在微信朋友圈里，我常常无话可说。我觉得说话的人已经够多，说得非常精彩的也非常多。我很少转发什么，有时就觉得，一个岩头江人转发这些东西显得多余。欣赏和聆听是我的基本方式。我大约加入了十来个微信朋友圈，多与文学有关。

138 文学

林语堂先生说："中国人的信仰是诗。"

辜鸿铭先生说："中国人信仰的是'良民宗教'。"

我还是愿意信林语堂先生多一些。要不，为什么两千五百多年前就有《诗经》，而不是《钱经》《刀经》《菜经》？也不是《良民经》！林语堂先生认为：中国人把文学分为两种——教化的和娱乐的。中国人讲究"文以载道""教而化之"。

现在，文学的教化功能多被替代。在网络出现以前，文学作品主要以纸质图书和刊物出版、传播。它的长处是经过训练有素的编辑认真挑选，编辑甚至要付出很大的精力去修改作者的作品。短处是低效率、慢传播。1984年，我投稿《羊城晚报》。"花地"副刊编辑张维先生将我1200字的小说改得通红，怕排字工人看不清，又寄回让我再抄写一遍。现在的编辑，已不可能有这个"闲工夫"。

公元2000年后，中国的文学已经完全变样。文学却退后，再退后。文学从业者一腔悲怆，但一切都无济于事。即便是关于人生，关于处世之道，"成功学""心灵鸡汤"的任何书籍都比真正的文学作品卖得好。人们更加关注财富的故事、资本冒险的故事。金融史学者宋鸿兵写了《货币战争》，以故事逻辑论证这个世界一直由金融世家罗斯柴尔德家族控制。这是一个以"阴谋论"为基调的故事。最早的情节发生在滑铁卢战役期间，犹太人罗斯柴尔德派出的信使先于媒体获知惠灵顿将击败拿破仑，便先以假消息抛售英国国债，将价格打低，然后在低位反手将英国国债买回来。滑铁卢战役结束，人们得到真正的消息时，英国国债暴涨。罗斯柴尔德家族从此成了英国的大债主。书里称，这个隐形家族的财富达50万亿美元之巨，它操控美联储、总统选举以及两次世界大战……没有任何一个小说家能写出这样的作品来。无论这个故事多么荒诞，无论多少人用事实证伪，并提供罗斯柴尔德家族滑落的报道，这本关于资本传奇和世界级阴谋的书就是好看。罗斯柴尔德家族是否辉煌已不重要。

这当然也可以算文学。中国人向来喜欢看"演义"。

德国汉学家顾彬先生不无悲凉地发现，中国文学越来越差，他们不知道人是什么。而真正的文学在于"找人"。作家们离唐诗宋词十万八千里。除了文学圈，没有多少中国读者在乎顾彬先生说什么。如果信顾彬先生，人们会更加茫然。关于文学，如果不相信瑞典文学院，还能相信谁能给我们文学的指引？瑞典文学院不只是评奖，似乎还担当着建立和维持文学信仰的重任。全世界给莫言那么多文学奖，难道都"不知道人是什么"？有意思的是，余华 2018 年 7 月新出杂文集，直接取书名《我只知道人是什么》，虽说取自某篇作品，"原句"源于耶路撒冷纪念馆的义人区纪念柱，在我看来，仍然有回应顾彬的意思。当然，顾彬先生说，德国也一样，德国人也只看美国和中国作家写的长篇小说，因为他们在编故事。而德国真正的严肃作家在探索，所以也很难获得更多读者。可是，一个写作者获得更多的读者不是好事吗？西谚说"人类一思索，上帝就发笑"！

哈耶克认为："物质进步迅速的时代很少是艺术臻于鼎盛的时代，艺术和智力创造的精品以及人们对其怀有的极大的欣赏兴趣往往出现在物质进步缓慢之际。不论是 19 世纪的西欧，还是 20 世纪的美国，都不是以其艺术成就著称于世的……当经济活动不再能提供快速进步的魅力时，那些最富有天分的人便会自然而然地追求其他价值。"① 这是个很有趣的表述。如果任正非写长篇小说，马云拉小提琴，马化腾画油画，王健林作曲，李彦宏弹钢琴……中国的文学艺术状况肯定大不相同（假设他们从未将精力和智慧放在成功的工商业上）。我几乎承认自己和写作界同行在天分、勤勉、情商、创造力和耐力上落后于工商界人士。作家比不上企业家，不只是钱挣得少的问题。论意志和坚忍，史铁生大抵可与褚时健相比。2010 年 3 月，在斯德哥尔摩，李书福以 18 亿美元的价格收购瑞典老牌汽车企业沃尔沃轿车 100% 的股权。两年半后，莫言到斯德哥尔摩领回诺贝尔文学奖。这样的攀比屈指可数。

我的庸见会被文艺界人士质疑、反对和嘲笑："你自己比不上人家，还想拉我们下水？"可是……这难道不是事实吗？

写作者难再寻找到思想资源。一个出版物越来越多而作品影响力越

① 《自由宪章》，中国社会科学出版社 2012 年版第 76 页。

来越小的时代开始了。有人干脆称为"小时代"。20世纪90年代，还有"新写实主义"。后来写作者们发现"主义已死，有事烧纸"。顾彬先生说，中国有400万作家。我不知道这一数据是怎么统计出来的。珠海有200万人，以我的观察，被称为（或自称）作家的有200人。按这个比例，是万分之一。那么，中国至少也有14万作家。当权力、金钱成为衡量标准时，作家财富排行榜出现了。哪怕是畅销书作家的收入，与任何真正的富人比较起来，都显得那么可怜。作品似乎很难分出好坏，跟食品一样，看什么不看什么，取决于人们的偏见，可是作家的收入却可以统计出高低。

子曰："小子何莫学夫诗？诗可以兴，可以观，可以群，可以怨。迩之事父，远之事君，多识于鸟兽草木之名。"古人早知道，文学并不能用来赚钱，但学一点还是很不错的。

中国写作者却多了起来，比20世纪80年代多，比1949年前更多。这得益于教育的发展。在1960年前，能把20万字写通顺的，一定能成为大作家。而中国现在的状况是，一个会计师想先歇一段再转个事务所工作，过几天她想换换脑筋写个小说，她就写了，一点也不比号称作家的人写得差。我的书架上就摆着这样的作品。写作者比任何时代都多，文学作品比任何时代都多。一个经营软件和大数据的企业家，在领导项目和计算利润的空闲里作诗，然后发到我的微信上商榷。关于"平仄"和"对仗"，他远比我在行。

在香港上市的阅文集团公布2018年业绩：总营收50.4亿元人民币，全年经营利润11.15亿人民币，在线营收38.3亿元。数据显示：仅这一网络文学平台的月度活跃用户数就突破2.14亿户，平台拥有770万位作家和1120万部作品，产生的原创作品达1070万部。在这个群体中，90后作家占比73%。作家可以根据"弹幕"提供的阅读需求来改造作品。这是一个恐怖的大数据，每个写作者平均写了1.39部作品，每月人均获得不足27.8个读者。阅文集团无疑获得了可观的收益，但如果每个写作者要通过这个平台获得每月2780元收入，每个活跃用户得提供100元。这样的数据是平台的成功，却是写作者的悲哀——每部作品每月平均只获得20个读者，远不如微信里的朋友圈。据说，阅文集团还要把版权"签死"。

生活在北京的阎连科发现："写作无意义。"我有时觉得这可能是本世纪关于文学最重大的发现。它消解杜甫的"文章千古事"，放弃了"铁肩担道义，妙手著文章"的启蒙理想。写作者尽可以仰望星空，但所处的位置已经不足以俯视众生。

现在，好多人读文学作品，主要看作家的名气，就像衣着要"阿玛尼"或"巴宝莉"，包包要"香奈儿"或"路易·威登"。如果你说你读过中国文学作品，却没读过莫言，难道不是一个笑话吗？读余华，因为美国《出版商周刊》评价"余华是蜚声国际的小说家"。《活着》两千多万的发行量是个难以置信的奇迹。

网络是低碳的、进步的。数年前我就假设：未来的中产者能在自己的阳台上翻看纸质书，而无产阶级在网络上浏览。少用纸，则可少砍伐森林，也不需要挤占物流的道路。七十五年前，林语堂先生用了65页的篇幅讨论文学，结论却是："文学这东西，依我看，仍旧是文人学士茶余饭后的消遣，旧派也罢，新派也罢。"不过他接着说："在中国文明的一切范畴中，唯有艺术能对世界文化作出永久的贡献。"[①]人们一般认为：文学是一切艺术之母。

2019年4月，离我的住所十分钟车程的北京师范大学珠海校区，举办聘请莫言为杰出教授、余华为教授、毕飞宇为驻校作家的仪式，还挂牌一个"国际写作中心"。写作已经成功并站在写作高地的人们，试图以各种方式（或仪式）促文学前行。但无法回避的现实是：文学正在被网络、微信消解并重建。小子何不玩乎微信？微信"可以兴，可以观，可以群，可以怨"。批判、和解、倾诉、幽默、调侃、纾缓……一切尽在微信中。

---

① 《中国人》，学林出版社1994年12月第1版第280、281页。

139 垃圾定律

有什么样的垃圾，就有什么样的物质生活，就有什么样的社会——这是我的发现。我这一辈子不太可能发现什么科学定律了，只好发现"垃圾定律"。这个定律跟"马太效应""墨菲定律""木桶定律""破窗定律"之类相似，可以供社会学家引用。可是我不希望引用的人们称为"曾维浩定律"，我不想与"垃圾"互换。这有损我脆弱的自尊！

经济基础决定上层建筑。

经济基础和个人经历、文明程度还决定对待垃圾的态度。穷人和富人的垃圾不同。发展中国家与发达国家的垃圾不同，对待垃圾的态度也不一样。

在武冈县委宣传部工作时，我的邻居、县委政策研究室邓成正主任告诉我："据观察，上街的农民吃苹果，丢下的核总是比城里人要小得多。"他想，农民很可能一边吃一边奢望，什么时候自己也能剩一个更大的核？他愿意提供这个细节让我写进小说。我一直没用过。我自己吃苹果，也舍不得剩一个更大的核。苹果不像桃，里面不是硬核，只是籽儿。舍不得就可多啃几口，啃得只剩下籽儿和最中心的筋。邓主任启发我发现了"垃圾定律"。根据"苹果核原理"，我进而观察吃鸡，同样，贫苦人家要比富裕人家的鸡骨头啃得更干净。在食物短缺时代，垃圾里的鸡骨头会比现在啃得干净得多。广东作家协会原专职副主席杨干华先生跟我说，小时候，每有人家宰猪，他就与小同伴去捡人家扔掉的猪蹄壳，烤焦了啃。

我说："那都是角质蛋白质，不能消化的。"

他说："你没吃过吗？很香的。"

在1980年以前，岩头江很少有垃圾。工业品极少，食物短缺，菜帮子能喂猪，任何植物晒干都能作柴火，即便是淘米水也得作潲水喂猪。岩头江没有"垃圾"这个词。最后什么用处都没有的东西，堆在一起发酵，会成为肥料——还是有用处。用钝的菜刀，人们会提去铁匠铺里重新锻打，加上钢口成为新刀。一个土陶坛子破了，不能装酸菜，还可以装潲水。如果说"垃圾"指无用的东西，对岩头江来说，那就是一个多余的词。自耕农的生活简朴低碳。岩头江从来没有无用的东西。一切都在"微循环"里，环环相扣，自我消化，自我净化。这样的生活让极简主义者望尘莫及。

城市垃圾有废铜烂铁，牙膏皮什么的，可以回炉冶炼。在农村，没有没有就是没有。

1988年调动到珠海，我获得一些新的观念：香港人衣服会换季换款，穿过几年的衣服就不要了，家私也一样，当有新款出现时，旧家私就该扔掉。在珠海拱北关口旁，我看到一些人神神秘秘，背着很大一个的袋子（早期是麻袋后来是编织袋），匆匆地到某屋里去，装满了袋子又走出来，坐上去广州的车。我走进村子里，就看到人们光明正大地在卖旧衣服。销售海外旧衣服尤其是西装，曾经是珠海拱北的时尚。没有人觉得这是不合适的。有人为了体面，在旧衣服里挑到一件九成新的品牌西装，穿着出席重要活动。在岩头江，则有人希望外出打工的亲人将自己的旧衣服作为赠品寄回去。

一位销售录音机的广西区域经理，指着他西装胸口的标识对我说："这个，世界名牌，你看，九成新，才150元钱。"

我说："穿着笔挺，确实不错。可是我总想，这样的衣服来历不明啊！"

"想那么多干什么？都是消过毒熨烫过的。你不要老想人家说什么死人衣服。那是极少的。人家换新嘛！干吗不想这可能是某位富商穿过的？他曾经穿着这件衣服出席世界性的商务会议，穿着这件衣服签订过数千万数亿的合同，这件衣服会给我带来运气。"

在中国，一切物资，从短缺到过剩，似乎只是转眼间的事情。1985年在武冈县委机关时，我也没见着什么垃圾。除柴米油盐，所购商品极少。人们节衣缩食，可能计划着买一台彩电。这台彩电寄托着一家人的光荣与梦想。什么是垃圾什么是宝贝？对不同的收入阶层经历了不同时代的人们，有完全不同的看法。

我的家三代同堂，这是许多中国家庭的生活方式。健康的长辈帮忙操持一些家务。我和妻子每天跟着闹钟起床，洗漱、吃饭、上班，孩子上学。岳父大人总是能在废弃物品里发现有用的东西：一把新的铜线、一块木板、一根弯曲的塑料管、一个螺丝帽、一块玻璃……他总是在维修各种东西。他的女儿我的妻子悄悄跟我说："我老爸破坏的东西远比他维修好的东西多。"你不知道他修好了什么，却可以看到他把地面上的瓷砖砸出洞来。为过年的餐桌多放几个菜，他从楼下捡上来一块很大的木板，平时在阳台靠墙竖放着。但只用两次，木板上的钉子就把好好的餐桌漆面划出几条印子来。他乐此不疲，总是把人家丢弃的花盆捡上来，直到阳台上没地方放。与他有着同样爱好的，还有珠海百货集团公司原总经理林先生，没错，就是那位开着 70 万的豪车回武冈看母校的老乡。他喜欢木工，购齐整套木工工具，总是捡来各种木材自己制作凳子桌子。岩头江人已不屑于自己做这些手工了，他们正在享受工业文明带来的好处。而在都市，不少上了年纪的人却在垃圾中寻找有用处的东西。在过往时代，一个家庭里的男人如果不懂得家具维修，没几个哥们在搬动大型家私的时候搭把手帮个忙，是会羞愧的。家私维修，是 20 世纪的居家技术遗产。

早先，我楼下架空层的信箱里总是塞了许多小纸片，从机械通厕、家电维修到数理化补习、搬家。在中国城市，分工越来越细。无论什么事情，只要打个电话，就有专业的师傅上门解决问题，只要你付钱。那已经是快速的进步。而现在，分工依然，这样的广告却转移到了手机和电脑上。八年前开始，信箱里越来越空。

上一辈在日常生活中把所有的玻璃瓶、塑料瓶留下来，把每次打包的快餐盒也留下来。我的房子不算太小，可是到了没地方放东西的地步，原因就是在厨房和杂物房里，塞满各种各样舍不得丢弃的瓶子。他们放红豆、绿豆、黑豆、薏米、枸杞一应食物的瓶子多达 48 个，还积存 28 个空瓶子准备装别的东西。各种包装盒，如果实在不能保留，他们就积存，放在消防通道里，到一定的量就可以打电话卖给收废品的。如果废纸从 0.5 元降到了 0.35 元，他们就会与收废品的讨价还价。我跟妻子说，这说明我们家还是挣钱太少。我反复强调，这样有安全隐患，万一有什么引燃过道里的废纸，损失会比一百年的废纸积存卖出去还要多。他们接受了我的劝告。可是他们仍然积存废品，将它当成给物业保洁员的礼物。

我能理解这样的珍惜与执着。在短缺经济时代，人们锻炼了出色的生存技术。"厉行节约"是一种被广泛歌颂的优秀品质。他们对垃圾的执着真的让人吃惊！他们是"长期低收入"的一辈！是"节约惯了"的一辈！

2004 年我回老家，邓家铺镇许多人家把垃圾扫出自己家门了事，小街上满是垃圾。马路本来破烂，有人干脆在街心就一个坑，铺上塑料薄膜，将鱼放坑里叫卖。这是一个奇观。我的车在家门前艰难行驶，要精细地躲过这些鱼坑，否则会刮底盘。在邓家铺，河里漂满了垃圾。我问父亲："没有人制止往河里丢垃圾吗？没有人处理吗？"父亲说："要等到明年春天发洪水。洪水一冲，这里所有的垃圾就都被冲走了。"十年前我回到岩头江，看到许多塑料袋随意地丢在路上，漂在水上。快速发展的中国制造了许多垃圾，但还来不及学会处理。

20 世纪 70 年代，有人在岩头江后山寻找锰矿。我曾经希望屋后是一座矿山，当它被勘探确认时，我就自然地接近了工业文明。二十年后，看到电视镜头上那些被开挖得千疮百孔的矿山和被污染的河流时，我改变了主意。母亲告诉我有人在山上偷偷挖锰矿卖。我说："这怎么行？山挖崩了谁来赔？这是违法的！"

2014 年 4 月 24 日，中华人民共和国主席习近平颁布第九号令，新修订的《中华人民共和国环境保护法》自 2015 年 1 月 1 日起施行。这部法律被称为"史上最严"的环保法。

等邓家铺、岩头江也出现大量不可降解的垃圾时，中国的生态系统就出现危机。人们当然不愿意这样。在垃圾越来越多，各个城市在为修建垃圾填埋场而伤脑筋的同时，中国却在进口来自发达国家的垃圾。2018 年，中国终于宣布："我们不要这些垃圾了！"

国家在另一个意义上宣布："我们进步了！"

邓家铺镇上的路铺平整了，垃圾有专人清扫归集。岩头江的人们，立了乡约来管理垃圾。

2018 年，邓立佳被湖南省人大任命为生态环境厅厅长。生态环境关乎国家民族的千秋万代。而责任，落到了我们这代人的头上。我从新闻里知道，"洞庭湖的问题"刚开了个头。他告诉我："事情太多，很累。环境保护有许多历史欠账，我只能全力以赴。"

我说："有你在，湖南的生态环境我就放心了！"

有人说，你这口气怎么像湖南省委书记似的！可是，这难道不是一个热爱故乡湖南的普通中国人的口气吗？"人民的嘱托"，应该也可以包括我吧。

在珠海，现在我住的小区开始垃圾分类：厨余垃圾、废弃垃圾、可回收垃圾。我和我的家庭成员正在学习这些分类。有一天，我下楼问正在清理垃圾的"香洲义工"："您不就是公司员工吗？怎么是义工？"她说："我们公司并没有清理小区垃圾的任务，现在是与政府签订了合同，帮助各小区推广垃圾分类。要受过培训的才能来清理。"我基本弄清楚了，小区垃圾的收拾归集，还不是她们的本职工作。我向她请教垃圾的去向，她告诉我："厨余垃圾就在小区后的垃圾站处理，通过机器做成有机肥。废弃垃圾物送垃圾发电厂发电。"

垃圾站在小区后门 200 米处，先前污水横流，臭气冲天，经过的时候总要捂着鼻子或摇上车窗。现在，每次经过，我看不到任何散落的垃圾和污水，只看到若干墨绿色的桶和一台绿色的机器在工作。处理垃圾的人戴着口罩。垃圾站的地面被处理得像房间的客厅一样干净。

垃圾定律的补充：科技发展的程度决定人们处理垃圾的方式。

140 我是全球纳税人

家里的垃圾是全球化的产物，这是我学习垃圾分类时的发现。

此前，我以为厨余垃圾的收集非常简单，只需一个垃圾桶。真正分类的时候，妻子计划购买一个分类垃圾桶放置在厨房洗菜盆右侧下方。我说别急，先观察到底是些什么垃圾，每类垃圾每天或每周会积存到一个什么量。两个月下来，我们放弃了买分类垃圾桶的想法。我发现，家庭日常垃圾主要生于厨房，旧菜叶和肉食骨头只是其中的一部分，纸盒、塑料包装占有极大的比例。这些包装盒大多夸张，塞不进家庭垃圾分类桶里去。

一个中国人看到这些包装盒，查询着它们的来路时，十分吃惊。来自泰国的黑虎虾、澳洲牛腱、澳洲谷饲肥牛、美国脐橙、非洲牛油果……这些产品购自距我住所3.4公里的山姆会员店（SAMS CLUB）。这家店属于美国零售业巨头沃尔玛公司。珠海已经有三家沃尔玛超市了。山姆会员店每年收260元会员费，货源与沃尔玛稍有差异。在珠海，已经有日本的吉之岛、法国的家乐福，加上美国的沃尔玛，三国的零售超市。

2017年8月，我和妻子、儿子去了一趟欧洲东部：德国、奥地利、匈牙利、捷克、斯洛伐克。结束欧洲之旅，在法兰克福吃早餐时，13岁的儿子猛喝牛奶。他觉得德国牛奶浓稠，口味好，怕回国很难喝到这么好喝的牛奶了。回国后的第二天，我走进小区后50米的华润万家便利店，"德国原装进口"牛奶赫然入目，与中国"特仑苏"、"金典"（原奶居然有产自新西兰的）摆在一起。平时我在这个不足100平方米的小店可以买到大部分日常用品和食品。我赶紧买了两箱。也许是运输途径太长，它的保质期标示更长一些。

从20世纪90年代起，我买了来自日本的影碟机、东芝冰箱、三菱空调、乐声电视机，加拿大的喇叭，美国的汽车，韩国的电脑显示屏、三星手机，芬兰的诺基亚手机……所有的这一切消费，并不能让我对全球化与个人、家庭生活的关联产生太多的联想。这些物品用时长。只有当全世界的食物与我的一日三餐、与我的垃圾分类处理紧紧地联系在一起时，我才发现，全球化化进了我们的肠胃。这一切并非无可替代，但确切地展现了全球化美好的一面，让我有更多的消费选择。我曾经消费过或正在消费的有：新西兰牛奶、荷兰牛奶、澳大利亚牛肉、德国牛奶和饼干、美国加州苹果、俄罗斯黑巧克力、美国鸡翅、哥伦比亚咖啡、智利樱桃、泰国榴梿、马来西亚山竹、非洲牛油果……可口可乐、麦当劳、肯德基。我们还看了足够多的美国好莱坞大片。儿子对《蜘蛛侠》《超人》《速度与激情》中的人物跟《西游记》里的人物一样熟悉。

澳门的现代派画家郭桓先生曾告诉过我："即使你的工资并不够纳税标准，在支出名目上，你没有缴任何税，你仍然是纳税人——只要你消费。比如你现在跟我一起喝啤酒，这酒就含有税在里面。油盐柴米酱醋茶，都含了税。"如此一说，一个迁居海边的湘西岩头江人，成了全球纳税人。经济学家几乎十分一致地指出，中国的快速发展得益于"三驾马车"：出口、投资、消费。自中国加入世贸组织后，我的日常用品出现更多的外国产品。我已经不崇洋媚外，甚至很乐于消费国产货。人们更加理性地在货架上对比产品。在中国，所有店铺里的产品，似乎不分国籍地摆卖。

我很少投资，买一点股票总是亏损。莫言、余华、刘慈欣、迟子建、徐小斌的作品被翻译成多种文字在国外出版，算得上参与出口吧。徐小斌曾经推荐我的长篇小说《弑父》到美国内华达州州立大学，我以为他们要翻译出版，暗自高兴了一会儿，结果没有，所以我与出口无关。我真正参与的是消费，这源于自身生活的需求。不消费，我的生活就不能前进。1997年1月，在美国圣迭戈，李大明先生在他的别墅里谈起生活品质。我第一次听到这个词：生活品质。他在《世界日报》当区域记者兼发行者，住别墅，带两个车位的车库，房间内配有洗碗机、冰箱、微波炉。别墅旁边是高尔夫球场。哦，这样的生活有品质！我并不相信那些极简主义者的宣传。我就是从极简生活走过来的。我的上一辈追求的生活几乎是：对付生存。我小心地用消费去提高自己的生活品质，但从来不敢谈起。我怕有钱人笑话："你也好意思追求生活品质？你用上微波炉、吃块牛扒就是生活品质了？"

对，我这不叫生活品质，叫"对美好生活的向往"。

一件商品的价格构成，我是无法弄清楚的。但雪佛兰既然是美国品牌，买一台则向美国纳过税，应是没有疑问的。在家电采购中，我可能向邻国日本纳过最多的税。如果牛奶、牛肉、鸡翅的消费都缴税，那么我至少每周都在向德国、澳大利亚或美国缴税。即便是仍然生活在岩头江的父老兄弟，乘坐的汽车油箱里可能装着源自沙特的汽油……我汽车油箱里的汽油来自科威特还是伊拉克？我不知道！厨房里的天然气来自哪里，我也不知道。

一个从湘西岩头江走出来的中国人正在消费全世界的商品，从汽车到家电，从厨房用品到食品，听迈克尔·杰克逊、凯尼金，看好莱坞……全球化仿佛是很久以前天然存在的事情了。那些赚了很多钱的中国人喝拉菲、戴劳力士手表、坐头等舱、挎路易·威登包、吃神户雪花牛扒和澳洲龙虾、在美国或英国买豪宅……我不羡慕、不嫉妒、不恨，他们为全世界纳过更多的税，每个地方都欢迎他们。我偶尔也能给妻子买瓶"香奈儿"。

一个岩头江人站在南海之滨，不再像小时候那么害怕原子弹了！一个中国乡下人从战争恐惧中走出来，变成一个平和的消费者。这是我的幸运，更是全世界的福气！当一个岩头江人正在努力给全世界纳税时，这个世界理应变得更加健康、更加宽容、更加美好。

我为德国纳的税可能只够一个失业者的两顿早餐……作为政治家，默克尔女士不是应当感谢我吗？我为法国纳的一点税，可能只够给埃菲尔铁塔刷上半刷子涂料，作为政治家的马克龙先生不应该感谢一下我吗？我为韩国纳的税，或可给青瓦台前的植物浇一勺水。我为美国纳的一点儿税……能拿去干什么呢？我不知道。

全球化已化入一个普通中国人的肠胃。即便只是居家过日子，我关注的也不再只是岩头江的收成、珠海店铺的米价，我还关注澳洲的牛、荷兰的草、美国的鸡、泰国的鱼池……

141 选择感谢，选择爱

我还没长大，世界就老了。我仿佛一直在成长，没完没了地发现自己的无知，到处虚心学习也于事无补，个子不再长，心智却总不圆滑。我五十岁那年是 2012 年，据天才预言家诺查·丹玛斯预测，这一年是世界末日。中国人没有末日的概念，顶多相信轮回。我更不相信五十岁就活到了世界末日！这一年看了一部好莱坞电影《2012》，第一次看到编故事的人把逃离世界末日的"诺亚方舟"建在中国。天崩地裂的视觉冲击让我头晕眼花。看完电影，走出电影院，华灯初上，月悬中天，世界还在，地球还转。

五十而知天命。我知道些什么？

又八年过去。今天是五十年前的未来、四十年前的理想、三十年前的希望、二十年前的规划、十年前的明天。人们说："未来已来。"2019 年 4 月 14 日，珠海无界书店举办了一个余华作品分享会，对谈嘉宾、青年作家王威廉取题"未来已来，先锋何为"。

余华困惑地望着题目搔头："我们似乎走进了一个未曾预料到的未来。"

我想：对我们这一代人而言，未来已来。对年轻人，未来仍然应该是未来！

出生在北京、上海、广州的同龄人，从医院产房出来，就量好体重、血型、血压、心跳。如果母乳不够，会有奶粉或鲜奶。在城市，有图书馆、书店、电影院。人们的未来可能是缓缓而来、如期而至。从 60 年代走到现在，人们走的是现实主义的路，年代的痕迹依稀可见，依序可寻。我的未来似乎是突如其来，不期而至。我走的是超现实主义的路。我出生睁眼是农舍木屋，床下是泥土，铺板上铺着稻草，窗外是山，是庄稼，是山泉，耳边是鸡叫虫鸣，是狗吠，是鸟语。16岁前，我没量过血压没验过血型。我考上大学体检时才量过血压和心跳。岩头江人完全不知道有血压血型这回事！26岁办身份证时我随便填了个A型。1998年我去献血时医生一查，O型。我心里一慌：没蒙对呀！可身份证早已办好，懒得去更改，至今错着。少年时，我的体重用杆秤称过。生产队分红薯时，如果那杆秤正好空着，我就把自己团成一个红薯，双手攀住秤钩。会计不及时帮忙平衡，秤砣就会砸着我的屁股……五十八年，两万多个日子过去了，我并不苍老，但我真的已走过两千多年。老屋后的老井被掩埋了。木叶片的龙骨水车、长长的竹笕看不到了。儿童不再在石头上画格子拣石子下"五子飞""炮打子""老虫背猪"的棋，这些山野的游戏失传了。丰田、本田、大众、宝马……私营的三一客车不断穿村而过。留守在岩头江的老人和孩子，从电视和手机里，已能第一时间了解世界消息，在手机里玩与北京、上海、广州同步的"王者荣耀"。

只有土砖墙上仍然挂着透明蛇蜕的岩头江老宅，是我时空原点的物证。有人劝我改建老宅，我舍不得改。村里所有的人都改了新房子，我怕改了就认不出岩头江了！

一个普通中国人相信：不是我改变了中国，而是中国改变了我！

"你的无穷的赐予只倾入我小小的手里。时代过去了，你还在倾注，而我的手里还有余量待充满。"[1]

十年前的一天，我跟歌词名家瞿琮先生一起吃饭，聊起他的代表作《我爱你，中国》。他说："这么多年还传唱不止，确实是值得一个作者高兴的事。我选择了一种永恒的情感，选择了可以恒久歌颂的对象。"正说着，有一位远在海南的歌手打电话给他，请教演唱这首经典爱国歌曲时，要注意些什么。我一边静静听着，脑海里想起那些歌词。我已经走过大江南北，看过大漠飞沙、北国飘雪、阿里山森林、南海碧波。每

---

[1]《诺贝尔文学奖获得者诗选》，中国文联出版公司1986年4月第1版第3页，泰戈尔《吉檀迦利》，冰心译。

听到这首歌，我的心里就充满感动。我极少离开中国，出国的日子总共加起来还不到100天。在华盛顿机场，我总是想找人翻译几句话，见人就问："Do you speak Chinese?"我出国一个星期后就想回来，想着吃水煮鱼片、清蒸海鲈、芹菜炒牛肉、五常大米……回到我所熟悉的生活中，回到我所熟悉的事物中。我爱这些对胃口的菜肴。我爱在这土地上耕作种出粮食的人们。我爱在山岭与河谷上修桥铺路的人们。我没有修过路，却走着越来越好的路，有时真想碰到一个修路的人，给他递上一瓶矿泉水……检讨起来，非常惭愧！我只是写过一些文字。而那些做鞋子袜子帽子的，建房子、修路的，发明电器的人们，绝大多数人并没（也不需要）读过我的文字。我从未为你们服务过，却得到你们越来越好的产品，越来越好的服务。

你们真是对我太好了！

一个中国人在中国，是可以一边劳动、一边赞美劳动和感谢劳动者的！

我知道你们会用从微信而不是从文学作品里学到的话语回答我：我们不是对你好，我们只是想对自己好一点，再好一点！

我爱这些生长着各种植物的土地。我爱岩头江、龙江、资江、长江、黄河、珠江……这些河流不仅作为风景存在，它们给我水喝，而且灌溉土地、滋养庄稼。一个国家是需要颂歌的，中国如此，美利坚如此，法兰西如此，俄罗斯亦如此。当然，比较起来，我更喜欢忧伤而激昂的《国歌》。一个民族，一个国家，居安思危方能行稳致远。2001年的冬天，我到莫斯科，看到那些经历过"休克疗法"的人们在雪地上冷着脸行走，在小酒馆喝伏特加。在一个地下商场，我看到不断有漂亮女人在烟摊上买烟，每次只买一支。卢布贬值，以1000∶1缩币，钱少了。如果国家不谨慎，放任为利润"敢于践踏一切人间法律"的资本折腾，就很容易到"最危险的时候"。当俄罗斯人在排队买面包甚至因为卢布缩水而自杀时，为他们开出"休克疗法"的经济学家在华尔街喝着咖啡看新闻。也许，这就是生活。

爱一座城市，从不随地吐痰开始。

爱一个国家，我要从遵守至高的《中华人民共和国宪法》开始。感谢 1949 年制定《共同纲领》的人们！感谢 1954 年制定《中华人民共和国宪法》的人们！感谢本着"中华人民共和国的一切权力属于人民"的真实立场，为推动国家民族进步、增进普通人福祉而修订《中华人民共和国宪法》的人们！2004 年，第十届全国人民代表大会第二次会议将"国家尊重和保障人权"写入《宪法》。我对执着于将此写入《宪法》的人们充满敬意！一个岩头江人，从湘西山褶子里，从红叶树下走出来，在县城不认识一个股长，在省城不认识一个科长，在京城不认识一个处长。在中国的任何地方，从不敢指望有一个"大哥"来保护我。只有能真实抵达岩头江土地的法律能保障我的权利，让我走向城市、走向发展、走到现在、走向未来。

我时刻记着这样的句子：在法律面前人人平等。

我也时常仰天长问："这是真的吗？"

有些自以为在"平等线"以上的人会藐视法律。有些人会为了利益徇私枉法。而在"平等线"下的人们只能寄希望于法律！"道德是潜隐的法律，法律是彰显的道德"。人们常说"拿起法律的武器"，可是我并不战斗，我不需要武器。我宁愿它是一件棉袄，在寒冷时温暖我；我宁愿它是一件盔甲，在我被攻击的时候，不至于受到致命的伤害。我希望法律是每一个普通中国人的"金钟罩"。

2019 年 2 月，中国首部科幻电影《流浪地球》风靡电影院，原创作者、最具世界影响的中国科幻小说作家刘慈欣接受媒体采访时说："有一位美国作家曾跟我说，你们中国的 60 后是最幸运的一代，人类历史上没有任何一代人像你们一样，在有生之年，看到你们周围的世界发生如此翻天覆地的变化。我很认同他这句话。我童年的世界和现在完全是两个世界，这对一个科幻小说作家来说，真的很幸运。"余华则在新书出版时告诉罗马尼亚读者："已经出版的这两部小说的相似之处都是讲述了人的命运，不同之处是《活着》讲述了一个中国人是如何苦熬过来的，《许三观卖血记》讲述了一个中国人是如何生活的。需要说明的是，这两部小说结束的时间都是在 20 世纪 80 年代初，当时的中国刚刚开始变化，与今天的中国完全不一样。如果你们读完了这两部小说，再来中国旅行的话，就会感到是从中国的过去来到了中国的现在。"①

2020 年 4 月 22 日，儿子的班主任李子茹老师通知我参加线上家长会。我看到视频里那些照片，珠海市文园中学已请中山大学附属第五医院的专业人士进行详细的指导，消毒、防护演练，防疫物资齐整地摆着。4 月 23 日，世界读书日，我正在读英国牛津大学历史学教授蒂莫西·加顿艾什写的《档案：一部个人史》，接学校通知，让儿子第二天去做核酸检测，费用全部由财政负担。东柏林的阴郁一扫而空，纳税人的获得感油然而生。这并不是什么大钱，作为家长我也能负担。但面对疫情，地方政府这样的表现让我心情舒畅。2020 年 4 月 27 日，推迟两个半月之久的中学开学了。这是"新冠病毒"肆虐过后，中国控制住了疫情，经反复评估，广东省教育厅确定的开学时间。

尊重生命，呵护生命，从细节做起。

一位留学美国六年、正在美国攻读博士学位的青年经济学家说，拿到学位后回国，要像邓稼先一样，用自己学得的经济学知识服务于这个国家、保护这个国家。我对家长说："孩子什么时候回来？我要请他吃饭。"我喜欢这样做。我请过一位从剑桥大学读书归来的年轻人吃江西大碗菜，听他讲在剑桥读书的故事。他回国后，在珠海一中学教书，深受欢迎。一个朋友的孩子从澳大利亚留学回来，我也对家长说："我请她吃饭！"

我想，我有时还会短暂地离开这个国家，去观光、游历或者体验点什么。但我将会在这片土地上终老。

我要感谢并寄望于这样的青年。

---

① 《我只知道人是什么》，译林出版社 2018 年 7 月第 1 版第 256 页。

142 致世界

世界，您好！

我在中国。

我在太平洋西岸，北纬21° 48′ ~ 22° 27′，东经113° 03′ ~ 114° 19′，珠海。

二十三年前，从东南方向过海，离我住所一小时船程的地方，飘扬着英国的国旗。那里的行政长官叫总督，由英国政府委派。

二十一年前，我住所南向五公里处，飘扬着葡萄牙国旗。那里的行政长官叫总督，由葡萄牙政府委派。在过去，人们叫它"东方蒙地卡罗"。现在已不太有人这么叫了，因为它已远超蒙地卡罗，也超过拉斯维加斯。它成为它自己，成为世界第一大赌城：澳门。

这里是中国的边疆，却是与世界交往最频密的地方。150公里内，有7个港口，珠海港年货运量已超过1亿吨；有4个通往世界各地的国际机场。

我一直对这个世界充满好奇，以前通过阅读去了解。我通过《社会契约论》《忏悔录》《人间喜剧》《包法利夫人》《茶花女》《红与黑》《局外人》了解法国，通过《了不起的盖茨比》《第二十二条军规》《喧哗与骚动》《光荣与梦想》《老人与海》了解美国，通过《悲剧的诞生》《少年维特的烦恼》《格林童话》了解德国，通过《名利场》《雾都孤儿》《简·爱》《呼啸山庄》《哈姆雷特》了解英国，通过《静静的顿河》《猎人笔记》《阿尔巴特街的儿女》《复活》《断头台》《钢铁是怎样炼成的》了解俄罗斯，通过阅读《罗生门》《伊豆的舞女》《挪威的森林》了解日本……

当中国人谈论世界的时候到底在谈论什么？世界有时是可以抵达的全部，有时是不可抵达的那部分，有时是中国以外，有时包含了中国。在中国，许多人提起外国，仍然是一个很模糊的概念，说"人家外国"，一般指的是欧美发达国家。从20世纪80年代改革开放开始，许多人认为所有国家都比中国先进。大多数人不清楚世界上到底有多少个国家。

一位做房地产的朋友 1990 年为了当"外商",花 5 万美金弄个洪都拉斯人的身份。现在,他拿出来说笑。早年岩头江的人们连中国到底有多大也不清楚。

我其实更想通过出发与抵达去了解。我最早于 1996 年去了泰国、新加坡、马来西亚,这是中国普通人出国观光的首选,价格合适,华人多,语言障碍少。遗憾的是我只读过新加坡的文学作品,没有看过三个国家的任何电影电视,但这并不影响我在芭堤雅的酒吧里与当地人聊天。第二年我得了一个机会去美国。一位朋友说要从亚特兰大开车到旧金山来接我们开车游美国。这当然好。可我告诉同行的诗人,这个距离相当于从广州开车到乌鲁木齐,要先开一周的车才能到旧金山。后来我去了俄罗斯、法国、德国、荷兰、比利时、意大利、韩国、日本……一位中国教师辞职的经典告白是:"世界那么大,我想去看看。"

有时我会去海边坐着,看着拍着沙滩的海浪想:尽管我不赞成"欧洲中心主义",但仍然对伟大的欧洲充满敬意!无论如何,是欧洲人构建起现代科学体系,数学、物理、化学、生物学……我致敬不是因为那里产生了亚历山大、腓特烈、拿破仑、罗伯斯庇尔。我不崇拜君王,也不敬佩将军。我致敬是因为那里产生了毕达哥拉斯、牛顿、伽利略、法拉第、拉瓦锡、高斯、阿基米德、琴伦、伏特、欧姆、居里夫人、戴维(那个提炼出钾元素的人)、韦伯、门捷列夫、罗蒙诺索夫、爱因斯坦……从最简单的功利主义出发,没有他们,我可能看不上电视用不上手机开不上汽车……

我要感谢俄罗斯,让我在青春岁月里读到普希金、屠格涅夫、马卡连柯、契诃夫。

我要感谢英国,让我在青春岁月里读到萨克雷、莎士比亚、拜伦、勃朗特。

我要感谢法国,那里有卢梭、巴尔扎克、福楼拜、司汤达、加缪、萨特……我还可以列出更长的名单,我所读过的法国文学作品,也许……可能比中国作品还多。

我要感谢德国，那里诞生了马克思、尼采、席勒、海涅、托马斯·曼、卡西尔……

我要感谢美国，那个发明流水线的人，让我的岩头江兄弟姐妹在城市找到工作。乔丹曾与我参股的印刷厂息息相关。

我由衷地感谢印度，在母亲患肺癌的时候，是印度生产的易瑞沙让她得以延续生命。甘地夫人说："在一个良好秩序的世界中，医药发现是应该没有专利的，不应该从人的生与死之间谋取暴利。"

我关注过美国的次贷危机。这个世界上唯一的超级大国，它的所有制度似乎设置得十分完美，而且，那里的金融大佬可以攻击全世界有破绽的金融体系。可是他们自己却设计了那么复杂的金融衍生工具，层层加杠杆，直至压垮这个体系。这让我对美国的尊敬降低了一些。它拖累了全世界的市场。

我关注过苏联－俄罗斯。我几乎眼睁睁地看到一个超级大国解体……卢布贬值，以1000∶1缩币。作为一个普通中国人，如果我手里的1000元人民币变成1元，这1元在全世界还不被待见，那将是不可承受之重。我会痛恨将人民币弄成这样的人们。

2018年6月12日，美国总统特朗普与朝鲜最高领导人金正恩在新加坡会面，最后一起看一段主题集中的"大片"。画外音说："地球上生活着70亿人，今天这些在世的人中，只有一小部分能够产生持续的影响。仅极少数人能够做出决策或采取行动，改变自己的国家，改变历史的轨迹。"劝说或者共勉？极少数人，努力吧！朝着正确的方向！我手里有一本美国普林斯顿大学天文学博士麦克·哈特编著的《影响人类历史进程的100名人排行榜》，第1名穆罕默德，第2名牛顿，第3名耶稣基督，第4名释迦牟尼，第5名孔子……第100名摩诃毗罗。在美国总统中，麦克博士只选了乔治·华盛顿（排第26位）和约翰·肯尼迪（排第81名）。即便修订再版，特朗普先生要进入这个榜单仍然非常困难。

二舅舅和小舅舅从1000公里外的邓家铺来到珠海，看望因中风而偏瘫的父亲。我领着两个舅舅到海边，带他们看港珠澳大桥。二舅舅依着海边栏杆，望着大桥喃喃地说："几年前我去过深圳，这回来，我坐车过那么多隧道、大桥。现在，这些桥啊路啊真是修得太好了……还有好多高楼。就是千万不要打仗，这些东西打坏就可惜了。"他今年88岁了。这是一个耄耋高年的和平主义者，真实地走过饥饿、寒冷、贫困、苦难、悲伤、恐惧……从湘西自耕农的生活走到今天。那一刻，我特别希望这话全世界都能听见！

我的书稿还没收尾，新冠病毒就袭击了全世界。我停止修订书稿，焦灼地看着每天的感染病毒的数字。世界并不安宁，人类仍然脆弱。我是一个无神论者，但我确实在为美国、意大利、西班牙、法国、英国、俄罗斯祈祷……我已经上了点年纪，不会轻易成为一个简单的民粹主义者。在法兰克福罗马广场，我吃过一位中年妇女卖的雪糕，我希望她是平安的！在俄罗斯，一位小伙子曾为我们导游。他的女朋友带着一群学芭蕾的美女坐过我们的车，我希望他们是平安的。两年前，比我小一岁的同学因流感在美国逝世，终年54岁，他是密歇根州的一位医生。我觉得美国的医疗真有问题。美国政府对新冠病毒的轻视让人惊讶。我在美国有一些朋友，我希望他们平安。在西班牙，我希望塞万提斯的后裔们平安。一位原来在澳门的葡萄牙医生，叫马杜斯，回葡萄牙了。他为我看过皮肤过敏，提出过有效的健康建议，我希望他是平安的。在韩国济州岛，一个小伙来向我学了一句汉语，我希望他是平安的。在日本开车到机场接送我们的鲁鑫鑫，我希望她一家是平安的……我希望世界是平安的！

人类命运共同体，这是一个多么伟大的构想。世界，让所有的门打开吧，让所有的篱笆拆除吧。我仍然想随时走进每一扇门，告诉人们生活跨越两千年的故事，也愿意在巴塞罗那听人讲堂吉诃德，在巴黎与人谈萨特或包法利夫人，愿意在密西西比看福克纳的葡萄园，到俄罗斯与人一起背诵普希金……

有人说，全球化已经结束了——这跟诺查丹玛斯关于世界末日的预言如出一辙。我倒觉得，一切还刚刚开始。

世界，你说呢？